삼국 형세도

흉노

양주凉州

무위

강

황

옹주

안정

위수渭水

진창

오장원

한중

검각

양주梁州

저

광한

익주

성도

촉

백제

건위

월준

장가

영창

운남

영주

건녕

교주

교지

반삼국지 하

反三國志

반삼국지

저우다황 지음 ― 김석희 옮김

하

작가
정신

【 차례 】

감녕甘寧 ▶ 자는 흥패興霸. 오나라 장수. 회음에서 한나라 군사에게 쫓기자 강물에 뛰어들었다가 물살에 휩쓸려 죽으니, 결국 자결한 셈이다.

강유姜維 ▶ 자는 백약伯約. 한나라 장수. 정확한 상황 판단과 탁월한 작전으로 한나라의 승리에 크게 이바지한다.

고옹顧雍 ▶ 자는 원탄元歎. 오나라 신하. 오나라 주인 손량을 뒤따라 물에 뛰어들어 자살한다.

관우關羽 ▶ 자는 운장雲長. 유비의 의형제로, 두터운 충성심과 넘치는 인간미를 가진 인물. 항상 전략의 요충에 자리잡고, 한나라의 승리를 뒷받침한다.

관흥關興 ▶ 자는 안국安國. 한나라 장수. 관우의 아들.

능통凌統 ▶ 자는 공적公績. 오나라 장수. 오나라 주인 손량을 뒤따라 물에 뛰어들어 자살한다.

등애鄧艾 ▶ 자는 사재士載. 위나라 장수. 관도 싸움에서 전사한다.

마대馬岱 ▶ 자는 중화仲華. 마초의 사촌동생. 서량의 기마대를 이끌고 성실하게 싸워 한나라의 승리를 뒷받침한다.

마등馬騰 ▶ 자는 수성壽成. 마초의 아버지. 조조에게 살해된다.

마속馬謖 ▶ 자는 유상幼常. 한나라 참모. 항상 적절한 조언을 하여 남방 땅을 오나라의 공격으로부터 지킨다.

마운록馬雲騄 ▶ 마초의 아름다운 누이동생. 조운의 아내가 되지만, 무예가 뛰어난 장수로서도 역량을 발휘한다.

마초馬超 ▶ 자는 맹기孟起. 신속한 이동과 용맹으로 유명한 서량의 정예 기마대를 이끌고, 유비를 따라 마침내 북방을 평정하여 금의환향한다.

문앙文鴦 ▶ 자는 미상. 용맹과 힘이 뛰어난 한나라 장수.

방통龐統 ▶ 자는 사원士元. 한나라의 명참모. 제갈량과 함께 작전을 분담 지휘하고, 유비와 제갈량이 죽은 뒤 승상으로서 제국의 체제를 확립한다.

사마사司馬師 ▶ 자는 자원子元. 사마의의 맏아들. 신안에서 제갈량의 지뢰를 밟아 폭사한다.

사마소司馬昭 ▶ 자는 자상子尙. 사마의의 둘째아들. 봉구 싸움에서 조운에게 죽는다.

사마의司馬懿 ▶ 자는 중달仲達. 위나라의 명지휘관. 깊은 통찰력과 온갖 책략으로 한나라에 저항하지만, 항상 뒷북만 친다. 동아에서 제갈량의 지뢰에 폭사한다.

서서徐庶 ▶ 자는 원직元直. 조조에게 어머니를 납치당하지만, 제갈량의 지모와 조운의 활약으로 어머니가 구출된 후, 한나라의 명참모로 활약한다.

서성徐盛 ▶ 자는 문향文嚮. 오나라 장수로서 훌륭한 활약을 보이지만, 신채에서 조운에게 사로잡힌다. '항복하라'고 해도 듣지 않고, '신하로서의 절개를 온전히 지키게 해달라'면서 자결한다. 나중에 그의 식객이 유선을 암살한다.

서황徐晃 ▶ 자는 공명公明. 위나라의 용장. 양성에서 한나라 군사에 포위되어 탈출을 꾀하지만, 함정에 빠져 힘이 다하자 자살한다.

손권孫權 ▶ 자는 중모仲謀. 강동의 패자만이 아니라 중국 전체를 통일하려는 야망을 품고 있다. 그 때문에 유비와 싸움을 벌이지만 연전연패의 보고를 듣고 병을 얻어, 실의 속에서 죽는다.

손량孫亮 ▶ 자는 자명子明. 손권의 뒤를 잇지만, 한나라 군대의 공격을 받고 바다로 도망친다. 그러나 파도가 거칠자, 절망한 나머지 바다에 뛰어들어 자살한다.

손부인孫夫人 ▶ 손권의 누이동생. 유비에게 출가하여 사이좋게 지냈지만, 천하 통일을 꿈꾸고 있는 오라비의 구상으로는 유비를 죽여야 한다. 손부인은 그것을 알고 고민하다가 장강에 몸을 던져 자살한다.

손소孫韶 ▶ 자는 공례公禮. 원래는 유俞씨. 손권의 형 손책에게 발탁되어 손씨 성을 하사받는다. 합비에서 조운에게 패하여 자결한다.

순욱荀彧 ▶ 자는 문약文若. 위나라 참모. 조조의 전횡에 반대하다가 죽음을 강요당한다.

순유荀攸 ▶ 자는 공달公達. 위나라 참모. 조조의 전횡에 반대하다가 죽음을 강요당한다.

여몽呂蒙 ▶ 자는 자명子明. 오나라의 총지휘관으로서 끈기 있게 저항하지만, 복양성에서 한나라 군대에 패하고 장비에게 죽는다.

왕평王平 ▶ 자는 자균子均. 한나라 장수. 군의 연계를 뒷받침하며, 조직적 행동에 충실한 좋은 장군.

요화寥化 ▶ 자는 원검元儉. 한나라 장수.

우금于禁 ▶ 자는 문칙文則. 위나라 장수. 관도에서 자기 편인 등애의 화살에 맞아 죽는다.

위연魏延 ▶ 자는 문장文長. 한나라 장수. 자오곡에서 나와 장안을 얻는다. 자신의 무예를 과신한 나머지 적진에 깊이 들어간 적도 있지만, 그후로는 몸가짐을 신중히 하여 한나라의 승리에 이바지한다.

유비劉備 ▶ 자는 현덕玄德. 제갈량 · 서서 · 방통 같은 명참모와 관우 · 장비 · 조운·마초·황충 같은 맹장들의 힘을 빌려 마침내 천하를 통일한다. 그러나 마지막까지 한나라 신하의 도리를 다하여 황제 자리에는 오르지 않는다.

유선劉禪 ▶ 자는 공사公嗣. 유비의 아들. 오나라 장수 서성의 식객에게 암살당한다.

유심劉諶 ▶ 자는 미상. 작품 속에서는 '왕손'(유비의 손자이며, 유선의 아들)이라고 불린다. 천하를 통일한 후, 한나라 황제가 되어 중국에 태평성대를 가져온다.

유엽劉曄 ▶ 자는 자양子陽. 위나라 참모. 관도에서 사마의의 죽음을 알고 자살한다.

유표劉表 ▶ 자는 경승景升. 형주 자사. 유비에게 뒷일을 맡기고 죽는다.

육손陸遜 ▶ 자는 백언伯言. 오나라의 명장. 충성을 다하여 작전을 생각하지만, 한나라 군대에는 이기지 못하고 바다로 도망친다. 거기서 오나라의 주인 손량을 뒤따라 물에 뛰어들어 자살한다.

이엄李嚴 ▶ 자는 정방正方. 한나라 장수로서 용맹한 활약을 보인다. 장안을 함락시킨 공로자 가운데 한 사람.

이전李典 ▶ 자는 만성曼成. 위나라의 명장으로서 마지막까지 조창을 따라가, 북방 땅에서의 정권 수립에 이바지한다.

장비張飛 ▶ 자는 익덕翼德. 유비·관우와 의형제를 맺고, 나이에 따라 막내동생이 된다. 타고난 무예와 용맹을 살려 북방 평정에서 큰 공을 세운다. 참모들에게 충고를 받으면, 옳고 그름을 잘 생각하고 감정을 억제하는 냉정함을 지니고 있다.

장소張昭 ▶ 자는 자포子布. 오나라의 대신. 바다로 도망치는 오나라 주인 손량과 함께 가려 하지 않고 한나라의 서서에게 빌붙으려 하지만, 서서에게 모욕을 당하고 부끄러워하며 자결한다.

장완蔣琬 ▶ 자는 공염公琰. 한나라의 신하. 남방의 영릉 땅을 굳게 지키면서, 오나라가 넘볼 틈을 주지 않는다.

장요張遼 ▶ 자는 문원文遠. 위나라 명장. 섭현에서 한나라 군대에 포위되어 마초에게 투항을 권고받지만, 응하지 않고 스스로 죽음을 택한다.

장합張郃 ▶ 자는 준예儁乂. 위나라 명장. 동아에서 제갈량의 지뢰에 폭사한다.

정보程普 ▶ 자는 덕모德謀. 오나라 장수. 소현산에 주둔하면서 한나라 군대를 맞아 싸우지만, 문앙의 화살을 맞고 장비의 칼에 찔려 죽는다.

정봉丁奉 ▶ 자는 승연承淵. 오나라 장수. 숙천에서 한나라 군사의 화살에 맞아 죽는다.

정욱程昱 ▶ 자는 중덕仲德. 위나라 참모. 거짓 편지로 서서를 끌어들이려고 하지만, 제갈량과 조운에게 간파당하고 인질로 삼았던 서서의 모친까지 탈취당한다.

제갈근諸葛瑾 ▶ 자는 자유子瑜. 제갈량의 형. 동생과는 달리 오나라를 섬긴다. 오나라 주인 손량을 뒤따라 물에 뛰어들어 자살한다.

제갈량諸葛亮 ▶ 자는 공명孔明. 탁월한 지략으로 한나라의 천하통일을 이룩하고, 지뢰를 이용하여 사마의를 죽인다. 그러나 그런 연전연승의 그늘에는 남모를 갈등이 숨어 있다. 전에는 아무하고도 싸우지 않고 조용히 은둔해 있던 자신이 세상에 나온 뒤로는 전쟁터에서 살인기계처럼 수많은 생명을 빼앗아 온 것을 가슴 아프게 생각한다. 그 때문에 병을 얻어 산동 땅을 평정한 뒤 세상을 떠난다.

조비曹丕 ▶ 자는 자환子桓. 조조의 둘째아들로 제위를 잇는다. 한나라 군대의 공격을 받아 요동으로 도망치지만, 절망한 나머지 자결한다.

조식曹植 ▶ 자는 자건子建. 조조의 넷째아들. 아버지가 나라를 빼앗는 것을 말리다가 가출하여 모습을 감춘다. 북쪽 땅을 헤매다 아우 조창과 재회한다.

조운趙雲 ▶ 자는 자룡子龍. 한나라의 명장. 냉정하고 침착하며 대담하다. 장강을 지키는 수군을 지휘하면서, 서성이 이끄는 오나라 수군을 가까이 오지 못하게 한다. 마초의 누이동생 운록과 결혼한다.

조인曹仁 ▶ 자는 자효子孝. 위나라 장수. 동아에서 제갈량의 지뢰를 밟고 폭사한다.

조조曹操 ▶ 자는 맹덕孟德. 헌제를 손아귀에 넣었다가 이윽고 나라를 빼앗아 천하를 호령하지만, 아들 조식은 가출한다. 천하통일의 야망이 좌절되고, 위나라 군대가 한나라 군대에 잇따라 패하자, 난세의 간웅도 실의에 빠진 채 병사한다.

조창曹彰 ▶ 자는 자문子文. 조조의 다섯째아들. 황수아黃鬚兒라는 별명을 갖고 있다. 압도적인 무용으로 한나라 군대에 끝까지 저항하지만, 결국 북쪽으로 도망쳐 이민족의 거주지역에서 왕이 되어 형 조식과 재회한다.

조홍曹洪 ▶ 자는 자렴子廉. 위나라 장수. 동아에서 제갈량의 지뢰를 밟고 폭사한다.

종회鍾會 ▶ 자는 사계士季. 위나라 장수. 평원현에서 포위되었다가, 위나라가 망한 것을 알고 자살한다.

주유周瑜 ▶ 자는 공근公瑾. 오나라의 명지휘관이지만, 절제를 잊고 젊은 나이에 죽는다.

주태周泰 ▶ 자는 유평幼平. 오나라 장수. 오나라 주인 손량을 뒤따라 물에 뛰어들어 자살한다.

태사자太史慈 ▶ 자는 자의子義. 오나라 장수. 합비에서 위나라 장수 호열의 화살을 맞고, 결국 그 상처가 원인이 되어 죽는다. 죽을 때, '손씨 집안과 유씨 집안의 의를 끊지 말라'는 유언을 남긴다.

하후연夏侯淵 ▶ 자는 묘재妙才. 한중 땅을 통일했지만, 한나라 군대에 패하여 황충에게 죽는다.

한당韓當 ▶ 자는 의공義公. 오나라 장수. 파양 싸움에서 장비에게 죽는다.

한수韓遂 ▶ 자는 문약文約. 마초의 아버지 마등과 친하여, 마초의 거병에 협력한다.

향총向寵 ▶ 자는 미상. 방통에게 발탁되어 형주 수비에서 크게 활약한다.

허저許褚 ▶ 자는 중강仲康. 위나라의 맹장. 민지에서 한나라 복병에게 포위되어 화살을 맞고 전사한다.

헌제獻帝 ▶ 후한의 마지막 황제. 복황후의 진언을 받아들여 옥새를 유비에게 넘기지만, 조조에게 폐위당한 뒤 화흠에게 살해된다.

화흠華歆 ▶ 자는 자어子魚. 헌제 내외를 감금하고 살해한 악인. 나중에 마초에게 고문당하여 죽는다.

황개黃蓋 ▶ 자는 공복公覆. 오나라 장수. 한나라의 공격에 맞서 구강을 사수했지만, 물이 끊기자 자살한다.

황부인黃夫人 ▶ 황승언의 딸로, 제갈량의 아내. 재색을 겸비한 여성. 교묘한 술책으로 남만의 왕 맹획을 사로잡아 귀순시킬 계획을 세운다.

황충黃忠 ▶ 자는 한승漢升. 한나라 장수. 노장이면서도 활의 명수로 크게 활약한다.

제 26 회

황충, 위세를 떨쳐 서황을 쳐부수다
강유, 계책을 써서 조진을 속이다

제갈량은 세 방면으로 군대를 파병했다. 위연에게는 민지를, 마초에게는 낙양을 각각 공격하게 하고, 자신은 황충을 선봉으로 삼아 동관을 나와서 문향으로 향한 것이다.

그리고 남양 방면에서는 관우가 명령을 내려 장포와 관흥에게 등봉을, 황무와 최기에게는 겹욕을, 장비에게는 섭현을 각각 공격하게 했다. 공명이 세 방면, 관우도 세 방면, 도합 여섯 갈래로 진격을 개시한 셈이다.

이 소식은 곧 허창에 알려졌다. 조조는 '유비가 한중왕을 칭한 이상, 반드시 군대를 움직일 것'이라고 생각했기 때문에, 조진에게 병력 2만을 이끌고 민지를 지키게 하고, 그 밖의 각지에도 증원군을 보내 수비를 강화하면서, 모든 부대는 사마의의 지휘를 받으라고 명령했다. 사마의는 각지에 전령을 보내어, 허가가 내리지 않는 한 적군과 싸우러 나가서는 안 된다고 명령했다.

문향성을 지키고 있는 위나라 장수는 서황이다. 종회와 등애는 병력 1만을 이끌고 효함의 요충을 거점으로 삼아, 남쪽으로는 마초의 움직임에 대비하고 북쪽으로는 서황과 연락을 취하고 있었다.

서황은 공명의 대군이 동관을 나와 문향으로 쳐들어온다는 것을 알고, 급히 부장인 곽회·모개·양무·국연 등을 불러 작전을 논의했다.

"제갈량은 장안을 얻은 뒤 1년 남짓 움직이지 않았지만 북방의 조趙 땅과 대주 땅을 얻고 서쪽의 의양을 빼앗아 하양과 낙양 일대의 포위 망을 완성했소. 제갈량은 국내가 안정되고 세 방면의 포위망이 완성되 었기 때문에, 직접 군대를 이끌고 이곳 문향으로 진격해오고 있소. 그 부대는 하나가 아니오. 마초가 효산을 넘어 아군을 협공하고, 위연이 민지를 건너 아군의 후방을 차단하려 하고 있소. 그러고 보면 이 문향 은 이미 고립 상태에 있는 것이나 마찬가지요. 사마 도독은 '적을 맞아 싸우러 나가서는 안 된다'고 명령했지만, 그건 한군漢軍이 얼마나 빨리 진격해오는지를 모르기 때문이오. 만약 우리가 나가서 싸우지 않으면, 적은 한 부대에게 문향성 공격을 맡기고 다른 부대로 문향을 넘어 함 곡관을 막아버릴 것이오. 그러고 나서 조금씩 우리에게 다가올 거요. 홍농弘農 언저리에 진지를 쌓으면 원군이 함곡관으로 들어올 수도 없 게 될 테니, 문향은 점점 더 궁지에 빠져버릴 것이오. 무슨 좋은 수가 없겠소?"

그러자 모개가 이렇게 대답했다.

"장군의 말씀은 적진의 상황을 깊이 통찰하고 계십니다. 지금까지 제갈량이 동관에서 한 걸음도 나오지 않았던 것은 동관밖에는 근거지 로 삼을 곳이 없었기 때문이고, 외로운 군대로 모험을 하는 것은 제갈 량의 본령이 아닙니다. 지금 제갈량은 하서 땅을 얻고 황하를 따라 수 백 리에 걸쳐 방어선을 펴고 있으며, 마초는 의양과 노씨로 병력을 전 개하여 효산에 이르러 있으니, 이곳 문향은 두 방면의 적 사이에 끼여 고립된 상태입니다. 그런데 제갈량이 다시 정면에서 쳐들어온다면 우 리는 세 방면에서 적을 맞아들이게 됩니다. 아까 장군의 말씀대로 적 이 홍농에 진지라도 쌓으면 문향은 사방이 포위되어 식량도 떨어질 테니 패배를 면치 못할 형세입니다. 그래서 대책을 말씀드리면, 우선 섭현으로 사람을 보내어 자세한 상황을 파악하고 구원군을 요청합시다. 그러고 나서 자단(子丹: 조진)에게 알려, 하서의 적군이 황하를 건너지 못하도록 엄중히 수비해달라고 부탁합시다. 그리고 종회 장군과 등애 장군에게 알려, 마초가 효산을 넘지 못하도록 막아달라고 요청합시다. 그런 후에 우리는 성을 굳게 지키고, 나가서 싸우지 말아야 합니다. 적군이 이 문향을 그냥 지나쳐 진지를 쌓으려고 할 경우에만 장군께서 정예부대를 이끌고 적군의 길목을 차단하여 싸우면 됩니다. 그러면 적군은 앞으로 나아가도 거점을 쌓지 못할 테니 결국 퇴각할 수밖에 없습니다. 동쪽 방면에 대해서는 엄중히 방비하지 않아도 되므로, 원군이 오기를 기다린 다음에 싸우면 성을 지킬 수 있을 것입니다. 이 문향이 함락되면 신안도 위험하고, 적은 함곡관에서 경수涇水·위수渭水·낙수洛水 등 세 강의 유역을 동요시켜, 우리에서 나온 범처럼 아무도 제어할 수 없게 될 것입니다."

서황은 "장군의 의견이 지당하오" 하고는 그 계책에 따라 각지에 전령을 보내고, 자신은 수비 태세를 강화했다.

한편, 황충은 선봉대를 이끌고 문향성 밑에 이르렀지만, 공격은 하지 않고 성을 한 바퀴 돌면서 적정을 살핀 다음 본진으로 돌아와 공명에게 보고했다.

"위군의 수비는 지극히 견고하니 공격해봤자 우리만 손해를 입을 뿐입니다. 원수 각하께서 만반의 대책을 강구해주십시오."

"노장군의 말씀이 지당합니다. 그러나 이렇게 출병한 이상, 위군과 싸워서 무찌르지 않고는 승리를 끌어낼 수 없습니다. 내 생각에 종회와 등애는 맹기(마초)가 효산을 넘지 못하도록 엄중히 지킬 테니, 자기 부서를 버리고 이곳으로 오지는 않을 것입니다. 이 문향 앞에는 홍농하弘農河가 있습니다. 우리가 거기로 군대를 보내어 튼튼한 진지를 쌓으면 함곡관에서 오는 위나라 원군을 차단할 수 있습니다. 그렇게 하면 문향은 냄비 속의 생선이나 마찬가집니다. 그러나 적장 서황도 전쟁 경험이 풍부하니, 반드시 군대를 보내어 그것을 방해할 것입니다. 거기에 대항할 수 있는 사람은 노장군밖에 없습니다. 여러분, 그러면 누가 홍농으로 진지를 쌓으러 가겠소?"

공명이 묻자 정작이 나섰다.

"제가 가겠습니다."

그러자 공명은 얼굴에 기쁨을 나타내며 명령을 내렸다.

"그러면 정 장군은 서량의 두 장수(마룡과 마량)와 함께 병력 1만을 이끌고 홍농하로 가서 진지를 쌓아주시오. 성안에서 적군이 나오면 노장군께서 반드시 막아줄 테니, 진지를 다 쌓으면 병사들로 하여금 황하를 건너게 하시오. 그리고 백공(장익)에게 알려, 병력 5천을 이끌고 강을 건너 문향의 북쪽을 공격하게 하시오. 정 장군은 신안에서 오는 적의 원군을 차단하고, 서량의 두 장수는 성안의 적병이 움직이지 못하게 막으시오. 문향은 세 방향에서 공격을 받게 될 것인즉, 서황이 아무리 용맹하다 해도 어쩔 도리가 없을 거요."

정작은 당장 마룡·마량과 함께 떠났다.

공명은 다시 황충에게 병력 5천을 주어 서황군을 막으라고 명령하고, 풍습과 장남에게는 각각 궁수 3천을 이끌고 효산에 매복하여 종회와 등애가 오는 것을 기다리라고 명령했다.

공명은 직접 대군을 지휘하여, 황충이 서황을 무찌르면 성의 사방을 포위할 준비를 갖추었다.

문향성 안의 서황은 공명의 움직임을 보고, 모개가 생각한 대로 일이 진행되고 있다고 생각했다. 홍농하로 진지를 쌓으러 가는 부대를 보자, 부장에게 성의 수비를 맡긴 뒤 정예병력 5천을 이끌고 성을 나와 싸우러 갔다.

서황이 성을 돌았을 때 한 적장이 앞을 가로막았다. 보아하니 다름 아닌 노장 황충이다. 서황은 동관을 잃은 이후 황충에 대한 원한이 뼈에 사무쳐 있는 상태였기 때문에 다짜고짜 황충에게 덤벼들었다.

황충과 서황은 50여 합을 싸웠지만, 나이 많은 황충은 이런 맞대결에서는 이길 수 없다고 판단하고 꾀를 냈다. 그는 언월도를 한 번 휘두르고는 말머리를 돌려 달아나기 시작했다. 서황은 말을 채찍질하여 그 뒤를 쫓는다.

성 위에서 이 광경을 지켜보고 있던 모개는 수상쩍게 생각했다. 황충의 언월도에는 아직 흐트러진 기색도 보이지 않는데 갑자기 달아나기 시작했기 때문이다. 모개는 서황을 구원하기 위해 곽회를 내보내는 한편, 성 위에서 징을 울려 퇴각 신호를 보냈다.

서황은 징소리를 듣고 퍼뜩 정신이 들어 성으로 돌아가려고 했다. 그러자 황충은 안장 위에 언월도를 내려놓고는 왼손에 활을 들고 오른손으로 화살을 매기더니 서황의 목을 향해 화살을 날렸다.

서황은 재빨리 피했지만 화살은 어깻죽지에 명중했다. 서황의 몸이 획 기울어 금방이라도 말에서 떨어질 것 같았다.

그것을 본 황충은 다시 언월도를 치켜들고 서황을 추격했다. 서황은 성을 돌아 달아났다. 성 위에서는 황충을 향해 화살이 비 오듯 쏟아졌다. 황충은 말을 세우고 장병들을 지휘하여 멀리서 성을 포위했다.

한편, 정작은 홍농하에 진지를 쌓기 시작했고, 장익에게 그 사실을 알렸다. 장익은 전에는 문향에 많은 적군이 있었기 때문에 감히 황하를 건너지 못했지만, 이제 아군이 문향성을 사방으로 포위한 것을 알자 명령대로 강을 건너 정작과 합류했다.

황충은 문향성을 포위한 뒤 공명과 함께 성을 돌며 적정을 시찰했다. 본진으로 돌아오자 공명은 이렇게 명령했다.

"노장군, 서황이 다쳤으니 성안에서는 위기를 느끼고 있을 것입니다. 적은 우리가 기세를 타고 야습을 감행할 거라고 생각하여 경비를 엄중히 하겠지요. 우리는 그런 적의 계략에 넘어간 척하고 우리 계책을 실천합시다. 삼경(자정) 무렵이 되면 성의 사방에서 일제히 북을 치고 뿔피리를 불어 적을 불안에 빠뜨리고, 낮에는 전혀 소리를 내지 않는 것입니다. 이렇게 하면 적은 밤마다 야습에 대한 경계 태세를 취하느라, 낮에는 지쳐서 제대로 방비할 수가 없게 됩니다. 이런 일을 사흘 동안 계속하면 적은 피로가 쌓여 우리의 주간 공격을 막지 못하고, 문향성은 우리 손에 들어올 것입니다."

"원수의 전략에는 그저 감복할 뿐입니다. 나는 여러 장수들과 함께 맨 먼저 성으로 쳐들어가 분전하겠습니다."

상처를 입고 도망쳐 돌아온 서황은 2천 남짓한 병사를 잃고 성안에서 겨우 한숨을 돌렸다. 이윽고 한밤중이 되자, 느닷없이 사방에서 북과 뿔피리 소리가 울려 퍼졌다. 서황은 다친 몸을 이끌고 성 위로 올라가 병사들을 독려하여, 아무것도 보이지 않는 어둠 속을 향해 나무와 돌을 던졌다.

성안은 밤새도록 혼란에 빠졌다. 이런 일이 사흘 동안 계속되자 위군은 밤과 낮이 뒤바뀐 상태에 익숙해져, 낮에 자고 밤에 깨어 있는 것을 아무렇지도 않게 생각하게 되었다. 그런데 나흘째 되는 날 새벽에 위군이 막 잠을 청하려 할 때 느닷없이 적진의 수레 위에 붉은 깃발이 나부끼더니, 한군이 일제히 흙과 모래 주머니를 산더미처럼 쌓아올리고 운제(雲梯 : 성을 공격할 때 사용하는 사다리)와 충차(衝車 : 성문이나 성벽을 부술 때 사용하는 무기)를 끌어냈다.

황충과 장익은 죽음을 두려워하지 않는 용맹한 병사들을 모집하여, 개미 떼처럼 성벽을 기어오르기 시작했다. 성 위의 위군은 어떻게든 성을 사수하려고 했지만, 그 많은 적군을 다 막지 못하고 육탄전을 벌이게 되었다.

서황은 그것을 알고, 여러 장수들에게 한군이 성안으로 들어오지 못하도록 밖으로 나가서 한군을 맞아 싸우라고 명령했다. 그리고 자신은 황충을 맡았다. 두 사람은 칼을 들고 접근전을 벌였다.

북쪽에서 밀어닥친 장익은 국연과 양무의 저지를 받았다. 장익은 화살과 돌멩이를 무릅쓰고 용감하게 돌진하여 양무의 오른팔을 잘라버렸다. 양무는 달아났지만, 장익은 쫓아가서 다시 한 번 칼을 휘둘러 결국 양무를 죽였다. 국연이 이를 보고 성안으로 도망치자, 장익이 이번에는 국연을 추격했다.

이리하여 한군 특공대는 모두 성에 올라가 성문을 열고 아군을 맞아들였다. 장익은 언월도를 치켜들고 황충을 응원하러 갔다. 때마침 황충과 서황은 한창 격투를 벌이는 중이어서, 양쪽이 상당수의 사상자를 내고 있었다.

장익은 부대를 이끌고 서황 부대의 후방을 공격했다. 서황의 부대는 대장이 한 걸음도 물러서지 않을 태세를 보이기 때문에 자신들도 분전하고 있었지만, 후방이 어지러워지자 갑자기 동요하여 앞다투어 달아나기 시작했다.

서황은 형세가 불리해진 것을 깨닫고 황충을 내버려둔 채 성 위를 돌아 도망쳤다. 황충은 놓칠까 보냐는 듯이 그 뒤를 쫓았다.

이 무렵 곽회와 모개는 정작과 싸우고 있었지만, 성안에서 불길이 오르는 것을 보고는 마음이 불안하여 급히 달아나다가, 역시 성에서 도망쳐 나온 국연과 서황을 만났다. 네 사람은 패잔병을 모아 한 줄기 혈로를 뚫었다.

홍농하의 한군이 성을 공격하러 나가버린 것이 그들에게는 그나마 다행이었다. 그들은 파도가 흐름을 거슬러 소용돌이치는 홍농하를 간신히 건널 수 있었다. 홍농하를 건넌 뒤 군대를 점검해보니 남은 병력은 4, 5천에 불과하고, 강물에 빠져 죽은 병사가 천여 명에 이르렀다.

서황 일행은 함곡관으로 후퇴하여 그곳을 거점으로 삼고, 사마의에게 알려 구원을 청했다.

한편, 효산을 지키고 있던 위나라의 종회와 등애는 문향성이 포위되었다는 소식을 듣고 대책을 논의했다. 그리하여 종회는 그대로 효산에 남아 마초를 막고, 등애가 서황을 구원하러 가기로 했다.

등애가 산길 어귀를 막 나서려 할 때, 숨어서 기다리고 있던 풍습과 장남의 복병이 일제히 화살을 쏘아댔다. 등애는 어쩔 수 없이 후퇴했지만, 아무리 태세를 정비하여 돌파를 시도해도 잘 되지 않는다.

그래서 등애는 한 가지 꾀를 내어, 5백 남짓한 병사를 밤중에 산 옆으로 보내 깊은 숲 속에 깃발을 많이 꽂아 한군의 마음을 동요시키는 작전으로 나왔다.

풍습과 장남은 깊은 숲 속에 느닷없이 위군 깃발이 늘어섰기 때문에 깜짝 놀랐다. 그 틈을 놓치지 않고 등애의 부대가 몰려오자 풍습과 장남은 슬금슬금 후퇴했다.

이리하여 등애는 문향성 아래까지 왔지만, 성은 이미 한군에게 포위되어 있었다. 이래서는 손을 쓸 수가 없다고 판단한 등애는 다시 퇴각하기로 했다.

바로 이때 정작과 장익이 등애를 쫓아왔다. 앞에는 풍습과 장남이 버티고 있다. 등애는 장병들을 격려하며 외쳤다.

"아군의 퇴로는 끊겼다. 종회 장군과 합류하지 못하면 우리는 여기서 개죽음을 면치 못한다."

그러자 병사들은 "장군과 같이 죽겠습니다" 하고 대답하며, 등애를 뒤따라 풍습과 장남의 부대 속으로 뛰어들었다.

풍습과 장남은 이 기세를 막아내지 못했다. 포위망을 뚫고 도망친 등애는 효산 입구에서 기다리고 있던 한군마저 쫓아버렸고, 이 싸움에서 한군은 수많은 사상자를 냈다.

등애는 잠시 산길 어귀를 거점으로 삼고 종회에게 연락했다. 종회는 문향을 빼앗기고 귀로도 끊겼다는 것을 알자 등애와 계속 협력하면서, 깃발만 수없이 꽂아둔 채 산길을 한 걸음씩 퇴각하여 낙양으로 달아났다.

공명이 문향을 얻고 나서 군대를 점고해보니 사상자가 3천여 명을 헤아렸다. 장익은 이번 승리의 최고 수훈자로 인정되었고, 풍습과 장남은 앞으로 나와서 죄를 청했다. 그러자 공명은 말했다.

"『손자』에 '궁지에 빠진 적은 쫓지 말고, 돌아가는 군사는 막지 말라'는 말이 있소. 하물며 등애는 위나라에서도 훌륭한 장수요. 두 사람에게는 죄가 없소."

공명은 또한 정작에게 산을 샅샅이 뒤져 위군을 찾으라고 명령했지만, 위군은 한 사람도 없고 깃발만 꽂혀 있을 뿐이었다. 공명은 그 보고를 받고는 이렇게 말했다.

"문향을 잃었기 때문에 귀로를 잃었고, 그래서 도망친 것이오."

그러고는 풍습에게 병력 3천을 주어 장익 대신 황하 연안을 지키게 하고, 장익은 공명을 따라 동쪽으로 진격하게 되었다. 장남에게는 문향을 지키게 하고, 황충이 다시 모든 군대를 통솔하여 함곡관으로 떠났다.

한편, 위연은 평양에서 "황하를 건너 민지를 공격하라"는 공명의 명령을 받고, 당장 이엄을 비롯한 여러 장수들과 작전을 논의했다.

"위군이 황하 연안을 굳게 지키고 있는데, 나 위연과 여러 장수들에게 황하를 건너 적진으로 공격해 들어가라는 명령이 떨어졌소. 무슨 좋은 작전이 없겠소?"

그러자 강유가 이런 제안을 내놓았다.

"제 생각에 위군은 이미 장기간에 걸쳐 황하를 방비하고 있습니다. 이때 평륙의 아군을 시켜 강을 건너는 시늉만 하면 그것만으로도 적은 혼란에 빠질 것입니다. 적의 이목이 평륙에 쏠려 있을 때 우리가 다섯 부대로 나뉘어 야음을 틈타 강을 건너버리면 이길 수 있다고 생각합니다. 어떻습니까?"

위연과 이엄은 여기에 동의하고 당장 계획을 실행에 옮겼다. 위군 대장 조진은 평륙에 병력을 집중했기 때문에 위연과 강유의 도강에 대해서는 미처 손을 쓰지 못했다. 위군이 황급히 위연을 맞아 싸우려 했을 때, 이엄·마충·요립은 이미 강가로 다가가고 있었다.

이엄이 상륙했을 때 위군 병력은 불과 4,5백 정도였지만, 위군이 속속 집결하는 것을 본 이엄은 부하들에게 엄명을 내렸다.

"용기를 내어 전진하라. 물러서는 자는 목을 베겠다."

이엄은 앞장서서 위군 사이로 뛰어들었고, 마충과 요립의 부대도 그 뒤를 따랐다. 그들은 위군 진영으로 돌진하여 목숨을 아랑곳하지 않고 거칠게 날뛰었기 때문에, 위군은 그 기세에 눌려 슬금슬금 후퇴하기 시작했다.

위연과 강유도 상륙하여 세 장수와 합류한 뒤 무시무시한 기세로 전진해 들어갔다. 한군이 일당백으로 분전하니 위군은 결국 민지성까지 퇴각하고 말았다.

위연은 거기서 공명의 명령에 따라 망산을 등지고 민수 연안에 5개 진영을 쌓고, 자신이 제1채寨, 강유에게 제2채, 이엄에게 제3채, 마충에게 제4채, 요립에게는 제5채를 할당했다.

또한 강 맞은편의 장억과 연락하여 군량 수송로를 확보하고, 원곡에 부교를 놓아 그것을 도로 대신 사용했다. 제4채의 마충은 부교 방위에만 전념하는 역할을 맡았다.

민지성을 지키는 조진은 패잔병을 긁어모아 수비를 강화하는 한편, 전령을 보내어 허창의 조조에게 위급을 알렸다.

조조는 서황이 문향을 잃었다는 소식을 받은 데 이어 조진한테서도 위연이 망산을 거점으로 삼아 민지로 다가오고 있다는 소식이 날아오자, 완전히 동요하여 손발도 제대로 움직이지 못하는 상태가 되었다.

그는 우선 사마의에게 허저와 병력 1만을 급파하여 민지를 방어하게 하는 한편, 합비 수비대장 장요에게는 장비를 막게 하고 사마의에게는 제갈량을 막으라고 명령했다. 또한 백마왕 조표에게 조창 대신 진성을 지키라고 명령하고, 조창에게는 철기병 8천을 이끌고 형양滎陽에 주둔하면서 각지를 구원하라고 명령했다.

합비의 장요는 조조의 명령을 받고 이전에게 합비 방어의 책임을 맡겼다. 오나라는 위나라와 우호관계를 맺은 지 얼마 되지 않았기 때문에 당분간은 합비에 많은 병력을 놓아둘 필요가 없었다.

장요는 합비 수비군 중에서 1만 병력을 선발하여 허창으로 돌아가 조조를 배알한 뒤 당장 섭현으로 진주했다. 사마의는 허저에게 민지성 수비를 맡기고, 그 자신은 용맹하기로 이름난 청주병을 이끌고 낙양으로 향했다. 또한 둘째아들 사마소를 영보에 보내어 후방 지원을 맡게 했다.

진성의 조창은 조표와 임무를 교대한 뒤 철기병 8천을 이끌고 밤낮으로 강행군하여 형양에 도착했다. 조창은 거기에 잠시 부대를 주둔시키고 허창으로 가서 아버지 조조를 배알했다.

조조는 연주의 관병 2만을 조창에게 주고 형양에서 구원 태세를 취하고 있으라고 다시금 명령했다. 이렇게 위군 병력은 날로 증강되어 세력을 되찾았다.

시운時運이 조조 편을 들어주면 광무제가 왕망을 깨뜨린 곤양 싸움이 재연되겠지만, 아무리 강병이라도 제대로 쓰지 못하면 항우처럼 해하垓下에서 죽는 법이다. 그러면 이 다음은 어찌 될 것인가. 다음 회를 기대하시라.

제 27 회

제갈첨, 절벽을 넘어 용문산을 빼앗다
사마소, 복병을 거느리고 소실산에 숨다

의양에서 공명의 명령을 받은 마초는 당장 성의 중문을 열어 제갈첨·관색·마성을 맞아들였다. 이처럼 정중하게 맞이한 것은 제갈첨이 공명의 맏아들이고 한중왕 유비의 사위일 뿐 아니라, 관색이 관우의 둘째아들이라는 점도 배려했기 때문이다.

제갈첨과 관색은 이번에 마초의 휘하에 들어가라는 명령을 받았는데, 이것도 모두 공명과 관우가 마초를 그만큼 높이 평가하고 있다는 것을 보여준다.

관색과 제갈첨은 오래전부터 용장강병勇將强兵으로 이름 높은 마초의 명성을 알고 있었다. 이것도 공명과 관우의 이번 배속 명령에 영향을 주었다.

한편, 관청의 대청으로 들어간 제갈첨과 관색은 마치 조카가 숙부를 대하듯 예를 갖추어 마초에게 큰절을 올렸다.

그런데 아직 젊은 사람이 남에게 윗사람 대우를 받으면 몹시 기뻐하는 것은 어제오늘 시작된 일이 아니다. 이것은 선천적인 유전이라고도 할 수 있는 일종의 체질로서, 어떤 영웅도 모두 이런 일면을 갖고 있는 법이다.

마초는 두 사람이 엎드려 절하자 당황하여 일으켜 세운 뒤 마성의 인사를 받았다. 마성 혼자만 다른 취급을 받았지만, 마성도 '큰절'까지는 하지 않았으므로 특별히 서로 문제될 것은 없다.

마초는 우선 제갈공명과 관우의 안부를 물었다. 두 사람은 마초의 질문에 대답한 뒤 마대를 만났다.

마초는 좋은 술을 준비하여 잔칫상을 차리게 했고, 잔치 준비가 갖추어질 때까지 세 사람은 목욕을 했다.

잔치 석상에서 마초는 최근 정세를 이야기하기 시작했다.

"용문산과 소실산은 모두 지세가 험하여, 여기서는 기병을 사용할 수 없네. 사마의의 맏아들 사마사는 낙양을 지키면서, 군대를 나누어 요충을 지키고 있지. 사마의는 얼마 전에 직접 낙양으로 와서, 효산에서 도망쳐 온 종회와 등애에게 병력 2만을 주고, 낙수의 요소요소에 진지를 쌓아 수비 태세를 취하게 했다네. 낙양에서 증강된 위군은 도합 10만에 가까운데, 제갈 원수께서는 이것을 통찰하시고 정면 공격은 어렵다는 것을 깨달으셨지. 그래서 나로 하여금 용문산과 소실산을 넘어 적의 배후를 공격하게 하려고 생각하셨지만, 아까도 말했듯이 용문산의 지세는 험하기 짝이 없어서 이곳을 넘는 건 쉽지가 않다네."

그러자 제갈첨이 일어나 이렇게 말했다.

"용문산이 험준하다고 말씀하시지만, 제가 군대를 이끌고 탐색하러 가보고 싶습니다. 앞으로 나아갈 수 있을 것 같으면 계속 나아가고, 안 될 것 같으면 곧 돌아오겠습니다."

"참으로 용감한 말이어서 한편으로는 기쁘지만, 큰 위험을 수반하는 일이라 걱정일세. 위군은 증강되어 기세가 강하고 전선에는 정예 부대가 배치되어 있으니, 험한 산 속에서 전투를 벌이는 것은 불리하네. 게다가 적은 엄중한 수비 태세를 펴고 있어서 빈틈이 없다네. 아무래도 나가보고 싶다면 차라리 낙양으로 정면 공격을 해보게. 그렇다면 응원하기도 쉽고 상황을 파악하기도 쉬울 테니까."

"제갈 원수께서는 장군께 용문산을 넘어 공격하라고 명령하셨을 것입니다. 제가 원수의 맏아들이라는 것에 너무 마음을 쓰셔서 전체 작전을 그르쳐서는 안 됩니다. 부디 저에게 출병을 명령해주십시오."

"그렇게까지 결심이 굳다면 세심한 주의를 기울여 조금씩 전진하고, 계속 진지를 쌓으면서 가게. 곧 원군을 보내주겠네."

제갈첨은 그 조건을 승낙했다. 마초는 병력 3천을 제갈첨에게 주고, 길을 안내할 사람을 두 명 붙여주었다. 제갈첨은 용기백배하여 의기양양하게 성을 떠났다.

마초는 마대를 불러 이렇게 명령했다.

"제갈첨은 아직 젊어서 혈기가 왕성해. 게다가 처음 전쟁터에 파견되었기 때문에, 실례지만 전쟁의 어려움과 괴로움을 몰라. 용문산은 워낙 험해서 행군에는 불리해. 무슨 잘못이라도 생기면 원수께 죄송할 뿐 아니라 아군의 위세가 심하게 손상될 거야. 그러니 아우는 젊은 관 장군과 함께 각각 병력 3천을 이끌고 응원하러 가게. 모든 곳에 주의를 기울이고, 너무 대담한 짓을 해서는 안 돼. 나도 군대를 이끌고 뒤따라 감세."

마대와 관색이 떠나자 마초는 마룡에게 병력 8천을 주어 의양을 지키게 하고, 마성에게는 병력 3천을 주어 의양성을 근거지로 삼아 낙수 연안에 진지를 쌓고, 의양성과 긴밀한 연계를 맺어 위군의 공격을 막으라고 명령했다.

그러고 나서 마초는 기병과 보병 8천을 거느리고, 마대와 관색을 지원하기 위해 영양진潁陽鎭으로 떠났다.

한편, 제갈첨은 병력 3천과 두 명의 안내인을 거느리고 영양진에 도착했다. 거기서 현지 주민에게 물어보니 용문산을 지키는 장수는 왕릉과 문흠文欽이고, 산의 앞뒤 요소는 모두 위군이 굳게 지키고 있다는 것이었다.

제갈첨은 그 말을 듣고 안내인을 불러 물었다.

"여기서 용문산까지 거리가 얼마나 됩니까?"

"10리쯤 됩니다."

"여기서 산 너머로 이어지는 길은 몇 개나 됩니까?"

"용문산은 아주 깊은 산이지만, 길은 일단 사방으로 뚫려 있습니다. 소사하小沙河에서 골짜기를 따라 나아가다가 용문사를 돌아서 맞은편으로 나가는 것이 가장 큰 길입니다. 나머지 좁은 길은 모두 절벽에 달라붙어 있는 길이라, 우리도 한두 번 지나가본 적은 있지만 자세한 길은 기억하지 못합니다."

제갈첨은 잠시 생각에 잠겨 있더니 한 가지 계책을 생각해내고, 부하들을 잠시 그곳에 머물게 한 뒤 자신은 20명 정도의 기병과 함께 창을 들고 용문산으로 정찰을 떠났다.

용문산 앞까지 와서 보니 산세가 꾸불꾸불하여 굴곡이 많고, 기묘한 형태의 봉우리들이 사방에 우뚝 솟아 있다. 길도 숲 사이로 얼기설기 복잡하게 뚫려 있고 골시내만 맑게 흐르고 있었다.

제갈첨은 말을 세우고 유유히 사방을 둘러보았다. 위군 복병은 이미 이 사실을 산 속 진지에 알렸다.

산 속의 위군은 3, 4천 명인데 모두 왕릉의 부하들이었다. 왕릉은 통보를 받고 부장 왕운王雲에게 병력 3백을 주면서 적을 잡아오라고 명령했다.

왕운은 말을 채찍질하여 산을 달려내려갔다. 그것을 보고 제갈첨은 퇴각했다. 왕운은 적병의 수가 적은 것을 깔보고 계속 추격했다. 제갈첨은 한순간의 빈틈을 놓치지 않고 재빨리 돌아서서 화살을 쏘았다. 왕운은 공중제비를 돌며 말에서 떨어졌다. 제갈첨은 왕운을 붙잡아 꽁꽁 묶었다.

제갈첨은 왕운이 이끌고 온 3백 명에게 창을 휘두르며 덤벼들어 잇따라 십여 명을 찔렀다. 그러자 다른 병사들은 더 이상 쫓아오려 하지 않았다.

제갈첨은 부상한 위군 병사들을 모두 사로잡아 유유히 진지로 돌아왔다. 그러고는 왕운의 포박을 풀어주고 몸소 약을 발라주면서 술상을 준비했다.

왕운은 일개 무장이었지만 남의 의기에 감동할 줄 아는 성격이었다. 그래서 제갈첨의 호의에 감동하고 이렇게 물었다.

"저 같은 하급 장수를 붙잡았으면 죽이는 게 당연하거늘, 왜 죽이지 않고 환대해주십니까?"

"나는 장군이 용감한 분이라고 생각했기 때문에 차마 죽일 수가 없어서 이렇게 한 것입니다."

대체로 거칠고 난폭한 사람은 남이 자기를 영웅이라고 부르면서 술을 주고 정중하게 대해주면 기뻐하는 법이다. 왕운은 제갈첨에게 후한 대접을 받고는 상대가 적이라는 것을 까맣게 잊어버렸다. 제갈첨은 붙잡아온 위군 병사들에게도 술과 음식을 주고 모두 석방했다.

제갈첨은 왕운에게 이렇게 말을 걸었다.

"내가 보기에 장군은 당당한 풍모를 갖고 계십니다. 그렇게 훌륭한 분이 왜 역적을 섬기고 계십니까. 아군에 투항하면 장차 봉후封侯의 지위를 받을 수 있을 터인데…….”

제갈첨의 부장들도 왕운에게 말했다.

“이 젊은 장군은 한중왕의 사위이시고 제갈공명 원수님의 아들이십니다.”

그러자 왕운은 자리에서 일어나 토방으로 내려가더니 땅바닥에 꿇어 엎드렸다.

“소인, 어둠을 버리고 밝음을 잡기를 바랍니다. 부디 받아주십시오.”

제갈첨은 왕운을 부축해 일으키며 말했다.

“장군이 투항해주신다면 참으로 한왕실의 다행입니다. 다만, 지금 나는 맹기 장군의 명령에 따라 용문산 탈취 작전을 펴고 있습니다. 무슨 좋은 지혜가 없겠습니까?”

“이 산 후미에 두 줄기 길이 있는데, 하나는 제가 수비를 맡고 있는 길입니다. 제가 안내하여, 저를 받아주신 사례로 삼고 싶습니다.”

“산의 앞뒤에는 병력이 얼마나 배치되어 있습니까?”

“후방에 있는 병력은 3천 남짓이고, 앞쪽은 문흠이 5천 명을 이끌고 지키고 있습니다. 문흠의 둘째아들 문앙文鴦은 아주 용감한 사람이지만, 산 뒤쪽의 거점을 빼앗고 계교를 써서 문앙을 사로잡으면 문흠은 참패할 것입니다.”

제갈첨은 크게 기뻐하며, “산 속에서 불길이 일어나는 것을 신호로 하여, 병력을 보내 가세해달라”는 통신문을 써서 후방 부대에 전했다.

그리고는 밤에 왕운을 따라 진지를 빠져나가 산길 어귀로 들어섰다. 위군 수비병들은 왕운이 왔기 때문에 막을 생각도 하지 않았다. 왕운은 거침없이 산 위로 올라갔다. 그리고 그 뒤를 이어 제갈첨이 나타났다.

그러나 위군 수비병들은 아무것도 모른다. 제갈첨은 쉽사리 산길 어귀에 거점을 얻었다. 그리고 별빛에 의지하여 산 속의 좁은 길을 한 걸음씩 조심스럽게 나아가, 산 위의 위군 진지에 도착했을 때는 벌써 날이 밝아오고 있었다.

제갈첨은 병사들에게 불을 지르라고 명령하고, 앞장서서 위군 진지로 뛰어들었다. 잠을 자다가 꿈에서 느닷없이 현실로 돌아온 왕릉은 엉금엉금 기어 진지를 빠져나가 앞산을 넘어 달아났다.

순식간에 위군 진지는 불길에 휩싸이고, 한군 병사들도 용기를 내어 분전했다.

후방에서 따라오던 마대와 관색은 제갈첨의 통신문을 받고, 무슨 실수라도 생기면 큰일이라고 생각하여 길을 재촉했다. 산 아래에 이르자 저 멀리 앞쪽에서 한군 병사가 커다란 깃발을 흔들고 있는 것이 보였다. 급히 달려가보니, 한창 전투가 벌어지고 있는 중이었다.

산에서 도망쳐 온 왕릉을 맞은 문흠과 문앙, 왕운과 제갈첨의 군사가 어지럽게 뒤얽혀 있고, 문흠은 제갈첨과, 문앙은 왕운과 대결하고 있었다. 그러나 10합도 겨루기 전에 왕운은 문앙의 창에 찔려 골짜기 아래로 굴러 떨어졌다. 제갈첨은 혼자서 문흠 부자와 싸우게 되어 사태가 아주 위급했다.

그때 마대가 "관 장군, 나한테 맡기십시오" 하고 큰 소리로 외치며 달려가 언월도를 휘두르면서 문앙에게 덤벼들었다.

관색은 그사이에 부대를 이끌고 위군을 추격했지만, 마대가 문앙을 쓰러뜨리지 못하는 것을 보고는 응원하러 달려왔다.

제갈첨은 이번에는 문흠과 겨루어 그 왼팔을 꿰뚫었다. 문흠이 달아나자 제갈첨은 문앙에게 덤벼들었다.

문앙은 한꺼번에 세 사람을 상대로 용감하게 싸웠지만, 아버지가 다친 것을 보고 창 쓰는 법이 갑자기 어지러워지더니 앞산을 향해 달아났다.

마대는 장병들을 이끌고 추격하여 마침내 용문산 앞의 위군 진지를 빼앗았다.

그때 북과 뿔피리 소리가 울려 퍼지더니 위나라 원군이 도착했다. '마초가 용문산을 공격한다'는 소식을 들은 사마의가 용문산 수비가 약한 것을 걱정하여 둘째아들 사마소를 급히 보낸 것인데, 사마소가 도착했을 때에는 이미 진지를 빼앗긴 뒤였다.

사마소는 패잔병들을 모아 산 밑에 새로 진지를 쌓았다. 왕릉과 문흠이 그 진지에 나타나 죄를 청했다. 사마소는 화를 내며 호통을 쳤다.

"용문산은 하늘이 내려준 험준한 땅이고 낙양의 장벽이다. 너희들은 많은 병력을 거느리고 있으면서도 요지를 잃었다. 위나라 황제를 뵐 낯이 없다."

그러고는 두 사람을 꽁꽁 묶어 낙양으로 보내 사마의에게 처리를 맡겼다. 두 사람은 고개를 숙인 채 한마디도 하지 못하고 낙양으로 호송되어 갔다.

이런 사실을 전해 들은 문앙은 불같이 화를 냈다.

"왕릉은 산의 뒤쪽 진지를 잃었지만, 아버님은 그것을 구원하다가 부상당하셨다. 그것을 제대로 구별하지 않고 일률적으로 죄를 씌우는 것은 용납할 수 없다. 내가 따끔한 맛을 보여주겠다."

문앙이 이렇게 호령하자 군대 전체가 여기에 동조했다. 문앙은 낙양으로 가는 길목을 지키다가 함거(죄인을 호송하는 수레)를 습격하여 두 사람을 구출하고 용문산의 한군에 투항해버렸다.

그것을 안 사마소는 격분하여 직접 추격대를 이끌고 뒤를 쫓았지만, 문앙이 가로막아 싸움이 벌어졌다. 추격하던 병사들은 차례로 말에서 떨어져 죽었다.

산 위의 마대는 그 광경을 자세히 관찰하다가, 투항한 위군 병사들을 산중턱에서 쉬게 한 뒤 군대를 이끌고 문앙에게 가세하러 갔다.

사마소는 마대의 부대를 보고는 추격을 단념하고 허둥지둥 진지로 돌아갔다. 문흠 부자와 왕릉은 용문산 진지에서 마대·관색·제갈첨과 새삼스럽게 인사를 나누었다. 마대는 세 사람을 편히 쉬게 하는 한편, 마초에게 급히 이 사실을 알렸다.

반나절도 지나기 전에 마초의 답장이 날아왔다. 그 내용인즉,

"제갈첨은 왕릉·문흠과 함께 본진으로 돌아오고, 문앙은 용문산에 남아서 새로 군대를 지휘하라."

제갈첨은 왕릉·문흠과 함께 본진으로 돌아가 대장 마초를 만났다. 마초는 웃으면서 제갈첨의 손을 잡고 이렇게 말했다.

"첫 출전에서 이렇게 큰 공을 세웠으니, 역시 피는 속일 수 없나 보군."

제갈첨은 머리를 조아려 사례했다.

마초는 이어서 왕릉과 문흠을 불러 인사를 나눈 뒤에 이렇게 말했다.

"두 분께서 아군에 오신 것은 정말 경하할 일입니다. 번거로우시겠지만 문 장군께서 아드님께 편지를 쓰시어, 부하들을 거느리고 우리와

함께 진격하라고 명령해주십시오. 문 장군에 대해서는 제가 호위병을 딸려 의양으로 보내드릴 테니, 거기서 천천히 상처를 치료하시고, 완쾌되기를 기다려 다시 전선에서 활약해주십시오. 왕 장군께서는 이대로 이 진지에 계십시오."

두 사람은 머리를 조아려 사례했다.

문흠은 당장 아들 문앙에게 편지를 써서 이렇게 말했다.

"마초는 우리를 후히 대접하고, 나는 의양에서 상처를 치료하게 되었다. 너는 그대로 전선에 남아서 전투에 종사하여 이 후의에 보답하라."

마초는 그 편지를 전선으로 보내는 한편, 문흠을 의양성으로 보내주었다. 문앙은 편지를 받고 마대와 함께 작전에 임할 것을 승낙했다.

마초는 제갈첨을 본진에 붙잡아두고 전선에는 내보내지 않기로 했다. 이것은 앞에서도 말했듯이 만에 하나라도 무슨 일이 생기면 공명이나 유비에게 면목이 서지 않기 때문이었다.

한편, 사마소는 진지로 돌아가자마자 낙양으로 전령을 보내어 왕릉과 문흠이 모반했고 용문산 거점을 빼앗겼다는 사실을 알린 뒤, 장수들을 모아놓고 이렇게 말했다.

"왕릉과 문흠은 아군의 실정을 잘 알고 있소. 게다가 적군은 산 위에 진을 치고 있기 때문에, 허를 찌르면 밑에 있는 우리가 위험하오. 소실산으로 군대를 옮겨, 적에게 보이지 않는 곳에 진을 칠 수밖에 없소. 그렇게 하면 산중턱의 적진을 평지로 끌어낼 수 있소. 적이 평지로 나오면 앞에는 낙양이 있고 뒤에는 소실산이 있소. 적이 용문산을 얻었다 해도 사실은 아무것도 얻지 못한 거나 마찬가지가 되는 거요."

장수들은 일제히 찬성의 뜻을 밝히고, 야음을 틈타 철수하여 소실산으로 숨어들었다.

이윽고 날이 밝자 용문산 위의 마대·관색·문앙은 깜짝 놀랐다. 눈 아래에 있는 위군 진지가 텅 비어 있었기 때문이다.

척후병 10명을 내보내어 찾았지만 10리 사방에 위군은 그림자조차 보이지 않는다. 세 사람은 이 사실을 마초에게 급히 알렸다. 마초는 군대 전체를 이끌고 제갈첨·왕릉과 함께 용문산으로 달려와 살펴보았지만 정말 아무것도 보이지 않는다. 그러자 마초가 말했다.

"사마사와 사마소 형제는 용병술이 아버지보다 더 뛰어나다는 말을 들은 지 오래다. 명령을 받고 용문산을 구원하러 달려왔는데 진지도 없다니, 어디에 숨을 수가 있단 말인가. 여기에는 반드시 계략이 있을 것이다. 경솔하게 움직여서는 안 된다."

그러자 제갈첨이 나서서 말했다.

"산 밑에 진지 셋을 쌓고 산 위의 두 진지와 긴밀한 연계를 취하면, 앞으로 나아가면 낙양이고 물러서면 용문산입니다. 계략이 있어도 괜찮지 않겠습니까?"

"으음, 그 말에도 일리가 있군."

마초는 마대·문앙·관색 세 사람을 하산시켜 산 밑에 진지를 쌓게 했다. 마초와 제갈첨은 산 위에 진지 두 채를 쌓고, 척후병을 많이 내보내어 사방을 살피면서 사마소의 기습에 대비했다.

낙양의 사마의는 용문산을 잃고 왕릉과 문흠이 적에게 투항했으며 사마소는 소실산에 숨었다는 것을 알고, 당장 사마사에게 병력 2만을 주면서, 종회를 부장으로 삼아 사마소와 함께 용문산 한군을 기습하여 낙양의 우환을 제거하라고 명령했다. 또한 등애에게는 낙수를 건너 의양을 공격하여 마초의 퇴로를 차단하라고 명령했다.

한편, 사마소는 형 사마사와 몰래 의논하여 용문산 밑의 한군 진지를 기습하려고 암호를 정했다. 그리고 약속한 날 사마사와 종회는 한군 진지로 다가가 사마사가 마대의 진지를, 종회는 문앙의 진지를 기습했다. 양쪽 군대는 필사적이었다.

관색이 구원하러 가려고 했을 때 느닷없이 횃불이 빛나더니, 사마소가 소실산에서 몰려나와 관색에게 덤벼들었다. 사마소의 군대는 용맹하여 관색의 진지를 짓밟았고, 관색은 한가운데에 포위되어 도저히 탈출할 수가 없다.

이거 큰일났다고 생각했을 때 산 위에서 북과 뿔피리 소리가 나더니, 밝은 횃불빛과 함께 마초가 구원하러 나타났다. 제갈첨과 왕릉은 마대와 문앙을 구원하러 갔다.

마초는 창을 휘두르며 혼자 적진으로 뛰어들어 위군의 이름난 무장들을 차례로 찔러 죽인다.

사마사와 종회는 원군이 온 이상 계속 공격하는 것은 무리라고 판단하고, 군대를 거두어 낙양으로 돌아갔다. 사마소도 다시 소실산에 숨었다. 마초는 캄캄한 밤이기 때문에 추격하지 않았다.

이튿날 군대를 점호해보니, 관색의 부대는 3분의 1이 죽고, 마대와 문앙의 부대도 상당한 손상을 입었다.

사마소는 유유히 진지로 돌아가 "대승을 거두었다"면서 의기양양했다.

마초가 장수들에게 수비를 엄중히 하라고 명령하고 있을 때 후군 쪽에서 보고가 들어왔다. "등애가 낙수를 건너 의양을 공격하여, 마성이 필사적으로 수비하고 있지만 위험한 상태입니다."

마초는 몸소 3천 병력을 이끌고 구원하러 가기로 하고, 제갈첨을 전선의 군사 사령관 대리로 임명했다.

마초가 의양에 도착해보니 위군이 부교를 만들어 차례로 강을 건너는 것이 보였다.

마초는 '성이 그렇게 빨리 함락되지는 않을 것이다'고 생각하여, 우선 그 부교를 공격하기로 했다.

마초가 앞장서서 덤벼들자 위군은 저항도 하지 못한 채 달아났다. 마초는 보검을 빼들어 부교를 묶은 밧줄을 잘랐다. 단순한 나무조각으로 변한 부교는 하류로 떠내려갈 뿐이다. 부교를 건너던 위군 병사들은 파도 사이를 떠도는 신세가 되었다.

마초는 얼른 말머리를 돌려 의양성으로 달려갔다. 마성이 열심히 등애와 싸우고 있었지만, 등애가 화공을 지시했기 때문에 성안이 혼란에 빠져 있었다. 그러나 거기에 마초가 뛰어들자, 그를 본 서량군은 용기 백배하여 환호성을 질렀다.

성안에 있던 마룡은 문흠에게 수비를 맡기고, 자신은 군대를 이끌고 성밖으로 나와 싸우기 시작했다.

등애는 안팎에서 협공당하는 꼴이 되었기 때문에, 급히 군사를 거두어 퇴각하기 시작했다. 마초가 재빨리 등애를 추격한다.

등애는 부교가 사라진 것을 보고 상류로 방향을 돌려 건널 수 있는 곳을 찾았다. 그리고 겨우 말을 채찍질하여 거세게 소용돌이치는 급류를 건넜지만, 대다수의 위군은 오리처럼 헤엄쳐 건널 수밖에 없었다.

마초는 군대를 거두어 성으로 돌아오자 마대에게 용문산 아래의 진지 세 채를 버리고, 적의 계략에 넘어가지 않도록 오로지 산 위의 진지에만 의지하여 수비를 강화하라고 명령했다. 또다시 군대를 분할하게 되면 견딜 수 없을 터였다.

그리고 제갈첨에게는 의양에서 대기하면서 낙수를 건너 낙양으로 진격할 때에 대비하라고 명령했다. 이어서 마초는 공명에게 전령을 보내어 새로운 명령을 내려달라고 청했다.

한편, 낙양의 사마의는 아들들한테서 승리했다는 소식을 받고 기뻐하던 차에 등애가 낭패한 모습으로 돌아오자 깜짝 놀라 물었다.

"어찌 된 일이오?"

그랬더니 대답이 이러했다.

"많은 병력을 잃어버렸습니다."

사마의는 등애에게 종회와 함께 낙수를 굳게 지키라고 명령했다.

한 줄기의 강은 천 개의 부대보다 낫고, 서량군 기마대도 힘을 쓰지 못한다. 소실산의 봉우리는 모두 높지만 동쪽의 장벽인 용문산은 이미 적의 손에 들어갔다. 그러면 이 다음은 어찌 될 것인가. 다음 회를 기대하시라.

장요, 역습하여 방성을 포위하다
방통, 지모를 써서 겹육을 구하다

마초의 통신문을 받은 공명은 다음과 같은 답장을 써보냈다.

"소아(小兒: 제갈첨)는 처음 전쟁터에 나갔으니 너무 무거운 책임을 주어서는 아니 되오. 지금 이미 용문산을 얻었으니 지형을 이용하여 굳게 지키되, 마성과 관색에게 용문산 수비를 맡기시오. 의양 동쪽의 방비를 늦추고 병력을 멀리 낙양 후방으로 보내어 그쪽 세력을 도우시오. 마대와 문앙을 낙수 연안으로 옮겨 기회를 보아 행동하게 하고, 소실산에 대해서는 다시 싸우지 마시오. 병력을 나누어 적이 넘볼 수 있는 빈틈을 만들지 마시오. 엄동설한이 이제 곧 다가오니 낙수는 꽁꽁 얼 것인즉, 그때 정면으로 공격하면 쉬울 것이오. 그러나 낙양을 지키는 등애와 종회는 모두 조조군의 훌륭한 장수요. 사마의도 직접 대군을 이끌고 우리를 공격하면 단번에 승리를 얻기는 어렵소. 효산의 험준함은 이미 우리 소유로 돌아와 있소. 장군께서는 장수 하나를 택하여 의양을 지키게 하고, 세 장수로 하여금 기병을 이끌고 이리저리 돌아다니면서 조조군의 군량이 낙양에서 신안과 민지로 보내지는 것을 차단하게 하시오. 적군은 군량이 떨어지면 저절로 궤멸할 것이오. 그때 우리 중앙군은 기회를 보아 단번에 함곡관을 빼앗고 민지로 나가겠소. 좌익 병사들은 망산을 넘어 신안에 모이시오. 세 방향의 군대가 서로 호응하면 낙양은 고립되고, 사마의는 낙양을 사수하고자 해도 사수하지 못할 것이오. 다만 강적이 앞에 있으면 근본을 잘 생각하여, 적을 도와주는 나의 빈틈을 없애고 적의 빈틈을 노려야 하오. 마대는 신중하니 한쪽을 담당하게 하시오. 문앙은 용맹하니 두터운 은혜를 주면 큰 도움이 될 것이오. 군의 정세는 변화무쌍하니 너무 멀리 헤아려서는 아니 되오. 장군은 오랫동안 전쟁을 겪었소. 수시로 생각하여 적이 넘보지 못하게 하시오. 작은 승리를 얻었다고 적진에 깊이 들어가지 마시오. 임기응변으로 대처하시오. 또한 듣자하니 섭현을 지키는 장수가 장요로 바뀐다 하오. 조조군의 노장 가운데 장요가 제일이오. 모름지기 대치하여 경솔하게 싸우지 마시오. 그는 문무 양쪽에 정통한 인물이오. 장익덕(장비)과 방사원(방통)은 아군과 호응하면서, 관흥과 장포의 부대를 합하여 겹욕을 공격하시오. 황무와 최기에게는 등봉을 공격하게 하고, 적의 세력을 분산시켜 위력을 떨치게 하시오. 이것이 진격의 요체요. 그러나 방성의 아군은 약소하니, 장요의 반격을 받으면 우리 근본이 흔들릴까 두렵소. 겹욕을 지키는 장수는 조창인데 이 장수도 역시 조조군의 대들보요. 대군이 주둔해 있으니 아직은 겹욕을 공격해서 빼앗기가 어렵소. 만약 관흥과 장포가 방성을 구원하러 가면 반드시 적의 계략에 넘어갈 것이오. 그 위급한 형세가 심히 우려되오. 적장 가운데 문빙은 담력이 작소. 명령을 받들어 등봉을 지키면서 감히 멋대로 떠나지 못하고 그저 문책을 받을까 두려워할 뿐이오. 장군은 위급한 익덕을 구하고 장요의 반격을 막아 내 뜻을 자세히 전하시오. 황무와 최기의 군대를 한쪽으로 돌려 방성을 지키게 하면 우리 근본은 흔들림이 없을 것이오. 이 글을 관운장에게 보내시오. 글이 도착하는 대로 재빨리 행동에 옮기시오."

마초는 공명의 글을 읽고 나서 제갈첨에게도 보여주며 말했다.

"원수의 구상은 더없이 치밀하니 그저 감복할 뿐일세."

그러고는 필요한 글을 써서 관우·장비·황무·최기에게 보냈다.

또한 마성을 불러 용문산의 마대·문앙과 교대시켰다. 마초가 용문산에서 돌아온 문앙을 정중하게 예를 갖추어 대우하니, 문흠과 문앙 부자는 몹시 감격했다.

왕릉과 문흠은 문향에 가서 공명을 만나뵙고 싶다고 부탁했다. 그래서 문앙만 이곳에 남아 마초의 명령을 받게 되었다.

마초는 공명을 만나뵙고 싶다는 왕릉과 문흠의 말이 진심에서 우러나온 것을 보고, 공명에게 편지를 써서 작전은 이미 실행에 옮기기 시작했으며 두 사람이 만나뵙고 싶어한다는 것을 알렸다.

두 사람과 함께 마초의 편지가 도착하자 공명은 크게 기뻐하며 임시로 왕릉을 한음漢陰 태수, 문흠을 경양 태수에 봉했다. 두 사람은 머리를 조아려 사례하고 당장 임지를 향해 떠났다. 이리하여 앞으로는 문앙만이 목숨을 걸고 마초를 따라 중원으로 진격하게 되었다.

한편, 마초는 마대·제갈첨·문앙 등 세 사람과 작전을 논의했다.

"원수의 지령은 기회를 보아 행동을 시작하라는 것이오. 내 생각에 낙양은 간단히 함락될 것 같지 않소. 한편, 방성에서는 전투가 벌어지고 있다 하오. 익덕은 전에 서쪽의 아군을 응원하기 위해 군대를 나누어 겹욕과 등봉을 공격했지만, 지금은 서쪽 땅이 모두 우리 손에 들어왔고, 오히려 동쪽의 군사 문제가 긴급하게 되어 있소. 우리는 당장 익덕을 응원하러 가는 게 좋을 것 같은데, 어떻소?"

세 장수는 입을 모아 찬성했다. 마초는 마대와 제갈첨에게 의양 수비를 맡기고, 자신은 문앙과 함께 기병 5천을 이끌고 임여臨汝에 진주하여 장비와 방통에게 알리고 구원 태세를 취했다. 하지만 이 이야기는 여기까지.

한편, 섭현의 장요는 부임한 이후 병졸을 모집하여 훈련하고 성벽을 수리하여 성의 면모를 새롭게 했다. 첩자의 보고에 따르면 장비는 관흥과 장포에게 겹욕을 공격하게 하고 황무와 최기에게는 등봉을 공격하게 하여, 방성성 안에는 장비 혼자뿐이라고 한다.

장요는 이 말을 듣고 기뻐하며 당장 전령을 보내어 조홍에게 알리고, 관흥과 장포가 방성으로 돌아오지 못하게 막아달라고 부탁했다. 그러고는 조인에게 이렇게 말했다.

"현재 방성에는 병력이 많지 않소. 아군에게는 방성을 포위할 만한 병력이 있소. 만일 방성을 되찾으면 남양도 동요할 테니 적은 곤경에 빠지고 말 것이오."

조인도 이 말에 찬성했다.

장요는 여건·만총滿寵·진교에게 서로 분담하여 섭현을 지키게 하고, 자신은 조인과 병력 5만을 이끌고 전광석화처럼 빨리 방성으로 몰려갔다.

방성에 있는 장비와 방통은 마초의 편지를 받고 장요의 공격을 예상하여 성의 수비를 강화하고 있었다. 황무와 최기도 마초의 명령을 받고 군대를 거두어 돌아왔기 때문에 방통은 크게 기뻐했다.

방통은 마초에게 전령을 보내어, 관흥과 장포를 철수시켜 조인의 추격을 유인할 테니, 그 틈에 기마병을 이끌고 겹욕을 기습해달라고 요청했다. 그리고 이런 일련의 대응에 대해 관우에게도 통지하고, 장비에게는 성을 나가 진지를 쌓으라고 권했다.

장비가 성밖에서 포진을 대충 끝냈을 즈음에 위군이 진지로 밀어닥쳤다. 장비는 발끈하여 진지를 나가 위군을 맞아 싸웠다. 그러자 조인이 언월도를 치켜들고 달려오면서 외쳤다.

"장비야, 나와 승부를 겨루어보자."

장비는 창을 들고 조인을 맞아 싸운다. 두 사람이 40합쯤 싸웠을 때, 장요가 채찍을 들어 돌격을 명령하자 대군이 방성으로 몰려갔다. 황무와 최기가 그것을 맞아 싸워 일대 혼전이 벌어졌다.

방통은 위군의 병력이 막강한 것을 보고 징을 울려 퇴각을 명하면서, 성밖의 진영을 버리고 그 주변의 민가를 불태운 뒤에 성안으로 돌아오게 했다.

위군은 성벽 바로 아래까지 다가와 성을 에워싸고 물샐틈없는 포위망을 폈다. 장요와 조인은 몸소 화살과 돌을 무릅쓰고 성을 공격했지만, 성안의 방통과 장비의 방어도 견고하여, 사흘 동안 맹공을 퍼부었는데도 전혀 빈틈을 보이지 않는다.

장요는 이러다가 적의 원군이 오면 큰일이라고 생각하여, 급히 작전을 바꾸어 조인에게 병력 3만을 이끌고 성을 공격하게 한 다음, 자신은 병력 2만을 이끌고 남양으로 통하는 가도로 나가 관우의 원군을 차단하려고 했다.

과연 관우는 방성의 연락을 받고, 서서와 관청에게 남양을 지키게한 뒤 몸소 병력 1만을 이끌고 방성을 구원하러 갔다.

관우가 방성에서 몇 리 떨어진 지점에 이르렀을 때, 앞쪽에 위군의 비상선이 보였다. 이윽고 장요가 말을 타고 달려오자 관우가 말을 걸었다.

"문원文遠, 그동안 별고 없으셨소?"

"다행히 평온 무사하게 지냈습니다. 운장은 어떻소이까?"

"염려해줘서 고맙소이다. 나도 건강하게 잘 있소. 그런데 문원, 10년 만의 재회인데 오늘은 왜 이런 전투 태세를 취하고 있는 거요?"

"사람은 저마다 섬기는 주인이 있고, 그 명령에 따라 이 땅에 온 것이오. 사사로운 정을 개입시킬 수는 없소이다."

"그러나 조조는 나라를 훔친 역적이오. 어떻게 그런 인간을 '주인'이라고 부를 수 있단 말이오?"

"전에 운장은 여포의 부하였던 나에게 조공曹公에게 투항하라고 권하지 않았소이까? 조공은 나를 후히 대우하고 자신의 손발이나 다름없이 아껴주셨소이다. 무장은 자신의 가치를 알아주는 사람을 위해 죽는 법이외다. 내가 말씀드릴 수 있는 것은 이것뿐이오."

"그건 그렇소만…… 좋소, 그렇다면 덤벼보시오."

그러자 장요는 언월도를 휘두르며 다가오더니,

"운장, 가차없이 공격하겠소."

이렇게 외치며 관우에게 덤벼들었다.

두 사람의 맞대결은 60여 합에 이르렀다. 장요는 관우의 청룡언월도를 간신히 막아내며 말했다.

"운장, 내일 다시 싸웁시다."

"좋소이다."

관우도 동의하고 양쪽이 모두 군사를 뒤로 물렸다. 진지로 돌아온 장요는 부하들에게 말했다.

"관운장은 세상에서 으뜸가는 호장虎將이고 장비는 용맹하기 이를 데 없는 효장梟將이오. 그 두 사람이 안팎에서 협공하면 아군은 패배를 면할 길이 없을 것이오. 야음을 틈타 퇴각하는 것이 상책이오. 운장은 의義를 중시하는 사람이니, 내가 퇴각하면 그에 대한 의리로 퇴각했다고 생각하여 추격하지 않을 것이오."

그러고는 몰래 조인에게 알려, 암호 한마디로 5만 대군이 일제히 퇴각했다. 길가에 두 군데 복병을 두어 추격에 대비하고, 올 때처럼 신속하게 퇴각해갔다.

독자 여러분도 아시겠지만, 진격하기는 쉬워도 퇴각은 아주 어려운 법이다. 조금이라도 병사들이 동요하면 모래산이 무너지듯 전체가 궤멸해버린다. 그러나 장요는 몸소 선두에 서서 용감하게 싸웠기 때문에 그렇게 빨리 퇴각할 수 있었던 것이다. 이것은 기민하고 빈틈없는 군사 방통조차도 사후에야 겨우 알았을 정도니, 보통 사람은 도저히 해낼 수 없는 일이었다.

방성에 새벽이 찾아왔다. 보아하니 성 밑에는 위군이 한 사람도 없다. 척후병은 장비와 방통에게 이 사실을 알렸다.

보고를 받은 방통은 장탄식했다

"장요는 과연 명장이로다. 나아가는 것은 질풍 같고 물러서는 것은 번개 같구나. 그를 쓰러뜨리지 않는 한 승리는 얻을 수 없을 것이다."

장비는 곧 추격하려고 했지만 방통이 말렸다.

"장요는 남양에서 원군이 왔기 때문에 안팎에서 협공당할 것을 우려하여 퇴각했습니다. 반드시 복병이 있을 것입니다. 만약 추격하면 그것은 적이 기대했던 바입니다."

장비는 깊이 고개를 끄덕이고, 방통과 함께 성밖으로 나가 관우를 맞이했다.

정청 안에 자리를 잡은 관우는 이렇게 입을 열었다.

"문원(장요)은 용병의 달인이지만, 공명 군사가 미리 사태를 통찰했고, 익덕과 사원의 방어도 신속했기 때문에 다행이었네. 이번에는 자칫 잘못했으면 큰일날 뻔했네. 익덕과 사원은 이대로 방성을 거점으로 하여 위군의 움직임을 견제하게. 위군을 낙양에 집중시키지 않는한, 공명 군사는 전력을 다해 함곡관을 공격할 수 있네. 공명 군사가함곡관을 돌파하면 방성에서 진군하기도 쉬워질 테니까."

장비와 방통은 알았다고 대답했다.

관우는 여러 가지 조치를 끝낸 뒤, 남양으로 돌아갔다.

장요와 조인은 적이 추격해오지 않기 때문에 복병을 철수하는 한편, 겹욕으로 전령을 급파하여 그곳을 지키는 조홍에게 명령하기를,

"철수하는 관흥과 장포를 추격하여 적의 계략에 빠지지 말라."

그런데 장요의 전령이 도착하기 전에 겹욕에서는 커다란 변화가 일어났다. 조홍은 애당초 장요에게서 "관흥과 장포가 퇴각하기를 기다려추격하라"는 명령을 받았기 때문에, 관구검을 부장으로 삼아 병력 1만을 대기시켜놓고 한군이 퇴각하기만 기다리고 있었다.

마침 그 무렵 관흥과 장포는 방통의 지령과 마초의 연락을 받고 퇴각하기 시작했다. 그것을 안 조홍은 겹욕에 있는 2만 병력을 총동원해추격하여 20리쯤 떨어진 곳에서 따라잡았다.

관흥은 조휴를 맞아 30여 합쯤 싸우다가 말머리를 돌려 달아난다. 조홍이 계속 추격하자 이번에는 장포가 조홍을 가로막고 20여 합쯤 싸우다가 역시 말머리를 돌려 달아난다.

조홍은 점점 기세를 타고 10여 리쯤 추격했다. 한군은 투구와 갑옷

을 벗어 던지고 무기까지 내팽개친 채 도망친다. 위군은 그것을 줍느라 대열이 흐트러졌다. 그래서 조홍은 "아무것도 줍지 말라. 천 한 조각이라도 줍는 자는 목을 베겠다"고 엄명하고 추격을 계속했다.

그때 군의 사마(司馬 : 대장군 보좌관)를 맡고 있는 조정曹正이 조홍의 말을 세우고는 이렇게 충고했다.

"장군, 한군이 이 정도로 궤멸하여 모든 장비를 버리고 도망치는 것은 아무래도 이상합니다. 이것은 분명 함정입니다."

"적은 방성을 포위당했기 때문에 황급히 구원하러 가는 거요. 적병은 투지를 잃어버렸소. 이대로 추격하여 괴롭히면 전체를 궤멸시킬 수 있소. 게다가 지금 도망치고 있는 적에게는 원군조차 오지 않을 것이오. 설령 계략이라 해도 걱정할 필요는 없소."

조홍은 이렇게 말하고는 채찍을 휘두르며 계속 추격했다. 관흥과 장포는 여전히 조홍을 맞아 싸우다가 도망치는 일을 되풀이한다.

조홍은 다시 20여 리를 추격했다. 조정이 여기서 다시 충고했다.

"장군, 우리는 겹욕성을 너무 멀리 떠나왔습니다. 만일 적군이 성을 습격하면 우리는 돌아갈 길을 잃게 될 것입니다."

이번에는 조홍도 퍼뜩 정신이 들어, 전군前軍의 속도를 늦추고 후군後軍을 퇴각시켰다.

관흥과 장포는 조홍이 쫓아오지 않자 말머리를 돌려 거꾸로 추격할 태세를 보였다. 조홍은 화가 나서 말을 달려 두 사람에게 덤벼들었다. 그러자 관흥과 장포는 30여 합쯤 싸우다가 못 당하는 척하고 또다시 달아난다.

조홍이 다시 성으로 돌아가려 하면 관흥과 장포는 또다시 쫓아오고, 조홍이 덤벼들면 다시 달아난다. 그리고 얼마 후에는 또 쫓아온다. 이러기를 되풀이하자 조홍은 완전히 흥분해버렸다. 그래서 부하들에게 명령했다.

"한군을 모조리 죽이기 전에는 퇴각을 허락하지 않겠다."

관흥과 장포가 조홍의 추격을 막아내다가 도망치기를 되풀이하는 동안, 조홍은 어느새 겹욕에서 30여 리 이상 떨어진 지점까지 와 있었다.

한편, 이양에 주둔해 있던 마초는 방통의 명령에 따라 사잇길을 빠져나가 겹욕에 도착했다. 겹욕을 지키는 조홍이 관흥과 장포를 쫓아 멀리 나가 있는 것을 알아내자, 문앙과 원래 위군이었던 병사들을 앞세워 성으로 다가갔다.

성 아래에 도착한 것은 마침 저물녘이었다. 성 위의 위군은 아군이 돌아온 줄 알고 별로 이상하게 생각하는 기색도 없었다. 문앙이 성문 근처까지 왔을 때에야 문지기가 이상을 느꼈지만, 이미 때는 늦었다. 문지기가 황급히 성문을 닫기 전에 문앙은 성안으로 뛰어들어가 10여 명을 순식간에 베어 죽였다.

그것을 본 후방의 기마대도 성안으로 돌진했다. 경보를 들은 성안의 관구검은 부대를 이끌고 문앙을 맞아 싸웠다. 성안의 길거리가 전쟁터로 변하고, 성의 수비병들이 잇따라 달려온다. 성안의 위군은 죽어도 물러서지 않을 기세로 민가의 지붕에 올라가 기와를 던진다. 문앙은 조금도 주눅이 들지 않고 시가지에서 접근전을 벌였다. 그때 마초의 대군이 일제히 몰려들어와 여기저기에 불을 지르며 돌아다녔다.

순식간에 성은 불길에 휩싸이고 곡성이 땅을 진동했지만, 한편에서는 못된 주민들이 약탈을 자행하고 있었다.

한밤중에야 겨우 형세가 판가름났다. 관구검은 병사들을 모아 성을 탈출했다. 캄캄한 밤인 데다 관구검도 병법에 정통한 무장이기 때문에 마초는 무리하여 추격하지 않았다. 마초는 성안의 불을 끄라고 명령하고 주민을 진정시킨 뒤, 성안을 정비하고 조홍이 돌아오기를 기다렸다.

관구검이 군대를 점호해보니 아직 7천 명 이상이 남아 있었다. 조홍의 부대와 합하면 충분히 적과 싸울 수 있었다.

조홍도 계속 싸우면서 성으로 돌아오는 도중에 관구검의 급보를 받고 두 사람은 겨우 얼굴을 마주했다. 조홍은 장병들을 격려하며 말했다.

"겹욕은 빼앗겼다. 다음에 한군이 공격해올 경우, 죽기를 각오하고 싸우지 않으면 절대로 살아날 수 없다."

장병들은 일제히 소리를 질러 충성을 맹세했다.

관구검은 부대를 둘로 나누어 양 날개로 삼고, 중앙에서 적에게 대항하는 역할은 조홍에게 양보했다.

허를 찔린 관흥과 장포는 깜짝 놀라 관구검의 두 부대에 대항했지만, 그때 조홍이 두 사람을 공격해왔다.

예로부터 '한 사람이 죽기를 각오하고 싸우면 만 명도 그를 대적하지 못한다'는 말이 있다. 하물며 명장 조홍이 죽기를 각오하고 덤벼드니 오죽하겠는가. 위군도 용기를 내어 공격해온다.

관흥과 장포는 수천 명의 병력을 잃고 낭패하여 달아났다. 관구검은 조홍이 추격하려 하는 것을 말리고, 우현馬縣으로 퇴각하여 마초의 진격을 막아야 한다고 주장했다.

조홍이 앞에, 관구검이 뒤에 서서 군대를 이끌고, 겹욕으로는 돌아가지 않고 우현으로 이동하기로 했다.

마초는 이것을 알고 문앙과 의논하여, 겹욕을 그냥 지나치는 위군을 느닷없이 기습했다. 마초와 문앙이 덤벼들면 견딜 수 없다. 위군은 전군과 후군이 서로 구원하지 못하고 하루 종일 시달림을 당했다. 마음놓고 휴식을 취할 수도 없었다.

반면에 마초 쪽은 하룻동안 충분히 휴식을 취하고 있었다. 말을 타고 창을 휘두르며 시원스럽고 씩씩하게 내달리는 마초와 문앙의 모습은 마치 용이 인간으로 환생한 것 같았다.

한편, 위군 병사들은 완전히 겁에 질려, 한시라도 빨리 살아서 돌아가고 싶은 마음뿐 저항할 기력을 완전히 잃고 있었다. 조홍과 관구검은 둘이서 적을 맞아 싸우며, 병사들을 최대한 끌어모아 한 걸음씩 후퇴해갔다.

마초는 대승을 거두고 10여 리를 추격하여 위군의 갑옷과 마필·무기를 수없이 얻었다.

조홍은 우현으로 퇴각한 뒤에야 겨우 장요의 새로운 군령을 받고, 저도 모르게 깊은 한숨을 내쉬었다. 군대를 점호해보니 죽은 사람이 1만여 명, 말은 2천여 필, 중상자는 3천여 명에 이르렀다.

조홍은 관구검과 의논하여 우성을 굳게 지키고 군대를 재편성하고 병사들에게 휴식을 주면서 마초와의 싸움에 대비했다.

겹욕에서 마초가 승리했다는 소식을 듣고 관홍과 장포가 군대를 이끌고 입성했다. 마초와 문앙의 기병 5천 가운데 시가전에서 6,7백이 죽거나 다쳤다. 관홍과 장포는 2만 병력 가운데 3,4천 명을 잃었으니 이쪽도 손해가 없다고는 말할 수 없었다. 관홍과 장포가 엎드려 죄를 청하자 마초는 이렇게 말했다.

"그러지 마시오. 조홍은 궁지에 몰린 나머지 죽음 속에서 활로를 찾을 수밖에 없었던 것이오. 관구검의 부대가 성에 많이 남아 있었던 것도 뜻밖이었소. 강적을 앞에 두고 있을 때는 방심은 금물이오. 그러나 이번에 큰 타격을 받았으니, 조홍은 당분간 우현에서 나오지 않을 거라고 보아도 좋을 것이오. 그대들은 이 겹욕을 굳게 지키시오. 나는 의양으로 돌아가 위군의 군량 수송로를 공격할 테니."

관흥과 장포는 머리를 조아려 명령을 받았다.

마초는 편지를 써서 장비와 관우에게 알리는 한편, 문앙과 함께 군대를 이끌고 밤중에 의양으로 떠났다.

관우는 마초의 편지를 받고, 관흥과 장포가 적을 얕보았기 때문에 패했다는 것을 알자 두 사람에게 편지를 써서 나무라고, 겹욕을 끝까지 지키는 수훈으로 죄를 씻으라고 엄명했다. 그리고 병력 3천을 겹욕에 보내어 두 사람이 잃은 병력을 보충했다.

마초는 의양으로 돌아가 마대와 제갈첨의 마중을 받고 관청에 자리를 잡자 이번 겹욕 싸움의 경과를 간단히 이야기했다. 두 사람은 그 이야기를 듣고 경탄했다.

마초가 마대에게 물었다.

"맞은편 위군의 동향은 어떤가?"

"연안에 흙벽을 열 개쯤 새로 쌓았습니다."

"사마의는 기발한 꾀를 잘 내는 인물이니, 무언가를 노리고 있는 게 틀림없군."

"사마의는 흙벽을 쌓아 우리 눈을 그쪽으로 끌어들인 뒤, 함곡관 병사를 동원해서 노씨를 습격하여 우리의 귀로를 차단하려는 게 아닐까요?"

마초는 무릎을 치면서 말했다.

"옳은 얘기일세. 그러면 제갈첨과 함께 각각 기병 2천을 이끌고, 급히 노씨로 가게. 만약 위군이 습격하면 기회를 보아 싸우고, 만약 위군이 오지 않으면 공명 원수의 지난번 지령에 따라 위군의 군량을 빼앗게."

두 사람은 각각 준비를 갖추고 급히 노씨로 달려갔다. 두 사람이 노씨에 이르자, 과연 위군이 성을 공격하고 있었다.

사실 사마의는 이렇게 판단하고 있었다. 둘째아들 사마소가 소실산에 군대를 감추었더니, 한군은 산 아래 진지를 버리고 산 위의 진지만 남겨놓았다. 그래서 마초에게는 소실산을 공격할 뜻이 없다는 것을 알고, 사마소의 군대를 영보로 보내어 그곳을 지키는 서황을 응원하게 했던 것이다.

사마소는 함곡관에 이르러 정세를 시찰한 뒤 서황을 만나자, 노씨를 공격하여 한군 세력을 분산시키자고 제안했다. 서황이 찬성했기 때문에 사마소는 병력 8천을 이끌고 효산의 산 속을 빠져나가 노씨를 공격했다.

또한 가충賈充에게 병력 3천을 주어 효산 부근에 잠복시켜 후방 방비를 강화했다. 노씨 공격의 선봉은 성제成濟가 맡았다. 위군은 노씨성을 포위했다. 노씨를 지키는 마량은 위군의 수가 많기 때문에 성에 틀어박혀 지키면서 문향성의 공명에게 구원을 청했다. 공명은 당장 장익에게 병력 5천을 주어 노씨로 보냈다.

사마소는 며칠 동안 성을 공격했지만, 노씨성 안의 한군은 많은 사상자를 내면서도 꿋꿋이 버티고 있었다. 사마소가 막 총공격 명령을 내리려 할 때 척후병이 달려와 알렸다.

"문향에서 온 원군이 녹로산轆轤山을 넘어 노씨로 향해 오고 있습니다."

사마소는 적의 원군이 오면 노씨성은 빼앗을 수 없다고 판단하고, 급히 효산으로 퇴각하여 적에게 협공당하지 않도록 태세를 취하려고 했다. 그런데 바로 그때였다. 마대와 제갈첨이 이끄는 2개 부대가 전군과 후군으로 나뉘어 산과 골짜기를 진동시키며 나타났다.

성제는 커다란 도끼를 들고 마대를 맞아 30여 합을 싸웠지만, 마대는 성제를 단칼에 베어 죽였다.

제갈첨은 진격 명령을 내렸고, 위군은 뿔뿔이 흩어져 달아났다. 마대와 제갈첨은 기세를 타고 그 뒤를 쫓았다.

두 장수가 효산 기슭까지 왔을 때 큰북이 울리더니 가충의 복병이 나타나 사마소를 효산으로 맞아들였다.

마대와 제갈첨은 기병을 이끌고 있었기 때문에 산길로 들어가면 불리하다. 그래서 군대를 거두어 노씨성으로 들어가 마량을 만났다. 성 안은 심하게 파괴되어 차마 눈뜨고 볼 수 없는 참상이었다.

두 사람은 주민을 안심시키라고 명령했다.

그때 장익의 부대가 도착했다. 장익은 마대·제갈첨과 의논하여, 보병을 이끌고 온 장익은 효산으로 들어가 적을 추격하고 나머지 두 사람은 기병을 이끌고 후방에서 지원 태세를 취하기로 했다.

사마소는 한군이 쫓아오지 않는 것을 보고, 급히 영보로 돌아가 군대를 점호해보니, 잃어버린 병력이 2천여 명에 이르렀다. 그러나 이 정도의 손해라면 남은 병사가 6천 명 가까이 되므로, 한군을 동서로 견제하는 것은 가능하다.

장익은 효산으로 들어가 며칠 동안 수색을 계속했지만 위군은 한 사람도 보이지 않는다. 세 장수는 다시 의논하여, 기병과 보병을 합해 효산에 진지를 쌓고, 수시로 위군의 군량 수송부대를 습격하기로 했다. 그리고 이것을 공명과 마초에게 알렸다. 공명과 마초는 둘 다 세심한 주의를 기울여 일을 처리하라는 답장을 보내왔다.

오창敖倉 땅을 거점으로 삼으면 군량은 남아돈다. 함곡관을 봉쇄할 수 있으면 적병은 투지를 잃어버린다. 그러면 이 다음은 어찌 될 것인가. 다음 회를 기대하시라.

제 29 회

유비, 수레를 형주에 세우다
서성, 면양에서 기회를 잃다

마초는 의양에 주둔하면서, 마대와 제갈첨을 보내어 장익과 함께 효산에 거점을 쌓게 했다. 그리고 바람처럼 오가며, 위군의 군량을 낙양에서 함곡관으로 실어나르는 수송대를 습격하고, 경우에 따라서는 그런 물자를 모조리 태워버리곤 했다.

또한 주변의 비적 집단과 연락을 취하여 습격할 기회를 노리고 있었기 때문에, 기습을 당한 위군 병사들은 으레 놀란 토끼처럼 달아나곤 했다.

낙양에서 함곡관에 이르는 흑석관黑石關 주변은 첩첩산중에다 길도 구불구불하기 때문에, 한군은 여기를 습격했는가 하면 또 금방 저기를 습격하는 식이어서, 언제 어디서 습격당할지 종잡을 수가 없었다.

함곡관의 서황과 사마소는 난처했지만, 그렇다고 해서 함곡관 수비병을 나누어 군량 수송로를 확보하게 할 수도 없다.

함곡관의 군량이 떨어지면 수비할 수가 없다. 함곡관을 수비하지 못하면 낙양이 위험하다. 사마의는 급히 종육鍾毓·종회·호분胡奮·호견胡堅 등 네 사람에게 각각 3천 병력을 주어 신안과 영보 일대의 군량 수송로를 확보하기로 했다.

마대·제갈첨·장익 등 세 사람은 위나라가 새로운 부대를 보내어 군량 수송로를 확보하게 한 것을 알자, 장익이 남아서 효산을 지키고 마대와 제갈첨은 의양으로 돌아가 마초에게 지금까지의 성과를 보고했다.

구체적인 숫자를 들어 위군 군량의 손실과 수비군 증강을 보고하자, 마초는 크게 기뻐하며 이렇게 말했다.

"함곡관으로 군량을 수송하기는 어렵네. 위군 병사들은 마음이 흔들릴 게 틀림없어. 군량을 운반할 때 많은 군대를 딸려 보내야 한다면 적의 소모는 막대하겠지. 그런데 낙양 수비는 견고하고 수비군도 막강하니 단번에 공격해서 함락시킬 수는 없네. 제갈첨은 마룡과 함께 의양을 굳게 지키게. 나는 마대와 문앙을 데리고 효산을 나가 공명 원수와 함께 함곡관을 공격하겠네. 함곡관을 얻으면 각자의 아군이 모두 연합할 수 있고 낙양 공격의 장애물도 사라지니 낙양을 함락시키기도 쉬워지겠지."

마초는 출발할 때 다시 한 번 제갈첨을 불러 당부했다.

"사마의는 기발한 꾀를 잘 내는 인물일세. 내가 효산을 나가면 의양을 공격할 것일세. 나는 이번에 기병 8천을 데려가고 보병 2만은 이곳 의양에 남겨두겠네. 자네는 충분히 주의해서 엄중히 방비하게. 적이 낙수를 건너오거든 강 언저리에서 저지하게. 의양성은 성벽이 높고 도랑도 깊은 데다 군량도 3년분은 비축되어 있네. 수비가 병법에 맞으면, 사마의가 모든 군대를 동원해서 공격해도 금방 함락시킬 수는 없네. 용문산 부대와 긴밀한 연락을 유지하면 한 달은 버틸 수 있겠지. 그만한 시간 여유가 있으면 아군은 함곡관을 함락시킬 수 있네."

제갈첨은 두 번 절하고 명령을 받았다.

마초는 마대 및 문앙과 함께 기병 8천을 거느리고 효산을 나가 장익의 부대와 합류한 뒤, 공명에게 알려 함곡관을 협공할 태세에 들어갔다. 그후 한바탕 혈전이 벌어지는데, 그 이야기는 일단 뒤로 미루자.

한편, 성도의 한중왕 유비는 왕위에 오른 이후 승전보를 기다렸지만 공명도 관우도 승리했다는 소식을 보내오지 않는다. 방성도 자칫하면 함락될 것 같고, 비록 겹욕은 얻었지만 관흥과 장포의 부대는 참패를 당했다.

다행히 마초가 동분서주하여 용문산을 얻었지만, 용문산 앞에는 낙양의 두터운 병력이 버티고 있다. 공명은 함곡관에 못박혀 있고 마초도 감히 깊이 들어가지 못하니, 전쟁은 계속 길어질 뿐 좀처럼 진전이 없다.

유비는 법정을 불러, 몸소 형주에 진주하여 군사에 임하고 싶다고 말했다. 그러자 법정은 당장 찬성했다.

"전하께서 형주에 진주하시는 것은 최상책이라고 생각합니다. 옛날 고조(유방)와 세조(광무제 유수)께서도 몸소 진중에 몸을 두셨습니다. 하물며 지금은 천하통일의 대업을 이룩하려 하는 때인만큼 촉의 영토에만 틀어박혀 있을 수는 없습니다. 형주는 사방에서 전투가 벌어지는 중요한 지역입니다. 전하께서 몸소 진무하시면, 안으로는 오나라가 영토를 넘볼 틈이 없어지고 밖으로는 관중 일대에 큰 지원이 될 뿐 아니라, 여기 계시는 것보다는 전선과의 거리가 훨씬 가까워지니 연락을 전하는 경우에도 편리하다고 생각합니다."

유비는 법정이 찬성했기 때문에, 모든 정사를 법정에게 위임하고 유선을 보좌하여 성도를 잘 지키라고 당부했다. 그리고 촉병 3만을 선발하여 부장 30여 명을 거느리고 동쪽으로 내려가기 시작했다.

법정이 문무백관을 거느리고 전송하러 나오자 유비는 다시 한 번 법정에게 당부했다.

"촉의 영내 문제는 모두 효직(법정)에게 위임하겠소. 전한의 고조를 섬긴 소하蕭何가 관중 땅을 지키고 군량을 비축했으며, 후한 광무제를 섬긴 구순寇恂이 하내河內를 다스려 도적을 막고 백성을 편안히 했듯이, 몸과 마음을 다 바쳐 애써주기 바라오. 그리하여 역사상 소蕭·구寇·법法의 삼걸三傑로 손꼽힐 수 있는 인물이 되어주오."

법정은 머리를 조아리며 대답했다.

"원하옵건대 전하께서는 고조와 세조의 사업을 계승하시어 한왕실의 부흥을 이룩하시옵소서. 저는 견마지로犬馬之勞를 다하여 전하를 돕겠습니다. 후방의 일은 걱정하지 마옵소서."

유비는 문무백관에게 서로 협력하여 정사를 돌보라고 명령했다.

유비가 떠난 뒤, 법정을 비롯한 문무백관은 유선을 보좌하여 성도에서 정무를 보살폈다.

법정의 정치는 더없이 훌륭하고 관리들도 청렴하여 백성들은 마음놓고 생업에 종사할 수 있었다. 또한 군량과 사료를 비롯한 군수품 수송에도 힘을 쏟았다. 유선도 제멋대로 굴지 않고, 법정을 비롯한 문무백관이 하는 일을 승인했기 때문에 문무가 화합하여 촉의 영내는 안정되었다.

유비는 부관에 이르러 장강에 배를 띄우고, 흐름을 따라 동쪽으로 내려가 불과 며칠 만에 형주에 도착했다. 유기와 마량이 문무백관을 거느리고 마중 나왔다. 유비가 정청에 자리를 잡자 모든 장수와 관리들이 차례로 나와서 배알한다.

유비는 각지에 양고기와 술, 금과 비단을 보내어 전선의 장병들을 위로하는 한편, 다음과 같은 명령을 각지에 하달했다.

"지금까지와 마찬가지로 계속 진군하라. 일부러 짐을 배알하러 오지 않아도 좋다. 삼가 임무에 충실하라."

촉병 3만은 성밖에 주둔하여 며칠 동안 휴식을 취하면서 출발할 때까지 힘을 비축했다. 이리하여 형주성은 활기를 띠었다.

마침 이 무렵 면양현에서 재난의 씨앗이 하나 생겨나고 있었다. 전에 유표는 병세가 위독해지자 형주를 유비에게 넘겼는데, 유표의 후처인 채부인의 친척들은 여기에 큰 불만을 품었다. 그러나 유비의 군사력 때문에 잠자코 있을 수밖에 없었다.

이윽고 유비는 서천(蜀)으로 갔지만, 대신 관우가 형주를 다스렸기 때문에 채모(채부인의 동생)와 장윤도 어찌할 도리가 없었다.

그런데 관우가 남양에 진주하고 조운이 강하에 진주하여 유기 혼자 형주에 남자 채모의 눈이 번쩍 빛났다. 채모는 장윤과 동생 채중蔡中·채화蔡和와 몰래 의논하여, 오군 장수 서성에게 밀사를 보내 내통했다.

서성도 오래전부터 형주의 내정을 알고 있던 차에 채모와 장윤의 제의를 받자, 당장 그들에게 전함을 이끌고 파릉과 면양을 공격하라고 명령했다. 서성은 이것을 형주 공격의 발판으로 삼을 생각이었다.

조운은 수군을 이끌고 강하에 주둔해 있었지만, 채모 형제는 신뢰할 수 없다고 생각하고 있었다. 그래서 지난번에 오군을 추격했을 때에도 채모와 장윤은 면양에 주둔시켰지만, 채중과 채화는 자기 휘하에 두고 두 사람이 눈치 채지 못하도록 주의 깊게 감시하고 있었다.

그래서 채모와 장윤이 반란에 관한 통신문을 채중과 채화에게 보냈다는 정보는 조운에게 당장 전해졌다. 조운은 채중과 채화를 진지로 불렀다. 갑작스럽게 호출을 받았기 때문에 두 사람은 밀서를 품속에 숨긴 채 황급히 달려갔다.

조운은 두 사람의 안색이 창백한 것을 보고 다짜고짜 말하기를,

"형님한테서 무슨 통지가 왔소? 나한테 좀 보여주시오."

두 사람은 시치미를 떼고 대답하기를,

"아무 연락도 없습니다."

조운이 화가 나서 두 사람을 꽁꽁 묶고 신체검사를 시켰더니 품속에서 밀서 한 통이 나왔다. 조운은 그것을 읽고 깜짝 놀랐지만, 우선 보검을 빼어 두 사람을 죽이고 그 목을 뱃머리에 내걸어 서성의 간담을 서늘하게 해주려고 했다.

이어서 군대 안에 명령을 내려 선포하기를,

"반란에 동조하는 자는 사형에 처한다."

그런 다음 다른 두 장수를 선발하여 채중과 채화의 부대를 지휘하게 했다. 그리고 향총에게 전령을 보내어, 면양으로 가서 채모와 장윤을 죽이라고 명령했다.

또한 아내 마운록을 공안에 진주시키고, 운록이 이끄는 서량군 5천을 면양으로 보내어 향총을 응원하게 했다. 그리고 오군의 움직임을 차단하기 위해 장강으로 전함 대대를 내보내는 한편, 조운 자신도 수군 2천과 육군 3천을 거느리고 밤낮으로 강행군하여 면양을 구원하러 갔다.

하구를 지키는 오군 장수 서성은 채모한테서 반란 날짜를 통보받고, 여몽과 의논하여 작전을 짰다. 조운이 장강 상류에 있으므로 수군은 반드시 저지당할 것이다. 그래서 서성은 육군 정예병력 5천을 이끌고, 진무도 3천을 이끌고 돈수沌水를 따라 서쪽으로 강행군하여, 사호沙湖

에서 단숨에 면양으로 향했다.

채모와 장윤이 서성을 맞이했다. 서성은 두 사람에게 후한 포상을 내린 다음 이렇게 약속했다.

"만약 이것으로 형주를 얻을 수 있다면 유종에게 형주를 주겠소."

채모와 장윤은 머리를 조아려 사례했다.

서성은 두 사람에게 수군 3천을 이끌고 장강을 거슬러 올라가 공안을 공격하라고 명령하고, 진무에게는 면양을 지키면서 선도진仙桃鎭에 있는 감녕과 연합하여 후방을 지키라고 명령한 뒤, 자신은 학혈郝穴을 거쳐 형주를 공격하러 갔다.

서성이 면양을 떠나 70여 리쯤 갔을 때, 형주군이 산야를 가득 뒤덮을 것 같은 기세로 나타났다. 면양의 급보를 받고 달려온 향총의 부대였다. 향총은 아직 조운의 명령을 받지 못한 상태였다.

서성은 말을 달려 향총에게 덤벼들었다. 두 사람은 30여 합쯤 싸웠지만, 아무래도 무술은 서성이 한 수 위여서, 향총은 말머리를 돌려 달아나기 시작했다. 서성은 추격하려고 했지만, 형주군의 화살이 비 오듯 쏟아졌기 때문에 오군은 잠시 후퇴했다.

향총은 이 싸움으로 일단 진지를 확보하여 서성의 진격을 막은 다음, 형주로 구원을 청했다.

한편, 공안의 마운록은 남편의 긴급 명령을 받고 당장 출발했다. 그리고 석수石首에 이르렀을 때, 채모와 장윤이 이끄는 병사들이 상류로 거슬러 올라가려고 우르르 배에 올라타고 있는 것이 보였다.

마운록은 연안에 병사들을 배치하고, 강 위의 병사들을 향해 큰 소리로 외쳤다.

"채모와 장윤은 배신자다. 지금 한중왕은 이곳 형주에 계신다. 너희들의 부모와 처자식한테도 큰 포상이 있을 것이다. 두 역적을 죽여라."

이 말을 듣고 채모와 장윤을 따르는 병사들은 모두 눈빛이 달라졌다. 생각해보면 무리도 아니다. 강가에는 이미 대군이 와 있고 하류에는 조운이 있다. 진퇴양난인 것은 누구나 알 수 있었다.

채모와 장윤은 병사들의 변심을 알고, 심복 부하들을 이끌고 병사들을 설득하려고 했다. 그러나 병사들은 느닷없이 그 심복 부하들을 십여 명이나 죽여버렸다. 채모와 장윤은 할 수 없이 투신 자살하려고 했지만, 붙잡혀 마운록 앞으로 끌려갔다. 마운록은 두 사람을 보고 저도 모르게 큰 소리로 욕설을 퍼부었다.

"형주가 너희들을 언제 냉대했느냐. 왜 적과 내통하여 일신의 영달을 꾀했느냐. 그뿐 아니라 앞장서서 형주를 습격하다니, 개나 돼지보다도 못한 너희 같은 놈들은 살려둘 필요가 없다."

이리하여 두 사람은 난도질당해 죽고 그 목은 효수되었다.

마운록은 채모와 장윤의 부하들을 달래고, 그들에게 새로운 대장을 천거하게 한 다음, 당장 하류로 내려가 면양을 구원하라고 명령했다.

마운록이 이렇게 수군을 숙청하고 서둘러 진군하자 서성의 진지가 보였다. 향총의 진지는 서성의 진지 저편에 있기 때문에 연락을 취할 수가 없었다. 그래서 마운록은 서성의 진지를 공격하기 시작했다.

언월도를 치켜들고 진지를 나온 서성은 서량군을 이끄는 한 여장군을 보고는, 저 여자가 감녕을 참패시킨 마운록인가 하고 말을 달려 덤벼들었다.

마운록은 창으로 공격을 막아내며 서성과 대등하게 싸운다. 마운록은 향총보다 더 강하다. 향총은 맞은편에 있다가 시끄러운 소리를 듣고 원군이 도착한 것을 알았다. 그래서 군대를 이끌고 오군 진지의 후방에서 공격해 들어갔다.

향총은 앞장서서 싸웠다. 진지를 지탱할 수 없게 된 오군은 지리멸렬이다. 마운록은 돌격 명령을 내렸다. 앞뒤에서 공격을 받으면 아무리 일세의 영웅 서성이라 해도 도저히 견딜 재간이 없다. 서성은 참패하고 달아났지만 계속 추격당하여 2천 남짓한 병력을 잃었다.

서성이 면양으로 돌아가 겨우 한숨을 돌렸을 때, 첩자가 달려오더니 이렇게 보고했다.

"조운이 대군을 이끌고 달려왔습니다. 수군은 사호를 가로막고 면양 동쪽에 주둔했습니다. 이것으로 아군의 귀로는 차단되었고, 향총은 성 서쪽에, 마운록은 성 남쪽에 주둔해 있습니다."

서성은 진무를 보며 이렇게 말했다.

"아군은 적진 깊숙이 들어와 이미 유리한 점을 잃어버렸소. 이 면양은 외로운 성이라 끝까지 지켜낼 수 없소. 성이 완전히 포위되기 전에 선도진으로 거점을 옮기고 감녕과 연합하여 대항하면 다시 한번 적과 결전을 벌일 수 있을 것이오."

진무도 찬성했기 때문에, 진무가 앞장서고 서성이 그 뒤를 따라 면양성을 버리고 북쪽으로 탈출했다. 조운은 서성이 성에 틀어박혀 농성하지는 않으리라고 생각하여 미리 추격 준비를 해두었기 때문에, 서성이 성을 나왔을 때 재빨리 공격할 수 있었다. 서성은 어떻게든 그 공격을 막아내면서 필사적으로 싸운다.

마운록과 향총은 조운이 서성을 죽이지 못하고 있는 것을 보고 응원하러 갔다. 서성은 필사적으로 싸워 겨우 조운의 예봉을 막았지만, 여기에 두 사람이 더 가세하면 도저히 견딜 재간이 없다. 그는 말머리를 돌려 달아나기 시작했고, 조운은 전력을 다해 추격했다.

이리하여 서성의 병력 8천은 대부분이 죽거나 다치고 2천 남짓밖에 남지 않았다. 다행히 감녕이 구원하러 달려왔기 때문에 서성은 조운의 추격을 뿌리칠 수 있었다.

조운은 군대를 거둔 뒤 진영을 정하고 마운록을 만났다. 오랜만에 만난 부부가 재회를 기뻐한 것은 말할 나위도 없다.

향총과 유봉이 찾아오자 조운은 향총에게 이렇게 말했다.

"오군이 참패하고 전하께서 형주에 계시는 이때를 틈타 대군을 이끌고 오군과 결전을 벌여 하구를 빼앗을 생각인데, 어떻게 생각하나?"

"장군의 전략에는 추호도 어긋남이 없다고 생각합니다."

조운은 유비에게 전령을 보내어 새로운 병력 1만 5천을 응원군으로 요청하고, 마량을 수군 총독에 임명하여 장강의 경비를 맡겨달라고 요청한 다음, 드디어 감녕과 결전을 벌이기 위해 작전을 짜기 시작했다.

형주성의 유비는 조운의 편지를 받고 기뻐하면서 당장 마량을 파견했다. 또한 노장 엄안의 아들 엄수嚴壽와 오의吳懿·오거吳鋸에게 신병 1만 5천을 이끌고 가서 조운에게 가세하라고 명령했다.

세 장수가 찾아오자 조운은 잠시 휴식을 취하게 했다. 지금까지 유봉이 병력 5천, 향총이 5천, 마운록이 5천, 그리고 조운 자신이 3천을 보유하고 있었기 때문에, 다소의 손실을 계산한다 해도 신병 1만 5천을 합하면 조운은 3만 이상의 병력을 갖기에 이르렀다.

버드나무 잎이 가느다란 진영 안에서 금실 좋은 부부가 단꿈을 꾸고, 선도진에서는 원숭이와 학이 오군의 영혼을 부르고 있다. 그러면 이 다음은 어찌 될 것인가. 다음 회를 기대하시라.

제 30 회

서서와 조운, 선도진에서 오군을 몰살하다
관평과 주창, 조각시에서 오군 진영에 화공을 가하다

조운은 대군을 거느리고, 승세를 몰아 오군 영토인 선도진으로 진격하려고 했다. 그때 향총이 이런 제안을 내놓았다.

"서성과 감녕은 오나라의 훌륭한 장수들이고 변장과 진무가 그들을 보좌하고 있기 때문에, 아직도 상당한 여력이 남아 있습니다. 당장 남양의 관 장군께 전령을 보내어 관평과 주창周倉을 원군으로 보내달라고 요청하십시오. 관평과 주창에게는 1만 병력을 이끌고 번성을 떠나, 한수漢水를 따라 내려오다가 내방산內方山에서 상륙하여 조각시皁角市로 나가서 선도진의 퇴로를 차단하게 하십시오. 남양 수비에 뚫린 구멍은 새로 온 촉병으로 보충하면 됩니다. 이렇게 하면 서성과 감녕도 앞뒤로 적을 맞이하여 참패할 것입니다."

"그건 정말 기발한 꾀로다."

조운은 당장 유비에게 보고하여 관우에게 출병을 명령해달라고 부탁했다.

유비도 감녕과 서성이 노련하고 병법에 정통해 있다는 것은 잘 알고 있었다. 단독으로 공격하면 그들을 쳐부수기가 쉽지 않다. 그래서 새로운 촉군에게 남양 수비를 맡기고, 관우에게는 군대를 내보내어 조운을 도우라고 명령했다.

명을 받은 관우는 한중왕 유비가 직접 형주에 주둔해 있기 때문에 후방을 걱정할 필요가 없고, 남소도 굳게 지키고 있으므로 갑자기 무슨 문제가 생길 염려도 없다고 생각하여, 서서·관평·주창에게 병력 1만을 주면서, 남양에서 양양으로 가서 한수를 따라 내려가 선도진을 협공하라고 명령했다. 일행은 그날로 당장 출발했고, 발빠른 말을 보내어 조운에게 그것을 알렸다.

이 무렵 조운은 이미 태세를 갖추고, 자신이 전군, 아내 마운록이 후군, 향총이 좌군, 엄수가 우군, 유봉과 오의가 좌우의 익군翼軍을 각각 지휘하여 오군의 본진을 향해 진격하기 시작했다.

한편 서성은 참패를 당한 뒤, 조운이 반드시 추격해 오리라고 예상하고 있었다. 오나라 육군으로는 형주의 기병을 이길 수가 없다. 선도진을 버리고 달아나면 조운은 하구까지 쫓아올 것이다.

그래서 서성은 감녕·진무·번장 등 세 사람과 의논하여 무슨 수를 써서라도 이 선도진을 사수하기로 결정했다. 또한 여몽에게 급히 알려 장수의 기마대를 원군으로 보내달라고 요청했다.

여몽은 전선의 위급을 알고, 장흠에게 병력 5천을 주어 구원하러 가게 하는 한편, 손소를 거소에 파견하여 장수에게 전선으로 급히 가달라고 부탁했다.

그런데 손소가 거소에 와서 보니 장수는 옛날 입은 상처가 악화하여 군대를 지휘한다는 것은 생각지도 못할 형편이었다. 그래서 장수 대신 그의 부장인 호거아, 5백 근이나 되는 짐을 지고 하루에 7백 리를 걸을 수 있는 장사이며 조조의 맹장 전위의 창을 훔친 바로 그 호거아가 기병 5천을 이끌고 서성에게 달려가게 되었다.

그러나 호거아가 도착하기도 전에 선도진에서는 이미 격전이 벌어지고 있었다.

서성은 조운이 온 것을 알자 감녕에게 본진을 맡기고, 조운을 맞아 싸우러 진지 밖으로 나왔다. 왼쪽에는 번장, 오른쪽에는 진무를 거느리고 서성 자신은 중군을 이끌고 있었다.

조운은 기운이 왕성하다. 60여 합을 겨루자 서성의 자세가 흐트러지기 시작했다. 대장이 위험하다고 생각한 번장이 언월도를 휘두르며 가세하러 달려나온다. 대치해 있는 형주군 쪽에서는 엄수가 달려나가 언월도로 번장을 가로막는다. 진무는 손잡이가 길고 칼집이 없는 큰칼을 들고 번장에게 가세하기 위해 성큼성큼 걸어온다. 그러자 향총이 말을 타고 창을 휘두르며 달려나간다.

감녕은 서성의 칼 쓰는 솜씨가 심하게 흐트러지기 시작한 것을 보고, 장흠에게 본진 수비를 맡긴 뒤 서성을 구원하러 왔다. 그때 조운이 우렁찬 기합 소리와 함께 서성의 오른팔을 꿰뚫었다. 서성이 금방이라도 말에서 떨어지려 할 때 감녕이 달려왔다.

본진으로 돌아가 상처를 치료한 서성은 다시 진지 앞으로 나와서 전황을 살핀다. 조운은 지칠 줄을 모르고, 그 창 쓰는 법은 점점 더 현란해진다. 힘차게 휘두르는 창끝이 천만 가지 변화를 일으킨다. 오군의 맹장 감녕도 간신히 막아내는 게 고작이다. 서성은 급히 장흠을 보내어 감녕에게 가세하게 했다.

형주군 쪽의 마운록은 오군이 남편의 허를 찌르게 내버려둘까 보냐는 듯이 돌격 명령을 내리고 오군을 향해 정면으로 돌진해갔다.

엄수는 아버지 엄안에게 집안에 대대로 전해 내려오는 무예를 배워 언월도를 다루는 솜씨가 눈부시다. 번장은 그 날카로운 칼끝을 막아내느라 숨이 가빠졌다. 그 틈을 본 마운록이 달려와 번장을 창으로 찔러 쓰러뜨린다. 그러자 엄수가 쓰러진 번장을 두 동강으로 잘라버린다.

마운록은 이번에는 장흠에게 덤벼들고, 엄수는 향총을 도와 진무와 싸운다. 형주군은 대장이 이기는 것을 보고 용기백배하여 싸운다. 반면에 오군은 의기소침하여, 감녕이 아무리 제지하려 해도 잇따라 진지로 돌아가버린다.

서성이 다시 진지를 나와 구원하러 왔기 때문에, 여기서 양군은 일대 혼전을 벌인다. 한참 후에야 서로 군대를 거두었다.

조운은 대승을 거두고, 오군을 압박하는 형태로 진지를 쌓았다.

그때 서서가 보낸 전령이 나타났다. 조운은 서서가 온 것을 알자 이마에 손을 대며 말했다.

"원직이 와준다면 하구를 얻을 수 있다."

그러고는 당장 서서에게 답장을 써서 선도진을 공격할 날짜를 정했다. 그리고 강하로 사람을 보내어 장기에게 강하 수비를 명하고, 요화와 호반에게는 육군 1만을 기춘현蕲春縣과 황강현黃岡縣에 진주시켜 분구湓口를 노리는 태세를 취하게 했다. 이는 오나라에서 원군이 북쪽으로 나오지 못하도록 견제하기 위한 것이었다.

또한 이튿날 전투에서는 조운이 제1군, 엄수가 제2군, 마운록이 제3군, 향총이 제4군, 유봉이 제5군을 이끌고, 2군과 3군이 좌우 날개가 되며, 4군과 5군이 적의 후방으로 돌아가 공격하기로 방침을 정했다. 그리고 자정에 식사를 끝낸 뒤, 새벽에 동이 트자마자 출전하기로 했다.

한편, 오군 진영에서는 서성이 다치고 번장이 전사하는 등 참패를 당했지만, 어쨌든 이튿날의 작전을 의논하고 있었다. 바로 그때 호거아가 기병을 이끌고 도착했다. 감녕은 서성에게 훈령을 내려달라고 요청했다. 서성은 다치지 않은 감녕에게 지휘권을 맡기고 싶은 마음도 있었지만, 지금은 태평스럽게 서로 양보하고 사양하는 장면을 연출하고 있을 때가 아니었다.

그래서 감녕은 전군前軍을 이끌고 조운과 싸우고, 장흠이 적의 좌군, 진무가 적의 우군을 맡아 싸우며, 손소는 후군, 서성 자신은 중군을 이끌고, 호거아의 기마대는 측면에서 공격하기로 했다.

이튿날 동이 트자 양쪽 진지에서 북소리가 울려 퍼지고 조운과 감녕은 전투를 시작했다. 마운록이 진문 앞에 서서 전황을 살펴보고 있는데, 오군 진영 후방에서 흙먼지가 피어오르고 말 울음소리가 들렸기 때문에 오군 진영에 새로 기병대가 원군으로 왔다는 것을 알아차렸다. 흙먼지만 보고도 적군 진영의 상황을 꿰뚫어보는 이것이야말로 서량의 마씨가 아니고는 흉내낼 수 없는 특기다. 게다가 여기는 서량에 비하면 평탄하기 그지없는 지형이다. 그래서 아주 멀리까지 훤히 내다볼 수 있다.

마운록은 급히 엄수와 향총을 불러 이렇게 말했다.

"두 분은 대장에게 가세하세요. 나는 오군 기마대를 맞아 싸울 테니까."

그리고 유봉과 오의에게는 군대를 이끌고 오군 후방을 공격해달라고 부탁했다. 밤에 세운 작전 계획이 약간 변경되었다.

오군이 좌우로 갈라지더니, 호거아가 완성의 기마대를 이끌고 의기양양하게 형주군 틈으로 뛰어들었다. 그래서 형주군 한가운데에는 구멍이 뻥 뚫려 앞뒤로 분단된 상태가 되었지만, 그때 마운록이 서량 기마대를 이끌고 나타났다.

호거아는 괴력의 소유자지만 기량은 기껏해야 비적의 중간 두목급 정도이고, 병법에 정통하다고는 인사치레로도 말할 수 없다. 그러나 장수가 강한 무력을 자랑거리로 삼고 있었기 때문에 병사들 중에는 쓸 만한 사람들이 모여 있었고, 그 덕분에 지금까지 승리를 거듭해왔던 것이다.

따라서 이번에 서량 기마대와 나란히 놓고 보니 호화로운 깃발과 요란한 북소리만 그런대로 비슷할 뿐, 나머지는 너무 차이가 났다.

호거아는 언월도를 치켜들고 덤벼들었지만, 마운록이 옆으로 피하면서 창을 힘껏 내밀자 가엾게도 목이 꿰뚫려 그 자리에서 인생의 막을 내리고 말았다.

그것을 본 조운은 총공격을 명령했고, 하루 종일 일대 혼전이 계속되었다. 감녕과 서성은 필사적인 싸움을 벌이다가 겨우 군대를 거두어 진지로 돌아갔다.

진지로 돌아온 서성은 감녕에게 이렇게 말했다.

"오늘 호거아를 잃고 기마대도 큰 손해를 입었소. 사태가 위급하오. 여 도독이 다시 대군을 파견해주지 않는 한, 이곳은 지킬 수 없소."

"적군은 아주 강하지만, 전투를 계속하는 것 이외에는 물리칠 방법이 없을 것입니다. 나도 당장 구원을 청해야 한다고 생각합니다. 이 땅을 포기해서는 안 됩니다."

서성은 전령을 급파했다. 그 직후의 일이었다. 파발마가 달려오더니 이렇게 보고했다.

"관우가 서서에게 병력 1만을 주어, 선도진의 퇴로에 해당하는 조각시를 공격하게 할 모양입니다. 서서군은 상당히 빠른 속도로 진격하고 있습니다."

서성은 장흠에게 병력 5천을 주어 당장 조각시에서 서서군을 막으라고 명령했다.

"하구에서 원군이 도착하는 대로 그쪽으로 증원부대를 보낼 테니, 그때까지 열심히 수비하시오."

장흠은 군대를 이끌고 조각시로 떠났다.

하구의 여몽은 패전 소식을 듣고 손권에게 급히 알리는 한편, 한당과 주태에게 병력 1만을 주어 하구로 파견해달라고 요청했다. 손권은 당장 한당과 주태를 보냈다. 그리고 "강하의 적군이 기춘과 황강에 진주하여 구강군을 노리고 있다"는 능통의 보고에 대해서는, 황개에게 병력 5천을 이끌고 구강군으로 가서 능통에게 가세하라고 명령했다.

서서는 병력을 이끌고 조각시에 도착했지만, 선발대가 "오군이 이미 방위선을 치고 있다"고 알려왔기 때문에 속으로 '서성과 감녕은 과연 용병술을 잘 알고 있구나' 하고 감탄했다. 그래서 우선 관평에게 공격을 명령했더니, 병력이 적은 장흠은 당장 진지에 틀어박혀 방어만 할 뿐이었다.

관평의 보고를 받은 서서는 웃으면서 말했다.

"『손자』에는 병력이 적의 열 배이면 적을 포위하고, 다섯 배면 공격하여 무찌르라고 나와 있네. 적은 병력이 적기 때문에 출격하지 않는 것이오. 우리를 두려워하고 있는 게 분명하네. 관평은 주창과 함께 각각 3천 병력을 이끌고 오늘밤 삼경(자정) 무렵에 불을 질러 적진을 태우도록 하시게. 적군이 혼란에 빠져 있는 틈을 타서 공격하면 승리는 틀림없네."

관평과 주창은 밤중에 이 계책을 실행했다.

그날 밤 진지 안에 있는 장흠은 줄곧 자지 않고 있었다. 그런데 한밤중에 방에서 함성이 들리더니 진지가 불꽃에 휩싸였다. 이어서 형주군이 진지 안으로 몰려들어오자, 오군은 적과 아군도 구별하지 못하고 혼란에 빠졌다.

장흠은 열심히 관평을 막았지만, 주창이 진지 후방에서 돌진해 들어왔고, 때마침 바람까지 불어 불길을 도왔다. 서서는 거뜬히 대군을 돌진시켰고, 장흠은 관평을 내버려둔 채 패잔병을 이끌고 남쪽으로 달아났다.

서서는 추격을 명령하여 오군에게 숨돌릴 틈도 주지 않고 공격했기 때문에, 오군은 하늘로 올라가지도 못하고 땅으로도 기어들지 못하여, 5천 명의 병력 가운데 불과 3백 명만 살아남았을 뿐이다. 살아남은 패잔병들은 간신히 선도진에 있는 손소의 진지로 달려들어가 한숨을 돌렸다.

서성은 조각시를 빼앗겼다는 소식을 듣고 발을 동동 구르며 개탄했다.

"병력이 조금밖에 없으니 모든 곳을 다 지킬 수는 없소. 그래서 조각시에서 패배한 것이오. 서서는 책략으로 가득 찬 인물이오. 승세를 타고 우리의 퇴로를 차단하여 앞뒤에서 협공하면 우리는 전멸이오. 퇴각할 수밖에 없소."

서성은 당장 군을 철수시키고, 손소가 제1대, 진무가 제2대, 장흠이 제3대, 그리고 서성과 감녕이 적의 추격에 대비하면서 채전蔡甸으로 퇴각했다.

선도진의 조운은 서서의 부대가 오면 오군이 퇴각할 거라고 생각했기 때문에, 마운록과 함께 기병을 이끌고 당장 추격에 나섰다. 엄수와 향총은 그 뒤에서 보병을 이끌고 가세하러 나갔다.

결국 서성은 선도진을 떠나자마자 조운에게 따라잡혔다. 서성과 감녕은 계속 싸우면서 퇴각했다. 관평과 주창이 말을 타고 그 뒤를 추격했다. 네 사람이 추격하면 오나라 쪽에서도 장흠과 진무가 되돌아와 서성과 감녕에게 가세한다.

조운은 진무의 빈틈을 놓치지 않고 진무를 베어 말에서 떨어뜨렸다. 오군 병사들은 그저 도망칠 뿐이다.

서성·감녕·장흠 세 사람은 겨우 채전에 도착했다. 그때 오군 장수 한당과 주태가 채전으로 달려왔기 때문에 조운은 거기서 일단 군대를 거두었다.

서성이 이번에 벌어진 일련의 전투 결과를 점검해보니 병력 손실이 무려 12만 명에 이르렀다. 대장급만 해도 번장·진무·호거아 등 셋이나 잃었으니, '사기가 떨어진' 정도가 아니었다.

그러나 전쟁은 아직도 끝나지 않았다. 조운이 계속 진격하여 하구를 공격할 우려도 있다.

그래서 서성은 여몽과 의논하여, 한당과 주태의 병력 1만과 하구에서 새로 모집한 병력 2만을 합하여 서성·감녕·장흠·한당·주태 등 다섯 부대로 나누어 채전에 진을 치고 조운을 맞아 싸우기로 했다.

한편, 조운과 서서는 병사들에게 며칠 동안 휴식을 준 뒤, 마침내 하구를 탈취하러 가기로 결정했다.

서서가 말했다.

"한당과 주태는 모두 오나라의 명장들이고, 번장이나 진무와는 비교가 되지 않습니다. 내일 출격하면 반드시 그 두 사람이 싸우러 나올 것입니다. 그러니 우리는 활을 잘 쏘는 병사를 서른 명쯤 선발하여 두 사람만 집중적으로 노리게 합시다. 그러면 두 사람은 죽지는 않더라도 최소한 부상은 입을 것입니다. 그렇게 하면 오군은 엄니를 뽑힌 거나 마찬가지가 됩니다."

조운도 찬성하고, 마운록에게 서량의 궁수 백 명을 이끌고 적의 빈틈을 찔러 행동하라고 명령했다.

이튿날 조운은 엄수에게 출전 명령을 내렸다. 오군 진영에서는 한당이 말을 타고 달려나와 50여 합을 겨루었지만 승부가 나지 않는다. 주태가 언월도를 치켜들고 가세하러 오자 관평이 그 앞을 가로막고 십여 합을 겨뤘다. 그러나 결국 관평과 엄수는 주태와 한당을 당해내지 못하고 달아났다.

한당과 주태는 말을 달려 그 뒤를 쫓는다. 서성은 위험을 느끼고 징을 울려 두 사람에게 퇴각을 명령했지만, 이미 한당과 주태는 완전히 포위당한 뒤였다. 마운록이 붉은 깃발을 한 번 휘두르자 궁수들이 일제히 화살을 쏘아댄다.

한당과 주태는 피하지 못하고 몸에 십여 개씩 화살을 맞은 채 진지로 도망쳐 돌아갔다.

조운은 중군에 있다가 큰북을 울리며 앞장서서 오군 진영으로 달려갔다. 관평·엄수·유봉·오의도 일제히 공격에 나섰다.

서성·감녕·장흠도 군대를 이끌고 나와 싸웠고, 손소는 다친 한당과 주태를 호위하며 진지로 돌아갔다.

서서는 이 광경을 지켜보다가 마운록에게 말했다.

"부인께서는 기병을 이끌고 장흠의 진지를 습격하십시오. 적군에게는 투지가 없으니 궤멸할 것이 뻔합니다. 적진을 하나 쳐부수면 전체가 동요합니다. 아군의 승리의 열쇠는 여기에 있습니다."

마운록은 단숨에 장흠의 진지로 쳐들어갔다. 과연 대장이 없는 진지는 이 공격을 견디지 못하고 모든 병사가 달아났다. 운록은 진지에 불을 질렀다. 그러자 오군 전체가 큰 혼란에 빠졌다.

조운을 비롯한 네 장수는 점점 기세가 올랐고, 운록이 이번에는 서성의 진지로 쳐들어갔다. 기세를 얻은 군대는 전원이 용이나 범 같은 힘을 발휘하는 법이다. 이리하여 서성을 비롯한 오군의 세 장수는 채전을 포기할 수밖에 없었고, 손소는 계속 한당과 주태를 보호하면서 달아났다.

형주군과 서량군은 기세를 타고 추격했다. 오군 병사들 중에는 도망치다가 호수에 빠져 죽는 사람도 부지기수였다. 그대로 하구까지 왔을 때 여몽이 군대를 이끌고 나타났기 때문에 서성 일행은 성으로 들어가 겨우 한숨을 돌렸다.

여몽은 다친 한당과 주태를 배에 태워 구강으로 보내 치료하게 했다. 서성과 감녕은 앞으로 나아가 패전의 죄를 청했다. 그러자 여몽은 이렇게 말했다.

"귀공들은 생사의 경계를 넘나들며 몇 달 동안 혈전을 벌였소. 적군이 너무 강대했던 것이오. 귀공들의 죄가 아니오."

그러고는 다시 말을 이었다.

"조운은 승리의 여세를 몰아 하구까지 빼앗지 않고는 만족하지 않을 것이오. 하구는 험준한 지세도 아니고, 적의 수군도 가까이에 다가와 있소. 만일 수군과 육군이 동시에 공격하면 우리는 절망이오. 군대의 사기도 떨어져 있으니 다시 한 번 결전을 벌이려 해도 어려울 것이오. 이제는 이 하구를 포기할 수밖에 없소. 우선 기마대를 빼내어 말릉관秣陵關에 주둔시키고, 보병대는 배에 태워 구강까지 내려가게 하겠소. 그리고 수군에게는 후방을 지키게 하고 하구는 불태워 적이 이용하지 못하게 하겠소. 어떻게 생각하시오?"

여몽이 이렇게 묻자 서성과 감녕도 대답하기를,

"일이 이미 이 지경에 이른 이상 다른 방법은 없다고 생각합니다."

여몽은 우선 기병대를 먼저 출발시키고, 하루 뒤에는 수군에게 적을 맞아 싸울 태세를 갖추게 하고, 보병대를 배에 태워 출발시켰다.

오군이 하구에서 퇴각한 뒤 하구성은 불길에 휩싸였다.

독자 여러분은 조운이 왜 하구성을 공격하지 않았을까 하고 의아하게 생각했을 것이다. 사실 조운은 쉬지 않고 추격해왔기 때문에 잠시 휴식을 취하면서, 그동안 향총에게 수군 지휘를 맡기고, 수군과 육군이 동시에 진격할 날짜를 향총과 의논하고 있던 참이었다. 여몽은 그보다 먼저 도망쳐버린 셈이다.

조운은 하구성에 들어가자 병사들을 시켜 불을 끄게 하고 주민을 진정시키는 일에 전념하면서, 더 이상은 추격하지 않았다.

향총에게는 그대로 수군을 이끌고 장강을 감시하게 하고, 엄수와 유봉은 병력 2만을 이끌고 하구를 지키면서 강하와 연계하여 적의 역습에 대비하게 했다. 서서는 관평·주창과 함께 전군을 이끌고 남양으로 돌아가고, 조운 내외는 형주로 돌아가 유비를 배알했다.

유비는 이미 승전보를 받고 몹시 기뻐하고 있었기 때문에, 몸소 문무백관을 거느리고 성을 나와 조운 내외를 맞이했다.

조운 내외가 앞으로 나오자 유비는 조운의 손을 잡고 말했다.

"여몽과 서성은 오나라의 명장들이오. 그런데 모두 우리 자룡에게 패했으니 한왕실이 중흥할 날도 이제 멀지 않았소."

조운 내외는 겸손하게 머리를 조아려 사례하고 유비를 따라 성안으로 들어갔다. 정청에서는 조운의 공적을 기리는 성대한 잔치가 열렸다.

유비는 조운에게 상석을 권했다. 그러나 조운은 거기에 따르려 하지 않았다.

"부디 훗날 오나라를 평정한 뒤 그 자리에 앉게 해주십시오."

유비는 할 수 없이 자신이 상석에 앉았다.

장강과 한수의 도도한 물결은 모두 무사들의 피와 땀이다. 형주와 양양의 넓은 영토도 모두 훌륭한 장수들의 위세 덕분이다. 그러면 이다음은 어찌 될 것인가. 다음 회를 기대하시라.

허저, 위연·강유·이엄과 싸워 민지에서 죽다
서황, 포위망에 걸려 함곡관을 포기하다

조운이 오나라의 서성을 쳐부수고 하구를 탈취한 뒤, 수군과 육군에게
엄중한 수비를 명령하고 형주로 돌아가 유비를 배알했다는 것은 앞에
서 이야기했다.

서서는 관평과 주창을 데리고 남양으로 돌아가 관우에게 승전보를
올렸다. 관우는 이번 성과를 공명에게 알리고, 공명에게 기회를 보아
진격하자고 요청했다.

공명이 이 소식을 듣고 크게 기뻐하고 있을 때, 마초한테서도 함곡
관으로 진격하자는 요청이 들어왔다.

공명은 마초에게 전령을 보내어 이렇게 명령했다.

"잠시 군대를 멈추고 적의 빈틈을 엿보다가, 좌익군이 민지를 얻으
면 진격하시오. 당분간은 발빠른 부대를 보내어 섬동陝東 일대를 교란
하여 적의 눈과 귀를 혼란시키시오."

마초는 이 명령을 받고 마대·문앙에게 기병을 주어 내보냈지만, 이
이야기는 여기서 일단 멈추기로 하자.

공명은 서황과 사마소가 함곡관을 굳게 지키고 수비 방법도 병법에
맞았기 때문에 급히 쳐부수기는 어렵다고 생각하고 있었다.

그래서 위연에게 민지로 진격하라고 명령했다. 민지를 얻으면 위군

의 연계가 완전히 끊어져 전체가 붕괴할 것이라고 생각했기 때문이다.

한편, 위연은 망산에서 조진·허저와 석 달 가까이 대치하면서 십여 차례 전투를 벌였지만, 아직껏 승리를 얻지 못하고 있었다. 한군은 유리한 지형을 차지했고 각 군의 연계도 좋았으며 병사와 군마가 모두 원기왕성했지만, 이에 맞서는 위군은 민지성에 틀어박혀 있고, 허저의 용맹함과 후방에 있는 사마의의 적절한 지령이 있었기 때문에, 자주 격전을 벌이면서도 승부를 내지 못했던 것이다.

그런데 위연은 이번에 공명에게서 "민지를 빼앗으라"는 명령을 받고, 강유·이엄·마충·요립 등과 작전 회의를 열었다.

"이번에 공명 원수께서는 기한을 정해놓고 그때까지 민지를 빼앗으라는 명령을 내리셨소. 아군은 황하를 건넌 이후 위군과 십여 차례 싸움을 벌였지만, 아직껏 승리를 얻지 못했소. 한편 형주 방면에서는 조자룡 장군이 오나라에 대승을 거두고 하구를 탈취했소. 또한 우익군을 이끄는 마맹기 장군은 용문산과 겹욕을 빼앗았소. 중군은 이미 문향을 얻었소. 오직 하나, 우리 좌익군만 이곳 민지에서 한 발짝도 움직이지 못하고 있으니 다른 장수들의 비웃음을 받을까 걱정이오. 무슨 묘안이 없겠소?"

이엄이 우선 이렇게 대답했다.

"아군이 민지에서 한 발짝도 움직이지 못하고 있는 것은 민지의 지세가 험준하고 적장 허저가 인걸이기 때문입니다. 그 허저만 제거하면 민지는 쉽게 탈취할 수 있습니다."

강유가 거기에 이어 이렇게 제안했다.

"허저를 죽이려면, 우선 내일 허저와 대규모 전투를 벌일 필요가 있습니다. 그리고 모레는 대장께서 직접 허저와 싸우시고, 이 장군께서는 민지를 공격하십시오. 저는 궁수를 거느리고 망산의 서쪽 입구에 매복하겠습니다. 허저는 이 장군이 민지성을 공격하는 것을 보면, 대장을 버리고 이 장군에게 덤벼들 것입니다. 이 장군이 한 걸음씩 후퇴하여 그를 복병이 있는 곳으로 유인해주시면 성공은 틀림없습니다. 제가 허저를 쏘아 죽이면, 대장께서는 왼쪽에서, 이 장군께서는 저와 함께 오른쪽에서 민지성을 공격하는 것입니다. 허저는 위군의 대표적인 무장이고 천하에 널리 알려진 장수이니, 우리가 그를 죽이면 위군의 사기도 바닥에 떨어질 것입니다. 조진 혼자서 민지를 사수하려 해도 불가능한 일입니다."

위연은 이 계책을 받아들였고, 이튿날 한군은 예정대로 진격을 개시했다.

허저는 싸우러 나와 큰 소리로 외쳤다.

"패장 위연아, 아직도 넌더리를 내지 않고 싸우러 나왔느냐?"

위연은 아무 말도 하지 않고 언월도를 휘두르며 허저에게 덤벼들었다. 두 사람은 60여 합을 싸웠다. 위연은 점점 밀리는 기미를 보였다. 이엄은 그것을 보고는 청해황총마에 올라타고 언월도를 휘두르며 위연을 도우러 갔다.

허저는 두 사람과 싸우면서도 전혀 주눅든 기색이 없다. 강유는 그것을 보고 언월도를 휘두르며 가세하러 나갔다. 허저는 세 사람을 상대로 30여 합을 싸웠지만 한 걸음도 물러서지 않는다. 그때 조진이 대군을 이끌고 현장으로 달려와 한바탕 혼전이 벌어졌다. 그런 뒤에야 양쪽은 군사를 거두었다.

허저가 진지로 돌아오자, 그를 맞이한 조진이 이렇게 말했다.

"장군께서는 정말 천하무적의 영웅이십니다. 한군의 세 장수는 한

달 만에 병주를 빼앗았지만, 장군께서는 그 세 장수를 상대로 하여 적을 몇 번이나 격파하셨습니다. 옛날 여포는 호뢰관虎牢關에서 유비·관우·장비 세 사람과 싸운 적이 있었는데, 장군께서는 그때의 여포만큼이나 훌륭하십니다."

"아니, 그 한나라 장수 세 사람도 그렇게 약한 무장은 아니오. 내일 한 사람을 생포해서 보여드리리다."

조진은 기뻐하며 좋은 술을 골라 승리를 축하했다.

하룻밤 지나자 위연이 다시 도전하러 나타났다. 허저는 언월도를 빼들고 싸우러 나갔다. 두 사람이 막 칼날을 맞부딪치려 할 때, 이엄이 군대를 이끌고 위군 진영 옆을 빠져나가더니 민지성으로 달려갔다. 허저는 위연을 내버려두고 이엄을 맞아 싸웠다.

이엄은 허저와 20여 합쯤 싸우다가 망산의 서쪽 입구를 향해 도망치기 시작했다. 허저는 큰 소리로 "도망치지 말라"고 외치며 그 뒤를 쫓았다. 이엄은 다시 10여 합쯤 싸우면서, 한 걸음씩 후퇴하여 강유의 복병이 기다리고 있는 곳으로 다가갔다.

그때 이엄이 느닷없이 외쳤다.

"허저야, 너는 죽을 곳에 이르렀는데 아직도 투항하지 않느냐?"

허저는 화가 나서 말을 채찍질하여 이엄을 추격했다.

망산 입구까지 온 이엄은 거기서 다시 말을 세우고 외쳤다.

"허저야, 어찌하여 이 사지死地에 왔느냐. 다시 한 번 3백 합쯤 싸워볼 테냐?"

허저는 울화통이 터져, 앞장서서 산길 어귀로 들어갔다. 성안에서 그것을 지켜보고 있던 조진은 허저가 너무 깊숙이 들어가 복병에게 습격당하면 큰일이라고 생각하여, 부장인 손태孫泰에게 성을 지키게 한 뒤 몸소 병력 1만을 이끌고 성을 나갔다.

산길로 들어간 허저는 앞쪽 언덕 위에 강유가 서 있는 것을 보았다. 강유는 손에 붉은 깃발을 들고, 허저가 다가와도 전혀 당황한 기색이 없이 깃발을 한 번 휘둘렀다. 그러자 사방에서 일제히 복병이 나타나 화살을 비 오듯 퍼부었다.

설령 허저에게 하늘로 올라가는 능력이 있다 해도 이 화살비는 피하지 못했을 것이다. 이런 단순한 책략에 걸려들어, 삼국시대에 손꼽히는 위군 장수 허저는 군마와 함께 망산 골짜기에서 목숨을 잃고 말았다.

강유와 이엄은 허저가 완전히 계략에 빠졌기 때문에 크게 기뻐하며, 군대를 이끌고 조진을 맞아 싸웠다. 두 부대의 공격을 받자, 조진은 견디지 못하고 달아났다.

한편, 위연은 허저가 이엄을 쫓아가는 것을 보고 민지성을 공격하기 시작했다. 성 위에서는 화살과 돌멩이를 퍼부었기 때문에 병사들은 좀처럼 성에 가까이 다가가지 못했다.

위연은 보검을 빼들고 도망치려는 병사들을 몇 명 목 베어 죽인 뒤, 몸소 위험을 무릅쓰고 운제(雲梯: 성을 공격할 때 쓰는 사다리)를 기어올라가 성벽 위로 뛰어올랐다.

위군 병사들은 깜짝 놀라 허둥대다가 위연의 칼에 십여 명의 목이 순식간에 달아났다. 한군 병사들은 그것을 보고 굴비 두름처럼 줄지어 성벽으로 올라가, 눈 깜짝할 사이에 성벽 위는 한군 병사들로 넘쳐흘렀다.

퇴각해 온 조진은 성 위에 한군 깃발이 늘어서 있는 것을 보고는, 패잔병을 이끌고 신안新安으로 달아났다. 강유와 이엄도 성을 공격하기 시작하여, 얼마 후 민지성의 네 성문은 모두 부서졌다. 손태는 갑옷을 벗어 던지고, 혼란에 빠진 병사들 틈에 섞여 달아났다.

위연·강유·이엄은 민지성을 빼앗고 수많은 군수물자를 얻은 뒤, 공명에게 급히 알리는 한편, 좋은 술을 준비하여 강유를 상석에 앉히고 축하연을 베풀었다.

강유가 웃으면서 말했다.

"대장께서는 겸손이 지나치십니다. 저는 작은 계략을 제안했을 뿐인데, 우연히 허저처럼 부주의하고 난폭한 무리가 그 계략에 빠졌을 뿐입니다. 대장께서 몸소 화살과 돌멩이를 무릅쓰고 성을 쳐부수지 않았다면 민지성은 얻을 수 없었을 것입니다."

그러나 위연은 대답하기를,

"허저가 죽지 않았다면 어느 누가 민지성에 올라갈 수 있었겠소. 오늘 싸움에서는 강백약의 공이 가장 컸소."

이렇게 말하면서 상석을 강유에게 양보했다.

이 잔치 석상에서 위연은 이렇게 말했다.

"아군이 민지성을 탈취했기 때문에 위군의 연계는 끊어지고, 함곡관의 위군은 귀로를 잃었소. 따라서 적군은 살아 돌아가기 위해 반드시 필사적으로 싸울 것인즉, 낙양에 있는 위군도 함곡관으로 구원하러 올 것이오. 그러면 적을 분단하고 있는 우리가 오히려 앞뒤에서 적을 맞이하는 꼴이 되어버리는데, 백약, 무슨 묘책이 없겠소?"

"우선 투항병을 시켜 허저의 시체를 낙양으로 보냅시다. 첫째는 아군의 도량을 보여주기 위함이고, 둘째로는 적의 간담을 서늘하게 하는 것이 목적입니다. 이렇게 하면 낙양의 병사가 와도 우리를 두려워하는 나머지 전의도 높지 않을 테니, 대단한 위협은 되지 않습니다. 함곡관에서 도망쳐 돌아가는 위군은 이쪽으로 도망쳐 오지 않을 가능성도 있고, 그럴 경우에는 아무 문제도 없습니다. 이쪽으로 도망쳐 올 경우에는 일부러 절반쯤 통과시킨 뒤에 습격하면 승리는 틀림없습니다."

위연과 이엄은 입을 모아 찬성하고 그 계책에 따라 행동하기로 했다.

한편, 위나라 투항병이 허저의 시체를 신안으로 가져가자, 조진은 시체에 매달려 한바탕 통곡한 뒤, 몸소 시체에 박힌 화살을 빼주고 시체를 깨끗이 씻어 관에 넣은 다음 낙양으로 보냈다.

사마의는 민지를 잃었다는 소식을 듣고 발을 동동 구르면서 탄식했다.

"민지를 잃으면 함곡관 병사들은 귀로를 잃는다."

사마의는 조조에게 급히 이 사실을 알리고, 임성왕 조창에게 철기 1만을 주어 민지를 공격해달라고 요청했다. 이것으로 함곡관 병사들을 지원하려는 것이다.

허창에 있던 조조는 허저가 전사하고 민지도 잃었다는 소식에 큰 충격을 받았다. 그는 몸소 허저의 관을 맞이하여 관에 매달려 통곡한 뒤, 허저에게 대장군의 지위를 추증하고 '열후烈侯'라는 시호를 내렸다. 또한 황금 1만 냥을 유족에게 하사하고 허저의 세 아들을 모두 관내후에 봉했다.

그리고 사마의의 요청에 따라 조창에게 철기병 1만을 주면서 당장 사마의의 휘하에 들어가라고 명령했다.

조조는 오나라의 서성과 감녕이 연패하여 하구를 잃고 유비가 형주에 진주했다는 말을 듣고는 깜짝 놀랐다. 그렇다면 이제 오나라의 원조는 기대할 수 없다. 아군도 허저를 잃고 민지를 잃었으며, 함곡관도 위험하다. 한군은 세 방면에서 낙양으로 몰려가고 있으니 사마의 혼자서는 버틸 수 없다. 그렇게 되면 이제 더 이상 천하는 내 것이 아니다.

조조는 고민한 나머지 옛날에 입은 상처가 터져버렸지만, 그래도 고통을 꾹 참고 등청하여 몸소 군무에 임하지 않을 수 없었다. 이리하여 날이 갈수록 조조는 죽음에 가까이 다가갔다.

한편, 문향의 공명은 위연에게서 승전보를 받고 이런 답장을 써보냈다.

"백약(강유)의 지모에 문장(위연)과 이엄 장군의 분투가 합하여 이처럼 큰 공을 이룬 것이오. 이는 우리가 출병한 이후 가장 큰 공훈이오. 허저는 조조 휘하의 맹장으로서 천하에 이름이 널리 알려져 있소. 그 허저가 죽었기 때문에 위군은 의기소침해 있소. 장군은 민지를 굳게 지키시오. 반드시 함곡관으로 오지 않아도 좋소. 적의 군량 수송로를 차단하면 적은 굶주려 함곡관을 포기할 것이오. 그때 도중에서 습격하면 승리는 의심할 여지가 없소."

위연은 공적을 높이 평가받았기 때문에 펄쩍 뛸 만큼 기뻐하며 강유·이엄과 함께 공명의 명령에 따라 행동할 준비를 시작했다.

공명은 마초에게 이번에 위연이 세운 공적을 알리고 이렇게 지시했다.

"문앙이 제1대, 마대가 제2대, 맹기(마초)가 후군, 장익이 구원부대를 이끌고 섬동 방면으로 진격하여 주상역稠桑驛에 있는 사마소의 진지를 공격하시오. 적군에게는 저항할 힘이 없으므로, 맹기는 동쪽으로 도망치려고 하는 군대를 맞아 싸우면 적의 물자를 모조리 빼앗을 수 있을 것이오."

전령이 마초의 진지로 떠난 지 이틀 후, 공명은 황충에게 기병과 보병 2만을 주어 영보를 공격하게 하고, 자신은 중군을 이끌고 후원했다.

사마소는 민지를 잃었다는 소식을 받자 격분한 나머지 그 소식을 가져온 전령을 참수하고, 몰래 서황과 퇴각을 의논했다. 주상역의 사령부에서 영보까지 수많은 함정을 파고, 함정 속에 화약을 뿌린 다음, 함곡관에서 퇴각하기 시작했다.

일행이 골짜기에서 나온 뒤 골짜기 입구를 폐쇄하여 추격대에 대비하려 하고 있을 때, 느닷없이 마초가 나타나 고함을 질렀다.

"서황아, 도망치지 마라. 그 목을 놓고 가라!"

서황은 커다란 도끼를 들고 마초에게 덤벼들어 20여 합쯤 싸웠다.

문앙과 마대는 주상역의 위군 진지로 돌진했지만 진지는 텅 비어 있고, 함정 때문에 30명의 기병만 잃었다. 문앙이 당장 추격하려 하자 마대가 이렇게 말했다.

"위군은 달아났다 해도 반드시 함곡관 출구를 막아놓고 우리를 기다리고 있을 것이오. 서둘러 효산을 돌아가는 다른 길을 따라 협석峽石으로 나가서 적의 앞쪽을 공격해야 할 것이오."

두 사람은 당장 협석으로 달려갔다.

마초와 서황은 50합 이상을 싸웠지만, 점점 서황이 밀리는 기색을 보였다. 그러자 마초는 일부러 위군의 퇴로를 열어주었다. 위군은 그쪽으로 우르르 몰려 정신없이 달아나기 시작했다.

사마소가 앞서고 서황이 뒤를 따른다. 마초가 군대를 이끌고 그 뒤를 쫓는다. 위군은 군수품을 내버리고 오로지 도망칠 뿐이다.

마초는 유유히 수많은 전리품을 얻으면서 그 뒤를 쫓았다.

위군이 협석에 이르렀을 때 느닷없이 북소리가 들리더니 문앙과 마대가 앞으로 달려나왔다.

"위군의 패장들아, 목을 놓아두고 가라."

사마소와 서황은 격분하여 죽음 속에서 활로를 찾아 분투한다. 문앙과 마대는 병력이 적기 때문에 위군이 탈출하도록 내버려두었다가, 어느 정도 달아났을 때 다시 한 번 공격했다.

위군은 화덕에 걸린 냄비나 주전자 속의 물처럼 포위되어, 갑옷도 무기도 모조리 빼앗겼다. 그때 다시 마초가 나타나 그들을 짓밟는다.

황충이 영보에 와보니 성은 텅 비어 있고, 위군이 지른 불길에 휩싸여 있었다. 황충은 병사들에게 불을 끄라고 명령한 뒤, 주민들을 진정시키고 공명을 맞아들였다.

공명은 마초가 서황을 쫓아간 것을 알고는, 황충에게 함곡관을 뚫고 나아가 마초에게 가세하고, 민지에 도착하면 군대를 멈추고 새로운 훈령을 기다리라고 명령했다.

황충이 떠난 뒤 공명은 장익과 함께 불탄 시가지를 재건하는 데 힘쓰고, 주변 지역도 안정시켰다. 그러고 나서 정작에게 함곡관 수비를 맡기고, 다시 장익과 함께 천천히 전진해갔다.

이 무렵, 마초·마대·문앙 등 세 장수는 위군을 쫓아 이윽고 민지에 이르렀다. 성안의 위연이 그 소식을 받고 공격에 가담하려 할 때, 동쪽에서 위군 대장 장합이 이끄는 철기 5천이 태양을 뒤덮을 것처럼 수많은 깃발을 치켜들고 나타났다.

장합은 사마소·서황과 합류하여 민지성을 공격할 태세를 보인다.

또한 멀리 왼쪽에는 사마사가 이끄는 5천 병력, 오른쪽에는 손례孫禮가 이끄는 보병 5천이 나타나, 역시 공격에 가담할 태세를 보인다.

성 위에서 보고 있던 위연이 강유와 이엄에게 말했다.

"서황과 사마소는 연전연패했고 병졸들은 굶주리고 지쳐 있을 터인데, 대오가 질서정연하여 흐트러짐이 없소. 우리가 나가서 싸우면, 위군은 고향으로 돌아가고 싶은 일념으로 더욱 똘똘 뭉칠 테고, 새로 온 위군은 보복하려는 의지가 강하오. 그러면 아군이 불리하지 않겠소?"

그러자 이엄이 말했다.

"위군은 함곡관을 버리고 도망쳐 왔습니다. 공명 원수와 맹기(마초) 장군이 대군을 이끌고 추격해오실 것입니다. 우리가 위군의 앞을 가로막으면, 추격하는 아군과 협공할 수 있습니다. 서황과 사마소도 오로지 도망칠 뿐 싸울 의지는 없을 것입니다."

위연은 이엄의 말을 듣고 강유에게 성의 수비를 맡긴 뒤, 이엄과 함께 각각 3천 병력을 이끌고 성에서 달려나갔다. 서황과 사마소는 전의를 잃고 금방이라도 도망치려는 태도였지만, 그래도 과감하게 앞으로 나와 위연과 이엄을 맞아 싸웠다.

철기 5천을 이끌고 온 장합은 후방에서 마초가 쫓아오는 것을 보고는 혼전을 피하여 급히 군사를 거두었다. 마초도 계속 추격하느라 지친 병사들을 쉬게 하려고 민지성을 따라 진을 쳤다.

그 이튿날 황충의 부대가 도착하자, 각 방면에 나뉘어 싸우고 있던 한군 장수들이 한 자리에 모여 재회를 기뻐했다.

그리고 며칠 뒤 공명의 대군도 도착했다. 마초·황충·위연을 비롯한 여러 장수들이 마중을 나가자 환호성이 올랐다.

성안의 정청에 자리를 잡은 공명은 장군들의 공을 일일이 치하하고,

형주의 유비에게 전령을 보내어 승리를 알렸다.

공명이 위연에게 물었다.

"위나라가 신안을 수비하라고 보낸 장수는 누구요?"

"사마의는 유엽을 대장으로 삼아 종회와 등애에게 낙양을 지키라고 명령하고, 자신이 직접 신안에 주둔해 있습니다. 그리고 이 민지 방면의 군사는 맏아들 사마사에게 맡겼습니다. 총대장은 장합이고, 함곡관의 패장 서황과 사마소가 병력 1만을 이끌고 도망쳐 와서, 도합 3만여 명이 흑석관 부근의 요소에 주둔하여 수비 태세를 취하고 있습니다."

"함곡관도 제대로 지키지 못했는데, 흑석관처럼 작은 관소에 틀어박혀봤자 얼마나 버틸 수 있겠소. 여러 장수들이 공격하면 아무것도 아니오."

"원컨대 원수의 계책을 들려주십시오."

"위군의 근본은 낙양이오. 맹기 장군은 마대·강유와 함께 지금까지와 마찬가지로 기마대를 이끌고 의양으로 돌아가시오. 소실산에는 적이 그리 많지 않으니, 관색을 시켜 소실산을 빼앗으시오. 소실산을 얻으면 맹기 장군은 당장 등봉으로 가시오. 등봉을 지키는 문빙은 고립되어 있기 때문에 쉽게 쳐부술 수 있을 것이오. 등봉을 얻으면 관흥에게 등봉을 지키게 한 뒤, 1만 5천 병력을 이끌고 언사현偃師縣을 공격하시오. 언사는 낙양의 퇴로에 해당하는 곳이므로 위군도 엄중히 수비하고 있겠지만, 그곳을 습격하여 적의 군량을 모조리 불태우시오. 낙양으로 가는 군량은 그것으로 단절될 터이니, 아무리 낙양을 사수하려해도 불가능할 거요."

마초는 문앙을 본진에 남겨놓고 마대·강유와 함께 군대를 이끌고 의양으로 떠났다.

공명은 모든 병사들을 독려하고, 결전에 대비하여 차례로 휴식을 취하게 하면서, 마초에게서 승리했다는 소식이 들어오는 대로 행동을 개시하기로 했다.

의양으로 돌아간 마초는 잠시 병사들을 쉬게 한 뒤, 관색과 제갈첨에게 성의 수비대를 이끌고 소실산을 공격하라고 명령했다.

과연 소실산은 사마소가 퇴각한 뒤 사마의의 지령을 받은 장제가 병력 3천을 이끌고 지키고 있을 뿐이었다. 게다가 관색은 산 속의 길을 모두 정확히 파악하고 있었다.

제갈첨은 관색에게 이렇게 말했다.

"우리가 밖에서 정직하게 소실산으로 들어가면 적의 함정에 빠질 우려가 있네. 요즘은 북서풍이 강하니, 이 바람을 이용하여 불을 지르면 장제는 숨을 곳이 없어지고, 우리도 안심하고 깊이 들어갈 수 있을 것일세."

관색도 이 말에 동의했다.

이윽고 그날 밤 제갈첨과 관색은 병사들을 이끌고 산을 내려가 소실산 사방에서 불을 질렀다. 계절은 바야흐로 가을, 나무들도 잎을 떨어뜨리는 계절이었다. 북서풍은 범처럼 으르렁거리며 불길을 도왔다. 산이 온통 불길에 휩싸이고, 얼마 후에는 산에 사는 호랑이·표범·승냥이·이리 같은 짐승들도 도망쳐 나올 만큼 큰 산불로 번졌다.

낙양성 안에서도 이 불길이 보였지만, 한밤중이었기 때문에 감히 원군을 내보내지 못했다. 장제는 군대를 이끌고 숭산으로 달아났다.

이리하여 제갈첨과 관색은 화살 한 개도 쏘지 않고 소실산을 얻은 뒤 의양의 마초에게 이것을 알렸다.

소식을 받은 마초는 마대에게 의양성 수비를 맡긴 뒤, 강유와 함께 등봉을 공격하러 가려고 했다. 강유는 떠나기에 앞서 이렇게 제안했다.

"아군의 이점은 속전속결에 있습니다. 만일 문빙이 성에 틀어박혀 사수하면 헛되이 날짜만 지나갈 뿐 승기를 놓칠 우려가 있습니다. 그러니 우리에게 투항한 위군 병사를 이용합시다. 그들은 우리 은혜에 감복해 있으므로, 피난민과 함께 성안으로 들여보내는 것입니다. 그러고 나서 아군이 공격하면 내응內應 태세를 취할 수 있기 때문에 등봉은 쉽게 얻을 수 있을 것입니다."

마초는 크게 기뻐하며,

"백약은 과연 대단한 책략가요. 허저를 죽인 것도 당연하오."

이렇게 말하고는 투항한 위군 병사들에게 후한 은상을 주어 앞장세웠다. 그리고 길가의 마을들을 일부러 습격하자 주민들은 등봉성으로 도망쳐 들어갔다.

문빙은 그 피난민을 일일이 심문하여 입성을 허락했다. 수상쩍은 사람은 하나도 없었기 때문에 의심하지도 않고 받아들인 뒤 이윽고 성문을 닫았다.

마초는 군대를 이끌고 성을 포위했지만, 문빙은 성에서 나오지 않고 우현에 있는 조홍에게 전령을 보내어 구원을 청했다.

한밤중에 성안에서 함성이 일어나더니, 환한 횃불빛 속에서 성의 서문이 열렸다. 마초와 강유가 성안으로 몰려 들어왔다. 너무나 갑작스러운 사태였기 때문에 문빙은 손을 써볼 엄두도 내지 못한 채 군대를 이끌고 달아났다.

마초는 투항한 위군의 활약에 대해 다시 후한 은상을 내리고, 관홍을 불러 등봉을 지키게 한 뒤, 강유와 함께 소실산으로 돌아갔다. 그리고 관색에게 병력 2천을 이끌고 소실산을 지키면서 용문산의 마성과 호응 태세를 취하게 했다.

제갈첨은 의양으로 돌아가 기병과 보병 9천을 징발하여 다시 소실산으로 돌아왔다. 그리고 이 병력을 원래 거느리고 있던 병력 6천과 합하여 소실산을 나가 언사현을 공격하러 갔다. 마초가 중군, 강유가 좌군, 제갈첨이 우군을 이끌고 당당하게 진군했다.

수비할 방책이 떨어져 낙양은 고립되고, 정의의 화살이 노리는 표적의 중심은 언사현이 되었다. 그러면 이 다음은 어찌 될 것인가. 다음 회를 기대하시라.

제32회

조창, 언사현에서 마초와 싸우다
황충, 흑석관에서 장합을 쳐부수다

마초는 공명의 명령에 따라 마대 및 강유와 함께 병력 1만 5천을 이끌고 언사현 공략에 나서서 낙양의 퇴로를 끊으려고 했다. 그러나 이런 움직임은 마초가 소실산을 얻었을 때 이미 사마의에게 알려졌고, 사마의는 조조에게 알려 조창의 부대로 하여금 언사현을 지키게 했다.

또한 사마의는 장제·제갈탄諸葛誕·위기衛覬 등 세 장수에게 각각 병력 5천을 주어 낙양에서 언사현에 이르는 각지에 진을 치게 했다.

조창은 아버지 조조의 총애가 두텁고 장수들한테서도 존경을 받고 있었는데, 그가 이끄는 군대는 모두 정예병력인 데다 무기도 잘 정비되어 있었고, 그중에서도 특히 기마대는 뛰어난 존재였다. 이 기마대는 위나라 황제 조조가 친정親征에 나설 때에만 조조의 수레를 경호하고 다른 때에는 조창의 지휘를 받고 있었다.

때마침 조조는 옛날 입은 상처가 도져서 병석에 누워 있었지만, 허저가 전사하고 민지도 적의 손에 넘어갔다는 말을 듣고는 몹시 당황했다. 마초가 군대를 돌려 언사현으로 향하고 있으니 위기가 임박했다. 그렇지만 장요와 조인은 섭현에 있고, 조홍은 우현에, 장합과 서황은 신안에 있으니, 아무도 갑자기 움직일 수 없는 처지였다. 그렇다면 마초에게 대항할 수 있는 사람은 조창 한 사람뿐이었다.

이리하여 조조는 아픈 몸을 무릅쓰고 편지 한 통을 써서 형양에 있는 조창에게 언사현으로 가라고 명령했다. 편지는 대충 이런 내용이었다.

"마초는 국가의 큰 적이다. 낙양은 국가의 근거지다. 언사현을 잃으면 낙양도 잃는다. 마초가 목적을 달성하게 하면 국가가 위기에 빠진다. 당장 언사현으로 가서 수비하라. 사마중달(사마의)은 국가의 충신이니 그의 지휘에 따라 행동하라."

조창은 당장 언사현에 이르러 사마의에게 전령을 보내어 명령을 기다렸다. 사마의는 조창이 온 것을 알고 크게 기뻐하며 이런 답장을 써보냈다.

"전령이 와서 임성왕 전하께서 언사현에 오신 것을 알리니 흔쾌하기 이를 데 없사옵니다. 마초는 영명하고, 그 부하들은 서강西羌의 정예이옵니다. 발빠른 말을 타고 종횡무진으로 돌아다니니, 언제 어디에 나타날지 헤아릴 수가 없습니다. 뿐만 아니라 제갈량은 기발한 꾀로 가득 찬 인물이고, 관우·장비·황충·위연 등이 동서에서 호응하니, 아군은 이쪽을 돌아보다 보면 어느새 저쪽을 잃어버립니다. 의양이 함락된 이후 낙양 수비는 날로 무게를 더해가고 있습니다. 허중강(許仲康: 허저)은 일세의 맹장이고 그 지모는 빈틈이 없었지만, 장수는 전쟁터에서 죽고 호군虎軍을 잃었으니, 마침내 함곡관 병사는 적에게 쫓겨 퇴각하기에 이르렀습니다. 전에 주상(조조)께 주청하여 청주병 3만으로 빈틈을 메웠는데, 이제 또다시 청을 올려 피로한 전선의 병사들을 서주병 2만과 교대하게 해주십시오. 국가의 안위는 이 한 판의 싸움에 달려 있습니다. 전하께서도 삼가 이 싸움에 임해주십시오. 낙양 가도에 주둔해 있는 장제·제갈탄·위기 등 세 장수는 모두 전하의 휘하에 두어 지휘해주십시오. 듣자하니 마초는 대개 경기병을 이끌고 습격한다 하옵니다. 그에게 많은 병사가 없으면 맞아 싸우십시오. 전하의 병력은 마초의 병력보다 많습니다. 주인으로서 손님을 기다리고, 편안하게 앉아서 피로에 지친 적을 기다리면, 마초가 비록 용맹하다 하나 전하께 미치지 못합니다. 마초가 후퇴하면 급히 추격하지 마십시오. 그는 용문산과 소실산에 숨어 있다가, 전하의 병력이 이르면 사방으로 흩어져 종적을 감출 것입니다. 그때 산 속에 들어가 찾으면, 그는 경기병을 시켜 전하를 붙잡아둔 뒤 군대를 총동원하여 언사현을 습격할 것입니다. 낙양 가도에 주둔해 있는 세 장수는 마초의 적수가 되지 못합니다. 그때에 이르러 언사현을 구원하기 위해 후퇴하면, 뒤에는 추격대가 있고 앞에는 복병이 있으니 병사들의 마음이 동요하여 반드시 패할 것입니다. 원컨대 이것을 경계하십시오."

이 답장을 받고 감복한 조창은 당장 아버지 조조에게 주청을 올려 서주병 2만을 받아 군대를 충실하게 하고, 드디어 마초를 맞아 싸울 태세를 갖추었다.

그로부터 며칠 뒤, 마초의 부대가 마침내 언사현에 나타났다. 조창은 조혜曹惠·조상(曹爽: 조진의 아들)·사마부(司馬孚: 사마의의 동생)·사마여司馬予 등에게 성을 지키게 한 뒤, 철기병 3천과 보병 1만을 이끌고 성을 나갔다.

마초와 조창은 아무 말도 하지 않고 창을 휘두르며 싸우기 시작했다. 강유는 몰래 마대에게 귓속말로 속삭였다.

"적군에는 철기병이 많으니, 느닷없이 몰려나올 우려가 있습니다. 미리 궁수를 배치해놓고 기다리는 편이 낫겠습니다."

마대가 그 준비를 시작하고 있는 동안에도 격투는 계속되어, 조창과 마초는 80여 합을 겨루었다. 그런데 조창이 별안간 말머리를 돌려 달아나기 시작했다. 마초는 그때까지 조창의 창 쓰는 솜씨가 어지러워지지 않았기 때문에, 이것은 분명 계략이라고 생각하여 뒤쫓지 않았다.

진지로 돌아간 조창은 채찍을 들어 철기병에게 돌격 명령을 내렸다. 철기병 3천은 폭풍우처럼 돌진하기 시작했다. 강유가 궁수들에게 명령하여 일제히 화살을 쏘게 하자 철기병들은 잇따라 픽픽 말에서 떨어졌다.

조창은 급히 퇴각 명령을 내리고는, 몸소 창을 들고 다시 마초에게 도전했다. 두 사람은 다시 30여 합을 싸웠지만 승부를 가리지 못한 채, 이윽고 날이 저물자 군사를 거두었다.

진지로 돌아온 마초에게 마대가 말했다.

"언사에는 적병이 많이 있다는 것을 알았습니다. 조창은 솜씨가 상당히 능숙하니, 금방 언사를 함락시킬 수는 없을 것 같습니다. 낙양 가도 연변에 주둔해 있는 세 장수는 조창을 굳게 믿고 별로 엄중한 수비 태세를 취하지 않고 있습니다. 게다가 우리가 조창과 격전을 벌이고 있다는 소식을 들으면, 설마 우리가 느닷없이 습격하리라고는 예상치 못할 것입니다. 나는 오늘밤 낙양 가도 연변에 있는 세 진지를 습격하겠습니다. 그중 하나라도 깨지면 낙양이 동요할 것은 분명합니다."

강유도 이 말을 듣고 거들었다.

"이것이야말로 병법에서 말하는 '강한 곳을 피하고 약한 곳을 공격하라'는 것입니다."

두 사람이 이렇게 말할 뿐 아니라 마초 자신도 생각하고 있던 참이었기 때문에, 마초는 직접 군대를 이끌고 몰래 야습을 감행했다.

낙양 가도 연변의 세 진지에서는 마초가 언사를 공격했고, 조창이 많은 군대를 이끌고 맞아 싸웠다는 것을 이미 알고 있었다. 이것은 분명 대단한 격전이 될 거라고 생각했지만, 설마 자기들이 기습을 당하리라고는 꿈에도 생각지 못했다.

새벽녘에 마초는 소리없이 위기의 진지로 다가가, 느닷없이 적진으로 뛰어들었다. 마대와 강유도 칼을 빼들고 그 뒤를 따랐다. 그리고 만나는 적병마다 모조리 베어 죽이며, 중군 장막(사령부)에 이르렀다.

위기는 아직도 잠이 덜 깨어 몽롱한 상태에서 오른손에 칼을 들고, 왼손에는 두건을 들고 장막 밖으로 나오면서 소리를 질렀다.

"뭐야. 왜 이렇게 시끄러워!"

그 순간 마대의 칼에 목이 달아났다. 마대는 장막 안에 불을 질렀다.

마초는 더욱 사납게 날뛰었고, 위군은 투항하거나 도망쳐, 잠시 후에는 대항하는 사람이 하나도 없게 되었다.

마초는 이어서 장제의 진지를 기습했다. 장제는 이미 상황을 알고 진지를 사수하려 했지만, 마초가 사방에서 불을 지르자 이 진지 역시 궤멸했고 장제는 탈출했다.

마초는 두 진지를 연파하자, 계속해서 제갈탄의 진지마저 공격하려고 했다. 그러나 마대가 말렸다.

"아군은 하루 종일 용감하게 싸워서 두 진지를 격파했지만, 병사와 말들이 모두 지쳐 있습니다. 잠시 용문산으로 돌아가 휴식을 취하면서, 원수께 말씀드려 문앙·장익 장군과 협력하여 언사를 공격하는 것이 상책인 줄 압니다."

마초가 이 말에 따라 군사를 거두어 겨우 용문산에 이르렀을 때, 후군 쪽에서 이런 소식이 들어왔다.

"조창이 병력 1만을 이끌고, 아군을 추격하고 제갈탄을 구하러 왔습니다. 낙양성에서는 종회와 등애가 각각 병력 5천을 이끌고 응원하러 달려왔지만, 아군의 퇴각이 빨랐기 때문에 적은 헛걸음만 하고 돌아갔습니다."

이 말을 들은 마초는 위군 병력이 충분치 않기 때문에 그렇게 되었을 것이라 생각하고, 급히 공명에게 알려 문앙과 장익을 원군으로 보내달라고 요청했다. 공명은 요청을 받고 두 장수를 급파하면서, 다음과 같은 편지를 마초에게 보냈다.

"조창은 용감한 장수이고, 조조가 사랑하는 아들이며, 그가 이끄는 부대는 모두 사방에서 모은 정예병력이오. 그 부대가 언사현을 거점으로 하여 아군을 기다리고 있소. 어느 쪽이 주인이고 어느 쪽이 손님인지는 공수攻守와 마찬가지로 때에 따라 바뀔 수 있는 법이오. 강한 곳을 피하여 약한 곳을 공격하고, 낙둔洛屯을 연파한 뒤 재빨리 퇴각하여 다시 용문산에 의지한 것은 옛날 병법에 맞는 기민한 전략이었소. 조창은 영명하지만 결국 어찌할 도리가 없었소. 이제 문앙과 장익에게 각각 병력 3천을 주어 급파하니, 맹기는 동쪽으로 나가 조홍을 놀라게 하고, 서쪽으로 나가 종회와 등애를 의심하게 하며, 빈틈을 보아 언사현을 노리시오. 또한 관운장에게 통보하여 장익덕에게 여러 장수를 이끌고 호응하게 하시오. 낙둔은 이미 격파되었지만, 조창은 반드시 대군을 이끌고 굳게 지킬 것이오. 아군이 등봉에서 영밀潁密을 교란하면 조창은 곧 대군을 보내어 영밀 수비를 강화할 것이오. 곳곳에 병력을 늘리면 수비의 두터움과 엷음이 곳에 따라 달라지게 마련이오. 그 엷은 곳을 공격하면 두터움을 어지럽힐 수 있고, 그 안을 공격하면 밖을 뒤흔들 수 있소. 석 달도 지나기 전에 조창은 바쁘게 뛰어다니느라 지쳐버릴 것이오. 아군은 용문산·소실산·숭산의 험준함을 의지하고 있고, 의양·등봉·겹욕의 군량을 얻었으며, 병사에게는 휴식을 주었고, 마필은 모두 좋은 것뿐이니, 어찌 승리하지 못할까 두려워하겠소. 사마의가 신안에 주둔해 있지만, 황충과 위연을 시켜 신안 주변을 교란하면 사마의는 다른 곳을 돌아볼 겨를이 없을 것이오."

공명의 답장을 받은 마초는 문앙과 장익을 만나보고, 며칠 동안 휴식을 취한 뒤, 병력 3천을 1대로 하여 부대를 일곱으로 나누었다.

강유와 마대가 각각 1대씩을 이끌고 낙양 방면을 교란하러 갔다. 문앙과 장익도 각각 1대씩을 이끌고 관흥과 협력하여 우현 방면을 교란하러 갔다. 2개 대는 뒤에 남아 용문산과 소실산을 지키고, 나머지 1개 대는 마초가 직접 이끌고 숭산에서 영밀로 향했다.

한편, 조창은 장제에게 패잔병을 모아 병력 5천을 이끌고 군수물자를 보충하여 낙우洛右에 주둔하라고 명령했다. 또한 새로 얻은 서주병 2만 가운데 5천 명을 선발하여 종육鍾毓과 위관衛瓘에게 주고 언사와 낙양 사이에 주둔시켰다. 이리하여 언사와 낙양 사이에는 제갈탄과 장제의 진지를 합해 네 개의 진지가 배치되었다.

각 진지에는 봉화를 많이 준비하고, 각지로 첩자를 보내 마초의 동태를 살피게 했다. 그러나 누가 알았으랴. 마초는 이미 다른 방면으로 움직이기 시작했기 때문에, 보름이 지나도록 조창은 아무 정보도 얻지 못했다.

사마의는 이따금 조창의 상황을 걱정했지만, 조창이 수비를 엄중히 강화하고 있다는 것을 알고 기뻐했다. 그리고 마초가 두 개의 진지를 격파한 이후, 전혀 군대를 움직일 기미가 없는 것을 보고는 웃으면서 이렇게 말했다.

"마초는 기동대를 지휘하여 장소를 정하지 않고 공격해오지만, 우리가 언사를 굳게 지키고 있기 때문에 움직임이 둔해진 모양이다. 낙양을 공격하지 않으면 우현을 노릴 게 틀림없다."

그리고 종회와 등애에게는 낙양을, 조홍에게는 우현을 굳게 지키라고 다시 한 번 당부했다.

이 무렵 강유와 마대는 야음을 틈타 낙수를 건너 낙양을 공격하기 시작했다. 등애가 싸우러 나오면 강유는 도망치기 시작한다. 등애가 후퇴하려 하면 강유는 또 공격해온다.

종회는 무슨 책략이 있는 게 틀림없다고 생각하여, 자신도 군대를 이끌고 나와 강유에게 덤벼들었다. 그러자 강유는 말머리를 돌려 달아나기 시작하는데, 아무래도 움직임이 이상하다. 종회와 등애가 추격하지 않는 것을 보고 강유는 천천히 군대를 움직이며 위군의 동태를 살핀다.

종회와 등애가 이상함을 느끼고 의심을 품었을 때, 성의 동쪽에 '서량 마초'라는 깃발을 든 군대가 나타나 낙양을 공격할 태세를 보였다. 종회와 등애는 급히 성 동쪽으로 달려가려고 했지만, 강유가 또 공격해왔기 때문에 두 패로 나누어 각각 싸우러 갔다.

두 사람이 그렇게 싸우러 가자 한군은 또 후퇴한다. 두 사람은 적의 계략에 빠질까 두려워, 군사를 거두어 성으로 돌아가 유엽과 의논하기로 했다.

유엽이 말했다.

"두 분은 적의 계략에 빠졌습니다. 나는 성 위에서 보았는데, 적에게는 많은 병력이 없고 그저 허세를 부리고 있을 뿐입니다. 일부러 뒤쪽으로 유인하는 것처럼 보이게 하여 우리의 추격을 견제하고, 경기병을 동원하여 동관東關의 군량을 습격하는 것이 진짜 목적일 것입니다."

등애가 이 말을 듣고 급히 창을 들고 동관으로 달려가보니, 사방에서 불길이 오르고 한군이 낙수를 절반쯤 건넌 참이었다.

등애는 부하들을 재촉하여 달려갔다. 한군을 지휘하는 강유와 마대는 문자 그대로 '배수진'을 치고 분투했다.

의양성의 제갈첨은 강 맞은편에 진을 치고 징과 북을 치면서 응원했다. 등애는 지금 가진 병력으로는 도저히 이길 수 없다고 판단하고 퇴각했다. 강유와 마대는 군사를 거두어 의양으로 돌아갔다.

종회와 등애가 동관의 불을 끄고 점검해보니 많은 군수물자가 소실되어 있었다. 두 사람은 다시 적의 2차 공격에 대비했다.

서쪽에서 강유와 마대가 전과를 올렸을 무렵 동쪽에서는 문앙과 장익이 우현에 도착했다. 거기서 문앙이 이런 제안을 내놓았다.

"조홍은 우현을 굳게 지키면서, 아군이 성에 바짝 다가가도 싸우러 나오지 않고, 아군이 퇴각하기를 기다려 추격할 생각일 것입니다. 이럴 때는 일부러 근교 마을을 약탈하고 다니다가, 야음을 틈타 몰래 성 주변에 잠복하는 것이 좋을 것 같습니다. 조홍이 추격하러 나오면 우리는 안으로 돌진하고, 추격하러 나오지 않으면 일단 등봉으로 돌아가 다음 명령을 기다립시다."

"아니, 전쟁은 우리와 위군이 하는 것이지 백성한테는 아무 죄도 없소. 우리는 천하 만백성을 위해 역적을 토벌하는 정의의 싸움을 하러 와 있는 거요. 조홍의 군량은 모두 성안에 있소. 백성들 집에 비축되어 있는 것을 약탈해봤자 그 양이 얼마나 되겠소. 일단 공격하여 조홍에게 위세를 보이고, 그다음에는 병사들을 숨겨놓고 때를 기다려 움직입시다. 애당초 우리가 동서로 나뉘어 파견된 것은 적에게 의혹을 품게 하여, 대장이 영밀로 진격하는 것을 쉽게 해주기 위해서요. 그 목적만 달성할 수 있다면, 백성을 학대하면서까지 성을 빼앗으려 할 필요는 없소."

"장군은 정말 어진 분이시오."

이리하여 전군前軍에 명령을 내려, '서량 마초'라는 깃발을 들고 성을 한 바퀴 돌면서 위세를 보였다.

조홍은 관구검과 함께 성의 망루에서 주위를 살피다가, 한군이 방약무인하게도 성 주위를 돌고 있는 것을 보고는 발끈하여 고함을 질렀다.

"이놈 마초야, 우리를 우습게 봐도 정도가 있지. 이렇게 업신여김을 당하고도 화를 내지 않으면 인간이 아니다."

관구검이 조홍을 말렸다.

"마초는 아직 젊지만 실전 경험이 풍부합니다. 우리가 이 성을 굳게 지키고 있기 때문에 저렇게 일부러 도발하는 것입니다. 섣불리 싸우러 나가면 그것은 적이 기대했던 바입니다. 우리 대군이 앞에 있는 한, 적은 깊이 침입할 수 없습니다. 이제 곧 적은 퇴각할 것입니다. 그 기회를 타서 추격하면 승리는 틀림없습니다."

조홍은 이 말을 듣고 겨우 분노를 가라앉혔다. 그리고 추격할 때에 대비하여 군대를 정비했다.

문앙과 장익은 성에서 10여 리 떨어진 곳에 진지를 쌓고, 관흥에게 등봉을 나와 우현 북쪽으로 와서 응원해달라는 뜻을 전했다.

그날 밤 문앙은 성 주위를 돌다가 달아나고 장익은 성 주변에 잠복했다. 위군 병사는 문앙이 퇴각하는 것을 보고는 당장 조홍에게 알렸다. 조홍은 관구검에게 수비를 맡긴 뒤, 몸소 병력 1만을 이끌고 문앙을 추격했다. 문앙은 계속 달아나고 조홍은 열심히 그 뒤를 쫓는다.

10리도 가기 전에 조홍이 막 언덕을 돌아서자, 느닷없이 북소리가 울리더니 횃불이 주위를 환하게 비추었다. 그리고 그 불빛 속에 나타난 대장이 외치기를,

"조홍아, 얌전히 굴어라. 관흥이 여기 있다."

조홍은 화가 나서 관흥에게 덤벼들었고, 문앙도 관흥에게 가세했다.

대체로 야간 전투에서는 모든 병사가 냉정함을 지킬 필요가 있다. 그러나 위군은 자주 패하여 소극적이 되어 있었기 때문에, 복병이 있었다는 것만으로도 몹시 동요했다. 거기에 문앙과 관흥이라는 젊은 용장이 일제히 덤벼들었다. 조홍은 성을 잃으면 죽도 밥도 안 된다고 생각하여, 계속 싸우면서 퇴각하는 전법을 택해 성으로 돌아가려고 했다.

조홍이 성 근처까지 왔을 때 또다시 횃불이 휘황하게 켜지더니, 이번에는 기마대가 나타나 외쳤다.

"조홍아, 도망치지 마라. 마초가 여기 있다."

'마초'라는 말만 듣고도 위군 병사들은 뿔뿔이 흩어져 도망치기 시작했다. 조홍이 시선을 모아 자세히 살펴보니 마초가 아니라 장익이었다.

장익이 마초를 사칭한 것을 안 조홍은 화가 나기도 하고 분하기도 하여 장익에게 덤벼들었다.

그러나 장익과 조홍이 싸우고 있을 때 문앙과 관흥이 달려와 앞뒤에서 협공했기 때문에 위군은 대혼란에 빠졌다. 관구검이 구원하러 나오

자 조홍은 성안으로 뛰어들어가 성문을 조개처럼 굳게 닫았다. 한군은 성을 공격하지 않고 당장 등봉으로 돌아갔다.

그러면 진짜 마초는 무엇을 하고 있었는가.

그는 기병 3천을 이끌고 밀현密縣을 공격했다. 밀현을 지키는 한경韓瓊이 갑작스러운 기습을 받고 미처 수비 태세도 갖추기 전에 마초는 성안으로 돌진하여 정청에서 한경을 사로잡아버렸다.

마초는 밀현성 안에 있는 재물을 모조리 수색하고, 창고 안에 있던 식량은 밀현의 공용 짐수레에 실어 영양의 본진으로 운반했다. 이 수송은 부장인 마락馬駱에게 맡기고 마초는 여러 장수들과 함께 밀현에서 휴식을 취했다. 그리고 등봉에 전령을 보내어 문앙과 장익에게 가세를 요청했다.

그런데 여기서 뜻밖의 일이 일어났다. 섭현의 장요는 우현·밀현과 긴밀한 연락을 취하고 있었기 때문에 밀현의 위급도 장요에게 알려졌다. 장요는 마초가 경기병을 이끌고 깊이 들어온 것을 알자, 조인에게 섭현 수비를 맡긴 뒤, 몸소 1만 5천의 대군을 이끌고 밀현으로 달려가 마초를 포위해버린 것이다.

마초는 사흘 동안 휴식을 취하고 막 성을 나오려다가 장요에게 포위되어버렸다.

마초는 깜짝 놀랐다. 이 성의 물자는 전부 밖으로 실어냈기 때문에 성에 틀어박혀 농성할 수는 없다. 그래서 서문을 열고 앞장서서 성을 뛰쳐나갔다.

위군이 막으려고 하자 마초는 창을 휘둘러 장수 몇 명을 찔러 죽이고 한 줄기 혈로를 뚫었다. 장요는 여러 장수들을 지휘하여 그 뒤를 쫓는다. 마초는 말머리를 돌려 장요를 맞아 싸운다.

'호적수'란 바로 이 두 사람을 위해 생긴 말 같았다. 두 사람의 기량은 그야말로 막상막하. 그러나 위군이 몰려와 주위를 에워싸자 마초는 이쪽저쪽으로 포위망을 뚫으려 하지만, 포위망이 너무 두꺼워서 좀처럼 돌파할 수가 없다. 장요가 일제히 화살을 쏘라고 명령한다. 서량 기마병은 차례로 말에서 떨어져 죽는다.

그러나 마초도 '이것으로 끝장인가' 하고 생각한 순간, 북서쪽에서 문앙과 장익이 뛰어들어 마초를 구출하여 서쪽으로 달아났다.

장요는 적의 원군이 왔기 때문에 큰 전과를 올린 것으로 만족하고 추격을 단념한 채 밀현성으로 들어갔다. 그리고 밀현에서 다른 유능한 장수를 골라 수비를 맡기고 자신은 섭현으로 돌아갔다.

영양의 본진으로 돌아온 마초가 군대를 점검해보니 잃은 병력이 무려 2천에 이르렀다. 마초는 공명에게 급히 알리고 죄를 청했다.

공명은 자세한 내용을 알자 답장을 보내어 마초를 위로했다.

"모든 방면에서 이겼으면서도 이번과 같은 결과를 낳은 것은 병력이 적었기 때문이고, 장요도 노련한 강적이었소. 맹기는 국가에 중요한 인물이니, 적진에 너무 깊이 들어가서는 아니 되오."

마초는 감격하여 눈물을 떨구고, 강유와 마대를 불러 장요에게 보복할 것을 맹세했다.

공명은 마초가 이번에 패했기 때문에 장요가 기세를 얻어 사마의와 함께 등봉과 겹욕을 탈환하러 나올 것을 우려하여, 황충에게 기병과 보병 1만을 이끌고 신안의 위군 진지를 공격하라고 명령했다.

또한 위연에게는 병력 5천을 주어 좌익으로 삼고 이엄에게도 병력 5천을 주어 우익으로 삼은 뒤, 공명 자신은 마충과 요립을 비롯한 장수들과 함께 3만 대군을 이끌고 가세하여 신안 공격에 전력을 기울이기로 했다. 목적은 당연히 위군의 세력을 분열시키는 것이다.

신안의 위군 대장 사마사는 한군이 오는 것을 알고 장합을 정선봉, 서황과 사마소를 부선봉으로 삼아 황충을 맞아 싸우게 했다. 장합은 진지 앞으로 나와서 큰 소리로 욕설을 퍼부었다.

"늙은 황충아, 오늘이 네 제삿날이다. 당장 저세상으로 가라."

그러자 황충은 대꾸하기를,

"필부가 무슨 잔말이 많으냐. 너 같은 패장한테는 볼일이 없다. 어서 서황을 내보내라."

장합이 아무 말도 하지 않고 창을 휘두르며 덤벼들자, 황충은 다시 고함을 질렀다.

"장합아, 언월도든 창이든 상대해주마. 남의 참견은 필요없다. 일대 일로 결말을 내자."

장합도 "좋다!"고 대답하여, 두 사람은 맞대결을 시작했다. 창날이 눈처럼 빛나고 창끝은 배꽃처럼 하얗다. 이렇게 90여 합을 싸웠을 때, 사마사가 장합이 지면 큰일이라고 생각하여 징을 울려 군사를 거두었다.

이튿날도 두 사람은 하루 종일 싸웠지만 승부가 나지 않는다. 그러자 황충은 더욱 투지를 불태웠다.

사흘째 되는 날 황충과 장합은 흙먼지를 일으키며 다시 맞붙었다. 황충이 벼락 같은 고함을 지르자 장합은 깜짝 놀라서 순간적으로 손을 멈추었다. 바로 그 순간 황충의 언월도가 한 줄기 섬광을 내뿜었다. 장합은 고개를 숙여 피했지만 투구가 땅바닥으로 떨어졌다. 장합은 당황하여 달아나기 시작했다.

황충은 "장합아, 달아나지 마라!"고 외치면서 그 뒤를 쫓는다. 위군 진영의 왼쪽에서 서황, 오른쪽에서 사마소가 달려나오자, 위연과 이엄이 그들을 가로막고 한바탕 격투가 벌어진다.

황충은 앞장서서 위군 진영으로 달려들어가 장합을 사로잡으려고 한다. 사마사는 군대를 이끌고 황충을 저지한다.

공명은 황충이 승리를 얻은 것을 보고 마충과 요립을 앞으로 내보냈다. 위군은 저항하지 못하고 퇴각했다. 서황과 사마소도 싸움 상대인 위연과 이엄을 내버려두고 도망치기 시작했다. 위연과 이엄은 당연히 뒤를 쫓는다. 한군은 기세를 얻어, 혼자서 열 사람 몫을 하며 용감하게 싸운다. 사마사·사마소·서황·장합은 고전을 계속하면서 겨우 신안으로 돌아갔다.

바로 그때 사마의가 직접 대군을 이끌고 구원하러 달려왔기 때문에, 공명은 퇴각하여 신안에서 10리 떨어진 지점에 사령부를 설치하고 장병들에게 은상을 내렸다. 그리고 마초에게 전령을 보내어, 마대·강유·문앙을 데리고 신안으로 오라고 명령했다. 장익은 의양에 남아 성을 지키게 했다.

마초는 병력 1만 8천을 이끌고 사령부에 도착하여 공명을 만났다. 공명은 다시 마초를 위로했고, 마초도 공명의 너그러운 조치에 다시 한 번 머리를 조아려 사례했다.

그 자리에서 공명은 이런 지시를 내렸다.

"사마의는 대군으로 신안을 굳게 지키고, 종회와 등애에게는 낙양 수비를 맡기고 있소. 신안을 얻으면 낙양은 쉽게 얻을 수 있소. 그러나 장합과 서황은 위나라의 훌륭한 장수이고, 사마 부자도 문무를 겸비한 인재이기 때문에, 신안을 공략할 때는 우리도 모든 병력을 총동원하여 임하지 않으면 아니 되오. 그래서 맹기를 부른 거요. 맹기는 황장군과 문장(위연), 그리고 정방(이엄)과 병력을 합하여 진격하시오. 장합은 그저 용감한 일개 무사일 뿐이니 별로 걱정할 필요는 없소. 그러나 서황은 지모와 용기를 겸비한 훌륭한 장수이므로, 우선 서황을 죽일 필요가 있소. 그를 죽이면 사마의는 왼팔을 잃는 셈이나 마찬가지요. 서황의 부하인 만총과 견초牽招가 서황의 좌익군과 우익군이 되어 있으니, 맨 먼저 이들 두 사람을 죽일 필요가 있소. 첩자가 방금 알려온 바에 따르면 서황의 진지는 신안성 북쪽에 있고 장합의 진지는 성의 서쪽에 있다 하오. 오늘밤 자정에 황 장군과 위 장군·이 장군은 장합의 진지를 습격하시오. 맹기는 마대와 강유를 데리고 서황의 진지를 습격하시오. 양쪽 다 진지 앞에서 북을 치고 불을 질러 적을 혼란시키시오. 반드시 적진에 뛰어들지 않아도 좋소. 적진에 뛰어들면 오히려 적의 계략에 빠질 우려가 있소. 문 장군은 병력 3천을 이끌고 서황 진지의 후방에서 침입하여 만총과 견초를 찾아 죽이기만 하면 되오. 실수가 없도록 거듭 조심하시오."

장수들은 명령을 받고, 드디어 작전에 들어갔다.

범을 사로잡으려면 그 앞잡이를 잡으라. 야생 꿩을 사로잡으려면 길들인 꿩을 미끼로 삼으라. 그러면 이 다음은 어찌 될 것인가. 다음 회를 기대하시라.

제 33 회

범의 앞잡이 만총을 사살하다
미끼를 이용하여 제갈탄을 투항시키다

위군 대장 서황의 왼팔과 오른팔이라고 할 수 있는 만총과 견초를 죽이기로 결심한 공명은 마초와 황충에게 장합과 서황의 진지를 분담하여 습격하라고 명령했다. 그리고 문앙에게는 서량의 정예 궁수들을 이끌고 만총과 견초만 노려서 쏘라고 명령했다.

한밤중에 한군 장수들은 제각기 목적지를 향해 떠났다. 마초는 서황 진지로 다가가자, 위군이 쳐놓은 가시나무 울타리를 뽑아내고 함성을 지르며 진지 안으로 뛰어들려고 했다.

서황은 마초와 대치해 있기 때문에 밤낮으로 엄중한 경계 태세를 취하고 있었다. 그래서 한군이 습격하자 당장 군대를 이끌고 싸우러 나왔다. 장합도 그 무렵 황충을 맞아 싸우고 있었기 때문에, 여기저기서 함성이 일어나고 대지를 뒤흔드는 격전이 벌어졌다.

서황이나 장합을 언제라도 구원할 태세를 취하고 있던 만총과 견초는 두 진지에서 격돌이 벌어진 것을 알자 가세하러 가려고 했다.

어둠 속에 몸을 숨기고 있던 문앙은 견초를 그냥 통과시킨 뒤, 뒤따라오는 만총을 겨누어 활시위를 힘껏 잡아당겼다가 놓으니 만총은 공중제비를 돌며 말에서 떨어졌다. 문앙이 달려가서 창으로 찔러 만총의 숨통을 끊었다.

견초는 뒤를 돌아보다가 만총이 말에서 떨어지는 것을 보고 구원하러 갔다. 그때 문앙이 "견초야, 도망치지 마라"고 외치며 창을 들고 덤벼들었다.

견초도 지지 않고 욕설을 퍼부었다.

"나라를 배신한 역적놈아, 너 따위는 개도 안 먹는다."

문앙은 화가 나서 마구 창을 내질렀다. 견초 따위는 애당초 문앙의 적수가 될 수 없다. 견초는 더 이상 공격을 막아내지 못하고 창에 찔려 말에서 떨어진 뒤 목이 잘렸다.

위군은 뿔뿔이 흩어져 달아났다. 문앙은 만총과 견초의 두 진지에 불을 지르고 의기양양하게 마초에게 가세하러 갔다.

서황은 마초와 격투를 벌이다가 만총의 진지에서 불길이 오르는 것을 보고는 '도대체 무슨 일이 일어났나' 하고 의아하게 생각하고 있을 때, 문앙이 혼자 싸움판으로 뛰어들면서,

"서황아, 도망치지 마라. 만총과 견초는 내가 죽였다."

이렇게 큰 소리를 지르며, 말 목에 매단 머리 두 개를 들어 보였다.

서황은 분노와 원한을 문앙에게 터뜨리려고, 마초를 내버려둔 채 문앙에게 덤벼들었다. 그것을 마초가 그냥 두고 볼 리가 없다. 문앙과 둘이서 서황을 공격하자 서황은 견디지 못하고 사마사의 도움을 얻어 겨우 한숨을 돌렸다.

사마소도 장합을 구원했기 때문에, 마초와 황충은 더 이상 어둠 속에서 싸워봤자 좋을 게 없다고 판단하여, 적진으로 깊이 들어가지 않고 군사를 거두어 진지로 돌아왔다.

공명은 장수들을 맞이하여 보고를 들은 뒤 노고를 위로하며 말했다.

"만총과 견초는 서황의 날개였는데 문 장군이 그 두 사람을 죽였으니, 서황은 이제 의지할 곳을 잃었소."

위군 쪽에서는 사마의가 군대를 점호해보니, 장합과 서황의 부대에 약간의 손상이 있었지만 그리 큰 피해는 아니었다. 그런데 만총과 견초가 죽은 것이 유난히 눈에 띈다. 꼭 일부러 두 사람을 노린 것 같은 냄새가 난다.

사마의는 이리저리 생각하는 동안 문득 마음에 짚이는 데가 있었다.

'한군의 야습은 만총과 견초 두 사람만 노린 것이었던가. 서황은 지모와 용맹을 겸비한 무장이고, 신안 수비를 맡고 있다. 한군이 신안을 공략하려면 우선 서황을 죽여야 한다. 서황을 죽이기 위해서는 먼저 그 두 사람을 죽여둘 필요가 있었던 것이다.'

그 밖에 여러 가지 가능성을 생각해봐도 이것이 틀림없다. 사마의는 한숨을 내쉬며 중얼거렸다.

'과연 제갈량은 지모가 뛰어난 인물이다. 서황이 당하면 신안도 잃고 만다.'

그러고는 장합을 좌군 대장, 사마사를 부장, 서황을 우군 대장, 사마소를 부장으로 삼고, 세심한 주의를 기울여 다시 제갈량의 수법에 넘어가지 말라고 명령했다.

또한 조진을 보내어 합비를 수비하게 하고, 그대신 이전을 신안으로 불러들였다. 그리고 사마의가 중군을 이끌고, 이전이 부장이 되어 좌군과 우군을 구원하기로 했다. 중군에는 서주병, 좌군에는 연주병, 우군에는 청주병이 각각 할당되어 공명과 대치하게 되었다.

공명은 이런 위군의 상황을 탐지하고 장수들에게 말했다.

"신안의 위군은 10만 대군에 가깝소. 사마의가 그 총수를 맡고, 이전과 서황 및 장합을 날개로 삼고 있으며, 장병들도 모두 정예인 데다 험준한 땅에 진을 친 채 수비를 강화하고 있소. 이런 상태에서는 우리가 한 번쯤 이겨도 적에게 큰 손해를 줄 수가 없소. 언사에서 공격해도 조창이 굳게 지키고 있고, 낙양 후방에서 공격해도 유엽과 종회 및 등애가 굳게 지키고 있소. 앞에는 견고한 성이 버티고 있고 뒤로는 나갈 길이 없으니, 무슨 묘안이 없겠소?"

그러자 문앙이 이렇게 말했다.

"이 근처에 있는 적장들 가운데 제갈공휴(諸葛公休: 제갈탄)는 원수님의 친척 동생입니다. 전령을 보내어 대의大義로 설득하면 그는 귀순할 것입니다. 그가 귀순하면 적의 진형에 대해서도 잘 알 테니, 그가 유도해주면 승리는 의심할 여지가 없다고 생각합니다. 그 밖에 약간의 병력을 보내어 언사와 낙양 사이의 연락을 단절하면 신안의 적군은 동요하여 무너질 것입니다."

"문 장군의 말에도 일리가 있소. 우리는 지금 일부러 정예병력을 견고한 성 밑에 놓아두고 있는 꼴이오. 이런 상태로는 잘 될 리가 없소."

공명은 우선 병력 2만을 마초에게 나누어주면서 이렇게 말했다.

"맹기, 낙남洛南의 군무에 대해서는 지금부터 맹기에게 모두 위임하겠소. 의양과 용문산의 병력을 합하면 5만 가까운 병력이 될 테니 부족하지는 않을 것이오. 마대·강유·문앙 등 세 장수와 함께 의양으로 가서 내 아들놈(제갈첨)에게 공휴(제갈탄) 앞으로 투항을 권고하는 편지를 쓰게 하시오. 만약 공휴가 투항하면, 그 기세를 타고 다른 적진을 쳐부순 다음, 그곳을 발판으로 삼아 언사와 낙양의 교통을 차단하시오. 또한 공휴와 첨은 낙남에 진을 치고 긴밀한 연락을 취하면서 종회와 등애의 반격에 대비하게 하시오. 맹기, 대장으로서 신중하게 싸우고, 절대로 모험을 해서는 아니 되오. 여기서 위기에 빠지거나 하면 작전 전체가 헛수고로 끝나버릴 것이오."

맹기는 명령을 받고, 세 장수와 함께 의양으로 돌아가 작전을 수행하기 시작했다.

황충·위연·마충·요립은 공명의 명령에 따라 위군의 움직임을 계속 경계하면서, 무기를 수리하고 정비하여 마치 금방이라도 신안성을 다시 공격할 것처럼 허세를 부렸다.

한편 공명은 익주(蜀)로 전령을 보내 전에 준비해둔 지뢰를 가져오게 하여 신안 공격에 대비했다.

마초가 의양에 도착하자, 제갈첨·장익·마룡이 성밖으로 나와 맞이했다. 마초는 관청에 자리를 잡자 최근의 정세를 물었다.

장익이 이렇게 대답했다.

"요즘 첩자가 이런 정보를 가져왔습니다. 유엽은 사람을 흑산黑山으로 보내어 장양張楊과 장연張燕의 잔당을 긁어모아 1만 가까운 병력을 얻었답니다. 수령은 둘인데, 하나는 장웅張雄이고 또 하나는 혜고라 합니다. 둘 다 무예의 달인들입니다. 부하들은 충성을 맹세하고 목숨을 내던져 싸우며, 지금은 낙양성 서쪽에 주둔하면서 종회의 지휘를 받고 있습니다. 또한 조창도 심복 부하를 북부로 파견하여 선비족 기병 1만을 모집했습니다 선비족인 모용궤慕容軌와 하발기賀拔奇가 그 부대를 이끌고 지금은 언사성 서쪽에 주둔하면서 낙양과 연계를 유지하고 있습니다. 종회와 등애는 날마다 각지로 첩자를 보내어 낙수의 깊이를 측량하고 있습니다. 위군은 낙수를 건너 의양을 공격하여 신안에 대한 압력을 완화하려는 것 같습니다."

"우리가 진격하려던 참인데, 그렇다면 오히려 잘 됐군. 적이 오면 맞아 싸우면 되니까."

그러자 강유가 이렇게 진언했다.

"저는 옛날 병주에 있었는데, 유성柳城의 전주가 선비족한테 많은 존경을 받고 있습니다. 제갈 원수께 보고해서 전주를 마읍馬邑의 여러 요새로 보내어 선비족 수령들에게 대의를 설득하고 후한 은사를 내리게 하십시오. 그리하면 위나라를 편드는 선비족도 이쪽으로 돌아서서 퇴각할 것입니다."

마초는 여기에 동의하고 당장 공명에게 편지를 보냈다. 공명은 당연히 전주에게 선비족을 설득해달라고 부탁했는데, 그 효과는 이제 곧 나타난다.

한편, 마초는 제갈첨에게 원수의 명령이니 제갈탄에게 편지를 써서 투항을 권고하라고 지시했다. 그러나 제갈첨은 벌떡 일어나더니 이렇게 말했다.

"원수와 대장의 명령이시라면, 제가 변장하고 공휴 숙부님을 찾아가 직접 설득하여 귀순시키겠습니다."

"그렇게 서두르지 말게. 이 일은 눈앞의 이익을 다투는 것이 아니라, 장기적인 계획일세. 편지를 써서 똑똑한 병사에게 주어 보내면 마찬가지가 아닌가."

"아무래도 제가 직접 가야겠습니다. 원수께서 직접 쓰신 편지가 아니면 어떤 편지도 효과가 없을 것이기 때문입니다. 또한 사병을 보내면, 만약의 일이 생길 경우 적에게 거꾸로 이용당할 우려가 있습니다. 제가 가는 것이 상책입니다. 친척이니까, 공휴 숙부가 설득에 응하지 않는다 해도 제가 심한 꼴을 당할 염려는 없습니다. 원수와 대장께서 대군을 이끌고 밖을 굳게 지키고 계시니까, 위나라 전령의 통행만 허락하지 않으면 아무 문제도 없을 것입니다."

"이 일은 아주 중대하네. 만약 자네한테 무슨 일이 생기면 나는 원수를 뵐 낯이 없어."

"안심하십시오. 절대로 위험하지 않습니다. 위험이 있다 해도 그것은 운명입니다. 저는 두렵지 않습니다."

장수들은 그 말을 듣고 입을 모아 말했다.

"젊은 장군, 원수의 훈령을 먼저 따르게."

"여러분은 모르십니다. 원수께서는 이렇게 될 것을 이미 알고 계실 것입니다. 저를 보내고 싶지 않으셨다면 대장님과 말씀하실 때 제 이름을 꺼내실 리가 없지 않습니까. 걱정 마십시오. 저한테도 충분히 승산이 있습니다. 절대로 목숨을 걸고 장난을 하려는 게 아닙니다."

마초는 그래도 허락하려 들지 않는다. 제갈첨은 느닷없이 보검을 빼들고 말했다.

"허락해주시지 않는다면 저는 이 자리에서 자결하겠습니다."

마초가 달래는 목소리로 말했다.

"뜻이 정 그렇다면 방법을 자세히 의논하세."

제갈첨은 칼을 집어넣으면서 말했다.

"공휴 숙부는 연추집延秋集에 주둔해 계십니다. 저는 문 장군 부하로서 두 병졸을 데리고 밤에 옷을 갈아입고 낙수를 건너겠습니다. 그러면 반드시 공휴 숙부의 순라군에게 붙잡힐 테니, 그때 끌려가서 숙부를 만난 다음, 기회를 보아 투항을 권하겠습니다."

"그렇게까지 결심이 굳다면, 일은 빠를수록 좋겠군. 오늘 밤 당장 떠나시게."

제갈첨은 문앙의 측근 병사 가운데 두 명을 선발하여, 문앙과 마대의 전송을 받으며 연추집에서 강을 건넜다. 문앙과 마대는 세 사람이 저 멀리 맞은편 강가로 상륙하는 것을 확인한 뒤, 진지로 돌아와 마초에게 보고했다.

제갈첨은 온몸이 담력으로 똘똘 뭉친 젊은이였다. 위험을 무릅쓰고 강을 건너자 제갈탄의 진지를 향해 달렸다. 그리고 당장 복병에게 붙잡혀 다짜고짜 제갈탄의 본진으로 끌려갔다.

그때 제갈탄은 아들 제갈정諸葛靚과 함께 친척들 이야기를 나누고 있었다. 같은 제갈씨 집안의 형제지만, 맨 위인 제갈근은 오나라를, 둘째인 제갈량은 촉을, 그리고 제갈탄은 위나라를 각각 섬기고 있었다. 그중에서 제갈량과 제갈첨 부자만 두드러진 명성을 얻고 있었다.

제갈첨은 아직 젊지만, 지략으로 용문산을 빼앗고 왕릉을 격파했으며 사마소와 잘 싸웠다. 앞으로는 점점 더 재능을 발휘할 것이다. 이런 이야기를 하고 있을 때 부관이 들어와 보고했다.

"첩자 세 놈을 잡았습니다."

제갈탄은 그 세 사람을 데려오라고 명령했다. 주위가 조금 소란해지더니 세 사람이 장막 앞으로 끌려나왔다.

제갈탄은 촛불 밑에서 세 사람을 뚫어지게 바라보았다. 그 가운데 가장 젊은 남자는 분을 바른 것처럼 살결이 희고, 입술은 연지를 칠한 것처럼 붉고, 눈썹 언저리에는 호걸다운 기운이 넘쳐흐른다.

제갈탄은 속으로 '이렇게 재능이 있어 보이는 젊은이가 왜 그처럼 쉽사리 붙잡혔을까' 하고 의아하게 생각했다.

제갈탄은 세 사람을 붙잡은 병사들에게 후한 상을 내리고, 앞으로도 더욱 주의를 기울여 순찰하라고 명령한 뒤, 세 사람을 안쪽 방으로 옮겨 자세히 심문하기로 했다. 그리고 입을 열려는 순간, 젊은이가 먼저 이렇게 물었다.

"양주 자사 제갈공휴님이십니까?"

"그렇다."

그러자 젊은이는 무릎을 꿇고 말했다.

"숙부님, 제갈첨이 만나뵈러 왔습니다."

제갈탄은 '제갈첨'이라는 말을 듣고 분노와 애정이 반씩 뒤섞인 묘한 기분을 느꼈다. 제갈첨이 대담하게도 이런 곳까지 온 것에 대해 무슨 일인가를 하지 않고는 견디지 못하는 젊은이다운 용기를 칭찬해주고 싶은 기분도 있었지만, 숙부가 조카를 죽이지는 않으리라는 것을 꿰뚫어본 듯한 태도가 마음에 들지 않았던 것이다.

"네가 정말로 제갈첨이냐?"

"저는 장인이신 한중왕의 명령에 따라 장안에 계신 아버지 공명 원수 밑에서 일하게 되었는데, 지금은 원수의 명령에 따라 맹기 장군 밑에 배속되어 있습니다. 그리고 새로 원수의 명령을 받고 위험을 무릅쓰고 숙부님을 만나뵈러 온 것입니다."

제갈탄은 젊은이의 말투가 침착하고 언사가 분명하기 때문에 조카가 틀림없다고 생각하여, 몸소 젊은이의 결박을 풀어주고 옆자리에 앉힌 뒤 아들 제갈정한테도 인사를 시켰다.

제갈첨은 늘어앉은 무장들에게 나머지 두 사람의 결박도 풀어주게 한 뒤, 숙부와 사촌동생 앞에서 이곳에 온 이유를 밝혔다.

이렇게 말하면 독자 여러분은 '그런 비밀 이야기를 하는데 왜 사람들을 물리치지 않았을까' 하고 의아스럽게 여길지 모르지만, 제갈탄은 병사들을 후하게 대우하고 있었기 때문에, 측근들만이 아니라 6천 병사가 모두 한 가족이나 다름없었다. 『삼국지연의』 제112회에는 제갈탄이 죽은 뒤 직속 부하 수백 명이 모두 처형당하기를 원했다고 쓰여 있는데, 이것을 아는 독자라면 무릎을 치며 감탄할 것이다.

제갈첨도 이런 사실을 미리 알고 있었기 때문에 사람들을 물리쳐달라고 요구하지 않았고, 제갈탄도 그렇게 하지 않았던 것이다.

제갈첨은 이렇게 말했다.

"아버님께서는 지금 군대를 이끌고 신안에 바짝 다가와 계시며, 맹기 장군은 낙양을 공격하고, 관운장 장군은 섭현을 공격하여 세 방면에서 합동작전을 펴고 있습니다. 숙부님께서는 적진 속에 계시니, 이대로 가다가는 숙부님께서도 공격을 당하게 됩니다. 그래서 제가 파견된 것입니다. 우리 제갈씨 집안은 대대로 한왕실의 녹을 먹어왔습니다. 숙부님도 전한의 성문교위城門校尉를 조상으로 두고 계십니다. 지금 한중왕은 천하의 아홉 주 가운데 이미 넷을 영유하고 계십니다. 숙부님께서도 역적 조조 쪽에 서 계시니, 천하의 대의에 따르면 우리의 적이라는 것은 구태여 말할 필요도 없습니다. 그러나 그것은 어디까지나 이치가 그렇다는 것뿐이고, 인정으로 말하면 손발과 같아서 숙부님께서 다치는 것은 차마 볼 수가 없습니다. 제가 목숨을 걸고 여기온 것은 모두 숙부님을 위해섭니다. 이해하지 못하신다면, 저를 허창으로 호송하여 공을 세워주십시오. 저는 원망하지 않겠습니다."

제갈탄은 깊은 한숨을 내쉬며 말했다.

"조카의 말에도 일리가 있군. 우리는 부자가 모두 여기 있기 때문에 영지인 양주에 남아 있는 가족은 하나도 없다. 그러니 부하들을 전부 데리고 귀순해도 좋다. 하지만 나는 군대를 이끌고 위군 동지들의 진지를 습격하는 짓만은 하고 싶지 않다."

제갈첨은 두 번 절하고 말했다.

"숙부님께서는 정말 의리 있는 분이십니다. 제가 그 점을 맹기 장군께 편지로 전하여, 숙부님의 높으신 뜻을 분명히 밝히겠습니다."

"그렇다면 빨리 편지를 써서, 네 부하를 시켜 맹기 장군에게 전하도록 해라. 늦으면 무슨 일이 생길지 모르니까."

제갈첨은 책상 앞에 앉아 수백 단어로 이루어진 편지를 잠시도 지체하지 않고 단숨에 써내려갔다. 제갈탄은 감탄하며 제갈첨의 손을 잡고 말했다.

"너는 우리 집안의 보배로다."

그리고 측근 병사를 시켜 제갈첨의 부하를 낙수 건너편까지 바래다주게 했다.

제갈첨의 부하는 낙수를 건너 의양에 이르자 문앙을 만나뵙고 제갈첨의 편지를 바쳤다. 문앙은 크게 기뻐하며 당장 마초에게 이 편지를 바쳤다. 마초는 제갈첨의 필적을 확인하고 이마에 손을 대며 말했다.

"하늘이 한왕실을 돕는구나. 사원(思遠: 제갈첨)이 무사히 성공을 거두었으니, 이제 우리는 낙양성 밑으로 진격할 수 있을 것이다."

그러고는 당장 마대에게 병력 3천을 주어 장제의 진지를 공격하게 하고, 강유에게도 병력 3천을 주어 위관의 진지를 공격하게 하고, 문앙에게도 병력 3천을 주어 종육의 진지를 공격하게 했다.

그리고 마초 자신은 병력 1만을 이끌고 세 장수를 구원하며, 연추집에서 모든 군대가 낙수를 건너갈 수 있도록 부교를 만들고 군량 수송로를 확보하는 한편, 관색·마성·마룡과도 긴밀한 연계를 맺었다.

마초는 오후 10시경, 출발 명령을 내렸다. 모든 부대가 연추집에서 강을 건넜다. 제갈첨은 제갈탄과 함께 진지를 나와 마초를 맞이했다.

마초는 제갈탄의 손을 잡고 말했다.

"공휴는 제갈씨 가문을 대표하는 충의의 인물이오."

제갈탄도 마초의 영웅다운 풍모를 보고 감복했다.

마초는 진지에는 들어가지 않고 제갈탄에게 말했다.

"공휴는 아무 일도 하지 말고 그저 보고만 계시오."

그러고는 제갈첨에게 병력 5천을 주면서 말했다.

"자네는 여기 있다가 언사현에서 오는 원군을 막아주게. 나는 낙양군을 맞아 싸울 테니."

그리고 그 말이 떨어지기가 무섭게 말을 채찍질하여 달려가버렸다.

제갈탄은 감탄하기를,

"사람들이 맹기를 두고 '금마초錦馬超'라고 하더니, 과연 그 말이 옳구나."

제갈첨은 숙부에게 작별을 고하고 언사에서 오는 위군에 대비했다. 눈을 들어 먼 곳을 바라보니 위군의 세 진지에서 불길이 오르는 것이 보였다. 마대·강유·문앙이 각각 적진을 빼앗는 데 성공한 것이다.

낙양성의 유엽은 당장 장웅과 혜고에게 군대를 이끌고 구원하러 가게 했다. 그때 마침 종육과 위관이 패잔병을 이끌고 도망쳐 왔기 때문에, 장웅과 혜고는 '구원하기에는 이미 늦었다'는 것을 알고 돌아가려고 했다. 그런데 마초군이 그 앞을 가로막았다.

장웅은 두 손에 언월도를 들고 말을 달려 덤벼들었다. 마초는 아무 말도 하지 않고 맞아 싸운다. 혜고는 장웅 혼자서는 이길 것 같지 않아서 자기도 도끼를 들고 달려가려고 했다.

문앙은 장제를 쳐부수고 패잔병을 추격해왔다가 그 광경을 보고는 창을 들고 혜고를 가로막았다. 제갈탄은 천지가 진동하고 귀신이 호곡하는 전투를 보고 있었지만, 언사에서 원군이 올 경우 제갈첨 혼자서는 막아내지 못할 것을 우려하여, 마대에게 가세하러 가달라고 요청했다. 그리고 자신은 강유와 위군 투항병을 진지 안으로 받아들였다.

한편, 마초는 장옹과 50여 합을 겨루었는데, 싸울수록 점점 더 기운이 났다. 그는 "에잇!" 하는 기합 소리와 함께 힘껏 창을 내질러, 장옹의 왼쪽 허벅지를 꿰뚫었다. 장옹은 견디지 못하고 말머리를 돌려 달아났다.

마초는 그 뒤를 추격하지 않고 이번에는 혜고한테 덤벼든다. 혜고는 문앙한테도 질 것 같은 판국에 마초까지 가세하자 전혀 힘을 쓰지 못한다. 마초는 불과 몇 합 만에 혜고를 찔러 쓰러뜨렸다. 그러자 문앙이 창으로 숨통을 끊는다. 흑산적黑山賊 잔당인 혜고의 부하들은 위험을 아랑곳하지 않고 혜고의 시체를 거두어 달아났다.

마초와 문앙은 기세를 타고 추격하여, 위군은 참패를 당했다. 그때 종회가 이끄는 대군이 도착했기 때문에, 마초는 일단 군사를 거두어 위군 진지로 들어간 뒤, 문앙에게 후방을 지키게 하고 자신은 수하 병력 5백을 이끌고 제갈첨을 응원하러 갔다.

마초가 달려갔을 때, 제갈첨과 마대는 조창과 싸우고 있었다. 마초는 말을 달려 다가가면서 외쳤다.

"조창아, 일찌감치 체념해라. 상대가 이 마초인데, 어찌 감히 이기려 드느냐!"

조창은 밤중에 구원하러 달려왔지만, 모든 진지가 이미 한군 손에 들어간 뒤였다. 그래서 적장을 한 사람 죽여 이 패전의 치욕을 씻으려고 분투하는 중이었다.

그러나 마초가 와버린 이상 그것도 불가능하다. 그는 급히 군대를 철수시켰다. 마초는 조창을 추격하지 않고, 제갈첨·마대와 함께 군사를 거두어 진지로 돌아왔다.

그리고 전령을 보내어 공명에게 승리를 알리고, 이번 승리의 공적은 모두 제갈첨에게 있다고 보고했다. 제갈탄의 부하들은 모두 의양 수비를 맡게 되었다. 마초는 마룡을 소실산으로 보내고, 그대신 관색을 전선으로 불러 다음 작전 준비에 착수했다. 제갈탄은 아들 제갈정에게 병력 2천을 주어 제갈첨과 행동을 같이하라고 명령했다.

한편, 마초는 낙양에서 언사에 이르는 가도에 세 개의 커다란 진지를 쌓고, 마초·마대가 언사 방면, 강유·문앙이 낙양 방면, 제갈첨·제갈정·관색이 중앙에 자리잡고 각각 앞뒤를 구원할 책임을 맡았다. 장익은 낙수에 띄워놓은 부교를 지키고 군량 수송로를 확보하는 임무를 맡았다.

제갈탄은 직속 부하와 원래 의양에 배치되어 있던 병력을 합하여 1만 명을 이끌고 의양 수비에 임했다. 마성과 마룡은 용문산과 소실산에 한군 깃발을 세웠고, 이리하여 낙수의 상류에서 하류까지 한군의 연락망이 이어지자 낙양은 크게 진동했다.

『손자』 '구지편九地篇'에는 머리를 치면 꼬리가, 꼬리를 치면 머리가 반격하는 '솔연率然'이라는 이름의 뱀이 상산常山에 살고 있다는 말이 나오는데, 그 뱀도 몸통을 자르면 죽어버린다. 그와 마찬가지로, 위군은 헛되이 머리와 꼬리의 형태만 남아 있는 상태이고, 한군은 낙수에서 노니는 용처럼 발톱을 드러내기 시작한 상태였다. 그러면 이 다음은 어찌 될 것인가. 다음 회를 기대하시라.

제 34 회

조조, 허창에서 대회의를 열다
손권, 파양에서 소규모 열병을 하다

지난 회에서 마초는 제갈탄의 투항을 받고, 연추집에서 낙수를 건너 위군 진지 세 개를 습격했으며, 흑산적 잔당의 우두머리 혜고를 죽였다. 그후 조창을 격퇴하고, 언사에서 낙양으로 통하는 가도 연변에 세 개의 진지를 쌓아 위군의 통행을 차단했다. 승리를 거듭한 군대는 원기왕성했고, 견고한 진지가 그들을 보호했다.

그 결과, 낙양에 주둔해 있던 유엽·종회·등애는 궁지에 몰려 간신히 버티고 있는 상태가 되었다. 언사현에 있는 임성왕 조창은 마초와 몇 번이나 싸웠지만 결말을 내지 못하고, 게다가 마초에게 언사와 낙양 사이를 차단당하여 전선으로 군량을 수송할 때도 섭현까지 먼 길을 돌아가야 했다. 그리고 이것조차도 이따금 습격을 받았다.

사마의는 신안에서 제갈량과 대치해 있기 때문에 구원하러 달려올 수가 없었다. 조창은 당장 허창에 전령을 보내어 아버지 조조에게 위급을 알렸다.

이 무렵 허창에 있는 위나라 황제 조조는 "밀현에서 마초군에 승리를 거두고, 섭현도 엄중히 지키고 있다"는 장요의 보고를 받고, '동쪽은 일단 안심'이라고 생각하고 있었다. 또한 사마의도 신안을 굳게 지키고 있기 때문에 제갈량의 대군은 함부로 움직이지 못한다. 조창은 언사에 있으면서 낙양의 유엽과 긴밀한 연계를 유지하고 있다. 언사에서 낙양에 이르는 가도에 진지를 몇 개나 배치하여 낙양을 위한 장벽으로 삼고 있다. 조조는 그렇게 생각하며 안심하고 있었다.

게다가 흑산적 잔당이고 무예의 달인인 장웅과 혜고, 정예병력인 선비족 병력 1만을 얻었기 때문에, 언사와 낙양 방면은 조금도 걱정할 필요가 없다고 생각하고 있었다.

그런데 누가 알았으랴. 제갈탄이 적 쪽으로 돌아서서 한군을 인도하여 낙수를 건너게 할 줄이야. 마초가 하룻밤 사이에 세 개의 진지를 모두 쳐부수고, 언사에서 낙양에 이르는 가도를 차단해버릴 줄이야. 사마의는 제갈량과 대치해 있기 때문에 반격하러 보낼 수 없고, 조창도 마초를 이기지 못했다. 낙양은 지금 위기에 빠져 있다.

조조는 조창의 통보를 받고, 급히 문무백관을 조정에 불러모아 병든 몸을 무릅쓰고 회의를 열었다. 문무백관이 형식대로 배례를 마치자, 조조는 조창의 보고서를 가후·진군·정욱 같은 참모들에게 보이며 말했다.

"지금 사태는 위급하오. 어쨌든 낙양을 구원하는 게 가장 중요하다고 생각하는데, 제신들의 의견은 어떻소?"

그러자 가후가 대답했다.

"폐하께서는 정말 명철하시옵니다. 낙양은 반드시 구원해야 합니다. 다만 관우가 오래전부터 남양에 주둔해 있는데, 마초가 승리했다는 소식을 들으면 반드시 우현을 기습하여 조자렴(조흥)을 공격하고, 제갈량은 모든 군대를 총동원하여 사마중달(사마의)을 공격할 것입니다. 장문원(장요) 혼자서는 장비를 막는 것이 고작이고, 자렴은 관우를 막아낼 수 없습니다. 정세는 정말 위급하고, 시시각각 변화하고 있습니다. 폐하, 더 나은 묘책을 정해주시옵소서."

"문화(文和: 가후)의 말은 사물의 이치를 잘 분별하고 있소. 군대 운영이란 바로 그런 것이오. 그렇기 때문에 우리는 당면한 방어책을 잘 생각해야 할 것이오."

그러자 진군이 이렇게 말했다.

"오나라는 형주에 연패하여 영토와 병력을 잃었습니다. 그 원한이 무척 깊을 것입니다. 오나라에 사신을 보내어 이해관계를 설득하면, 오나라에도 모사가 많으니 우리 말을 들을 것입니다. 오나라가 강하와 하구를 공격하면 관운장은 움직임을 견제받을 테니 우현은 무사할 것입니다. 만약 오군이 진격에 성공하면 관운장도 남양에서 철수하여 남쪽으로 구원하러 가지 않으면 안 됩니다. 우리는 오나라의 진격과 때를 맞추어 언사의 병력을 증강하여 마초와 싸우면, 전선에 대한 군량 수송도 회복할 수 있을 것입니다. 그리고 수만 병력을 동원하여 동백에서 양양으로 진격하여 적의 근거지를 혼란시키고, 섭현의 장문원한테도 공격 명령을 내리면, 형주는 두 방면에서 공격을 받게 되므로 단기간에 붕괴하여 퇴각할 것입니다."

"장문(長文: 진군)의 계책은 한 단계 높은 훌륭한 것이오. 오나라에 갈 사신은 장문이 직접 맡아주오. 군사軍事는 신속한 것이 제일이오. 장문의 계책에 대해서는 오나라도 이해할 것이오."

진군은 당장 출발했다. 조조는 가후에게 이렇게 물었다.

"오나라의 움직임에 호응하여 군대를 내보낼 때는 여러 장수들 가운데 누가 적당하겠소?"

"허중강(허저)의 아들 허의許儀는 아버지 못지않은 괴력의 소유자로서, 아버지의 원수를 갚고 싶다고 벼르고 있습니다. 또한 전위의 아들 전만典滿도 무예에 뛰어나고 국가에 대대로 봉사해온 신하로서 파견할 만하다고 생각합니다."

조조는 크게 기뻐하며 두 장수를 불러 임무를 주었다. 전만을 거기장군車騎將軍으로 삼아 기주 병력 1만을 주고, 허의를 효기장군驍騎將軍으로 삼아 유주 병력 1만을 주어, 언사현으로 가서 조창의 지휘를 받아마초와 싸우게 했다. 그리고 가후에게는 황제의 대리인이라는 것을 나타내는 증표를 주어 두 장수를 감찰하게 하고, 조창을 도와 낙양에 대한 군량 수송로를 다시 확보하여 신안에 주둔해 있는 한군의 사기를 떨어뜨리라고 명했다.

한편, 우금은 명의 화타의 치료를 받아, 오군에게 붙잡혔을 때 잘린두 귀를 도로 붙이고, 그 상처도 오래전에 회복되었다. 그래서 조조는오랫동안 자신을 섬긴 우금의 충성을 생각하여, 이번에 우금에게 한가지 임무를 부여하기로 마음먹고 당장 불러 이렇게 명령했다.

"장군은 짐을 오랫동안 섬기면서 온갖 고난을 함께해왔소. 이제 형주와 옹주에 위난이 생겨, 장군이 나가주지 않으면 안 되겠소. 부디 명심하여 충절을 발휘해주기 바라오."

우금은 두 번 절하고 이렇게 말했다.

"저는 국가의 두터운 은덕을 입은 몸, 분골쇄신하여 열심히 싸우겠습니다."

조조는 우금을 전장군에 임명하고, 여건과 만분滿奮을 부장으로 삼았다. 그리고 군권을 갖고 있다는 증표인 호부虎府를 주어, 우금의 직속 부하인 6천 병력과 서주 병력 2만을 이끌고 식현息縣에서 대기하라고 명했다. 출동 명령이 내리면 식현에서 동백을 넘어 양양을 엿보고, 남양과 방성의 한군을 견제한다. 그리고 조휴가 후군 1만을 이끌고 가세하여 섭현의 장요와 호응한다. 연변의 지방 관리들은 모두 이 원정을 돕고, 통신 연락을 긴밀히 하여 정황을 잘 관찰한다. 군량 보급이 모자라는 경우에는 우금의 권한으로 일을 처리하라고 명했다. 우금은 여건·만분·조휴 등 세 장수와 함께 그날로 당장 출발했다.

조조는 또한 오창에 저장되어 있는 곡식 50만 석을 언사로 보내고, 조창에게 이 곡식을 신안으로 호송하여 장병들의 마음을 안정시키라고 명했다. 이로써 낙양의 군량과 사료도 충족되어 식량 걱정은 말끔히 사라졌다.

조조는 또한 궁중의 곳간에서 황금 천 근을 꺼내어 각지의 장수들에게 나누어주고, 은 백만 근과 돈 천만 냥은 병사들에게 나누어주었다. 전선에 나간 병사들의 가족에게는 지방관들이 급여를 주고, 관에서 설치한 우편역은 병사와 가족 사이의 편지를 배달하며, 부상했거나 병든 사람은 관비로 요양을 시켜주기로 했다.

위군 병사들은 이런 조조의 조치에 감격하여 "이 은혜는 죽어서라도 갚겠다"는 분위기가 이루어졌다.

이것이야말로 조조가 장수로서 갖고 있는 가장 큰 장점이다. 위기에 빠져 있으면서도 이처럼 부하들에게 너그러움을 베풀며, 침착하고 여유 있는 태도를 보이는 것이다. 바로 그렇기 때문에 제갈량의 재능과 관우·장비·마초·황충의 무예를 갖고도 한나라는 중원을 좀처럼 제압하지 못하고 전쟁이 길어졌다. 조조는 이런 조치를 끝낸 뒤 다시 궁전으로 돌아가 요양을 계속했지만, 이 이야기는 여기까지.

언사에 주둔해 있는 조창은 아버지의 뜻을 받들어 가후·전만·허의를 맞아들였다. 그리고 가후와 의논한 끝에, 전만과 허의를 언사의 북서쪽 요로로 파견하여 오창에서 오는 식량을 신안까지 호송하는 역할을 맡기고, 자신은 마초와 싸우기로 했다.

군량과 사료가 무사히 신안에 도착하자 사마의는 이 막대한 식량 덕분에 안심하고 지구전을 펼 수 있게 된 것을 기뻐했다. 그리고 다시 낙양과도 연락을 취할 수 있게 되었기 때문에, 그 중간을 차단하고 있던 마초는 오히려 중간에서 고립된 꼴이 되어버렸다. 이것은 마초에게 지극히 위험한 상황이었다.

신안의 공명은 마초가 제갈탄을 귀순시켜 위군 진지 세 개를 얻고, 언사와 낙양 사이의 교통을 차단했다는 말을 듣고는 몹시 기뻐했지만, 마초가 고립되어 위군에게 협공당할 것을 걱정했다.

첩자도 조조가 언사에 증원부대를 보내고 군량과 사료를 수십만 석이나 신안에 보내어 역습을 준비하고 있다는 정보를 알려왔다. 마초군은 3만이니, 위군에 비하면 3분의 1밖에 안 된다. 공명은 당장 장안에 전령을 보내어, 옹주목 유염에게 옹주의 신병 2만을 이끌고 의양으로 가달라고 요청했다. 이 병력은 남전에서 무관을 거쳐 밤낮으로 강행군하여 마초에게 배속되었다. 장안의 제갈균은 옹주목 유염이 대군을 이끌고 떠난 뒤에도 병력이 부족하지 않을까 걱정하여, 한수에게 옹주의 기병 1만을 증파시키고, 맹장인 마개·한옹韓雍도 함께 보냈다. 공명이 이것을 허락한 것은 말할 나위도 없다.

병력이 적은 것을 걱정하던 마초는 열흘도 지나기 전에 기병 1만과 보병 2만을 지원받아 각 진지에 배치했다. 또한 장안에서 군량과 무기도 운반되니, 그는 정예부대에 군량도 충분한 상태로 조창과의 결전에 대비할 수 있게 되었다. 공명은 마초의 진지 배치와 작전이 모두 타당한 것을 보고 안심하며, 이번에는 마초를 통해 관우에게 위군의 반격에 대비하라고 명령했다.

남양의 관우는 섭현의 장요가 거의 완벽한 방어를 하고 있기 때문에 앞으로 전진하기는 어렵다고 판단하고, 유비를 만나 작전을 다시 짜려고 생각하던 차에 마초의 편지를 받았다. 그래서 서서와 함께 그 편지를 읽었다.

서서가 말하기를,

"조조가 각지에 병력을 보내 반격에 나서려 하는 것은 분명합니다. 방성은 병력이 많으니 걱정할 필요가 없지만, 양양은 전에 우리가 공격한 것과는 정반대여서, 적의 공격을 받으면 우리 근거지가 흔들릴 우려가 있습니다."

"그렇소. 나는 여기서 전선을 지원하고 있으니, 원직(서서)이 관평과 함께 병력 8천을 이끌고 양양 수비를 두텁게 해주시오. 만일 양양에 무슨 일이 생기면 공격과 수비를 모두 원직에게 맡기겠소. 나는 아무 말도 하지 않겠소. 병력이 필요하면 형주와 남양의 병력을 수시로 사용해도 상관없소."

서서와 관평이 양양을 수비하러 돌아간 이야기는 잠시 뒤로 미루자.

조조의 명령을 받고 건업에 온 진군은 손권을 만나 조조의 뜻을 전했다. 손권은 이렇게 말했다.

"나는 조운에게 강하와 하구를 빼앗겨 중요한 거점을 잃고 패전을 거듭했소. 이 원수는 반드시 갚고야 말겠소. 나는 이미 여몽과 서성에게 명령하여 밤낮으로 병사들을 훈련하고 있소. 반드시 원수를 갚겠다는 뜻을 위왕에게도 전해주시오. 나는 육군으로 하여금 하구를 노리게 할 작정이니, 위나라가 하구 북쪽에서 군대를 보내 협공하면 잘 되

리라고 생각하오. 하구를 탈환한 뒤에는 위군을 도와 양양을 공격하겠
소."

"오왕 전하의 협력에 대해서는 고맙게 생각합니다. 당장 돌아가서
폐하께 보고하여 하구 공격에 가세할 군대를 보내겠습니다."

손권은 크게 기뻐하며 잔치를 베풀어 진군을 대접하고, 각 방면의
전황을 물었다. 진군은 거기에 일일이 대답하고 조조의 작전 계획을
설명했다. 설명을 다 듣고 난 손권은 감탄했다.

"위왕은 참으로 장수 중의 장수요."

진군은 허창으로 돌아와 조조에게 보고했다. 조조는 염온閻溫과
두칙杜則에게 기병과 보병 1만을 주어, 오군과 함께 하구를 공격하
게 했다. 두 장수는 당장 손권에게 전령을 보내어 협공할 날짜를 의논
했다.

손권은 진군을 보낸 뒤 문무백관을 모아놓고 형주에 대한 보복전을
논의했다. 그러자 서성이 말했다.

"지금까지의 패전은 적은 병력으로 적의 험준한 곳을 공격하여 그
선봉대가 패배하는 바람에 후방이 동요한 결과입니다. 지금 조조는 세
방면으로 반격군을 내보내어, 황하와 낙수 방면은 긴장 상태에 놓여
있습니다. 우금이 양양을 공격하여 대군을 이끌고 지구전을 벌이면 형
주와 양양은 동요할 것입니다. 주공께서는 내일 몸소 파양에서 열병
을 해주십시오. 조운이 그것을 알면 반드시 강하와 하구 수비를 증강
할 것입니다. 그런 다음 여자명(여몽)이 수군을 이끌고 강하를 공격하
면 조운은 반드시 싸우러 나올 것입니다. 저는 거소의 기마대를 이끌
고 보병과 함께 위군의 하구 공격을 응원하겠습니다. 이상은 강하와
하구 방면에 대한 작전입니다. 다음에는 교지 태수 하제賀齊를 남서쪽

곤명에 사는 이민족 추장 맹획孟獲에게 파견하여 많은 이익을 미끼로 그를 끌어들인 다음, 장가牂柯·영창永昌·월수越嶲·건위犍爲로 진격하게 하면 유비의 근본을 동요시킬 수 있습니다. 이것은 익주 방면에 대한 작전입니다. 그리고 창오蒼梧 태수 사섭士燮에게 월군越軍을 이끌고 영릉을 공격하게 합니다. 영릉 태수 유장은 자기 영토를 유비에게 빼앗기고 영릉으로 옮겨졌기 때문에, 유비를 원망하고 있습니다. 따라서 말 잘하는 사람을 하나 보내면 싸우지 않고도 항복시킬 수 있을 것입니다. 영릉을 얻으면 거기서 강을 따라 동쪽으로 내려와 장사를 빼앗습니다. 이렇게 하면 파릉에서 강하에 이르는 넓은 지역이 진동할 것입니다. 또한 번우番禺 태수 우번에게 남월南越 병력을 이끌고 계양을 공격하게 하면, 영릉과 계양이 연계를 취할 수 있습니다. 유비의 정예 병력과 용장은 모두 중원에 모여 있으므로, 우리가 이렇게 다섯 방면에서 동시에 진격하여 그중 한 곳에서만 승리를 거두어도 그 파급이 전선에까지 이를 것입니다. 강하와 하구를 공격하는 아군은 애써 공격하지 않아도 가만히 버티고 있으면, 영릉과 계양 병력이 곧 몰려올 테고, 남만 병력이 서천(촉)을 진동시킬 것입니다. 유비는 관우·제갈량·마초·조운을 네 방면에 진주시켜 전쟁터가 하구에서 완성과 섭현에 걸쳐 있으며, 신안까지는 무려 천릿길이 넘습니다. 위군은 그 넓은 영역에 주목하고 밤낮으로 그 틈을 엿보다가, 이번에 세 방면에서 반격을 가하기로 결정했습니다. 그런데 우리가 다시 다섯 방면으로 군대를 내보내면 전선은 훨씬 확대되어 서천에서 영릉 및 계양에 이르고, 이것까지 포함하면 수천 리에 걸쳐 전선이 형성됩니다. 아무리 방어에 능숙하다 해도 지역이 너무 넓으니 어딘가에서는 파탄이 생길 것입니다. 아무리 맞아 싸우는 데 능숙하다 해도, 전선이 너무 넓으면 미처 손을 쓰지 못할 것입니다. 앞에는 강적인 위군이 있고 뒤에는 우리가 있으니, 아무리 지모와 용맹을 겸비한 제갈량과 관우라 해도 끝까지 응전하지는 못할 것입니다."

서성의 이 장광설은 바람이 구름을 날려보내듯 시원하여, 여몽·황개·정보·장소·고옹 등도 모두 입을 모아 찬성했다.

손권도 잘 생각해보았지만, 서성의 말은 지당하여 결코 공리공론이 아니다. 그래서 책상을 누르며 일어나 말했다.

"오나라의 흥망은 이번 싸움에 달려 있소. 나는 결심했소."

그러고는 당장에 여범을 교지로 보내고, 전종을 번우로, 보즐步騭을 창오로 보냈다. 이들은 모두 많은 금은보화를 배에 싣고 해로로 출발하여, 각지에서 동시에 행동을 개시하기로 했다.

황개·장소·고옹은 세자인 손량孫亮을 지키면서 건업에 남아 있고, 서성이 대장으로서 한당·주태·장흠·주연·손환 등 다섯 장수와 함께 기병과 보병 3만 5천을 이끌고 말릉에서 하구로 진격했다. 병사한 장수의 기마대는 모두 서성에게 배속되었다.

손권은 여몽·정봉·능통·두습·손소를 데리고 파양호로 갔다. 네댓새 만에 파양에 이르자, 수군 장교들이 일행을 맞이했다.

손권이 수군의 한가운데 배 위에 올라앉자 여몽 등이 서열에 따라 차례로 나아가 배알했다. 손권은 좌우에 늘어앉은 장수들에게 이렇게 말했다.

"유비가 걸출한 영웅이라는 것은 중국 전체가 다 알고 있소. 최근, 서쪽으로는 익주(蜀)를 얻고, 동쪽으로는 관중과 농 일대를 빼앗았으며, 북쪽으로는 조와 대주 땅을 병합하여 세력을 계속 확장하고 있소. 조조는 황하와 낙수 사이에서 연전연패했고, 낙양과 신안마저도 위태로워졌소. 만일 위나라가 패하면 우리는 고립되오. 그래서 나는 어쩔수 없이 군사행동을 취하기로 했소. 시대의 흐름이 그렇고, 실제로 강하와 하구의 침략을 허용해버린 이상은 어쩔 도리가 없소. 여자명(여몽)과 서문향(서성)은 장강과 한수 사이에서 열심히 싸웠고, 병사들도 죽음을 무릅쓰고 분투해주었소. 이런 말을 하는 것은 견딜 수 없지만, 이것은 결국 내가 부덕한 탓이오. 그러나 일이 여기에 이르렀으니, 이제 와서 후회해본들 무슨 소용이겠소. '큰 원수는 반드시 갚아야 한다. 위급존망의 위기가 닥치면 막아야 한다'는 말도 있소. 여러 장수들은 대대로 손씨 집안에 충절을 다하여 고난을 함께해주었소. 부디 내 마음을 헤아려, 전쟁터에서 다시 한 번 힘을 발휘해주기 바라오."

자리를 가득 메운 장수들은 입을 모아 손권에게 충성을 맹세했다. 손권은 기쁨을 참지 못하고, 우선 여몽을 도독으로 삼아 장수들에 대한 지휘권을 맡긴 다음, 수군 5만을 이끌고 강하를 탈환하러 가게했다. 손권 자신은 구강에 머물면서 멀리서 지원 태세를 취했다.

오나라가 다섯 방면으로 군대를 내보낸다는 소식은 떠들썩한 소문이 되어 형주에도 전해졌다.

유비는 급히 조운과 마량을 불러 의논했다.

마량은 이렇게 말했다.

"오나라는 우리를 원망하고, 그 원한 때문에 위나라와 연합하여 군대를 내보냈습니다. 원한 때문에 병사들의 사기는 꽤 왕성하지만, 제가 생각하기에 익주에는 법정과 엄안·여개呂凱 등이 있으니 방어에 실패할 걱정은 없을 것 같습니다. 제 동생인 유상(幼常: 마속)이 계양에 있고 장완 태수가 장사에 계시니, 그쪽에도 위험이 발생할 걱정은 없습니다. 다만 영릉의 유계옥(유장)만이 걱정입니다. 강하에는 수군과 육군을 합하여 5만 이상이 있으므로, 아무리 여몽이 용맹하다 해도 어쩔 수 없을 것입니다. 다만, 하구를 공격하는 오군 대장은 지모가 뛰어난 서성이니, 그 나름대로 분투할 것입니다. 또한 조조가 세 방면에서 군대를 내보냈다고 들었습니다. 우금이 양양을 공격하고, 나머지 두 장수가 1만 병력을 이끌고 하구를 협공할 모양입니다. 하구는 좀 어려워질 것 같습니다. 이것은 자룡이 아니고는 도저히 막을 수 없습니다."

그러자 조운이 나서면서 씩씩하게 말했다.

"하구에 대해서는 저한테 맡겨주십시오."

유비는 마량에게 명령하기를,

"계상(季常: 마량)은 강하로 가서 여러 장수들을 지휘하여 향총과 함께 여몽을 맞아 싸우시오."

마량과 조운 내외는 당장 임지로 출발했다.

유비는 이어서 비시를 불러 육로로 장사에 가서 장완에게 이 일을 알리고, 마속과 협력하여 오군의 침략을 막는 한편, 유장의 거동에 대해서도 엄중히 경계하라고 명령했다.

비시는 밤낮을 가리지 않고 장사로 달려가 장완에게 한중왕 유비의 명령을 전했다.

장완은 비시에게 이렇게 말했다.

"며칠 전, 마유상(마속)이 번우와 창오에 병력의 움직임이 있다는 긴급 통신을 보내왔습니다. 마유상은 이미 각지의 부대에 명령하여 중요한 지점으로 파견해두었답니다. 다만 유계옥만 아무 소식도 없기 때문에, 제 동생 장규蔣珪에게 장사 병력 8천을 주고, 형양衡陽의 주둔 병력 5천을 합하여 영릉 경계를 엄중히 감시하게 해두었습니다. 비 대부大夫

께서는 때맞춰 잘 오셨습니다. 저 대신 장사 태수의 소임을 잠시 맡아주십시오. 저는 직접 영릉에 가서 마유상과 함께 오나라의 침공을 막겠습니다. 만약 유계옥이 충절을 지킨다면 함께 적을 막을 것이고, 배신할 생각이라면 죽여서 후환을 없애겠습니다."

비시가 승낙했기 때문에 장완은 한중왕에게 그것을 알리고, 정식 허가를 얻어 비시에게 태수의 임무를 대행시켰다.

장완은 장사군에서 정예병력 3천을 선발한 뒤, 상수湘水 상류를 떠나 밤낮으로 강행군하여 네댓새 만에 형양을 지나 영창에 이르렀다. 장완의 동생 장규가 마중 나와 있었다.

장완이 상황을 묻자 장규는 이렇게 대답했다.

"영릉에서 돌아온 첩자의 보고에 따르면, 창오 태수 사섭이 병력 7천을 이끌고 황사하黃沙河에 이르자, 유계옥은 성에 틀어박혀 지키려고 했지만 부하인 유괴 등이 투항했기 때문에 오군은 피 한 방울 흘리지 않고 영릉을 얻었습니다. 저는 사태가 위급하기 때문에 영릉에서 50리 떨어진 황석령黃石嶺에 정예부대를 진주시켰습니다. 형님이 와주셨으니 이제는 걱정 없습니다."

장완은 영릉성을 잃었다 해도 황석령이라는 요충을 갖고 있으니, 당장 병력 3천을 이끌고 상수를 서쪽으로 거슬러 올라가 황사하로 가서 민병을 징발하여 오군의 퇴로를 끊으라고 장규에게 명령했다. 이어서 형양 태수 진남陳南에게는 수비병 1만 가운데 3천을 선발하여 장규에게 가세하라고 명령했다.

장완은 이런 조치를 끝낸 뒤 황석령으로 향했다. 부장인 오욱吳郁과 장성張盛이 나와서 장완을 맞이했다. 진지 안에 자리를 잡은 장완은 두 장수에게 오군의 상황을 물었다. 그러자 오욱은 이렇게 대답했다.

"영릉에서 나온 피난민의 말에 따르면, 사섭은 영릉을 빼앗자 유장 일당을 창오로 보내고 영릉의 죄수를 석방하여 선봉대로 삼았답니다. 그 수는 대충 5백 남짓입니다. 그리고 부자들의 재산과 상점의 물건을 모조리 군용으로 약탈했는데, 그 약탈은 사방 마을까지 뻗치고 있습니다. 영릉은 개나 닭조차 마음놓고 돌아다닐 수 없을 정도이고, 전부 다 약탈당해서 아무것도 없습니다. 우리가 황석령을 굳게 지키고 있기 때문에, 적은 전진하지 못하고 상류를 따라 내려가 형양과 뇌양耒陽 언저리를 노리고 있는 기색입니다. 그러나 상수 연안의 선주들은 영릉이 약탈당하고 있다는 소문을 듣자마자 모두 멀리 도망쳐버려서, 지금 적은 배를 찾아다니고 있지만 얻지 못하고 있는 상태입니다."

장완은 이 말을 듣고 크게 기뻐했다.

소상瀟湘의 밤비는 귀신의 호곡 소리이고, 오초吳楚의 가을바람은 난세를 부른다. 그러면 이 다음은 어찌 될 것인가. 다음 회를 기대하시라.

제 35 회

계양을 침범하려던 우번이 밤중에 철수하다
영릉을 되찾은 장완이 초저녁에 적을 만나다

손권은 해로를 통해 전령을 보내어, 번우 태수 우번에게 군대를 이끌고 계양을 공격하라고 명령했다. 우번은 회계군會稽郡 여요현余姚縣 출신인데, 젊은 시절부터 담력이 세기로 유명했다. 창의 명수이며, 걸음은 말처럼 빨라 하루에 2백 리를 걸어도 태연했다.

그러는 한편 '주역周易'에도 정통했기 때문에 손책과 손권도 그를 깊이 신뢰하고 있었다. 그런데 손권이 오왕의 지위에 올라 축하연을 베풀었을 때, 그 자리에서 우번이 취하여 실수를 저지르자 화가 난 손권은 그를 목베어 죽이려고 했다. 그런 손권을 끌어안고 말린 사람은 사농司農의 유기劉基였다. 손권은 유기의 권고에 따라, 우번을 영남嶺南의 장려瘴癘 땅으로 좌천시키고 번우 태수로 임명하여 고통을 주게 되었다.

우번은 이곳에 부임한 이후 관원을 우대하고 만족蠻族을 회유하여, 불과 2, 3년 만에 큰 치적을 쌓았다.

한편, 손권의 명령을 받은 우번은 전령을 돌려보낸 뒤, 계양을 공격하기 위해 군대를 정비했다. 그리고 출동하기 전에 목욕재계하고 안방에 향을 피우고 점을 쳐보니, 다음과 같은 점괘가 나왔다.

'높은 계양은 좋은 준마가 숨어 있는 곳. 금도金刀가 성하여 비비備가 처음에 왕이 된다. 주珠는 합포合浦로 돌아가 너의 경계에 이른다. 출사할 때 순리를 어기고 하늘의 뜻을 거역하면 반드시 망한다. 시체를 싣고 염방(炎方: 남쪽)으로 돌아온다. 움직이면 불길하다. 조용히 있으면 소강小康이 있다.'

우번은 이 수수께끼 같은 점괘를 되풀이 읽다가 불현듯 그 의미를 깨달았다. 첫 번째 구절인 '높은 계양'이란 거리가 너무 멀어 공격하기 어렵다는 뜻이다. 두 번째 구절인 '좋은 준마가 숨어 있는 곳'에 나오는 '좋은 준마'란 곧 계양을 지키는 마속을 말한다. 마속은 계양에서 몇 년 동안 선정을 펴고 있다. 즉, 마속을 상대로 해서는 도저히 이길 수 없다는 뜻이다. 세 번째 구절인 '금도金刀'란 한왕조의 성인 '유劉'자를 풀어 쓴 것이다. '유劉'자는 '묘卯'와 '금金'과 '도刀'로 이루어져 있다. 그리고 유현덕의 이름은 '비備'다. 이 구절은 유비가 한중왕이 된 것을 가리키고 있다. 네 번째 구절인 '주는 합포로 돌아간다'는 후한의 합포 태수 맹상孟嘗의 고사를 말한다. 맹상은 합포에서 선정을 베풀고 진주의 남획을 금했기 때문에, 한 번 잃었던 구슬이 돌아왔다. 즉, 한왕조는 일단 조조에게 빼앗긴 형태가 되었지만 다시 원래대로 된다. 그리고 '너의 경계에 이른다'란 한왕조의 영토가 이 남방 땅에까지 이른다는 뜻이다. 다섯 번째 구절부터는 갑자기 출병해도 승리할 수 없다는 뜻이다. 우번은 몇 번이나 소리내어 읽어보고 생각하며 저도 모르게 한숨을 내쉬었다.

그러나 오왕의 명령이다. 어길 수는 없다. 그래서 남방군 8천을 선발하여 넷째아들 우범虞汜, 다섯째아들 우충虞忠, 여섯째아들 우용虞聳, 일곱째아들 우병虞昺에게 각각 2천씩 주고, 우범을 총사령관으로 삼아 맹저령萌渚嶺을 넘어 계양으로 진격하게 했다.

우번의 네 아들은 그날로 당장 출발하게 되어, 정청 안에서 아버지에게 작별인사를 했다. 우번은 아들들에게 이렇게 타일렀다.

"한왕조는 중흥할 때를 맞은 것 같다. 계양은 험준한 땅이고, 계양을 지키는 마속은 지모가 뛰어나고 싸움을 잘한다. 우리는 천릿길을 넘어 진격한다. 마속은 그냥 기다리고 있을 뿐이니 훨씬 유리하다. 게다가 지세를 이용하여 맞아 싸우면 우리는 반드시 패할 형세에 있다. 너희들은 첩자를 보내어 계양 변두리에 잠입시켜라. 만일 계양에 봉화대가 많이 설치되어 있으면, 적은 겁을 먹고 있는 것이다. 단숨에 돌진하여 싸워라. 잘하면 계양을 빼앗을 수 있다. 만약 계양에 아무 방비도 없고 백성들도 평소와 다름없이 생활하고 있거든, 경계에 군대를 세워놓고 멀리서 공격할 태세만 보여라. 절대로 깊이 들어가서는 안 된다. 깊이 들어가면 반드시 적의 함정에 빠질 것이다. 마속은 총명하고 영민한 인재다. 변경에 아무 방비도 없을 리가 없다. 아무 방비도 없는 것처럼 보이면, 그것은 유인하는 함정이다. 우리가 깊이 들어오기를 기다려 꾀를 쓰고 지세를 이용하여 역습으로 나올 것이다. 그 수법에 넘어가면 끝장이다. 아무리 용맹한 군대라도 궤멸한다. 또한 우리가 변경에 머문 채 움직이지 않으면, 마속은 주변의 이민족을 설득하여 협공 태세를 취할 것이다. 너희들은 무슨 소문이라도 들리면 당장 밤중에 군대를 철수시켜라. 무리하여 죽음을 재촉하는 일이 있어서는 안 된다. 이번 싸움은 대단히 위험하다. 깊이 명심하여 행동해라."

네 아들은 아버지에게 작별인사를 하고 당장 출발했다.

한편, 계양 태수인 마속은 우번의 군대가 진격해온다는 정보를 탐지하고 몰래 준비를 갖추면서, 야단스러운 태도는 보이지 않았다. 부장인 미위麋威와 향충向充에게 각각 병력 3천, 6천을 주어 도방都龐과

맹저萌渚 같은 요충을 지키게 하고, 그들이 떠나기 전에 이렇게 당부
했다.

"만약에 오군이 오면 산 속에 숨어서 적이 깊이 들어올 때까지 기다
리시오. 내가 적의 앞을 가로막고 있으니, 두 사람은 적의 후방을 차단
하시오. 오군은 한 사람도 살아 돌아가지 못할 것이오."

미위와 향충은 명령을 받고 계양 동쪽의 침현郴縣—이곳은 진秦나
라 말기에 항우가 의제義帝를 죽인 곳이다—을 지나갔지만, 계양 사람
들은 전혀 눈치 채지 못했다. 그런데 이 미위는 미축의 아들로서, 무예
가 뛰어나고 특히 궁술과 승마술에 숙달해 있었다. 향충은 향총의 동
생인데, 천 근의 무게를 들어올리는 괴력의 소유자로서 형보다 더 용
감했다.

마속은 두 장수를 파견한 뒤, 장완에게 급히 사태를 알리고 이렇게
말했다.

"계양에는 아무 장애물도 없으니, 만일 우리 선발대가 승리하면 군
대를 그쪽으로 옮겨 가세하겠습니다."

장완은 이 소식을 받고 크게 기뻐하며, 장사 방면에 모든 병력을 집
중할 수 있었다.

한편, 우범 형제는 계양 경계까지 오자, 아버지가 시킨 대로 많은 첩
자를 풀어 계양의 상황을 살폈다. 계양 백성들은 물건을 팔러 다니거
나 짐을 짊어지고 분주히 왕래하며, 시장에는 줄이 늘어서 있다. 병사
들의 모습도 드문드문 보이지만, 시장에서 물건을 살 뿐이고, 오히려
이상할 만큼 평온하다.

계양성 안에서는 태수 마속이 관리들을 거느리고 용담龍潭 폭포와
연지蓮池에 놀러 가 술을 마시며 시를 읊고, 전쟁과는 완전히 딴 세상

에서 놀고 있다.

첩자들은 상황을 충분히 살핀 뒤 그 결과를 우범에게 보고했다. 우범은 세 동생에게 말했다.

"아버님은 귀신 같은 분이다."

그러고는 당장 군대를 거두어 번우로 돌아가려 했다.

그런데 우병이 그것을 말렸다.

"아군은 적을 찾아 출동했습니다. 계양에 아무 방비도 없는 것은 하늘이 우리에게 계양을 주는 것이나 마찬가집니다. 하늘이 주는 것을 받지 않으면 오히려 재앙이 내릴 것입니다. 창오 태수 사섭은 피 한 방울 안 흘리고 영릉을 빼앗았습니다. 그런데 우리 형제가 적병을 보지도 않고 급히 군대를 철수하면 오왕은 우리에게 벌을 줄 것입니다. 급히 진격하여 계양을 빼앗고, 적의 성에 의지하여 적의 군량을 빼앗으면, 나아가서 싸우고 물러서서 지킬 수 있습니다. 만에 하나의 경우에도, 옛날 항우는 병력 8천을 이끌고 천하를 휩쓸었습니다. 우리에게는 항우에 필적할 만한 병력이 있습니다. 천하를 휩쓸지는 못해도, 성 하나를 지키지 못한다는 건 있을 수 없는 일입니다."

"네 말에도 일리가 있다만, 이번에는 당치 않다. 우리가 떠날 때 아버님은 마속이 지모가 뛰어나고 싸움을 잘하는 인물이라고 말씀하셨다. 특별히 전쟁이 벌어지고 있지 않을 때라도 변경을 엄중히 지키고 있는데, 지금은 오히려 아무 방비도 없다. 이것은 우리를 유인하려는 함정인 게 분명하다. 게다가 여기서 계양성까지는 산길이 계속 이어져 있다. 적이 산골짜기에 숨어 있어도 우리에게는 보이지 않는다. 우리가 진군만 생각하면 후방을 습격당하여 귀로를 잃어버린다. 병사들이 동요하면 어떻게 하겠느냐. 군대를 무사히 철수할 수 있다면, 설령 벌을 받는다 해도 가벼울 것이다. 패배하여 병력을 모조리 잃어버리는 것에 비하면 훨씬 낫다. 창오 태수 사섭의 상대는 유장이었다. 만약에 상대가 마속이었다면 지금쯤은 황하의 한군 주둔지로 압송되고 있을 것이다. 게다가 장완이 황석령에 진주했다는 정보도 들어왔다. 그래서 사섭 태수는 진퇴양난에 빠져 있다는 것이다. 장완이 만약 우리의 귀로를 끊으면, 우리도 진퇴양난에 빠질 것이다. 반드시 패할 게 뻔하다. 잘 생각해보아라."

"형님의 말씀은 사태를 깊이 꿰뚫어보고 있지만, 제 생각에는 마속도 인간입니다. 우리가 진격해오는 것을 알았다면 당연히 대비하고 있어야 마땅합니다. 형님은 의심이 지나치십니다. 꼭 마속을 위해 변론하고 계시는 것 같습니다."

"너무 고집부리지 말아라. 그러면 이렇게 하자. 유능한 병사를 백성으로 분장시켜 산 속을 살피게 하자. 만일 산 속에 복병이 있으면 재빨리 군대를 거두고, 복병이 없으면 전진하기로 하자. 어떠냐?"

나머지 세 사람은 일제히 찬성했다. 우범은 당장 유능한 병사 30여 명을 선발하여 산으로 보내면서, 늦어도 사흘 뒤에는 돌아와서 보고하라고 명령했다.

그런데 우범 형제가 사흘을 기다려도 아무도 돌아오지 않는다. 사흘째 되는 날 밤 겨우 한 사람이 숨을 헐떡이며 돌아왔다. 우범은 무슨 문제가 생긴 것을 알고 상황을 물었다.

"산 속으로 40여 리쯤 들어갔을 때, 병력이 어느 정도인지는 알 수 없지만 한군이 있어서 동료들은 모두 붙잡혔습니다. 저는 풀숲 속에 엎드려 숨어 있다가 간신히 도망쳐 왔습니다."

우범은 동생들을 돌아보며 말했다.

"다행히 우리가 깊이 들어가지 않았기에 망정이지, 깊이 들어갔다면 지금쯤은 몽땅 포로가 되었을 것이다."

우병은 고개를 떨군 채 아무 말도 하지 못했다. 우범은 퇴각 명령을 내려 하룻밤 사이에 군대를 철수했다.

산 속에서 기다리고 있던 미위와 향충은 오군이 오지 않는 것을 이상하게 여겨, 첩자를 보내어 상황을 살피게 했다. 그런데 길 가는 사람들의 이야기에 따르면, 오군은 이미 이틀 전에 전부 철수해버렸다는 것이다. 미위와 향충은 더욱 자세히 조사하여 오군의 퇴각을 확인한 뒤 마속에게 보고했다.

마속은 놀랐지만, 이렇게 말하면서 다음 훈령을 내렸다.

"우범은 '주역'에 정통해 있으므로 미래를 내다본 게 분명하오. 그렇지 않다면, 싸워보지도 않고 전부 퇴각해버리는 짓은 할 수 없소. 미 장군은 그대로 도방을 지키고, 향 장군은 침주郴州에서 영릉 후방으로 나가 사섭의 귀로를 차단하고 장완 태수와 협력하여 영릉을 탈환하도록 하시오."

향충은 당장 임무를 수행하러 떠나고, 마속은 한중왕에게 자초지종을 보고했지만, 이 이야기는 여기까지.

황석령에 온 장완은 동생 장규에게 병력 3천을 주면서 황사하로 나가 오군의 귀로를 끊게 했다. 그리고 자신은 1만 병력을 정비하여 황석령을 내려가 영릉으로 향했다. 장완은 야음을 틈타 첩자를 한 발 먼저 영릉성으로 보내어, 성 안팎에 흩어져 있는 영릉군 병사들을 만나 다시 한 번 한나라 쪽으로 돌아서서 오군을 공격하자고 설득하게 했다.

한편, 서섭은 경기병을 이끌고 먼 길을 달려와 피 한 방울 흘리지 않고 쉽사리 영릉을 얻은 뒤, 그 기세를 타고 형양으로 진격하려는 참이었다. 그러나 적진으로 너무 깊이 들어가면 후원군과의 거리가 멀어지기 때문에, 한군의 역습을 받으면 곤란하다.

사섭은 몇 번이나 망설인 끝에, 창오군과 계림군桂林郡에서 새로 정예병력 1만을 동원하여 영릉으로 불러들였다. 이렇게 하면 어느 정도 깊이 들어가더라도 괜찮을 거라고 생각했다.

사섭은 영릉에서 부자들을 붙잡아 금품을 약탈하고, 반역자나 죽음을 두려워하지 않는 무법자를 모아 성을 수비하게 한 뒤, 강 위를 오가는 상선을 빼앗아 수군 전함으로 삼아서 강을 따라 내려가 형양을 공격하려고 했다.

사섭이 이런 구상을 하고 있을 때 첩자가 이렇게 알려왔다.

"장사 태수 장완이 대군을 이끌고 3, 40리 거리까지 다가와 있습니다."

사섭은 휘하 병력 3천을 남겨 성을 지키게 하고, 나머지 4천과 영릉 투항병 5천, 그리고 결사대 5백 명을 데리고 싸우러 나갔다.

용교龍橋까지 와서 보니 이미 한군 선봉대가 당도해 있었다. 한군 장수는 영창永昌 출신 주익周翼과 영향寧鄕 출신 황영黃英인데, 둘 다 장완이 재능을 인정하여 임명한 사람들이었다.

사섭은 용교 남쪽에 진을 치고 수비 태세를 취했다. 한군 장수 두 명은 사섭의 태도를 보고 장완에게 보고했다.

장완은 영릉 출신이기 때문에 현지의 지세를 잘 알고 있었다. 우선 오군의 병력 배치를 살펴보려고 군대를 세워둔 채 준마를 타고 용교 북쪽을 순시했다. 그리고 진지로 돌아오자 주익과 황영을 불러 이렇게 명령했다.

"오군은 멀리서 왔기 때문에 속전속결이 이롭소. 적의 전군前軍 중에는 죽음을 두려워하지 않는 자가 많소. 오늘 밤에 반드시 습격해올 거요. 주 장군은 병력 2천을 이끌고 10리쯤 상류로 올라가서 용계龍溪를 건너 산 속에 숨어 있다가, 자정에 오군의 왼쪽 진영을 공격하시오. 황 장군은 반대로 10리쯤 하류로 내려가 강을 건너, 역시 자정에 오군의 오른쪽 진영을 공격하시오. 오군이 달아나면 추격하시오."

두 사람이 떠나자 장완은 반리半里에 걸쳐 함정을 파고, 병사들을 모두 산 속으로 옮겨 빈 진지만 남겨놓았다.

장완이 생각한 대로 사섭은 투항한 영릉군 장수 조용曹容과 오예吳銳에게 야습을 명령했다. 사섭도 노련한 인물이었기 때문에 우선 두 사람을 보내놓고, 자신은 진지에서 대기하며 상황을 살피려 했던 것이다.

두 사람은 결사대를 포함한 5천 병력을 이끌고, 자정 무렵에 용교를 건너 한군 진지를 향해 달려갔다.

그런데 한군 진지에는 횃불도 없고, 쥐 죽은 듯 조용하다. 두 사람은 빨리 공을 세우려고 초조해 있었기 때문에, 그래도 상관하지 않고 돌진했다. 무시무시한 기세로 진문을 부수고 돌진했지만, 앞장선 결사대 5백 명은 함정에 빠지고, 그 뒤를 따르던 병사들도 잇따라 구멍 속으로 떨어졌다.

"계략이다!"

두 장수는 황급히 퇴각 명령을 내렸지만, 이미 함정은 사람으로 가득 메워질 정도였다.

그때 북소리가 울리고 횃불이 환하게 켜지더니, 산의 좌우에서 한군이 나타나 일제히 화살을 쏘아댔다. 오군은 대혼란에 빠져 서로 짓밟고 짓밟히며 앞다투어 달아난다. 한군은 재빨리 그 뒤를 추격한다.

사섭은 진지에서 두 장수가 쫓겨 오는 것을 보고, 그 뒤를 쫓는 한군이 용교를 건넜을 때 군대를 이끌고 구원하러 나갔다.

그 순간 하늘 가득 뿌려진 별빛으로, 산의 왼쪽에서 나타난 한군이 오른쪽 진영을 향해 달려오는 것이 보였다. 그래서 사섭이 그쪽으로 가려 하자, 이번에는 산의 오른쪽에서 나타난 한군이 왼쪽 진영으로 달려오더니, 무시무시한 기세로 화살을 쏘아대며 왼쪽 진영으로 돌진하여 사방에서 불을 질렀다.

적에게 당한 것을 안 사섭은 진지를 포기하고 말머리를 돌려, 부하들과 함께 혈로를 뚫고 영릉성으로 달아났다.

조용과 오예도 그 뒤를 따라 달아났지만, 주익이 화살을 쏘자 조용은 공중제비를 돌며 말에서 떨어졌다. 이윽고 조용은 칼과 창으로 난도질을 당하고 짓밟혀 고깃덩어리로 변했다. 오예는 필사적으로 사섭을 따라 달아났다.

한군의 추격은 날카로웠다. 사섭은 겨우 영릉성 안으로 도망쳐 들어가자 성문을 굳게 닫고, 창오에서 원군이 오기를 기다려 다시 한번 한군과 싸우기로 마음먹었다.

장완은 영릉성 아래까지 다가가 진지를 쌓고 날마다 공격했지만, 사섭도 병법에 맞는 방어전술로 잘 버텨낸다. 그러나 사섭은 며칠이 지나도 창오에서 원군이 오지 않기 때문에 속으로 의심을 품었다.

바로 그때 사섭이 황사하 진지에 파견해둔 병사가 영릉으로 도망쳐 돌아와서 보고하기를,

"한군이 황사하를 빼앗고, 원군은 차단되었습니다."

사섭은 상황이 나빠진 것을 알았다. 원군이 오지 않는다고 해서 영릉성에 틀어박혀 농성해도, 언젠가는 무너질 것이 뻔하다. 새처럼 소수瀟水를 날아서 건너 원군과 합류할 수도 없다. 이렇게 된 이상, 동문에서 치고 나가 도현道縣으로 가서 구의산九嶷山을 넘어 창오로 돌아갈 수밖에 없다. 사섭은 몰래 명령을 하달하여, 오후 10시에 휘하 병력 6천을 이끌고 동문으로 도망치기로 했다.

한편, 장완은 사섭도 언제까지나 성을 지키지는 못할 것이니 이제 곧 도망쳐 나올 것이라고 생각하여, 밤낮으로 엄중한 경계 태세를 취하고 있었다. 그리고 마침내 오군이 도망쳐 나오자, 주익과 황영을 불러 5천 병력을 이끌고 급히 추격하라고 명령했다.

"오군이 싸우면 물러서고, 도망치면 추격하시오. 도망칠 수도 없고 싸울 수도 없는 상태로 적을 몰아넣으시오."

두 장수가 떠나자 장완은 영릉성으로 들어가 숨어 있던 오군을 색출하고 주민들을 안심시킨 뒤, 나사羅紻라는 현지 주민에게 당분간 태수의 임무를 대행하게 했다. 그리고 성의 복구를 돕는 한편, 형주에 보고하여 다른 한군에게 정신적 지원을 보냈다.

사섭은 열심히 도망치다가, 한군 추격대가 쫓아온다는 보고를 받자 부하에게 이렇게 말했다.

"우리는 적진으로 너무 깊숙이 들어왔다. 죽음 속에서 삶을 찾아 추격대를 쳐부수지 않으면 살길이 없다."

오군은 튼튼한 진지를 쌓고 추격대를 기다렸다. 주익과 황영은 오나라가 대비하고 있는 것을 보고 퇴각하기 시작했다. 사섭은 추격대가 물러갔기 때문에 천천히 전진하기 시작했다. 10여 리쯤 가자 또 추격대가 온다. 사섭이 맞아 싸우려 하면 또 퇴각한다.

이런 일이 되풀이되자, 사섭은 앞으로 나갈 수도 없고 뒤로 물러설 수도 없는 형편이었지만, 그래도 한 걸음씩 구의산 기슭으로 다가갔다. 그런데 이게 어찌 된 일인가. 앞쪽에 한군 깃발이 펄럭이고, 한 떼의 군대가 앞길을 가로막더니, 향충이 앞으로 나서면서 외쳤다.

"사섭아, 도망치지 마라."

사섭은 지금까지 당한 것을 생각하자 울화통이 치밀어, 언월도를 치켜들고 말을 달려 향충에게 덤벼들었다. 그러자 뒤에서 주익과 황영이 공격해온다. 오예가 창을 들고 그들을 맞아 싸운다. 그러나 혼자서 두 사람을 당해낼 수는 없다. 오예는 황영이 한 번 내리친 칼에 목이 잘렸다. 주익과 황영은 오군 병사들을 사방으로 쫓으며 사섭에게 덤벼들었다.

사섭은 향충을 내버려두고 달아나기 시작했다. 향충·주익·황영이 그 뒤를 쫓는다. 사섭뿐 아니라 그가 탄 말도 지쳐서 비틀거린다. 사섭은 결국 칼을 빼어 자결했다. 오군은 절반 이상이 죽거나 다치고, 나머지는 모두 투항했다.

주익과 황영이 각지를 진무하고, 향충은 구의산 진지를 지켰다.

장완은 이 소식을 듣고 크게 기뻐하며, 두 장수에게 사섭의 시체를 황사로 가져가, 거기에 있는 동생 장규와 합류하라고 명령했다. 주익과 황영은 당장 출발하여 장규를 만났다. 장규는 사섭의 시체를 오나라 원군에게 보내어 오군의 사기를 떨어뜨리려고 했다.

과연 오군은 사섭의 시체를 보고는 겁을 먹기 시작했다. 그러자 원군 대장은 급히 퇴각 명령을 내렸다. 장규·주익·황영은 그 틈을 놓치지 않고 추격하여, 오군이 내팽개치고 달아난 무기와 군량을 얻고, 영릉의 장완에게 보고했다.

장완은 장규를 황사하에 주둔시키고, 주익을 영릉에, 황영을 도현에 주둔시켜 방어선을 확보하고, 각자 긴밀한 연락을 취하게 했다.

장완은 병력 3천을 이끌고 강을 따라 장사로 돌아갔다. 마중 나온 비시는 태수의 임무를 다시 장완에게 돌려주었다. 장완은 이번 일에 대하여 유비에게 자세한 보고서를 쓰고, 비시를 시켜 그것을 전하게 했다.

구의산을 뒤덮은 구름이 갈라지고, 창오에서 죽은 오군의 혼백이 통곡했다. 남방의 호수는 파도가 잔잔하고, 푸른 풀이 선경仙境을 뒤덮는다. 그러면 이 다음은 어찌 될 것인가. 다음 회를 기대하시라.

제 36 회

맹획, 대량산에서 의병을 두려워하다
여개, 삼련해에서 만이를 사로잡다

손권의 명령을 받은 여범은 해로를 따라 교지에 도착하여 태수 하제의 마중을 받자, 당장 오왕 손권의 명령을 전했다. 그리고 남만족南蠻族의 대왕 맹획에게 협력을 요청하기 위하여, 남만족의 말을 할 줄 알고 그 지역의 정세에도 밝은 사람을 선발했다. 하제는 또한 이야기가 더 잘 통하도록 하기 위해, 곤명을 오가며 장사하는 상인을 데려가기로 했다. 그들은 산을 오르고 바다를 건너서 곤명으로 들어갔다.

맹획은 많은 금은보화를 받고 협력을 승낙했다. 그러나 맹획은 이름만 '대왕'일 뿐, 먹을 것을 찾아 각지를 이동하는 오랑캐족의 수령에 불과하다. 북방에는 그의 입에 맞는 것이 없었지만, 금은보화를 보자 당장 승낙하고 사신을 돌려보냈다. 그리고 사신을 호송하면서 각지의 크고 작은 호족들을 설득하여 4,5만 명의 병력을 모으자, 밀어닥치는 파도처럼 월수군을 향해 출발했다.

월수 태수 여개는 자를 계평季平이라 하는데, 영창군 불위현不韋縣 출신으로 어린 시절부터 뛰어난 재능을 보였고, 남만족에 대해서도 정확하고 풍부한 지식을 갖고 있었다. 그 때문에 변경의 대외정책에 밝아서 관직에 나가 오관연공조五官掾功曹가 되었다.

공명이 성도에 있을 때 여개는 승상부에 올라가 남서쪽의 지도를 보이며, 그 지역에 사는 여러 부족에 대해 마치 자기 손바닥을 들여다보듯 유창하고 자세하게 이야기했다.

공명은 놀라서 유비에게 상주하여 여개를 월수 태수에 임명하고, 촉병 8천 명에 쇠고기와 양고기, 금은과 군량, 2만 명분의 무기와 장비를 주고, 장가·건위·영창 등 3개 군을 포함하여 모두 4개 군의 군사를 장악하게 했다. 여개는 변경 땅에 둔전을 만들고 남만족을 경계하기로 했다.

여개는 현지에 부임하자 관리를 선발하고 엄격한 규칙을 정하는 한편, 소년을 모집하여 둔전에서 농사를 짓게 하면서, 농사일을 하는 틈틈이 무예를 가르쳤다. 여개가 부임한 지 7년이 되자, 그 바른 정치의 은혜는 널리 퍼져 4개 군이 모두 평온 무사했다. 이리하여 월수군은 병력 3만 명과 기마 5천 필을 보유하게 되었고, 비축한 군량과 사료는 무려 수백만 석에 이르렀다.

여개는 또한 평상시에 상인을 남만족 땅에 파견하여 통상을 시키는 한편, 각 오랑캐족의 동태를 보고하게 했다.

따라서 이번에 손권의 사신 여범이 곤명에 간 것도 당장 여개에게 알려졌다. 여개는 맹획이 이익을 위해서라면 무슨 짓이든 하는 사람이라는 것을 알고 있었다. 따라서 맹획이 이제 곧 대군을 이끌고 밀어닥칠 게 뻔했기 때문에, 미리 정예병력 2만을 대량산大凉山과 면산虎山 등 각 요충지에 파견해두었다. 그리고 명령을 내리기를,

"적군이 와서 아직 팔팔할 때는 굳게 지켜 적을 지치게 하라. 높은 보루를 쌓고, 독화살과 큰 나무와 암석을 준비해 가만히 기다리라."

그러고는 성도의 유선에게 이 일을 알렸다.

한편, 맹획은 군대를 이끌고 약수若水를 따라 내려와 삼련해三連海에

이르렀다. 보아하니 대량산과 면산 일대에 한군의 깃발이 늘어서 있지만, 실제 병력이 얼마나 되는지는 알 수 없다. 옛날 '야랑夜郎'이라는 작은 나라가 다른 대국을 알지 못하고, 자기가 가장 크고 가장 강하다고 생각하여 '야랑자대夜郎自大'라는 말을 낳았지만, 이 말과 마찬가지로 맹획은 남을 깔보는 데 익숙해져 있었다.

그런데 이게 웬일인가. 산줄기에 온통 한군 깃발이 늘어서 있지 않은가. 삼련해에서 서녕하西寧河까지 8, 9백 리에 걸쳐, 적게 잡아도 20만 명의 병력이 주둔해 있는 모양이다. 여기에는 맹획도 놀랄 수밖에 없었다.

그러나 야만인의 심리는 놀라기는 할망정 결정적으로 두려워할 줄은 모른다. 맹획은 면산 기슭에 진을 쳤다. 그런 짓을 해도 산으로 통하는 길은 모두 한군에게 막혀 있으니까, 그가 들소처럼 고함을 지르며 돌진해봤자 아무 소용도 없다.

맹획은 산으로 올라가려고 했지만, 나무와 돌이 비 오듯 쏟아져 내린다. 아무리 튼튼한 몸을 갖고 있어도 이래서는 죽을 게 뻔하다. 대담한 맹획도 어쩔 수 없이 산 아래 진지로 돌아와, 한군이 나오면 마음껏 싸우기로 작정했다.

한편, 여개의 전령이 성도에 도착하여 남만족이 반란을 일으킨 것을 알게 된 유선은 당장 법정을 불러 여개의 보고서를 보여주었다. 법정은 그것을 읽고는 이렇게 말했다.

"말씀드리겠습니다. 공명 원수께서 이 성도에 계실 때 벌써 남만의 반란에 대한 예방책을 강구하여, 여개를 월수 태수로 임명하시고 4개 군의 군사를 총괄하게 하셨습니다. 이것으로 오랑캐족은 억누를 수 있을 것입니다. 여개의 보고서에 따르면 월수에는 병력 3만, 기마 5천 필, 군량 10년분이 있고, 무기도 충분합니다. 맹획의 4, 5만 병력을 여 개가 막지 못할 리가 없습니다. 이제 조금만 기다리시면 승전보가 날 아올 것입니다."

"위나라를 공격하는 전군前軍은 지금이 중요한 때일 텐데, 촉에서 이런 소동이 일어나 빨리 수습을 하지 못하면 전선에 나가 있는 병사 들의 마음도 동요할 거요. 당장 원군을 보내 빨리 평정해야 할 것 같은 데……."

"지당하신 말씀이옵니다."

"하지만 누구를 보내면 좋겠소?"

"촉에 남아 있는 장수 엄안은 지금 낭중에 주둔해 있는데, 이 낭중 도 손을 뗄 수 없는 요충입니다. 다른 무장들은 모두 역부족입니다. 오 직 한 사람, 이 임무를 맡을 수 있는 사람은 세자 저하께서 직접 말씀하 시지 않고는 움직일 수 없습니다."

"그 사람이 대체 누구요?"

"공명 원수의 부인인 황부인이십니다."

"황부인께 그런 힘이 있다는 말은 듣지 못했는데……."

"못 들으신 게 당연합니다. 저도 전에 조자룡한테서 처음 들었습 니다. 자룡은 한중왕 전하께 들었고, 한중왕 전하께서는 수경 선생 사 마휘司馬徽에게 들으셨다고 합니다. 공명 원수는 젊은 시절 아내가 될 만한 여자를 골랐는데, 조건이 너무 까다로워서 좀처럼 마땅한 여자 가 없었답니다. 그런데 밖에 놀러 나갔다가 우연히 황승언의 집에서 쉬게 되었는데, 승언은 집에 없고 승언의 따님과 하녀 둘밖에 없었답 니다. 따님은 하녀에게 차를 끓이라고 이르고, 자신은 부엌에 가서 요리를 시작했답니다. 잠시 뒤에 따님은 산해진미를 날라다가 식탁 위에 늘어놓더랍니다. 공명 원수는 황승언이 부자가 아니라는 것을 알고 있었고, 하인이 시장에 반찬거리를 사러 나간 기색도 없었습니다. 그런데 어떻게 이런 호화로운 식탁을 준비할 수 있었는지 의심스러워서, 취한 척하고 그날 밤에는 그 집에서 잠을 잤답니다. 그러자 밤중에 뒤뜰 쪽에서 소나 말이 오가는 듯한 소리가 들리더랍니다. 공명 원수가 문틈으로 밖을 살펴보니, 따님이 집 안에서 목우木牛와 목마木馬를 끌어내어 하녀에게 경작과 수확을 시키고 있더랍니다. 그 댁에서 평소에 먹는 음식은 이렇게 밭을 갈아 충당하고 있었다는 것입니다. 공명 원수는 이것을 보고 깜짝 놀라서, 이튿날 당장 수경 선생에게 중매를 서 달라고 부탁했답니다. 공명 원수는 재능이 뛰어나다는 평판이 높았기 때문에, 황승언도 첫마디에 승낙하여 혼인이 성립되었답니다. 당시 사람들은 '공명이 색시를 너무 고르다가 추녀를 얻었다'고 수군거렸답니다."

"그렇소? 하지만 내 누이가 공명 원수의 아들(제갈첨)에게 출가했을 때 황부인을 만나뵌 적이 있지만, 단정하고 정숙하여 전혀 추녀로는 보이지 않았는데……."

"바로 그 점이 황부인의 현명하신 점입니다. 당시에는 황건적이 횡행하여 중국 전역이 뒤흔들렸지요. 민간의 아름다운 처녀는 거의 다 황건적에게 납치당했습니다. 황부인은 일부러 추하게 꾸며, 보는 사람이 저도 모르게 뒷걸음질칠 정도였답니다. 공명 원수께 출가한 뒤에야 이웃 사람들이 신부를 보고는 모두 '하늘에서 내려온 선녀 같다'고 놀랐답니다. 그래서 아까 말씀드린 쑥덕공론은 서서히 사라져갔답니다. 오랑캐족은 귀신을 믿고 있습니다. 황부인은 기문둔갑술奇門遁甲術에 정통해 있으므로 10만 대군도 능히 물리칠 수 있을 것입니다."

유선은 크게 기뻐하며, 몸소 관원을 데리고 승상부로 황부인을 찾아 갔다.

공명의 아들 제갈첨의 아내, 즉 유선의 누이는 오라비가 찾아오자 시어머니인 황부인을 불러냈다. 황부인이 물었다.

"일부러 여기까지 왕림하신 것은 어찌 된 연유이십니까?"

"오나라가 사신을 보내어 남만 대왕 맹획을 부추겨 월수로 진격하게 했습니다. 그 세력은 실로 막강합니다. 저는 사부인께 출마를 간청하러 찾아왔습니다."

황부인은 웃으며 말했다.

"세자 저하께서는 효직(법정)의 부추김을 받으셨군요."

유선은 숨기지 않고 대답했다.

"그렇습니다."

"효직은 주군을 보좌하는 중책을 맡아 촉의 정치를 움직이는 입장에 있으면서, 작은 오랑캐족을 제압하지 못하고 저 같은 아낙네를 끌어내려 한단 말씀입니까?"

"효직은 이미 파병을 결정했습니다. 그런데 그 부대를 이끌 사람은 사부인밖에 없다는 것입니다."

"모두 나라를 위해 애쓰고 있으니 저도 수고를 아끼지 않겠습니다. 그러면 돌아가서서 효직에게 '군대를 내보내봤자 쓸데없이 힘을 쓸 뿐이니, 당신은 반드시 출정하지 않아도 좋다'고 전해주십시오. 저는 며칠 내로 월수로 떠나겠습니다. 그리고 여개 앞으로 '황부인이 이제 곧 월수에 가니, 싸우지 말고 성을 굳게 지키면서 기다리라'는 내용의 편지 한 통만 써주십시오."

유선은 책상 앞에 앉아 황부인이 부르는 대로 받아 써서 황부인에게 주고 돌아갔다. 그리고 법정에게 자초지종을 이야기하며 서로 기뻐했다.

그런데 이 이야기를 듣고 낙담하며 걱정에 사로잡힌 사람은 유선의 누이이자 제갈첨의 아내인 금성공주錦城公主다. 오빠 유선이 찾아와 남만이 반란을 일으켰다고 말하면서 시어머니 황부인의 출마를 요청하자, 황부인은 그것을 승낙했다. 그 때문에 금성공주는 기운을 잃고 걱정에 빠져버린 것이다.

시어머니는 평소 정숙하고 말수도 적으며, 신중하고 검소한 분이다. 이번처럼 의표를 찌르는 행동을 하는 것은 한 번도 본 적이 없었다. 전에 시아버지 공명 원수가 편지를 보내어 지뢰와 화포 따위를 요청했을 때 시어머니가 직접 창고 안에서 그것들을 꺼내는 것은 본 적이 있지만, 그것은 미리 준비해둔 물건을 꺼낸 것에 불과하다. 그런데 이번에는 직접 오랑캐를 정벌하러 가겠다는 것이다. 그뿐만이 아니다. 시어머니는 오빠에게 '군대를 내보낼 필요는 없다'고 말씀하셨다. 시어머니는 어떻게 맨손으로 맹획을 쳐부술 수 있을까. 그러나 금성공주는 그런 걱정을 입 밖에 내지 않고 가만히 지켜보기로 했다.

그날 밤 공주는 시어머니를 침실까지 모셔다드린 뒤, 하녀 방으로 들어가 거기에 있던 시녀들에게 일렀다.

"아무 소리도 내지 마라."

오후 8시경, 황부인 방에서 바스락거리는 소리가 나기 시작했다. 금성공주는 창밖에서 살며시 훔쳐보았다.

황부인은 상자 안에서 종이연을 꺼내더니, 오빠의 편지를 연에 매달고 주문을 외기 시작했다. 그러자 종이연은 순식간에 진짜 솔개로 변하여 창밖으로 날아갔다.

금성공주는 깜짝 놀라 몸을 가누지 못하고 쓰러지는 바람에, 황부인을 모시는 시녀에게 들키고 말았다. 황부인은 공주를 방으로 불러들여 잠자기 전의 인사를 나눈 뒤 이렇게 물었다.

"새아가, 밤중에 무슨 볼일이냐?"

"어머님께서는 언제 월수로 떠나십니까? 저는 수레 따위를 미리 준비해두고 싶어서……."

"나는 오늘밤 자정에 떠난다. 수레도 말도 필요 없다. 너는 집을 잘 지키고 있거라."

금성공주는 이 말을 듣자 오히려 호기심이 동했다. 그래서 "저도 함께 월수로 데려가주십시오" 하고 졸라대며 황부인이 뭐라고 해도 듣지 않는다.

황부인은 슬하에 외아들 첨과 며느리 금성공주를 두었을 뿐이다. 게다가 이 며느리는 유비의 아내인 감부인이 낳은 딸인데, 감부인은 형주에서 죽을 때 어린 딸을 황부인에게 맡겼다. 첨과 공주는 감부인의 병상 앞에서 혼약을 맺었다. 유비가 공주를 끔찍이 사랑하는 것은 그 때문이기도 하다. 공주도 황부인에게 효도를 다하고 있었다.

황부인은 나이를 먹어 더욱 너그럽고 상냥해져 있었기 때문에, 공주의 부탁을 거절하지 못하고 결국 공주를 데려가기로 했다. 황부인은 공주에게 방으로 돌아가 목욕하고 기다리라고 일렀다.

이윽고 황부인은 별을 아로새긴 관을 쓰고, 붉은 옷을 입고, 운리雲履라고 부르는 가죽신을 신고, 칠성보검을 차고 나타났다. 그러자 천장에서 사륜차 한 대가 슬금슬금 내려왔다.

팔각형 수레에는 물감이 칠해져 있고, 소나기구름 모양의 덮개가 덮여 있었다. 그러나 마부도 없고 말도 없다. 공주는 의아하게 생각했지만 아무 말도 하지 않았다. 그러자 황부인은 공주를 나뭇잎처럼 가볍게 들어올려 수레 뒤에 태우고 자신은 앞에 올라탔다. 그러고는 보검을 한 번 휘두르자 수레는 평지에 풍운을 일으키며 공중으로 떠올랐다. 사방에서 천둥소리가 울리고 번개가 쳤다. 금성공주는 무섭기도 했지만 가슴이 설레기도 했다. 그때 문득 이런 생각이 떠올랐다.

'나중에 집으로 돌아가면 어머님께 부탁해서 의양까지 이 수레를 태워달라고 해야지. 서방님을 만나고 싶어.'

그러자 어찌 된 셈인지 수레가 가라앉기 시작했다. 황부인은 "쓸데없는 생각을 하면 안 된다"고 야단을 쳤다. 금성공주가 당황하여 얼른 마음을 비우자 수레는 다시 위로 올라갔다.

한편, 월수의 여개는 밤에도 자지 않고 맹획의 공격에 대비하고 있었다. 오후 10시경, 느닷없이 창밖에서 새가 날아 들어와 책상 위에 앉았다. 여개가 놀라서 바라보니 그것은 종이연이었다. 그 발목에 편지가 매달려 있었다. 급히 편지를 풀어서 펴보니, 글씨는 유선의 필적이고 내용은 군사 통신문이다. 편지에 따르면 제갈 원수의 부인인 황부인이 이제 곧 월수에 갈 테니, 조용한 방을 두 칸 준비해놓고, 황부인의 지휘에 따라 행동하라는 것이었다.

여개는 의아하게 생각했다. 전쟁터에 무엇 때문에 황부인이 와야 하는가. 그건 그렇다 쳐도, 이 종이연이 날아온 것은 정말 괴이하기 짝이 없다. 어쩌면 황부인은 술법을 쓸 줄 아는 분이 아닐까. 어쨌든 여개는 부하들을 시켜 방을 깨끗이 청소해놓고 기다리기로 했다.

이윽고 새벽 4시경, 동이 틀 무렵에 여개는 천둥소리를 듣고 안뜰로 나와 하늘을 쳐다보았다. 그러자 뇌차雷車 한 대가 하늘에서 내려오고, 수레 위에는 도술사 차림을 한 부인이 단정하게 앉아 있다.

여개는 이 사람이 바로 황부인이로구나 하고 생각하며 앞으로 나아가 절을 하고 말했다.

"제갈 부인이십니까?"

"그렇습니다. 여 태수이십니까?"

"여개라고 합니다."

수레에서 내린 황부인은 금성공주를 부축하여 수레에서 내려준 뒤 소매를 털었다. 그러자 사륜차는 순식간에 공중으로 날아가버렸다.

여개는 마음속으로 갈채를 보내고, 황부인과 공주를 방으로 안내했다. 황부인 앞에서 여개가 문안을 드리려 하자 황부인이 말렸다.

"이렇게 긴급한 시기에 그런 인사는 차리지 않으셔도 좋습니다."

여개가 "이분은 누구십니까?" 하고 묻자, 황부인은 대답하기를,

"내 며느리 금성공주입니다."

여개가 당황하여 공주에게 절을 올렸다.

공주도 답례하며 말했다.

"여 태수, 수고가 많으십니다. 인사는 차리지 않으셔도 됩니다."

황부인이 다시 입을 열었다.

"태수께서는 잠시 쉬십시오. 오늘 사시(巳時: 오전 10시경)에 다시 저와 둘이서 대량산의 적을 시찰하고, 그런 다음에 작전을 세웁시다. 병사들에게 무슨 일이 있어도 소동을 부리지 말라고 명령해주십시오."

"알겠습니다."

여개는 일단 물러갔다가 아내와 시녀를 데리고 다시 나타나 차를 권

하며 황부인과 금성공주를 극진히 대접했다.

황부인은 갈아입을 옷을 준비하라고 명령했다. 그 늠름한 목소리에 여개의 아내는 고개도 들지 못했다. 황부인은 놀라게 해서 미안하다고 사과했지만, 그래도 여개의 아내는 황부인을 감히 똑바로 쳐다보지 못하고 곁눈질로 힐끔거리는 것이 고작이었다.

보아하니 황부인의 나이는 서른일곱이나 서른여덟 살. 아름다운 눈썹에 봉황처럼 고운 눈, 하얀 이에 붉은 입술, 온화한 가운데에도 굳세고 용감한 기상이 있다. 한편 금성공주는 열여섯이나 열일곱 살. '침어낙안沈魚落雁, 폐월수화閉月羞花'라는 말 그대로, 그 미모 앞에서는 아름다운 달과 꽃도 부끄러워한다. 그 아름다운 모습을 보면 물고기도 물에 빠져죽고, 하늘을 날아가던 새조차 넋을 잃어 날갯짓하기를 잊어버리고 추락한다.

그런데 바람이 불면 날아갈 것 같은 이런 미녀가 남방을 평정하러 오다니. 정말 괜찮을까.

황부인은 휴식을 취하고 싶으니 그만 물러가라고 말했다. 그래서 여부인은 시녀들과 함께 방을 나갔기 때문에 황부인에 대한 그녀의 감상은 여기서 줄인다.

금성공주가 황부인에게 물었다.

"성도에서 여기까지 얼마나 떨어져 있나요?"

"2천 리쯤 되겠지."

금성공주는 어이가 없어 말이 나오지 않았다. 두 사람이 잠시 쉬다 보니 어느덧 사시가 되었다.

여개가 나타나 황부인에게 물었다.

"대량산에 올라가실 때는 가마를 타시겠습니까, 천마川馬를 이용하시겠습니까?"

"천마를 타겠습니다."

천마란 진천秦川 땅에서 나는 조랑말을 말하는데, 여개는 이미 천마를 두 마리 준비해놓았다. 여개가 황부인을 안내하여 대량산을 올라가, 이윽고 꼭대기에 이르렀다. 산꼭대기에 여개의 진지가 있었다. 말에서 내린 황부인과 공주 앞에 장수들이 차례로 나와서 절을 올렸다.

황부인이 진문에 서서 내려다보니, 남만 병사들은 시끄럽게 떠들며 돌아다니고 있다. 황부인은 저도 모르게 빙긋 웃었다. 여개는 일일이 손으로 가리키면서 삼련해와 면산, 적의 통로와 주둔지 등을 설명했다.

황부인은 그것을 머릿속에 완전히 기억하고 진지로 돌아왔다. 여개는 황부인이 이제 이곳의 최고 지휘관이 되었기 때문에 태수의 인수印綬를 바쳤다. 그러자 황부인은 이렇게 말했다.

"여 태수는 국가의 중신이고, 공명 원수가 특별히 발탁한 인물이십니다. 제가 여기 온 것은 세자 저하께서 태수를 도우라고 명령하셨기 때문입니다. 부디 쓸데없는 일에는 마음을 쓰지 마십시오. 제 계획을 태수께서 실행해주시기만 하면 됩니다."

그리고 우선 정예병력 2천 5백 명을 선발하여 상반신은 벌거벗고, 빨강·파랑·노랑·하양·검정 등 다섯 가지 색깔을 얼굴에 칠하고, 몸에는 극채색으로 그림을 그리고, 머리를 산발하게 했다.

그런 다음 오색 깃발을 5백 개 준비하여, 그중에서 가장 큰 깃발 다섯 개에 부인이 인문印紋을 써서 다섯 부장에게 주었다.

부장들은 각자 병사 5백 명을 이끌고 적진을 습격한다. 적군이 나오면 서서히 물러서서 적의 추격을 유인한다. 뒤는 돌아볼 필요가 없다. 적이 물러서면 이쪽에서는 또 전진한다. 그런 일을 되풀이하되, 절대로 같은 장소에 오래 머무르면 안 된다.

황부인은 이런 훈령을 내린 뒤 여개에게 말했다.

"태수께서는 정예병력 1만을 이끌고 삼련해에 매복해 있다가, 산 위에서 천둥이 울리면 박차고 나오십시오. 또한 왕항王优에게 병력 5천을 주어, 적이 철수하면 추격하여 치중(輜重: 군수품을 나르는 수레)을 빼앗게 하십시오."

그런 다음 황부인은 공주와 함께 산 위의 진지에서 구경하는 자세를 취했다.

한편, 맹획은 한 달 남짓 주둔해 있다 보니 처음의 기세도 시들어버려, 어떻게 한군을 공격해줄까 하고 골머리를 썩이던 참이었다. 그런데 그때 산 위에서 느닷없이 기묘한 색깔을 한 다섯 부대가 나타났다. '어쩌면 저토록 추악한 색깔이 다 있을까.' 맹획은 그렇게 생각하자, 상대가 인간이든 요물이든 상관하지 않고 추격하러 나갔다.

그런데 어찌 된 셈인지, 한군은 분명 눈앞에 있는데 도무지 따라잡을 수가 없다. 부하들에게 화살을 쏘게 해도 화살은 맥없이 땅으로 떨어질 뿐이다. 한군이 큰 깃발을 휘두르자 느닷없이 세찬 바람이 일어나 모래와 돌멩이를 날리고 귀신의 울음소리가 들린다. 남만군은 겁에 질려 퇴각하기 시작했다.

한군은 맹획의 진지를 습격하여 종횡무진으로 휘젓고 다니는데, 꼭 무인지경을 다니는 것 같았다. 남만군은 전혀 가까이 가지 못한다. 조금 지나자 하늘에 먹구름이 낮게 깔리더니 짙은 안개가 주위를 뒤덮었다.

맹획은 '안 되겠다'고 생각하여 퇴각 명령을 내렸다. 그들을 왕항의 부대가 추격한다. 오로지 살고 싶은 마음뿐인 남만군은 무기도 갑옷과 투구도 모두 내팽개치고 삼련해 쪽으로 달아났다.

삼련해에 도착했을 때, 하늘에서 갑자기 천둥이 울리더니 맹획은 말과 함께 함정에 빠져버렸다. 그러자 한군 복병들이 달려들어 맹획을 꽁꽁 묶었다. 거기에 여개의 병력 1만이 줄지어 나타났다. 예로부터 '뱀도 머리가 없으면 나아가지 못한다'는 말이 있듯이, 맹획이 사로잡힌 것을 본 남만군은 모두 땅에 엎드려 투항했다.

여개는 남만병 두목 20여 명을 묶어 대량산 진지로 끌고 가서 황부인 앞으로 데려갔다.

황부인은 높은 대 위에 도복 차림으로 앉아 있고, 금성공주는 정식 복장에 칼을 차고 황부인 옆에 서 있다. 여개가 맹획을 비롯한 두목들을 끌고 와서 황부인 앞에 무릎을 꿇게 했다. 그러자 황부인은 이렇게 꾸짖었다.

"역적 맹획아, 어찌하여 남의 말을 곧이듣고 경계를 침범했느냐. 이 것은 모두 네 동생 맹우孟優 탓일 것이다. 얘야, 칼을 날려 저 목을 쳐라."

금성공주가 보검을 한 번 휘둘렀다. 그러자 한 줄기 하얀 빛이 날아가더니 맹우의 목이 땅으로 떨어졌다.

그것을 보고 간담이 서늘해진 맹획과 두목들은 머리를 조아리고 울면서, 앞으로는 절대로 변경을 침입하지 않겠으니 제발 투항을 받아달라고 애걸했다. 황부인은 남만족이 '맹세'를 중요하게 생각한다는 것을 알고 있었기 때문에, 그러면 맹세를 해보라고 명령했다.

그러자 맹획은 맹세하기를,

"우리가 다시 변경을 침범하면 제 목에 벼락을 다섯 번 내리십시오."

황부인이 손을 살짝 움직이자 갑자기 천둥이 울렸다. 남만군 병사들은 넋이 달아나버릴 만큼 놀랐다.

그런 다음 황부인은 여개에게 명령하여 맹획 일행을 풀어주었다. 맹획은 부하들을 데리고 급히 고향으로 돌아가, 꿈속에서도 사천 경계를 침범하지 않았다.

황부인은 여개에게 앞으로도 주의 깊게 변경을 지키라고 명령한 뒤, 공주와 함께 다시 뇌차를 타고 성도로 돌아갔다.

術에는 요술 따위가 존재하는 게 아니라, 요컨대 사람이 그것을 어떻게 쓰느냐에 달려 있다. 집에 현처가 있으면 후세에 이름을 남길 수 있다. 그러면 이 다음은 어찌 될 것인가. 다음 회를 기대하시라.

제 37 회

조운, 군대를 이끌고 구리관으로 가다
마초, 군량을 맹진역에서 태우다

황부인은 금성공주와 함께 다시 뇌차를 타고 성도로 날아갔다. 금성공주가 유선에게 보고하는 역할을 맡았다. 유선은 그 이야기를 듣고 경탄하며, 공주와 함께 공명의 승상부로 가서 황부인께 머리를 조아려 사례했다. 이어서 유선은 법정을 불러 보고서를 쓰게 하여 형주에 알렸다.

형주의 유비는 오나라 군대가 다섯 방면에서 진격해온다는 말을 듣고 몹시 걱정했지만, 유장이 영릉을 잃었을 뿐 그후로는 아무 일도 없는 것처럼 평온했기 때문에 걱정도 조금씩 누그러졌다. 그때 마속이 계양을 무사히 지키고 우번의 군대가 철수했다는 보고가 들어왔다. 게다가 장완이 몸소 군대를 이끌고 영릉을 탈환했으며, 사섭은 자살하고 오군은 궤멸했다는 소식이 알려졌다. 그런데 이번에 또 유선에게서 좋은 소식이 들어왔다. 황부인이 몸소 월수에 가서 여개와 왕항을 지휘하여 맹획을 생포하고, 남만족은 두 번 다시 반란을 일으키지 않겠다고 맹세했다는 것이다.

유비의 기쁨은 대단했다. 그래서 동궐董厥에게 이번 승리를 알리는 문서를 쓰게 하여, 위나라와 싸우고 있는 전선의 장병들에게 그 보고서를 보냈다. 그 문서 내용은 대충 다음과 같았다.

"손권은 순역順逆의 도리를 잊고 우의를 저버린 끝에 원수에게 가담

했으며, 역적에게 빌붙어 일신의 생존을 도모하고 그 귀축鬼畜의 기술을 제멋대로 남용했다. 북쪽으로는 하구를 범하고 서쪽으로는 강하를 침략했으며 동쪽으로는 영릉과 계양을 엿보고 남쪽으로는 월수를 넘보았다. 만족을 유인하여 나라를 혼란시키고 반역자를 받아들여 영토를 침범하니 전쟁터가 수천 리에 이른다. 어찌하여 국가의 역적이 아직도 제거되지 않아 백성의 삶을 위협해야 한단 말인가. 한왕조의 사직은 아직 쇠하지 않고 황천도 이를 돕는다. 우리 영토를 지키는 장수와 관리들은 용기를 내어 직분을 지키고, 진지의 무사들은 노고를 아끼지 않는다. 한 달 동안 장사 태수 장완에게서는 사섭을 죽이고 영릉을 탈환했으며 창오의 오군은 흔적도 없이 사라졌다는 보고가 날아왔다. 계양 태수 마속에게서도 오군 장수 우번이 미리 겁을 먹고 군대를 철수했다는 보고가 날아왔다. 또한 익주 태수 법정에게서는 월수 병사들이 만족을 크게 쳐부수고 맹획을 생포했다는 보고가 날아왔다. 다섯 방면에서 진격한 오군은 이미 세 방면에서 격파당했다. 이제 남은 자는 여몽과 서성뿐이다. 여몽과 서성은 연패한 뒤 강하와 하구조차 지키지 못하고 도망친 자들이니, 상류에 있는 우리 군대를 향해 거슬러 올라온다 해도 무엇이 두려우랴. 자신의 힘을 헤아리지 못하는 어리석음을 보일 뿐이다. 사마귀가 수레바퀴를 향해 앞발을 쳐드는 것처럼 무력한 저항일 뿐, 순간적으로는 살 수 있을지언정 머지않아 죽음이 닥쳐오리니. 장병들이여, 힘을 모으고 마음을 하나로 합쳐 이들 잔적을 소탕하라. 이는 나 혼자만의 행복이 아니라 고조와 세조의 영령도 축복해주실 것이다. 이를 천하에 널리 알리노라."

이 글을 받은 전선의 장수와 병사들은 용기백배하여 그 사기가 하늘을 찌를 듯했다. 그리고 이런 모습이 민간에 이야깃거리가 되어, 사람들의 입을 통해 널리 퍼져 오나라에까지 이르렀다.

　여몽은 형주의 수군과 근황斬黃 언저리에서 대치해 있었다. 한나라 수군과 육군은 상류에 자리잡고 있기 때문에, 여몽이 전력을 다해 치고 올라가도 마량과 향총이 변화무쌍한 임기응변으로 방어하니 여몽은 좀처럼 승리를 얻지 못했다.

　게다가 조운은 장기와 오반에게 강하를 지키게 하고, 유봉에게는 하구를 지키게 했으며, 자신은 마운록·엄수·요화·오의·오거와 함께 보병 2만, 기병 2만 2천을 거느리고 이미 말릉관을 공격하러 가고 있었다.

　조운은 오거에게 병력 3천을 주어 위군의 진로를 차단하고 수비에 전념하도록 했기 때문에, 위군도 감히 공격해오려고 하지 않았다. 조운은 이윽고 말릉관에 도착하여 요소를 골라 진을 치고, 서성의 부대와 맞아 싸울 태세를 취했다.

　여몽은 수군 진지에 있다가 세 방면으로 나간 오군이 이미 패배했다는 소식을 듣고, 눈앞에 있는 형주군도 더욱 기세를 올리고 있기 때문에, 이래서는 도저히 이길 수 없다는 것을 깨닫고 서성에게 급히 알려, 경솔하게 나가 싸우다가 적의 계략에 넘어가지 말고 말릉관을 굳게 지키라고 명령했다.

　그리고 여러 장수들과 의논하여 퇴각하기로 방침을 정하고, 이튿날 대대적인 공세를 폈다. 형주의 한군도 정면으로 맞아 싸웠기 때문에 육탄전이 벌어져 수많은 사상자가 나왔다. 날이 저물자 양쪽은 군사를 거두었지만, 자정 무렵 오나라 수군은 일제히 닻을 올리고 바람을 맞으며 하류의 구강으로 도망쳤다.

향총과 마량은 오군이 갑자기 사라졌기 때문에 이상하게 생각했지만, 적이 아직 뼈아픈 패배를 당한 것은 아니기 때문에 추격하지 않고 장병들에게 명령하여 엄중한 수비 태세를 취했다.

여몽은 구강으로 돌아가 손권에게 경과를 보고했다. 손권은 사섭이 죽었다는 말을 듣고 가슴을 치며 통곡했다.

"한 군데서도 이기지 못하고 좋은 장수만 잃었구나!"

그러고는 여몽에게 말했다.

"자명, 유비는 세력이 강성하니 지금은 싸울 때가 아니오. 나는 힘을 비축하여 나중에 다시 결전을 벌일 생각이오. 무의미한 군사 행동을 하여 병력을 소모해서는 아니 되오. 서문향에게 '말릉관에서 나오지 말고 굳게 지키라'고 명령하면 조운도 어쩔 수 없을 것이오."

여몽은 명령을 받아 서성에게 전달했고, 손권은 건업으로 돌아갔지만, 이 이야기는 여기까지.

한편, 말릉관의 조운은 열흘 동안 진을 치고 있었지만 오군은 지키기만 할 뿐 도무지 나오려고 하지 않는다. 그때 여몽이 퇴각했다는 소식이 들어오자 조운은 이렇게 생각했다.

'서성은 절대로 말릉관에서 나오지 않을 것이다.'

그래서 여러 장수들을 모아놓고 말했다.

"여몽은 구강으로 후퇴하여 거기에 군대를 주둔시켰다 하오. 서성은 절대로 나오지 않을 거요. 아군의 강하와 하구 수비는 완벽하므로, 우리는 이 틈을 타서 재빨리 구리관九里關 쪽으로 방향을 전환하여 여남汝南과 상채上蔡를 공격하고 허창의 동쪽을 뒤흔들어줄 생각인데, 여러분의 의견은 어떻소?"

장수들은 입을 모아 대답했다.

"명령에 따르겠습니다."

조운은 야음을 타고 후퇴하면서, 자신이 맨 뒤에 자리잡고 적의 추격에 대비했다. 오군은 조운의 부대가 모두 퇴각했다는 말을 듣고도, 말릉관에서 끌어내기 위해 일부러 그렇게 한 게 아닐까 의심하여 추격하지 않았다.

조운은 단숨에 구리관을 습격하고, 오거에게는 하구로 돌아가 유봉을 도우라고 명령했다. 한편 마량에게는 하구의 군사를, 향총에게는 강하의 군사를 총괄하게 하고, 형주에서 새로 1만 병력을 징발하여 하구 병력을 증원해달라고 한중왕에게 주청했다.

이어서 조운은 대군을 이끌고 번개처럼 빠르게 여남을 공격했다. 원래 여남에는 위군 장수 우금이 있었지만, 그는 서쪽의 양양을 공격하라는 명령을 받고 떠난 지 보름도 지나지 않았기 때문에 이쪽은 전혀 경계하고 있지 않았다.

조운의 기마대는 구리관에서 침입하여 밤낮으로 달렸기 때문에 놀랄 만큼 빨랐다. 우금이 돌아와서 맞아 싸우려 했지만 이미 때는 늦어, 여남은 눈 깜짝할 사이에 조운에게 점령당하고 말았다.

여남을 얻은 조운은 당장 병력 5천을 엄수와 요화에게 나누어주고, 상채와 언릉鄢陵을 공격하게 했다. 이 두 곳은 완성·섭현·허창의 후방에 자리잡고 있기 때문에, 앞에서 오는 촉군에 대비하여 앞쪽에 병력이 집중되어 있어서 뒤쪽은 수비가 허술했다. 그래서 변변히 저항도 하지 못하고 둘 다 함락되었다.

조운은 기세를 타고 무양과 심구沈丘 등 각지를 차례로 공략하면서 임영臨潁으로 다가갔다. 그 결과 허창이 동요했고, 무양과 방성 방면의 촉군이 연계를 취할 수 있게 되었기 때문에, 양양을 공격하러 간 우금은 오히려 동백과 지원泚源 방면에서 고립되고 말았다.

관우는 남양에서 조운의 소식을 듣고 기뻐했지만, 한편으로는 조금 걱정이 되었다. 조운이 적의 성 10여 개를 연파하여 허창이 앞뒤에서 협공당하는 꼴이 된 것은 기뻤지만, 아무리 조운이라도 적진 깊숙이 들어가 있으면 언제 역습당할지 모르기 때문이었다.

그래서 관우는 방성에 있는 최기와 황무를 남양으로 불러, 각각 병력 5천을 이끌고 무양을 통해 언릉으로 가서 조운의 휘하에 들어가라고 명령했다. 또한 마초에게 급히 알려 관색에게 등봉 수비를 맡기고, 관흥을 방성으로 보내어 장비를 응원하게 했다. 조루는 겹욕으로 보내고, 그대신 장포는 방성으로 가서 위군 장수 장요의 역습에 대비하게 했다.

조운은 최기와 황무의 부대를 새로 얻고, 현지에서도 건장한 젊은이들을 모집하여 1만 명을 각 부대에 나누어 배치하고, 길을 안내하는 역할도 겸하게 했다.

한편, 허창의 조조는 불과 사흘 동안 10여 개의 성을 잃었다는 급보가 잇따라 날아들자, 강병을 모두 외지로 파견했기 때문에 수비가 허술해져 이런 사태를 빚었다는 것을 알고 놀라움과 두려움에 사로잡혔다.

합비의 조진은 어떻게 되었을까? 그러나 그쪽에서 오는 통신은 두절되어 있다. 어쨌든 조조는 문무백관을 모아놓고 말했다.

"나는 촉군과 대치해 있는 전군前軍에 용장과 정예병력을 모두 보냈소. 물론 나도 방비를 잊고 있었던 것은 아니오. 조운이 장강 주변에서 오군과 싸우고 있었다면 우리를 공격해올 여력은 없었을 것이오. 그런데 누가 알았겠소. 조운은 온몸이 담력으로 똘똘 뭉친 인물이어서, 천릿길을 달려와 우리의 방비가 허술한 틈을 타서 구리관을 단숨에 돌파하고 곧장 진격하여 10여 개 성을 잇따라 연파했소. 합비의 조진, 동백의 우금과도 연락이 끊어지고, 조운은 방성·무양과 연락하여 허창을 엿보는 태세를 갖추었소. 적이 이렇게 깊이 쳐들어와 제멋대로 날뛰고 있으니, 우리는 과연 어찌하면 좋겠소?"

문무백관은 서로 얼굴만 마주 볼 뿐 아무 말도 없다. 그러자 화흠이 입을 열었다.

"삼가 아뢰옵니다. 조운은 우리 방비가 허술한 틈을 타서 여남과 상채를 빼앗고 무양과 언릉을 점령했지만, 그 병력은 모두 경기병뿐입니다. 깊이 들어온 것은 좋지만 후원이 없습니다. 조자단(조진)이 합비에 있고, 우문칙(우금)이 동백에 있으며, 신비辛毗·고당융高堂隆·왕관王觀·조엄趙儼이 임영을 굳게 지키고, 장문원(장요)의 대군이 섭현에 있으니, 조운은 냄비 속의 물고기나 마찬가지입니다. 청주(산동)에서 뱃길로 사신을 보내어 오나라에 연락을 취하여 손권에게 이렇게 명령해주십시오. '말릉관 병력을 이동하여, 합비의 조자단과 함께 서쪽으로 나아가 조운을 공격하라'고 말입니다. 그리고 장문원을 통해 우문칙에게 명령하여, 동백의 병력을 여남으로 옮겨 조운의 퇴로를 차단하게 하십시오. 그리고 장문원에게도 기회를 보아 무양을 공격하게 하면 조운과 관우·장비 사이의 연락을 끊을 수 있습니다. 이렇게 대군이 사방에서 몰려오면, 아무리 조운이 하늘로 오르는 능력을 갖고 있다 해도 이 포위망을 벗어나지는 못할 것이옵니다."

조조는 화흠의 말에 동감하고, 우선 진군을 청주에서 뱃길을 통해 건업으로 보내고 화흠을 섭현으로 보내는 한편, 정욱을 임영으로 보내어 신비를 비롯한 네 장수의 부대로 요소를 굳게 지키며 나머지 세 방면의 행동을 기다리라고 명령했다.

동백의 우금은 군대를 정비하여 최초의 명령대로 양양을 공격하려고 했지만, 출발하기 직전에 파발마가 달려와 이렇게 전했다.

"조운이 구리관을 돌파하여 여남을 빼앗고, 강대한 병력으로 아군의 귀로를 완전히 차단했습니다."

또한 양양에 파견한 첩자도 돌아와서 이렇게 전했다.

"서서가 병력 1만을 이끌고 양양을 지키고 있습니다."

우금은 놀라움이 겹치자 어찌해야 좋을지 갈피를 잡을 수가 없었다. 그때 염온과 두칙이 나타났다.

두 장수는 명령을 받고 오군과 함께 하구를 공격하려고 했지만, 가는 도중에 하마터면 조운군과 마주칠 뻔했다. 그들은 공격당할까 봐 두려워서 산 속에 숨어 있다가, 조운이 승리를 거듭하는 바람에 결국 귀로를 차단당하고 우금에게 도망쳐 온 것이었다.

자세한 이야기를 들은 우금은 저도 모르게 발을 동동 구르며 말했다.

"장군들이 구리관을 지켜주었다면 조운도 나는 듯한 기세로 침입할 수는 없었을 텐데. 일이 이 지경에 이르렀으니 이제는 어쩔 수 없소. 우리가 조운의 퇴로를 막읍시다."

두 장수가 승낙하자 우금은 조조의 명령도 기다리지 않고 모든 병력을 모아 기병과 보병 3만여 명을 이끌고 여남으로 가서 조운을 맞아 싸우기로 했다.

한편, 양양의 서서는 조운이 여남을 공격하고 허창으로 밀어닥칠 기세라는 말을 듣고, 너무 깊이 들어간 것을 걱정했다. 그러나 위군은 조운 때문에 양양으로 진격할 여력을 완전히 잃어버렸을 것이다. 서서는 관평과 함께 남양으로 돌아가 관우를 만났다. 그리고 지금 상태로는 양양에서 갑자기 전투가 벌어질 염려는 없지만, 조운의 고립된 군대가 걱정이라고 말했다. 그러자 관우는 이렇게 말했다.

"원직의 말은 옳지만, 조자룡도 모처럼의 승세를 포기하고 돌아설 수는 없을 것이오. 나는 이미 황무와 최기에게 병력 1만을 주어 응원군으로 보내두었소."

"확실히 자룡은 기세를 타고 있습니다. 전군前軍의 가장 중요한 요처는 무양입니다. 장군께서 직접 나가셔서 무양에 진주하여 방성과 여남의 기세를 더욱 높여주십시오."

관우는 서서의 말에 따라 관평과 주창을 남양에 남겨놓고, 서서와 함께 기병 5천, 보병 2만을 거느리고 무양에 진주했다. 아울러 장비에게도 이것을 알렸다.

관우가 무양에 도착하자 방여와 방풍 형제가 나와서 맞이했다. 관우는 두 사람의 노고를 치하한 뒤, 당장 두 사람에게 병력 1만을 주어 무양성에서 10리쯤 떨어진 곳에 진지를 쌓고 위군을 막게 했다. 이 말을 들은 조운은 사방의 포위망 가운데 한 곳이 줄어든 것을 알고 크게 기뻐했다.

그러면, 이제 마초의 상황을 살펴보자.

마초는 언사현에서 낙양에 이르는 지역에 주둔해 있었는데, 누이동생 마운록과 그 남편 조운이 전군을 이끌고 구리관을 돌파하여 여남을 빼앗은 뒤 불과 닷새 동안 10여 개 성을 빼앗고 허창으로 바짝 다가 갔다는 소식을 듣고는 크게 기뻐했다.

또한 관우가 무양에 진주하여 누이와 조운을 응원해주었다는 말을 듣고 기뻐서 가슴이 뛰었다. 그래도 마초는 냉정했다. 관우의 후방이 공격당하면 곤란하다고 생각하여, 유염에게 병력 5천을 주어 관평 및 주창과 교대하게 하고, 관평과 주창에게는 무양으로 가서 관우를 도우라는 지시를 내렸다.

유염은 당장 남양으로 가서 관평과 주창의 병력 8천을 인수했다. 관평과 주창은 급히 무양의 관우에게로 달려갔다.

관우는 이런 마초의 조치를 알고 웃으면서 서서에게 말했다.

"맹기(마초)는 내가 제 누이한테 가세하자 그 보답으로 관평을 나한테 보내준 거요. 공적으로나 사적으로나 정말 치밀한 배려가 아니오? 유염은 예민하고 교양이 깊으니 남양도 충분히 지켜낼 수 있을 거요."

그래도 관우는 새삼 유염에게 남양을 굳게 지키라고 당부하고, 서서를 여남으로 보내면서 조운을 도우라고 지시했다. 이어서 관우는 마초에게 대충 다음과 같은 내용의 편지를 보냈다.

"조자룡은 용맹한 장수로서 총명하고 능력도 있소. 우리 형제도 맹기 못지않게 자룡을 깊이 존경하고 사랑하오. 맹기는 위로는 나라를 위하고 아래로는 친척을 위하여 세상에서도 보기 드문 정성을 다하고 있소. 병력을 나누어 수비를 강화하여, 나로 하여금 마음놓고 적과 싸울 수 있게 해준 것에 그 마음이 가장 두드러지게 나타나 있소. 나는 맹기의 배려에 따라 원직을 자룡에게 보내어 보좌하게 했소. 나와 익덕이 자룡의 무예와 원직의 지략을 후원하여 추호도 차질이 없도록 애쓸 것이오⋯⋯."

마초는 이 편지를 읽고 감격하여, 그날로 당장 군대를 정비하여 서쪽의 적과 맞섬으로써 동쪽의 긴장을 누그러뜨리기로 마음먹었다. 강유는 그것을 알고 이렇게 진언했다.

"대장께 말씀드리겠습니다. 아군은 언사에서 낙양에 걸쳐 위군의 교통을 차단하고 있습니다. 거기에 대하여 위군은 오창의 식량을 맹진역盂津驛에서 신안으로 보냈기 때문에, 사마의의 군대에는 동요가 일어나지 않고 있습니다. 제가 들은 바에 따르면 현재 맹진역에 군량 80만 석이 저장되어 있고, 이것을 수송하는 위군 장수는 전만과 허의라고 합니다. 대장과 마대 장군께서는 오늘 밤 병력 5천을 이끌고 위군 진영을 습격해주십시오. 저와 문앙 장군은 맹진역으로 가서 위군의 군량을 불태우겠습니다. 군량을 잃으면 적군의 마음은 뿔뿔이 흩어질 것입니다."

마초는 이 말을 듣고 크게 기뻐하며 당장 작전을 실행에 옮기기로 했다. 그리고 제갈첨·마개·한옹 등 세 사람에게는 본진을 지키게 했다.

오후 10시경, 마초의 부대는 위군 수송부대 본진에 도착하자 단숨에 공격을 개시했다. 허의와 전만은 한군의 공격을 경계하고 있었기 때문에, "야습이다!"라는 말을 듣자마자 싸우러 나왔다. 마초와 마대가 허의 및 전만과 대결하고 있는 것을 옆눈으로 보면서, 강유와 문앙은 맹진역으로 달려갔다. 그곳에 도착한 것이 오전 2시경이었다. 역을 지키는 장병들은 앞에 아군이 있기 때문에 완전히 무방비 상태로 마음 놓고 코를 골며 자고 있었다.

강유와 문앙이 사방에 화약을 뿌리고 불을 지르자, 장병과 마필 그리고 군량은 순식간에 불길에 휩싸였다. 타오르는 불길은 하늘까지 치솟아 맹진 하구河口를 새빨갛게 비추었다. 누래야 할 황하의 강물이 붉어져 홍하紅河로 변했다 해도 과언이 아니었다. 그만큼 큰 불길이었다.

언사성에 있던 조창은 한군이 야습해 온 것을 알자 철기 5천을 이끌고 구원하러 갔다. 조창은 허의와 전만이 밀리는 기색인 것을 보고 말을 달려 마초에게 덤벼들었다. 그 결과 마대가 혼자서 허의와 전만을 상대하게 되었는데, 마대에게는 힘겨운 싸움이었다.

그러나 강유와 문앙은 불을 다 지르자 곧장 돌아와 뒤쪽에서 위군 진지 안으로 돌진했다. 그리고 중앙을 돌파하자 여기에도 사방에 불을 질렀다.

위군이 혼란에 빠져 우왕좌왕하는 가운데 문앙이 허의의 빈틈을 노려 뒤에서 찌르려고 했다. 전만이 그것을 보고 문앙을 막았지만, 뒤이어 나타난 강유에게 왼팔이 찔리자 창을 버리고 달아났다.

강유는 곧 마대에게 가세했고, 문앙은 마초에게 가세하러 갔다. 조창은 한군의 기세가 왕성하고 군량도 불타버렸기 때문에, 허의에게 명령하여 퇴각하기 시작했다. 당연한 일이지만, 가장 강한 조창이 맨 뒤에서 한군의 추격을 막으며 언사성으로 돌아갔다.

마초는 이미 승리를 얻고 전과도 올렸기 때문에, 무리하여 추격하지 않고 진지로 돌아와 장병들에게 후한 상을 주었다. 그리고 전령을 보내어 공명에게 알리고 이렇게 전했다.

"신안으로 운반될 예정이었던 군량은 모두 타버렸으니 원수께서는 진격하십시오."

민지의 공명은 조운이 위나라 영토 안으로 깊이 진격하여 여남을 빼앗고, 관우가 무양에 진주한 것을 알고 기뻐하고 있었다. 그런데 마초가 맹진역의 군량을 불태웠다는 소식이 잇따라 들어왔다. 그렇다면 신안에 있는 위군의 식량이 궁핍해질 것은 뻔하다. 그래서 공명은 여러 장수들을 소집하여, 마침내 진격을 개시하기로 했다. 성도로 지뢰와 화포를 가지러 갔던 사람들도 이미 돌아와 대기하고 있었다.

공명은 요립을 시켜 지뢰와 화포를 엄중히 보관하게 했다. 그리고 위연과 이엄을 데리고 아침 일찍 망산 꼭대기에 올라가 신안의 정세를 살폈다. 신안의 지형은 북쪽이 산이고, 양쪽이 평지이며, 한쪽은 강이다. 성벽은 높고 수비도 엄중했다.

공명은 그런 것들을 확인한 뒤 두 장수와 함께 진지로 돌아왔다.

화재와 벼락에 무너지지 않았던 성은 일찍이 하나도 없다. 게다가 비바람이 용호처럼 사납게 날뛰면 죽은 자는 끝없는 원한을 영원히 남긴다. 그러면 이 다음은 어찌 될 것인가. 다음 회를 기대하시라.

제갈량, 신안을 불태우고 지뢰를 시험하다
사마의, 낙수를 지키며 참호를 파다

공명은 위연과 이엄을 거느리고 신안성의 상황을 살핀 뒤, 진지로 돌아오자 요립에게 말했다.

"전에 익수를 떠날 때 종군한 엄도嚴道 광산의 광부들이 지금 얼마나 남아 있는지 빨리 조사하시오."

요립이 급히 조사해보니 7백 명쯤 남아 있었다. 요립은 그들을 한군데 모아놓고 공명에게 보고했다.

공명은 광부 두목을 불렀다. 두목은 공명 앞에 꿇어 엎드렸다. 공명이 그에게 일어나라고 명령하자 두목은 두 번 절하고 일어섰다. 두목의 미간에는 흉포해 보이는 그늘이 져 있었다. 키도 크고 딱 벌어진 체격이었다.

공명은 속으로 빙긋 웃었다.

'저 정도가 아니면 광부 두목 노릇은 할 수 없겠지…….'

"몇 년이나 광산을 팠느냐? 그리고 어째서 군대에 지원했느냐?"

공명이 이렇게 묻자 두목은 공손히 대답했다.

"소인은 10년 동안 광산을 채굴했지만, 전에 광산 서쪽이 무너져 지하수가 터져 나오는 바람에 갖고 있던 광산이 물에 잠겨버렸습니다. 갱도 안에서 광물을 채굴하는 것밖에는 가진 기술이 없기에 먹고살기가 힘들어 모병에 응했습니다."

"상관이 너희들에게 모욕을 준 일은 없었느냐?"

"원수 각하의 명령은 엄정하고, 상관들도 질서정연하게 규율을 지키며 저희들을 보살펴주시고, 학대하는 일은 전혀 없습니다."

"실은 중요한 일로 너희들의 힘을 빌리고 싶은데, 해주겠느냐?"

"원수 각하 덕분에 저희들까지 은혜를 입고 있습니다. 명령만 하신다면 불 속에라도 뛰어들겠습니다."

"그런 마음이라면 잠시 밖에 나가서 광부들과 함께 도구를 준비해놓고 기다려라."

두목은 진지를 나가 준비에 착수했다.

공명은 요립에게 이렇게 명령했다.

"신안성은 북쪽은 망산, 남쪽은 낙수에 면해 있고, 동쪽과 서쪽은 평지요. 장군은 광부들을 데리고 망산 숲 속에서 땅굴을 파서 신안성 지하로 가시오. 거기서 가로로 굴 두 개를 각각 3백 자 길이로 파시오. 그 일이 끝나면 당장 돌아와서 보고하시오."

"삼가 말씀드리겠습니다. 북쪽 망산에서 땅굴을 파는 것보다 서쪽 평지에서 파는 편이 쉽지 않겠습니까?"

"장군은 잘 모르는 모양이군. 서쪽에는 아군이 진격하는 길이 있기 때문에 사마의가 엄중히 지키고 있소. 따라서 자칫하면 착오가 생길 우려가 있소. 그리고 앞에는 아무 은폐물도 없소. 거기에서 굴을 파고 있으면, 적이 당장 눈치 채버릴 것이오. 망산 기슭에서는 수목이 가리개 구실을 해줄 테고, 적의 수비도 그쪽에 중점을 두고 있지 않으니, 서쪽보다 훨씬 안전하오."

요립은 그런 설명을 듣고서야 공명의 뜻을 알아차리고 광부들과 함께 굴을 파러 갔다.

공명은 황충·위연·이엄에게 각각 병력 5천을 이끌고 날마다 위군에게 싸움을 걸라고 명령했다. 세 장수는 공명의 명령에 따라 위군이 나오면 퇴각하고, 나오지 않으면 신안성 주위를 빙빙 돌면서 위세를 보였다.

신안성의 사마의는 조창의 급보를 받고 맹진역의 군량을 마초가 불태웠다는 사실을 알고는, 군량이 모자라게 된 것을 몹시 우려했다. 게다가 한군은 날마다 싸움을 걸어온다. 아마 공명은 군량이 부족한 것을 알고 이제 곧 맹공을 퍼부을 것이다. 사마의는 그렇게 생각하고 장병들에게 세심한 주의를 기울여 성을 지키라고 명령한 뒤, 조창에게도 "어떻게든 방법을 강구하여 군량을 수송해달라"고 요청했다. 그렇게 함으로써 위군 병사들의 마음을 안정시키려고 했다.

공명은 요립을 통해 광부들에게 이르기를,

"낮에 아군이 나가서 싸움을 거는 동안 굴을 파고, 밤에는 작업을 중지하라."

밤이 되면 주위가 조용해져 적에게 들킬 우려가 있기 때문이었다.

이리하여 귀신도 눈치 채기 전에 땅굴 공사는 착착 진행되었는데, 신안성 밑에 이르렀을 때 땅 속에서 철제 비석 하나가 나왔다. 비석에는 무슨 글자가 새겨져 있었지만, 녹이 잔뜩 슬어서 잘 보이지 않았다. 광부들은 요립에게 그것을 건네주었고, 요립은 공명에게 바쳤다.

공명이 부하들에게 명령하여 비석을 씻어보니, 전서체篆書體로 쓰인 문자가 또렷이 떠올랐다. 공명이 읽어보니 이런 내용이었다.

신안성은 성벽이 높고 주변의 해자도 깊다.

한쪽에 눈동자를 둘씩 가진 항우가 여기서 진의 병사를 생매장했다.

그로부터 4백 년 뒤에 한 서생이 출현하여

이 성에서 큰 지뢰 소리가 울리게 할 것이다.

新安城池高且深 重瞳于此坑秦兵

後四百年一書生 地雷殷殷轟此城

비석 표면에는 연호도 날짜도 적혀 있지 않고, 비문을 쓴 작자의 이름이나 낙관도 없다.

공명은 이 비문을 읽고 깜짝 놀랐다. 대체 누가 4백 년 뒤에 그가 출현할 것을 알고, 지금 하려고 하는 일까지 예견했단 말인가. 공명은 당장 그 자리에서 향을 피워 제사를 지내고 이 비문을 잘 간직했다.

며칠 뒤 요립이 돌아와 땅굴이 완성되었다고 보고했다. 공명은 기뻐하며 요립에게 이렇게 명령했다.

"성도에서 가져온 화약 20만 근과 지뢰 10개를 조심스럽게 신안성 지하로 옮겨놓고, 대나무 관을 통해 도화선을 밖으로 끌어낸 다음, 땅굴은 폐쇄하시오."

그리고 이 일이 끝나면 다시 한 번 보고하라고 지시했다. 요립이 물러가자 공명은 당장 황충을 불러 이렇게 명령했다.

"내일 정오까지 신안을 빼앗겠소. 장군께서는 궁수 5천을 거느리고 성 북쪽으로 나가, 성에서 5리쯤 떨어진 곳에서 금방이라도 성을 공격할 것처럼 허세를 부리시오. 그 후방에는 적의 눈을 속이기 위한 의병疑兵을 널리 뿌려놓으시오. 위군은 성의 북쪽으로 모여들겠지만, 그들은 지뢰 때문에 궤멸할 것이오. 위군은 성을 필사적으로 지키려고 다시 모일 테니, 그때 장군께서 궁수들에게 명령하여 일제히 화살을 쏘면 적은 성을 지키지 못할 것이오."

황충이 나가자, 공명은 마충에게 병력 5천을 주고 성의 서쪽에서 공격하라고 명령했다. 그리고 마충이 나가자, 이번에는 위연과 이엄을 불러 명령했다.

"아군은 오랫동안 견고한 성 밑에 머물렀고, 두 장군도 지금까지 힘을 쓸 기회가 없었지만, 이 신안은 두 장군의 분투가 없이는 아마 탈취하지 못할 것인즉, 두 분께서는 각각 5백 명을 지휘하시오. 내일 오전중에 황 장군이 성 북쪽을 공격하여 성벽이 무너지면, 위군은 그곳을 지키기 위해 모여들 거요. 그때 두 장군은 성의 남쪽에서 운제를 이용하여 성안으로 들어가 성 위에 한나라 깃발을 세우시오. 그런 다음 우리 대군이 단숨에 성으로 몰려들어가면 사마의도 성을 포기하지 않을 수 없을 것이오."

위연과 이엄은 당장 준비를 하러 갔다.

공명은 모든 부하 장병들에게 명령하기를,

"내일 정오에 신안성을 공격하라."

이튿날 사마의는 황충이 군대를 이끌고 성에 바싹 다가왔다는 말을 듣고 "성 북쪽 병력을 보강하라"고 명령하려는 순간, 왠지 가슴이 두근거리는 것을 느꼈다. 그러나 가슴이 두근거리거나 갑자기 불안해지는 것은 전쟁터에서는 흔히 있는 일이라고 고쳐 생각하고, 맏아들 사마사에게 병력 5천을 주면서 성 북쪽을 지키라고 명령했다.

정오 무렵, 느닷없이 천지를 뒤흔드는 대폭발이 일어났다. 그에 뒤이어 두 번 더 폭발음이 들렸다. 신안성 북쪽은 산사태가 난 것처럼 폭삭 내려앉아, 그곳에 있던 사마사와 5천 병력은 커다란 구덩이 속으로 빨려들어갔다. 사방 3리까지 돌멩이가 날고 흙먼지가 자욱이 피어올랐다. 사람도 말도 차례로 쓰러지고 태양도 빛을 잃었다.

사마의는 '큰일났다'고 생각하여, 둘째아들 사마소와 서황을 성 북쪽으로 보냈다. 그러나 그들이 달려가자, 기다리고 있던 5천 명의 궁수가 황충의 호령에 따라 일제히 화살을 퍼부었다.

위군은 싸울 의욕을 잃고, 화살에 맞을까 두려워 움직이려고도 하지 않는다. 사마소와 서황은 커다란 구멍 근처에서 분투하며 한군이 성으로 들어오지 못하게 막으려고 필사적이었다. 그때 이전이 가세하러 나타났다.

그러자 이번에는 성 남쪽에서 함성이 들리더니, 위연과 이엄이 성으로 올라왔다. 장합이 그것을 가로막고, 위연과 대결한다. 그 틈에 이엄이 성문을 열었고, 한군은 물밀듯 성안으로 쏟아져 들어갔다. 이래서는 도저히 막을 수가 없다.

장합은 불리함을 깨닫고, 위연을 내버려둔 채 사마의를 호위하며 신안성을 빠져나가 낙양을 향해 달렸다. 사마소와 서황은 성 남쪽이 무너진 것을 알자, 이제 성은 지킬 수 없다고 판단하고, 급히 이전을 불러 함께 성에서 도망쳐 나갔다.

황충은 기세를 타고 성안으로 돌진했다. 한군은 사방을 포위하고 눈 깜짝할 사이에 신안을 점령했다. 한군은 사마의가 성안에 쌓아둔 군수물자와 인수印綬 및 문서를 전리품으로 얻었고, 투항한 위군이 2만여 명, 사상자도 역시 2만여 명에 이르렀다. 요컨대 사마의는 보유하고 있던 10만 대군의 절반 가량을 잃은 셈이다.

신안에 입성한 공명은 광부들에게 후한 포상을 내리고, 장수들에게도 후한 포상을 준 뒤, 주민을 안심시키고 투항병들을 각 부대에 분산 배치하여 군대를 재편성했다. 그리고 형주에 승리를 보고하는 한편,

관우와 마초에게도 승리를 알리고 그들을 격려했다.

　한편, 사마의는 낙양으로 도망치다가 등애와 종회의 마중을 받고 함께 낙양성으로 들어갔다. 성에 들어가 겨우 마음을 가라앉혔을 때, 사마소가 와서 형 사마사가 전사했다고 보고했다. 사마의는 눈물을 흘리며 말했다.

　"촉군을 맞아 싸우러 서쪽으로 와서 죽음을 무릅쓰고 분투해준 장병이 수만 명이나 된다. 그런데 내 아들이라고 해서, 그 수많은 전사자들 가운데 내 아들 하나만의 죽음을 슬퍼할 수는 없다. 하물며 나라를 위해 죽은 것이니 나는 아무것도 할 말이 없다."

　그러고는 허창에 전령을 보내어 신안성이 함락된 것을 보고하면서 이렇게 덧붙였다.

　"적 때문에 목숨을 잃은 장병의 가족에게는 부디 은덕을 베푸시옵소서. 그 대신 패전의 책임자인 저에게는 엄벌을 내려주시옵소서."

　조조는 이 보고서를 받고, 몸소 사마의에게 다음과 같은 편지를 써 보냈다.

　"신안의 방비는 지모와 용기를 겸하였으니, 도적이 와도 튼튼한 벽과 같아서 감히 침범하지 못하였소. 중달은 용병에 능하여 제갈량도 굴복할 수밖에 없었소. 그런데 제갈량은 흉악한 음모로 독기毒器를 이용하여 우리의 견고한 성을 파괴하였소. 장병들은 모두 뼈과 살로 된 몸이니, 어찌 유황의 불길을 이길 수 있었겠소. 우리의 훌륭한 장수가 다치고 정예병력이 구덩이에 빠졌지만, 그중에서도 특히 사마자원(司馬子元: 사마사)은 젊은 나이에 나라를 위해 죽었소. 이것을 생각하면 그저 통곡만 나올 따름이오. 이에 효기장군을 추증하고, '용렬勇烈'이라는 시호를 내리겠소. 옛날, 춘추시대 진秦나라 장수 맹명孟明은 세 번 패한 끝에 마침내 모진茅津을 건너 진晉나라를 격파했소. 후한의 풍이 馮異는 몇 번이나 위난을 극복하고 민지에서 분투했소. 원컨대 중달도 선열을 본받아, 한때의 승패로 적에 대한 투지를 잃지 마시오. 전쟁터 에서 죽은 전사들에 대해서는 이미 지방관에게 명하여 물심 양면으로 위로하고 도와주게 했소. 아울러 유사有司에게 명하여 생활에 필요한 모든 물품도 수시로 지원하게 했소. 신안에서 잃어버린 도독의 인수印 綬와 부절符節은 다시 보내도록 하겠소."

사마의는 조조의 조칙을 받고 감격의 눈물을 흘렸다. 당장 장병들을 위로하고 부족한 것을 보충하며, 노약한 병사를 도태시켜 군량을 절약 하고, 공장工匠을 모집하여 무기류를 수리했다.

그리고 유엽과 함께 다시 낙양 주변의 전황을 분석했다. 용문산과 소실산은 이미 한군에게 빼앗겼기 때문에 남동 방면은 의지할 수 없다. 다만 낙수를 이용하여 수비할 수는 있다. 그래서 사마의는 정청으로 돌 아와 장수들을 모아놓고 이렇게 말했다.

"지금 제갈량은 승세를 타고 낙양으로 곧장 전진할 태세를 보이고 있으며, 언사에서 낙양까지는 마초가 장악하고 있소. 낙양은 앞뒤가 모 두 적이어서, 아군은 싸우려 해도 근거지로 삼을 수 있는 곳이 없는 거 나 마찬가지요. 적의 진격을 앞두고 무슨 묘책이 없겠소?"

그러자 등애가 말했다.

"마초도 제갈탄을 배신시키지 않았다면 우리 진지 세 개를 빼앗지 는 못했을 것입니다. 그는 언사와 낙양 사이에 있지만, 언사의 임성왕 (조창)과 우리 사이에서 고립되어 있다고 말할 수도 있습니다. 마초의 병력은 5만에 불과합니다. 언사의 병력은 6만에 가깝고, 우리의 현재 병력과 신안의 패잔병을 합하면 12만에 이릅니다. 우리 방어선은 나날이 짧아지고 우리 병력은 점점 더 늘어나니, 마초도 세 개의 진지를 지키는 것이 고작이라서 도저히 낙양을 공격할 수는 없습니다. 제갈량은 독무기를 사용하여 기세를 타고 있습니다. 우리는 우선 제갈량을 막는 것이 선결 문제라고 생각합니다. 마초는 잠시 내버려두어도 괜찮을 것입니다."

"과연 그 말이 옳소. 그러나 제갈량을 막으려면 어떻게 해야 좋겠소?"

"낙양이 의지할 수 있는 험준한 산은 이미 모두 잃어버렸습니다. 저는 낙수를 방패 삼아 제갈량의 병력을 막아야 한다고 생각합니다. 낙수를 참호로 이용하면, 제갈량에게 10만 대군이 있다 해도 건너지 못합니다. 이어서 우리가 전력을 다해 마초를 공격하면, 제갈량은 서쪽에서 막히고 관우는 동쪽에서 저지당하여, 마초는 고립되고 맙니다. 이렇게 되면 마초는 모든 병력을 이끌고 퇴각할 수밖에 없습니다. 그리고 퇴각할 때를 노려서 공격하면 적은 전멸입니다."

"등사재(鄧士載: 등애), 잘 말해주었소. 제갈량의 부대가 아직 오기 전에 종사계(鍾士季: 종회)와 함께 병력 5만을 이끌고 밤낮으로 쉬지 않고 공사하여 참호로 낙수를 끌어들이시오."

등애는 당장 종회와 함께 출발하여 한군의 진로에 참호를 파고, 수십 리 남쪽에서 낙수의 물을 끌어들여 북쪽의 황하와 연결하는 공사를 벌였다. 그리고 참호 연변에 진지를 쌓아 견고한 진형을 폈다. 이 일이 끝나자 낙양으로 돌아가 사마의에게 보고했다.

유엽을 데리고 보러 나온 사마의는 참호를 흐르는 물이 도도하고 풍부한 것을 보고 기뻐하며 두 장수의 신속한 공사를 칭찬했다. 그리고 이전에게 병력 3만을 주면서 참호를 수비하라고 명령했다.

사마의는 등애와 종회를 데리고 낙양으로 돌아가자 조창에게 알려 마초를 협공할 날짜를 약속했지만, 이 이야기는 여기까지.

신안을 얻은 공명은 요립에게 신안 수비를 명령한 다음, 황충을 선봉으로 삼아 군대를 전진시켰다. 그러나 황충은 낙양 근처에서 참호에 가로막혀, 공명에게 급히 이 일을 알렸다.

공명은 현장에 와서 상황을 살펴보고 이렇게 말했다.

"아군은 여기서 참호에 가로막혀 더 이상 전진할 수 없소. 그렇다면 적은 반드시 병력을 모아 맹기(마초)를 공격할 것이오. 맹기의 부대는 외롭게 떨어져 있기 때문에 큰 걱정이오. 그러나 적이 참호를 파버린 이상, 이 참호는 적에게도 장애물이 될 테니, 적이 신안을 공격할 염려는 없소. 우리는 병력을 총동원하여 낙수를 건너 의양으로 가서 맹기의 부대와 합류한 다음, 낙양성 아래로 돌아와 싸우기로 합시다. 이렇게 하면 적이 만든 참호는 오히려 적의 행동을 방해하는 족쇄가 될 것이오."

공명은 당장 명령을 내려 모든 군대를 이끌고 의양으로 향했다. 며칠 만에 의양에 도착한 공명은 동생뻘인 제갈탄을 만났다. 그러나 공명은 형제 상봉을 기뻐할 틈도 없이 병력 5천과 부장 세 명을 의양에 남겨놓아 제갈탄을 보좌하게 한 뒤, 나머지 병력을 이끌고 연추집에서 낙수를 건너 마초의 진지에 도착했다.

마초는 사마의가 패하여 낙양으로 도망친 뒤 참호를 파고 낙수 물을 끌어들여 한군의 진격을 막는 한편, 조창과 날짜를 정하여 자신을 협공하려 한다는 것을 탐지하고, 강유를 비롯한 장수들을 모아놓고 대책을 강구하는 중이었다.

그런데 느닷없이 공명이 도착했다는 소식이 들어오자, 마초는 상제
上帝라도 내려온 것처럼 기뻐하며 장수들을 이끌고 공명을 맞으러 나
갔다. 그리고 진지로 돌아오자, 모두 서열에 따라 다시 자리를 잡았다.
공명의 맏아들 제갈첨은 제갈탄의 아들 제갈정을 아버지에게 인사시
켰다. 공명은 제갈정을 격려한 뒤, 마초에게 물었다.

"사마의의 현재 상황은 어떻소?"

"첩자의 보고에 따르면, 사마의는 참호를 파서 원수 각하의 병력을
저지하고, 조창과 의논하여 저를 협공하려 하고 있습니다. 그러나 각
하께서 오셨으니 이제 아무 걱정도 없습니다."

공명은 당장 명령을 내려 마초에게 마대·강유·문앙 등 세 장수와
부장 10명 및 기병과 보병 3만을 이끌고 사마의를 맞아 싸우라고 명령
했다. 그리고 자신은 아들 첨과 조카뻘 되는 정을 데리고 중군에 자리
를 잡았다. 또한 모든 군대에 명령을 전하여, 공연히 위세를 부리지 말
고 조용히 사마의의 군대를 기다리게 했다.

전한前漢의 비장군飛將軍 이광李廣과도 견줄 수 있는 제갈량이 나타
나면 귀신조차 놀라고 두려워한다. 낙양성은 이제 위기에 빠져, 고대
의 전투에 사용된 맹수들도 싸울 의욕을 잃고 힘을 쓰지 못한다. 그러
면 이 다음은 어찌 될 것인가. 다음 회를 기대하시라.

제39회

한군과 위군, 낙양성에서 대격전을 벌이다
허의와 전만, 맹진현에서 함께 패하다

사마의는 조창과 호응하여 마초를 협공할 생각이었다. 언사 방면의 위군은 모두 조창이 통솔하고 있었다. 그래서 사마의는 낙양군에 대해 이런 명령을 내렸다.

"이전은 새로 만든 참호를 지켜, 신안에서 진격해오는 한군을 막으라. 장합은 정선봉, 서황은 부선봉, 등애는 좌익, 종회는 우익을 맡아서, 각각 병력 1만을 이끌고 동시에 행동을 개시하여 마초를 궤멸시키라. 그리고 언사에서 낙양에 이르는 중요한 거점에서 적을 몰아내어 마초와 제갈량의 연락을 끊으라."

이런 훈령을 내린 뒤 사마의는 유엽·사마소와 함께 낙양성 수비에 전념했다.

언사성의 조창은 부장 네 명에게 성의 수비를 맡기고, 철기 1만으로 이루어진 중군은 직접 지휘하고, 전만과 허의에게 각각 병력을 주어 좌익과 우익으로 삼아, 도도한 기세로 곧장 마초의 진지를 향해 진격했다.

화살이 닿을 수 있는 거리까지 다가갔을 때, 마초의 진지에서 북과 뿔피리 소리가 들리더니, 진문이 활짝 열리고 서량 기마대가 밀물처럼 몰려나왔다.

선두에는 마초, 왼쪽에는 문앙, 오른쪽에는 마대가 보인다. 조창은 속으로 빙긋 웃었다.

'사마중달 도독이 생각한 대로다. 이번에는 틀림없이 승리한다.'

조창은 장수들에게 돌격 명령을 내렸다. 조창은 승리를 확신하고 용기백배했다. 마초도 전혀 꿀리는 기색이 없이 기세등등하게 다가온다. 마초·문앙·마대와 조창·전만·허의가 맞선다. 여섯 필의 말이 한 덩어리가 되어 어우러진다. 양쪽 병사들의 함성이 천지를 뒤흔든다.

조창의 군대가 예정대로 마초와 전투를 시작했다는 소식이 전해지자, 낙양성에서도 당장 군대를 보내어 마초의 오른쪽 진영으로 몰려왔다. 보아하니 한군 진지는 문이 활짝 열려 있고, 병사들도 깃발을 내린 채 아무 거동도 보이지 않는다.

장합은 돌격 명령을 내리려고 했다. 그러나 등애의 눈은 날카로워, 한군 진지에서 살기가 피어오르고 있는 것을 놓치지 않았다. 아무래도 한군 병력은 예상보다 많은 것 같다.

그래서 등애는 장합을 말렸다.

"경솔한 진격은 금물입니다. 마초의 진형에는 흐트러진 모습이 없습니다. 반드시 정예병력이 매복해 있을 것입니다."

"아니, 마초는 전력을 다해 임성왕(조창)을 막고 있소. 진지를 지키려 남아 있는 병사는 얼마 되지 않소."

장합은 이렇게 대꾸하고 진격 명령을 내렸다. 그러자 갑자기 한군 진지에 깃발이 늘어서고 북소리가 요란하게 울리더니 황충이 진지에서 뛰쳐나왔다. 왼쪽에는 이엄, 오른쪽에는 위연이 뒤를 따른다.

황충은 언월도를 휘두르며 호통쳤다.

"하마터면 죽을 뻔한 패장 놈이 뻔뻔스럽게도 모습을 나타냈구나. 네 목은 이미 내가 받았다."

놀란 것은 장합이다.. 그래도 간신히 황충의 언월도를 막아내며 싸웠다. 서황은 전령을 보내 사마의에게 알렸다. 사마의는 장합보다 더 깜짝 놀랐다.

"황충이 있었다고? 황충은 귀신이냐?"

사마소가 말했다.

"우리가 낙수 물을 끌어들여 참호를 팠기 때문에, 제갈량은 우리가 마초를 협공하여 퇴로를 끊을까 두려워서 몰래 의양에서 마초에게 증원군을 보냈을 것입니다. 그러니까 적은 언양과 낙양 싸움으로 단번에 결말을 지으려 하고 있는 것입니다."

사마의는 장탄식을 했다.

"만일 신안의 병력이 마초와 합류했다면 우리가 위험하다."

그러고는 유엽에게 성을 맡기고 사마소와 함께 성을 나와 전황을 살폈다. 한군의 대열은 질서정연하고 병력은 정예부대이며, 황충을 비롯한 여러 장수들도 질서정연한 진형 안에서 싸우고 있다. 사마의는 사마소를 돌아보며 말했다.

"벌써 신안의 한군이 모두 와 있구나."

한군이 진을 친 형세를 자세히 살피고 있으려니까, 문득 한 줄기 길이 열리더니 전포를 몸에 걸친 제갈량이 말을 타고 천천히 앞으로 나왔다. 왼쪽에는 제갈첨, 오른쪽에는 제갈정이 지키고 있다. 제갈량은 진지 앞까지 나오자 황충에게 명령하여 전투를 중지시키고, 사마의에게 대화를 제의했다.

사마의도 장합에게 명령하여 전투를 중지시키고, 사마소와 서황을 데리고 진지 앞으로 나갔다. 제갈량이 웃으면서 말했다.

"사마 도독, 안녕하셨소. 신안의 지뢰에도 살아남다니 참으로 운이 좋으시구려."

사마의도 지지 않고 대꾸했다.

"전쟁의 위험에 대해서는 예로부터 가르침이 있는데, 그대는 이번에 지뢰 같은 흉악한 무기를 만들었소. 옛날 인형을 처음 만든 인간이 있었소. 이윽고 인형은 왕의 무덤에 넣는 부장품이 되었지만, 사람들은 거기에 만족하지 않고 마침내 진짜 인간을 순장殉葬시키는 풍속을 만들고 말았다고 『맹자』와 『예기』에도 전해지고 있지 않소. 그대의 지뢰도 앞으로 불길한 대량살육을 초래할 것이오. 인형을 처음 만든 사람의 자손은 그 때문에 대가 끊겼다니까, 그대도 이를 명심하고 조심하는 게 좋을 거요."

"그 말씀은 잘못이오. 조조는 제위를 찬탈한 반역자요. 그대도 조상 대대로 한왕조의 신하였는데, 조조 같은 역적을 도와 개나 돼지 같은 무리를 이끌고 우리 정의의 군대에 대항하려 하는 것은 분명 반역행위이고, 한 번 죽는 것 정도로는 보상할 수 없는 악업惡業이오. 나라의 정점에 서 있는 악인을 제거하려면 무력을 이용할 수밖에 없소. 화약의 양이 적었기에 그대가 살아서 낙양으로 돌아갈 수 있었던 거요."

사마의는 거친 소리로 말했다.

"지난번에 신안에서는 잘못하여 그대의 더러운 계략에 빠졌지만, 낙양에는 절대로 지뢰를 설치할 수 없을걸."

그러자 공명은 웃으면서 말했다.

"그대는 낙수 물을 끌어들여 참호를 만들고 아군을 저지하는 한편, 언사의 병력과 호응하여 맹기를 협공하려고 했소. 우리가 그 음모를 눈치 채지 못할 거라고 생각한 모양이지만, 이 결과를 보시오. 낙양은 이미 우리 수중에 있소. 그대를 사로잡아 낙수 신에게 제사지내어, 그대가 지맥을 끊고 지형을 바꾸어버린 죄를 갚게 해주겠소. 만일 그대가 즉각 무기를 버리고 퇴각한다면 주공께 아뢰어 목숨만은 살려주겠소. 끝까지 저항하면 신안에서와 똑같은 꼴을 당할 것이오. 자아, 어느 길을 택할 것인지, 대답하시오."

사마의는 직접 대답하지 않고 서황에게 명령했다.

"공명을 사로잡아 신안의 원한을 갚으라."

서황은 당장 도끼를 휘두르며 공명에게 덤벼들려고 했다.

그러자 한군 진영에서 이엄이 언월도를 들고 말을 달려 서황을 가로막았다. 이것이 신호가 되어, 황충과 장합, 위연과 등애, 제갈첨과 종회가 다시 전투를 시작했다.

양군의 격돌에 산과 대지가 뒤흔들렸다. 이윽고 날이 저물자 양군은 징을 울려 군사를 거두었다. 양군이 제각기 손상을 입었지만, 공명이 출병한 이후 직접 진지 앞에 나와 싸움을 지휘한 것은 이번이 처음이었다.

그후 일주일 동안 세 차례의 격전이 벌어졌지만, 양군의 세력은 막상막하여서 둘 다 한 걸음도 물러서지 않는다. 이 전쟁 때문에 낙양에서 언사에 이르는 지역의 백성들은 거의 다 도망쳐, 사방 백 리 안에 있는 민가들은 열 채 가운데 아홉 꼴로 빈집이 되었다. 마을에서 밥 짓는 연기가 피어오르는 일도 없고, 아궁이에서는 잡초가 자라고, 사상자와 굶주린 사람들이 길바닥에 누워 있고, 남은 사람은 결국 약탈의 희생자가 된 경우와 마찬가지로 그저 목숨이 붙어 있는 것만도 다행으로 여기는 상태였다.

공명은 위군이 강력하여 금방 승리를 얻을 수는 없다고 보고, 전투

중지를 명령한 뒤 진지 안에서 휴식을 취하게 했다. 한편 사마의도 장병의 피로를 감안하여 낙양성에서 휴식을 취하게 했다. 그러나 공명의 지뢰를 두려워한 나머지, 낮에는 성 위에서 사방을 감시하고 밤에는 땅바닥에 엎드려 귀를 대고 소리를 듣게 했다.

그러나 누가 알았으랴. 공명의 첫 번째 지뢰는 신안에서 이미 실전에 사용되었지만, 사실은 육군에 많은 뇌물을 주고 유황 등을 입수하여 겨우 만든 것이었다. 아차, 이것은 농담이다. 못 들은 것으로 해달라. 공명은 장수들에게 이렇게 말했다.

"낙양의 위군은 10여 만, 언사에도 6, 7만의 병력이 있소. 그 세력은 무시할 수 없소. 다만 낙양의 군량이 대부분 신안에서 공급되고 있었기 때문에, 우리가 신안을 빼앗은 이상, 남은 군량은 그렇게 많지 않소. 우리가 다시 한 번 맹진을 기습하여 점령해버리면 낙양의 군량은 완전히 떨어져, 사마의도 낙양을 버리고 언사로 도망치지 않을 수 없을 거요."

장수들은 입을 모아 "참으로 묘책입니다" 하고 말했다.

공명은 마초를 불러 명령했다.

"맹기는 전에 맹진에 가본 적이 있으므로 길을 알고 있을 거요. 강유·마대·문앙을 데리고 맹진에 가서, 우선 일부 병력으로 맹진성을 공격하시오. 언사의 조창은 반드시 구원병을 보낼 터인즉, 그것을 맹기 형제가 막으시오. 강 장군과 문 장군은 맹진성 밖에서 불을 지르는 한편, 땅굴을 파고 있는 것처럼 보이게 하시오. 그렇게 하면 적은 신안에서 한 번 호된 꼴을 당했기 때문에 성벽에 올라가 수비하지는 않을 것이오. 그 틈을 노려 사다리를 걸고 성안으로 뛰어들면 어렵지 않게 성을 빼앗을 수 있을 거요. 성을 얻으면 두 장군은 병력 1만을 거느리고 맹기와 긴밀한 연계를 취하면서, 보루를 높이 쌓고 성을 굳게 지키시오. 이렇게 하면 위군이 와도 걱정할 게 없소."

네 장수가 떠나자, 공명은 위연과 이엄에게 언사와 낙양 사이의 오른쪽 진영을 지키게 하고, 황충에게는 왼쪽 진영을 지키게 하여 조창의 공격에 대비했다.

한편, 마초와 마대는 맹진에 도착했다. 맹진성에는 위군 진영 두 개가 있었다. 전만과 허의는 남쪽에 병풍처럼 진을 쳐서 맹진성을 보호하는 한편, 언사로 통하는 도로도 확보하고 있었다. 손례와 한덕의 진영은 성 전체를 수비하고 있었다.

전만과 허의는 마초가 온 것을 알자 그를 맞아 싸우러 나오는 한편 조창에게 급히 알렸다. 마초·마대와 전만·허의가 한 덩어리가 되어 싸우기 시작하자, 문앙과 강유는 그 옆을 빠져나가 성으로 몰려갔다.

손례와 한덕은 급히 성 위에 올라가 아래를 내려다보았다. 보아하니 저 멀리 숲 속에서 무슨 공사를 시작한 것 같았다. 상자를 실은 노새가 숲 속으로 사라진다. 손례는 한덕에게 말했다.

"들은 바에 따르면, 제갈량은 신안에서 지뢰를 사용하여 성벽을 파괴했는데, 그 때문에 사마자원(사마사)의 부대가 전멸하고 사상자가 무려 4, 5만 명에 이르렀다 하오. 그래서 사마중달 도독이 신안성을 포기했다는 거요. 보아하니 적군은 숲 속에 숨어 땅굴을 파서 똑같은 수법을 또 써먹으려는 모양이오. 땅굴이 완성되면 우리는 끝장이오. 적의 땅굴 공사가 끝나기 전에 성문을 열고 나가 싸워 적을 쳐부수면 이 맹진성을 지킬 수 있을 거요. 그것이 실패로 끝난다 해도 어차피 지고 죽는 것은 마찬가지요. 어떻게 생각하시오?"

한덕은 손례의 말에 동의하고, 부장인 손태에게 병력 3천을 주어서

성을 지키게 한 뒤, 손례와 함께 병력 5천을 이끌고 북문으로 나갔다.

문앙과 강유는 적이 계략에 빠진 것을 보고 속으로 크게 기뻐하며, 문앙은 손례와, 강유는 한덕과 싸우기 시작했다.

그 무렵 조창은 전만과 허의의 급보를 받고, 당장 1만 남짓한 병력을 이끌고 구원하러 갔다. 그러나 언사를 떠나자마자 한 떼의 한군이 앞을 가로막더니, 한 대장이 언월도를 치켜들고 달려나오면서 큰 소리로 외쳤다.

"조창아, 도망치지 마라. 황충이 여기 있다."

조창은 창으로 황충을 맞아 싸우니, 언사 부근에서도 격전이 벌어졌다.

한편, 마초와 싸우는 전만은 60여 합을 겨루었지만 점점 밀리기 시작했다. 게다가 전에 입은 상처는 이제 막 아물었을 뿐이다. 그는 말머리를 돌려 달아나기 시작했다.

마초는 말을 달려 그 뒤를 쫓는다. 전만은 화극畵戟을 등에 꽂더니 이번에는 활을 들고 화살을 매겨 힘찬 기합 소리와 함께 마초를 겨누어 쏘았다. 마초는 날아오는 화살을 창으로 쳐서 떨어뜨린다. 전만은 잇따라 세 개의 화살을 쏘았지만, 마초에게는 전혀 통하지 않는다. 전만은 갑자기 무서워졌다. 마초가 점점 가까이 다가온다. 전만은 활을 내버리고 다시 화극으로 마초와 싸우기 시작했지만, 마초의 창끝은 점점 더 날카로워진다. 전만은 온몸이 땀에 흠뻑 젖어 다시 달아났다.

허의는 전만이 패주하는 것을 보고, 혼자 힘으로는 적을 막아낼 수 없다고 생각하여 진지를 버리고 도망치기 시작했다.

마초와 마대는 기세를 타고 위군을 사방으로 쫓아버렸다. 이어서 마초는 마대에게 강유·문앙과 호응하여 맹진성을 공격하라고 명령했다. 그리고 자신은 병력을 이끌고 황충을 구원하러 갔다.

마초의 판단은 옳았다. 패주한 전만과 허의는 조창이 황충을 죽이지 못하는 것을 보고, 그쪽으로 응원하러 갔다. 마초가 그들 앞을 가로막았다. 양군의 북소리는 천둥처럼 우렁차고 함성이 천지를 진동했다.

마대는 그 틈에 결사대를 이끌고 성의 남쪽에서 성벽으로 기어올라갔다.

성을 지키고 있던 손태는 그것을 눈치 채지 못했다. 마대가 힘찬 기합 소리와 함께 칼을 한 번 휘두르자 손태의 목은 익어서 저절로 떨어지는 오이처럼 땅바닥으로 굴러 떨어졌다. 한군이 남문을 열고 몰려들어오자 성안은 대혼란에 빠졌다.

마대는 남문에서 북문으로 휘젓고 다녔다. 대장을 잃은 위군은 사방으로 뿔뿔이 흩어져 달아났다. 마대는 북문을 열고, 한군과 싸우는 위군의 배후로 나아가 한덕을 뒤에서 두 동강으로 잘라버렸다. 한덕이 죽는 것을 본 손례는 문앙을 내버려두고 달아나기 시작했다. 문앙이 놓치지 않으려고 그 뒤를 쫓았다.

손례의 등뒤로 바싹 다가간 문앙은 창을 한번 내질러 손례의 몸뚱이를 꿰뚫었다.

마대·문앙·강유 등 세 장수는 위군 병사들을 사방으로 쫓아버리고, 맹진성 수비를 강유에게 맡긴 뒤, 마대와 문앙은 쉬지 않고 다시 밖으로 뛰쳐나갔다.

마초는 전만과 허의를 혼자 상대하면서도, 두려워하기는커녕 오히려 힘이 더 솟아나는 것 같았다. 그때 마대와 문앙이 달려왔기 때문에, 마초는 맹진성이 이미 손아귀에 들어온 것을 알았다. 그래서 두 사람

에게 전만과 허의를 맡기고, 자신은 조창과 싸우는 황충을 응원하러
갔다.

"노장군, 조창을 놓치지 마십시오. 마초가 왔습니다."

마초가 큰 소리로 외쳤다.

조창은 황충과 겨우 호각지세를 이루었는데, 마초가 가세하면 견딜
수 없다. 지면 자신의 명예가 땅에 떨어진다. 그래서 허의와 전만을 불
러 급히 퇴각했다. 그리고 마초·마대·황충·문앙 등 네 장수의 추격을
겨우 뿌리치고 언사성으로 들어가 성문을 굳게 닫았다.

마초는 마대와 문앙에게 명령하여 강유와 함께 맹진성을 지키게 하
고, 자신은 황충과 함께 본진으로 돌아가 공명을 만났다. 공명은 맹진
을 빼앗은 것을 알고 이렇게 말했다.

"여러 장수들의 노력으로 맹진을 얻었소. 낙양은 이미 우리 수중에
있소. 사마의는 이제 냄비 속에 든 물고기요."

그리고 두 사람에게 후한 은상을 내리려고 했지만, 두 사람은 극구
사양했다.

공명은 마초에게 마대와 함께 맹진성 밑에 진을 치고 위군의 교통을
차단하라고 명령했다. 그리고 황충에게는 장병들을 독려하여 파괴된
맹진 성벽을 수리하고 위군의 반격에 대비하게 했다. 이 작업이 잘 되
면, 사마의에게 날개가 돋는다 해도 탈출하지 못할 것이다. 두 장수는
당장 행동을 개시했다.

낙양성의 사마의는 맹진을 빼앗긴 데다 한군이 용도(甬道: 양쪽에 담을
쌓은 길)를 만들어 낙양을 포위할 태세에 들어간 것을 알고, 급히 장수들
을 불러모아 이렇게 말했다.

"맹진을 잃은 것은 우리 목이 잘린 것이나 마찬가지요. 게다가 용도로 포위당하면 한 사람도 살아남지 못할 것이오. 이 낙양은 이제 더 이상 지킬 수 없소. 적의 용도가 완성되기 전에 군대를 총동원해서 한군의 포위망을 돌파하여 언사로 퇴각해야 하오. 죽음 속에서 삶을 구하는 형편이 되겠지만, 그래도 문을 닫고 들어앉아 죽음을 기다리는 것보다는 나을 것이오."

그러자 유엽이 이렇게 제안했다.

"도독의 생각은 옳습니다. 다만 한군은 지금 승리를 거둔 기세가 있고, 제갈량은 신중한 인물이니까, 견실한 수비력을 갖추고 있습니다. 우리는 섣불리 나갈 수도 없고, 나가더라도 퇴각할 수 없는 상태가 되어버리면 더 이상 손을 쓸 수가 없습니다. 이럴 때는 군대 전체에 몰래 출발 준비를 시켜놓고, 내일 등사재(등애)와 종사계(종회)가 낙수를 건너 의양으로 진격하여 전력을 다해 공격하는 것이 좋을 듯합니다. 의양을 지키는 제갈탄은 위험해지면 반드시 제갈량에게 구원을 청할 테고, 제갈량도 원병을 보내지 않을 수 없을 것입니다. 그때 등 장군과 종 장군은 진지를 버리고 급히 귀환하여 밤중에 군대 전체가 몰래 언사로 퇴각하면, 우리 장병들은 그저 살아서 돌아가고 싶은 일념으로 적의 추격 따위는 쉽게 뿌리칠 수 있을 것입니다."

"참으로 묘안이오."

사마의는 등애와 종회에게 출전 명령을 내렸다.

등애와 종회는 군대를 이끌고 낙수를 건너 단숨에 의양성으로 몰려가 맹공을 퍼붓기 시작했다. 과연 제갈탄은 방어에 힘쓰는 한편, 본진의 제갈량에게 급보를 보냈다.

공명은 위연에게 병력 1만을 주어 의양으로 보냈다. 등애와 종회는 예정대로 저물녘이 되기를 기다려, 야음을 틈타 낙양으로 돌아왔다.

사마의는 작전이 성공한 것을 기뻐하며, 장합을 선봉, 종회와 등애를 각각 좌익군과 우익군으로 삼고, 자신은 유엽·이전과 함께 중군을 이끌고, 서황·사마소를 후군으로 삼아 낙양성을 나왔다. 선두에 강력한 궁수 부대를 배치하고, 낙양의 군량과 군수물자를 전부 끌어낸 뒤 성에 불을 질렀다. 그리고 한군이 적은 쪽을 노려 산이 무너지는 듯한 기세로 곧장 돌진하자 한군은 여지없이 밀려났다.

그러나 공명도 손가락만 빨면서 그것을 보고 있었던 것은 아니다. 사마의가 낙양을 포기할 것은 틀림없지만, 낙양에서 한꺼번에 몰려나오는 위군의 대병력을 갑자기 막을 수는 없기 때문에, 그는 일부러 길을 한 줄기 열어두었다. 그리고 위군의 3분의 2 가량이 통과하면 그때 습격할 작정이었다.

이리하여 공명의 호령이 떨어지자 사방에서 한군이 몰려나와 서황과 사마소를 물샐틈없이 포위했다. 그들은 아무리 발버둥쳐도 탈출할 수가 없었다. 그러나 사마의를 맞아들인 조창이 이 소식을 듣고는 철기 3천을 이끌고 구원하러 왔다. 장합도 창을 들고 뒤따라가 한군의 포위망을 뚫고 두 장수를 구출했다. 조창·장합·서황·사마소가 목숨을 걸고 분투했기 때문에 한군은 많은 사상자를 냈다. 마초와 황충이 현장에 달려왔을 때에는 위군이 이미 언사로 퇴각한 뒤였다.

수염이 붉기 때문에 황수아黃鬚兒라는 별명을 가진 조창은 상당히 유능한 장수다. 낙수를 건넌 등애와 종회는 검은 머리를 가진 아름다운 청년들이다. 그러면 이 다음은 어찌 될 것인가. 다음 회를 기대하시라.

제 40 회

제갈량, 낙수에서 놀며 시를 읊다
손권, 합비를 얻고 격문을 날리다

사마의는 한군에게 맹진을 빼앗기고 언사와 낙양 사이의 교통이 끊어진 이상, 병력이 많고 군량이 적은 낙양에서는 도저히 오래 버틸 수 없다고 생각했다. 게다가 한군이 용도를 만들어서 낙양을 포위할 태세를 보였기 때문에 낙양을 더 이상 지킬 수 없다고 판단했다. 그래서 한군이 용도를 완성하기 전에 우선 의양을 공격하여 한군을 교란시킨 뒤, 모든 병력을 이끌고 포위망을 돌파하여 언사로 달아났다.

이것이 지금까지의 상황인데, 독자 여러분 중에는 이렇게 말하는 분도 있을 것이다.

"공명의 병력은 10여 만이고, 낙양에 있는 위군도 10여 만이다. 한군은 언사와 낙양 사이를 완전히 차단하고 있었으니까, 위군이 전력을 다해 부딪쳐와도 막아낼 수 있었을 게 아닌가?"

그러나 이는 옳은 생각이 아니다. 공명의 뜻은 낙양을 얻어 근거지로 삼는 데 있었다. 또한 도망치는 사람을 무리하게 추격하지 말라는 것은 병법의 원칙이다. 사마의는 지모가 뛰어나고 끈기 있는 지장智將이며, 위군에는 이전과 장합을 비롯한 명장들이 있다. 그들은 결코 일망타진할 수 있는 상대가 아니다. 정면으로 부딪치면 오히려 한군이 많은 사상자를 낼 것이다.

그래서 공명은 언사와 낙양 사이의 수비병을 철수하여 적이 도망치게 내버려둔 뒤, 적의 후군만 차단하여 적이 마음껏 비웃게 내버려두었다. 이리하여 위군은 수천 명만 잃었을 뿐 안전하게 언사로 퇴각할 수 있었던 것이다.

언사의 정청에 자리를 잡은 사마의는 임성왕 조창이 서황과 사마소를 구출하여 돌아오자 일어나서 상석을 양보하려고 했다.

그러자 조창이 말했다.

"도독, 그러지 마십시오. 아군은 연전연패하여 사기가 크게 떨어져 있습니다. 이런 때야말로 법령을 분명히 밝히지 않으면 군의 사기를 돌이킬 수 없습니다. 황제 폐하께서는 도독에게 정벌의 군권을 위임하셨습니다. 모든 장병이 도독의 통솔을 받아야만 모두가 하나로 뭉쳐 적과 싸울 수 있습니다. 전에 도독은 신안에 계셨기 때문에 나한테 언사의 군무를 맡으라고 명령하셨습니다. 이제 도독이 여기에 오신 이상, 장관은 내가 아니라 도독입니다. 나는 도독의 휘하에 들어가 한 몸이 되어 적과 맞설 생각입니다. 장병을 다룰 때도 장관이 둘인 상황에서는 제대로 통제할 수 없습니다. 부디 황제 폐하의 뜻대로 지시를 내려주십시오."

그러자 사마의는 "그렇게 생각하신다면 전하의 후의를 받들어 제가 중앙에 앉겠습니다" 하고는 자리에 앉았다. 조창이 왼쪽 제1위, 이전이 오른쪽 제1위(이전은 이번 싸움에서 한 번도 지지 않았다)가 되고, 나머지는 작위의 서열에 따라 차례로 자리를 잡았다.

사마의는 다시 다음과 같이 말했다.

"나는 명령을 받은 뒤 병력을 잃고 영토를 잃어, 위로는 황제 폐하의 기대를 저버리고 아래로는 장병들의 예봉을 꺾었으며, 국고의 막대한 재물과 백성의 노력을 헛되이 하고 말았소. 이를 생각하면 밤에도 잠이 오지 않고 가슴이 찢어질 것만 같소. 폐하께 말씀드려 다른 장수를 골라 전선에서의 싸움을 지휘하도록 부탁할 생각이오. 나는 관작을 반환하고 일개 병졸로 적과 싸우다가 용감하게 전사하여 가죽부대에 시체를 담고 싶소. 그렇게 하여 나에게 중책을 맡겨주신 폐하의 은혜에 조금이라도 보답하고 싶소. 임성왕 전하께서는 폐하의 조칙이 내려지는 대로 저 대신 군무를 장악해주십시오."

그러자 조창이 일어나서 말했다.

"송구스럽지만 도독께서 방금 하신 말씀은 잘못되었습니다. 황제 폐하께서 도독의 능력을 높이 평가하지 않으셨다면 이렇게 중요한 임무를 맡기지는 않으셨을 것입니다. 도독이 신안에 진주하신 결과 제갈량이 한 걸음도 움직이지 못했던 것은 누구나 다 알고 있는 터, 도독에게는 공은 있을지언정 죄는 없습니다. 적이 비열하게도 지뢰를 이용하여 천지를 뒤엎었기 때문에 이런 사태를 맞은 것뿐입니다. 전한의 모신謀臣인 장량과 진평(둘 다 한나라 고조 유방을 도와 중국 통일에 이바지한 개국공신)이 살아 있었다 해도 막지 못하고, 고대의 용사 맹분과 하육이 있었다 해도 용맹을 떨치지 못했을 것입니다. 그런데 도독은 스스로 책임을 떠맡으려 하십니다. 이것이 누구의 책임도 아니라는 것은 모두 잘 알고 있습니다. 그렇기 때문에 지난번 폐하께서 보내신 조칙에도 격려의 말씀은 있을지언정 질책의 말씀은 어디에도 없었습니다. 이번에 맹진을 잃고 전군이 퇴각하는 사태를 맞았지만, 낙양에서 전멸하는 사태에 비하면 아무것도 아니지 않습니까. 황제 폐하께서는 도독에게 전권을 위임하셨습니다. 도독은 다시 반격할 수단을 강구하고 장병들을 격려하여 일에 임하셔야 할 텐데, 갑자기 사임하겠다고 말씀하시는 것은 오히려 중대한 책임 회피가 아닙니까. 폐하께서 도독에게 국운을 맡기신 것에 보답하는 길이 아니라고 생각합니다."

조창의 말은 다른 장수들의 용기도 북돋아주었다. 사마의는 정중하게 고개를 숙이며 말했다.

"임성왕 전하의 말씀은 제 가슴에 사무칩니다. 그러나 연패한 장수로서 이대로 남의 윗자리에 앉을 수는 없습니다."

조창도 마주 고개를 숙이며 대답했다.

"아군의 연패는 한 사람의 책임이 아닙니다. 강한 적군과 결전이 임박한 지금, 지략을 발휘할 수 있는 사람은 도독밖에 없습니다. 나와 이 장군도 부하들을 이끌고 도독의 지휘에 따르겠습니다. 한 번쯤 패배했다고 해서 군령을 소홀히 해서는 안 됩니다."

그러고는 다시 훈령을 내려달라고 사마의에게 요구했다.

이전을 비롯한 장수들도 모두 일어나서 말했다.

"원컨대 기력을 되찾아 보복전을 지휘해주십시오. 저희들도 임성왕 전하와 마찬가지로 싸움터에서 죽을 각오가 되어 있습니다."

장막 아래에 모여 있던 군관 백여 명도 일제히 일어나 복종의 뜻을 밝혔다.

그러자 사마의는 이런 명령을 내렸다.

"여러분이 마음을 하나로 모아 나라에 보답하려 해준다면 나도 의무를 잊지 않겠소. 지금 이 언사에서 퇴각할 수 있는 곳은 존재하지 않소. 또한, 어떻게든 등봉을 탈환하지 않으면 후방이 위험하오. 그러면 임성왕 전하와 서황 장군은 기병과 보병 1만을 이끌고 등봉을 탈환하러 가주시오. 적은 대승을 거둔 뒤이기 때문에 우리가 등봉을 공격하리라고는 예상치 못할 것이오. 등봉을 탈환할 수 있다면 아군은 편해질 거요. 등봉을 얻으면 서 장군이 남아 수비하면서 조자렴(조홍)과 연

락을 취하시오. 임성왕 전하께서는 곧장 언사로 돌아와 다음 작전 수
행에 임해주시기 바랍니다."

사마의가 예상한 대로, 조창과 서황이 밤낮으로 강행군하여 등봉을
기습하자 등봉은 간단히 함락되었고, 등봉을 지키던 관색은 혼자 겹욕
으로 달아나 조루와 함께 겹욕을 지키게 되었다.

조창이 개선하자 사마의는 허창에 보고서를 보내어, 맹진과 낙양을
잃은 죄는 모두 자신에게 있고 등봉을 탈환한 공은 모두 조창과 서황에
게 있다고 말했다. 조조는 몸소 사마의에게 편지를 써서 다음과 같이
말했다.

"낙양은 고립되었으니 지킬 수 없는 것이 당연하오. 모두 퇴각하여
언사를 지키면 오나라의 손권은 틀림없이 다시 나올 것이오. 등봉을
되찾아 사기를 드높이고 자렴과 연계를 취한 것은 중달이 아니고는 해
낼 수 없는 일이었소. 바라건대 자중자애하여 스스로 죄를 묻지 마시
오. 들자하니 오나라의 서성은 5만 대군을 이끌고 자단(조진)의 합비 병
력과 함께 이미 부양으로 나와 심구를 엿보고 있다 하오. 문칙(우금)도
동백에서 나와 여남을 공격하고 있다 하니, 동쪽 싸움에는 전기轉機가
있을 듯하오. 중달이 제갈량으로 하여금 언사를 한 걸음도 나가지 못
하게 하면 관우·장비·조운 등의 세력도 역시 고립될 것이오."

조조는 또한 조창에게도 다음과 같은 편지를 써보냈다.

"중달은 나에게 주청을 올려 너를 크게 칭찬했다. 네가 유능한 장수
인 것은 오래전부터 알고 있었다. 다만 자존심을 굽혀 중달에게 복종
할 줄을 모를 뿐이다. 요즘에는 많이 나아졌다고 들었다. 네가 이렇게
하면 여러 장수들이 어찌 명령을 거역하겠느냐. 창아, 열심히 노력하
여 국가 만백성의 만리장성이 되거라."

사마의와 조창은 조조의 편지를 받고 더욱 분발했다. 사마의는 언사성 밖에 커다란 진지 두 개를 만들고 4만 명을 배치했다. 그리고 조창이 제1진영의 대장이 되고 유엽이 부장이 되고 전만·허의가 그 밑에 배속되었다.

제2진영의 대장은 이전, 부장은 장합이 맡고, 등애와 종회가 그 밑에 배속되었다. 사마의 자신은 병력 5만을 이끌고 성을 지키기로 했다.

그런데 기억력이 좋은 독자는 이렇게 말할 것이다.

"조창이 전에 모집한 선비족 기병 1만은 왜 전혀 움직임이 없는가?"

사실은 여기에 강유의 묘계가 있었다.

강유의 요청을 받은 공명은 선비족의 존경을 받고 있는 전주를 시켜 선비족 두목을 설득하게 했다. 그 결과, 두목은 위나라에 협력하지 않기로 했다. 그리고 당장 하발기와 모용궤에게 사람을 보내어 도로 불러들이려고 했다. 하발과 모용은 이것을 조창에게 솔직히 이야기했다. 조창은 이미 그런 소문을 듣고 있었기 때문에 두 장수를 붙잡아도 소용없다고 생각하여 흔쾌히 돌려보내주었다.

선비족의 두 장수는 그 은혜에 감격하여 화살을 부러뜨리고 맹세하기를,

"조창이 다스리는 땅은 영원히 침범하지 않겠다."

두 장수는 이것을 약속하고 만리장성 북쪽으로 떠났다. 그리고 나중에 조창이 만리장성 북쪽으로 도망쳐 자립했을 때 두 장수가 그를 왕으로 추대했는데, 이것은 앞으로도 한참 뒤의 일이니까 여기서는 일단 접어두기로 하자.

이 선비족 군대가 돌아간 것은 마초가 위군 진영을 습격하기 전이었기 때문에 마초는 그처럼 자유자재로 휘젓고 다닐 수 있었다. 그렇지 않았다면 윤곽이 뚜렷한 얼굴을 가진 선비족 병사 1만 명이 조창을 도왔을 것이다. 그래서 세 개의 진지 가운데 제갈탄이 한나라 쪽으로 돌아섰다 해도 나머지 진지까지 잇따라 궤멸하지는 않았을 것이다. 예로부터 '전쟁은 용맹이 아니라 장수에게 있다'는 가르침도 있으니 새삼 설명할 필요는 없을 것이다.

공명은 군마를 수습하여 낙양에 입성하자 병사들에게 명령하여 불을 끄게 하고 성벽을 수리하고, 참호를 막아서 다시 평탄한 도로로 만들었다. 그리고 역대 황제의 능묘를 깨끗이 청소하고 백성을 안심시킨 뒤, 제갈탄을 낙양으로 불러 태수의 직무를 맡겼다.

이어서 길일을 택하여 문무백관을 거느리고 한중왕 유비의 이름으로 쇠고기·돼지고기·양고기를 바치는 '태뢰太牢의 예禮'를 올리고, 광무제의 능에 관리를 파견하여 국토 회복에 대한 가호가 있기를 기원하는 한편, 다른 황제의 능에도 참배하게 했다.

형주에도 전령을 보내어 유비에게 모든 일을 보고했지만, 유비도 모두 바라던 일이었기 때문에 이의가 있을 리 없었다.

공명은 마초와 황충을 각각 전군과 후군으로 임명하고, 원래의 주둔지로 돌아가 병사들에게 휴식을 주라고 명령했다. 또한 의양에서 장익의 군대를 불러들이고, 지금까지 전방에서 고생해온 병사들을 의양 수비로 돌려 휴식을 취할 수 있게 했으며, 다치거나 병든 병사도 건강한 병사와 교대시켰다.

이어서 공명은 장안에 전령을 보내어 낙양으로 군량을 수송하게 했다. 이 시점에서는 이미 관색이 등봉을 잃고 겹욕으로 도망쳐 온 사실이 알려져 있었다. 병력이 적으면 대군과 맞서 성을 지킬 수 없기 때문에, 공명은 관우에게 각지의 수비 병력을 증강하여 적의 반격에 대비하라고 명령했다.

그런데 다시 생각해보면 언사에 집결한 위나라 대군은 쉽게 공략할 수 없다. 어떻게 공격하면 좋을까 하고 궁리를 거듭하고 있던 공명에게 마초가 찾아왔다.

마초의 인사를 받고 자리에 앉은 공명은 이렇게 말했다.

"맹기가 맹진을 빼앗아준 덕분에 우리는 낙양을 빼앗을 수 있었소. 이번 싸움의 일등공신은 맹기요. 그러나 위군의 정예병력이 전부 언사에 있고, 정신적인 면에서도 굳게 단결해 있소. 이것은 쉽게 깨뜨릴 수 없소. 그러나 조자룡이 여남에 있으니, 위군이 포위당해 있는 상황에는 변함이 없소. 위군이 불리하다는 것은 의심할 여지가 없소. 맹기는 동생(마대)과 함께 기병 3천을 이끌고 무양으로 급히 달려가 관운장을 만난 뒤, 여남으로 가서 위나라의 우금을 맞아 싸우시오. 그렇게 하면 자룡은 전력을 다해 오군과 맞설 수 있소. 영양의 위군은 운장이 맞아 싸우고 있으니, 우금만 쳐부수면 여남에 대해서는 아무것도 걱정할 필요가 없소."

마초는 공명이 자기 공적을 높이 평가해준 것이 기뻐서 마대를 데리고 씩씩하게 떠났다.

공명은 유력한 대장이 여남으로 나갔기 때문에, 황충과 위연에게 전군前軍을 절반씩 맡기고, 진지 앞에 수많은 함정을 판 뒤 함정 속에 금속제 못을 박아 위군과의 지구전에 대비했다. 위군을 언사에 못박아두어 허창으로 돌아가지 못하게 하기 위함이었다.

공명은 낙양에서 함곡관에 이르는 도로를 보수했다. 그러자 피난했던 백성들도 서서히 낙양으로 돌아왔기 때문에 낙양은 전처럼 차분한 시가지의 모습을 되찾았다.

하루는 공명이 관료들을 데리고 낙수로 놀러 갔다. 바람도 따뜻하고, 하늘은 맑게 개고, 숲은 짙푸르게 울창하고, 낙수의 파도도 상냥한 웃음을 던지는 것 같았다. 부근에 사는 백성들도 한나라 대원수의 모습을 한번 보려고, 남녀노소가 줄지어 모여들었다. 공명이 그 사람들에게 위로하는 말을 던지자 모두 기뻐하며 돌아갔다.

공명은 관리들에게 이렇게 말했다.

"나는 일찍이 일개 서생으로 농사에 종사하면서 세월을 보냈는데, 한중왕께서는 내가 재주 없는 것을 알면서도 발탁하여 군사를 총괄하라고 명령하셨소. 지금까지 수없이 싸워, 서도西都 장안에서 동도東都 낙양까지를 겨우 역적의 손에서 도로 빼앗았소. '공을 이루기는 어렵다'는 말이 있지만, 나는 그것을 깊이 실감하고 있소. 우리의 싸움은 아직도 끝나지 않았소. 함께 노력하여 왕실을 돕고, 충성을 맹세하지 않겠소? 훗날에는 반드시 중원을 회복하여 마침내 국토 통일을 이룩할 수 있을 것이오. 그날에야말로 우리는 생애 최고의 기쁨을 맛볼 수 있을 것이오."

관료들이 모두 입을 모아 "그렇습니다" 하고 말하자, 공명은 긴 시를 읊기 시작했다. 그리고 제갈첨에게 그 시를 받아 적게 하여 관리들에게 읽어주었다.

그 시는 다음과 같았다.

한왕실의 덕은 옛날 땅에 떨어져

왕망이나 동탁이 강대한 세력을 얻었다.

그럼에도 천심은 아직 혼란을 싫어하지 않아

역적 조조를 이 세상에 내보내셨다.

조조의 지략은 군웅 중에서도 특히 뛰어나고

그 문장은 당연히 강한 울림을 갖고 있지만,

재능을 살려 봉황으로 우아하게 춤추지 아니하고

올빼미나 범 같은 짐승이 되어 울부짖고 있다.

강대한 권력을 방패 삼아 백성을 부리며

풍요로운 중원 땅에 유유히 버티고 앉아 있다.

황제를 수중에 넣어 제 존재의 무게를 더하고

그 때문에 제후들은 모두 조정에 고개를 숙이는도다.

병사를 다스리면 모두 자진해서 사역당하지 않으면 안 되고

주군을 위협하여 공적을 높이 평가받는다.

조조는 스스로 기호지세가 있음을 알고

그 위엄을 빌려 요堯·순舜과 어깨를 나란히 하려고 했다.

화흠이 헌제 내외를 살해하게 내버려두고

그 때문에 해와 달은 빛을 잃었다.

그리하여 황실의 종친(유비)은 의로운 군대를 일으키고

그 군대는 산과 바다에 깃발을 높이 내걸고 있다.

군대를 지휘하는 나는 한신이나 팽월 같은 전략도 없고

장량이나 진평만한 책략도 없는 것을 부끄러워한다.

그러나 다행히 대의명분으로 정의의 군대를 움직여

옹주와 예주에서 왕조의 위의를 회복할 수 있었다.

제물을 바쳐 원림園林에서 천지신명께 고하니

신풍神風이 구름 저편에서 일어나

역적의 군대는 이미 짓늘려 복종하고

정의의 군단도 열심히 싸웠다.

이제 동도 낙양에서 병사들을 쉬게 하고 있지만

이는 매가 날개를 접고 잠시 쉬는 것이나 마찬가지.

다시 창공을 날면

적은 이리나 토끼처럼 도망칠 수 없다.

백성은 오랜 전쟁에 시달리고

노약자는 각지의 소동을 슬픈 눈으로 지켜본다.

다행히 징과 북소리가 잠시 멈추니

부녀자들도 기뻐하고 있다.

노인이 무슨 말을 하려고

몇 번이나 오락가락하다가 쓸쓸히 서 있는 것 같구나.

노인은 그 말을 입 밖에 내기가 두려운 게 아닐까.

내 관직이 높아서 교만한 것처럼 보이는 것일까.

부디 나를 위해 거리낌없이 말해주기 바란다.

노인을 위해 전답의 잡초를 뽑아주자.

얼핏 보기에 지극히 사소한 이런 점도 놓치지 말고

법을 분명히 밝혀 동포에게 고하도록 하자.

낙수는 맑고 망산도 높이 우뚝 솟아 있다.

백 년 후의 일은 아무도 예측할 수 없지만

인애仁愛의 마음으로 백성을 보살펴 오랫동안 감동을 전하자.

군사는 상황에 따른 편의적 조치를 필요로 하지만

백성의 생활은 이미 황폐해져 있다.

성난 범처럼 위세는 부릴 수 있지만

마을의 생활은 그 때문에 나날이 쇠퇴해져간다.

원컨대 어진 군자의 은덕이

널리 밝게 백성에게 미치기를!

공명이 시를 다 읊자, 그 시를 돌려 읽은 관리들은 모두 찬탄하며 말했다.

"원수께서는 군사를 예로써 다스리고, 백성을 덕으로써 따르게 하십니다. 옛날 제齊나라 환공桓公이나 진晋나라 문공文公도 원수께는 미치지 못합니다."

그러자 공명은 이렇게 말했다.

"전쟁이 미치는 범위 안에서는 개나 닭조차도 마음놓고 살 수 없소. 하물며 백성의 노고를 누군가가 보살펴주지 않으면 그후의 국가 경영에도 심각한 영향을 미칠 것이오. 나는 여러분과 함께 그 일을 위해 애쓰고 싶소."

관리들은 입을 모아 대답했다.

"뜻을 받들겠습니다."

이윽고 날이 저물자 일행은 성으로 돌아왔다.

이렇게 단결을 강화한 공명은 우금을 맞아 싸우러 간 마초의 결과를 기다려 다음 작전에 들어가기로 했다.

한편, 마초와 마대는 기병 3천을 이끌고 밤낮으로 계속 달려 며칠 만에 무양에 도착했다. 관우는 기뻐하며 맹진을 탈취한 마초의 공적을 칭찬했다. 마초는 늠름하고 거룩한 관우의 풍모를 보고 깊은 존경심을 품었다. 관우는 이렇게 말했다.

"전에 조자룡이 혼자 적진에 깊이 들어갔을 때, 나는 그를 걱정하여 우선 제1진으로 황무와 최기에게 병력 1만을 주어 응원하러 보내고, 제2진으로 서원직(서서)에게 병력 5천을 주어 보냈소. 병력은 이것으로 충분하다고 생각하지만 역량 있는 대장이 아쉽던 참이었소. 마침 맹기 형제가 와주었으니 아군은 필승할 것이 틀림없소. 그러나 정세는 위급하오. 이곳 기병 2천을 합하여 당장 여남으로 가서 자룡·원직과 협력하여 적을 무찔러주시오. 나는 이곳에서 승전보를 기다리겠소."

마초와 마대는 관우에게 작별인사를 하고 전광석화 같은 기세로 여남에 도착했다. 기마대는 성밖에 주둔하고, 두 장수는 호위병 백여 명을 거느리고 입성했다.

조운과 서서는 마침 위군을 맞아 싸울 작전을 의논하고 있다가, 마초 형제가 왔다는 말을 듣고는 몹시 기뻐하며 두 사람을 맞아들였다.

자리가 정해지자 조운의 부인 마운록도 나타나 오빠와의 재회를 기뻐했다. 이것은 마초가 공명을 따라 출병한 이후 첫 번째 재회였으니 그 기쁨은 이루 말로 표현할 수 없을 정도였다.

마초가 조운에게 물었다.

"현재 정세는 어떤가?"

"어제 요화와 엄수가 알려온 바에 따르면, 손권은 합비 위군과 합세하여 서성을 대장으로 삼고 한당과 주태를 부장으로 삼아, 보병 2만에 위군 대장 조진의 병력 3만을 더한 5만 대군을 거느리고 신채로 달려와 성에서 백 리쯤 떨어진 곳에 진을 쳤답니다. 황무와 최기는 언릉에서 위군과 대치해 있는데 호각지세입니다. 그 밖에 위나라 우금이 4, 5만의 병력을 거느리고 여남 남쪽에서 공격해올 태세이기 때문에,

지금 '원직과 분담하여 맞아 싸우자고 의논하고 있던 참입니다."

마초는 이 말을 듣고 말했다.

"그렇다면 원직을 여남에 남겨 수비하게 하고, 내가 기병 5천과 보병 1만을 이끌고 우금을 맞아 싸우겠네. 자네는 누이와 함께 오나라의 서성을 맞아 싸우게. 무슨 일이 생기거든 관운장께 급히 알려 응원을 청하면 되겠지."

조운과 운록은 여기에 동의하고 당장 출발했다.

한편 우금은 대호산大胡山 일대에 주둔해 있었는데, 동료인 조휴가 장요의 명령을 받고 도중에 양양을 수비하러 돌아가버렸기 때문에, 휘하에 있는 것은 여건·만분·염온·두칙 등 네 부장뿐이고 병력도 4만에 불과했다.

우금은 우선 정석대로 첩자를 보내어 여남 일대의 상황을 살피게 했다. 첩자는 돌아와서 이렇게 보고했다.

"여남에는 조운 내외와 서서 군사軍師가 있을 뿐입니다. 그런데 오군이 합비에서 신채를 공격한다는 소식이 전해졌기 때문에, 조운이 직접 오군을 맞아 싸우러 가고 서서가 성을 지키려 남았습니다."

우금은 이 말을 듣고 크게 기뻐했다.

'그렇다면 충분히 이길 수 있다.'

이렇게 생각한 우금은 당장 군대를 정비하여 여남을 향해 떠났다.

우금이 대호산을 떠나 50리도 가기 전에 앞쪽에 한 무리의 한군이 나타났다. 먼 빛으로 보아도 강대한 병력이다. 갑옷과 투구도 번쩍번쩍 빛나고 있다. 우금은 진형을 갖추고 기다렸다.

이윽고 한군의 진형이 좌우로 열리더니, 한 대장이 창을 꼬나쥐고 말을 달려 뛰쳐나왔다. 그 대장 깃발에는 '서량의 마초'라는 글자가 새겨져 있다. 우금은 깜짝 놀랐다. 그러나 마초가 "필부 우금아, 너는 살아날 길이 없는 땅에 너무 깊이 들어왔구나. 당장 항복해라" 하고 호통을 치자, 발끈하여 아무 말도 하지 않고 마초에게 덤벼들었다.

우금은 마초와 50여 합을 겨루었지만 차츰 기운을 잃고 밀리는 기색을 보였다. 그러자 염온과 두칙이 가세하러 달려왔다.

마대는 마초가 혼자 세 명을 상대하게 된 것을 보고 기마대에게 돌격 명령을 내린 뒤, 자신도 진지 앞으로 달려나가 단칼에 염온의 목을 베었다.

여기서부터 마초는 대단한 활약을 보인다. 귀신 같은 위력을 발휘하여 우금의 왼쪽 허벅지를 창으로 꿰뚫었다. 우금이 말에서 떨어지자 여건과 만분이 필사적으로 구출하여 달아났지만, 미처 도망치지 못한 두칙은 순식간에 마초에게 찔려 죽었다.

그 기세를 타고 마초와 마대가 추격하니 위군은 1만 명 이상이 투항했다. 우금은 패잔병을 이끌고 말릉관을 통해 오나라 영토로 도망쳐 들어갔다.

마초는 마대에게 병력 1만을 이끌고 동백과 비양 각지를 안정시켜 우금의 반격을 막게 하는 한편, 황서와 연계하여 남쪽으로 통하는 도로를 확보하게 했다. 그리고 자신은 기마대를 이끌고 돌아가 서서에게 보고했다. 서서는 크게 기뻐하며 말했다.

"끓는 물로 눈을 녹이듯 쉽게 위군을 물리치다니, 장군이야말로 천하의 영웅입니다. 언릉의 수비는 확고하니 당분간은 걱정할 필요가 없습니다. 장군께서는 수고스럽지만 신채로 가서 조 장군에게 가세해주십시오."

마초는 병사들을 하루 쉬게 한 뒤, 이튿날 신채로 달려가 한바탕 신나게 싸워보자고 생각했다.

그러면 여기서 오나라의 움직임을 살펴보기로 하자. 손권은 조진에게서 '합비를 양보할 테니 조운을 협공해달라'는 요청을 받고, 문무백관을 소집하여 회의를 열었다. 내정을 담당하는 문관 장소는 이렇게 이의를 제기했다.

"전국시대에 조趙나라는 한韓나라 상당군上黨郡의 장관한테서 그 영토를 선물로 받고 투항을 받아들였지만, 곧 수도 한단邯鄲이 진秦나라에 포위당하여 멸망했다고 사마천의 『사기史記』에는 기록되어 있습니다. 남의 나라 영토를 얻는 것은 좋지만, 금방 포위당하여 멸망한다면 말이 되지 않습니다. 마땅히 거절하셔야 합니다."

그러나 무장인 황개는 여기에 반대했다.

"합비는 중요한 곳인데, 우리가 얻지 못하면 반드시 조운에게 빼앗길 것입니다. 나중에 후회해도 소용없습니다. 또한 전화戰禍는 이미 각지에 미쳐 있습니다. 합비를 받지 않더라도, 어차피 전쟁은 피할 수 없습니다."

손권은 큰 소리로 "황공복黃公覆의 말이 옳소" 하고 판정하고, 당장 합비와 접촉한 뒤 육손에게 합비를 지키게 했다. 그리고 서성에게는 한당·주태와 함께 정예병력 2만을 이끌고 조진 휘하의 위군을 합하여 합비에서 신채로 진격하라고 명령했다.

싸움터의 형세가 갑자기 변하여, 무위에서 온 서량 기마대가 사납게 달리고, 포로의 말은 강물을 마시며, 과보산瓜步山의 강물은 동쪽으로 내려간다. 그러면 이 다음은 어찌 될 것인가. 다음 회를 기대하시라.

제 41 회

서성, 신념을 다하고 신채에서 죽다
조조, 장하를 말려버리라는 유언을 남기다

조운과 마운록 내외는 군대를 이끌고 신채에 도착하여 요화와 엄수의
마중을 받았다. 정청 안에 자리를 잡자 조운이 우선 물었다.

"오군은 벌써 왔소?"

"오군 선봉장 한당이 병력 5천을 이끌고 여기서 10리쯤 떨어진 곳
에 진을 쳤습니다. 본대는 거기서 30리쯤 후방에 있는데, 대단한 정예
병력입니다."

"오군은 여기까지 먼 길을 와서, 그것만으로도 지쳐 있기 때문에 속
전속결이 유리하오. 우물쭈물하고 있으면 병사들의 사기는 계속 해이
해질 뿐이기 때문이오. 우리는 도랑을 깊이 파고 보루를 높이 쌓아 굳
게 지키면서, 적의 사기가 떨어지기를 기다려 공격합시다."

조운은 이렇게 명령하고 성의 수비를 강화했다.

그 이튿날 서성은 대군을 이끌고 몰려와 한당과 주태에게 공격을 명
령했다. 오군이 성벽에 바싹 다가가도 한군은 전혀 응전하지 않는다.
그래서 오군은 개미 떼처럼 성벽을 기어오르기 시작했다. 오군이 성
위로 올라서려는 순간, 한군이 일제히 반격을 개시했다. 재와 기왓장,
분뇨와 나무가 비 오듯 쏟아진다.

오군은 도망치려는 사람과 계속 전진하려는 사람이 뒤섞여, 몇 시간
만에 천여 명이 목숨을 잃었다. 서성은 한군에게 대비책이 있었던 것

을 알고 급히 퇴각 명령을 내렸다.

그때 북과 뿔피리 소리와 함께 성문이 활짝 열리더니 한군이 일제히 추격에 나섰다. 한군은 강력한 활로 오군을 쏜다. 오군은 꽃잎이 흩날리듯 잇따라 말에서 떨어진다. 조운이 앞장서서 왼쪽에는 엄수, 오른쪽에는 요화를 거느리고 질풍노도와도 같은 기세로 오군을 덮친다.

오군은 3, 4리 밖까지 밀려나 겨우 진형을 갖추고, 한당이 언월도를 휘두르며 조운에게 덤벼든다. 그러자 엄수가 그를 맞아 싸우고 요화는 주태를 맞아 싸운다. 그러나 요화는 60여 합을 겨룬 뒤 조금씩 밀리기 시작했다. 그러자 마운록이 요화에게 가세한다. 그렇게는 안 된다고 서성이 나오자, 조운이 말을 달려 그 앞을 가로막는다. 양군은 잠시 혼전을 벌이다가 붉은 해가 산 속으로 삼켜지자 겨우 군사를 거두었다.

신채성으로 돌아간 조운이 야습할 것을 경계한 오군은 그날 격전이 벌어졌던 곳에서 다시 6리쯤 후퇴하여 성에서 10리 떨어진 곳에 진을 쳤다.

그후 대엿새 동안 크고 작은 싸움이 10여 차례 벌어졌지만 승부가 나지 않는다.

서성은 장수들에게 자문을 구했다.

"아군은 날마다 맹공을 퍼붓고 있지만, 적의 수비도 견고하여 조금도 전과를 올리지 못했소. 헛되이 힘을 소비하는 것만으로는 좋은 방책이라고 말할 수 없소. 내가 보기에 조운의 후방에는 대군이 대기하고 있는 것 같지 않소. 다시 말해서 조운은 모든 병력을 수비에 사용하고 있소. 그래서 내일 조진 장군과 한 장군·주 장군이 성을 공격하고 있는 동안 나는 일부 병력을 이끌고 성 뒤편으로 돌아가 공격하고 싶소. 성이 함락되면 조운도 패주할 게 틀림없소."

조진도 "좋은 계책인 것 같습니다" 하고 찬성하여, 결국 서성은 병력 5천을 이끌고 한밤중에 성의 반대쪽으로 이동했다.

이튿날 새벽, 한당이 군대를 이끌고 도전하러 나타났다. 조운은 곧 반격하러 나가려고 했다. 그러자 운록이 말렸다.

"우리는 그동안 줄곧 똑같은 전술을 되풀이해왔어요. 언제나 모든 병력을 총동원하여 맞아 싸우는 방법뿐이었지요. 만일 적이 일부 병력을 다른 방향으로 돌려 공격해오면 우리는 퇴로를 차단당하여 지극히 위험합니다."

"정말 그렇구려. 그러면 성안에 병력 1만을 남겨둘 테니 당신이 지휘해주시오. 오로지 수비에만 전념하시오."

운록은 알았다고 말하고 성 위로 올라갔다.

조운·요화·엄수는 성을 나왔다.

한당과 조운이 맞붙어 싸우기 시작했을 무렵, 서성은 신채성 후방에서 공격을 개시하고 있었다. 서성이 몸소 선두에 서서 화살과 돌을 무릅쓰고 전진했다. 운록이 그를 맞아 싸운다.

그때 느닷없이 서쪽에서 말발굽 소리가 들리더니, 기마대가 흙먼지를 일으키며 나타나 서성군 후방으로 돌진했다. 그 선두에 서 있는 대장은 바로 황하 남북에 명성이 자자한 마초다. 마초는 오군이 성을 공격하고 있는 것을 보고는 혼자 달려가 서성에게 덤벼들었다.

서성은 언월도를 휘두르며 맞아 싸운다. 두 사람은 4, 50합을 겨루었지만 좀처럼 승부가 나지 않는다. 성 위에 있던 운록은 오빠가 서성을 쓰러뜨리지 못하는 것을 보고는 활을 집어들고 화살을 매겨 서성의 등을 향해 쏘았다.

활시위 소리와 함께 화살은 서성이 탄 말의 허벅지에 명중했다. 말은 앞다리를 푹 꺾으면서 반대로 뒷다리를 높이 차올렸다. 서성은 당연히 말에서 굴러떨어졌다. 그때 서량군 병사들이 덤벼들어 서성을 꽁꽁 묶었다. 오군은 대장을 되찾으려고 했지만 모두 마초에게 쫓겨났다.

운록은 급히 성문을 열고 오빠를 맞아들였다. 마초는 누이와 몇 마디만 나눈 뒤 서성을 누이에게 맡기고 오군 패잔병을 추격하여 조운에게 가세하러 갔다. 그리고 한창 혼전이 벌어지고 있는 가운데로 뛰어들면서 큰 소리로 고함을 질렀다.

"자룡, 서성은 이미 내가 포박하여 성안으로 보냈네."

조운은 마초가 온 것을 알고 용기백배했다. 한군도 갑자기 기세가 올랐다. 오군은 그 말이 정말인지 어떤지는 알지 못했지만 확실히 동요했다. 마초는 창을 꼬나쥐고 말을 달려 오군 속으로 뛰어들었다. 그 창은 날카롭기 이를 데 없어서 조진도 당해내지 못하고 단번에 찔려 죽었다.

한당과 주태는 형세가 혼란한 것을 보고 황급히 본진으로 도망쳐 들어가 사수할 태세에 들어갔다. 마초는 적의 네 장수 가운데 대장 서성은 사로잡혔고 위군 장수 조진은 죽었으니, 남은 한당과 주태만으로는 더 이상 어쩌지 못할 것이라고 판단하여, 조운과 함께 군사를 거두어 성으로 돌아갔다.

조운과 마초는 말머리를 나란히 하여 앞장서고 병사들은 개가를 불렀다. 다시 보니 조운과 마초는 둘 다 우열을 가릴 수 없을 만큼 잘생긴 대장부요, 위풍당당하고 늠름한 모습이다. 이를 보고 찬탄의 소리를 지르지 않는 병사가 하나도 없었다.

두 사람이 정청에 자리를 잡자 운록이 서성을 끌고 왔다. 조운은 몸소 아래로 내려가 서성의 결박을 풀어주고 윗자리로 데려와서 마초와 마주 앉게 하려고 했다. 그러나 서성은 끝내 자리에 앉으려고 하지 않았다.

조운이 말했다.

"강하에서 처음 뵈었을 때 나는 장군과 오래전부터 사귄 듯한 친밀감을 느꼈습니다. 우리 주공의 부인이신 손부인은 오나라 땅으로 친정 나들이를 가신 채 결국 형주로 돌아오시지 못하고, 혼인관계가 갑자기 변하여 원수 사이가 되어버렸습니다. 나와 장군은 지금까지 몇 번이나 싸웠기 때문에 장군의 뛰어난 기량을 잘 알고 있습니다. 사소한 도리는 잊어버리고 부디 한중왕을 도와주셨으면 합니다."

"이 서성도 장군과 똑같은 기분을 느꼈소. 그러나 나는 손씨 3대(손견·손책·손권)의 두터운 은덕을 입었기 때문에 절대로 배신할 수가 없소. 지금은 사로잡힌 몸이니, 부디 죽게 해주시오."

마초도 옆에서 조운을 거들었다.

"서 장군, 자룡이 저렇게까지 간곡하게 말하고 있으니, 고집을 굽히고 부탁을 들어주시오. 그래서 자손 만대까지 명성을 남겨야 할 것이오."

그러나 서성은 계속 고집을 부렸다.

"나는 패군지장이오. 죽을 각오는 되어 있습니다. 두 분께서는 나를 못된 인간이라고 생각지 마시고 칼을 빌려주시어 공적으로나 사적으로나 인간의 도리를 다하게 해주시오."

조운은 서성의 결심이 워낙 굳어서 설득하기 어렵다는 것을 깨닫고, 자기 칼을 서성에게 건네주면서 말했다.

"문향, 오늘 일은 장군이나 나나 주인을 위해 하는 일입니다. 장군은 결심을 바꾸지 않고, 나도 장군이 받아들일 수 있는 말을 하지 못했습니다. 그러나 피차 주인을 위해 최선을 다해온 것만은 확실합니다. 문향이 죽은 뒤에는 유해를 현훈(玄纁: 공식 장례용 검붉은 헝겊)에 싸서 오군에게 인도하여 본국으로 송환하겠습니다. 전선의 오군에 대해서는 퇴각을 허락하고 절대로 추격하지 않겠습니다. 그러니 문향은 안심하고 눈을 감으셔도 됩니다."

서성은 조운의 말에 몇 번이나 고개를 끄덕이며 칼을 받아들더니, 동쪽을 향해 두 번 절하고는,

"두터운 은덕을 입었으면서도 결국 보답하지 못했소. 구천에 가더라도 이 죄는 갚지 못할 것이오."

말을 끝내자마자 칼을 빼어 자결했다.

조운과 마초는 비통한 기분에 사로잡힌 채 서성의 유해를 현훈으로 정중히 싸고, 본진으로 가져가도록 오군 투항병에게 건네주면서 이렇게 명령했다.

"한당과 주태에게 '당장 무기를 버리고 퇴각하면 추격하지 않겠지만, 사흘이 지나도 퇴각하지 않으면 추격하겠다'고 전하라."

투항병들이 서성의 유해를 오군 진지로 가져가자 한당과 주태는 통곡했다. 투항병들은 조운의 말을 전했다. 한당과 주태는 조운이 의리를 중시하는 인간인 것을 알고 있었고, 또한 이곳에 머물러봤자 아무 소득도 없기 때문에 당장 진지를 떠나 동릉銅陵에서 배를 타고 오나라로 돌아갔다.

이 소식을 들은 손권은 문무백관을 거느리고 건업성 밖으로 나와

유해와 대면했다. 서성의 두 눈은 감겨 있지 않아 꼭 살아 있는 것 같았다. 손권은 발을 동동 구르며 통곡했고 문무백관도 모두 눈물을 흘렸다. 서성의 유해는 성안으로 운구되어 최고급 관에 넣어지고 금옥 장식으로 아름답게 꾸며졌다. 손권은 몸소 술을 부어 제사를 지낸 뒤 종산鍾山 기슭에 매장하고 유족에게도 충분한 배려를 해주었다.

또한 여몽을 부양阜陽으로 보내어 패잔병을 모으게 했다. 오나라는 그후 한나라를 공격할 힘을 잃고 국경 수비에만 전념할 수밖에 없었는데, 이것도 오로지 서성이 죽었기 때문이다.

옛 사람은 이를 잘 비유하고 있으니, "국가의 으뜸 장수는 만리장성보다 낫다"고 말하지 않았던가. 만리장성은 고정되어 있는 존재로 중국 북서쪽에 있지만, 남동쪽으로는 절대로 움직일 수 없다. 국가의 으뜸 장수는 자유자재로 움직일 수 있는 만리장성으로서, 적이 동쪽에서 오면 동쪽을 막고, 서쪽에서 오면 서쪽을 지키고, 남쪽이든 북쪽이든 마음대로 이동할 수 있다.

『시경』의 '대아大雅'편 〈첨앙瞻卬〉에는 "사람이 죽으면 나라가 병든다"는 구절이 있다. 현자가 없어지면 국가가 위태로워진다. 고금의 역사가 실로 이 한 마디에 응축되어 있다고 말하면 좀 과장이겠지만.

한편, 조운은 오군이 퇴각한 것을 보고 마초에게 말했다.

"서성이 죽었으니 오나라는 이제 우리와 싸울 능력을 잃어버렸다고 말할 수 있습니다. 엄수와 요화에게 이 주변을 진무하게 하고, 나와 형님은 기세를 타고 임영을 공격하면 허창을 뿌리째 뒤흔들 수 있을 것입니다."

마초도 여기에 동의하여 병력 1만 6천을 신채에 남겨놓고, 조운·운록과 함께 전광석화처럼 빨리 여남으로 돌아가 서서에게 자세한 결과를 보고했다.

서서는 크게 기뻐하며 말했다.

"동쪽이 안정되면 우리는 오로지 북벌에만 전념할 수 있습니다. 언릉에서 벌어지는 위군과의 전투는 여전히 소규모 충돌에 머물러 있을 뿐 별로 격렬하지 않습니다. 위군도 수비하기 위해 싸우는 자세인 것을 보면 아마 병력이 많지 않은 모양입니다. 따라서 언릉에 있는 황무와 최기는 언제라도 사용할 수 있습니다. 자룡은 언릉에 진주하여 위세를 떨쳐주시고, 여남에는 오의를 주둔시켜 수비하게 할 테니, 맹기는 언릉에서 강공진康公鎭으로 나가 그곳을 빼앗은 뒤 섭현의 동쪽을 공격해주십시오. 나는 무양으로 돌아가 운장께 예수澧水를 건너 북상하여 섭현의 남쪽을 공격하라고 말씀드리겠습니다. 또한 방사원과 장익덕에게 알려, 방성에서 나와 섭현의 서쪽을 공격하도록 하겠습니다. 이렇게 하면 아무리 적장 장요가 얼굴이 세 개에 팔이 여섯 개 달린 괴물이라 해도 막아내지 못할 것입니다."

조운과 마초는 입을 모아 칭찬하기를,

"군사의 묘책은 귀신도 미치지 못할 겁니다."

그러나 조운은 아무리 마초라 해도 보좌하는 사람이 없이 혼자 행동하는 것은 불편하리라고 생각하여, 급히 오의를 동백으로 보내고 마대를 불러들였다.

이 명령은 순식간에 전달되어 열흘도 지나기 전에 마대가 도착했다. 조운은 운록을 여남에 남겨 수비하게 하고 마초·마대와 함께 언릉으로 향했다. 언릉에 도착하자 이번에는 언릉을 지키고 있던 황무를 여남으로 보내어 수비하게 하고, 그 대신 운록을 불러들여 선봉대를 맡기기로 했다. 그리고 병력 1만을 나누어 마초와 마대가 강공진을 공격하러 갔다.

마초와 마대가 강공진에 온 것을 안 위나라 장수 진교는 병력 1만을 거느리고 있었지만, 상대가 마초인만큼 도저히 당해낼 재간이 없다. 그래서 황급히 허창과 섭현에 전령을 보내어 구원을 청했다.

그러나 마초와 마대가 자정 무렵에 바람을 이용하여 불을 지르자, 진교는 침착성을 잃고 허둥지둥 허창 부근까지 도망친 뒤에야 겨우 진을 쳤다. 이리하여 마초의 부대는 쉽게 강공진을 점령했다.

한편, 일이 이렇게 된 것을 아직 모르는 위군 장수 장요는 진교에게 원군을 보내려 하고 있었는데, 느닷없이 방성 쪽에서 천둥 같은 북소리를 울리며 한군이 몰려왔다.

그 총수는 다름아닌 장비이고, 왼쪽에는 관흥, 오른쪽에는 장포가 버티고 있다. 한군은 당장 섭현성을 공격하기 시작했다. 장요는 조인을 성 위로 보내어 수비하게 했다. 그런데 바로 그때 잇따라 파발마가 달려오더니 척후병들이 황급히 보고했다.

"관우가 예수를 건너 이 성 남쪽으로 바싹 다가왔습니다."

"마초가 강공진을 빼앗고 이 성 동쪽으로 다가오고 있습니다."

세 방면의 한군 병력은 10만이 넘는 대군이다.

게다가 "조운이 병력 3만을 이끌고 강공진에서 허창으로 진격하는 중입니다" 하는 소식도 날아왔다.

장요는 조인과 문빙을 불러 이렇게 말했다.

"허창은 우리의 근거지요. 많은 병력이 있고, 주공께서 지휘하시면, 조운에 대해서는 별로 걱정할 게 없소. 그러나 이 섭현을 잃으면 양양도 지킬 수 없고, 아군의 연계가 끊어져 허창도 위험해질 것이오. 우리는 어떻게 해서든 이곳을 지키지 않으면 안 되오. 병력도 군량도 적과 싸우기에는 충분하오. 틈을 보아 성밖으로 나가서 공격하면, 한군은 비록 수가 많다 해도 별로 대단치 않을 거요."

조인과 문빙은 "모두 지시대로 따르겠습니다" 하고 대답했다. 그래서 장요는 두 장수와 각각 한 방면씩 맡아서 싸우기로 하고, 서황과 조홍에게도 연락하여 장비의 후방을 공격하라고 명령했다. 그리고 사마의에게 이 소식을 급히 알리는 한편 원병을 요청했다.

"한군은 현재 섭현에 집결하여 허창을 엿보고 있습니다. 병력을 나누어 허창으로 보내주십시오."

사마의는 이 말을 듣고 깜짝 놀라, 당장 조창에게 보병 1만과 기병 5천을 나누어주면서, 이전을 선봉으로 삼아 허창을 응원하러 가라고 명령했다. 조창은 이전과 함께 밤낮으로 허창을 향해 달렸지만, 조창이 도착했을 때에는 이미 진교가 마초의 공격을 받고 혼전을 벌이다가 죽은 뒤였다.

마초가 맹공을 퍼부어 허창성 밖은 하늘을 뒤덮을 것 같은 불길에 휩싸이고 성안도 붉은빛으로 물들 정도였다.

조조는 전부터 병든 몸이었지만, 상황이 위급해졌는데도 그를 대신하여 군무를 맡을 만한 사람이 없었기 때문에 병든 몸을 이끌고 군대를 운영하느라 고심하고 있었다.

열심히 생각하면 할수록 그의 얼굴은 핏기를 잃고 창백해진다. 게다가 두통이 재발하여 견디기 어려운 고통이 엄습해온다.

독자들은 이렇게 말할지도 모르겠다.

"황태자 조비가 있지 않은가?"

하지만 조비는 견甄부인을 죽음에 이르게 한 뒤로는 궁중에서 곽미인郭美人을 총애하고, 최근에는 또 바느질의 명인으로 '침신針神'이라는 별명을 얻은 설영운薛靈芸을 얻어 그녀에게 '설야래薛夜來'라는 이름을 붙여주고 귀여워하고 있었다.

조비는 태자궁에서 날마다 밤새워 그 여자들과 희롱하기 때문에 아침에는 일어나지 못하고 오후에야 겨우 눈을 뜨며, 밤에는 정월대보름 축제 때처럼 휘황찬란하게 불을 켜놓고 또 질탕하게 노는 일을 되풀이했다. 그래서 조비가 아버지 대신 정사를 돌본다는 것은 생각지도 못할 일이었다.

이리하여 무엇이든 조조가 스스로 하지 않으면 아무 일도 제대로 돌아가지 않는 형편이었다. 이 세상의 모든 죄악을 혼자 대표하는 조조였지만, 그래도 처음에는 여유가 있었다. 오나라 손권이 출병했다는 소식을 듣고 회심의 미소를 짓던 때도 있었다.

그런데 내보낸 우금은 소식이 없고, 오나라의 사정도 강물 속으로 숨어든 물고기나 풀숲으로 모습을 감춘 기러기처럼 어떻게 돌아가는지 통 알 수가 없다.

그러는 동안 조운이 임영에 왔다. 관우와 장비는 섭현을 공격하여 장요가 위험하다. 조조의 눈에는 더 이상 희망의 빛이 보이지 않는다. 어떻게든 군대를 지휘하여 허창을 지키는 것이 고작이다.

그런 조조의 눈에 하늘 높이 타오르는 불길이 보였다. 조조는 몹시 동요하여, 눈에서 순간적으로 번쩍 불꽃이 튀는가 했더니, 목이 푹 꺾이면서 기절하고 말았다. 시종들이 황급히 조조를 가마에 태워 궁중으로 데려갔지만, 조조는 몇 번이나 피를 토하고 결국 일어나지 못하게 되었다.

그때 마침 조창이 달려왔다. 조조는 조창의 모습을 보고 조금 기력을 되찾아 언사의 상황을 물었다. 조창은 무사하다고 말했다. 조조는 조비를 불러들이더니 헐떡거리며 말했다.

"내 목숨은 이제 종말에 다가왔다. 내가 죽은 뒤에는 상喪을 공포하지 말고, 관은 지하도를 통해 허창에서 밖으로 내가거라. 나는 전에 장하漳河 남쪽에 72개의 가짜 무덤을 만들어두었다. 너희들은 나를 장하 북쪽에 매장하고 남이 발굴하지 못하게 해라."

조비와 조창이 알았다고 대답하자, 조조는 잠시 무언가를 생각하는 태도를 보이더니 이윽고 말을 이었다.

"내 매장이 끝나면 몰래 사마중달(사마의)과 장문원(장요)에게 알려라. 창아, 너는 허창을 지켜라. 그리고 내 명령이라 하여 궁내관을 유주로 보내어 병력을 모집한 다음, 유주에 도읍을 정하고, 그 뒤에 상을 발표해라. 만약 섭현을 지킬 수 없을 것 같으면 문원을 허창으로 퇴각시키고, 허창도 지킬 수 없을 것 같으면 문원과 중달에게 하남 땅을 포기하고 유주를 지키게 하면서, 요동의 여러 부족의 힘을 이용하여 나라를 존속시켜라. 선비족 병력을 이용하여 중원을 혼란시키고, 손권에게는 산동 땅을 떼어주어라. 손권은 산동을 영유하기 위해, 군대를 내보내어 우리 대신 싸워줄 것이다. 그것밖에는 이 위기를 구할 길이 없다."

조비와 조창은 울면서 명령을 받았다.

조조는 조창에게 마초를 격퇴하라고 명령했다. 조창이 이전을 거느리고 싸우러 나가보니 어찌 된 셈인지 적군은 한 사람도 없다. 사실 마초는 당장 허창을 함락시킬 수는 없다고 생각하여, 조창이 나온 것을 기회로 삼아 강공진으로 퇴각해버렸던 것이다.

조창은 이전과 함께 허창 남쪽 교외에 진지를 쌓고, 자신은 다시 궁중으로 돌아가 마초가 퇴각한 사실을 보고했다. 조조는 더 이상 고개도 들지 못한 채 눈만 크게 떠서 조창을 보고는, 피식 웃음을 흘리며 숨을 거두었다. 향년 66세였다.

조비와 조창은 아버지의 유언을 받들어 유해를 깨끗이 씻은 다음 가래나무 관에 넣었다. 조창은 호위병을 거느리고 밤중에 지하도를 통해 성밖으로 나가서 아버지를 매장했다. 무덤은 이미 만들어져 있었기 때문에 따로 준비할 필요도 없이 당장 유해를 안치한 뒤, 다시 지하도를 통해 성안으로 돌아왔다.

조비와 조창은 하룻밤 내내 의논한 끝에, 허창의 모든 정무를 조창이 주관하게 되었다. 조비는 이튿날 황제의 명령이라 하여,

"허창의 상황이 다급하기 때문에 황태자 조비를 유주로 보내고, 유주에 부도副都를 세워 장래에 대비하기로 한다."

이렇게 명령을 내린 뒤, 궁중의 보물을 챙겨 시종들을 거느리고 유주로 떠났다. 정욱과 조휴가 근위병 3천을 거느리고 조비를 호위했다.

조창은 조비가 쓴 조조의 사망통지서 두 통을 심복 두 명에게 주어, 각각 사마의와 장요에게 전달하게 했다. 밀서를 받은 사마의는 군대의 동요를 피하기 위해 속으로만 비통하게 울었다. 일이 여기에 이른 이상 어쩔 도리가 없다. 그는 마음을 차분하게 가라앉히고 언사의 수비를 강화했다. 그래서 장병들은 아무도 조조의 죽음을 알지 못했고, 심지어는 사마의의 아들인 사마소조차도 알지 못했다. 여기서 사마의의 신중함을 엿볼 수 있다.

허창에서는 조창이 조비에게 말씀드려 재가를 얻은 것으로 꾸며서

모든 일을 처리했고, 여전히 군량을 각지로 보내는 등, 조조가 살아 있을 때와 전혀 다름이 없게 했다. 조조의 죽음은 철저한 비밀로 유지되었다. 조조가 죽었다는 소문조차 퍼지지 않았다.

그런데 강공진으로 퇴각한 마초는 관우와 장비에게 양성을 공격하여 섭현의 배후를 뒤흔들자고 제안했고, 관우가 여기에 대찬성했기 때문에 마초와 마대는 당장 양성을 공격하러 갔다.

양성을 지키고 있던 조휴는 조비를 따라 유주로 가고, 그 대신 서황이 양성을 지키고 있었다. 서황은 마초가 온 것을 알고 성에 틀어박혀 수비했다. 그래서 마초는 사방에 기병을 풀어 양성과 섭현 사이를 차단할 태세를 보였다.

조창이 장요에게 보낸 전령은 교통이 차단된 것을 알고는 평민 복장으로 갈아입고 피난민을 가장하여 빠져나가려고 했다. 그런데 그만 기병에게 붙잡혀 마대 앞으로 끌려갔다.

마대는 출신지를 비롯하여 여러 가지를 심문했는데, 그 사람은 두려워하는 기색도 없이 일일이 거침없이 대답하는 것이었다. 그것이 오히려 마대의 의심을 샀다.

"이 녀석, 일반인치고는 대담하구나. 뭔가가 있을 게 틀림없다."

마대가 측근에게 명령하여 신체검사를 해봤더니 품속에서 조비의 편지가 나왔다. 마대는 그 편지를 읽고 크게 기뻐하며 그 자를 마초에게 끌고 갔다.

마초는 조조가 죽었다는 말을 듣고는 발을 동동 구르며 한탄했다.

"그 늙은 역적놈이 죽어버리다니, 우리 형제는 원수를 갚을 수가 없게 되었구나."

마초는 노발대발하며 눈초리가 찢어질 만큼 분해서 발을 굴렀다.

"형님, 분노를 거두어주십시오. 옛날 오자서는 원수인 초나라 평왕의 무덤을 파헤쳐 시체를 3백 대나 채찍질했다고 합니다. 허창을 쳐부순 뒤 늙은 역적의 시체를 찾아내어 토막내면 원수를 갚은 것이 됩니다. 그렇게 격분하여 한탄하실 일이 아닙니다. 어쨌든 운장께 알려 앞으로의 작전을 강구합시다."

마초는 그래도 통분을 금치 못했지만, 마대와 함께 관우를 만나 조비의 편지를 바쳤다.

관우는 편지를 읽고 크게 기뻐하며 천하에 조조의 죽음을 포고하는 한편, 유비·제갈량·장비·조운 등에게도 알렸다. 또한 문서계에 명령하여 조비의 편지를 수천 장 복사한 뒤 화살에 묶어 임영·양성·섭현성 안으로 쏘아보냈다.

위군 병사들은 편지를 읽고는 서로 얼굴을 마주 보며 이야기를 나누기 시작했다. 순식간에 혼란이 퍼져갔다. 당연히 장요와 서황을 비롯한 대장들의 귀에도 들어갔다. 이것이 더욱 깊은 동요를 낳았다. 한편, 한군 병사들은 조조가 죽었다는 말을 듣고 용기백배했다.

일세의 영웅도 죽어버리면 흔적조차 남지 않는다. 오늘날 아무리 돌아보아도 어디에도 없다. 그러나 병사들은 주인이 없으면 움직일 수가 없다. 그러면 이 다음은 어찌 될 것인가. 다음 회를 기대하시라.

제 42 회

유비, 군대를 이끌고 남양에 주둔하다
조운, 물줄기를 돌려 임영에 물을 대다

마초·마대 형제는 경기병을 동원하여 허창 일대의 모든 도로를 차단하고 조비가 장요에게 보낸 편지를 발견했다. 조조가 이미 죽고 조비가 유주로 도망친 것을 알고는 당장 관우에게 알렸다. 관우는 기쁨을 참지 못하고 서서에게 말했다.

"조조가 죽었으니 위군은 곧 무너질 것이오. 나는 익덕과 함께 단숨에 섭현을 쳐부술 생각인데, 후방이 좀 걱정이오. 한중왕께 말씀드려 남양으로 옮기시게 하고, 군세를 왕성히 하여 후방을 굳게 지키는 작전을 취하고 싶은데, 군사는 어찌 생각하시오?"

"장군께서는 실로 상황을 깊이 통찰하고 계십니다. 당장 실행하십시오."

관우는 주창을 무양으로 보내고 관평을 형주에 급파하여 남양으로 옮기는 유비를 호위하게 했다.

유비는 조운이 여남에서 대승을 거두었다는 말을 듣고 중원에서의 전투가 임박한 것을 알았다. 그래서 동궐을 계양에 보내고 마속을 불러들여, 그에게 미위·향충과 함께 계양 병력 1만을 이끌고 형주에서 명령을 기다리라고 지시했다.

또한 극정郤正을 장사로 보내고 장완을 형주로 불렀다.

마속은 동궐에게 업무를 인계할 때 계양의 지도를 주면서 모든 지리

적 요충지에 대한 주의점을 알려주는 한편, 병마와 군량 조달 방법 등에 대해서도 자세히 이야기하여 오나라의 군사행동에 대비하게 했다.

동궐은 마속의 이야기를 귀담아듣고, 마속이 해온 정치를 전혀 바꾸지 않겠다고 약속한 뒤, 인수印綬와 장부를 인수하여 계양의 정무를 맡았다.

마속은 동궐의 약속을 듣고 안심하여 그에게 작별을 고하고, 미위·향충과 함께 병력을 이끌고 장사로 가서 장완을 만났다. 장완도 마속과 함께 그날로 당장 출발하여, 우선 배를 타고 동정호를 건넌 뒤, 예주에서 공안으로 나가 형주성에 도착하여 유비를 알현했다. 유비는 앞에 엎드린 두 사람을 부축해 일으키며 치하했다.

"오나라의 진격으로 영릉과 계양은 동요했소. 유상(마속)과 공염(장완)이 없었다면 우리는 근본부터 뒤집혔을 거요."

두 사람은 겸손하게 등을 구부리고 자리에 앉았다.

유비는 장사와 계양의 현재 상황을 묻고 두 사람에게서 자세한 대답을 듣자 다시 한 번 두 사람의 노고를 치하했다. 그리고 관우가 보낸 승전보를 그들에게 보여주었다. 두 사람은 이렇게 말했다.

"조 장군이 임영을 공격하고 마 장군이 양성을 공격하고 운장과 익덕 두 분이 함께 섭현을 공격하시면, 허창은 바람 앞의 등불이나 마찬가집니다. 대왕 전하를 위해 더없이 기쁜 일이라고 생각합니다."

유비가 이에 대꾸했다.

"오나라는 서성이 죽었기 때문에 진격해올 힘을 잃었으니, 우리는 허창을 공격하기가 전보다 훨씬 쉬워졌소."

바로 그때 문지기가 들어와 보고했다.

"운장후雲長侯께서 관평을 보내셨습니다."

"관평이 왔다면, 또 승전보를 가져왔나?"

유비가 불러들이자 관평은 편지 한 통을 바쳤다. 유비는 편지를 읽고 저도 모르게 희색을 띠며, "그 늙은 역적도 죽기는 죽는군" 하면서 장완과 마속에게도 편지를 보여주었다. 두 사람은 펄쩍 뛰어오를 만큼 기뻐하며 다시 유비에게 축하인사를 드렸다.

유비는 관평에게 명하여 형주목 유기를 불렀다. 유기를 통해 형주 각지에 조조의 죽음을 널리 알리고, 장완과 마속을 형주목 유기와 대면시키기 위해서였다. 모습을 나타낸 유기는 두 사람이 남쪽 수비에서 큰 공을 세운 인물이고 유비의 신뢰도 두터운 것을 알고는 극진히 예우하려고 했지만, 두 사람도 겸손한 태도를 허물지 않고 유기보다 아랫자리에 앉기를 고집했다. 유비는 세 사람의 예절을 보고 더욱 기뻐하며 장완과 마속에게 물었다.

"운장의 편지에는 나더러 남양으로 옮기라고 적혀 있는데, 그대들은 어찌 생각하오?"

두 사람은 입을 모아 대답했다.

"조조가 이미 죽고 조비는 북쪽으로 도망친 지금, 위군의 사기는 크게 떨어져 이제 곧 와해될 것은 틀림없는 사실입니다. 전하께서 남양으로 진격하시면 중원 회복의 의지를 천하에 널리 알리는 효과도 있습니다. 반드시 진군해주십시오."

그러자 유비는 이렇게 명령했다.

"그 말은 참으로 시의적절한 말이오. 나는 뜻을 굳혔소. 이 형주성도 중요한 거점이므로, 유능하고 지혜로운 인물이 아니면 다스릴 수없소. 조카 유기는 건강이 좋지 않고, 계상(마량)은 하구의 군사에서 손을 뗄 수 없소. 그러니 공염(장완)이 대장군부의 정무를 맡아 강릉 태수로서 유기를 보좌하여 형주 9개 군을 다스리고, 편의에 따라 일을 처리하여 정세를 유리하게 이끌어주시오."

그러나 장완은 사양했다.

유비가 다시 말을 이었다.

"현재 효직(법정)은 촉에 있고, 공명은 낙양에 있으며, 방사원과 서원직은 원정 중에 있소. 유상은 나와 함께 떠나 군사에 참여하지 않으면 아니 되오. 따라서 형주를 다스릴 사람은 공염밖에 없소. 부디 세심한 주의를 기울여 일을 처리하시오. 기회가 있으면 재빨리 행동하시오. 너그러운 태도로 하급 관리들을 움직이고, 되도록 백성을 사역하지 않도록 하시오. 형주가 편안하면 전선에서는 안심하고 싸울 수 있소."

유비가 거듭 명령하자 장완도 그제서야 승낙했다.

이어서 유비는 유기에게 말했다.

"공염은 문무에 모두 뛰어난 인물이고, 내 중요한 기둥이오. 조카가 공염과 함께 열심히 일에 임하면 불가능한 일은 하나도 없을 것이오."

유기는 머리를 조아려 명령을 받았다. 유비는 관평을 선봉으로 삼아 형주군 1만을 이끌고 앞서 가게 하고, 마속을 한중왕 참모장에 임명하여 여러 장수들의 작전을 돕게 했다. 또한 미위를 좌호위장군左護衛將軍으로 삼아 계양병 5천을 이끌게 하고, 유비 자신은 형주군 5천을 이끌고 진군하기 시작했다.

형주에는 병력 1만 5천과 부장 20여 명을 남겨, 장완의 지휘를 받아 형주를 지키게 했다.

그날로 당장 출발한 군대는 신속하게 전진하여 곧 남양에 도착했다.

유염이 나와서 일행을 맞이했다. 관평은 병력 5천을 이끌고 그 길로 곧장 무양으로 가서 관우에게 유비의 진주를 알렸다. 또한 번건樊建도 병력 5천을 이끌고 방성으로 가서 장비에게 가세했다. 이리하여 형주와 익주(촉)에서 보낸 군수품과 군량이 관우·장비·조운·마초의 네 방면에 모두 공급되는 태세가 갖추어졌다.

공명은 낙양에 있기 때문에 옹주와 병주에서 물자를 조달할 수 있었다. 그래서 일부러 보급로를 만들 필요는 없었지만, 유비는 둘째아들 유리劉理를 보내어, 노고를 치하하는 편지와 함께 금은·피륙·소·술 따위를 전달하여 전선의 장병들을 위로했다.

유비는 또한 전선의 대장들에게 병사들이 백성을 괴롭히는 일이 없도록 철저히 감독하라는 지시를 보냈다. 또한 "전쟁터가 된 지역의 주민은 조세 3년분을 면제한다"고 포고하여 백성을 보호하는 자세를 보임으로써 한중왕의 덕을 널리 알렸다. 이것은 마속이 제안한 것이었다.

이런 조치가 나오자 백성들의 감격은 헤아릴 수 없을 만큼 컸고, 전선의 병사들도 백성의 미움을 받지 않게 되었기 때문에 무척 기뻐했다. 이리하여 민심은 모조리 유비에게 귀의하고, 군대의 사기는 날로 높아졌으며, 남쪽에서 북쪽까지 유비의 덕을 우러러보지 않는 이가 하나도 없게 되었지만, 이 이야기는 여기까지.

한편, 마초에게서 조조가 죽었다는 소식을 들은 조운은 조비가 북쪽 땅으로 도망치고, 신비·고당융·왕관·조엄 등 네 장수가 임영을 지키고 있다는 것을 탐지했다. 위나라 참모인 정욱도 조비를 따라 유주로 가버렸기 때문에 임영에 대한 보급은 사실상 단절된 셈이나 마찬가지였다.

조운은 위군이 혼란에 빠진 지금이야말로 임영을 빼앗아야 할 때라고 생각하여 황무와 최기를 불러들였다.

"맹기(마초) 장군의 편지에 따르면, 강공진을 지키던 적장 진교는 강공진에서 패하고 한때 도망쳤지만 허창 공격 때 죽었다 하오. 형세가 위태로운 것을 본 조조는 피를 토하고 죽고, 조비는 북쪽의 유주 땅으로 도망쳤소. 임영을 지키고 있던 모사 정욱도 조비를 수행하여 유주로 갔소. 그런데 관운장과 장익덕과 마맹기 장군이 섭현을 포위 공격하게 되었기 때문에 섭현도 이제 조금만 있으면 함락될 것이오. 이곳임영을 함락시키지 않으면 우리한테는 아무 공적도 없소. 천하의 호걸들한테 비웃음을 받을 뿐이오."

그러자 황무와 최기는 이렇게 대답했다.

"원컨대 명령에 따라 임영을 쳐부수고 공을 세워, 세 장군보다 먼저 허창에 입성하고 싶습니다."

조운이 말했다.

"임영성은 비록 작지만 견고하오. 적병이 전력을 다해 지키고 있는데, 우러러보면서 공격하여 사상자가 늘어나면 성을 얻어봤자 아무 이득도 없소. 그러니 어찌하면 좋겠소?"

그러자 황무가 말했다.

"저한테 한 가지 계책이 있습니다. 병사들을 번거롭게 하지 않고 임영을 얻을 수 있을 것입니다."

"어떤 계책이오?"

"임영은 이름 그대로 북쪽은 영수에 면해 있고 남쪽은 여수에 면해 있습니다. 이 두 줄기 강을 끊어 임영을 물로 공격하면, 성안의 위군은 물고기가 아닌 한 항복할 수밖에 없을 것입니다."

"과연 묘책이오. 그러면 당장 지형을 측량하여 수공水攻에 착수해주시오. 나는 진지를 높은 곳으로 옮기겠소. 적은 수공을 막으려고 공격하러 나오겠지만, 거기에 대해서는 내가 엄호하겠소."

황무와 최기는 병력을 이끌고 인부를 모집하여 공사에 착수했다.

임영臨穎은 이름 그대로 영수穎水에 면해 있지만, 좀더 자세히 말하면 영수는 임영성 아래에서 쌍박하雙泊河와 합류한다. 성을 물로 공격하려면 이 두 개의 강만으로도 충분하다. 여수는 별로 필요 없다. 그러나 과연 황무도 재치 있는 인물이었다. 물살을 측정하고, 임영의 서쪽이 구릉인 것을 보고, 물을 동쪽으로 흘려보내지 않으면 단숨에 남쪽으로 내려와 성을 덮칠 것이라고 계산했던 것이다.

그래서 병사들에게 명령하여 임영에서 하류로 반리쯤 내려간 지점의 양쪽 연안에 길이가 5리쯤 되는 초승달 모양의 긴 벽을 쌓고, 나무를 베어내고 돌을 쌓아올렸다. 인원이 많아서 공사는 불과 사나흘 만에 끝났다.

임영성의 위군은 처음 얼마 동안은 이 움직임에 관심을 보이지 않았다. 그러나 신비가 성 위에서 순찰하다가 한군의 의도를 알아차렸다. 신비는 나머지 세 장수와 의논하여, 고당융과 조엄이 성을 나가 적과 싸우고, 신비가 병력 5천을 이끌고 한군이 쌓은 제방을 파괴하러 가기로 했다.

그들이 성을 나오려 할 때 최기의 부대가 성의 남쪽으로 몰려왔다. 그리고 조운은 제방 위에서 언제라도 공격할 수 있는 태세를 갖추고 기다리고 있다. 신비는 이것을 보고 완전히 당황했다. 그가 조운을 당해낼 수 있을 리가 없다. 무리하여 출격해도 협공당하면 견딜 재간이 없다. 적이 수공을 한다면 하게 내버려두고, 그다음에 작전을 생각하기로 마음먹었다.

신비는 병사들을 시켜 성안의 도랑을 정비하여 물이 잘 빠지게 하고, 남쪽 수문을 개폐하여 물을 동쪽으로 흘려보내려고 했다. 군량과 무기는 높은 곳으로 옮겨놓고, 배를 만들어 수공에 대비했다. 그런데 누가 알았으랴. 황무는 최기를 시켜 커다란 돌로 성의 남쪽 수문을 막아버렸던 것이다. 아까 최기가 남쪽을 공격하는 것처럼 보인 것은 남쪽 수문을 막기 위해서였다.

황무는 제방이 완성된 것을 조운에게 보고한 뒤, 영수의 상하류에서 배를 징발하고 흙과 돌멩이를 넣은 마대를 수십만 개나 준비했다. 그리고 명령이 떨어지면 일제히 마대에서 흙과 돌멩이를 쏟아부어 물길을 막게 했다.

원래 중국 북쪽의 강은 수심이 얕다. 강물은 곧 막혀버리고, 동쪽으로 흐를 수 없게 된 물은 임영성 쪽으로 흐르기 시작했다. 한군 병사들이 계속 흙과 돌멩이를 날라다가 강물 속에 던져넣으니, 수위는 순식간에 높아져 불과 하루 만에 임영성 성벽을 넘어 성안으로 흘러들어갔다. 신비는 성 남쪽의 수문이 막혀 있는 것을 알아차리고 당황했다. 이제 끝장이라고 생각한 위군은 성의 동문과 남문을 열고 물살을 따라 탈출하려고 했다.

그러나 한군은 이미 배를 준비하여 대기하고 있었다. 왕관과 조엄은 물에 빠져 죽고, 신비와 고당융은 패잔병을 이끌고 허창 쪽으로 도망쳤다.

위군이 패주한 것을 안 조운은 급히 황무에게 제방을 뚫어 성안의 백성을 구하라고 명령했다. 황무는 병사와 인부들을 독려하여 제방에 세 군데 구멍을 뚫었지만, 제방이 물에 잠긴 지금은 쌓는 것보다 끊는 것이 훨씬 힘들었다.

그러나 필사적인 노력으로 반나절 만에 제방을 끊을 수 있었다. 일단 제방이 뚫리자 그곳을 통해 물이 한꺼번에 몰려나갔다. 성안의 물도 신비가 열어놓은 남문으로 빠져나갔다. 그러나 성안의 백성들 중에는 물에 빠져 죽은 사람이 적지 않았다.

조운은 장수들을 거느리고 성에 들어가, 진창이 된 거리, 무너진 가옥, 지붕 위에 올라가 있는 수많은 백성을 보고 가슴 아파했다. 그래서 급히 병사들에게 명령하여 이재민을 구조하게 하고, 위군이 남기고 간 군량과 피륙을 백성들에게 골고루 나누어주었다.

또한 부장에게 병력 1천 명을 주어 성의 서쪽에 주둔하면서 질서를 유지하게 했다. 그리고 임영의 관리들 가운데 백성의 신망이 두터운 사람은 유임시키기로 했다.

조운은 이런 조치를 모두 끝낸 뒤, 황무에게 후한 상을 내리고, 허창으로 가서 남쪽 교외에 주둔하여 이전과 대치했다. 이 소식은 곧 관우와 마초에게 전해졌고, 관우는 남양의 유비에게 알렸다.

유비는 남양에 도착하자마자 승전보를 받고, 전령을 파견하여 조운의 공로를 치하했다. 마초는 조운이 임영을 수공으로 함락시키고 허창에 바싹 다가간 것을 알고는 기뻐하면서도 한편으로는 걱정이 되었다. 조운이 피를 흘리지 않고 임영을 얻고 허창으로 진격한 것은 기뻤으나, 허창에는 아직 위군이 많이 남아 있는 데다 조운이 고립되어 있는 게 마음에 걸렸다.

마초는 마대와 의논한 뒤, 관우에게 전령을 보내어 방풍을 강공진으로 보내달라고 요청하고, 자신은 조운을 응원하기 위해 양성과 섭현에서 허창으로 보내지는 군량을 차단하기로 했다.

관우는 마초의 요청에 따라 방풍에게 병력 5천을 주어 강공진을 지키게 했다. 마초와 마대는 병력을 이끌고 양성의 퇴로를 공격하여 허창과의 교통을 차단했다. 양성 주민들은 땔나무를 주우러 나올 수도 없게 되었기 때문에 큰 곤경에 빠졌다.

허창성의 조창은 양성이 포위되었다는 말을 듣고 구원하러 가려고 했지만, 조운이 바싹 다가와 있기 때문에 허를 찔릴까 두려워, 어쩔 수 없이 상황을 관망하기로 했다. 양성은 허창과 단절되었고, 허창보다 훨씬 멀리 떨어져 있는 섭현의 소식은 더더욱 알 수 없는 상태였다.

방통은 장비와 의논하여, 관우와 함께 섭현성을 멀리서 포위했기 때문에, 섭현도 곤경에 빠지기는 양성과 마찬가지였다. 장요는 한군의 기세가 왕성한 것을 보고, 성에 틀어박혀 조홍·사마의와 연락을 취하며 대항하기로 했다.

양성에서 포위된 서황은 보름이 지나자 더 이상 견딜 수가 없어서 장수들을 모아놓고 말했다.

"허창과는 벌써 보름 동안이나 연락이 끊어졌소. 성밖의 소문으로는 황제 폐하께서 붕어하시고 황태자 전하도 유주로 탈출하셨다는 거요. 허창에는 조운이 바싹 다가와 있다고 하오. 아직 함락되지는 않았겠지만 궁지에 몰려 있는 것은 확실하오. 사마 도독은 언사를 사수하고 있고, 장문원(장요)은 섭현에서 포위되어 그쪽 일을 해결하는 것만으로도 벅찬 상태요. 이 양성을 구원하러 올 수는 없소. 이제 양성은 군량도 떨어지고 밖에서 구원병도 오지 않소. 사수해봤자 아무 이득도 없소. 성을 버리고 북쪽으로 도망쳐 겹욕으로 진지를 옮기고, 흑산적을 끌어모아 다시 세력을 회복하는 게 낫지 않겠소?"

"대장의 말씀에 따르겠습니다."

장수들이 모두 이렇게 대답했기 때문에 서황은 명령했다.

"한밤중에 밥을 지어 먹고 새벽에 성을 빠져나가 허창으로 달아납시다. 허창에 들어가지 못하면 신정新鄭으로 갑시다."

그러나 마초가 한 수 위였다. 서황은 군량이 떨어졌을 테니 도주할 게 틀림없고, 도주할 때는 관우의 부대를 피하여 허창 방면으로 도망칠 게 분명하다고 마초는 생각했다. 그래서 부하들을 허창으로 통하는 길목에 보내어 수많은 함정을 파고 그 위에 풀을 살짝 덮어놓은 뒤, 말의 다리를 낚아채기 위한 밧줄 따위를 준비하여 기다리게 했다.

마초와 마대는 좌우로 나뉘어 매복했다. 아니나 다를까, 이튿날 서황은 성에서 10여 리 떨어진 곳에서 복병을 만났다. 왼쪽에서 마초, 오른쪽에서 마대가 나타나 서황에게 덤벼든다.

이미 위군은 화살을 겁내는 새처럼 마초를 두려워하고 있었고, 게다가 '잘하면 살아서 돌아갈 수 있다'고 생각하고 있을 때 복병이 나타났기 때문에 완전히 당황했다. 위군은 저항할 엄두도 내지 못하고 그저 걸음아 날 살려라고 달아날 뿐이었다.

서황도 두 사람을 한꺼번에 상대해서는 이길 가망이 없다. 10여 합도 싸우기 전에 말머리를 돌려 달아났다. 마초와 마대가 그 뒤를 바싹 쫓는다. 서황은 도로 상태도 보지 않고 무작정 달렸기 때문에 "앗!" 하는 비명과 함께 함정에 빠졌다. 그때 복병이 달려나와 갈고리를 매단 막대기와 밧줄을 던졌다.

서황은 구덩이에서 뛰쳐나오자 복병을 모조리 베어 죽였다. 복병들이 무서워 달아나기 시작했을 때 마초와 마대가 달려와 다시 한 번 복병들을 지휘하여 서황을 에워쌌다. 서황은 말도 타지 못한 채 언월도 하나만 손에 들고 싸웠다. 그리고 마초를 피하면서 다가오는 한군 병사를 상대하여 백여 명을 죽이거나 상처를 입혔다.

이윽고 해가 높이 떠오르고 서황은 완전히 기진맥진했다. 그러자 서황은 우렁찬 기합 소리와 함께 다시 한 번 한군의 포위망으로 돌진하여 수십 명을 죽이고는 단도를 빼어 스스로 목을 찔렀다. 선혈 한 줄기가 소리를 내며 뿜어 나왔다.

아아, 애석한지고. 위군의 명장이 또 하나, 원군도 없이 전사하다니.

예봉이 진지에 떨어지고, 용감한 사나이 서황이 죽었다. 적군 앞에서 스스로 몸을 버려 산하를 피로 물들였다. 그러면 이 다음은 어찌 될 것인가. 다음 회를 기대하시라.

조운, 이전을 쳐부수고 허창으로 들어가다
마초, 화흠을 불고기로 만들고 가짜 무덤을 파헤치다

마초는 서황이 자결한 것을 보고, 나머지 위군을 쫓아버린 뒤 양성을 점령했다. 마초는 서황의 유해를 구경거리로 전시하려고 했지만 마대가 그것을 말렸다.

"형님, 서황은 운장후와 친교가 두터웠던 인물입니다. 운장후께 보내어 판단을 청해야 합니다."

마초는 마대의 말에 따라 서황의 시신을 관우에게 보내고 승리한 소식도 알렸다. 관우는 전령이 가져온 편지를 읽고 양성을 얻은 것은 못내 기뻐했지만, 서황이 자결했다는 말을 듣고는 그 기쁨이 단번에 사라지고 깊은 슬픔에 사로잡혔다.

관우는 진지를 나와 서황의 유해를 보고, 전에 허창에서 서황과 친하게 지냈던 날들을 생각하며 비통한 기분에 잠겼다. 관우는 관평에게 명령하여 유해를 깨끗이 씻고 좋은 나무관에 넣어 나지막한 언덕에 매장하려고 했다. 그러나 서서가 이렇게 말했다.

"장요는 양성이 함락된 것을 아직 모르고, 여전히 양성과 연계하여 적과 맞서고 있다고 생각할 것입니다. 서황의 유해를 성 밑에 전시하여 적의 사기를 떨어뜨려야 합니다."

전쟁이란 비정한 것이다. 관우는 역적을 토벌하는 것이 커다란 목적이기 때문에 어쩔 수 없이 이것을 승낙하고 서서에게 말했다.

"유해를 정중히 다루고, 하루만 전시한 뒤 매장해주시오."

서서는 기다란 흰 헝겊을 준비하여 '위전장군익양후양성태수서황지구魏前將軍翊陽侯襄城太守徐晃之柩'라고 큼지막하게 써서, 서황의 유해와 함께 적에게 보였다. 성 위에서 그것을 본 위군 병사가 장요에게 달려가 알렸다. 장요는 서황과 가장 친한 사이였다. 조인과 함께 성 위에서 내려다보니 틀림없는 서황의 유해다. 양성이 함락된 것은 의심할 여지가 없다.

조인은 성을 나가 유해를 빼앗으려고 했지만 장요가 그를 말렸다.

"운장은 무엇보다도 의리를 중요시하는 인물이므로, 처형한 유해를 성 밑에 전시하지는 않소. 이것은 분명 참모인 서서가 아군의 마음을 어지럽히려고 한 짓이오. 내일 정중하게 매장해줄 거요."

조인도 장요의 말에 동의하여 성을 나가는 것은 그만두었다. 두 사람은 성 위에서 술을 따라 서황의 넋을 위로하고, 병사들에게 엄중한 수비를 명령하여 군대의 동요를 막았다.

이튿날 관우는 관평을 시켜 서황의 유해를 거두어 언덕에 매장하고, 석공을 모집하여 직접 쓴 비문을 비석에 새기게 하는 한편, 그 무덤에 술을 뿌려 제사를 지내고 비통한 기분으로 진지로 돌아왔다. 그리고 마초에게 편지를 보내어 그 빠른 진격을 치하하면서 이렇게 말했다.

"서황의 유해는 매장했지만, 이는 서황과 내가 일찍이 친교가 있었기 때문이고, 결코 내가 적과 내통하고 있는 것은 아니니 의심하지 마시오."

마초도 깊이 고개를 끄덕이며 마대에게 말했다.

"아우가 한마디 해주지 않았다면 운장의 체면을 손상시킬 뻔했네."

그러고는 조운에게 전령을 보내어 허창을 협공할 날짜를 의논했다.

한편 조운은 이전과 대치하면서, '이전은 노련한 무장이고 수비도 병법에 맞으니, 단시일 안에 타도하기는 어렵다'고 생각하고, 지난번에 임영에서 수공을 제안한 황무를 불러 자문을 구했다. 그러자 황무는 이렇게 대답했다.

"적의 견고한 보루는 당차撞車로 돌격하여 부수고 이어서 커다란 돌멩이를 퍼부으면, 이전이 아무리 용맹하다 해도 버티지 못할 것입니다."

조운은 황무에게 당차를 만들게 했다. 이 당차란 수레 위에 커다란 나무를 올려놓고 적의 성문에 돌진시켜 성문을 부수는 무기다. 황무는 옛날부터 전해 내려오는 당차를 더욱 개량하여, 수레 앞에 철판을 씌워 강도를 늘리는 한편, 목우木牛에 갑옷을 입혀 당차를 끌게 하여 적의 화살에 대비했다. 그리고 거대한 대나무 활을 가득 실은 수레에 돌 포탄을 실어, 대엿새 만에 준비를 끝냈다.

그때 마초에게서 편지가 오자 조운은 "일단 이전을 쳐부순 뒤에 다시 의논하자"는 답장을 보냈다.

드디어 진격이다. 황무가 당차와 돌 포탄을 갖고 나가자, 최기가 제2대를 이끌고 그 뒤를 따랐다. 조운과 마운록은 군대를 정비해놓고 기다렸다.

위군은 당차가 온 것을 보고 화살과 돌을 쏘았지만, 당차를 끌고 있는 것은 사람이 아닌 목우이기 때문에 아무 소용도 없다. 목우는 성난 파도 같은 기세로 위군의 보루를 향해 다가왔다. 그리고 황무가 손을 놓자 쿵 소리를 내며 보루에 부딪쳤다.

그러자 흙으로 쌓은 위군의 보루가 반쯤 무너졌다. 당황한 위군이 보루를 수리하려 할 때 돌 포탄이 비 오듯 쏟아졌다. 위군 병사들은 머리가 깨지고 팔다리가 부러졌다.

조운은 황무가 전과를 올린 것을 보고 붉은 깃발을 한 번 휘둘러 돌격 명령을 내렸다. 한군은 앞다투어 위군 진지로 뛰어들었다. 이전은 퇴각하거나 도망치려는 아군 병사들의 목을 베어 보루를 사수할 태세를 보였다.

이 무렵 위군 진지 후방으로 돌아간 최기가 적의 방어선을 돌파하고 앞장서서 위군 진지로 뛰어들었다. 병사들도 죽음을 무릅쓰고 돌진하여 위군 진지에 불을 질렀다. 이전은 후방이 불길에 휩싸인 것을 보고 어쩔 수 없이 군대를 이끌고 도망쳤다.

조창은 성밖의 함성을 듣고 급히 구원하러 나갔지만, 때는 이미 늦어 이전의 진지는 한군 손으로 넘어간 뒤였다. 그래서 조창은 허창성으로 몰려들어오는 패잔병들을 보호하고 자신은 조운을 맞아 싸우며 군대를 수습했다.

조운은 추격하지 않고, 빼앗은 이전의 진지로 들어가 황무와 최기에게 후한 상을 내렸다. 그리고 마초에게 전령을 보내어 마침내 허창을 협공할 날짜를 정했다.

성안으로 돌아간 조창은 이전과 마주앉아 의논했다.

"임영은 이미 빼앗기고 양성도 함락되고 성밖의 진영도 잃었으니, 허창은 이제 고립무원이고, 병법에서 말하는 '절지絶地'가 되어버렸소. 이대로 수만 병력을 절지에 놓아두어봤자 더 이상 무슨 의미가 있겠소. 아직 여력이 남아 있는 동안 허창을 버리고 청주로 퇴각하여, 산과 바다의 지세를 이용하여 유주와 연계를 취합시다. 사마중달과 장문원에게도 알려, 모든 군대를 이끌고 퇴각하여 하남 땅은 모두 포기하기로 합시다. 적이 이 넓은 영역을 자기 것으로 만들기 위해서는 각지에 진지를 쌓고 분산하여 주둔해야 할 것이오. 그리고 다시 진격하려면 상당한 세월이 필요할 거요. 그것이 우리가 노리는 바요. 여기저기서 분담하여 공격하면, 이번에는 적이 오로지 방어에만 힘을 쏟을 수밖에 없고, 그러면 아군도 다시 위세를 떨칠 수 있을 거요. 장군은 어찌 생각하시오?"

"정말 허창은 절지입니다. 여기에 대군을 놓아두면 오히려 지키기가 어려울 것입니다. 중달과 문원이 함께 퇴각하면, 비록 국토의 한 귀퉁이라고는 하지만, 한 곳에서의 싸움으로 전선을 좁힐 수 있습니다. 언제까지나 중원에 구애를 받아 사방에서 협공당하는 것에 비하면 훨씬 낫다고 생각합니다."

"장군이 동의해준다면, 수고스럽지만 사마 도독에게 편지를 써주시오. 사마 도독은 자렴(조홍) 숙부께 전달하고, 자렴 숙부는 장문원에게 전달하게 하시오. 내가 허창을 버리고 적을 낚는 미끼가 될 테니, 다른 부대에 대한 적의 추격을 어느 정도 완화할 수 있을 거요. 섭현과 우현의 군대도 이 틈을 놓치지 말고 퇴각하라고 전해주시오."

이전은 당장 편지를 써서, 허창을 버리지 않을 수 없게 된 상황을 사마의에게 알리고, 남은 힘을 다 소모하지 말고 장요·조홍과 함께 퇴각하여 재기를 기약해야 한다고 호소했다.

조창은 편지 내용을 확인한 뒤, 가까운 무장에게 수십 명의 부하를 주어 언사로 보냈다.

조창은 이전과 함께 허창 병력 3만을 모아 허창의 국고 안에 있는 물건을 모조리 꺼낸 뒤, 전투에 부적합한 관리들만 남겨놓아 도중에 거치적거리지 않도록 배려하고, 자정에 허창 북문을 열고 퇴각하기 시작했다.

이전이 선봉을 이끌고 조창이 후위를 맡아, 허창을 버리고 신정을 거쳐 중모中牟로 나간 다음, 거기서 북쪽으로 황하를 건너 봉구封丘에 이르자, 동쪽으로 방향을 돌려 복양으로 들어가 황하를 방패 삼아 수비를 강화했다.

조운은 마초가 아직 도착하지 않았기 때문에 공격하지 못하고 허창 남쪽에 주둔해 있었는데, 척후병이 달려오더니 보고하기를,

"조창이 성을 버리고 북쪽으로 도망쳤습니다."

그러나 조운은 달도 없는 캄캄한 밤이었기 때문에 추격하지 못하고, 이튿날 새벽에 동이 트자마자 군대를 이끌고 질서정연하게 성으로 들어갔다.

그런데 세상은 편리하게 되어 있는 법이다. 스스로 인과응보를 증명하기 위해 자진해서 불 속에 뛰어든 것이나 다름없는 인물이 여기에 있었으니, 그 사람은 바로 거추장스러운 짐이 되기 때문에 허창에 남겨진 화흠이었다. 강동의 명사를 자부하고 있던 그는 위왕조에 충절을 다하는 모습을 보이면 한왕조에도 기용될 수 있다고 생각하여, 중국의 상복이자 항복의 뜻도 나타내는 흰옷으로 몸을 감싸고 조운의 말 앞에 꿇어 엎드렸다.

조운은 아내 마운록한테서 마등이 죽은 것은 화흠이 조조를 부추겼기 때문이라는 말을 들었기 때문에, 속으로 빙긋이 웃으면서 화흠의 투항을 받아들이고, 정중히 예우하여 수레에 태워 관청으로 들어갔다.

그러는 한편 군대에 엄명을 내렸다.

"풀 한 포기, 나무 한 그루라도 민간의 물건을 약탈하는 자는 처형

하겠다."

그 결과 한군 병사들 중에는 약탈하러 다니는 사람이 하나도 없고 시가지는 평온무사했다.

조운은 사예교위 관청에 주둔하고 관우에게 알렸다. 그리고 관우가 유비에게 알려 유비의 허창 입성을 요청했기 때문에, 조운은 허창의 문무백관을 그대로 둔 채 지금까지와 마찬가지로 정무에 임하라고 지시했다.

모든 사무 처리를 대충 끝낸 뒤, 조운은 화흠을 상좌에 앉히고, 우선 허창을 안정시킬 수 있는 방책을 묻고, 이어서 살해당한 마등이 어디에 묻혀 있느냐고 물었다. 화흠은 거리낌없이 제 생각을 이야기하고, 마등이 묻혀 있는 곳도 대답했다.

조운이 화흠을 데리고 가서 마등의 무덤을 파보았더니, 기괴하게도 마등은 죽은 지 몇 년이 지났는데도 살아 있을 때와 다름없는 모습이었다. 마운록은 큰 소리로 통곡하며 마등의 유해를 관청으로 옮기고, 향기로운 물로 목욕시켜 좋은 나무로 만든 관에 안치했다. 돌아가신 아버지에게 관복을 입힌 채 관 뚜껑을 닫지 않고 마초 일행이 도착하기를 기다렸다.

조운은 화흠에게 마휴와 마철은 어디에 묻혀 있느냐고 물었다.

그러자 화흠은 대답하기를,

"젊은 장군 두 사람은 그 부하들과 함께 서문 밖 공동묘지에 묻혀 있습니다."

조운은 잠시 탄식을 금치 못했지만, 느닷없이 부하들에게 명령하여 화흠의 옷을 벗기고 수갑과 족쇄를 채우게 했다. 화흠은 큰 소리로 외쳤다.

"대체 이게 무슨 짓이오. 나한테는 아무 죄도 없소."

그러나 조운의 대답은 추상같았다.

"우리한테 정보를 흘려 주인을 팔아먹은 간신 놈아. 너는 황제를 시해한 장본인이 아니냐. 네놈의 악업은 천지에 가득 차 이루 헤아릴 수가 없다. 잠시 감옥에 처넣어두었다가 마 장군이 오면 재가를 얻어 처리하겠다."

그러고는 치려와 왕랑을 비롯한 간신들과 함께 감옥에 가두었다. 화흠은 조운에게 전부 다 이야기해버린 어리석음을 후회했지만, 이미 때는 늦었다. 그는 고개를 푹 숙이고 감옥으로 끌려갔다.

그 이튿날 군대를 이끌고 도착한 마초는 대청 위에 아버지의 위패와 유해가 놓여 있고 누이 운록이 상복을 입고 있는 것을 보고는, 마대와 함께 갑옷과 투구를 벗어 던지고 꿇어앉아 통곡했다.

조운이 나타나 흐느껴 울면서, 마초에게 마등을 허창 근처의 언덕 위에 매장하라고 권했다.

조운은 마초와 함께 관청으로 돌아가 화흠을 붙잡아둔 것을 알렸다. 마초는 뛸 듯이 기뻐하며 몇 걸음 물러서서 조운에게 큰절을 올렸다.

조운은 황급히 마초를 부축해 일으키며 말했다.

"장인 어른이라면 아버지나 마찬가집니다. 형님, 제발 이러지 마십시오."

그러고는 부하들에게 화흠을 끌고 오라고 명령했다.

마초와 마대는 대청 중앙에 나란히 앉고 화흠은 그 앞에 무릎을 꿇었다. 마초의 눈은 증오심으로 활활 타올랐다.

"이 역적 놈아, 조조가 어디에 묻혀 있느냐. 실토를 하면 목숨만은 살려주마."

"황제 폐하의 붕어는 궁중의 비밀이라 허창성의 관리와 백성도 아무도 모른다. 매장 장소는 더더욱 모른다."

"역적 놈아, 중형을 가하지 않으면 자백하지 않을 모양이로구나."

마초는 부하들에게 명령하여 화흠에게 물을 끼얹고, 숯불을 피운 화로를 가져오게 했다. 숯불 위에는 쇠막대기를 엇갈려 놓고, 그 위에는 다시 철망을 올려놓았으며, 소금·기름·간장·식초 같은 조미료를 담은 접시도 준비했다. 준비가 끝나자 마초는 번쩍이는 칼을 화흠에게 들이대며 말했다.

"우리 집안은 대대로 무위에서 살았고, 너와는 아무 원한도 없지 않으냐. 그런데 왜 조조에게 알랑거려 우리 아버지를 죽였느냐. 대체 무슨 속셈이냐."

화흠은 이제 죽음을 면할 수 없다는 것을 깨닫고 오히려 마초를 욕하기 시작했다.

"네 아비는 부풍에 눌러앉아 왕명을 거역했으니 참수당한 것은 당연하다. 별로 의아하게 생각할 것도 없다."

마초는 화흠의 말을 듣고, 아버지를 죽인 것은 화흠이 틀림없다고 생각했다.

그래서 마초는 화흠의 왼팔 살을 베어내어 화로에 구운 뒤, 소금을 찍어 그 자리에서 씹어 먹기 시작했다. 마대도 역시 화흠의 살을 잘라 먹었다. 이렇게 한 칼씩 자르고 베어내자, 강동의 명사로서 궁전에 칼을 차고 들어갔던 화흠은 마침내 온몸이 토막나고 말았다. 마초는 마지막으로 화흠의 배를 갈라 심장을 꺼내고, 목을 자른 다음, 그 피를 마등의 무덤과 서문 밖 공동묘지에 뿌려 제사를 지냈다.

마초는 이어서 조조의 무덤을 파헤치자고 제안했다. 그러나 조운은 반대했다.

"조조는 국가의 역적이니, 그 분묘나 궁전은 당연히 파헤쳐야 합니다. 그러나 이미 화흠을 구워 죽이고 원한도 조금은 풀었으니, 무덤을 파헤쳐 죽은 사람을 채찍질하는 것은 인자仁者의 도리가 아닐 것 같습니다."

그러나 마초는 굽히지 않는다.

"아버지의 원수는 함께 하늘을 이고 살 수 없는 불구대천의 원수일세. 이 마초가 유황숙을 따라 오늘날까지 싸워온 것은 아버지 원수를 갚기 위해서였네. 이제 허창을 쳐부수었으면서도 조조가 지하에서 편히 잠들게 내버려둔다면, 아버지의 원수인 초나라 평왕의 무덤을 파헤쳐 시체를 채찍질한 오자서의 영혼이 비웃을 걸세."

조운이 대답하기를,

"형님이 그렇게 결심하셨다면 막지는 않겠습니다."

마초는 조운과 헤어져 마대와 함께 군대를 이끌고 장하 남쪽 연안으로 가서, 조조가 만들어놓은 72개의 무덤을 모조리 파헤쳤다.

어느 무덤에나 똑같은 관과 똑같은 부장품이 묻혀 있었지만, 유해는 모두 딴 사람의 것이었다. 마초는 그 시체들을 일일이 자세하게 조사했지만 조조는 없었다. 마초는 발끈하여 모든 관을 한 곳에 모아놓고 불태웠다. 그리고 사방의 주민들에게 물어보았지만 아무도 아는 사람이 없었다.

마초는 할 수 없이 성으로 돌아왔다. 조운이 마중을 나와 마초에게서 자초지종을 듣고는 웃으면서 말했다.

"형님은 잘못 아셨습니다. 조조는 가짜 무덤을 많이 만들어 남을 헷

갈리게 하고, 진짜 시체는 놓아두지 않았습니다. 조조가 그런 것은 당연한 일입니다. 반드시 파낼 필요는 없었습니다."

"하지만, 그렇다면 내 원한은 풀 수 없지 않은가."

"이제 사적인 원한은 대충 풀었으니 공적인 의무로 돌아와주십시오. 형님은 이 허창을 지켜주십시오. 저는 섭현을 공격하러 가겠습니다."

"아니, 허창은 중요한 곳이고 이제 막 새로 얻은 곳이니, 자룡이 아니고는 지킬 수 없네. 내가 섭현으로 가지."

조운이 승낙했기 때문에 마초는 당장 양성을 지나 섭현으로 진격했다.

한편, 남양의 유비는 조운이 허창에 들어간 것을 알고 기뻐하며 마속을 불러 다음 작전을 자문했다. 마속은 유비가 직접 허창에 진주하여 민심을 안정시키고 군대의 사기를 높이라고 권했다. 유비는 이 말에 따라 유염에게 남양 수비를 맡기고, 마속·미위·향충과 함께 병력 1만을 이끌고 우선 무양으로 갔다.

관우가 마중 나와, 도원의 결의를 맺은 형제가 오랜만의 재회를 기뻐했다. 관우는 천자의 깃발을 들고 유비를 따라 섭현성 주위를 순찰했는데, 방통과 장비도 거기에 합류하여 위세를 떨쳤다.

섭현의 장요는 유비가 직접 성을 공격하러 온 것을 알고 속으로 두려워했다. 고립무원인 이 성은 이제 버티지 못할 것이다. 장요는 성이 버틸 수 있다면 좋고, 성이 멸망한다면 성과 함께 죽겠다는 각오를 굳혔다.

유비는 본진으로 돌아와 마초와 마대의 알현을 받았다. 유비는 꿇어 엎드린 두 사람을 부축해 일으키며 그들의 공적을 치하했다.

"맹기는 동분서주하며 중원을 회복하기 위해 애써주었소. 정말 나라를 위해 천고에 이름을 남겼다고 말할 수 있을 거요."

그리고 마초가 독단으로 화흠을 처형해버린 것을 사죄하자 유비는 이렇게 말했다.

"화흠은 황제를 시해한 역적이오. 사형당하고도 남을 만큼 죄가 많소. 토막내서 처형했다 해도 돌아가신 마 장군의 원수를 갚기에는 모자랄 정도요."

마초는 머리를 조아려 사례했다.

유비는 마초를 관우의 다음 자리에 앉히고, 허창의 현재 상황을 물었다.

마초가 일일이 대답하자 유비는 이렇게 말했다.

"조자룡과 맹기가 협력하여 정무를 맡아주면 허창의 백성도 그 은덕에 감격할 것이오. 운장과 익덕과 맹기가 협력하여 섭현을 빼앗으시오. 방사원과 서원직은 지략으로 세 장군을 보좌하시오. 섭현을 빼앗으면 사마의는 완전히 고립되어 멸망할 것이오."

관우를 비롯한 여러 장수들이 여기에 대답하자 유비는 군대를 이끌고 허창으로 향했다.

관우는 관평에게 병력 5천을 주어 유비를 허창까지 호위한 뒤 곧장 돌아오라고 명령했다.

유비가 허창에 입성하자 조운이 마중 나와 건시전建始殿으로 안내했다. 건시전은 조운의 명령으로 깨끗이 청소되었고, 궁녀와 환관들은 대부분 헌제를 모시던 사람들이었기 때문에 유비를 잘 알고 있었다.

유비가 건시전에 자리를 잡자 조운이 그 앞에 꿇어 엎드렸다. 유비는 아래로 내려와 조운의 손을 잡고 말했다.

"자룡, 그대는 외로운 군대를 이끌고 천릿길을 달려 마침내 허창을 빼앗았소. 나는 오랜만에 허창에 와보았지만 백성들의 생활은 평온하여 전과 조금도 다름이 없소. 이 모두가 자룡 덕분이오."

그러고는 비단 저고리를 조운에게 입히고 사예교위의 사무를 맡겼다. 조운은 두 번 절하여 그 은혜에 사례했다.

상산常山의 용장 조운은 구리관에서 맹위를 떨치고, 장수漳水에 떠도는 조조의 망령은 그가 탐냈던 오나라 미녀 대교와 소교의 꿈 속에 모습을 나타낸다. 그러면 이 다음은 어찌 될 것인가. 다음 회를 기대하시라.

장요, 성을 사수하다 섭현에서 죽다
사마의, 군대를 이끌고 연진으로 후퇴하다

유비는 조운을 사예교위로 임명했다. 조조의 악행을 도와준 사람들 가운데, 화흠은 마초에게 산 채로 토막나 불에 구워졌다. 치려는 복완과 공융 일가족을 몰살하고 목순을 죽였으며, 하나라 걸왕의 심복처럼 충성스럽고 어진 인물들을 살육했기 때문에, 조운에게 명령하여 맨 먼저 허리를 잘라 처형했다. 화흠과 치려의 일족도 법에 따라 처형하여 충신들의 넋을 위로했다. 또한 왕랑과 종요에게는 자살을 명령했다. 진군은 대대로 한왕조의 은덕을 입었으면서도 역적 조조를 도운 혐의로, 그리고 가후는 음모를 꾸며 조조의 앞잡이가 되어 일한 혐의로 각각 자살을 명령받았지만 그 가족은 연좌시키지 않았다.

조조의 손에 죽은 충성스럽고 의로운 관료는 모두 좋은 곳으로 옮겨 다시 장사지내고, 유족들에게도 충분한 배려를 해주었다. 그 자손 가운데 뛰어난 사람이 있으면 모두 등용했다. 순욱과 순유의 자제들도 등용되었고, 그 밖의 사람들은 죄를 묻지 않고 원래 자리에 유임시켰다.

또한 관우를 대사마大司馬, 제갈량을 대사구大司寇, 진복을 대사도大司徒, 마속을 대사농大司農, 방통을 대사공大司空에 각각 임명하고, 전선의 장수들은 모두 한 계급씩 승진시켰으며, 천하 통일이 이루어진 뒤에는 다시 은상을 내리기로 했다.

허창·임영·양성·여남을 비롯하여 전쟁으로 피해를 입은 곳은 3년 동안 세금을 면제했다.

이런 후방 태세를 갖춘 뒤, 유비는 제갈량에게 언사를, 관우에게는 섭현을 공격하라고 명령했다.

명령을 받은 관우는 부하 장수들을 거느리고 유비의 은혜에 사례한 뒤, 당장 방통·서서·장비·마초와 함께 작전을 논의했다.

방통이 먼저 입을 열었다.

"장요는 섭현을 사수하면서, 멀리 우현의 조홍과 연락을 취하고 있습니다. 우선 우현을 쳐부수면 섭현에는 원군이 전혀 없어지기 때문에 곧 멸망할 것입니다."

"과연 일리가 있는 말이오."

관우는 이렇게 말하고, 장비에게 병력 1만을 주면서 관흥·장포와 함께 우현을 공격하라고 명령했다. 그리고 관우 자신은 마초를 비롯한 장수들과 함께 섭현을 물샐틈없이 포위했다.

그런데 며칠 뒤 장비가 달려오더니 이렇게 보고했다.

"조홍은 이미 도망쳤고, 우현은 빈 성이었습니다."

사실은 이런 사정이 있었다. 조창과 이전의 편지가 언사에 도착하자 사마의는 대세가 결정된 것을 알았다. 그러나 일방적으로 퇴각할 수는 없다. 조금씩 물러서면서 적과 싸우고, 각지의 위군과 연락하여 전체를 퇴각시킬 필요가 있기 때문에 급히 조홍에게 알렸고, 조홍도 장요에게 알렸다.

장요가 장수들을 모아놓고 의논하자 조인과 문빙은 퇴각을 주장했다. 장요는 노기를 띠며 개탄했다.

"허창이 함락되어 나라가 위태로운 지금, 하남 땅을 버리고 어디로 도망치자는 거요. 하남 땅을 지키지 못하는 사람이 어떻게 하북 땅을 지킬 수 있겠소. 우리가 조금씩 후퇴하면 적은 조금씩 전진할 거요. 군대의 사기는 이미 땅에 떨어졌으니 이제 곧 무너져버릴 거요. 그렇게 되면 누가 책임을 지겠소. 주상의 명령이니 어쩔 수 없지만, 태자(조비)께서는 북쪽의 유주로 도망치고 임성왕(조창)께서는 동쪽으로 도망쳐 사분오열된 상태인데, 게다가 우리까지 퇴각하면 위나라가 멸망할 것은 불을 보듯 뻔한 일이오. 그때 나라를 위해 죽을 사람이 하나도 없어도 좋단 말이오? 내가 섭현 수비를 명령받은 날이 문자 그대로 내 제삿날이오. 여러분은 하고 싶은 대로 하시오. 북쪽으로든 동쪽으로든, 가고 싶은 데로 가시오. 나는 억지로 강요하진 않겠소. 다만, 앞으로도 나라를 위해 일해주시오. 나는 이 성과 생사를 같이하겠소."

그러자 조인이 울면서 말했다.

"외로운 성에서 원군도 없이 사수해봤자 무슨 이득이 있겠습니까. 퇴각하여 태세를 다시 갖춥시다. 나라를 위해 자중 자애해주십시오."

"자효(조인), 내 뜻은 이미 정해졌소. 강력한 적이 눈앞에 있는 이상 타개책은 없소. 자효와 문 장군은 부대를 이끌고 조자렴(조홍)과 합류하여 사마 도독과 함께 하북으로 퇴각하여 국가의 위급을 구해주시오. 이 장요는 여기서 죽겠소. 이제 더 이상 아무 말도 하지 말아주오."

조인은 장요의 결심이 굳은 것을 보고, 문빙과 함께 각각 병력 1천을 이끌고, 울면서 장요에게 하직을 고한 뒤 밤에 성문을 열고 우현으로 달아나 조홍을 만났다. 조홍이 장요에 대해 묻자 두 사람은 사실대로 대답했다. 조홍은 깊은 한숨과 함께 눈물을 흘리며 말했다.

"문원은 선제(先帝: 조조)의 신임이 두터웠기 때문에 죽음으로 보답할 생각이오. 섭현 따위는 별로 아깝지 않소. 그러나 명장이 또 한 사람 죽는 꼴을 빤히 보면서 눈만 멀뚱거리고 있어야 하다니. 아아, 도도히 흐르는 황하여, 이제 어쩔 도리가 없는가."

세 장수는 슬픔을 참지 못했다. 그러나 결국 병력을 합하여 형양으로 가서, 사마의가 도착하기를 기다려 함께 하북으로 퇴각했다.

한편 장요는 조인과 문빙을 보낸 뒤 군령을 내렸다.

"나와 함께 죽을 사람은 이 성을 지켜라. 떠나고 싶으면 떠나도 좋다."

병사들은 대세가 결정되고 조인과 문빙마저 떠나는 것을 보고 희망을 잃어버렸기 때문에 절반 이상이 성을 떠났다. 그러나 장요가 합비에서 데려온 본대 1만 명은 오랫동안 장요를 섬기면서 은덕을 입고 의리를 느꼈기 때문에 함께 죽기로 맹세했다.

장요는 그 병사들에게 술과 고기를 배불리 먹인 다음, 갑옷과 무기와 말을 준비해놓고 명령을 기다리게 했다. 장요는 전투복으로 몸을 감싼 뒤 언월도를 들고 정청 앞에 서서 병사들에게 말했다.

"이 장요는 나라의 두터운 은덕을 입고 선제에게서 더없는 대우를 받았다. 선제께서는 나를 당신의 수족처럼 생각해주시고 대장의 임무를 맡겨주셨다. 내가 섭현 수비를 맡은 이후 어언 3년 세월이 흘렀다. 그동안 숱한 고전을 겪었지만 다행히 오늘날까지 성을 지킬 수 있었다. 이제 허창은 이미 함락되고 이웃 현들도 모두 멸망하여 이 외로운 성 하나만 남았을 뿐이다. 아직 병력이 남아 있는 동안 적과 일전을 벌이면, 포위당한 채 죽기를 기다리는 것보다는 나을 것이다. 오늘 싸움에서는 죽음은 있을지언정 삶은 없다. 제군들은 지금까지 나를 따라 고난을 같이해주었다. 이제 뒤로는 돌아갈 수 없다. 우리가 다 함께 죽어 천고에 이름을 남기지 않겠는가!"

병사들은 일제히 대답했다.

"뜻에 따르겠습니다!"

장요는 몸소 앞장서서 성을 나와 장비의 진지를 공격하기로 했다.

한편, 한군 쪽에서는 장비가 우현에서 돌아와 우현이 비었다고 보고했기 때문에 관우는 몹시 이상하게 여겼다.

방통은 이렇게 분석했다.

"일전에 전령을 사로잡아 빼앗은 조창의 편지를 보면, 조조의 유언에 따라 장요한테도 하북으로 퇴각하라는 명령을 내렸습니다. 우현의 조홍은 그 유언에 따라 사마의와 함께 북쪽 땅으로 달아났기 때문에 성이 비었을 것입니다. 그러나 장요는 강직한 사람이므로 퇴각하지 않고 사수할 작정인 게 분명합니다."

"확실히 장문원은 혈기왕성한 사람이니 비겁하게 퇴각하지는 않을 거요."

"사방에 원군은 없고 장요가 절대로 후퇴하지 않는다면, 성을 나와서 마지막 싸움을 걸어올 것입니다. 죽을 각오로 덤벼들 테니 섣불리 상대할 수는 없습니다."

이리하여 관우는 모든 군대에 세심한 주의를 기울여 수비를 강화하라고 명령했다.

며칠 뒤 장요는 성을 나오다가 관흥과 딱 마주쳤다. 장요는 이미 생사 따위는 안중에도 없기 때문에 무시무시한 기세로 덤벼들었고, 병사들도 한마음으로 공격해왔다. 관흥은 도저히 당해낼 수가 없었다. 그러자 그것을 본 장포가 창을 들고 가세하려 했다. 장요는 채찍을 들어 돌격 명령을 내렸다. 위군은 일제히 한군 진영으로 돌진했다. 관흥과 장포는 일방적으로 밀렸다.

방통이 장비에게 섭현성으로 돌진하라고 지시하자, 장비는 위군이 다 나가버린 성에 들어가 쉽게 점령했다. 방통은 이어서 마초와 마대에게 장요를 공격하라고 명령했다.

장요는 부하들을 이끌고 좌충우돌하며, 바다를 헤엄치는 교룡蛟龍처럼 날뛰었다. 관우는 한군의 진형이 파괴되어가는 것을 보고는 장요와의 깊은 우정을 잠시 잊고, 관평과 주창을 전진시켜 사방에서 장요를 포위했다. 그리고 몸소 북을 쳐서 기세를 올렸다.

한군은 대장이 등장한 것을 보고 용기를 얻었다. 반면에 장요의 1만 병력은 새벽부터 시작된 전투로 절반가량이 줄어들었다. 이윽고 한군 진영에 한 줄기 길이 열리더니, 대장 하나가 은갑옷에 은투구로 몸을 감싸고 백마에 긴 창을 꼬나쥔 모습으로 위군 진영에 뛰어들면서 큰 소리로 외쳤다.

"문원, 왜 눈을 뜨지 못하시오. 조조는 이미 죽었고 한왕실은 중흥했소. 구원도 없는 포위망 속에서 왜 항복하지 않는 거요. 나는 한중왕의 명령에 따라 투항을 호소하러 왔소. 투항하면 후한 상을 내릴 것이오."

다름 아닌 마초다.

그러나 장요의 결심은 흔들리지 않는다. 아무 말도 하지 않고 마초에게 덤벼든다. 마초는 창을 쓰지 않고 칼로 막아내며 말했다.

"문원, 고집부리지 말고 다시 한 번 생각해보시오."

그러나 장요는 들은 척도 하지 않고 마초를 좌우로 공격한다. 이것이 마초의 분노에 불을 붙였다. 마초는 발끈하여 고함을 질렀다.

"장요야, 네가 정 그렇게 나온다면 할 수 없다. 운장의 명령으로 지금까지는 손을 대지 않았지만, 너 따위를 두려워할 내가 아니다. 네가 그렇게 죽고 싶다면 소원대로 해주마."

그리고 이번에는 창으로 상대한다. 장요는 반나절이나 싸워서 사람뿐 아니라 말도 기진맥진해 있었기 때문에 더 이상 마초의 적수가 아니었다. 마초는 화살을 쏘라고 명령했다. 서량군의 강한 활이 일제히 화살을 퍼부었다. 장요는 막아내지 못하고 결국 5천 병력과 함께 죽었다. 위군 가운데 생존자는 한 명도 없었다. 반면에 한군은 수비 태세가 철저했기 때문에 사상자가 그리 많지 않았다.

관우는 관평을 시켜 장요의 유해를 정중하게 거두고, 전사자들은 한군과 위군을 가리지 않고 매장해주었다. 장요의 유해는 서황과 같은 곳에 묻혔다. 이어서 관우는 방여를 섭현에 주둔시키고, 장비에게는 병력 1만을 이끌고 관흥·장포와 함께 우현과 밀현을 거쳐 형양으로 나가 사마의의 퇴로를 끊으라고 명령했다. 또한 마초에게는 병력 1만을 이끌고 마대와 함께 언릉과 위씨尉氏를 통해 진류陳留로 빠져 조창을 추격하라고 명령했다. 그런 다음 군대를 나누어 양성 부근의 여러 군을 지키게 한 뒤, 관우는 허창으로 가서 유비에게 결과를 보고했다.

유비는 크게 기뻐하며 관우를 잠시 허창에 머물게 하고, 서서를 어사대부로 삼았으며, 북쪽으로 간 장수들은 모두 제갈량의 휘하에 배속시키기로 했다.

조금 앞으로 거슬러 올라가자. 낙양의 공명은 마초와 조운이 승리했다는 소식과 함께, 조조가 이미 죽고 조비는 북쪽 땅으로 도망쳤으며, 조창은 동쪽의 산동으로 퇴각하고 조홍은 형양으로 퇴각한 것을 알았다. 또한 서황이 양성에서, 장요가 섭현에서 죽고, 한중왕이 남양에서 허창으로 옮겼다는 정보도 얻었다.

그래서 공명은 황충과 위연을 불러 이렇게 말했다.

"위군이 세력을 잃었으니, 사마의는 반드시 언사를 버리고 북쪽으로 도망칠 거요. 추격해야 하오."

"원컨대 명령을 내려주십시오."

공명은 황충에게 병력 5천을 주어 제1대로 삼고, 위연에게도 병력 5천을 주어 제2대, 이엄에게도 병력 5천을 주어 제3대, 문앙을 제4대, 제갈첨을 제5대, 장익을 제6대로 삼아 여섯 방면으로 파견하여 사마의를 추격할 태세를 갖추었다. 그리고 각지에 수많은 첩자를 보내어 위군이 도망치는 것을 발견하는 즉시 보고하게 했다.

그러는 한편 제갈탄에게 명령하여 낙양의 궁전을 수리하고 관청도 정비하여 한중왕이 도착하기를 기다렸다.

사마의는 조창에게서 퇴각하라는 편지를 받고 조홍에게 통지하는 한편, 여러 장수들과 퇴각 방법을 논의했다. 그래서 형양으로 전령을 보내어 조홍과 조인에게 수시로 응원을 청하고, 사마소와 장웅을 먼저 호뢰관으로 퇴각시켜 그곳을 지키게 하고, 전만과 허의에게는 공현鞏縣을 지키게 한 뒤, 사마의 자신은 유엽과 함께 중군을 이끌고 출발했다. 그 뒤에서는 장합과 등애가 우군, 종회가 좌군을 이끌었다. 그리고 밤중에 우선 공현으로 퇴각했다.

한군 첩자가 이런 움직임을 탐지하여 공명에게 알리자, 공명은 당장 군대를 움직여 언사성을 얻었다. 그러고 나서 공현까지 추격했지만 위군은 이미 호뢰관으로 퇴각한 뒤였다. 이리하여 한군은 다시 공현을 얻었고, 그사이에 위군은 호뢰관을 버리고 형양으로 이동했다.

위연은 공을 세우고 싶은 일념으로 초조해진 나머지 앞장서서 호뢰관으로 돌진했지만, 위군이 없는 것을 보고는 잠시도 쉬지 않고 그 길로 곧장 위군을 추격했다. 위연이 사수泗水에 이르렀을 때, 느닷없이 북소리가 울리더니 장합이 창을 꼬나쥐고 말을 달려 위연에게 덤벼들었다.

"위연아, 도망치지 마라."

왼쪽에서는 등애, 오른쪽에서는 종회가 달려나와 위연을 에워쌌다. 위연도 분발하여 좌충우돌했지만 좀처럼 포위망을 뚫지 못한다.

다행히 황충과 문앙이 달려와 위연을 구출했다. 그러자 장합을 비롯한 위군 장수들은 군대를 수습하여 달아나기 시작했다. 황충을 비롯한 한군 장수들이 그 뒤를 추격했지만, 형양에 다가가자 조홍·조인·문빙이 나타났다. 황충을 비롯한 한군 장수들은 분담하여 그들과 맞섰다. 이윽고 제갈첨을 비롯한 부장들이 달려와 한바탕 격전을 벌인 뒤 양군이 모두 군대를 거두었다.

사마의는 장비의 추격이 빠르다는 것을 들어서 알고 있었기 때문에 당장 형양을 버리고 급히 황하를 건넜다. 사마의에게 다행이었던 것은 조홍이 형양에서 부장에게 명령하여 배를 준비해둔 것이었다. 그 덕분에 위군 6,7만 명이 모두 황하를 건널 수 있었다.

장비와 황충이 도착했을 때에는 이미 위군은 황하 북쪽 연안에 진을 치고 있었다. 망망한 황하에 배는 한 척도 없었다. 한군 장수들은 공명이 도착하기를 기다려 상황을 보고했다.

공명은 적이 황하를 건너버렸기 때문에 더 이상 추격하지 않고, 방통과 장비를 하음河陰에 주둔시킨 뒤, 다른 대장들은 하남 일대의 각지에 파견하여 관리를 새로 임명하고 주민을 안정시켰다. 그리고 중요한 지점에는 군대를 주둔시켰다.

　공명은 군대를 이끌고 허창으로 돌아갔다. 유비는 문무백관을 거느리고 성밖 10리까지 마중 나왔다. 공명은 두 번 절하여 사례했다.

　유비·제갈량·관우·조운·서서는 말머리를 나란히 하고 입성하여 건치전建治殿에 자리를 정한 뒤 좌정했지만, 공명은 여기서도 다시 유비 앞에 무릎을 꿇고 엎드렸다. 유비는 공명을 부축해 일으키며 이렇게 말했다.

　"원수가 출병한 이후, 서쪽으로는 관중과 농중, 북으로는 조趙와 대代, 동으로는 하河와 낙洛을 얻었소. 원수는 광무제 때의 풍이나 등우鄧禹에 비견할 만큼 큰 공을 세웠소. 천하가 안정된 뒤에는 후한 포상을 내릴 것이오."

　공명이 머리를 조아리며 말했다.

　"운장이 남양에 진주하고, 익덕이 방성을 빼앗고, 자룡이 강한江漢 땅을 제압하지 않았다면, 저는 아무 일도 할 수 없었을 것입니다."

　그러자 관우가 웃으면서 말했다.

　"공명은 겸손이 지나치시오. 공명이 아니고는 아무도 사마의를 당해내지 못할 거요."

　유비도 웃으며 말했다.

　"공명의 말도 맞고 아우의 말도 맞소. 각지에서 각군이 승리를 거듭한 덕에 중원을 제압할 수 있었던 것이니, 누구 한 사람만의 힘이 아니오."

　자리를 가득 메운 사람들은 모두 일어나 쾌재를 불렀다. 시종들이 술상을 차리자 군신이 모두 마음껏 취했다.

공명은 허창에 머문 지 사흘 만에 유비에게 이제 슬슬 하북으로 정 벌군을 내보내고 싶다는 뜻을 밝혔다. 유비는 군권을 위임하는 증표인 백모白旄와 황월黃鉞을 공명에게 주었다. 공명은 유비에게 낙양으로 옮겨 천하의 중추를 제압하라고 권했다. 관우·서서·조운 등도 모두 여기에 찬성했다.

유비는 조운을 허창에 남겨 수비하게 하고 마속에게 민사를 맡겼다. 그리고 방통에게는 낙양의 정무를 맡겼다.

공명은 유비에게 작별인사를 하고 밖으로 나와 출발 준비를 했다. 유비는 그날 당장 낙양으로 떠났는데, 도중에 제갈첨이 유비를 배알했다. 유비는 사위인 제갈첨이 지금까지 수많은 공을 세운 것을 알고 있었기 때문에 그간의 노고를 치하했다. 그리고 제갈첨에게 명하여 성도로 가서 가족을 데려오게 했다. 아울러 법정에게 익주목의 지위를 주고, 장완을 장사로 돌려보내 상수와 동정호 일대의 자제들을 모아 영릉과 계양에 주둔하면서 임전 태세를 갖추게 했다. 제갈첨은 자기 부대를 장익에게 인계하고 형주를 거쳐 성도로 향했는데, 이 이야기는 여기까지.

유비가 낙양에 도착하자 제갈탄이 성을 나와 맞이했다. 유비는 편전에 자리를 잡자, 관우와 방통에게 둘이 협력하여 정무에 임하라고 명령했다. 그리고 길일을 택하여 쇠고기·양고기·돼지고기를 바치는 '태뢰의 예'로 종묘에 제사를 지내고, 태상경太常卿 허정에게 명하여 헌제와 황후를 낙양으로 이장시켰다. 그리고 다시 헌제를 위한 상喪을 공포했다.

또한 장안 태수 제갈균에게 장안에 있는 한나라 역대 황제의 능을 수리하게 하고, 관리를 파견하여 제례를 거행했다. 사도司徒에게는 경전을 정비하게 하여 각지의 교육 자료로 삼고, 대학을 부흥하여 학생을 모집했다. 집에 틀어박혀 있던 상급 관리들에게는 출마를 요청했다. 이리하여 점점 더 제왕의 기상이 융성해졌다.

한편, 조창을 추격한 마초는 진류에 도착했을 때 조창이 산동으로 도망쳐버린 것을 알고는 황하 연안에 진을 치고 공명에게 알렸다. 그리고 마대와 분담하여 연변 각지를 지키면서 군령을 기다렸다.

하음에 도착한 공명은 관색과 부첨을 불러, 각지를 돌아다니며 곳곳에 주둔해 있는 장수들을 모두 소집하게 했다.

각지에 흩어져 있던 장수들이 잇따라 모여들었는데, 그중에서 장익이 보고하기를,

"젊은 제갈 장군(제갈첨)은 한중왕의 명령을 받고 촉 땅으로 한중왕의 가족들을 모시러 갔습니다."

공명은 제갈첨에게 소속되어 있던 병력을 제갈정에게 배속시켰다.

보름 뒤에 관색과 부첨도 돌아왔다. 공명은 두 사람에게 장익·마충과 함께 진류에 주둔하여 조창의 남하를 막으라고 명령했다. 공명은 장익을 진류 주둔군 대장으로 임명하고, 그 대신 마초 형제를 진류에서 하음으로 불러들였다.

장익의 부대가 밤낮으로 강행군하여 재빨리 마초와 교대하자, 마초는 하음으로 돌아와 공명을 배알했다. 공명은 정중하게 마초를 맞이하여, 우선 사흘 동안 휴식을 주었다. 사흘이 지나자 마초에게 강유·이엄·문앙·마대 등 네 장수를 배속시킨 뒤, 병력 5만을 이끌고 맹진에서 황하를 건너라고 명령했다. 그리고 장억에게 상당을 지키게 하고, 그 대신 상당을 지키고 있던 왕평은 마초를 따라 상당에서 안양安陽을 공

략하라고 명령했다.

기병騎兵이 생각지도 않은 곳에서 나타나 옛날의 연나라 땅과 조나라 땅을 휘젓고, 대장들이 서쪽으로 이동하여 장수와 낙수에서 만난다. 그러면 이 다음은 어찌 될 것인가. 다음 회를 기대하시라.

제45회

마초, 상당에서 나와 안양을 습격하다
장비, 형택을 건너 원무에서 싸우다

공명의 명령을 받은 마초는 강유·이엄·문앙·마대 등 네 장수를 거느리고 맹진에서 황하를 건너, 장억을 상당으로 파견했다. 행군은 신속하여, 마초 일행이 상당에 도착하자 왕평이 마중을 나와 서로 위로의 말을 나누었다.

마초는 왕평에게 공명의 명령서를 보였고, 왕평은 공손히 명령을 받들어 상당 수비의 임무를 장억에게 인계하고, 마초를 따라 출동하게 되었다.

병사들에게 하루 휴식을 준 마초는 왕평을 불러 이렇게 말했다.

"자균(子均: 왕평)은 오랫동안 상당에 있었으니 지세도 잘 알고 있을 거요. 상당 주둔군 가운데 7천 명을 선발하여 장억 장군이 새로 데려온 병력과 함께 상당을 지키게 하고, 자균은 선봉이 되어 안양을 공략해주시오. 이엄 장군이 병력 5천을 이끌고 자균과 호응하시오. 강 장군과 문 장군은 각각 병력 1만을 이끌고 제3대가 되어 좌우로 나뉘어 진격하시오. 선봉대와 제2대 및 제3대는 안양성 밑에서 합류하고, 나는 아우와 함께 후군을 이끌고 뒤따라 달려가겠소."

"대장께 말씀드리겠습니다. 안양은 하북의 큰 현으로서 옛날 연나라와 조나라 영토의 요충이었습니다. 위군이 허창에서 참패했을 때, 진성晉城을 지키고 있던 위나라 백마왕 조표는 아군의 추격을 두려워하여 안양으로 도망쳤습니다. 그 덕에 아군은 화로의 재를 한 번 부는 정도의 힘도 들이지 않고 쉽게 진성을 빼앗을 수 있었습니다. 조표는 배짱이 없는 인간으로, 병력 3만을 이끌고 큰 현에 의지해 있지만 장수가 될 만한 인재가 아니고, 병사들의 마음도 뿔뿔이 흩어져 있습니다. 아군은 상당에 진주한 지 3년이 지나도록 명령을 받지 못했기 때문에 지금까지 진격하지 못했지만, 진격만 하면 쉽게 적을 쳐부술 수 있을 것입니다. 저는 경기병을 이끌고 태행산太行山을 따라 동쪽으로 내려가, 옥협관玉峽關으로 나가서 공격하고 싶습니다. 응원군은 이 장군 부대 하나면 충분합니다. 강 장군과 문 장군은 경기병 1만을 이끌고 호구관으로 나가서 한단을 공격해주십시오. 위군은 황하 연안에 수비의 중점을 두고 있습니다. 설마 우리가 두 방향에서 진격하리라고는 생각지 못할 것입니다. 또한 우리 정형 병력은 상산으로 나갈 수 있고, 비호 병력은 탁涿과 역易을 교란할 수 있을 것입니다. 그러면 유주의 적군은 분단되어 둘로 나뉠 테니, 사마의가 아무리 황하의 험준함에 의지하여 수비하려 해도 불가능할 것입니다."

마초는 이 의견을 절찬하며 말했다.

"자균은 유주와 연의 지세를 모두 훤히 알고 있는 것 같구려."

그러고는 왕평이 제안한 작전에 따라 먼저 왕평을 파견하고 이엄을 제2대로 삼아 응원하게 한 뒤, 강유와 문앙은 위연과 함께 호구관에서 한단을 습격하라고 명령했다.

마초와 마대는 대군을 이끌고 태행산을 따라 동쪽으로 내려가 옥협관으로 나가서 왕평을 후원했다. 여기에는 사마의를 맞아 싸우려는 의미도 있었다.

한편, 형양에 전령을 보내어 합류 날짜를 알리고, 본대의 황하 도강에 대비했다.

왕평은 오랫동안 상당에 있으면서, 중원이 한군 손에 들어가면 위군은 반드시 하북으로 도망쳐 올 것이라고 생각하여, 하북 각지에 첩자를 보내어 각지의 도로와 산천의 형세를 자세히 조사하게 했다.

또한 왕평 자신도 위군의 방비가 허술할 때 장사꾼으로 변장하여 급현汲縣에서 상산 일대의 정세를 파악해두었다. 그리고 거기에서 다시 유능한 첩자를 파견했다. 이리하여 왕평은 연燕과 조趙의 정세에 대해서는 손바닥을 들여다보듯 자세한 지식을 갖고 있었다. 왕평은 경기병을 이끌고 밤낮으로 달려 네댓새 만에 안양에 도착했다.

그런데 하북 땅은 조조가 원소를 평정한 이후 평온한 나날이 계속되었고, 게다가 조표가 대군을 주둔시키고 있었기 때문에 '전쟁'이라는 두 글자는 완전히 잊어버린 상태였다. 사람들은 서로 어깨를 부딪치며 활발하게 시가지를 오가고 산업은 번창했다.

저물녘에 안양성 밑에 도착한 왕평의 부대를 보고 위군은 황급히 성문을 닫으려고 했다. 그러나 왕평의 돌진이 더 빨랐다. 위군이 미처 손을 쓰기도 전에 한군은 안양성 서문을 열고 일제히 성안으로 쏟아져 들어갔다. 주위가 어두워지는 시간이었기 때문에 성안의 위군은 한군의 실제 병력이 어느 정도인지조차 알지 못했다. 그래서 대혼란이 일어나 자기편끼리 충돌하는 경우도 많았다.

이엄도 성밖에서 가세했고, 그런 상태로 날이 밝았다. 위군은 전사자를 제외하고는 모조리 도망쳤고, 조표도 행방이 묘연했다. 왕평은 명령을 내려 주민을 안심시키고 이엄에게 안양 수비를 맡긴 뒤, 기세를 타고 기급淇汲과 탕음湯陰으로 진격해갔다.

마초는 안양에 도착하여 왕평이 이미 떠났다는 말을 듣고, 이엄에게 병력 1만을 주어 안양에 주둔하라고 명령했다. 그리고 다른 방향에서 진격해오는 강유와 문앙을 응원하라고 명령한 뒤, 모든 병력을 이끌고 왕평을 뒤따라 남하하여 사마의의 퇴로를 앞질러 차단하는 작전으로 나갔다.

예로부터 '지혜가 있어도 기세에는 이기지 못한다'는 말이 있다. 왕평은 3년 동안 정예병력을 길러 병력도 충분하고 하북의 지형도 잘 알고 있었다. 사마의는 하남 쪽에서 공명이나 장비가 추격해오는 것에만 대비하고 있었을 뿐 왕평의 기습에 대해서는 전혀 대비하지 않았다. 확실히 하늘은 조씨를 멸망시킬 작정인 모양이었다.

왕평의 7천 병력은 하북 땅을 자유자재로 휘저으며 질풍이 낙엽을 휘몰아치는 기세로 획가獲嘉에 도착하여, 사마의의 선봉대를 이끄는 장합의 진지가 바라다보이는 곳까지 왔다. 왕평은 천릿길을 달려왔기 때문에 심한 피로를 느끼고 있었다. 따라서 급히 전투를 시작하는 것은 불리하다고 생각하여, 우선 진을 치고 마초가 도착하기를 기다려 다시 작전을 짜기로 했다.

마초도 왕평이 적진으로 너무 깊이 들어가는 것을 걱정하여, 마대를 급현에 놓아두고 급히 왕평을 쫓아왔다.

위군 병사는 한군이 하북 쪽에서 나타난 것을 알고 급히 사마의에게 알렸다.

"한군 대장은 누구냐?"

"왕평입니다."

사마의는 발을 동동 구르며 한탄했다.

"그러면 백마왕은 전멸하셨단 말인가. 그 왕평은 지모가 뛰어난 무장이어서, 옛날 제갈량이 촉을 얻었을 때에도 왕평에게 힘입은 바가 컸다. 지난 몇 년 동안 상당을 지키면서 지형을 파악하고 발빠른 병력을 이끌고 출전했으니, 이곳의 여러 성은 바람에 나부끼듯 무너져갈 것이다. 빨리 처치하지 않으면 적이 우리 퇴로를 막아버릴 것이다."

사마의는 당장 장합과 장웅에게 병력 1만씩을 주면서, 왕평을 죽여 후환을 없애라고 명령했다.

장합과 장웅은 왕평의 진지를 공격하러 갔다. 두 사람이 왕평의 진지로 다가갔을 때 느닷없이 북쪽에서 북소리가 들리더니 흙먼지를 일으키며 한 떼의 군사가 나타났다. 깃발에는 '서량 마초'라는 네 글자가 새겨져 있다.

장합은 깜짝 놀라 장웅에게 말했다.

"유주도 적에게 빼앗겼는가. 어째서 마초가 북쪽에서 습격해오는 것인가."

장웅도 놀라고 이상하게 여기면서, 어쨌든 진을 치고 기다렸다.

마초는 진지 앞에 모습을 나타내더니 창으로 장합을 가리키며 말을 걸었다.

"패장 장합아, 유주는 이미 우리가 빼앗았다. 조비도 내가 죽였다. 너희들 패장이 도망칠 곳은 이제 아무데도 없다."

위군은 마초의 말을 듣고 동요하며 겁을 냈다.

마초는 말을 채찍질하여 장합에게 덤벼들었다. 장합은 창으로 받아낸다. 두 사람이 10합도 채 싸우기 전에 왕평이 진지를 나오더니, 화살을 비 오듯 쏘아대면서 장합의 후군을 향해 몰려갔다. 후군을 이끄는 장웅은 버티지 못하고 무너진다. 마초도 부하들에게 돌격을 명령하자 위군은 완전히 붕괴되었다.

마초와 왕평은 위군을 추격했다. 장합은 어쩔 수 없이 형택滎澤의 진지를 버리고 원무原武로 달아났다. 마초와 왕평은 그제서야 군대를 거두었다. 마초는 왕평의 손을 잡고 말했다.

"자균, '신병神兵'이란 바로 자균의 부대를 두고 하는 말이오."

"주상의 크신 복력과, 원수와 대장의 위세 덕분에 위군의 약한 곳을 찔러 여기에 이를 수 있었습니다."

두 사람은 위군이 모아놓은 배를 이용하여, 후방에 있는 공명의 본대가 차례로 도강할 수 있도록 조치했다.

공명은 마초가 대승을 거두었다는 소식을 듣고 모든 병력을 도강시켜 후방의 응원 태세를 갖추었다. 장비와 황충을 비롯한 여러 장수들의 군대도 모두 형택에서 도강하여 진을 쳤다.

마초와 왕평이 공명을 찾아가자 공명은 손수 술을 따라주면서 말했다.

"하북으로 진격할 수 있었던 것은 모두 두 분의 공이오. 일등 수훈이라 해도 좋을 것이오."

그러자 마초는 이렇게 대답했다.

"이번 공로는 모두 자균의 것입니다. 저는 자균의 뒤를 따라다녔을 뿐입니다."

"아니, 맹기가 후원하지 않았다면 자균도 옥협관을 나갈 수 없었을 거요."

공명이 이렇게 말하자 여러 장수들은 입을 모아 말했다.

"원수께서는 정말 공평하십니다."

공명은 다시 이렇게 물었다.

"강백약(강유) 쪽은 어떻게 됐소?"

그러자 마초가 대답했다.

"어제 아우(마대)한테서 소식이 들어왔는데, 백약은 이미 한단을 빼앗고 지금은 형태刑台로 가는 중이랍니다."

"그러면 오늘 얻은 각지에는 내가 적당한 인물을 보내어 수비할 테니, 맹기와 자균은 계속 군대를 이끌고 형태로 가시오. 위문장(위연)에게는 고상高翔과 합류하여 정형에서 상산으로 나아가게 할 테니, 맹기는 거기서 문장과 합류하시오."

마초와 왕평은 당장 출발했다. 이어서 공명은 위연에게 명령했다.

"병력 5천을 이끌고, 전주에게 협력을 청해 대군代郡의 기병 1만과 보병 5천을 지원받은 뒤, 고상과 함께 정형에서 상산으로 나가 상산을 빼앗으시오. 정형은 전주한테서 빌린 병력을 시켜 수비하시오."

위연은 오랫동안 한가하게 지내서 좀이 쑤시던 참이었기 때문에 뛸 듯이 기뻐하며 공명에게 두 번 절하고 당장 출발했다. 공명은 여러 장수들을 바라보며 말했다.

"아군이 황하를 건넜으니, 유주에 위기가 닥쳐와 사마의는 용기를 잃었을 것이오. 이번 싸움으로 적은 결정적인 타격을 입을 것이오."

그러고는 장비를 선봉, 장포를 좌군, 관흥을 우군으로 삼아, 원무에 있는 장합을 공격하라고 명령했다. 황충은 중군을 이끌고 이들을 후원한다. 드디어 전원 출발이다.

한편, 원무로 퇴각한 장합과 장웅은 연진延津에 급보를 전했다. 연진의 사마의는 펄쩍 뛰어오를 만큼 놀랐다.

"마초의 부대가 상당에서 몰려나오면 유주가 위험하다. 제갈량도 이미 황하를 건넜는가. 아군은 진퇴양난이로구나. 이제는 죽음 속에서 활로를 찾아 싸울 수밖에 없다."

사마의는 이렇게 외치고는 당장 복양에 전령을 보내어, 조창·이전과 병력을 합쳐 적을 맞아 싸우는 작전으로 나갔다. 그리고 조조의 유언에 따라 산동을 손권에게 할양하여 오군을 불러들이라고 요청한 뒤, 급히 유주로 구원하러 갔다.

사마의의 편지를 받은 조창은 이전을 비롯한 여러 장수들과 의논했다.

"제갈량의 군대가 이미 모두 도강하여 무적의 태세라 하오. 사마 도독은 필사적으로 버티고 계시지만, 만약 유주를 잃으면 장병들은 절망할 테니, 산동 땅을 계속 지켜봤자 무슨 이득이 있겠소. 산동 땅을 손권에게 양보하고, 그들이 우리 대신 적을 맞아 싸우게 하여 한군 세력을 분할하는 것이 좋겠소. 우리가 달려가 마초의 배후를 공격하면, 유주의 포위망은 풀 수 있을 거요."

이전이 동의했다.

"전하의 말씀이 옳다고 생각합니다."

그래서 당장 사신을 합비로 보내어 육손에게 제의했다.

"선제(조조)의 유언에 따라 산동 땅을 오나라에 양도할 테니, 군대를 보내어 산동 땅을 접수하시오."

그때 마침 여몽이 합비에 와 있었기 때문에, 위나라의 통지를 받은 육손은 여몽에게 이렇게 말했다.

"도독, 위나라는 산동을 지키지 못하여 우리한테 양도를 제의했지만, 이는 우리로 하여금 위나라 대신 적을 맞아 싸우게 하려는 책략에 불과합니다. 우리가 만약 산동 땅을 접수하면 한나라는 반드시 우리를 공격하겠지만, 접수하지 않으면 한나라는 이제 곧 산동을 공격하여 빼앗아버릴 것입니다. 그러면 한나라는 하택荷澤에서 우리나라의 능풍凌豊·패沛·월회越淮·사수泗水로 나올 수 있고, 저滁와 소巢 땅도 제압할 가능성이 커집니다. 이제 와서는 국내에서 싸우기보다 국외에서 싸우는 편이 유리합니다. 도독께서는 어떻게 생각하십니까?"

여몽이 대답했다.

"사태가 급박하니 어쩔 수 없소. 산동 백성을 위무하고 회수 하류 유역을 안정시킬 수밖에 없소. 나는 마음을 정했소."

그러고는 육손에게 합비를 맡기고 산동 문제는 여몽이 직접 다루기로 했다.

여몽은 조진과 죽은 장수가 거느리고 있던 기병 및 보병 1만 3천과 강동 보병 2만, 대장으로는 한당·주태·장흠·전종·손침·정봉을 거느리고, 손권에게 표를 올린 뒤 곧장 산동으로 향했다. 또한 손권에게 요청하여 정보에게 구강 수비를 맡기고, 황개에게는 합비의 육손을 보좌하게 했으며, 파양의 수군은 손소에게, 소호巢湖의 수군은 육손에게 각각 배속시켰다.

손권은 여몽과 육손의 상주를 받고 조씨가 멸망하면 손씨도 위험하다는 것을 충분히 이해했다. 여몽과 육손의 구상은 시의 적절하고 명쾌하다. 산동에 가는 것이야말로 국가에 대한 충성심의 발로라고 손권은 생각했다.

손권은 국고에서 비단과 군수품을 꺼내고, 주이朱異에게 병력 3천을 주면서 이 물건들을 산동의 여몽에게 전달하게 했다.

여몽은 대군을 이끌고 하택에서 황하를 건너 복양에 도착하여 조창을 만났다. 조창은 오군이 정예부대이고 단결이 굳으며 사기도 높은 것을 보고 크게 기뻐하면서 산동을 여몽에게 인계하고 떠났다.

조창은 이전과 함께 3만 대군을 거느리고 내황內黃에서 임장臨漳으로 나가 마초의 후방을 공격하려 했고, 사마의와 조비에게도 각각 급보를 전했다. 여몽은 산동을 인수한 뒤 여러 장수들을 각지에 배치하여 방어선을 치고 군량을 비축하여 방어 태세를 취했다.

한편, 진류에 주둔하고 있는 장익은 첩자한테서 조창이 북쪽으로 도망쳤고 여몽이 산동을 인수했다는 보고를 듣고는 급히 공명과 조운에게 알렸다.

조운은 오나라가 화살 한 개도 쏘지 않고 산동을 얻었다는 말을 듣고 저도 모르게 발끈하여, 요화를 신채로 보내어 엄수를 불러들이는 한편, 유비에게 상주하여 이렇게 요청했다.

"대장 최기에게 병력 1만을 주어 허창에 주둔시키고, 다른 지역의 수비병은 움직이지 말고, 저에게 출병을 명령해주십시오."

산동의 위급을 보고받은 유비는 관우와 서서에게 병력 1만을 이끌고 허창으로 가서 서주와 예주의 군사를 맡아 조운을 후원하라고 명령했다. 또한 조운을 청주·연주의 도독으로 임명하고, 기병과 보병 5만을 주었으며, 부장으로는 엄수·황무·최기·방풍·방여 등 다섯 장수와 진류 부근에 주둔해 있는 장익 등을 배속시켰다.

그리고 그날로 당장 진류에서 황하를 건너 봉구로 나가 사마의를 협공하고, 북쪽의 마초가 승리하면 병력을 동쪽으로 돌려 여몽을 쫓아내라고 명령했다. 후방에서 전선으로 군량과 무기를 수송하는 일은 관우가 감독하고, 공명의 군사에 대해서는 유비가 직접 방통과 마속을 지휘하여 형주와 옹주에서 물자를 보급하기로 했다. 또한 마초의 군대에 대해서는 전주·위연·장억 등이 병주에서 물자를 보급하게 했다.

이리하여 전선은 군량과 무기도 풍부해져 병사들의 사기도 더욱 높아졌다.

조운과 그의 아내 마운록은 장수들을 거느리고 진류에 도착하여, 장익·마충·관색·부첨 등 네 장수의 마중을 받았다. 조운은 그들의 노고를 치하하며 말했다.

"장 장군은 유주와 병주를 전전하고 황하와 낙양 사이를 누비며 나라를 위해 정말 애를 많이 썼소. 게다가 백성들에게 피해를 주지 않은 것은 정말 훌륭한 일이오."

장익이 머리를 조아려 사례하자 조운이 물었다.

"봉구 방면으로는 도강할 수 있겠소?"

"최근에 들어온 보고에 따르면 사마의는 네 무장을 거느리고 진류에 주둔해 있는데, 조창이 강변을 지키고 있기 때문에 도강하기는 어려운 상황입니다. 그러나 제갈 원수의 대군이 형택에서 도강했으므로 조만간 대전투가 벌어질 것입니다. 그렇게 되면 봉구 방면의 적군은 그쪽으로 응원하러 가고 수비병의 수가 줄어들 것입니다. 대장께서 도강하신다면, 저는 배를 준비하여 선봉을 맡고 싶습니다."

조운은 크게 기뻐하여 장익의 등을 어루만지며 말했다.

"백공伯恭은 심모원려하니, 과연 대장이 될 만한 그릇이오."

그러고는 당장 장익을 선봉으로 삼아, 야음을 타고 먼저 도강하게 했다. 연안에는 위군 수비병이 있었지만, 캄캄한 밤이었고 한군의 기세가 너무나 강했기 때문에 장익에게 쫓겨 사방으로 흩어졌다. 뒤이어 조운도 군대를 도강시켰는데, 이 일은 이틀밖에 걸리지 않았다. 진류의 한군 진지에 대해서는 관우에게 수비대를 보내달라고 요청했다.

한편, 사마의가 한군을 맞아 싸우기 위해 막 명령을 내리려 할 때 이런 소식이 들어왔다.

"우문칙(우금) 장군이 군대를 이끌고 돌아오셨습니다."

사마의는 크게 기뻐하며 우금을 장막 안으로 불러들였다.

우금은 사마의 앞에 꿇어 엎드려 죄를 청했다. 사마의는 우금을 부축해 일으키며 말했다.

"나도 역시 패군지장이오. 그러지 않아도 좋소."

그러자 우금은 두 번 절하고 자리에 앉았다.

"그런데 문칙은 여남에서 패한 이후 소식이 없었는데, 그동안 어떻게 지냈소?"

"저는 여남에서 패하고 마초에게 쫓겨 오나라로 도망쳤습니다. 최근 주상(조조)께서 붕어하시고 태자가 북쪽으로 도망치신 일, 허창과 섭현도 잇따라 함락되고 서공명(서황)과 장문원(장요)이 끝까지 충절을 지키며 죽었다는 소식도 들었습니다. 그리고 도독과 임성왕께서 하북으로 철수하고 산동이 오나라에 할양된 것을 알았기 때문에, 오후(손권)에게 호소하여 위기에 빠진 나라를 돕고 싶다고 말씀드렸더니, 오후는 저에게 마필과 무기를 하사하셨습니다. 게다가 회수와 서주 일대에서 비적을 모집하여 저에게 소속된 병사와 합해 2만 병력을 이끌고, 여몽을 따라 하택에서 복양으로 가 연진에서 사마 도독을 만나 도독의 휘하에 들어가는 것을 허락해주셨습니다. 여건과 만분도 저와 함께 왔습니다."

사마의는 크게 기뻐하며 이렇게 명령했다.

"그러면 문칙은 부하들을 이끌고 연진을 지키면서 후방을 단단히 굳히시오. 나는 원무로 가겠소."

사마의는 연진에 있던 3만 병력을 모두 이끌고 등애와 종회, 둘째아들 사마소와 동생 사마부 등 여러 장수들과 함께 공명을 맞아 싸우러 갔다.

사마의가 원무에 도착하자 장합과 장웅이 마중을 나왔다.

사마의는 장합에게 물었다.

"한군의 동태는 어떻소?"

"첩자의 보고에 따르면, 제갈량은 장비를 선봉으로 삼아 정예병력을 이끌고 제 진지를 습격할 모양입니다."

"아군은 패전을 거듭한 나머지 이제는 사기도 바닥에 떨어져 있소. 전력을 다해 싸우지 않으면 발판을 잃어버릴 거요."

사마의는 방어 준비를 갖추었다.

이튿날 새벽, 한군 진영에서 북소리가 울리더니 장비가 기다란 무쇠창을 꼬나쥐고, 검은 오수마烏睢馬에 올라타고, 부리부리한 눈알을 더욱 부릅뜨고, 범 같은 수염을 곤추세우며 도전하러 나타났다.

위군 진영에서는 장웅이 도독의 눈앞에서 용감한 모습을 보이려고 쌍칼을 휘두르며 달려나갔다. 장비는 마초와 조운이 자주 큰 공을 세우는데 자신은 줄곧 방성에 주둔해 있는 것이 불만스러웠기 때문에, 장웅이 나오자마자 이름도 대지 않고 덤벼들었다.

두 사람은 오락가락하면서 50여 합을 겨루었는데, 장비는 점점 기운이 솟아나 장웅의 가슴을 노리고 창을 내질렀다. 장웅이 칼로 막아냈지만, 장비는 재빨리 창을 회전시켜 다시 한 번 찔렀다. 장웅이 창에 찔려 말에서 떨어졌다. 장비는 말을 채찍질하여, 이번에는 사마의에게 덤벼들었다.

장합이 창을 휘두르며 장비를 가로막았다. 그러나 장비는 바람을 희롱하는 맹호나 술 취한 야생 곰처럼 용맹하다. 사마의는 장합도 당할까 두려워 등애와 종회를 내보냈다. 그러자 한군 진영에서는 기다렸다는 듯이 관흥과 장포가 뛰쳐나왔다.

공명은 장비의 모습을 보고 황충에게 출마를 명령했다. 황충은 곧장 사마의에게 달려간다. 그러자 사마소와 사마부가 황충을 가로막고 싸운다. 황충은 두 사람을 상대로 분투한다. 이윽고 우렁찬 기합 소리와 함께 황충의 언월도가 으르렁거리더니 사마부의 허리를 잘라 말 아래로 떨어뜨렸다. 깜짝 놀란 사마의는 사마소가 위험하다고 생각하여 급히 신비와 고당융을 출전시켰다.

공명은 장비와 황충의 분투를 보고, 채찍을 들어 돌격 명령을 내렸다. 제갈정이 대군을 이끌고 위군 진영으로 뛰어들었다. 참패를 당한 위군은 양무로 퇴각했다. 공명은 장수들에게 위군이 휴식을 취하지 못하도록 계속 추격하라고 명령했다. 위군은 세 번을 연패하고 양무에서 연진으로 후퇴했다. 우금이 군대를 이끌고 구원하러 나타나자 그제서야 공명은 군대를 거두었다.

대세는 조용히 움직이고, 나무 한 그루로는 지탱하기 어렵다. 지친 병사를 싸움터로 내몰면 길가의 바람소리조차 두려워한다. 그러면 이 다음은 어찌 될 것인가. 다음 회를 기대하시라.

제 46 회

마초, 형태현에서 조창을 추격하다
위연, 유주성에서 정욱을 사로잡다

사마의는 한군과 싸우고 패하여 연진으로 퇴각했다. 우금이 구원하러
나온 덕분에 겨우 연진성에 들어갔지만, 장웅과 사마부를 잃었다. 사
마의는 등애와 종회를 비롯한 장수들에게 이렇게 제안했다.

"북방에서의 패전은 반드시 동쪽에도 영향을 미칠 것이오. 조운은
구리관에서 침공한 이후 아직껏 질 줄을 모르니 과연 대단한 강적이
오. 제갈량과 호응하고, 후방에서는 관우가 응원하고 있소. 자렴(조홍)
과 자효(조인)도 아마 이기기는 힘들 것이오. 그러나 자렴과 자효가 봉
구에서 패하면 아군은 무너지고 말 터인즉, 그러니 문칙(우금)이 연진을
사수하고, 내가 전군을 이끌고 봉구로 가세하러 가서 조운을 쳐부술
생각이오. 그런 다음 다시 전력을 다해 제갈량과 싸우는 거요. 어떻게
들 생각하시오?"

"도독의 생각이 옳다고 생각합니다."

장수들이 입을 모아 대답하자 사마의는 우금에게 명령했다.

"국가는 지금 존망의 위기에 빠져 있소. 이번 싸움에서 승리하면 좀
더 지탱할 수 있겠지만, 만약 지면 국가는 흔적도 없이 멸망해버릴 것
이오. 이 연진 수비는 장군에게 맡기겠소. 열흘 동안만 지켜주면 충분
하오."

우금은 두 번 절하고 대답했다.

"도독께서 나라를 위해 이토록 애쓰시는데, 저도 견마지로를 다하지 않으면 저를 써주신 선제께 변명할 여지가 없습니다. 연진은 목숨을 걸고 지키겠습니다. 도독께서는 빨리 출발하십시오."

사마의는 당장 명령을 내려, 밤중에 4만 병력과 장합·등애·종회를 이끌고 조운을 공격하러 갔다.

조운이 봉구에 이르자, 조인은 당장 나가서 싸우려고 했다. 그러자 참모인 유엽이 조인에게 진언했다.

"조운은 용장이고, 병력도 정예부대입니다. 아군은 계속 패하여 사기가 오르지 않습니다. 다짜고짜 적의 예봉을 맞아 싸우면, 나중에 굳게 지키려 해도 불가능할 것입니다. 내일 장군께서는 조운을 맞아 싸우시고, 자렴 장군은 적의 좌익을 공격하고, 조혜와 조상 장군은 적의 우익을 공격하십시오. 저와 관구검 장군은 적의 후군을 공격하겠습니다. 이렇게 하면 질 까닭이 없고, 다시금 위세를 떨칠 수 있을 것입니다."

조인은 이 계책에 따르기로 했다.

이튿날 조인은 언월도를 휘두르며 조운을 맞아 싸웠다. 두 사람이 50여 합을 겨루었을 때, 위군 진지의 왼쪽에서 조홍, 오른쪽에서는 조혜와 조상이 뛰쳐나왔다. 한군 진영에서는 엄수가 언월도로 조홍을 막았고, 장익과 관색은 각각 조혜와 조상을 맞아 싸웠다.

그것을 본 유엽은 깃발을 흔들어 군대를 둘로 나누더니, 하나는 장사진長蛇陳, 또 하나는 금룡교미진金龍攪尾陣의 형태로 질풍처럼 조운의 후군을 공격했다. 한군의 후군은 마운록의 호령에 따라 전투 태세를 취했다.

그때 위군 진영에서 북소리가 요란하게 울리더니, 모든 장병들이 굉장한 기세로 몰려나왔다. 한군 장병들도 제각기 적군을 맞아 싸우니, 해와 달이 빛을 잃고 천지가 어두워질 만큼 격전이 벌어졌다.

그러나 위군이 필사적인 반면, 한군은 승리를 거듭하여 약간 교만해져 있었기 때문에 차츰 밀리는 기색을 보였다. 조운이 용감하게 분투하여 겨우 조인을 물리치고 군대를 수습했지만, 싸움에서는 졌기 때문에 봉구에서 10리쯤 후퇴하여 진을 쳤다.

진지로 돌아온 조인은 유엽에게 감사했다.

유엽이 말하기를,

"조운은 퇴각했습니다. 적의 예봉은 이미 꺾였으니 계속 몰아붙여야 합니다. 여기서 공세를 늦추면 안 됩니다."

그래서 조인은 새벽에 밥을 지어 먹고 단숨에 한군 진지를 기습하기로 했다.

그날 밤 한군 진영에서는 조운이 장수들에게 이렇게 말했다.

"위군이 워낙 필사적으로 나오는 바람에 이번에는 지고 말았소. 내일은 반드시 승세를 타고 공격해올 것이오. 우리는 기병騎兵으로 대항합시다."

엄수와 황무가 조홍을 맞아 싸우고, 장익과 관색이 조인을 맡고, 마운록은 방여·마충·부첨을 거느리고 위군의 중군을 공격하고, 조운 자신은 조혜와 조상을 상대하기로 했다. 조혜와 조상이 죽으면 위군의 사기는 단번에 떨어질 것이라고 조운은 생각했다.

이튿날 새벽, 조운의 예상대로 위군이 공격하러 나타났다. 조운은 진문을 열고 뛰쳐나가, 창을 꼬나쥐고 말을 달려 조혜와 조상에게 덤벼들었다. 두 사람은 필사적으로 싸웠지만, 조운의 기세도 대단하여 단번에 조혜를 찔러 죽이고, 이어서 조상도 찔러 죽였다. 그러고는 혼자 종횡무진으로 위군 진영을 휘젓고 다니다가 이번에는 조홍에게 덤벼들었다.

한군은 대장의 기세를 보고 분발하여 위군을 향해 진격한다. 그야말로 천지가 무너질 것 같은 기세다. 조홍은 엄수와 황무 정도라면 어떻게든 버틸 수 있지만, 거기에 조운이 가세하면 도저히 당해낼 수 없다. 조홍은 결국 후퇴했다. 조인도 이렇게 되면 혼자 힘으로는 어렵기 때문에 역시 말머리를 돌려 퇴각했다.

한군은 기세를 타고 계속 추격했다. 조운은 여러 장수들을 지휘하면서 차츰 봉구성으로 다가갔다. 그러자 성 옆에서 한 떼의 위군이 나타났다. 장합이 선두에 서고, 등애·종회·사마소가 그 뒤를 따랐다. 한군 장수들은 분담하여 그들을 맞아 싸운다. 조인과 조홍은 다시 말머리를 돌려 조운에게 덤벼든다. 봉구성을 지키고 있던 전만과 허의도 한군을 공격하러 몰려나왔다. 이어서 사마의가 대군을 이끌고 조운의 중군을 향해 돌격한다.

조운도 이 공격은 막아내지 못하고 서서히 후퇴하여 황하까지 밀려났다. 조운은 큰 소리로 호령했다.

"뒤에는 황하, 앞에는 위군 추격대가 있다. 죽음 속에서 삶을 찾아 분전하라."

그러고는 말머리를 돌려 몰려드는 위군 속으로 뛰어들었다. 막다른 궁지에 몰린 한군은 대장이 몸을 돌보지 않고 위군을 향해 돌진하는 것을 보고 용기를 내어 위군을 맞아 싸웠다.

조운이 사마소에게 덤벼들어 우렁찬 기합 소리와 함께 창을 내지르자, 사마소는 더 이상 막아내지 못하고 창에 꿰뚫려 말에서 떨어졌다.

남편이 위험하다고 생각한 마운록은 새하얀 은창을 어깨에 걸치고는 활을 힘껏 잡아당겨 장합을 쏘았다. 이 화살은 곧장 날아가 장합의 투구에 박혔다.

장합은 당황하여 화살을 빼려고 했다. 그때 조운이 덤벼들었다. 조홍은 급히 조운을 막고, 조인이 장합을 보호하며 달아났다. 그러자 한군은 더욱 기세를 되찾아 위군을 몰아붙였다.

유엽은 이것으로 일단 승리를 거두었다고 생각했다. 더 이상 적을 추격해도 이미 대장이 셋이나 죽었으니 별 이득이 없다고 판단하여, 등애·종회와 함께 징을 울려 군대를 거두었다.

조운도 병사들이 지친 것을 보고 진지로 돌아가 안정한 뒤에 군사를 점호해보니 병사 2만여 명이 죽거나 다치고, 최기·황무·마충도 중상을 입었다. 조운은 위로의 말을 건네며 몸소 그들의 상처에 약을 발라주고 편히 쉬게 했다. 그리고 공명에게 알린 뒤, 장익을 비롯한 장수들과 함께 진지의 수비를 강화했다.

한편 사마의는 전체적으로는 확실히 승리를 거두었지만, 조혜와 조상뿐 아니라 둘째아들 사마소까지 전사하고 장합도 중상을 입었다. 사마의는 부하들의 마음이 동요할 것을 우려하여 속으로만 눈물을 흘리면서 세 장수의 유해를 정중히 매장했다. 그리고 장합을 성안에서 쉬게 한 뒤에 유엽에게 이렇게 말했다.

"조운은 참패했으니 이곳 봉구는 여유가 생겼소. 관구검과 동소의 부대에 흑산적 잔당을 합하여 봉구를 지키게 하고, 우리는 연진으로 돌아가 제갈량과 싸웁시다. 여몽에게 조운의 배후를 공격하게 하면 지구전으로 끌고 갈 수 있을 거요."

"사태가 다급합니다. 빨리 명령을 내리십시오."

사마의는 당장 복양에 있는 여몽에게 출격을 재촉하는 편지를 써서 심복 부하를 시켜 전달하고, 관구검과 동소의 병력 1만 명과 흑산적 잔당 6천 명에게 봉구를 지키게 했다.

그리고 "싸우지 말고 굳게 지키면서 각지의 아군과 연계를 유지하라"고 명령한 뒤, 짐수레에 장합을 싣고 조홍이 선봉, 종회와 등애가 선봉 좌우의 익군, 조인이 후군, 전만과 허의가 후군 좌우의 익군, 사마의와 유엽이 중군, 학소와 곽회가 중군의 좌우 익군을 이끌고 재빨리 연진으로 돌아갔다.

공명은 조운이 패했다는 소식을 듣고 사마의가 연진으로 돌아온 것을 알았지만, 참견하지 않고 일부러 포위망을 풀어 적을 연진성으로 들여보내는 작전을 취했다. 병법에서 말하는 '돌아가려고 하는 적군은 막지 말라'는 전술이다. 또한 성 안팎에서 협공당하는 것을 꺼렸기 때문이기도 하다.

사마의는 성에 들어가지 않고 성밖에 진을 쳐 공명과 대치하고, 우금에게는 연진성을 굳게 지켜 공명이 북쪽으로 올라가는 것을 막으라고 명령했다.

공명은 조운이 패하고 위군이 기세를 되찾았으며 훌륭한 장수와 정예병력이 눈앞에 와 있기 때문에 간단히 쳐부술 수는 없다고 생각했다. 이렇게 되면 걱정스러운 것은 조운이 여몽에게 배후를 공격당하는 것이다. 그래서 급히 병력 1만을 나누어 군량·무기와 함께 조운에게 보내어 조운의 병력을 보충하기로 했다.

또한 장비에게 명령하여, 양무에 주둔하면서 조운과 연락을 취하게 했다. 황충도 공명의 명령에 따라 서량 기마대장 마개와 한옹을 이끌고 조운의 부대를 응원하러 갔다.

관우도 허창에서 조운이 패했다는 소식을 듣고, 급히 형주와 양양 방면에서 병력 1만을 징발하여 서서에게 주고 조운에게 가세하게 했다. 이리하여 조운은 앞뒤에서 원군을 받아 기세를 되찾고, 서서와 함께 부상자를 치료하고, 병졸을 보충하고, 무기를 수리하고, 각지로 흩어진 병사들을 모아들였다.

한편 사마의의 요청을 받은 여몽은 한당·전종·주이에게 병력 1만을 주어 하택에 진주시켜 멀리서 응원을 보냈다. 공명은 조운에게 움직이지 말고 마초와 위연이 유주에서 승리를 얻어 적의 근본을 뒤엎은 뒤에 다시 진격을 생각하라고 명령했다. 봉구 방면의 전투에 대해서는 일단 여기서 이야기를 맺기로 하자.

한편, 마초는 왕평 및 마대와 함께 군대를 이끌고 한단에 도착했다. 강유와 문앙이 마초를 만나러 나타났다. 마초는 그들과 작전을 논의했다.

"공명 원수의 대군은 이미 황하를 건너 연진과 양무 사이에서 사마의와 대치하고 있소. 조자룡한테서는 동쪽에 오군이 진주했다는 소식이 들어왔소. 그러나 위군의 훌륭한 장수들은 모두 전선에 집결해 있고, 유주에는 조휴와 조웅밖에 없소. 그들은 유능한 장수도 아무것도 아니오. 위문장(위연)이 전주 태수와 함께 비호로 진격했기 때문에 위나라 내부는 이미 와해를 향해 치닫고 있소. 나는 형태로 나가 북쪽 길을 통과할 생각인데, 형태의 위군 병력이 어느 정도인지 알 수가 없소."

그러자 강유가 대답했다.

"첩자의 보고에 따르면 형태를 지키는 위군 장수는 당자唐咨·주태·

영호우伶狐愚 등 세 명이고, 병력은 1만입니다. 어양漁陽은 유양왕 조웅이 병력 2만을 이끌고 지키고 있으며, 조휴는 병력 3만을 거느리고 유주에 주둔해 있습니다."

"그렇다면 유연을 당장 상당 수비로 옮기고, 장억에게는 안양을 지키게 하고, 이엄 장군을 한단으로 불러 후방을 대비해야겠소. 백약(강유)은 병력 1만을 이끌고 선봉이 되어주시오. 문 장군은 내 아우(마대)와 함께 각각 좌익과 우익군을 이끌고 형태로 진격하시오. 나는 자균(왕평)과 함께 후군을 이끌고 바로 뒤따라 출발하겠소."

강유를 비롯한 장수들은 당장 형태를 공략하기 위해 출발했다. 마초와 왕평은 한단에서 병사들을 쉬게 하면서 이엄이 도착하기를 기다렸다. 이엄은 안양 수비를 장억에게 인계한 뒤, 수하 병력 수백 명을 이끌고 한단으로 달려왔다. 마초는 병력 1만을 이엄에게 주어 한단을 지키게 하고 왕평과 함께 병력 2만을 이끌고 형태로 진격했다.

형태로 가는 도중에 강유는 마대와 문앙에게 말했다.

"위군은 연패하여 우리를 두려워하고 있으므로 절대로 성에서 나오려고 하지 않을 것입니다. 우리는 적진 깊숙이 들어와 있기 때문에 속전속결이 유리합니다. 그러나 섣불리 성 밑으로 바싹 다가갔다가는 적의 원군에 사방을 포위당할 우려가 있고, 그렇게 되면 아군의 사기도 떨어져 승부가 어떻게 될지 알 수 없습니다. 첩자가 탐지한 정보에 따르면 광종廣宗과 거록鉅鹿에는 적군이 많지 않다니까, 한 사람이 경기병 1천을 이끌고 임낙관臨洛關을 넘어 사하沙河를 따라 진격하여 거록을 쳐부수고 위군 깃발을 빼앗아 원군처럼 꾸며서 형태성의 적을 속여 성안으로 들어가 쳐부수는 작전은 어떻습니까?"

그러자 문앙이 거록으로 가겠다고 나섰기 때문에 강유는 정예 경기병 1천 명을 문앙에게 주었다. 문앙은 거록으로 달려가 쳐부순 뒤, 그곳에 머물지 않고 작전대로 적의 수비대 깃발만 빼앗아 재빨리 형태로 돌아왔다.

형태의 위군은 한군이 온 것을 보고 성에 틀어박혀 구원을 청하는 전령을 내보냈다. 며칠이 지나자 동쪽에서 북과 뿔피리 소리가 들리더니, 거록을 지키는 위군 깃발을 든 한 떼의 군사가 한군 포위망을 뚫고 다가왔다. 한군은 그 기세에 눌린 것처럼 사방으로 흩어져 길을 열어 준다.

당자를 비롯한 위군의 세 장수는 원군이 온 줄 알고 영호우만 성에 남겨 지키게 한 뒤, 당자와 주태는 성문을 열고 원군을 맞이했다.

그러자 문앙은 거록의 깃발을 든 채 성 아래로 돌진하여 다짜고짜 당자를 창으로 찔러 죽이고, 이어서 주태도 죽여버렸다. 눈 깜짝할 사이에 일어난 일이라 위군 병사들은 당황하여 어찌할 바를 몰랐다. 그사이 강유와 마대가 용감하게 돌진하여 성안으로 몰려들어갔다.

영호우는 대장의 갑옷과 투구를 벗어 던지고 졸병들 틈에 섞여 유주로 달아났다. 형태를 얻은 강유는 문앙이야말로 일등 수훈자라고 칭찬했지만, 문앙은 겸손을 차려 그 명예를 받으려 하지 않았다.

이 무렵 조창은 내황·성안成安·비향肥鄕·광종을 거쳐 거록에 왔는데, 그때는 문앙이 거록을 습격하고 떠난 지 이미 이틀이 지난 뒤였다.

문앙이 거록을 빼앗은 뒤 재빨리 군대를 이끌고 떠났다는 말을 들은 조창은 문앙이 간 길을 따라 추격했다. 그리고 마침 강유가 형태를 빼앗은 것을 알리는 전령을 내보내려 할 때, 형태에 도착하여 성을 포위했다. 질풍처럼 빠른 속도였다.

강유는 조창이 너무 갑자기 도착했기 때문에, 나가서 싸우지 않고 성에 들어박혀 수비하기로 했다. 그러나 위군의 공격도 제법 매서워서 성의 동문이 부서졌고, 그곳으로 이전이 돌진해 들어왔다. 문앙이 이전을 맞아 필사적으로 방어했다.

조창은 남문을 공격했다. 형태성 안에는 아직 위군 패잔병들이 남아 있어서 여기저기에 불을 질렀다. 혼란에 빠진 한군은 자기 편끼리 싸우는 장면을 연출했다. 마대와 강유는 둘이서 조창에게 덤벼들었지만 조창을 죽이지는 못했다.

드디어 형태도 위태로운가 하고 생각했을 때 마초와 왕평이 도착했다. 그러자 조창과 이전은 급히 군대를 거두어 성에서 10리쯤 떨어진 곳에 진을 쳤다.

마초는 위군이 퇴각한 것을 보고 성으로 들어왔다.

강유를 비롯한 여러 장수들이 마초에게 인사를 올렸다.

"대장께서 오시지 않았다면 형태를 도로 빼앗겼을 것입니다."

마초는 강유와 마대에게 성을 지키게 하고 성안에 있는 위군 패잔병들을 빠짐없이 색출한 뒤, 문앙·왕평과 함께 성벽을 따라 진을 치고 조창과의 결전에 대비했다.

조창은 마초의 부대가 정예병력이어서 섣불리 맞설 수 없다는 것을 알고, 부장 네 명에게 임성왕의 이름이 들어 있는 영전令箭을 주어 각각 어양·상곡上谷·청하淸河·발해渤海의 4개 군으로 보내어 기마병 2만과 갑병(甲兵: 갑옷을 입은 병사) 2만을 모집했다. '왕'의 명령이기 때문에 열흘도 지나기 전에 병력이 모였고 장교 20여 명도 가세했다. 조창은 이들을 형태로 불러들여 휘하 부대에 배치했다.

한편, 마초는 조창이 병력을 증강한 것을 알고 급히 부장 마기를 한단에 보내어 이엄을 불러들였다.

마초는 왕평에게 명령했다.

"자균, 형태성 수비는 자균이 혼자 맡아주시오. 성밖의 일은 걱정하지 않아도 좋소."

그런 다음 마초는 군대를 셋으로 나누어, 자신이 중군 1천 명을 이끌고, 강유가 좌군, 마대가 강유의 부장, 이엄이 우군, 그리고 문앙이 이엄의 부장을 맡기로 각각 분담을 정했다. 세 부대의 병력은 모두 합해서 2만 1천이었다.

마초는 부하들을 장막 앞으로 불러놓고 이렇게 말했다.

"우리는 적진 깊숙이 들어와 있고, 조창은 4개 군에서 병력을 모아 우리와 결전을 벌일 태세다. 우리도 왕평의 부대를 합하면 3만 병력이니 결코 적지는 않다. 지금까지의 승세를 타고 마음껏 싸우자. 후방에는 공명 원수의 대군이 버티고 있고 앞에는 위문장의 기병이 있어 적의 병력을 분단하고 있다. 적군은 비록 수는 많지만 더 이상 우리를 어찌할 수 없다. 그리고 우리는 관중 땅으로 나온 이후 지금까지 패배를 알지 못했다. 서량 기마대의 이름은 천하에 널리 알려져 있기 때문에 조창이 아무리 버텨봤자 우리의 명성은 흔들리지 않을 것이다. 우리 모두 마음을 하나로 모아 이 명예를 끝까지 지키지 않겠는가. 조창은 내가 직접 맡아서 싸울 테니 여러 장수들은 분담하여 적과 맞서 싸워주기 바란다. 오늘은 전진이 있을 뿐이다. 후퇴하는 자는 목을 베겠다."

장수들은 마초의 명령을 받고 각자 싸울 준비를 하러 흩어졌다.

그런데 독자 여러분은 선비족 대장 모용궤와 하발기를 기억할 것이다. 지난번에는 전주의 설득 공작이 있었기 때문에 그냥 물러갔지만, 이번에 조창이 군대를 이끌고 북쪽 땅에 온 것을 알자, 모용궤와 하발기는 부족 대왕의 명령을 거역하고 부하 2천 명과 함께 조창을 응원하러 달려왔다.

조창은 두 사람을 보고 기뻐하며 치하의 말을 건넨 뒤, 자신이 철기병 1만과 상곡병 1만을 이끌고 중군이 되고, 모용궤를 좌군, 하발기를 우군으로 삼아, 그들이 데려온 2천을 합하여 어양 기병 5천을 지휘하게 했다. 이전은 2만 병력을 이끌고 후군이 되어 형태성을 향해 몰려갔다.

마초 쪽도 이미 준비가 갖추어져 있어서, 조창이 오는 것을 보고는 진형을 갖추고 기다렸다. 조창은 마초를 손가락질하며 큰 소리로 욕설을 퍼부었다.

"네 아비는 조정에서 제멋대로 날뛰어서 형벌을 받았다. 게다가 너는 허창에 들어와 무덤을 파헤치고 시체를 불태웠다. 정말 인륜에 어긋나는 놈들이다. 오늘은 너를 붙잡아 갈기갈기 찢어주마."

그러고는 모용궤와 하발기를 돌아보며 말했다.

"나를 위해 저 마초를 사로잡으라."

그러자 하발기가 금으로 상감한 몽둥이를 들고 마초한테로 달려갔다. 이엄이 그를 가로막고 언월도로 상대한다. 모용궤는 하루에 천릿길을 달리는 밤색 준마를 타고, 끝이 아홉 갈래로 갈라진 웅수熊手를 들고 진지 앞으로 뛰쳐나갔다. 문앙이 그를 창으로 맞아 싸운다.

네 사람은 한 덩어리가 되어 불꽃을 튀기는데, 점점 더 날카롭게 난투를 벌이기 때문에 양군 병사들은 넋을 잃고 지켜본다. 조창도 마초도 갈채를 보낼 뿐이다.

그러나 먼저 안달이 난 것은 조창이었다. 그는 마초 앞으로 나와 싸움을 건다. 마초도 기세등등하게 조창을 맞아 싸운다. 양쪽 진영에서는 천둥처럼 북이 울려 형태성 안의 기와지붕이 진동할 정도였다.

이윽고 해가 서쪽으로 기울자 양군은 군사를 거두었다. 조창은 진지로 돌아오자 모용궤와 하발기를 극구 칭찬했다.

"그대들은 진짜 영웅이오."

두 사람은 허리를 굽히며 대답했다.

"전하야말로 영웅이시고, 세상에 따라갈 사람이 없는 명장이십니다. 한군 장수들은 아무도 전하의 상대가 되지 못합니다."

조창은 술을 준비하여 두 사람의 공을 치하했다. 그리고 이전을 전군前軍으로 옮겨 한군의 공격에 대비하게 하고 선비족의 두 장수에게는 휴식을 주었다.

한편, 한군 진영에서는 마초가 이렇게 말하고 있었다.

"선비족의 두 장수가 조창에게 가세했기 때문에 벅찬 상대가 되었소. 무슨 묘책이 없겠소?"

장수들이 아무 말도 못 하고 있을 때 성안에서 왕평이 진지를 찾아왔다.

"자균, 이렇게 밤늦게 어찌하여 밖으로 나왔소?"

"저는 오늘 성 위에서 관망하면서, 양군의 세력이 거의 대등하다고 생각했습니다. 그러나 위군은 비록 수는 많지만 각지에서 모였기 때문에 마음이 하나로 뭉쳐 있지 않습니다. 내일은 강 장군과 마 장군께 각각 궁수 5천을 주어 적의 후군을 불화살로 공격하게 하십시오. 적의 후군을 교란하면 승리는 우리 것이 될 것입니다."

"과연 묘책이오. 자균도 내일은 부장들에게 성의 수비를 맡기고 병력 5천을 이끌고 나와서 싸움을 도와주시오."

왕평은 성으로 돌아가 불화살을 준비했다.

이튿날 조창이 공격해오자 마초는 일단 군대를 성 근처까지 퇴각시켰다. 위군은 전력을 다해 몰려들었다. 그러자 계획대로 강유와 마대가 옆에서 나타나 일제히 불화살을 퍼부었다. 위군 병사들은 불덩어리가 되었다. 게다가 왕평이 성문을 열고 뛰쳐나오면서 역시 화살을 비오듯 쏘아댄다.

마초·문앙·이엄은 말머리를 돌려 공격하기 시작했다. 각지에서 모여든 위군은 통솔력을 잃고 뿔뿔이 흩어졌다. 한군은 기세를 타고 추격을 계속했다. 조창·이전·모용궤·하발기는 직속 부하만 데리고 한줄기 혈로를 뚫으며 거록으로 달아났다. 한군은 대승을 거두었고, 투항병이 1만 명, 말이 7천 필, 그 밖에 수많은 무기를 얻었다.

거록으로 도망친 조창이 군대를 점호해보니, 새로 얻은 군사의 대부분이 죽거나 다쳤을 뿐 아니라 직속 부하도 많은 손실을 입었기 때문에 가슴을 주먹으로 치면서 한탄했다.

"또다시 국가의 군대를 패망시켜버렸구나. 이는 하늘이 나를 멸망시키려는 것이다."

선비족의 두 장수는 조창을 위로하며 말했다.

"전하, 그렇게 슬퍼하지 마십시오. 승패는 병가의 상사이니, 이길 때도 있고 질 때도 있는 것이 전쟁이지 않습니까. 한군의 세력은 강대합니다. 내지에 몸둘 곳이 없으면 어양에서 다른 길을 따라 유성柳城으로 가셔서, 그곳에서 선비족 병사를 모집하여 만리장성 북쪽에서 세력을 기른 다음, 다시 중원으로 진출하시는 게 어떻겠습니까. 그렇게 하면 적도 손을 대지 못할 것입니다."

이전도 일이 이 지경에 이른 이상 다른 도리가 없다고 생각하고 있었다. 그리고 만리장성 북쪽 땅에서 선비족 병사를 모집하는 것은 바로 선제 조조의 명령이기 때문에, 그도 역시 조창에게 국경 밖으로 나가라고 권했다.

조창도 제 실력을 유지하지 못하는 한 역습이고 뭐고 아무것도 할수 없다는 것을 잘 알고 있었기 때문에 모든 군대를 이끌고 유성으로 이동했다. 이윽고 나중에 조비가 죽자, 조창은 스스로 대위왕大魏王을 칭하며 변경 땅에서 멋대로 날뛰다가 장비와 몇 차례 격전을 치르고 음산陰山으로 퇴각하지만, 이것은 한참 뒤의 이야기이므로, 이 이야기는 여기서 매듭을 짓기로 하자.

조창의 이동은 첩자를 통해 금방 마초에게 알려졌다. 마초는 크게 기뻐하며 장수들에게 말했다.

"조창이 없으면 유주는 이제 무너진 것이나 마찬가지요. 군대를 둘로 나눕시다. 강 장군은 병력 5천을 이끌고 속록束鹿·요양饒陽·하간河間을 거쳐 상당 주변의 각지로 나가시오. 왕 장군은 병력 5천을 이끌고 백향柏鄕과 곡양曲陽을 거쳐 상산과 어양으로 가시오. 그리고 거기서 위문장과 합류하여 북쪽으로 올라가 유주를 점령하시오."

이어서 마초는 이엄에게 병력 1만을 주면서 형태에 주둔하여 강유와 왕평을 지원하게 했다. 마초 자신은 마대 및 문앙과 함께 병력 2만을 이끌고 안양을 거쳐 활현滑縣으로 가서, 조운·제갈량과 함께 세 방면에서 사마의를 공격하기로 했다. 이것은 나중에 자세히 이야기할 예정이다.

한편, 위연은 유차에 도착하여 2년 만에 전주를 만나 재회를 기뻐했다. 전주는 술자리를 베풀어 위연을 대접하면서 이렇게 말했다.

"전에 맹기와 자균이 안양을 공격한다는 말을 듣고, 저는 위군의 역습을 우려하여 각지에서 병력 3만을 모아 비상 태세를 취하고 있었습니다. 다행히 맹기와 자균이 승리하여 이쪽은 안전해졌기 때문에 그병력이 고스란히 남아 있습니다. 그래서 당장 장군을 도와드릴 수 있습니다."

위연은 크게 기뻐하며, 이튿날 전주를 정형으로 보내어 수비하게 하고, 자신도 군대를 이끌고 정형까지 동행했다. 정형을 지키고 있던 고상이 마중 나와 당장 수비 임무를 전주에게 인계하고, 이번에는 고상이 위연과 함께 호타하滹沱河를 건너 상산으로 향했다. 도중의 고을들은 힘없이 무너지고, 위연은 칼에 피 한 방울 묻히지 않고 단숨에 어양에 도착했다. 마침 왕평도 달려와 합류했다.

위연은 왕평을 보고 기쁜 얼굴로 말했다.

"자균, 전에 자균과 함께 운중雲中과 안문·대군 각지를 평정했는데, 이제 또 자균과 함께 행동하게 되었으니 얼마나 기쁜지 모르겠소. 자균이 있으면 어양·탁·역의 각지도 쉽게 평정할 수 있을 것이오."

왕평도 웃으면서 대답했다.

"원컨대 장군의 뒤를 따라 분에 넘치는 공을 세우고 싶습니다."

"그런데 자균, 마 장군은 지금 어디 있소?"

"마 장군은 조창이 국경 밖으로 달아났다는 말을 듣고, 강백약(강유)을 상곡으로 보내고 저를 어양에 파견하신 뒤에 안양으로 가서서 공명 원수 및 조자룡 장군과 함께 세 방면에서 사마의를 공격하기로 하셨습니다."

위연은 이 말을 듣고 놀라서 말했다.

"백약이 상곡으로 갔다고? 아마 동쪽에서 유주를 공격하려는 모양인데, 이대로 가다가는 모든 공을 백약한테 빼앗기지 않겠소?"

그러자 왕평은 말했다.

"아니, 그렇게 단정할 수는 없습니다. 냉정히 생각해봅시다. 이곳 어양을 지키는 조웅은 유약한 인물이니, 절대로 먼저 공격해오지 않을 것입니다. 게다가 제가 조웅이 나오지 못하도록 단단히 지키고 있을 테니, 장군께서는 군대를 이끌고 밤낮으로 달려가 먼저 탁군을 빼앗으십시오. 그러면 유주는 멸망하기 직전 상태가 될 것입니다. 백약은 동쪽에서 공격하고 장군께서는 남쪽에서 올라가 유주에서 합류하면 승리는 의심할 여지가 없습니다."

"자균은 정말 견식이 높소. 이 위연은 도저히 따라갈 수가 없구려. 하지만 이곳 어양의 위군은 3만이고 자균의 병력은 고작 5천인데, 그래도 괜찮겠소?"

"병력은 수가 아니라 어떻게 쓰느냐에 달려 있습니다. 조웅은 병력 3만을 갖고 있으면서도, 상산의 험준한 지형을 이용하여 지킬 줄을 모릅니다. 아군이 돌격하여 성안으로 들어가면 그저 제 목숨만 살리고 싶어서 바둥거릴 것입니다. 백만 대군을 갖고 있어도 어차피 조웅은 그 병력을 쓰지 못합니다. 제 병력은 비록 적지만, 그를 성안에 묶어두고 움직이지 못하게 하기에는 지나칠 만큼 충분합니다. 장군께서는 아무 염려 마시고 북쪽으로 달려가 유주를 빼앗으십시오. 어양은 내부에서 저절로 무너질 것입니다."

왕평의 말을 들은 위연은 안심하고 왕평에게 작별을 고한 뒤에 탁군으로 달려갔다. 과연 탁군을 지키는 위군 장수는 조웅이 어양에서 한군을 막고 있다고 굳게 믿었기 때문에 경계 태세를 거의 갖추고 있지 않았다. 위연은 단 한 차례의 공격으로 탁성을 항복시켰다. 그리고 병력 5천을 부장에게 맡겨 탁군을 지키게 한 뒤, 자신은 유주를 향해 달려갔다.

위연이 유주에 도착했을 때 강유는 이미 상곡 각지를 평정하고 수비대를 주둔시켜 지키게 한 뒤, 병력 8천을 이끌고 유주에 와서 성 동쪽에 커다란 진지를 쌓고 있었다. 위연과 강유가 합류하자 한군의 위세는 더욱 높아졌다.

유주성 안의 조비는 유주에 도착하자마자 상喪을 공포하고 조조에게 '고조 무황제高祖武皇帝'라는 시호를 바친 뒤, 스스로 제위에 오르는 의식을 거행하고, 연호를 '황초黃初'로 바꾸었다. 그리고 조휴와 정욱에게 군사를 보좌하라고 명령했다.

그런데 조비가 즉위할 때부터 나쁜 소식만 잇따라 들어왔다.

우선 조웅이 알려온 보고는 이러했다.

"조창과 마초가 형태에서 대치해 있었는데, 마지막에 참패하여 조창은 국경 밖으로 도망치고 한군이 형태를 빼앗았다."

그런데 조웅은 어떻게 되었을까. 사흘이 지나도 조웅에게서는 아무 연락이 없다. 궁금하게 생각하고 있던 참에, 이게 웬일인가. 한나라 대군이 유주성으로 몰려오고 있지 않은가. 조비는 정욱에게 말했다.

"사마중달한테서도 오랫동안 소식이 없고, 어양도 어찌 되었는지 알 수 없소. 이 유주는 사방을 포위당하고 말았으니, 이 노릇을 어찌하면 좋겠소?"

"송구스러운 말씀이오나, 대사는 이미 끝난 것 같사옵니다. 폐하께서는 한군이 포위망을 완성하기 전에 얼른 요동으로 도망치십시오. 저는 이 성을 사수하여 폐하의 은덕에 보답하고 싶습니다."

조비는 눈물을 뚝뚝 흘리면서 말했다.

"그러면 그대에게 유주를 맡기겠소."

그리고는 조휴와 함께 병력 3천을 이끌고 야음을 틈타 유주성 북문을 열고 요동으로 달아났다.

강유는 밤낮으로 조비의 탈출을 경계하고 있었기 때문에 당장 군대를 이끌고 추격했다. 정욱은 성 위에서 한군이 조비를 쫓아가는 것을 보고, 급히 군대를 이끌고 성을 나와 강유의 배후를 공격했다.

강유는 자칫하면 앞뒤에서 협공당하는 꼴이 되기 때문에 우선 군대를 돌려 정욱을 맞아 싸웠다. 그 덕분에 조비와 조휴는 무사히 탈출할 수가 있었다. 정욱은 조비가 탈출한 것을 확인한 뒤 군사를 거두어 성으로 돌아가려고 했다.

그때 위연이 말을 달려 다가오더니, 정욱을 옆구리에 껴안아 순식간에 사로잡았다. 그 때문에 위군은 큰 혼란에 빠졌다.

옛날 유방의 대역을 맡은 형양의 기신紀信에게는 선도자先導者가 있었지만, 하북에서 요동으로 도망친 조비에게는 요동의 공손연公孫淵이 있었기 때문에 도망칠 길은 없었다. 그러면 이 다음은 어찌 될 것인가. 다음 회를 기대하시라.

제47회

공손연, 유주성에서 목을 바치다
사마의, 연진현에서 포위되다

위연은 유주에서 정욱을 사로잡고 강유와 협력하여 성을 빼앗았다. 성안에는 위군 장병들이 있었지만, 조비는 이미 탈출하고 정욱도 사로잡혀버렸으니, 대장을 잃은 위군 병사들은 소규모 전투를 벌이다가 위연과 강유가 성안으로 돌진하자 모두 투항했다.

위연과 강유는 백성을 안심시키고 정욱을 정청으로 끌고 갔다. 정욱은 큰 소리로 욕설을 퍼부었다. 그러자 벼락신처럼 화를 잘 내는 위연은 정욱을 그 자리에서 목베어 죽이려고 했다. 강유가 그를 말렸다.

"인간에게는 각자 자신의 뜻이 있습니다. 조자룡 장군은 그것을 존중하여, 오나라 서성을 생포한 뒤 칼을 주어 자결하게 함으로써 인간의 도리를 다하게 했습니다. 정욱이 욕하는 것은 빨리 죽이기를 바라기 때문입니다. 정욱 같은 인간은 투항시키려 해도 듣지 않고, 설령 투항했다 해도 두고두고 화근을 남깁니다. 스스로 죽게 만드는 것이 상책입니다."

그러고는 정욱을 향해 말했다.

"정 대부, 그런 짓은 그만두시오. 악역무도한 걸왕桀王이 기른 개는 성왕인 요 임금을 보고도 짖는 법이오. 각자 그 주인을 위해 그러는 거지요. 그처럼 더러운 욕지거리를 늘어놓으면 교양인으로서 체면만 깎일 뿐이오."

그러고 나서 부하들에게 명령하여 정욱의 결박을 풀어주고 칼을 내주었다. 그러자 정욱은 칼을 집어들고 동쪽을 향해 두 번 절한 뒤 자결했다.

위연과 강유는 그 모습을 보고 탄식하며, 정중히 매장하여 인심을 가라앉혔다.

위연은 강유와 함께 유주목의 정청에서 조비를 추격하는 문제를 논의했다.

강유가 이렇게 말했다.

"장군, 그렇게 초조해하지 마십시오. 조비는 여기서 요동으로 도망칠 것입니다. 우리가 너무 급히 추격하면 요동의 공손연은 조비에게 협력해버릴 겁니다. 우리가 유주에서 기세를 올리면서 사신 한 사람을 요동에 보내어 위세를 보이면 조비의 목은 이제 곧 유주로 운반될 것입니다."

위연은 기뻐하며 요동으로 사신을 파견하는 한편, 왕평에게 유주를 빼앗았다는 소식을 알렸다. 그리고 강유에게는 유관楡關으로 나가 변경 땅을 굳게 지켜 조창의 역습에 대비하라고 명령했다.

위연의 승리를 전해 들은 왕평은 이엄에게도 그 소식을 전하고, 전에 죽인 위군 병사 세 명의 목을 창끝에 꿰어 들고는 어양성 가까이 다가가 외쳤다.

"한나라 대군이 유주를 격파했다. 이것이 조비와 조휴와 정욱의 목이다. 자, 보아라."

그러자 이 소문은 어양성 안에 퍼져 시중은 온통 그 얘기로 떠들썩했다.

왕평은 또한 "양성 안의 군인이나 민간인을 불문하고, 누구든 조웅을 죽이고 투항하면 목숨을 살려줄 뿐 아니라 후한 상을 내리겠다"는 글을 화살에 묶어 성안으로 수없이 쏘아보냈다. 성안의 군인과 주민들은 곤혹스러워했지만, 정말로 조웅을 죽이려고 노리는 사람도 나타났다.

조웅은 원래 겁이 많은 성격이라, 이렇게 궁지에 몰리자 어찌해야 좋을지 알 수가 없었다. 그래서 부장들을 불러놓고 이렇게 말했다.

"한군이 노리고 있는 것은 나뿐이다. 이곳은 외로운 성이고 사방의 원군도 끊어져 있다. 쓸데없이 초조하게 발버둥쳐서 백성에게 고통을 주고 싶지는 않다. 나는 내 몸을 내던질 테니 너희들은 성안 주민들의 생명을 지켜주도록 하라."

그러고는 눈물을 글썽거렸다. 부하들도 슬픔에 사로잡혀 고개를 드는 사람이 없었다. 조웅은 칼을 빼어 자결해버렸다.

부하들은 통곡하면서 조웅의 시체를 모신 뒤 성문을 열고 투항했다. 왕평이 군대를 이끌고 성안으로 들어가자 투항병들은 스스로 족쇄를 차고 왕평을 맞이했다.

성안에 자리를 잡은 왕평은 위군 병사들에게 명령하여 조웅의 유해를 정중히 관에 안치하게 했다. 그때 위군 부장들은 왕평의 병력이 적은 것을 알고 후회했지만, 이미 행차 뒤에 나팔 부는 격이었다. 그러나 한편으로는 '한군은 수가 적으니까 틈을 보아 죽여버리자'고 생각하는 사람도 있었다. 그러나 당연한 일이지만, '친구를 팔아서 영화를 누리고자 하는' 무리도 있기 때문에 왕평은 그런 불온한 낌새를 미리 알아차리고 있었다.

왕평은 전혀 동요하는 기색을 보이지 않고, 투항병들 가운데 그런 불온분자 8명을 체포하여 참수한 뒤 목을 효수했다. 그러자 잔당은 겁을 먹고 해산했다. 그후 불온한 공기는 말끔히 사라졌다.

왕평은 투항병을 분산 배치했는데, 이때 출신지를 고려하여 절반 이상을 고향으로 돌려보냄으로써 두 번 다시 불온한 움직임이 일어나지 않도록 배려했다. 그리고 각지에 어양을 탈취했다는 소식을 전했다.

공명은 여러 장수들의 첩보를 받고 낙양의 유비에게 전한 뒤, 위연을 당분간 유주군 도독으로 삼아 강유와 왕평을 그의 휘하에 배속시키고, 유주의 군사 문제는 세 장수가 잘 의논하여 처리하라고 명령했다.

또한 전주는 이민족에게 얼굴이 널리 알려져 있기 때문에, 변경을 수비하면서 조창의 침입을 막게 했다.

조비와 조휴는 밤낮으로 달려 요동에 이르렀다. 요동 태수 공손연은 문무 관료들을 거느리고 성밖까지 마중 나와 엎드려 절하며 '신臣'을 칭했다. 조휴는 공손연을 정중히 위로하고 성안으로 들어갔다. 공손연은 정전正殿을 조비의 거처로 내주고 아침저녁으로 예를 다하여 극진히 대우했다.

어느 날 조휴는 공손연에게 말을 꺼냈다.

"유주를 구원하기 위해 출병하고 싶소."

공손연은 자택으로 돌아가 심복 부하들에게 자문을 구했다.

그러자 참모 하나가 이렇게 진언했다.

"조조는 여섯 주를 거느리고 천하를 뒤덮는 기세로 나라를 빼앗았지만, 결국 싸움에 패하여 죽고 나라는 패망 직전에 이르렀습니다. 한군의 세력이 강한 것은 두말할 나위도 없습니다. 우리는 멀리 요동에 있기 때문에 별로 분쟁에 말려들지 않고 지내왔습니다. 한왕실의 중흥이 이루어지면, 종래와 마찬가지로 사신을 보내어 조공을 바치면 계속

번국(藩國: 속국)으로 대우받을 수 있을 것입니다. 그러나 일단 군대를 내보내면 '반역자'의 낙인이 찍혀, 거꾸로 한나라가 우리에 대한 토벌군을 내보낼 좋은 구실을 주게 됩니다. 우리 병력은 조조와는 비교도 되지 않는데, 그 조조조차 한군에게는 저렇게 참패했으니, 한군이 우리를 공격하게 되면 우리는 끝장입니다."

공손연은 몇 번이나 고개를 끄덕이며 "그 말이 옳다"는 말을 되풀이했다.

공손연이 이런 이야기를 나누고 있을 때 한나라 사신이 찾아왔다는 전갈이 왔다. 공손연이 방으로 안내하자 사신은 의기양양하게 들어왔다. 공손연은 사신을 정중히 대접했다. 이윽고 사신은 위연의 편지를 내놓았다. 공손연이 내용을 읽어보니 대충 이런 내용이었다.

"도독 분진 군사(汾晋軍師) 위연, 한중왕과 대원수의 명령을 받아 출사표를 올리고 북벌하여, 지나는 곳의 성읍은 모조리 투항했도다. 최근에 조비와 그 신하들이 요동으로 달아났다는 소식을 들었노라. 당장 잡아서 유주로 보내어 하늘의 명령을 분명히 밝힐지어다. 그 공은 한중왕께 상주하여 그대로 하여금 대대로 요동을 지키게 하겠노라."

공손연은 우선 시종들에게 사신을 대접하게 한 뒤, 안으로 들어가 다시 심복 부하들에게 자문을 구했다. 그러자 장수들은 입을 모아 이렇게 대답했다.

"주공께서는 원래 한왕조의 신하이십니다. 한왕조의 명령을 따르면 나라와 집안을 모두 이롭게 할 수 있을 것입니다."

공손연은 결심을 굳히고, 몰래 군대를 내보내 성밖의 위군을 포위 공격하는 한편, 부장에게 병력 1천 명을 주어 조비의 거처를 포위했다.

그런데 조비도 이미 이 소문을 듣고 있었다. 이것은 강유의 꾀였다.

강유는 사신에게 미리 이렇게 일러두었다.

"요동에 도착하면 하인들을 여기저기에 풀어놓아 소문을 퍼뜨려, 조비와 공손연이 서로 의심하게 하라."

이렇게 하면 공손연도 조비를 공격하여 죽이지 않을 수 없다고 판단했기 때문이다.

조휴는 성밖에서 이 소문을 듣고 조비에게 급히 알렸다. 그리고 자신은 성밖 진지에 머물면서 공손연과 결전을 벌이기로 마음먹었다.

조비는 이 연락을 받고 어찌할 바를 몰랐다. 가족들은 서로 얼굴만 마주 볼 뿐 아무 말도 하지 못한다.

그때 설야래가 입을 열었다.

"폐하, 이제 나라는 망했습니다. 몸은 절망의 늪 속에 빠져 있는데 어찌하여 언제까지나 인간 세계에 머물러 계시려 하십니까. 저는 짐새(중국 남방에 산다는 독조毒鳥. 뱀을 잡아먹기 때문에 온몸에 강한 독기가 있다)의 깃을 담근 독주를 줄곧 지니고 있었습니다. 폐하 앞에서 이 술을 마시고 죽어 제 마음을 밝히고 싶사옵니다."

그러고는 상자 속에서 짐주 한 병을 꺼내어 우선 자기가 한 잔 마시고 또 한 잔을 따라 조비에게 바쳤다.

조비는 설야래가 먼저 마시는 것을 보고, 잔을 받아들어 단숨에 비웠다. 가족들은 차례로 짐주를 마시거나 술잔을 팽개치고 자결하여 픽픽 쓰러졌다.

따라서 공손연이 거처를 포위했을 때에는 이미 조비가 저세상으로 떠난 뒤였다. 공손연은 현장을 보고 펄쩍 뛰어오를 만큼 놀랐다.

그때 공손연의 귀에 성밖의 함성이 들려왔다. 조휴는 위군 병사들을 독려하여 분전하고 있었다. 위군 장병들은 이미 죽음을 각오한 상태였기 때문에 열심히 싸워, 요동 병사들은 당장 수천 명이 죽거나 다쳤다.

이에 격분한 공손연은 궁수 1만 명을 동원하여 사방에서 비 오듯 화살을 쏘아댔다. 가엾게도 조휴와 3천 병력은 모두 성 아래에서 화살에 맞아 죽었다.

공손연은 조휴와 조비의 목을 잘라 나무 상자에 넣어 한나라 사신에게 건네주고, 심복 부하에게 공물을 주어 사신과 함께 유주로 보냈다.

요동에서 온 사신은 검열을 통과할 때 강유를 면회했다. 강유는 요동 사신을 후히 대접하고 급히 위연에게 알렸다. 위연은 그 소식을 듣고 커다란 진지를 쌓은 뒤, 전투복으로 몸을 감싸고 칼을 찬 모습으로 높은 자리에 앉아 사신을 맞이했다.

이윽고 한군 사신이 요동 사신을 데리고 나타나 위연을 알현했다. 위연은 자리를 권하며 위로하고, 조비·조휴의 목과 공물은 한중왕에게 바쳐 한중왕의 조치를 기다리기로 했다. 위연은 장수들을 모아 큰 잔치를 베푸는 한편, 요동 사신에게 상을 내리고 공손연에게도 위로의 편지를 썼다. 그리고 공손연을 요동 태수 자리에 유임시키고, 한왕조에 새 황제가 즉위할 때에는 다시 은상을 내리기로 약속했다.

위연은 또한 요동 사신이 돌아갈 때 개인 명의로 공손연에게 말안장과 칼·술 따위를 주고, 사신에게도 여비로 천금을 주었다. 사신은 크게 기뻐하며 요동으로 돌아갔다.

위연은 사신을 돌려보낸 뒤, 조비·조휴의 목과 요동의 공물을 유비에게 보냈다. 그리고 왕평·강유·고상과 함께 유주 각지를 진무하고, 숨어 있던 위군 병사들을 모조리 처리했으며, 험준한 요충지를 나누어 지키면서 병사들을 쉬게 했다. 또한 말을 보충하고 군량을 비축하는 한편, 각 현의 현령·승丞·위尉·주부主簿 등은 일단 현직에 유임시켜 석

달 동안 말미를 준 뒤, 그 자리에 적합한 인물인지 아닌지를 판단했다. 이리하여 전쟁으로 피폐해진 지역들이 안정을 되찾고 훌륭한 성과를 거두었지만, 이 이야기는 잠시 뒤로 미루어두자.

양무의 공명은 위연을 통해 요동에서 보내온 조비·조휴의 목을 받고, 유주의 소식을 들었다. 그래서 이 사실을 널리 포고하는 한편, 조비·조휴의 목을 사흘 동안 효시했다가 낙양의 유비에게 바쳤다.

또한 조운에게는 봉구를 공격하게 하고, 마초와 장비는 연진에서 합류하여 사마의가 봉구를 구원하지 못하게 하고, 황충에게는 중군을 이끌고 연진을 남쪽에서 공격하라고 명령했다. 네 방면의 병력은 모두 10여 만, 그 기세가 대단했다. 게다가 조비가 죽고 유주도 빼앗았기 때문에 한군의 기세는 더욱 높아졌다. 위군과는 정반대다.

한편 조운은 여러 장수들의 상처도 낫고 병사들도 기운을 되찾았기 때문에, 다시 힘을 발휘하고 싶어서 좀이 쑤시던 참이었다. 바로 그때 공명의 명령이 떨어졌다. 조운은 장수들에게 말했다.

"우리는 서성·여몽과 강회江淮에서 혈전을 벌였고, 북쪽으로 올라와 구리관을 돌파하여 여남을 빼앗고 허창을 점령했소. 그때까지는 질 줄을 몰랐지만, 봉구에서는 패했소. 이는 적이 우리의 허를 찔렀기 때문인 동시에, 우리가 교만했기 때문이기도 하오. 절반 이상의 병사가 죽거나 다치고 동포를 죽음으로 몰아넣은 것은 참으로 슬픈 일이오. 나는 대장으로 임명되어 죄를 지었지만, 아직까지 한 번 졌다고 해서 투지를 잃고 복수심을 잃어버린 적은 없었소. 그렇기 때문에 여러분과 함께 무기를 베개 삼아 기회를 엿보며 지난번의 수치를 씻으려고 애써왔소. 이것이야말로 나라에 충성을 다하고 지하에 잠들어 있는 수많은 넋에 대한 최대의 위로라고 믿고 있소. 이제 유주는 패하고 조비는 죽었으니, 사마의와 장합이 의지할 곳은 10개 현도 되지 않고 남은 병력은 8만을 밑도는 상태요. 그들은 외로운 군대라 원군도 없으니, 냄비 속의 물고기나 마찬가지요. 우리가 사방에서 포위하면 원한을 풀 수 있을 것이오. 필승할 수 있는 좋은 방책이 있으면 주저하지 말고 말해주시오."

그러자 장익이 이렇게 제안했다.

"대장께서는 처음에 원수 각하로부터 동쪽에 있는 오군의 움직임에 대비하고 여몽을 쫓아내라는 명령을 받으셨습니다. 이번에 사마의를 포위하라는 명령을 받은 이상 전력을 다해 북쪽의 적을 멸망시켜야 하고, 그런 다음에 동쪽으로 가야 한다고 생각합니다. 사마의는 연진에 있고, 동소와 관구검을 봉구에 두어 연계를 취하고 있지만, 지금 황충·장익덕·마맹기 등 세 장수가 연진을 공격하고 있습니다. 따라서 사마의에게는 봉구를 돌아볼 겨를이 없을 것입니다. 봉구는 성벽도 낮고 수비도 허술하므로, 우리가 전력을 다해 공격하면 단번에 무너질 것입니다. 부디 저에게 선봉을 맡겨주십시오."

"장 장군이 선봉을 맡아준다면 성은 쉽게 함락할 수 있을 거요."

조운은 당장 장익을 선봉으로 삼고 황무·최기·방여·방풍을 부장으로 삼았으며, 자신은 이엄과 함께 뒤따라가기로 했다. 그리고 "봉구를 얻지 못하면 돌아서지 않겠다"고 선언하고 단숨에 봉구성 아래로 몰려갔다.

성을 포위당한 위군은 성 위에서 화살을 비 오듯 퍼부었다. 장익은 왼손에 방패를 들고 오른손에는 칼을 든 채 성벽을 기어올라갔다. 한군 병사들은 앞사람이 쓰러지면 다음 사람이 뒤를 이어, 개미처럼 성벽을 기어올라갔다.

장익은 우렁찬 기합 소리와 함께 성 위로 뛰어올라 단칼에 동소를 베어 죽였다. 황무와 최기도 성에 올라가, 셋이서 제 세상을 만난 듯이 설치고 다녔다. 위군은 바람에 휩쓸리는 풀처럼 후퇴하지만, 관구검은 부하들을 독려하여 분투했다.

그때 조운과 이엄이 성의 서쪽에서 돌격하여 물밀듯한 기세로 성문을 열고 성안으로 우르르 몰려들어왔다.

장익·황무·최기는 관구검과 싸우고 있었다. 잠시 후 황무가 관구검의 왼팔을 찔렀다. 관구검이 멈칫할 때 장익이 단칼에 관구검의 목을 베었다. 관구검의 목은 성 아래로 굴러 떨어졌다. 한군은 대승을 거두고 봉구를 빼앗았다.

조인·조홍·문빙이 구원하러 왔지만 때는 이미 늦었다. 그들은 연진으로 돌아가지 않고 흑산黑山으로 퇴각하여 그곳에 주둔했다. 조운은 정청에 들어가 백성을 안심시키라고 명령하고, 위군 투항병들은 귀향시킨 뒤, 좋은 술을 준비하여 장익을 비롯한 여러 장수들의 공을 치하했다. 그리고 공명의 진지에 승전보를 보낸 뒤, 부첨에게 성의 수비를 맡기고 당장 군대를 이끌고 연진으로 달려갔다.

연진의 사마의는 성 아래의 커다란 진영에 머물러 있었는데, 한군 진지에 틀림없는 조비와 조휴의 목이 걸려 있는 것을 보고 유주가 멸망한 것을 알았다. 봉구에서도 연락이 끊어졌다.

이윽고 마초의 부대가 성의 북쪽에서 몰려오고, 서쪽에서는 장비가, 남쪽에서는 황충이 군대를 이끌고 밀어닥쳤다. 모두 다 기세가 등등하다.

그때 조운의 부대가 성의 동쪽으로 몰려온다는 소식이 들어왔다. 사마의는 탄식하지 않을 수 없었다.

"아아, 봉구도 마침내 함락되었구나."

장합의 상처가 나아 사마의를 알현하러 오자, 사마의는 부장에게 진지를 굳게 지키게 한 뒤 성안에서 여러 장수들과 회의를 열었다. 회의장에는 장합·우금·유엽·여건·등애·종회·전만·허의 등 40여 명이 늘어앉았다. 사마의는 감정이 복받쳐 이렇게 말했다.

"나는 선제의 각별한 은덕을 입어 군대를 통솔해왔지만, 강적과의 혈전은 이미 수십 차례에 이르렀소. 이제 국가는 멸망하고, 우리는 외로운 성으로 쫓겨와 있으며, 임성왕의 행방도 전혀 알 수 없소. 태자 전하는 요동 땅에서 살해되고, 조운이 군대를 이끌고 달려온 걸 보면 봉구도 패했을 게 틀림없소. 이곳 연진은 사방이 포위되어 위태롭기가 바람 앞에 등불이오. 나는 나라의 두터운 은덕을 입었으니 나라와 함께 죽을 작정이오. 내 나이도 어느덧 예순이오. 이제 아무 욕심도 없소. 나는 이 성과 생사를 같이하겠소. 여러분은 각자의 생각에 따라 행동을 결정하시오."

장합·우금·유엽·여건은 입을 모아 이렇게 대답했다.

"저희도 선제의 두터운 은덕을 입었습니다. 도독과 함께 이 성에서 죽고자 합니다."

등애·종회·전만·허의도 이렇게 말했다.

"저희도 대대로 나라의 은덕을 입었고, 종회와 허의의 선친(종요와 허저)은 적에게 목숨을 잃었습니다. 임금과 아버지의 원수는 불구대천이라고 합니다. 또한 도독 각하께도 수많은 가르침을 받았으니, 그 은혜에도 보답하지 않으면 안 됩니다. 여기서 죽지 않고 어디서 죽겠습니

까. 도독 각하의 방침에 따르겠습니다. 죽음은 두렵지 않습니다. 저희
도 여기서 생사를 같이하겠습니다. 부끄러움을 견디며 살아남거나, 며
칠 동안 목숨을 연장하려고 잔재주를 부리지는 않겠습니다."

사마의는 모든 장수들이 죽음을 각오하고 있으며, 또한 그들의 가
슴속에서 분노가 끓고 있음을 보고는 눈물 속에서도 웃음을 보이며 말
했다.

"여러분의 심정이 그렇다면 호락호락 죽지는 맙시다. 한군 중에서
는 황충의 부대가 가장 약하니까 모두 힘을 합쳐 황충을 쳐부숩시다.
그렇게 하면 우리의 사기도 올라가고 적의 사기는 떨어질 것이오."

"도독의 말씀은 적의 사정을 깊이 통찰하고 계십니다. 부디 작전 내
용을 지시해주십시오."

장수들이 입을 모아 말하자 사마의는 이렇게 명령했다.

"준예(儁乂: 장합)는 선봉을 이끌고 전만과 허의 두 장군을 좌익과 우
익으로 삼으시오. 문칙(우금)은 후군을 이끌고 종회와 등애 두 장군을
좌익과 우익으로 삼으시오. 모든 군대가 한꺼번에 성밖으로 몰려나가
황충만 공격하고, 승리를 얻으면 진지로 돌아오시오. 다음 작전은 그
뒤에 생각합시다."

사마의는 유엽과 분담하여 성 안과 밖의 진지를 지켰다.

황충의 부대는 병력이 3만이지만, '대장'이라고 말할 수 있는 것은
황충 한 사람뿐이어서 공명은 조금 걱정하고 있었다. 때마침 도착한
조운이 황충과 가까운 거리에 있었기 때문에 공명은 일단 안심하고,
황충에게는 섣불리 출전하지 말라고 명령했다.

그러나 사마의는 이 사소한 약점을 놓치지 않고 장수들에게 기습을
명령했다. 위군 장병들은 단숨에 황충의 진지로 몰려가 용감하게 공격

했다. 황충은 한옹과 마개를 거느리고 위군에 대항했지만, 많은 적병 속에 삼켜져버리니 군대 전체가 혼란에 빠져 위험한 상태가 되었다.

황충의 위급을 안 조운은 아내 마운록에게 진지를 지키게 하고, 엄수·장익·황무·관색 등 네 장수를 데리고 구원하러 갔다. 다섯 장수가 뛰어들자 위군은 바람에 밀리듯 후퇴하기 시작했다.

조운이 외쳤다.

"노장군, 당황하지 마십시오. 조운이 왔습니다."

그러자 기력을 되찾은 황충은 패잔병들을 모아서 다시 전투 태세에 들어가려고 했다. 장합은 그것을 보고 작전대로 퇴각 명령을 내렸다. 조운과 황충은 추격하지 않았다. 장합은 대승을 거두고 귀환했다. 사마의는 장수들을 맞이하며 말했다.

"장수와 병사가 마음을 하나로 합했기 때문에 이길 수 있었소. 선제의 혼령이 하늘에서 도와주셨을 거요. 이 마음을 소중히 여겨 형세를 역전시켜 나갑시다."

장수들은 말에서 내려 "선황 폐하 만세"를 외쳤고 사기도 더욱 높아졌다.

황충은 패하고 진지로 돌아오자 원수 공명 앞에 꿇어 엎드려 죄를 청했다. 공명은 웃으면서 말했다.

"짐승도 궁지에 몰리면 싸우는 법이오. 노장군은 병력이 약한데 적이 한데 뭉쳐 공격했으니, 창졸간에 어찌 막아낼 수 있었겠소. 이 패전의 책임은 모두 내 배려가 부족했던 점에 있소. 노장군의 죄가 아니오. 부디 자중자애하여 보복을 생각하시오."

황충은 머리를 조아려 사례했다.

"노장군은 손실이 얼마나 되오?"

"병사를 1만여 명, 부장을 10여 명이나 잃었습니다."

"그러면 노장군은 진지로 돌아가시오. 자룡의 부대에서 증원 병력을 보내겠소."

황충이 진지로 돌아간 뒤, 공명은 조운의 부대에서 마충·관색·병력 1만을 선발하여 황충에게 인도했다. 그리고 북방은 이미 안정되었기 때문에, 마초를 통해 형태를 지키는 이엄을 연진으로 불러들여 병력을 증강했다.

한군 장수들은 공명의 명령에 따라 군대를 조금 뒤로 물려 연진성을 멀리서 포위하고, 성 주위에 흙으로 보루를 쌓아 적의 군량을 차단하는 작전으로 나왔다. 또한 땅을 파서 도랑을 만들고, 뾰족하게 깎은 대나무나 가시나무, 쇠구슬을 도랑 속에 넣어놓았다.

이것은 적의 군량 보급로를 끊는 의미도 있었지만, 사마의가 또 싸움을 걸러 나올 때에 대비한 것이기도 했다. 이제 사마의는 도랑을 건넌 다음 흙벽을 올려다보면서 공격하지 않으면 안 되기 때문에, 병사들을 쓸데없이 지치게 하는 결과가 될 것은 뻔했다.

그래서 사마의도 이 공사를 저지하려고 계속 싸움을 걸었지만, 공명은 그때마다 교묘히 응전하여 공사를 방해하지 못하게 했기 때문에 한 달 뒤에는 공사가 끝났다.

범이나 이리도 함정에 빠지면 발톱이나 엄니를 쓰지 못하고, 새장 속의 앵무새는 헛되이 떠들 뿐이다. 그러면 이 다음은 어찌 될 것인가. 다음 회를 기대하시라.

제 48 회

유선, 강릉역에서 자객을 만나다
여몽, 군대를 나누어 봉구성을 습격하다

낙양의 유비는 마초가 한단을 빼앗고 형태에서 조창에게 대승을 거두
었으며, 위연이 유주를 빼앗고, 요동의 공손연이 조비의 목을 바치고,
공명도 연진에서 사마의를 포위했다는 승전보가 잇따라 들어오자 기
뻐서 어쩔 줄을 몰랐다.

그러나 예로부터 '화禍는 복福의 그늘에 숨어서 나갈 차례를 기다
린다'는 속담이 있듯이, 이런 기쁨 속에서 놀라운 사건이 일어나는 법
이다. 도대체 그 사건은 어떤 원인에서 생겨났는가? 사실은 오나라 서
성이 패하여 자결했을 때 그 사건의 씨앗은 싹을 틔웠다.

서성은 생전에 아랫사람들한테 은덕을 베풀고 있었다. 서성의 집에
는 몇몇 식객이 거처하고 있었는데, 서성은 그들도 잘 대접해주었다.
식객들은 서성이 갑자기 자결해버렸기 때문에 그 은덕에 보답할 기회
를 잃어버렸다.

서성의 장례가 끝난 뒤, 식객들 가운데 세 사람이 장사꾼으로 변장
하고 허창에 잠입하여 조운을 암살하려고 했다. 그러나 조운에게는 전
혀 빈틈이 없고 경계도 엄중했기 때문에, 아무리 기다려도 손을 쓸 기
회가 없었다. 그러는 동안 조운은 군대를 이끌고 황하를 건너가버렸는
데, 진지에는 도저히 접근할 수가 없는 노릇이었다.

그래서 세 사람은 목표를 바꾸어, 낙양으로 와서 유비를 암살하려고

했다. 그런데 유비는 한중왕이라 궁전 깊숙이 살고 있다. 어쩌다 외출해도 호위병이 많고, 경필(警蹕: 지난날 임금이 거동할 때 경호를 위해 통행을 금하던 일)로 방해자를 물리쳐버리기 때문에, 마치 바다 위에 떠 있는 세 개의 신산神山인 봉래산蓬萊山·방장산方丈山·영주산瀛洲山처럼 멀리서 바라볼 수는 있어도 가까이 다가갈 수는 없다.

세 사람은 분통이 터지고 애간장이 탈 만큼 초조했지만 어쩔 도리가 없었다. 그래서 다시 의논한 끝에 이런 결론에 이르렀다.

"제갈첨이 촉으로 가서 유비의 가족을 낙양으로 데려올 모양이니까, 그들이 오는 길목으로 가서 유선이나 제갈첨 가운데 하나를 죽이자."

세 사람은 당장 강릉으로 가서 돈으로 강릉 장사꾼을 매수했다. 그래서 한 사람은 장사꾼의 소개로 강릉 역장에게 뇌물을 바쳐 역졸驛卒이 되었고, 또 한 사람은 역 근처에 있는 부잣집 종이 되었으며, 나머지 한 사람은 상점에 들어가 일하면서 유선 일행의 소식을 탐문했다.

예로부터 '정성이 있으면 쇠붙이도 쪼갤 수 있다'고 한다.

세 사람이 고심하여 종으로 신분을 떨어뜨리면서까지 원수를 갚으려 한 그 정성에 하늘도 감동했을 것이다. 유선은 아버지 대신에 제물로 바쳐져, 한나라 말년에 인간의 도리와 절개를 널리 알리는 결과가 된다. 작가로서는 유감이지만, 하늘의 뜻이 그러하니 거역할 수는 없다. 독자 여러분의 기분에는 어긋날지 모르지만, 작가는 어디까지나 올바른 역사를 쓰지 않으면 안 된다. 독자 여러분은 부디 작가의 괴로운 심정을 헤아려 동정해주기 바란다.

그러면 본 이야기로 돌아가자.

제갈첨은 성도에 도착하자 우선 집으로 돌아가 어머니(황부인)를 만나뵙고, 아버지(제갈량)는 하북에서 건강하게 군대를 지휘하고 있다는 소식을 전했다. 그때 아내 금성공주가 나타나, 신혼 이후 줄곧 헤어져 지냈던 젊은 부부는 재회를 기뻐했다.

제갈첨은 목욕을 마치고, 성도 궁전으로 유선을 찾아가 한중왕의 명령서를 바쳤다. 유선은 크게 기뻐하며 첨에게 사정을 묻고 법정을 궁전으로 불렀다. 제갈첨의 전황 보고를 들은 유선은 시종들에게 명하여 술을 가져오게 했다. 그때 법정이 나타나자 유선은 유비의 명령서를 법정에게 보여주고 익주목의 인수를 법정에게 주었다. 법정은 공손히 절하고 인수를 받았다.

세 사람은 술을 나누면서 이야기를 나누었다. 법정이 유선에게 물었다.

"언제 떠나십니까?"

"열흘 동안 여러 가지 사무를 끝내고, 어머님과 가족들과 함께 떠나고 싶소."

법정은 몸소 그 준비를 지휘했다.

술자리가 끝나 집으로 돌아간 제갈첨은 어머니와 아내와 함께 여드레 동안 단란한 가정생활을 즐겼다. 그리고 촉의 비단과 그 밖의 짐을 가득 실은 수레 수십 대를 끌고, 촉군 천 명과 함께 유선의 가족과 자신의 가족을 호위하며 다시 성도를 출발했다.

법정은 문무백관을 거느리고 10리 밖까지 나와 전송했다.

유선 일행은 부강涪江에서 배를 타고 장강을 따라 동으로 내려가 보름 만에 강릉에 도착했다. 강릉 역장은 숙소를 청소해놓고 공손히 일행을 마중했다. 유선의 좌우에는 호위병이 즐비하여 꽤 당당한 모습이었다.

그날 밤 제갈첨은 문득 불길한 예감을 느끼고 부하들과 함께 역의 안팎을 순찰했다. 그러나 침실로 돌아간 뒤에도 두근거리는 가슴은 가라앉지 않는다. 금성공주는 남편의 태도가 이상한 것을 보고 무슨 일이냐고 물었다. 제갈첨이 이유를 말하자 공주가 말했다.

"어머님께서는 점을 잘 치시니까, 의논해보는 게 어떻습니까?"

그래서 제갈첨은 어머니 황부인을 찾아가, 공연히 불안하여 가슴이 두근거린다고 호소했다. 그러자 황부인은 제갈첨의 안색만 보고 대답하기를,

"걱정할 필요는 없다. 그러나 하늘의 뜻은 어쩔 수가 없으니, 삼가 조심하여 재앙을 피해라."

바로 그때 유선의 방에서 시끄러운 소리가 들려왔다. 제갈첨은 칼을 들고 달려갔다. 하인 같은 차림을 한 세 사내가 유선의 방에서 뛰쳐나왔다. 세 사내는 제갈첨을 보더니 한꺼번에 제갈첨에게 덤벼들었다. 제갈첨은 칼을 빼들고 싸웠다.

촉군 병사들이 일제히 나타나 밧줄로 포박하려 했다. 한 사람은 제갈첨의 칼에 상처를 입었고, 나머지 두 사람은 병사들이 순식간에 꽁꽁 묶어버렸다.

제갈첨은 병사들에게 명령하여 다른 패거리가 숨어 있지는 않은지 수색하게 하고, 자신은 유선의 방으로 들어갔다. 한중왕비 오씨(오의吳懿의 누이)와 유선의 아내인 세자비 장씨(장비의 딸)가 유선을 둘러싸고 통곡하고 있었다.

유선은 가슴이 찔려 죽어 있고, 이부자리는 온통 피바다였다. 제갈첨은 칼을 칼집에 넣은 뒤 시신을 끌어안고 통곡했다. 한중왕비가 눈

물을 흘리면서 물었다.

"자객은 잡았는가?"

"이미 세 놈을 잡아놓았습니다."

"세자는 돌아가셨네. 빨리 관을 준비하고, 자객을 심문하여 누가 시켰는지를 알아내도록 하게."

제갈첨은 눈물을 머금은 채 밖으로 나와, 역장을 통해 형주성의 유기와 마량에게 통보하고 관을 준비해달라고 요청했다. 그리고 자객들을 심문했지만, 세 자객은 두려워하는 기색도 없이 당당하게 말했다.

"심문할 필요는 없다. 우리는 오나라 서성 장군의 식객으로, 두터운 은덕을 입은 자들이다. 서 장군께서 신채에서 돌아가신 뒤 우리는 허창으로 가서 조운을 죽여 원수를 갚으려 했지만 뜻을 이루지 못하고, 낙양으로 가서 한중왕을 노렸지만 이것도 실패했다. 그래서 이 역에 역졸로 숨어 들어와, 오늘밤 자정에 틈을 보아 유선을 죽였다. 이제야 장군의 원한도 조금은 풀릴 것이다. 우리는 셋뿐이고, 다른 패거리는 없다. 삶아 죽이든 데워 죽이든 마음대로 해라."

말하는 동안 감정이 복받쳐 올라, 목숨을 이미 내던지고 있는 태도가 역력했다.

제갈첨은 한중왕비에게 보고하고, 세 자객의 배를 갈라 세자 유선의 넋을 위로할 수 있게 해달라고 요청했다. 그러자 왕비는 이렇게 말했다.

"아들은 이미 죽었으니 이젠 되살아나지 않네. 자객들은 주인을 위해 목숨을 버린 의로운 사람들일세. 처형만 하면 충분하네. 잔혹한 짓은 하지 말게."

그래서 제갈첨은 자객들을 역 밖으로 끌어내어 처형했다. 세 자객은 스스로 목을 길게 늘여 태연히 칼을 받았다. 안색은 조금도 변치 않았다. 제갈첨은 효수도 하지 않고, 역 옆에 세 사람의 유해를 매장했다.

이튿날 정오에 마량이 와서 한중왕비를 배알하고, 가져온 관에 유선의 유해를 넣어 형주로 운구했다. 유기는 성을 나와 일행을 맞이하고, 관을 따라 형주까지 온 왕비·세자비·왕손·제갈 원수 부인·금성공주 등을 정청으로 안내했다.

유기는 낙양의 유비에게도 급히 알려 지시를 내려달라고 요청하는 한편, 마량·제갈첨과 함께 세자의 경호를 소홀히 한 죄를 청했다. 유비는 세 사람의 보고서를 읽고 눈물을 뚝뚝 흘리면서, 방통에게 세 사람 앞으로 다음과 같은 답장을 쓰게 했다.

"자객은 으레 암약하는 법이니 어찌 막을 수 있겠는가. 죽고 사는 것은 하늘의 뜻에 달렸으니, 천명은 아무도 벗어날 수 없다. 다만 애석하게도 선이 일찍 세상을 버리니 부자의 정리로 한탄하지 않을 수 없음이로다. 형주의 유경승(劉景升 : 유표) 무덤 옆에 매장하여, 지하에서도 예를 갖추게 하라. 천하는 아직도 평정되지 않아 싸움이 거듭되고 있다. 남의 자제를 다치게 하는 것이야말로 오히려 슬퍼해야 할 일이다. 경들의 책임은 영토를 지키는 데 있다. 이 일에 무슨 죄가 있으랴. 첨은 가족들을 보호하여 빨리 낙양으로 오라."

제갈첨 등은 유비의 답장을 읽고, 그의 높은 인덕에 새삼 눈물을 흘리며 당장 유선의 관을 매장하고 가족들을 호위하여 낙양에 도착했다.

유비는 희비가 엇갈리는 모습으로 상복을 입은 손자 유심劉諶을 무릎 위에 앉히고 어루만지며 눈물을 흘렸다. 유심은 아직 아홉 살이었지만 총기로 가득 차 있었다.

유선의 아내는 장비의 딸이다. 유비는 젊은 나이에 홀로된 며느리를 깊이 동정하며, 그녀의 아들인 유심을 정식 왕손으로 책봉하기 위해 방통에게 절차를 밟게 했다.

한편, 제갈첨은 낙양에 열흘 남짓 머물면서 사무를 대충 끝낸 뒤 유비에게 청을 올렸다.

"연진으로 가서 전선에서 싸우고 싶습니다."

유비는 현재 군사가 압도적인 우세에 있고 제갈첨의 장한 뜻을 막을 이유도 없었기 때문에 허가를 내렸다. 제갈첨은 어머니와 아내에게 작별을 고하고, 경기병을 이끌고 황하를 건너 연진 사령부에서 아버지 공명을 만났다.

공명은 서성의 식객들이 세자 유선을 암살했다는 소식을 듣고 당장 조운·마초·장비·황충 등에게 통보하여 조금의 빈틈도 없이 방비를 철저히 하라고 명령했다.

제갈첨은 제갈정과 함께 사령부에 머물면서 제갈량의 신변 경호를 맡게 되었다.

서성의 식객 세 사람이 유선을 암살한 사건은 황하와 장강 유역의 백성들 사이에 커다란 파문을 불러일으켰고, 이 소식은 이윽고 오나라 여몽의 귀에도 들어갔다.

오나라 장병들도 이 소식을 듣고 투지를 불태우며 말했다.

"서 장군은 식객들을 후대하셨기 때문에 식객들이 목숨을 바쳐 보답했다. 오나라의 생기는 이것으로 되살아날 것이다."

여몽은 장수들을 모아놓고 말했다.

"서 장군은 나라를 위해 목숨을 버렸지만, 식객들은 그 은혜에 감격하여 보답했소. 나와 여러분도 손씨 3대의 두터운 은덕을 입고 있소. 보답하지 않으면 부끄럽지 않겠소. 최근에 얻은 정보에 따르면, 마초와 위연이 유주를 빼앗고, 조비는 요동으로 달아났지만, 공손연이 그 목을 잘라 낙양의 유비에게 바쳤다 하오. 또한 마초·조운·장비·황충 등은 연진에서 사마의를 포위하고, 흙벽과 도랑으로 성을 완전히 에워쌌다 하오. 포위된 위군은 군량이 떨어지면 무너져버릴 것이오. 위군이 전멸하면 제갈량은 반드시 전력을 기울여 산동을 공격할 것이오. 아군 병력은 위군보다도 못하오. 한군이 승세를 타고 세 방면에서 산동으로 몰려오면 우리도 당하고 말 거요. 산동을 잃으면 회북淮北이 위험하고, 회북을 빼앗기면 그다음은 강남이오. 적의 장벽은 차례로 소멸할 것이오. '입술이 없으면 이가 시리다'는 말은 바로 이를 두고 하는 말이오."

장수들은 입을 모아 말했다.

"도독의 말씀은 상황을 깊이 통찰하고 계십니다. 부디 좋은 방책을 써서 구해주십시오."

그러자 여몽이 다시 말을 이었다.

"사마의는 지모가 많고, 장합과 우금은 위나라의 훌륭한 장수요. 또한 종회·등애·전만·허의도 일세의 용장이오. 그렇기 때문에 제갈량과 중원에서 혈전을 벌이면서 지금까지 대등하게 버틸 수 있었지만, 이제는 시운의 버림을 받고 절지絶地에서 포위되고 말았소. 제갈량과 그 부하 장수들은 지모와 용맹을 겸비하고 있으니, 성이 포위되어 있는 한 위군은 영원히 탈출할 수 없소. 그러니 우리는 군대를 둘로 나누기로 합시다. 하나는 내가 이끌고 봉구를 습격하여 조운의 후방을 공격하겠소. 감흥패(감녕)는 나머지 하나를 이끌고 마초를 공격하여, 사마의에게 탈출할 기회를 주시오. 사마의가 변경으로 도망칠 수 있다면 하북의 불씨를 수습할 수 있소. 이렇게 그들에게 은덕을 베풀고 무기와 군량을 주어 제갈량과 싸우게 하면서 우리도 도와주면, 산동의 위난은 어느 정도 구할 수 있을 것이오."

장수들도 입을 모아 대답했다.

"도독의 고견에는 고개가 숙여질 뿐입니다."

그런데 왜 느닷없이 감녕의 이름이 튀어나왔을까. 손권은 산동의 위급을 알았을 때, 서성이 이미 죽어버렸기 때문에 감녕에게 병력 1만을 주고 여몽에게 보내어 가세하게 했다.

여몽은 정봉과 손침에게 산동 수비를 맡기고, 감녕에게는 장흠·주태·한당과 위나라 조진의 부하였던 부장 20여 명과 병력 2만 7천을 주어, 복양에서 연진을 향해 출발케 했다. 여몽 자신은 전종과 주이, 그리고 장수의 부하였던 병력 2만을 이끌고 하택에서 황하를 건너 봉구로 향했다.

한편, 연진성의 사마의는 한군이 성 주위에 흙벽을 쌓고 도랑을 파는 공사를 시작하자, 어떻게든 그것을 파괴하려고 했지만, 제갈량은 교묘히 응전하면서 밤낮으로 공사를 강행하여 한 달 만에 공사를 마쳤다.

사마의가 말했다.

"이렇게 포위되면 싸울 수도 없고, 이대로 식량이 떨어지면 포로가 될 수밖에 없소. 정예병력을 내보내 흙벽을 부수어 활로를 찾아볼 생각이오."

그러자 등애가 이렇게 대답했다.

"도독께 말씀드립니다. 전에 오나라는 하택으로 군사를 보내어 우리에게 가세했습니다. 아군의 위급한 상황은 오나라도 알고 있을 것입니다. 여몽과 감녕은 모두 명철한 무장이므로, 우리가 패하면 다음에는 자기들이 위험하다는 것을 알고 있을 것입니다. 그들도 살아남고 싶다면 우리를 구원하지 않을 수 없습니다. 이제 곧 구원하러 올 것입니다. 우리는 병력을 정비하고, 틈을 보아 포위망을 뚫을 수 있도록 준비하고 기다리면 될 것입니다."

"과연 등사재의 말에도 일리가 있소. 오나라 원군이 오지 않아도 포위망을 뚫을 작정이었으니 완전히 헛수고는 아니오."

이리하여 사마의는 전만과 허의를 제1대로 삼아 성의 포위망을 뚫고 동쪽의 복양으로 도망칠 준비를 했다. 장합·우금·여건·만분이 사마의와 유엽을 보호하여 제2대가 되고, 등애와 종회가 제3대를 맡았다. 모두 배불리 식사를 하고 말에게도 먹이를 준 뒤, 오군이 도착하기를 기다렸다.

한군 진지의 공명은 이미 연진성 포위망이 완성되었기 때문에 이런 명령을 내렸다.

"반드시 공격할 필요는 없다. 다만, 성안의 병력이 나오는 경우에 대비하고 있으라."

또한 하택의 오군에 대해서도 경계를 늦추지 않고, 조운에게 명령하여 봉구의 수비병을 증강시켰다. 조운은 엄수를 봉구로 보냈다.

그러나 그래도 여몽은 황하를 건너 봉구를 포위하고 전력을 다해 공격했다. 엄수와 부첨은 몸소 성 위에 올라가 방어전을 진두 지휘했다. 가도를 경계하던 병사가 조운에게 달려와 이 소식을 알렸다.

조운은 장익에게 말했다.

"백공, 황무·방여·방풍을 지휘하여 이곳을 지켜주시오. 나는 병력 3천을 이끌고 봉구를 구원하러 가겠소."

그러고는 당장 아내 마운록과 병력 3천을 이끌고 봉구로 달려갔다.

가서 보니 봉구성에서는 오군 병사들이 개미 떼처럼 맹공을 퍼붓고 있었다. 조운은 북을 울리며 전진했다.

여몽의 이번 봉구 공격은 조운을 끌어내어 연진성 포위망의 일부를 약화시키는 것이 목적이었기 때문에, 조운의 모습을 보자 퇴각하기 시작했다. 한군이 추격하려 하자 오군의 궁수들이 일제히 활을 쏘았다. 오군은 성에서 10리 떨어진 곳에 진을 쳤다. 조운은 봉구성에 들어가지 않고 성벽을 따라 진을 치고 여몽과 대치했다.

한편, 감녕은 밤낮으로 달려 연진에 이르자 성에서 10리 떨어진 곳에 진을 치고 하룻동안 휴식을 취한 뒤, 이튿날 동이 트자마자 마초의 진지로 돌진했다.

마초는 당장 나와서 감녕을 맞아 싸우는 한편, 공명의 본진에 전령을 보내어 위급을 알렸다. 오군의 한당은 이엄과, 주태는 문앙과, 장흠은 마대와 맞붙어, 그 함성이 천지를 진동했다.

장비는 오군이 마초의 진지를 습격한 것을 알고 장포에게 진지를 맡긴 뒤, 관흥을 데리고 마초의 진지로 가려고 했다. 그러나 진문을 막 나서려 할 때, 연진 성문이 열리더니 위군 부대가 밖으로 뛰쳐나왔다. 전만과 허의가 선두에 서 있었지만 둘 다 함정에 빠졌다. 그런데도 위군은 계속 전진하여 사람으로 구덩이를 다 메워버리고는 그 위를 밟고 전진했다. 위군은 오로지 전진밖에 생각지 않고, 자신의 죽음도 안중에 없었다.

장비는 분노로 눈을 번득이며 창을 꼬나쥐고 장합을 맞아 싸웠다. 관흥도 우금과 맞붙어 싸운다. 종회·등애·여건·만분은 그 틈에 사마의와 유엽을 보호하여 옆을 빠져나갔다. 위군의 총병력은 7만 정도다.

그 대군이 필사적으로 돌진해오기 때문에 한군도 저지하지 못하고 길을 열어줄 수밖에 없었다. 장합과 우금은 사마의가 무사히 탈출한 것을 보고는 말머리를 돌려 달아나기 시작했다. 장비·관흥·장익·황충은 그 뒤를 추격하고, 장포는 연진으로 들어가 성안을 점령했다.

공명이 대군을 이끌고 반격에 나서자, 감녕이 이끄는 오군도 당해내지 못하고 동쪽으로 달아났다. 공명은 장수들에게 명령했다.

"적에게 쉴 틈을 주지 말고 계속 추격하라."

한편, 봉구의 여몽은 한군의 포위망이 뚫려 연진의 위군이 탈출한 것을 알고는 밤중에 진지를 버리고 활현으로 가서 감녕이 이끄는 오군 패잔병들을 맞이했다. 그 때문에 한군의 추격도 거기서 일단 끝났다.

여몽은 한군의 세력이 강대하기 때문에, 감녕에게 복양으로 가서 위군을 맞아 휴식을 취하게 하라고 명령했다. 감녕은 활현을 나와 복양으로 가서 모든 조치를 끝냈다.

이윽고 한군이 활현을 포위한 지 이틀이 지나 복양의 태세가 대충 갖추어졌을 무렵, 여몽은 밤중에 활현성을 버리고 앞장서서 복양으로 달아났다. 한군도 맞아 싸웠지만 여몽의 돌진을 막아내지 못했다. 한 줄기 혈로를 뚫은 여몽은 뒤도 돌아보지 않고 열심히 복양으로 달렸다. 장합과 감녕이 군대를 이끌고 마중 나왔다. 그러나 이 탈출극의 그늘에서 오군 8천여 명이 목숨을 잃고, 전종과 주이가 한군의 포위망을 뚫지 못하고 전사했다.

위군 장수들은 오나라 장병들에게 깊이 고개 숙여 사의를 표했다.

그러자 여몽이 말했다.

"생사존망은 위나라와 오나라의 연계에 달려 있습니다. 내가 구원하지 않았다면 더 이상 손쓸 방도도 없이 모든 게 끝장나고 말았을 것입니다."

당황하여 손을 잡는 것도 대세의 흐름에 쫓기기 때문이다. 위나라와 오나라가 원앙처럼 생사를 같이하는 것은 슬픈 일이다. 그러면 이 다음은 어찌 될 것인가. 다음 회를 기대하시라.

한·위·오 삼국이 복양성에서 싸우다
강유·왕평·장억, 장구읍에서 적진에 들어가다

오나라의 여몽과 감녕은 서로 협력하여, 연진에서 한군에 포위된 사마의의 군대를 구출했다. 양쪽 모두 많은 장병을 잃고 손해가 컸지만, 양군을 합하면 아직도 상당한 병력이었다. 사마의를 비롯한 위군 장수들은 여몽에게 깊이 감사했다.

여몽은 애써 위로하면서, 사마의에게 포기하지 말고 한군과 계속 싸우라고 요청했다. 그러면서 이렇게 말했다.

"위군은 심한 피해를 입은 모양이므로, 잠시 범현范縣으로 물러가 휴식을 취하는 것이 좋겠습니다. 복양으로 몰려오는 한군은 제가 막을 테니, 위군이 원기를 회복하는 대로 힘을 합쳐 결전을 벌이면 될 것입니다."

사마의는 여몽에게 감사하면서, 모든 군대를 이끌고 범현으로 옮겼다. 여몽은 오군 도독의 명령을 전하는 증표인 영전을 사마의에게 보내어, 필요로 하는 물품을 직접 요구하고 조달할 수 있게 했다.

위군은 수년에 걸친 고전에서 잠시 해방되고, 오군의 지원으로 군량과 무기를 보충했으며, 수레와 말로 물자를 운반한 결과 물자도 풍부해졌다. 이리하여 열흘 뒤에는 상당한 군세를 회복했다.

사마의는 연진에서 탈출할 때 전만과 허의를 잃은 것을 아직도 애석하게 생각했지만, 아무리 슬퍼해도 소용없는 일이었다. 장병들 가운데 노약자는 고향으로 돌려보내고 정예병력만 남기는 한편, 범현 주변에서 병력을 모집하여 군대를 재편성했다.

그리고 마침내 6만 병력을 보유하기에 이르자, 장합을 선봉, 등애와 종회를 각각 좌익군과 우익군으로 삼고, 사마의 자신이 중군 대장, 유엽이 부장, 우금이 후군 대장이 되어, 대군을 이끌고 복양으로 가서 오군과 합류했다.

여몽은 위군이 기세를 되찾자 기뻐하며 사마의에게 말했다.

"패배해도 되살아나고, 날마다 싸워도 지치지 않으니, 저 같은 사람은 사마 도독의 귀신같은 재능에는 도저히 미치지 못합니다."

"여 도독이 전군을 이끌고 구원해주시지 않았다면, 우리는 지금쯤 한군의 포로가 되어 있을 것입니다."

여몽은 오군 장교와 위군 장수를 대면시키고, 모든 군대에 명령을 내려 이렇게 말했다.

"앞으로 양군은 전쟁터에서 서로 도와야 한다. 만약 가만히 보면서 아무것도 하지 않을 경우에는 군법으로 다스리겠다."

양군 병사들은 입을 모아 호응했다. 여몽은 사마의의 군대를 복양성 북서쪽에 배치하고, 자신은 복양성 남서쪽에 자리잡고, 감녕에게 성의 수비를 맡기고, 그리하여 한군과의 결전에 대비했다.

독자 여러분은 이렇게 물으실 것이다.

"한군의 소식을 잠시 못 들었는데, 한군은 그동안 뭘 하였는가?"

공명은 연진성을 얻고, 함정에 빠진 전만과 허의를 죽이고, 활현에서도 오나라의 전종과 주이를 죽였지만, 한군도 지치고 많은 손상을 입었기 때문에 전선의 병사들에게 공격 명령을 내리지 않고 잠시 휴식을 주고 있었다. 그리고 오와 위가 합류한 이상 단시일 안에 멸망시키기는 어렵기 때문에, 잠시 힘을 비축하면서 결전에 대비하고 있었다.

한군이 얌전했던 데에는 또 다른 이유가 있었다. 공명은 여몽이 전력을 다해 위군을 구출한 이상 산동 방비는 허술할 것이라고 생각하여 부첨·마개·한옹을 북쪽으로 보내고, 그 대신 북쪽 땅을 지키고 있던 장억·왕평·강유를 불러들였다. 그리고 강유에게 이렇게 명령했다.

"어양과 상곡의 기병 1만과 하북의 보병 2만을 이끌고 왕평·장억과 함께 남피南皮에서 악릉樂陵과 제양濟陽으로 나아가 장구章丘를 빼앗고, 역성歷城으로 진격하시오. 오나라가 역성을 굳게 지키고 있으면, 장수 하나를 동쪽으로 보내어 익도益都·임치臨淄·고밀高密 각지를 제압하시오. 동쪽과의 교통을 차단하면 역성은 오래 버티지 못할 거요."

세 장수는 당장 남피로 떠나고, 이후 강유의 활약이 시작되는데, 이것은 차차 이야기하기로 하자.

공명은 연진과 봉구의 군무를 처리한 뒤, 몸소 전선에 나가 장수들의 알현을 받았다.

"전선의 상황은 지금 어떻소?"

조운이 거기에 대답하여 말했다.

"오나라의 여몽은 지금 복양성 남서쪽에 있고, 사마의는 북서쪽에 주둔하며 서로 연계를 취하고 있습니다."

"양군이 병력을 합하여 훌륭한 장수와 정예병력이 모여 있는 이상 얕보기가 어렵소. 그러나 아군은 승세를 타고 있고 적은 주눅이 들어 있으니 승패는 뻔하다고 할 수 있소. 내일 싸움을 걸어 적의 태도를 보고, 그런 다음에 작전을 짭시다."

공명은 우선 조운에게 명령했다.

"여몽은 오나라의 유능한 장수요. 이번에 위험을 무릅쓰고 사마의를 구출한 것만 보아도 그의 능력을 알 수 있소. 부하 장병들도 보통이 아니오. 그러나 지금까지 오군은 자룡에게 연전연패했으므로, 이번에는 자룡이 나가주어야겠소. 자룡은 운록 부인·엄수·황무·관색·최기·방풍·방여·장익·마충 등과 기병 5만을 이끌고 원직(서서)을 군사로 삼아 여몽을 공격하시오. 오군에 관해서는 일체를 자룡에게 맡기겠소."

이어서 마초에게는 이렇게 명령했다.

"위군은 지금까지 맹기에게 연전연패했으니, 위군에 대해서는 맹기에게 맡기겠소. 마대·문앙·이엄·관흥·장포와 함께 기병 5만을 이끌고 사마의를 공격하시오."

공명은 또한 장비에게 병력 1만을 주어 오른쪽 구원대로서 조운을 응원하게 하고, 황충에게도 병력 1만을 주어 왼쪽 구원대로서 마초를 응원하게 하고, 본진 좌우에 대기시켰다. 제갈첨과 제갈정에게는 병력 5천을 이끌고 진지를 경비하게 했다.

이튿날 새벽 동이 트자마자 조운이 먼저 여몽의 진지를 공격했다. 여몽은 갑옷과 투구로 몸을 감싸고 언월도를 휘두르며 싸우러 나왔다. 왼쪽에는 한당, 오른쪽에는 주태, 뒤에는 장흠이 따르고, 성 위에서는 감녕이 완전 무장한 채 전황을 지켜본다.

우선 한당과 엄수, 주태와 황무가 맞붙어 싸우기 시작했다. 조운은 서서와 함께 상황을 보고 있다가, 엄수와 황무가 차츰 밀리는 기색을 보이자 마충과 장익을 보내어 가세하게 했다. 오군 진영에서도 두 무장이 뛰쳐나와 응수했다. 조운은 마운록에게 북을 치게 한 뒤, 모든 장수들을 이끌고 나가 여몽과 직접 싸우기 시작했다.

공명은 진지 오른쪽에서 북소리가 나는 것을 듣고 장비를 내보냈다. 군대를 이끌고 진지 앞으로 나온 장비는 엄수가 한당을 당해내지 못하는 것을 보고는 말을 달려 한당에게 덤벼들었다. 엄수는 그것을 보고 퇴각하여 황무를 도와 주태에게 덤벼들었다.

성 위의 감녕은 장비가 나온 것을 보고, 한당이 위험하다고 생각하여 부장에게 성을 지키게 한 뒤 몸소 구원하러 나갔다.

한당은 엄수에게는 우세를 보였지만, 벌써 반나절 가까이 싸우느라 지쳐 있었다. 그래서는 장비를 당해낼 도리가 없었다. 장비는 싸우고 싶어 몸이 근질근질했기 때문에 곧장 한당에게 덤벼들었다. 한당은 공격을 막아내지 못하고 장비의 무쇠창에 왼쪽 어깨를 꿰뚫렸다.

감녕이 달려와 장비를 가로막고 오군 무장들이 황급히 한당을 구출하여 돌아갔지만, 한당은 출혈이 심해 이미 의식을 잃고 있었다.

서서는 장비의 활약을 보고 돌격 명령을 내렸다. 마운록도 중군을 이끌고 오군 진영으로 밀어닥쳤다. 여몽은 조운을 당해내지 못하고 퇴각 명령을 내렸다. 그때 한군이 몰려와 오군은 수천 명의 병력을 잃고, 진지로 돌아간 뒤에는 아예 싸우러 나오려고도 하지 않았다.

여몽은 한당이 중상을 입은 것을 보고는 몸소 약을 발라주고 합비로 후송하여 치료하게 했다. 그러나 며칠 뒤, 한당이 합비에 도착하기도 전에 죽었다는 소식을 듣고 오군 장수들은 모두 눈물을 흘렸다. 합비를 지키는 육손은 여몽을 응원하기 위해 합비 수비를 손소에게 맡기고, 능통·손준과 함께 병력 2만을 이끌고 복양으로 왔다. 이리하여 새로운 군대를 얻은 오나라는 약간 기세를 되찾았지만, 이 이야기는 여기까지.

마초는 조운이 이끄는 우익군이 출전했기 때문에, 좌익군을 이끌고 사마의의 진지를 덮쳤다. 장합이 싸우러 나온 것을 보고 마초는 욕설을 퍼부었다.

"패배를 거듭한 장합아, 뻔뻔스럽게 또 나왔느냐?"

장합은 아무 대답도 하지 않고 창으로 마초를 찌르려고 덤빈다. 두 사람이 80여 합을 싸웠을 때 사마의가 갑자기 징을 울려 군사를 거두었다. 마초는 사마의의 진지에 움직임이 없는 것을 보고 더 이상 추격하지 않았다.

진지로 돌아간 장합이 사마의에게 물었다.

"무엇 때문에 군사를 거두셨습니까?"

"아군은 패배한 뒤여서, 수비는 유리하지만 공격은 이롭지 않소. 그러나 한 번 싸워서 상황을 보지 않으면 방어책도 세울 수 없소. 그래서 승부가 나기 전에 후퇴시킨 것이오. 내가 보기에 마초의 부대는 정예 병력이니 쉽게 이길 수는 없소. 이길 수 없다면 질 게 뻔하오. 진 다음에는 군대를 수습할 수 없게 되오."

사마의와 장합이 이런 문답을 나누고 있을 때 척후병이 달려와 알렸다.

"오군은 참패하고, 한당이 부상하여 중태에 빠졌습니다."

사마의는 유엽을 오군 진영에 보내어 위문했다. 장수들은 사마의의 통찰력에 탄복하고 수비에만 전념했기 때문에 마초도 더 이상 공격하지 않았다.

한편, 공명은 조운이 대승을 거두고 오군이 진지에 틀어박힌 것을 알자, 조운 대신 장비에게 우익군 지휘를 맡겼지만, 조운의 깃발만은 계속 내걸게 했다.

그리고 조운 부부와 엄수·황무를 본진으로 불러들여 이렇게 명령했다.

"오군이 참패했기 때문에 합비의 육손이 복양으로 구원하러 올 거요. 자룡은 당장 군대를 이끌고 허창으로 돌아가 관운장에게 기병 1만을 달라고 하시오. 그리고 누군가 대신할 사람을 신채로 보내고, 지금 신채에 있는 요화의 병력 8천과 함께 밤낮으로 달려 육안六安을 거쳐 합비를 공격하시오. 합비를 얻으면 더 이상 진격하지 말고 엄중히 수비하시오. 육안에는 오의의 부대를 주둔시키고, 황서의 양양 병력 1만 5천을 신채에 진주시켜 후방의 지원부대로 삼으시오. 그리고 형주목 유기에게는 양양을 지키게 하시오."

조운은 크게 기뻐하며, 부인과 두 장수를 데리고 심복 부하 3백 명과 함께 허창으로 가서 관우를 만나 자세한 내용을 이야기했다. 그러자 관우는 웃으면서 말했다.

"공명의 용병술은 귀신같지만, 자룡이 아니고는 이 작전을 해낼 수 없겠군."

그러고는 당장 기병 1만을 조운에게 나누어주었다. 조운은 작별을 고하고 곧 진군을 개시했다. 관우는 여몽이 남쪽으로 이동하여 조운의 귀로를 차단할 것을 우려한 나머지, 관평에게 병력 1만을 주어 회양 땅을 지키게 하고, 조루에게도 병력 1만을 주어 영릉寧陵을 지키게 하는 한편, 형주에 격문을 보내어 유기에게 양양을 지키게 했다.

그러고 나서 황서를 신채로 보내고, 오의에게는 육안에 진주하라고 명령했다. 여몽이 북쪽에 가 있는 이상 강하 방면의 방비는 당분간 걱정할 필요가 없기 때문에, 장기에게 병력 1만을 주고 마량과 함께 수군을 지휘하여 강하를 지키게 했다. 또한 오반에게 장사와 영릉의 병력

2만을 이끌고 허창으로 오라고 명령하여 허창의 병력을 증강했다. 관우의 명령은 산 같은 무게를 지닌다. 그래서 불과 열흘 만에 모든 준비가 갖추어졌다. 조운의 승전보도 이제 곧 날아올 것이다.

한편 조운은 쏜살같이 육안을 통과한 뒤, 요화에게 병력 3천을 이끌고 합비를 공격하라고 명령했다. 그리고 자신은 엄수와 함께 야음을 틈타 합비를 지나쳐 황산黃山에 매복했다.

요화는 군대를 이끌고 요란하게 북을 치면서 합비성으로 진격했다. 손소는 요화가 아직 젊기 때문에 얕보고 당장 싸우러 나가려고 했다. 그러자 주위 부장들이 그를 말렸다.

"육 장군께서 떠나실 때, 수비에만 전념하고 싸우러 나가지 말라고 거듭 당부하시지 않았습니까. 합비는 중요한 곳입니다. 만약 실수가 있으면 산동군은 귀로를 잃어버리고, 강동에서 나오는 출구도 막혀 버립니다. 절대로 나가시면 안 됩니다. 나가면 적의 함정에 빠질 것입니다."

손소는 그 말을 듣고 일단 진정했다. 그러나 요화는 성의 사방에서 불을 지르며, 손소에게 '후레자식'이라고 욕설을 퍼부었다. 그 밖에도 도저히 입에 담을 수 없는 험담을 늘어놓았기 때문에 손소는 발끈하여 자제심을 잃어버렸다. 부장들이 아무리 말려도 듣지 않고 창을 꼬나쥐고 말에 올라타더니, 성안의 병력 가운데 절반을 이끌고 성밖으로 뛰쳐나갔다. 할 수 없이 성안은 절반의 병력으로 수비 태세를 취하게 되었다.

손소는 성에서 뛰쳐나오자 말을 달려 요화에게 덤벼들었다. 요화는 손소의 창을 언월도로 막아내며 계속 욕설을 퍼부었다.

"손소야, 너 같은 애송이는 내 적수가 아니다. 육손을 내보내라."

손소는 화가 머리끝까지 치밀어올라 계속 창을 내지른다. 요화는 그 공격을 슬쩍 받아넘기고는 일부러 진 척하고 퇴각한다. 한군 병사들도 뿔뿔이 흩어져 달아났다. 손소는 2, 3리쯤 추격하다가 성으로 돌아가려 했지만, 그것을 본 요화는 말에서 내리더니 손소에게 "이리 온, 이리 온" 하고 손짓을 한다. 손소는 또 발끈 화가 나서 요화에게 덤벼들었다.

요화는 말에 휙 올라타고 두세 합 겨루더니 또 달아난다. 그러나 손소도 원래 술책에는 뛰어나기 때문에, 요화의 태도에서 이상한 낌새를 채고는 말머리를 돌려 성으로 돌아가려고 했다. 그러나 말머리를 돌린 순간, 앞쪽 산 좌우에서 한군 병사들이 쏟아져 나와 퇴로를 차단했다. 왼쪽에는 마운록, 오른쪽에는 황무가 버티고 있다. 요화도 휙 돌아서서 손소에게 덤벼든다.

세 장수에게 둘러싸인 손소는 열심히 포위망을 뚫으려고 했지만 뚫리지 않는다. 합비성에 있던 부장들은 멀리서 그 광경을 보고는 2천 명을 성에 남겨 수비하게 한 뒤 손소를 구원하러 나갔다. 그리고 전력을 다해 손소를 구출하여 성으로 돌아오려고 했지만, 돌아선 순간 아연실색할 수밖에 없었다.

조운과 엄수가 벌써 성안에 침입해 있지 않은가. 엄수는 이미 성안의 오군을 해치우고, 성밖으로 나와 손소를 향해 달려온다.

손소는 상대가 조운인 것을 알고는 전의를 잃고 삼하구三河口 쪽으로 달아났다. 조운은 명령대로 합비를 얻은 뒤에는 추격하지 않고 장병들을 시켜 성안의 주민을 안심시키는 한편, 오군 패잔병들을 쫓아내고 창고를 점검했다. 창고 안에는 비단과 무기·군량이 풍부하게 쌓여 있었다. 조운은 성벽을 수리하고, 도랑을 깊이 파고, 척후병을 배치하여 수비를 강화했다. 그로부터 며칠 뒤에 황서가 육안에 도착하고, 부양과 곽구에도 관우가 대군을 파견했기 때문에, 각지의 연락망이 완성되었다.

조운은 또한 장수들과 정예병력을 잘 먹이고 푹 쉬게 하면서, 더욱 수비를 강화하여 오군의 반격에 대비했다. 그리고 관우와 공명에게 승리를 알렸다.

한편 소호까지 도망친 손소는 거느리고 있던 2만 병력 가운데 절반을 잃고, 눈물을 흘리며 장수들에게 말했다.

"여러분의 충고도 듣지 않고 합비를 하루 만에 빼앗겨버렸소. 주공(손권)의 각별한 부탁을 저버리고, 고주(故主: 손책)의 은혜를 배신해버린 이상, 이제 강동에는 돌아갈 수 없소. 오왕(손권) 전하께 급히 알리고, 정보 장군과 황개 장군에게 소현산을 지키고 수군을 북상시켜 산동군의 귀로를 확보해달라고 부탁해주시오."

그 말을 마치자마자 손소는 보검을 빼어 자결했다. 부하들이 말리려고 했지만 이미 때는 늦었다.

장병들은 통곡하며 손소의 유해를 모시고 소현산으로 갔다. 그리고 소현산 진지에 주둔하면서 소호의 수군과 호응하여 조운의 진격에 대비하는 한편, 손소의 유해를 깨끗이 씻고 관에 넣어 건업의 손권에게 보냈다.

손권은 한당이 중상을 입고 죽어 그것만으로도 슬픔을 견디지 못하던 차에, 이번에는 합비를 잃고 손소가 자살했다는 소식을 듣게 되자 어찌할 바를 모르고 소맷자락으로 얼굴을 덮고 통곡했다. 문무백관들도 슬퍼하지 않는 사람이 없었다.

손권은 한당의 유해를 선왕(先王: 손견)의 무덤 옆에 묻고, 손소의 유해는 환왕(桓王: 손책)의 무덤 옆에 묻었다. 그리고 당장 정보를 소현산으로 보내고, 황개에게는 수군을 이끌고 북쪽으로 올라가 산동의 여러 장수들과 호응하는 태세를 취하게 했다. 또한 정보의 아들 정자程咨에게 병력 1만을 주고, 임치로 가서 회淮·사泗·숙宿·박亳 등 각지의 병력과 연계하여 산동을 후원하라고 명령했다.

손권은 전선에서 연패를 당하고 서성과 한당을 잃어 비탄에 잠겨 있을 때 손소가 자살하여 더욱 슬픔을 가누지 못했지만, 손소는 죽은 형 손책이 가장 아꼈던 인물로서 원래의 성은 손씨가 아니라 유俞씨였다. 그런데 손씨 집안에 양자로 들어와 손씨 성을 받았던 것이다. 요화가 진지 앞에서 손소를 '후레자식'이라고 욕한 것은 이를 두고 한 말이다.

손책은 죽을 때 손권의 손을 잡고 손소를 잘 돌봐주라고 유언했다. 그런데 그렇게 젊은 나이에 죽다니, 얼마나 슬픈 일인가. 합비를 잃으면 군세가 분단되고, 여몽을 비롯한 장수들이 모두 무사히 돌아올 수 있을지 어떨지도 알 수 없다. 만약 그들에게 무슨 일이 생기면 오나라는 지킬 방도가 없다.

손권은 이것저것 고민하던 나머지, 마침내 병에 걸렸다. 의사에게 진찰을 받았지만 마음의 병이기 때문에 치료하기가 어려워, 병세는 날이 갈수록 심해질 뿐이었다.

한편, 복양의 여몽과 육손은 담성郯城과 하비下邳 양쪽에서 위급을 알리는 보고서를 받고서야 합비가 함락되고 손소가 자살했다는 사실을 알고는 아연실색했다. 그러나 급히 경보를 울리지 않고 슬며시 회남으로 퇴각하는 방법을 논의하기로 했다.

그런데 바로 그때 역성에서 파발마가 달려와 보고했다.

"한군의 강유·왕평·장억이 병력 3만을 이끌고 악릉·제양을 거쳐 장구를 빼앗고, 지금은 역성으로 몰려왔습니다. 정봉 장군께서 날마다 필사적으로 방어전을 벌이고 계시므로 아직 승패는 알 수 없지만, 한군 별동대가 동쪽의 임치·창읍昌邑·고밀·임구臨朐·즉묵卽墨 각지를 파죽지세로 휩쓸고 있습니다."

여몽은 저도 모르게 하늘을 우러러 장탄식을 했다.

"회북은 이미 잃었고, 제동齊東 일대도 위험하다. 이렇게 되면 전한 의 장량과 진평이 되살아나도 손을 쓸 수가 없다. 백언(육손)은 감녕·주 태·능통을 이끌고 회남으로 돌아가 강남 땅을 지키시오. 나는 이 땅에 서 여러 장수들과 함께 죽을 생각이오."

육손은 여몽의 각오가 굳은 것을 알았다. 여몽의 말대로 오나라 땅 자체가 위험해지면 큰일이기 때문에, 육손은 여몽이 시키는 대로 감 녕·주태·능통과 함께 심복 부하 수백 명만 거느리고, 여몽에게 눈물로 작별을 고한 뒤 귀환하기로 했다.

한군이 가도를 차단했기 때문에 육손 일행은 담성에서 하비를 지 나 호사濠泗로 가서 장병을 모았다. 거기서 육손은 감녕에게 회북 병력 2만을 이끌고 연주兗州로 진군하라고 요청했다. 능통에게는 회남 병 력 2만을 이끌고 하비에 주둔하여 여몽의 퇴로를 확보하게 했다. 주태 에게는 소현산 진지에 가서 정보를 보좌하면서 조운의 움직임에 대비 하라고 지시했다. 그리고 육손 자신은 건업으로 돌아가 앓아누운 손권 앞에 꿇어 엎드려 죄를 청했다. 손권은 안간힘을 다해 자리에서 일어 나 육손을 위로했다.

"백언, 오나라는 위태롭소. 백언이 수고를 해줘야겠소. 뒷일을 잘 부탁하오."

육손은 울면서 말했다.

"주공, 어찌하여 그런 불길한 말씀을 하십니까?"

손권은 한숨을 내쉬며 대답했다.

"내 병은 이미 골수에 박혔으니 살아날 가망이 없소. 아버지와 형님께서 이루어놓은 위업을 내 손으로 허물게 되는 것이 한스러울 뿐이오."

"복양 싸움은 아직도 승부가 나지 않았습니다. 합비는 잃었지만 정보와 주태가 소현산을 굳게 지키고 있고, 수군과 육군도 만반의 태세를 갖추고 있습니다. 조운에게 날개가 달려 있다 해도 그 벽을 넘을 수는 없습니다. 제가 돌아온 것은 장강 상류의 방비가 허술하여 적에게 빼앗기지나 않을까 두려웠기 때문입니다."

"모두 백언에게 맡기겠소. 나는 마음이 어지러워서 이젠 틀렸소."

손권은 되풀이하여 한숨만 내쉴 뿐이었다.

육손은 절을 하고 오왕부에서 나오자, 구강 상류의 각지를 순찰하고 많은 병력을 증파하여 방비 태세를 갖추었다. 분구溢口를 비롯한 각지에서 수군을 훈련하고, 양산梁山 동서에 견고한 보루를 쌓고, 장수들에게 세심한 주의를 준 뒤, 건업으로 돌아가 손권에게 보고했다. 손권은 잠시 기쁜 표정을 보였다.

육손은 황개에게 구강에서 수군을 총괄하게 하여 남쪽 방비를 굳히고, 자신은 저滁와 숙宿을 거쳐 하비로 가서 산동의 정세를 살폈다. 그런데 한군은 아무런 공격도 하지 않는다는 것이었다. 육손은 의아하게 생각했다.

'귀신같은 용병술을 자랑하는 공명이 어째서 빈틈을 찔러 공격해오지 않을까. 그저 산동에 병력을 놓아둔 채 움직이지 않는 것은 대체 무엇을 노리기 때문일까.'

그래서 육손은 신병 1만과 부장 10여 명을 이끌고 무기와 군량을 충분히 준비하여 복양으로 가서 여몽을 만났다.

여몽은 희비가 엇갈린 표정으로 육손을 맞이하여 각지의 상황을 보고받고는 이렇게 말했다.

"덕분에 아군의 퇴로도 확보되었으니, 이제는 적과 결전을 벌일 수 있소. 요즘 제동 각지가 모두 한군에 점령되었다는 소식을 들었소. 백언은 역성으로 가서 정 장군과 협력하여 한군과 싸워주시오. 그렇게 하면 나는 제갈량한테만 힘을 집중하여 싸울 수 있소."

육손은 당장 역성으로 가서 정봉·손침과 협력하여 강유에게 대항했다. 강유는 역성을 고립시키기 위해 주변의 여러 성들을 공략했기 때문에 역성은 아직 버티고 있었다.

한편, 이런 상황 전개에 대하여 독자 여러분은 이렇게 말할지도 모른다.

"공명은 조운이 합비를 얻고 강유가 장구를 얻은 것을 알면서, 왜 승세를 타고 여몽을 공격하지 않았을까. 육손을 흉내내는 것은 아니지만, 정말 이상하다."

그러나 '제갈량의 일생은 그저 삼가고 조심하는 것뿐'이라는 사실은 널리 알려져 있다. 제갈량은 이렇게 생각했다. 여몽을 공격하면 이길 수는 있다. 그러나 여몽은 산동의 영유권을 사마의에게 맡긴 뒤, 패잔병을 모두 이끌고 합비를 공격할 것이다. 오군 병사들은 고향에 돌아가고 싶은 일념으로 필사적이고, 합비성 안에 내응자라도 생기면, 조운은 적진 속에 홀로 깊숙이 자리잡고 있기 때문에 매우 위험하다. 그래서 공명은 여몽의 병력을 남쪽으로 돌려보내지 않고, 조운에게는 방비를 굳힐 수 있는 여유를 주었던 것이다.

공명은 황서·오의·관평·조루의 부대를 앞뒤의 각지에 배치하여 연계를 취하게 하고 더욱 방비를 강화했다. 강유에게 제동을 평정시킨 것도 여몽의 퇴로를 끊기 위해서였고, 역성을 맹렬히 공격하지 말라고 지시한 것은 적을 너무 필사적으로 만들지 않기 위해서였다.

이렇게 사방의 상황을 잘 정비하고 나서 서서히 대공세를 펴려는 것이 공명의 구상이었다.

전체 국면을 내다보는 능력이 있어야만 대장의 그릇이라고 할 수 있다. 눈앞의 적을 초조하게 공격하지 않는 것은 보통 사람이 도저히 따라갈 수 없는 감각이다. 그러면 이 다음은 어찌 될 것인가. 다음 회를 기대하시라.

제 50 회

여몽, 복양성에서 전사하다
사마의, 동아현으로 퇴각하다

조운에게서 합비의 방비에 관한 두 번째 보고서가 도착하고, 장구의 강유도 제동 일대의 평정 상황을 알려오자, 공명은 '조운과 강유는 이제 쉽게 동요하지 않는 확고한 기반을 쌓았다'고 판단하고, 장비·마초·황충·서서를 본진으로 불러모아 총공격에 관한 작전을 논의했다.

"조자룡은 합비에서, 강백약은 제동에서 성공을 거두어, 기반을 착착 굳히고 있소. 오나라와 위나라는 여기저기서 공격을 받고 대응도 제대로 하지 못하는 상태요. 이 기회를 타서 공격하지 않으면, 꺼진 재에서 불이 붙듯, 적이 정예병력을 길러 반격할 힘을 되찾을 우려가 있소. 그렇게 되면 실패요. 원직은 현재 상황으로 보아 어디에 가장 중점을 두어야 한다고 생각하오?"

서서는 이렇게 대답했다.

"사마의는 외로운 군대로 막다른 궁지에 몰려 있다가 남의 비호를 받아 겨우 살아난 하루살이처럼 덧없는 세력이기는 하지만, 결사의 각오를 한 지 아직 얼마 되지 않았기 때문에 급히 몰아붙이면 필사적으로 반격할 것인즉, 좀더 시일을 두고 보면서 사기를 누그러뜨릴 필요가 있을 것입니다. 여몽은 오나라의 훌륭한 장수지만, 오군 병사들은 후방이 차단되었다는 말을 듣고 동요하고 있습니다. 지금이야말로 전력을 기울여 여몽을 공격해야 합니다. 만약 여몽을 죽이면 강동의 정예

병력도 함께 무너질 것입니다. 오군이 힘을 잃으면 위군도 더 이상 안전할 수가 없게 됩니다."

공명은 이 말을 격찬했다.

"원직은 적의 사정을 깊이 통찰하고 있소. 그야말로 정곡을 찌르고 있소."

이리하여 공명은 장비를 제1군, 장익과 마충을 장비의 좌익군과 우익군, 황충을 제2군, 방풍과 방여를 황충의 좌익군과 우익군으로 삼고, 서서에게는 여러 장수들을 감독하게 하고, 최기에게는 후방을 굳게 지키게 하여, 8만 대군으로 필승을 기약했다.

공명은 마초에게 이렇게 명령했다.

"총력을 기울여 사마의의 진지를 공격하시오. 그러나 깊이 들어갈 필요는 없소. 여몽을 구원하지 못하게 하면 그것으로 충분하오."

장수들은 당장 출동했다.

한편, 오군 진영에서는 여몽·장흠·손준이 날마다 한군의 공격에 대비하고 있었지만, 최근에는 한군의 동정을 도무지 알 수가 없었다.

그런데 느닷없이 한군이 두 패로 나뉘어 북과 뿔피리 소리도 요란하게 공격해왔다. 왼쪽에는 장비, 오른쪽에는 황충. 병사와 말들이 모두 원기왕성하여 '땅을 휘감으며 온다'는 표현이 딱 들어맞을 만큼 대단한 기세였다.

여몽은 진문을 굳게 닫고 장흠과 손준에게 손수 술을 따라주면서 말했다.

"오늘이 이 여몽의 제삿날이오."

두 사람은 깜짝 놀라 얼굴을 마주보았다.

"나는 오군 도독이 된 이후 10전 9패를 맛보았소. 오늘의 형세는 옛날보다도 훨씬 열악하오. 설령 살아남는다 해도 고작 하루나 이틀뿐이오. 적병은 한 걸음씩 다가오는데 우리는 퇴각도 뜻대로 할 수 없소. 나는 오왕의 각별한 은덕을 입어 도독의 임무를 부여받았소. 일전에 육백언(육손)과 감홍패(감녕)에게 남쪽으로 돌아가라고 명령한 것은, 오군의 정예병력을 이곳 싸움에서 전멸시키기보다는 험준한 땅을 의지하여 지키게 함으로써 조금이라도 오래 나라를 보전해보려고 생각했기 때문이오. 내가 죽기를 각오한 것은 서성이 사로잡혔을 때였소. 장군들은 역성으로 피신하거나 연주로 퇴각했다가, 언젠가는 오나라 땅으로 돌아가 강동 땅을 끝까지 지켜주시오. 장군들과는 이것으로 작별이오."

"무슨 말씀이십니까. 저희도 모두 오나라 신하입니다. 도독 혼자만 죽게 하고 뻔뻔스럽게 살 수는 없습니다. 한 번 싸워서 이기면 좋고 지면 같이 죽겠습니다."

장흠과 손준은 힘차게 말했다.

여몽은 전군에 명령을 내렸다.

"싸우고자 하는 자는 목숨을 버리고 싸우되, 연주로 돌아가고 싶은 자는 서슴지 말고 떠나라."

그 결과 6만 병력 가운데 2만이 떠나고 4만이 남게 되었다. 여몽은 연주로 돌아가려고 하는 2만 명을 순순히 돌려보내면서 이렇게 당부했다.

"가서 육백언을 만나거든, 산동에서 퇴각하여 호사壕泗를 방패 삼아 한군을 막으라고 전하라."

2만 병사들은 눈물을 흘리며 떠났다.

여몽·장흠·손준은 남은 병사들을 배불리 먹인 다음, 아궁이를 부수고 가마솥을 내팽개친 뒤 진지에 불을 지르고 밖으로 나왔다. 여몽이 중앙, 장흠이 왼쪽, 손준이 오른쪽에 늘어서서 한군을 향해 돌진한다. 오군 병사들은 모두 만가를 부르며 목숨을 버리고 진격한다.

한군의 서서는 오군이 목숨을 버리고 나오는 것을 보고는, 최기에게 궁수 8천 명을 지휘하여 일제히 화살을 쏘라고 명령했다. 오군 병사들은 차례로 쓰러졌지만 한 사람도 물러서지 않고 전우의 시체를 타고 넘어온다.

서서는 중군에 명령을 내렸다.

"북을 치면서 돌격하라. 후퇴하는 자는 당장 처형하겠다."

장비는 여몽과 싸우고, 황충은 장흠과, 장익은 손준과 각각 싸우는데, 양군이 뒤섞여 어지러운 육박전이 벌어졌다. 사람과 말이 잇따라 쓰러졌다.

서서는 살아남은 오군이 적은 것을 보고, 모든 장수들에게 일제히 나가 싸우라고 명령했다. 한군 장수들의 맹공을 받고 오군 병사들은 대부분 죽거나 다쳤지만, 그래도 후퇴하는 사람은 아무도 없었다.

여몽은 장비와 80여 합을 겨루었지만 차츰 기력이 떨어져갔다. 장비는 여몽이 도망칠까 봐 온힘을 다해 창을 내질렀다. 여몽은 언월도로 막아냈지만 그때 방풍이 뒤에서 공격했다. 여몽은 이것도 막아냈지만, 잇따라 들어온 장비의 창은 막아내지 못했다. 여몽이 장비의 창에 꿰뚫려 말에서 떨어지자 방풍이 그 숨통을 끊어버렸다. 아아, 애석한지고. 오나라는 또 하나의 명장을 잃어버렸다.

장흠은 여몽이 죽는 것을 본 순간 멈칫하는 바람에 헛점이 생겨, 황충의 칼에 목이 달아났다. 손준도 필사적으로 싸웠지만, 방여가 뒤에서 손준의 왼팔을 찌르자 그만 무기를 떨어뜨렸다. 그 순간 장익의 언월도가 섬광을 그리며 손준의 목을 싹둑 잘랐다.

서서는 대승을 확인한 뒤, 장비와 황충에게 각각 병력 1만을 이끌고 사마의 진지의 배후를 공격하여 마초를 돕게 했다. 장익에게는 오군 패잔병들을 추격하게 하고, 최기에게는 복양성을 빼앗게 했다.

그러나 오군은 한군에게 포위되어, 시체가 겹겹이 쌓이고 피가 강물처럼 흐르는 상태였다. 결국 오군 병력 4만 가운데 살아남은 병사는 10분의 1도 채 되지 않았고, 한군 사상자도 5, 6천을 헤아리는 처참한 전투였다. 살아남은 오군 병사들은 간신히 연주 방면으로 달아났다.

한편, 교묘한 꾀를 잘 내는 사마의는 공명이 며칠이나 움직임을 보이지 않다가 느닷없이 대공세를 펴온 이상 적에게 승산이 선 게 틀림없다는 것을 깨달았다. 그래서 여러 장수들을 모아놓고 이렇게 명령했다.

"만약 오군이 패하면 당장 군대를 이끌고 동아로 퇴각하시오. 여기서 오군과 함께 죽어봤자 아무 이득도 없소."

위군 장수들은 몰래 퇴각 준비를 했다.

이윽고 마초가 진지 앞에 나타나자 장합이 싸우러 나갔다. 두 사람이 맹렬히 맞붙어 싸우기 시작했을 때 척후병이 달려와 여몽이 죽었다고 보고했다. 사마의는 당장 퇴각 명령을 내렸다.

마초는 공명에게서 깊이 들어가지 말라는 명령을 받았기 때문에 30리쯤 추격하다가 멈추었다. 장비와 황충이 합류했을 때 사마의는 이미 10여 리 밖으로 멀찌감치 후퇴해 있었다.

마초·장비·황충 등 세 장수는 돌아와서 공명에게 보고했다. 공명은 기뻐하며 이렇게 말했다.

"출병한 이후 오늘 같은 격전은 일찍이 없었소. 오군의 정예병력은 이번 싸움으로 전멸했소. 원직의 정확한 상황 분석과 장군들의 활약이 없었다면 이런 대승은 거두지 못했을 것이오. 사마의는 달아났지만 간신히 명맥을 유지할 뿐이오. 아무것도 걱정할 게 없소."

그러고는 좋은 술을 골라 축하연을 베풀고 병사들에게 후한 상을 내렸다. 또한 지방관에게 인부를 동원하여 전사자들의 시체와 유골을 모으라고 명령한 뒤, 전사한 병사를 명부로 확인하여 유족에게 금품을 나누어주었다. 부상한 병사들은 관비로 치료해주도록 조치했다.

이어서 공명은 마초의 부대를 동아로 보내어 사마의를 추격하게 했다. 장비에게는 서서와 함께 연주로 가서 오나라 패잔병들을 소탕하라고 명령했다. 그리고 연주를 얻으면 추鄒·등謄·풍豊·패沛 등 각 현을 평정하고, 서비하西肥河를 따라 내려가 합비에서 조운과 합류하여 회북의 각지를 빼앗으라고 명령했다. 서서에게는 합비에 머물면서 작전을 지시하고, 본대가 도착하면 함께 회남으로 진격할 수 있도록 준비를 갖추어두라고 명령했다. 공명 자신은 황충과 함께 후군을 이끌고, 마초를 뒤따라 동아로 떠났다.

연주에 있던 오군 장수 감녕은 한군이 대공세를 벌였다는 소식을 듣고 여몽이 죽으리라는 것을 알아차렸다. 그래서 당장 육손에게 알렸지만, 복양에서 들어온 다음 소식은 여몽 도독의 군대가 전멸했다는 것이었다. 감녕은 비탄에 잠기면서도 적을 맞아 싸울 태세를 취하고, 다시 육손에게 전령을 보내어 앞으로의 방침을 의논하기로 했다.

육손은 이 소식을 받고 산동 땅을 끝까지 지킬 수 없다는 것을 깨달았다. 여기저기에 군대를 나누어놓으면 힘이 분산되어 약해질 뿐이기 때문에 정봉과 손침에게 "역성을 버리고 연주로 오라"고 명령했다.

육손은 감녕과 합류하여 퇴각하기로 방침을 정하고 하비로 후퇴하여 능통과 함께 호사로 돌아갔다. 거기서 회북과 회남 각지를 제압하자는 속셈이었다. 산동은 어쩔 수 없다지만, 서비하 일대도 합비를 빼앗은 조운이 장악하고 있기 때문에 결국 이렇게 할 수밖에는 다른 도리가 없었다. 육손과 감녕은 그동안 일련의 전투에서 4, 5만의 병력과 여몽을 비롯한 대장들을 모조리 잃었다는 보고서를 손권에게 보내고 죄를 청했다. 그 글은 다음과 같다.

"신臣 손과 녕은 죽을 죄를 졌나이다. 유비가 관보와 분진 땅을 얻은 이후 천하삼분의 형세는 깨지고, 왕희(王姬: 유비에게 출가한 손권의 누이)께서 형주로 돌아가시지 못하여 손씨와 유씨의 교류는 끊어지고 병화兵禍가 잇따라, 강과 호수에서는 물고기가 썩어 문드러져도 추세에 밀려 싸우지 않을 수 없었습니다. 원한은 날로 깊어져, 싸우지 않으려 해도 뜻대로 되지 않았습니다. 조창은 북쪽의 유주를 구하려고 산동 땅을 우리에게 할양했습니다. 만약 우리가 갖지 않으면 반드시 적에게 빼앗겼을 것입니다. 적이 산동에서 다시 회북을 엿보고 강동으로 곧장 내려오면 형세가 위태로웠습니다. 그래서 저희는 여몽 도독과 함께 왕명을 기다리지 않고 나아가 정예병력을 이끌고 산동 땅을 차지했습니다. 이것은 감히 공을 탐해서가 아니었습니다. 우리나라를 굳게 지키는 데 이바지하고자 했을 따름입니다. 저희는 서쪽으로 나아가 복양을 구했지만, 저희가 없는 동안 합비 수비를 맡길 사람을 얻지 못하여 합비를 빼앗기기에 이르렀습니다. 저희들의 죄가 큽니다. 신들에게 형벌을 내리시지 않으면 앞으로 규범을 정하기가 어렵습니다. 적의 세력은 날로 강해지고 이리나 멧돼지처럼 날뛰어, 복양에서 한 번 싸움으로 아군을 전멸시키고 정예병력과 훌륭한 장수를 모조리 죽였습니다. 신들도 폐장肺腸이 있고 심장이 있는데 어찌 함께 죽기를 마다하겠습니까. 다만 두려운 것은, 국가의 병력이 단절되어 아무도 남지 않으면 적이 강에 임할 때 누가 나라를 지키오리까. 이것을 여러 장수들과 의논한 끝에, 잠시 퇴각하여 호사를 굳게 지키는 것이 낫다는 결론에 이르렀습니다. 그러나 저희는 이미 땅을 잃고 병력을 잃었으며, 위로는 국가의 기강을 모독했으니, 이러고도 죽음을 당하지 않으면 무엇을 국가라 하오리까. 원컨대 다른 현명한 장수를 골라 군대를 통솔하게 하옵소서. 신 녕과 손은 마땅히 죽음으로써 전사한 장병들에게 사죄해야 할 것이옵니다. 그리하면 현명하신 군주의 엄정한 법도가 온전하게 보존될 것이옵니다."

병석에 누운 손권은 이 보고서를 읽고, 여몽을 비롯한 장수들이 죽은 것을 알고는 눈물을 흘리며 말했다.

"문향(서성)은 이미 죽고, 자명(여몽)도 전쟁터에서 죽었는가. 아아, 유유히 흐르는 장강이여, 나는 이제 끝났는가."

손권은 여몽을 비롯한 여러 장수들의 유족에게 후한 보상을 주고, 감녕과 육손에게는 다음과 같은 답장을 보냈다.

"나라를 도모하는 것은 사람이지만, 이루지 못할 때는 곧 하늘의 뜻이니라. 현명한 사람이 스스로 세상을 버리면 나는 누구를 의지하겠는가. 그대들은 온힘을 다하여 나라와 존망을 함께해야 할 것이다. 스스로 자신을 해치고 억누르면 또 무엇을 이루겠는가. 강회江淮의 일은 모두 그대들에게 부탁하노라."

감녕과 육손은 손권의 편지를 받고 감격의 눈물을 흘리며 죽음으로 보답할 것을 맹세했다. 그러나 손권의 병세는 날로 악화되고, 장비와 서서는 아무 저항도 받지 않고 합비에서 조운과 합류했다. 한군은 출발에 대비하여 그곳에서 열흘 동안 휴식을 취했다.

한편, 동아로 도망친 사마의는 오군이 역성을 포기하여 강유가 성을 차지한 것을 알고, 유엽과 우금을 요성聊城과 고당高唐 각지로 급파하는 한편, 등애와 종회를 관도館陶와 비성肥城의 요충지로 보내어 다가올 한군과의 전투에 대비하게 했다. 그리고 사마의 자신은 장합·여건·만분과 함께 동아를 지키면서 각지의 군대와 연계를 유지했다.

마초는 동아에 도착하자마자 곧 성을 포위하고 군령을 내려 이렇게 말했다.

"사마의는 이미 절지絶地에 들어왔다. 모든 장수들은 성을 포위하여 위군을 한 명도 밖으로 내보내지 말라. 적을 놓친 자는 누구를 막론하고 목을 베겠다."

천망天網을 간신히 빠져나가니, 이번에는 지망地網이 기다리고 있는 형국이었다. 그러면 이 다음은 어찌 될 것인가. 다음 회를 기대하시라.

제 51 회
조인, 동아를 구하려다 복병의 습격을 받다
관도가 격파당하고 우금이 다시 사로잡히다

마초는 병력 5만을 이끌고 마대·이엄·문앙·관흥·장포 등 다섯 장수와 함께 동아현을 철통같이 포위했다. 공명은 황충을 거느리고 뒤따라 동아에 도착하여 마초의 알현을 받았다.

"맹기, 성안의 위군 병력은 어느 정도요?"

"탐문한 결과, 사마의는 남쪽으로 돌아간 오군의 움직임과 보조를 맞추어 유엽·우금·등애·종회 등을 요성·관도·평원·고당 등지로 보냈습니다. 성안에 남아 있는 병력은 2만 남짓밖에 안 됩니다. 장군으로는 사마의·장합·여건·만분 등이 있습니다."

"사마의는 이제 진퇴양난이고 병력은 분산되어 있으니, 여기서 쳐부술 필요가 있소. 동아처럼 작은 성에서는 지구전을 벌이기가 불가능하오. 다만 외지로 나간 위군이 구원하러 오는 것만 경계하면 그만이오. 연진에서는 결국 원군이 와서, 우리가 오히려 안팎으로 협공당하는 꼴이 되어버렸으니까, 그것만 조심하면 된다는 뜻이오. 맹기와 한승(漢升: 황충)은 밖에서 오는 원군을 막으시오. 나머지 다섯 장군은 성 주위에 흙벽을 쌓아 위군이 성밖으로 나오지 못하게 막으시오. 우리가 먼저 성벽을 기어올라가 공격할 필요는 없소. 오로지 지키기만 하시오. 적은 군량 보급로를 차단당하고 고립무원인 데다, 이제는 더 이상 도망칠 곳도 없소."

공명이 다섯 장수에게 성을 포위하라고 명령하여 수비를 강화하고 있을 때, 아니나 다를까 닷새도 지나기 전에 동아성 서쪽에 한 떼의 위군이 나타났다. 정말 뜻밖이었지만, 그 위군은 일전에 봉구를 구원하려다가 조운과 장비에게 앞뒤를 가로막혀 연진으로 돌아가지 못하고 흑산으로 도망친 조인·조홍·문정 등 세 장수가 이끄는 병력이었다.

그들은 흑산에 가서 비적을 모집하여, 여기저기서 곡식을 약탈하며 돌아다녔다. 대부분 오합지졸이지만, 그래도 3, 4만의 병력을 갖고 상당한 위세를 떨쳤다. 그들은 오나라의 여몽이 복양성 밑에서 전사하고 사마의는 동아로 퇴각했지만 한군에게 포위되어 있다는 소식을 듣고 당장 구원하러 달려와, 이렇게 성의 서쪽에 주둔했던 것이다.

성의 서쪽을 포위하고 있는 한군 장수는 이엄이고, 그 바깥쪽을 지키고 있는 장수는 마초였다. 두 사람은 위군이 온 것을 공명에게 보고했다. 그러자 공명은 이렇게 명령했다.

"그들은 멀리서 온 군대요. 이대로 있으면 성안의 사마의는 군대를 이끌고 나와 우리를 협공하려 할 것인즉, 그렇게 되면 만만치 않으니, 당장 길을 활짝 열어 위군의 출입을 허가하시오."

공명은 한편으로는 제갈첨이 촉에서 유비의 가족을 호송해올 때 함께 가져온 지뢰와 화포를 성 서쪽 길가에 널리 부설하고, 진지 안에는 유황을 비롯한 인화물질을 수없이 뿌려놓았다. 그리고 군사들에게 명령하기를,

"위군이 오면 저항해서는 안 된다. 중간 도로에도 함부로 나가서는 안 된다."

공명이 준비를 거의 다 마쳤을 때, 조인과 조홍이 앞장서서 마초의 진지로 뛰어들었다. 한군 병사들은 사방으로 흩어져 도망칠 뿐 아무

반격도 하지 않는다.

조인과 조홍은 동아성으로 몰려갔다. 성 위에서는 장합이 그 광경을 보고 있었다. 장합은 당장 사마의를 호위하면서 성문을 열고 밖으로 뛰쳐나왔다.

바로 그때, 성을 엄중히 포위하고 있던 한군 진지에서 불길이 치솟았다. 사마의 등은 맹렬한 불길에 휩싸이고 말았다. 조홍이 앞장서고, 사마의와 장합이 그 뒤를 따르고, 조인이 후위를 맡아 이 불바다 속으로 돌진하여 한군의 포위망을 돌파했다.

그러나 바로 그때, 탁탁 튀는 듯한 연주포連珠砲 소리가 잇따라 들리더니 천지가 진동했다. 사마의·장합·조인·조홍, 그리고 심복 장교 수백 명이 탄환에 맞아 팔다리가 잘려, 단 한 명의 생존자도 남지 않았다. 여건과 만분도 혼란 속에서 목숨을 잃었다.

구원대의 후방부대를 이끌고 있던 문빙은 앞쪽에서 맹렬한 불길이 치솟고 천지를 진동하는 소리가 나는 것을 보고 듣는 순간 저도 모르게 눈을 감아버렸다. 구원이 뜻대로 되지 않은 게 분명하다. 문빙은 부하들도 내팽개치고 허둥지둥 달아나기 시작했다.

그런데 앞쪽에 한 늙은 장수(황충)가 언월도를 들고 기다리는 것이 보였다. 문빙은 싸우지 않고 남쪽 방향으로 달아났다.

그러자 이번에는 한 젊은 장수(장포)가 오수마라고 불리는 검은 털의 명마를 타고 기다리다가, 문빙을 향해 길이가 18척이나 되는 무쇠창을 힘껏 내질렀다. 문빙은 황급히 그 공격을 막아냈다. 그 순간 왼쪽에서 또 다른 젊은 장수 하나가 모습을 나타냈다. 이 사람은 관흥이다. 그리고 오른쪽에서는 문앙이 나타나 문빙에게 덤벼든다. 문빙은 도저히 당해내지 못하고 장포의 창에 찔려 말에서 떨어졌다.

장포·관흥·문앙 등 세 장수는 군대를 합하여 위군을 추격했다. 대장을 잃은 위군 병사들은 차례로 땅에 무릎을 꿇고 항복했다.

공명이 장수들을 시켜 투항병의 수를 점검해보니 무려 2만 명이 넘었다. 공명은 이 투항병들의 결박을 풀어주고, 각자에게 여비를 주면서 고향으로 돌아가 생업에 종사하라고 명령했다. 투항병들은 공명에게 머리를 조아려 사례하고 모두 고향으로 돌아갔다.

또한 공명은 부하 장수들이 모두 위군 대장의 목을 자른 것으로 간주하여 그와 동등한 평가를 해주고, 투항병들을 시켜 산더미처럼 쌓인 시체 속에서 사마의·장합·조인·조홍 등 네 명의 시체를 찾아냈다.

시체들 틈에서 나온 그들의 유해는 무참하게도 검게 그을리고 피투성이가 되어, 차마 눈뜨고는 볼 수 없는 비참한 모습을 하고 있었다. 공명은 그 모습을 보고 몹시 가슴 아파하며 장수들에게 이렇게 말했다.

"무도한 군주인 하나라 걸왕이 기른 개는 설령 상대가 성군인 요 임금이라도 짖어대는 법이오. 그들도 각자 제 주인을 위해 일하고 있었소. 다만 그들이 좋은 시운을 만나지 못해 제 몸을 파멸시키고 만 것이 유감스러울 뿐이오. 비록 천명은 달랐지만 그들도 모두 일세의 영웅들이고, 좋은 세상을 만들려고 애쓴 훌륭한 인물이었소. 반드시 유해를 전시하지 않아도 좋소."

그리고 제갈정에게 명하여 병사들을 목욕시키고 깨끗한 옷으로 갈아입힌 뒤, 사마의를 비롯한 위군 장수들의 장례를 치르고 문빙의 유해와 함께 동아성 밖에 정중히 매장했다.

공명은 이어서 마초에게 마대·문앙·이엄을 이끌고 고당으로 가서 등애를 공격하라고 명령했다. 그리고 등애를 쳐부순 뒤에는 평원으로 가서 종회를 포위 공격하라고 명령했다. 또한 황충에게는 관흥과 장포를 데리고 관도로 가서 우금을 포위 공격하라고 명령했다.

마초와 황충이 떠나자 공명은 장수들을 거느리고 역성에 주둔하면서, 다시 강유와 제갈정에게 명령하여 평원현의 종회를 공격하게 했다. 증원군을 보낸 목적은 종회와 등애가 서로 연계를 취하지 못하게 하기 위해서였다.

공명은 전에 복양에서 오군을 몰살한 이후 '너무 심한 짓을 저질 렀다'는 생각이 마음을 떠나지 않아 괴로워하고 있었다. 그리고 이번에는 동아에서 화공火攻으로 적을 무찔렀다. 사마의를 비롯한 적장은 단 한 사람도 살아남지 못하고, 불길에 휩싸여 타죽었다.

나 자신은 이것으로 큰 공을 세워 이름을 떨칠 수 있었는지 모르지만, 너무나 잔혹한 승리였다. '나는 하늘의 조화를 어지럽힌 게 아 닐까.' 그것을 생각하면 슬프기도 하고, 등줄기가 오싹해지는 기분도 든다.

그런 생각이 마음속에서 응어리져, 공명은 일주일 동안 잠을 이루지 못했다. 게다가 해마다 전쟁이 끊이지 않는다. 줄곧 전쟁터에서 고생하면서 계략을 꾸미고 전략을 짜느라 심신이 모두 지쳐 있었기 때문에, 슬픔이나 원한이 잇따라 덮쳐오는 것을 그 자신도 어찌할 도리가 없었다.

돌이켜 생각해보면, 융중에서 은둔생활을 하고 있을 때에는 공을 세워 세상에 이름을 떨치고 싶다는 욕심도 없었고, 마음은 한없이 담백하고 밝았다. 세상에 나가 남과 경쟁하는 일도 없었고, 아무하고도 충돌하지 않았다. 그 무렵의 나는 모든 일에 대해 '이것으로 충분하다'고 만족할 수 있었다.

그런데 어느새 이름이 세상에 알려지게 되고, 결국 세상으로 불려 나왔다. 커다란 임무가 주어지고, 주군의 명령을 받들어 정벌에 종사하는 동안 나는 살인기계처럼 되어버렸다. 왜 나는 이렇게 괴로워하지 않으면 안 되는가.

생각하면 할수록 후회스럽다. 후회가 강해질수록 내 운명이 원망스럽다. 그러나 지금 나는 군대를 이끌고 외지에 나와 있다. 내 기분에 따라 군대를 다루거나 내 멋대로 할 수는 없다.

이런저런 생각을 할 때마다 막다른 곳으로 쫓겨 들어가는 것 같고, 결국에는 이 세상에 몸둘 곳은 아무데도 없다는 자각이 들었다.

그후 공명의 마음은 밤낮으로 동요하여 자신도 억누를 수 없게 되었다.

그러던 어느 날 밤, 잠을 이루지 못한 채 등불을 켜놓고 병서를 읽고 있을 때, 갑자기 목 언저리가 근질근질하더니 몇 차례 피를 토하고 쓰러져버렸다. 아들 제갈첨이 옆에 있다가 황급히 공명을 안아 일으켰다. 공명은 냉수를 청하여 입을 헹구고 물을 한 모금 마셨다. 그러자 약간 기분이 나아졌기 때문에 긴 의자 위에 드러누워 제갈첨에게 말했다.

"걱정하지 마라. 며칠만 쉬면 좋아질 테니."

제갈첨이 입으로는 "예" 하고 대답했지만 세심한 주의를 기울여 간병했다. 그러나 병은 낫기는커녕 계속 심해질 뿐이었다. 제갈첨은 아버지가 약을 전혀 먹으려 하지 않는 이유를 알지 못하여, 몰래 편지를 써서 낙양에 있는 어머니(황부인)에게 알렸다.

공명의 병환과는 상관없이 군사는 착실히 진행되어, 황충은 관도에 도착했다. 사마의는 이미 죽고 적장 우금은 병력이 적기 때문에, 황충은 그를 깔보고 단숨에 성을 포위했다.

그것을 본 성안의 유엽이 우금에게 이렇게 말했다.

"황충이 여기 온 이상 동아는 이미 함락된 것이 분명합니다."

마침 그때 고당과 평원의 상황이 전해졌다.

"마초가 병력을 총동원해서 고당을 포위 공격하고, 강유가 역성에서 승리한 부대를 이끌고 평원을 공격하고 있으며, 제갈량은 역성에서 군대를 지휘하고 있습니다."

유엽은 깊은 한숨을 내쉬며 말했다.

"사마 도독도 장준예(장합)도 모두 나라를 위해 죽었는가. 이 작은 관도 따위는 이제 바람 앞의 등불이로구나."

우금은 말없이 고개를 떨구고 말았다.

유엽은 숙소로 돌아오자, 우금에게 "관도를 버리고 종회 및 등애와 합류하여 급히 유성으로 달려가, 조창을 도와 한나라에 보복하라"는 내용의 편지를 쓴 뒤에 자결해버렸다.

하인이 편지를 우금에게 전하고 사정을 이야기하자, 우금은 현장으로 달려가 유엽의 시체를 보았다. 그는 눈물을 흘리며 시체를 향해 절을 하고, 부하들에게 명령하여 정중히 유엽을 장사지냈다.

우금은 정청을 나와 언월도를 들고 말에 올라타더니, 군대를 이끌고 한군의 포위망이 허술한 곳을 노려 달아났다. 그러나 황충이 추격하여 10리도 가기 전에 따라잡았기 때문에, 우금은 어쩔 수 없이 말머리를 돌려 황충을 맞아 싸웠지만, 그때 관흥과 장포가 달려왔다.

우금은 이제 끝장이구나 하고 생각하여 자결하려고 했지만, 황충은 원숭이처럼 긴 팔을 늘여 우금을 끌어안고 생포하려고 했다. 그때 병사들이 달려와 우금을 꽁꽁 묶어버렸다.

황충은 위군을 항복시키고 관도를 빼앗은 뒤, 장포에게 병력 3천을 주어 지키게 했다. 그리고 관흥과 함께 우금을 호송하여 고당으로 가서 마초를 만났다. 마초는 크게 기뻐하며, 꽁꽁 묶인 우금을 성 밑으로 끌어내어 위군 병사들에게 보여주었다.

성 위의 등애는 그것을 보고 이제는 어쩔 수 없다는 것을 깨닫고, 우금이 그대로 구경거리가 되게 내버려두기보다는 차라리 죽여서 결말을 지어야 한다고 생각했다. 등애는 몰래 활을 들고 화살을 매겼다. "문칙, 용서하시오" 하는 한 마디와 함께 화살을 날렸다.

보름달처럼 힘껏 당겨졌던 활시위에서 화살이 유성처럼 날아가 우금의 목줄기를 꿰뚫었다.

그것을 본 황충은 성 밑에서 화살을 쏘아 등애의 이마를 맞혔다. 등애는 뒤로 벌렁 넘어졌다. 마초는 그 틈을 놓치지 않고 돌격 명령을 내렸다. 성 위의 위군은 등애를 구출하여 돌보느라, 한군이 개미 떼처럼 성벽을 기어오르는 것을 미처 막지 못했다.

등애는 고통을 참으며 일어나 이엄이 휘두르는 언월도를 간신히 막아냈지만, 뒤에서 마대가 내리친 칼을 맞고 쓰러진 뒤 마지막 일격으로 숨통이 끊겼다. 이것으로 등애는 '몰래 음평을 건널' 수도 없게 되었다.

마초는 고당을 빼앗고 병사들에게 명령하여 등애와 우금을 정중히 매장한 뒤, 이엄을 고당에 남겨 진무하게 하고, 황충과 함께 평원현에 도착했다. 평원현은 강유에게 철통같이 포위된 채, 성안에 있는 종회의 필사적인 방어전이 계속되고 있었다.

그때 천지를 뒤흔드는 기세로 마초와 황충이 나타난 것을 본 종회는 사태를 깨닫고, 장막으로 돌아가 여러 장수들을 모아놓고 이렇게 말했다.

"나는 군대를 이끌고 관보 땅을 나온 이후 크고 작은 전투를 수십 차례 치렀지만 주눅이 든 적은 한 번도 없었소. 이제 한군이 저렇게 많이 성으로 몰려온 이상, 동아와 관도 병력은 전멸했을 게 분명하오. 나는 나 한 사람 때문에 성안의 주민들이 싸움에 말려들게 하고 싶지 않소. 여러분은 한군에 투항하시오. 나는 도망칠 곳이 있으니까."

장수들은 반신반의하며 병사들에게 성문을 열라고 명령했지만, 문득 종회 쪽을 돌아보니 그는 이미 장막 안에서 자결한 뒤였다.

백 번을 싸우고도 살아남았던 사마의도 결국 장수들과 함께 전사하고, 10년 동안 전쟁에 종사했던 공명은 자신의 마음과는 반대로 헛된 명성을 짊어지게 되었다. 그러면 이 다음은 어찌 될 것인가. 다음 회를 기대하시라.

제 52 회

제갈량, 산동을 평정하고 하늘로 돌아가다
손권, 강북을 잃고 목숨을 잃다

마초·황충·강유는 산동을 완전히 평정하고, 장수들을 파견하여 각지
를 진무한 뒤, 역성으로 돌아가 공명을 만나려고 했다. 그러나 그들이
역성에 도착하기 전에 공명은 이미 세상을 떠났다. 이야기가 조금 길
어지지만, 거기에는 대충 이런 사정이 있었다.

　공명은 병을 얻은 지 며칠 뒤에 정신이 이상할 만큼 맑아진 것을 자
각하고 수명이 얼마 남지 않았음을 깨달았다. 여러 장수들의 승전보도
잇따라 들어와 산동이 평정된 것도 알았다. 다음에는 회남으로 진격하
여 오나라를 평정하지 않으면 안 된다. 공명은 병을 무릅쓰고 여러 장
수들에게 주는 명령서를 썼다.

　"조씨의 군대는 궤멸하고 산동은 평정되었소. 이제는 승세를 타고
회남을 평정해야 하오. 황 장군은 왕평·장익과 병력 3만을 이끌고 산
동을 진무하시오. 황 장군은 역성에 주둔하고, 왕평은 청주에 주둔하
고, 장익은 연주에 주둔하여, 백성을 안심시키고 지방을 편안히 하고
병사와 군마를 정비하여 전군前軍을 성원하시오. 마초는 승리를 얻은
병력 7만을 이끌고 강유를 참모로 삼아, 이엄·문앙·마대·관흥·장포
와 함께 담성에서 당장 회음을 빼앗고, 조운·장비의 병력과 함께 세 방
향에서 진격하여 우선 강북을 빼앗으시오. 적의 장벽을 제거하면, 오
군의 정예병력은 이미 전멸했으니 강북을 지키지 못할 것이오. 강북을

얻으면 강남을 곧바로 평정해야 하오. 다만, 육손은 지모가 풍부하고 감녕은 유능한 장수요. 위기에 몰리면 필사적으로 싸울 것인즉, 부디 이 점을 조심하시오. 모든 장수들은 왕의 사업에 힘쓰고, 나라를 위해 충성을 다하시오. 원컨대, 나 한 사람 때문에 장한 뜻을 잃지 마시오."

공명은 이런 명령서를 써서 단단히 봉했다. 현기증이 나고 기침이 멈추지 않았다. 아들 제갈첨과 조카뻘 되는 제갈정이 좌우에서 부축해 일으켰지만, 이제 붓을 들 힘도 없어진 공명은 한중왕 유비에게 보내는 유표遺表를 구술하기 시작했다. 제갈첨이 그것을 받아 적으니, 그 내용은 다음과 같았다.

"신臣 량, 아뢰옵니다. 신은 원래 베옷을 입고 스스로 밭을 갈아 생계를 잇는 평민이었습니다. 전하께서는 어쩌다 저의 헛된 명성을 들으시고 신에게 막중한 임무를 주셨습니다. 명을 받은 이후 오늘에 이르기까지 7년 동안, 위로는 하늘에 계신 고조(유방)와 세조(광무제 유수)의 가호를 받고, 가까이로는 전하의 뛰어난 무덕武德에 힘입었으며, 장병들은 중원에서 목숨을 내던져 역적 조조 일당을 하북에서 평정했사옵니다. 이제 도모하는 바가 있는 자는 강남에 있사옵니다. 신이 죽은 뒤에는 원수의 임무를 원직(서서)에게 맡겨 일을 계속하게 하옵소서. 신은 이미 산동에서 승리한 병력을 이동시켰사옵니다. 익덕(장비)으로 하여금 합비의 동쪽에서 현산峴山으로 나가 채석采石에서 장강을 건너 건업을 공격하게 하옵소서. 자룡(조운)으로 하여금 합비의 남쪽에서 서동舒桐으로 나가 수군의 길을 열게 하옵소서. 전하께서는 향총으로 하여금 수군을 이끌고 동쪽으로 내려가 구강을 빼앗고 건업을 공격하게 하옵소서. 맹기(마초)에게는 담성에서 곧장 회음으로 나간 뒤 남하하여 유양維陽을 빼앗게 하옵소서. 세 방향의 병력을 합하면, 강남을 평정하

는 데에는 석 달도 걸리지 않을 것이옵니다. 강남을 평정한 뒤에는 급
히 병력을 이동하여 동구를 평정하고, 공염(장완)으로 하여금 영릉과 계
양에 병력을 모으게 한 뒤, 전하께서는 남정南征의 권세로 장사군의 병
력을 독려하여 남쪽의 교주와 광주를 평정하고 손권의 퇴로를 끊으시
옵소서. 천하를 통일할 날도 이제 멀지 않았습니다. 원하옵건대, 전하
께서는 하늘의 뜻에 따르고 백성의 뜻에 따라 위로는 성업을 계속하
고 옛것을 회복하옵소서. 신은 비록 죽지만 여한은 없사옵니다. 신의
가족은 전쟁터에서 창을 나란히 하며 나라의 두터운 은덕을 입었사옵
니다. 감히 그 위에 또 무슨 은상을 바라오리까. 다만 신의 형 자유(제
갈근)가 손씨에게 인질을 맡기고 있사오니, 강남을 평정하는 날에는 부
디 그 목숨을 온전케 하옵소서. 전선의 장수들 가운데 자룡과 맹기는
남다른 공을 세웠사옵니다. 그러나 공에 따라 상을 내리는 일은 전하
의 마음에 달린 일이옵니다. 신이 생각하기에 운장(관우)은 모름지기 금
중(禁中: 궁궐)에 두어 국사를 돕게 해야 할 것이옵니다. 산동의 일은 한
승(황충)에게 맡기시옵소서. 유주와 기주의 일은 익덕에게, 서주와 양주
의 일은 자룡에게, 관중과 농의 일은 맹기에게 맡기시옵소서. 문장(위
연)에게는 안문雁門을 지키게 하고, 자균(왕평)에게는 상곡上谷을 지키게
하고, 백약(강유)에게는 천수天水를 지키게 하면, 나라가 반석 위에 앉은
것처럼 평안할 것이옵니다. 나라의 기틀을 새롭게 정하시옵소서. 일을
처리할 때 관대하게 하고, 고생한 장병에게는 은덕을 베풀어 따르게
하면, 백성은 한왕조의 은혜에 감복하고, 공신들은 전한을 건국한 뒤
에 처분된 팽월과 한신처럼 당할까 두려워하지 않을 것이옵니다. 임종
의 어두운 길을 향하니 할 말을 모르겠사옵니다."

공명은 여기까지 구술하자 숨이 막혀 눈을 감았다. 그러나 다시 번

쩍 눈을 뜨고는 제갈첨에게 말했다.

"젊어서 높은 지위에 올랐다고 교만하여 몸을 망치지 마라."

제갈첨이 엎드려 명령을 받고 문득 고개를 들었을 때 공명은 이미 세상을 떠난 뒤였다.

제갈첨과 제갈정은 큰 소리로 울부짖었다. 관은 공명이 생전에 직접 준비해두었기 때문에, 관을 마련하느라 시간을 들일 필요도 없었다. 제갈첨은 아버지의 유해를 깨끗이 목욕시켜 관에 안치했다. 장수와 병사들 가운데 통곡하지 않는 이가 하나도 없었다. 허창과 낙양에도 전령이 달려가 슬픈 소식을 알렸다.

그리고 이야기는 처음으로 돌아가, 마초를 비롯한 세 장수가 역성으로 돌아온 것은 공명이 죽은 이튿날이었다.

마초는 세 사람 중에서도 공명의 은덕을 가장 많이 입었기 때문에 그의 슬픔은 더욱 깊었다. 마초·황충·강유는 관에 매달려 통곡했다. 그러자 이게 무슨 불가사의한 일인가. 공명이 마치 세 장수를 알아본 것처럼 빙그레 웃음을 띠지 않는가. 장수들은 놀라고 이상하게 여겼다.

마초는 가장 연장자인 황충을 추대하여 장병들에게 열흘간의 복상을 명령하고, 그날로 당장 상을 공포했다. 우선 황충이 장례를 주재하고, 한중왕 유비의 지시와 공명의 아내인 황부인이 도착하기를 기다려 매장하기로 했다.

제갈첨은 공명의 명령서를 꺼내어 마초를 비롯한 세 장수에게 주었다. 세 장수는 그것을 읽고 더욱 슬픔을 가누지 못했다. 마초와 강유는 장례를 보좌하는 한편, 공명의 유언에 따르기 위해 군마를 정비하면서 출발에 대비했다.

사흘째 되는 날 황부인이 첩의 아내인 금성공주를 데리고 도착했다. 황부인은 전에 제갈첨이 보낸 편지를 받고 달려온 길이었다. 황부인이 왔을 때, 역성 사람들은 모두 상복을 입고 있고 곡소리가 사방에서 일어나고 있었다. 황부인은 눈물을 닦으며 성안으로 들어가 관에 누운 남편과 대면했다. 제갈첨과 제갈정은 꿇어 엎드린 채 황부인을 맞이했다.

황부인은 깊은 슬픔에 빠져 잠시 통곡했지만, 황충과 마초를 비롯한 장수들이 "그렇게 슬퍼하시면 몸을 상하십니다" 하고 달랬기 때문에 겨우 눈물을 거두고 방으로 돌아가 상복을 입었다.

엿새 후, 유비의 명령서를 휴대한 칙사가 도착했다. 그 칙사는 바로 유비의 둘째아들 유리였다. 유리는 유비 대신 장례를 주관하게 되었다. 제갈첨은 무릎을 꿇고 유리를 맞이했다.

유비의 명령서는 다음과 같았다.

"좌장군 겸 대도독이며, 옹雍·양梁·병幷·기冀·유幽·청靑·서徐·연兖 8주 총군사總軍師 겸 옹주목 제갈량은 덕을 분명히 밝히고 나라를 위해 대업을 일으켜, 여덟 주를 전전하며 마침내 원흉을 멸하고 한왕실을 거듭 빛나게 했노라. 그런데도 전략을 짜고 노고를 거듭하며 나라를 위해 몸을 돌보지 않아 생명을 다하였구나. 이 어찌 슬프지 않으리오. 옛날 후한의 대수장군大樹將軍 풍이는 장막에서, 복파장군伏波將軍 마원은 진지 앞에서 그 생명을 마쳤도다. 그대는 앞뒤로 영광을 얻고 공적은 날로 더하였도다. 이제 그대가 남긴 유표를 보니 슬픔이 더하노라. 공이 있는 자를 포상하지 않으면 무엇을 국가라 하리오. 이제 그대를 전前장군에 추증하고 대사마로 삼으며, 봉호를 낭야왕瑯琊王이라 하고 충무忠武의 시호를 내리노라. 대사마 낭야왕의 인수와 관복을 관에 넣고, 서원(西園: 궁궐에 있는 동산의 이름)에 비장되어 있는 제기와 우보(羽葆: 궁중 악대)의 고취鼓吹로 장송하며, 청주·연주 군사 겸 청주목 도독 황충으로 하여금 장례를 주관하게 하라."

제갈첨은 통곡하며 사은하고, 황충이 장례를 주관하게 되었다. 장례식은 정해진 의례에 따라 엄숙하게 거행되었다. 유리는 장례가 끝난 뒤 황충에게 정식으로 청주·연주 군사를 맡기고 청주목에 임명했다.

유리는 이어서 마초를 불러 한중왕의 편지를 주었다. 그 편지에는 이런 내용이 적혀 있었다.

"강남이 아직 평정되기 전에 원수가 서거했소. 이는 나에게 큰 불행인 동시에 국가의 불행이기도 하오. 맹기는 원수를 따라 중원에서 싸웠소. 원수는 편지에서 언제나 맹기의 공을 칭찬했소. 서원직(서서)이 원수의 뒤를 이어 군대를 총괄할 것이오. 맹기도 원수의 명령에 따라 빨리 진격하시오."

마초는 진지로 돌아와 강유와 함께 공명의 영전에 술을 따라 바치고 당장 회음을 향해 떠났다.

제갈첨은 관우·조운·장비 등 여러 장수들이 보낸 조문 사절을 기다렸다가, 일단 조문이 끝나자 어머니와 함께 고향인 남양으로 관을 운구하여 매장했다. 유비는 마속에게 근위병을 지휘하여 남양에 공명의 분묘를 만들라고 명령했다.

공명의 장인인 황승언은 아직 건재했지만, 한 번 조문하러 나타났을 뿐, 마음에 깊이 느끼는 바가 있었는지, 산장으로 돌아가자 두 번 다시 세상 돌아가는 이야기를 들으려고도 하지 않았다.

유비는 공명의 유서를 읽고 깊이 슬퍼했다. 충분한 은상을 내렸지만, 그래도 아직 보답이 충분치 않은 것처럼 여겨졌다. 유비는 반평생을 전쟁터에서 보내고, 마음에 계속 부담을 갖고 있었을 뿐 아니라, 맏아들 유선이 암살당하고 제갈량마저 죽어버렸기 때문에, 비탄에 빠진 나머지 그 자신도 병을 얻게 되었다.

그러나 아직 강남 평정이 끝나지 않은 이상, 개인의 슬픔에만 잠겨 있을 수는 없었다. 그래서 유비는 공명의 유언에 따라 서서를 대도독에 임명하여 여러 장수들을 지휘하게 했다. 또한 장비에게도 급보를 보내어 북쪽의 유주와 기주를 엄중히 지켜 방심하지 말라고 명령했다.

서서는 우선 장비와 조운을 비롯한 여러 장수들을 한 자리에 모아놓고 한중왕의 명령서를 발표했다.

"제갈 원수께서는 중원을 평정하신 뒤 심신이 모두 쇠잔하여 돌아가셨소. 내가 비록 재주 없는 사람이나 황공하게도 대임을 맡게 되었소. 대왕 전하의 이 명령은 제갈 원수의 유언에 바탕을 둔 것으로서, 내가 사양하려 해도 용납되지 않을 상황이오. 원컨대 장군들은 마음을 하나로 모으고 힘을 합쳐 강남을 평정해주시오. 그리하여 위로는 주군의 헤아림에 보답하고, 아래로는 돌아가신 원수의 뜻을 이루어주기 바라오."

장비와 조운은 입을 모아 대답했다.

"새로운 원수 각하께서 중책을 맡아 나라를 위해 노고가 많으십니다. 우리는 동포를 이끌고 견마지로를 다할 것입니다."

"두 장수가 마음을 하나로 합해주었으니 강남은 이제 평정된 것이나 마찬가지요. 오군은 소현小峴·서현舒縣·육현六縣 언저리를 굳게 지키고 있지만, 다른 곳에는 대군이 없소. 자룡 내외는 병력 5만을 이끌고 황서·요화·엄수·황무 등 네 장수를 거느리고 서현과 육현으로 나가, 수군을 집합시켜 구강을 공격하시오. 구강을 쳐부순 뒤에는 장강을 따라 내려가 건업을 공격하시오."

서서는 이어서 오의에게 합비 수비를 맡긴 뒤, 장비와 함께 장익·마충·관색·최기·방풍·방여와 7만 대군을 이끌고 소현으로 진격했다. 마초에게도 전령을 보내어, 이쪽과 보조를 맞추어 회음으로 진격하라고 다시 한 번 명령했다.

한중왕의 칙명과 서 원수의 명령을 받은 마초는 회음을 향해 길을 서둘러 숙천宿遷에 도착했다. 숙천을 지키고 있는 것은 오군 장수인 정봉이다. 정봉은 마초가 온 것을 알고 육손과 감녕에게 급히 알렸다. 여몽이 죽은 뒤, 손권은 육손을 수군 도독에 임명하고, 육군은 정보가 총괄하게 했다. 정보는 소현에 주둔해 있고, 육손은 회음에 주둔해 있으며, 감녕은 사양에 주둔해 있었다.

급보를 받은 육손은 감녕에게 병력 2만을 이끌고 정봉에게 가세하라고 명령했다. 그리고 자신도 병력 1만을 이끌고 숙천으로 가서 감녕과 정봉에게 이렇게 명령했다.

"마초군은 정예병력이지만, 이 근처에는 습지도 많으니까 쉽게 함락되지는 않을 것이오. 굳게 지켜 적을 지치게 한 다음, 때를 보아 결전을 벌여야 하오."

마초는 공격 명령을 내렸지만 오군은 상대하려고도 하지 않는다. 마초는 성을 공격하려고 했다. 그러자 강유가 그것을 말렸다.

"대장, 성급하게 구시면 안 됩니다. 숙천은 요지이기 때문에 당연히 오나라의 대군이 있을 것입니다. 제가 들은 바에 따르면 육손과 감녕이 이곳에 와 있다고 합니다. 만약 성을 쳐다보면서 공격하면 병사들을 지치게 할 뿐입니다. 군대를 나누어 홍택호洪澤湖를 돌아 우이盱眙를 공격하고 광릉廣陵을 엿보면, 적은 내부에서 동요하여 싸우지 않으려 해도 불가능해질 것입니다."

"백약의 의견에는 일리가 있소. 그 중책은 백약이 직접 맡아주시오."

마초는 강유에게 병력 3만을 나누어주면서, 관흥과 장포를 데리고 우이를 공격하라고 명령했다. 강유가 떠난 뒤 마초는 이엄과 병력 4만을 이끌고 숙천성 밑에 주둔하면서, 문앙과 마대에게 경기병 3천을 주어 부근을 순찰하게 했다. 오군이 한군의 군량을 습격하지 못하도록 경계하기 위해서였다.

한편, 강유는 밤낮으로 달려 우이에 이르렀다. 우이를 지키는 장수는 숙천 주둔군이 장벽 역할을 맡아주기 때문에 방심하고 있었다. 그런데 강유가 급습하여 반나절도 지나기 전에 성을 쳐부수자 광릉으로 달아났다. 강유는 관흥에게 병력 5천을 주어 성을 지키게 하고, 장포와 함께 광릉으로 달려갔다.

광릉을 지키는 장수는 능통이다. 능통은 한군이 온 것을 보고, 몸소 성 위에 올라가 맞아 싸울 태세를 취하는 한편, 육손과 손권 양쪽에 급보를 보냈다. 그러자 강유는 성을 공격하지 않고 장포와 함께 고우高郵와 육합六合의 각지를 공격하고 다녔기 때문에, 위급을 알리는 각지의 문서가 흩날리는 눈처럼 건업에 날아들었다.

손권은 이 소식을 듣고 깜짝 놀라, 당장 구강의 수군에게 명령하여 건업 부근의 장강 연안을 지키게 하고, 손정에게 육군 1만을 주어 광릉을 구원하러 보냈다. 그러나 손정의 부대는 광주까지 갔을 때 강유와 장포의 공격을 받아 전멸하고 말았다.

강유는 손정의 목을 장대에 높이 매달아 광릉의 오군에게 보여주었다. 오군 병사들은 심하게 동요하기 시작했다. 강유는 마초에게 급히 알려, 육손이 광릉으로 구원하러 오지 못하게 하라고 주의를 주었다. 마초는 이엄에게 병력 2만을 주어 진지를 지키면서 성을 공격하라고 명령하고, 자신은 마대·문앙과 함께 각각 병력 5천을 이끌고 광릉 구원병을 내보내지 않을 태세를 취했다.

숙천의 육손·감녕·정봉은 강유가 우이와 광릉을 공격하여 강북 각지가 진동하고 있다는 소식을 듣자, 정봉을 숙천에 남겨 마초를 붙잡아놓고, 육손과 감녕이 병력 2만을 이끌고 광릉을 구원하러 가기로 했다.

육손이 전군, 감녕이 후군을 이끌고 밤중에 성을 빠져나왔다. 그날 밤에는 심한 폭풍우가 몰아쳤다. 마초가 이끄는 군대는 북방 사람들뿐이어서, 원래 진흙탕에는 익숙지 못하다. 게다가 밤중이었기 때문에 마초는 무리하게 추격하지 않았다.

그리고 이튿날 새벽에 동이 트자마자 마초는 기병 8천을 이끌고 먼저 떠나고, 마대와 문앙은 보병 2만 5천을 거느리고 오군을 추격했다. 숙천성은 이엄에게 포위되었다.

마초의 기마대가 사양에 이르렀을 때 북소리가 울리더니 감녕이 언월도를 치켜들고 앞길을 가로막았다.

"마초야, 도망치지 마라. 감녕이 여기 있다."

마초는 채찍을 들어 돌격 명령을 내렸다. 오군은 모두 보병이었기 때문에 당장 뿔뿔이 흩어졌다. 감녕은 분투했지만, 병사들이 먼저 무너져버리면 어쩔 도리가 없다. 감녕은 도망치기 시작했다. 마초는 놓치지 않고 추격했다. 그때 육손이 달려와 싸우면서 한 걸음씩 회음으로 퇴각했다.

육손은 감녕에게 여기서 마초를 막고 있으라고 명령한 뒤, 자신은 회음에 주둔해 있던 병력 2만을 이끌고 광릉으로 구원하러 갔다.

마초는 회음을 포위했다. 그때 마대와 문앙이 도착했다. 마초는 그들에게 이렇게 말했다.

"육손이 광릉을 구원하러 갔네. 강백약은 병력이 적으니 위험해. 오나라의 정보와 주태는 소현에 있고, 황개는 구강에, 정봉은 숙천에, 감녕은 이곳 회음에, 능통은 광릉에 있네. 오나라 장수들은 모두 각지에 흩어져 있기 때문에 대군은 없는 셈이지. 기병으로 육손을 추격하면 강북의 오군은 모두 무너질 걸세."

마대와 문앙도 이 말에 동의했다. 마초는 두 사람에게 회음을 포위하여 감녕을 가두어놓으라고 명령했다.

그런 다음 마초는 기병을 이끌고 전광석화처럼 빠른 속도로 고우에 이르러, 순식간에 육손을 따라잡았다. 마초는 부하들에게 외쳤다.

"우리는 적진 속으로 깊숙이 들어왔다. 죽을 각오로 싸워라. 한 번 싸워 이기면 강남을 빼앗을 수 있다."

그러고는 배불리 밥을 먹인 뒤 단숨에 진격했다.

육손은 마초가 추격해온 것을 보고는 진형을 갖추고 기다렸다. 마초가 앞장서서 돌진했고, 8천 기마병이 그 뒤를 따라 오군 진영으로 뛰어들어 일기당천의 기세로 싸웠다. 마초는 위세를 떨쳐, 그의 기다란 창이 이르는 곳에는 아무도 감히 덤벼들지 못했다.

마초의 부대는 승세를 탄 군대이고 또한 기마대인 반면 육손의 부대는 보병이다. 육손이 아무리 지모가 뛰어난 명장이라 해도, 이런 상태에서는 묘책이고 무엇이고 있을 까닭이 없다. 한군은 성난 파도 같은 기세로 밀어닥치고, 육손은 쫓겨 달아났다. 마초는 놓칠까 보냐는 듯이 그 뒤를 추격했다.

육손이 광릉성 아래까지 오자, 요란한 북소리와 함께 왼쪽에 강유, 오른쪽에 장포가 나타나 육손을 가로막았다. 협공당하려는 순간, 성안의 능통이 성문을 열고 전력을 다해 육손을 구출하여 과주瓜州로 달아났다.

마초는 강유와 장포에게 추격을 명령하고, 자신은 광릉성을 점령한 뒤 휴식을 취했다. 육손과 능통은 장강 연안까지 쫓겨갔다가 수군의 구원을 받아 강 맞은편으로 건너갔지만, 배가 적었기 때문에 오군의 대부분은 싸우다가 물에 빠져 수많은 사상자를 냈다.

강유와 장포는 광릉으로 돌아가 마초를 만났다. 마초는 강유의 손을 잡고 말했다.

"백약의 묘책을 얻지 못했다면 우리는 아직도 숙천성 밑에 있었을 거요."

"대장의 추격이 늦었다면 저는 위험할 뻔했습니다."

하루 휴식을 취한 마초는 강유와 장포에게 광릉을 수비하면서 강북 각지를 평정하라고 명령한 뒤, 기병 3천을 이끌고 회음으로 갔다.

회음의 감녕은 성을 굳게 지키면서 육손의 구원을 기다리고 있었다. 그런데 며칠이 지나도 원군은 그림자조차 보이지 않는다. 감녕은 회음을 끝까지 지킬 수 없다고 판단하여, 정예병력 1만을 이끌고 밤중에 성을 나와 염성鹽城으로 달아났다.

문앙과 마대는 회음성을 점령한 뒤 오군을 추격했다. 감녕은 방향을 돌려 그들을 맞아 싸우고 오군 병사들도 분투했기 때문에 한군은 승리를 얻지 못했다.

마초는 회음에 도착하여 감녕이 도망친 것을 알고, 당장 문앙과 마대에게 가세하려고 했다. 감녕이 문앙·마대와 싸우고 있는 곳으로 달려온 마초는 외치기를,

"감녕아, 아군은 이미 광릉을 얻었다. 빨리 투항하라."

마초가 온 것을 본 감녕은 이제 살아 돌아갈 가망은 없다고 생각하고, 문앙과 마대를 내버려둔 채 마초에게 덤벼들었다. 문앙과 마대는 그렇다면 좋다는 듯이 두 패로 나누어 오군 병사들을 공격했다.

이윽고 해가 서쪽으로 기울자, 오군에 남아 있는 사람은 감녕 혼자가 되었다. 문앙과 마대가 덤벼드는 것을 살짝 피한 감녕은 재빨리 싸움터 밖으로 뛰쳐나가 달아났다. 마초를 비롯한 세 장수가 추격하자, 감녕은 사양하射陽河 언저리에서 말을 채찍질하여 물 속으로 텀벙 뛰어들었다. 그러나 물살이 빠르고 어지럽게 소용돌이치며 흘렀기 때문에 감녕은 말과 함께 물살에 휩쓸리고 말았다.

마초·마대·문앙은 물 속으로 사라진 감녕의 죽음을 확인한 뒤 회음으로 돌아왔다. 그때 마침 이엄이 도착하여 이렇게 보고했다.

"숙천의 정봉은 밤중에 탈출했지만 아군에 포위되어 화살을 맞고 죽었습니다."

마초는 크게 기뻐하며 이엄에게 병력 5만을 주어 회음에 주둔시키고 각 현을 평정하게 했다.

마초는 마대와 문앙을 이끌고 다시 광릉으로 갔다. 강유와 장포는 이미 배를 준비하여 도강에 대비하고 있었다.

오군이 졌다는 소식이 잇따라 건업에 도착했지만, 손권은 이미 위독한 상태였다. 숙천과 회음의 패잔병들은 앞서거니 뒤서거니 하며 건업으로 도망쳐 돌아와 대장들의 죽음을 보고했다.

"정 장군은 포위망을 뚫으려다가 화살에 맞아 돌아가셨습니다."

"감 장군은 사양하에서 물에 빠져 돌아가셨습니다."

손권은 이 소식을 들은 순간 정신을 잃었다. 이윽고 조금씩 의식이 돌아오자, "홍패(감녕)가 죽었으니 이제 강남은 끝장이로구나" 하고 띄엄띄엄 말하고는 육손을 돌아보며 "뒤를 잘 부탁하오" 하는 말만 겨우 마치고 숨을 거두었다.

육손은 "얼마 동안은 상을 발표해서는 안 된다"고 명령하고, 세자인 손량과 함께 손권의 관을 종산鍾山 기슭에 묻었다.

장례가 끝난 뒤에야 상을 발표하고, 손량을 오왕 자리에 앉혔다. 그러고 나서 정보와 황개에게 수군을 정비하여 장강을 굳게 지키면서 마초의 공격을 막으라고 명령했다.

마초는 장비와 조운이 아직 도착하지 않았기 때문에, 잠시 부하들에게 휴식을 주고 주변의 각지를 진무했다. 그리고 서 원수에게 승리를 알리면서 장비와 조운을 빨리 보내달라고 요청했다.

보랏빛 수염에 푸른 눈을 가진 손권은 마침내 망국의 군주가 되어 푸른 비단으로 만든 산개傘蓋에 노란 깃발을 세우고, 한왕조에는 다시 제왕의 기운이 일어난다. 그러면 이 다음은 어찌 될 것인가. 다음 회를 기대하시라.

제 53 회

황개, 구강구에서 장렬하게 전사하다
장비, 채석기에서 병사를 쫓다

형주 방면의 수군을 통솔하고 있던 향총은 한중왕 유비의 명령과 신임
원수 서서의 군령을 받고, 그날로 당장 마량·유봉·장기 등과 의논하
여, 강하와 하구에 수군 5천 명을 주둔시켜 장강을 경비했다.

그리고 원래의 형주 수군에 새로 보충한 배와 병력을 합하여 모두
3만 대군을 이끌고 구강 방면으로 내려갔다. 줄지어 늘어선 돛대는 해
를 가릴 것 같고, 흩날리는 물보라는 구름 같다. 향총의 선단은 이런 기
세로 장강을 미끄러져 내려가 구강에 접근했다.

보아하니 남쪽 연안에는 오군 깃발이 선명하게 늘어서 있고, 맞은편
인 북쪽 연안에는 한군의 견고한 보루가 우뚝 솟아 있다. 한군 진영에
서도 깃발이 바람에 펄럭이고 있다. 향총은 북쪽 연안에 배를 대라고
명령하여 수채(水寨: 물에다 전함을 늘어놓고 목책을 박아 만든 방위시설)를 형성
했다.

강기슭의 한군 병사들은 아군이 온 것을 보고 급히 조운에게 알
렸다. 조운은 엄수와 요화와 함께 심복 부하 수백 명을 거느리고 강가
로 나왔다. 향총은 수채를 다 쌓은 뒤 상륙하여 조운을 만났다.

조운은 기뻐하며 향총과 말머리를 나란히 하고 진지로 돌아가자 향
총을 위로하며 말했다.

"장군이 웅장한 군대를 지휘하여 장강 일대를 굳게 지켜주었기 때

문에 나는 북벌을 결심하고 마침내 하북을 평정할 수 있었소. 모두 장군 덕분이오."

향총은 일어나서 머리를 조아리며 말했다.

"저는 명령에 따라 동포를 통합했을 뿐입니다. 굳게 지켰다고 하시지만, 다행히 아무 일도 없었던 것에 불과합니다. 따라서 제가 세운 공적은 전혀 없습니다. 그런데 무엇 때문에 갑자기 이곳으로 오셨습니까?"

조운은 향총의 태도를 보고 기쁜 웃음을 지으며 대답했다.

"오나라의 정보와 주태는 전력을 다해 소현을 지키면서, 수군을 모아 유수와 소호 사이에 배를 늘어놓고 있소. 아군은 서현과 육현을 지나 기춘蘄春과 황주黃州를 엿보고 있는데, 아직 전투다운 전투는 일어나지 않았소. 노련한 적장 황개는 수군을 독려하여 구강을 사수하고 있소. 파양의 오나라 수군은 최근 마맹기가 강북을 평정했기 때문에 수도 건업을 지키러 가서, 소호와 유수에 나뉘어 주둔하고 있다는 거요. 따라서 이 구강에 있는 수군은 고작 10분의 1이나 2에 불과하오. 나는 수군의 지원을 받아 남쪽 연안으로 건너가, 여산에서 구강을 공격할 생각이오. 장군은 적의 수군과 강 위에서 싸워주시오. 우리 수군은 적의 세 배이고, 육군은 열 배요. 황개가 아무리 유능한 장수라 해도, 어쩔 도리가 없을 것이오."

"장군의 전략에는 그저 감복할 따름입니다. 만약을 위해 장사 태수와 계양 태수를 여릉·구강·감남에 진주시켜 적의 주의와 힘을 분산하면 우리는 구강에만 공격을 집중할 수 있을 것입니다."

"장군의 통찰이야말로 대단하오."

조운은 당장 장사와 계양에 전령을 보내어 계획을 실행에 옮기도록 했다. 그리고 기병과 보병을 모두 이끌고 장강을 건넜다. 조운과 향총은 전함 위에 서서 병사들을 엄호했다.

　장강 남쪽 연안의 황개는 한군이 강을 건너오는 것을 뻔히 보면서도 적이 너무 강대하기 때문에 감히 맞아 싸우지 못했다. 이리하여 한군은 쉽게 남쪽 연안에 상륙했다. 조운은 향총에게 수군을 지휘하여 오나라 수군을 공격하라고 명령한 뒤, 자신은 보병을 이끌고 장강 연안의 오군 진영을 모조리 공격하며 돌아다녔다. 오군은 바람에 휩쓸리는 풀처럼 달아났다.

　향총은 상류에서 화약을 실은 뗏목을 띄워 보내 오나라 수군을 불로 공격했다. 오나라 수군도 이미 싸울 의욕을 잃고 구강까지 퇴각했다. 이리하여 오나라 수군과 육군은 모두 구강성 밑에 집결하는 형태가 되었다.

　조운은 엄수와 황무에게 각각 병력 1만을 주어 남창·파양·여장 주변을 공격하게 함으로써 구강을 고립시키는 작전으로 나갔다. 근처의 수군과 육군이 패했기 때문에, 구강성은 그렇지 않아도 위험하다. 황개는 군대를 독려하여 수비에만 전념했다.

　조운은 향총에게 수군 1만을 성 밑에 주둔시키라고 명령하고, 나머지 병력은 모두 요충지로 보내어 각지에서 오는 오나라 원군을 차단하게 했다.

　'이렇게 되면 구강성 함락은 시간 문제다.'

　이렇게 생각한 조운은 몸소 군대를 이끌고 성을 엄중히 포위했다. 이윽고 황무와 엄수가 잇따라 귀환하여 주변 각지를 평정했다고 보고했다. 조운은 크게 기뻐하며 말했다.

"아군의 동하東下는 수군을 위주로 하기 때문에, 육군은 강 연안에서 수군을 돕는 데 불과하오. 나에게 병력 2만을 남겨놓고, 황무·요화·엄수 장군은 각각 병력 1만을 이끌고 여장으로 들어가, 세 장수가 분담하여 동월東越을 노리시오. 오나라의 정예병력과 훌륭한 장수는 모두 회북과 강남에 있으니, 민閩과 월越 땅에는 대군이 없소. 한 번만 싸워도 함락시킬 수 있을 것이오. 민 땅이 무너지면 월은 점점 더 위험해지오. 건업에서는 어디로도 도망칠 수 없게 되오. 가는 곳마다 우선 백성을 안심시키는 일을 가장 먼저 유념하고, 현명한 사람을 골라 지키게 하시오. 이 작전이 잘 되면, 요 장군은 민에, 엄 장군은 월에, 황 장군은 회계에 주둔하면서 긴밀한 연계를 취하시오. 이것은 대단한 공적이오. 세 장수는 전력을 다해 이 공을 이루시오."

과연 조운이 생각한 대로 세 장수가 가는 곳에는 적이 없어, 한 달도 지나기 전에 민과 월 지방을 평정했다. 이 소식이 들어왔을 때 조운은 이미 건업에 도착해 있었다. 이야기가 너무 앞으로 뛰어넘었다. 다시 뒤로 돌아가자.

오나라 장수 황개가 구강을 굳게 지킨 지 이미 두 달이 지났다. 원군은 전혀 오지 않고, 성 주위는 조운이 이끄는 수군과 육군 4만 병력에 포위되어 있다. 구강성 안에는 식량은 있었지만 물이 모자랐다. 장강가까운 성문은 모두 폐쇄되어 있기 때문에 성안의 우물만으로는 물이 모자랄 수밖에 없다.

그 때문에 오군 병사들 가운데 배신자가 나왔다. 이들은 몰래 적과 내통하여, 성문을 열고 한군을 끌어들였다. 황개가 알아차리고 저지하려 했을 때에는 이미 한군이 물밀듯 밀어닥친 뒤였다. 황개는 시가지를 봉쇄하고 싸웠지만, 중과부적이어서 오군 병사들은 잇따라 전사했다.

한나라 수군도 구강성의 수문으로 돌진하여 상륙했기 때문에 구강성 전역이 전쟁터가 되었다. 황개는 이제 끝장이라는 것을 깨닫고 구강군 정청으로 달려가자, 말에서 내려 동쪽을 향해 두 번 절하고 자결했다. 대장을 잃은 오군은 혼란에 빠져 차례로 투항했다.

조운과 운록 내외는 말머리를 나란히 하여 정청으로 들어가 황개의 시체를 보고는 깊이 동정하여, 관리들에게 유해를 목욕시켜 여산 속 깊은 곳에 정중히 매장하라고 지시했다.

마침 그때 마량이 군대를 이끌고 가세하러 나타났다. 조운은 마량에게 구강을 지키게 하고, 자신은 수군과 육군을 이끌고 장강을 따라 내려갔다. 오군은 아무도 감히 맞서려 하지 않는다. 황개는 손견·손책·손권 3대를 모신 노장이다. 그 황개의 군대가 전멸당했다는 소문은 눈 깜짝할 사이에 오나라 전역에 퍼졌다.

오군 병사들은 완전히 겁을 집어먹고 한 조각의 투지도 찾아볼 수 없었다. 오나라 수군도 정예병력은 모두 부상을 입고, 게다가 소호와 채석에 흩어져 있었기 때문에, 반격하려 해도 할 수 없는 상태였다.

강북의 육군도 연전연패하여 거의 궤멸해버리고, 정보·정자 부자와 주태가 소현에 주둔해 있을 뿐, 육손과 능통도 마초를 막는 것이 고작이다. 도저히 장강 상류 일대에는 손이 미치지 않는다.

조운은 승세를 타고 질풍 같은 위세로 유수에 이르렀다. 능통과 두습이 육군 2만과 수군 1만을 이끌고 동양산東梁山과 서양산西梁山을 지키고 있었기 때문에, 조운은 잠시 군대를 멈추고 서 원수의 훈령을 기다리기로 했다.

한편, 서서와 장비는 소현에 도착했지만, 정보가 요충을 장악하고 있어서 한 달이 지나도 전진할 수가 없다. 장비는 초조해진 나머지, 무작정 돌진하려고 생각하기 시작했다. 그러나 서서가 장비를 달렸다.

"그처럼 성급하게 굴지 마십시오. 마맹기와 조자룡은 반드시 승리를 거둘 것입니다. 그러면 정보는 겁을 집어먹고 허둥지둥 도망쳐나오겠지요. 우리는 그때 진격하면 됩니다. 무리하여 견고한 곳을 공격하면 병사들을 지치게 할 뿐인데, 구태여 그럴 필요는 없습니다."

장비도 이 설명을 듣고 납득하여 생각을 바꾸었다.

이때 마침 마초가 강북을 평정했다는 보고를 보내왔기 때문에, 서서는 크게 기뻐하면서 마초에게 명령을 보냈다.

"정예병력 1만을 이끌고 육합에서 오강烏江으로 나가 대현산 후방을 공격하라."

마초는 마대와 문앙을 이끌고 당장 행동을 개시했다.

한편, 유수에 도착한 조운은 오군이 아직 소현에 주둔해 있다는 정보를 듣고, 아내 마운록에게 병력 1만을 주어 향총의 수군과 함께 유수에 주둔시킨 뒤, 자신은 병력 1만을 이끌고 소관을 통해 소현 후방으로 돌아갔다. 이를 탐지한 오나라 첩자가 정보에게 급히 알렸다. 정보는 깜짝 놀라 말했다.

"세 방향에서 적군이 몰려오는데, 후방에도 지원군이 없다. 서둘러 퇴각하지 않으면 퇴로를 잃는다."

그러고는 주태·정자와 함께 군대를 철수했다. 그는 마초와 조운이 소현에 도착하기 전에 소현을 버리고, 부근에 있는 수군·육군과 합류하여 야음을 틈타 달아났다.

그러나 향총이 유수구를 막고 있기 때문에 수군 선단은 도망칠 수 없었다. 정보는 수군 병사들 가운데 육전에도 견딜 수 있는 사람 1만을 골라, 육군과 함께 총병력 4만의 군단을 편성하여 당도當塗 방면으로 달아났다.

서서는 정보가 달아나기를 줄곧 기다리고 있었기 때문에, 척후병의 통보를 받자마자 장익·마충·관색·최기를 제1대, 장비·방풍·방여를 제2대로 삼아 밤낮을 가리지 않고 오군을 추격했다.

오강 부근에 이르자, 오군의 능통과 두습이 수군을 이끌고 가세하러 달려왔다. 그러나 바로 이때 마초가 나타나 그 앞을 가로막았다. 후방에서는 장비의 대군이 밀어닥쳤다. 조운은 능통과 두습이 양산의 두 진지를 버리고 가세하러 간 틈을 타서, 황무와 함께 서양산의 요충을 차지해버렸다.

위급한 상황을 깨달은 정보는 언월도를 휘두르며 장비를 맞아 싸우고, 주태는 마초를 맞아 싸웠다. 그러나 싸우면서 한 걸음씩 장강 연안으로 퇴각하여, 오군은 차례로 배에 뛰어올라타기 시작했다. 육손의 수군도 강에 나타나 가세할 태세를 보였다.

서서가 돌격 명령을 내리자 한군은 일제히 진격하여 정보와 주태를 포위했다. 주태는 우렁찬 고함 소리와 함께 포위망을 돌파했고, 정보도 그 뒤를 따랐다. 한군 진영에서 그것을 본 문앙이 창을 내려놓고 활에 화살을 매겨 힘껏 잡아당긴 뒤 활시위를 놓으니, 화살은 보기 좋게 정보의 등에 꽂힌다. 그때 장비가 창으로 한 번 찔러 정보를 죽였다. 오군은 참패했다.

주태는 강가에 이르자 한 번 펄쩍 뛰어 배에 올라타고 달아났다. 그러나 정보의 아들 정자와 두습은 어지러운 혼전 속에서 목숨을 잃었다.

능통과 육손은 수군을 지휘하여 강가를 향해 어지럽게 화살을 쏘아 댔기 때문에 한군 병사들이 많이 다쳤다. 그래서 서서는 군사를 거두 었다.

육손의 부대는 강남에 정박하고, 서서는 부상한 병사들을 유수의 사령부로 보내어 치료하게 했다. 결국 오군의 전사자는 3만 남짓이었 는데, 그 대부분이 장강에 빠져 익사한 자들이었다. 오나라는 여기서 또다시 정보·정자·두습 등 세 명의 대장을 잃었다.

서서는 장비를 서양산의 점령지로 보내고, 그 대신 조운과 향총이 이끄는 수군으로 다음 작전을 벌이기로 했다. 서서는 향총에게 수군 1만을 이끌고 소호의 오군을 공격하게 하고, 조운에게는 수군 2만을 이끌고 민간 선박으로 마초의 1만 병력을 수송하여 동양산과 당도현을 공격하라고 명령했다.

조운이 마초에게 말했다.

"내가 오군과 싸우는 틈에 상류로 도강해주십시오."

그러고는 황무와 함께 수군을 이끌고 출발했다. 육손은 한군의 움직 임을 알고, 능통에게 한군을 맞아 싸우라고 명령했다. 한나라와 오나 라의 수군은 접근전을 벌여 서로 치고 받는 육탄전이 되었다. 돛대는 기울고, 노는 부러지고, 장강 물은 붉게 물들었다.

마초는 그 틈을 타서 상류에 배를 줄지어 늘어놓고 강을 건너, 불과 반나절 만에 1만 병력을 모두 상륙시켰다. 마초의 명성은 장강 남북에 도 널리 알려져 있어, 거의 중국 전역을 압도하는 기세였다. 마초의 부 대는 강을 건넌 이후 물러설 줄을 몰랐다. 동양산의 오군은 잠시 마초 의 부대를 맞아 싸웠지만, 결국 산을 지키지 못하고 달아나고 말았다.

마초는 산을 점령하지 않고 계속 오군을 추격하여 그 기세를 타고 곧장 당도를 쳐부순 뒤에야 겨우 진격을 멈추고, 병사들을 시켜 강가에서 북을 치게 했다. 동양산과 서양산에 있는 것은 한군 병사들뿐이다.

육손과 능통은 절대로 후퇴하지 않을 태세로 분투하고 있었지만, 그때 이런 소식이 들어왔다.

"강유가 채석 부근에서 전투가 벌어진 틈을 타, 광릉 방면에서 몰래 장강을 건너 단도현丹徒縣을 빼앗고, 그곳을 지키던 장수 사광士匡을 죽였습니다. 단도 방면의 한군은 2만 남짓인데, 지금 건업 쪽으로 진격하고 있습니다."

육손이 깜짝 놀라고 있을 때 당도의 패잔병이 달려와서 보고하기를,

"마초는 당도를 쳐부수고 건업으로 진격하는 중입니다."

육손은 장탄식을 했다.

"적의 기병은 먼 길을 달려왔고, 큰 강의 험준함도 이제 존재하지 않는다. 건업은 위태롭기가 아침 이슬 같구나."

그러고는 징을 울려 군사를 거두었다.

한편, 조운은 마초가 강을 건넜기 때문에, 더 이상 무리하여 병사들을 다치게 할 필요도 없다고 생각하고 수군 선단을 거두었다. 그러나 오군이 급히 건업을 향해 퇴각하기 시작한 것을 보고는 추격하기 시작했다.

서서는 채석기采石磯에서 장비의 부대를 남쪽으로 도강시킨 뒤, 마초와 함께 건업을 공격하라고 명령했다.

그런데 독자 여러분은 의아하게 생각할 것이다.

"강유의 부대는 어떻게 강을 건널 수 있었을까?"

사실은 마초가 오강으로 진격할 때, 강유에게 강북의 군사를 위임했던 것이다.

마초가 떠난 뒤, 강유는 이엄과 이런 이야기를 나누었다.

"대장이 오강으로 가면, 육손은 반드시 전력을 다해 소현의 정보에게 가세할 것입니다. 그러면 하류의 방어가 허술해집니다. 그 틈을 타서 군대를 나누어 단도를 기습합시다. 단도가 함락되면 건업은 반드시 진동할 것입니다."

이엄이 동의했기 때문에, 강유는 강북 수비를 이엄에게 맡기고 병력 1만과 함께 단도로 진격했다. 그리고 우선 수백 명씩을 어선에 태워, 때마침 내린 폭풍우를 틈타 차례로 강을 건넜다. 2천 명 정도가 도강했을 때, 강유는 단도성을 공격하기 시작했다.

한군 병사들은 개미 떼처럼 성벽을 기어올라가 성안으로 뛰어들었다. 너무나 갑작스러운 일이라, 단도성을 지키던 오군 장수 사광은 한군의 병력이 많은지 적은지도 알지 못하고 경솔하게 모습을 나타냈다. 그때 강유가 단칼에 목을 베어버렸다. 이리하여 강유는 쉽사리 단도를 빼앗았던 것이다.

손권이 이룬 위업은 기러기 깃털처럼 가볍고, 그렇기 때문에 건업의 덧없음은 아침 이슬과 다를 게 없다. 그러면 이 다음은 어찌 될 것인가. 다음 회를 기대하시라.

제 54 회

도처에 고각이 울리니 한나라 장수가 성공을 거두다
황해에 배를 띄우고 오나라 군신이 생사를 함께하다

채석기에서 강을 건넌 장비는 마초와 합류하여, 건업을 포위하기 위해 말릉관으로 진격하기 시작했다. 가는 도중에 향총의 수군을 만나, 서호에 있는 오나라 수군을 섬멸했다.

서서는 방풍과 방여에게 병력 1만을 주어, 소호와 서양산 일대에 주둔하면서 새로 얻은 땅을 진무하게 했다. 또한 향총에게는 수군을 이끌고 구복주九洑洲로 달려가, 조운과 합류하여 건업에 있는 오나라 수군을 공격하라고 명령했다.

한나라의 수군과 육군을 모두 합하면 10만 대군이다. 이 대군이 장강을 따라 동쪽으로 내려가는데, 깃발은 해를 가리고 북소리는 하늘까지 울리고, 밤중에 켠 횃불은 강물을 대낮처럼 환히 비춘다.

한편 마초는 진회하秦淮河를 건너 구용句容과 단양丹陽을 빼앗고, 강유와 함께 오군의 남쪽 퇴로를 차단했다.

오군은 잇따른 참패로 사기가 전혀 오르지 않아, 한나라 수군과 육군의 맹공을 막아내지 못하고, 수도 건업은 세 방면에서 포위되고 말았다. 지금은 세상을 떠난 손책이 이곳을 평정한 이후 수십 년 동안 전쟁을 모르고 살았기 때문에, 한군이 왔다는 소식만 듣고도 사람들은 두려워 벌벌 떨었다.

그래서 건업성 밖의 주민들은 노약자를 데리고 성안으로 피난하여, 불과 네댓새 만에 성안에는 10만 명이 모이기에 이르렀다. 그 결과, 쌀값과 장작값이 천정부지로 뛰어올랐다. 게다가 오나라는 형주의 유비와 반목한 이후 잇따른 전쟁으로 수많은 돈과 곡식을 낭비했고, 민간에 비축되어 있는 식량도 거의 바닥을 드러내고 있었기 때문에 건업성의 상황은 이미 위기에 빠져 있었다.

육손·주태·능통을 비롯한 장수들은 수군과 육군을 이끌고 건업을 지켰으며, 손권의 뒤를 이어 오왕이 된 손량은 궁중의 금은보화를 모두 방출하여 병사들을 위로했다.

건업 백성들은 대대로 손씨의 은덕을 입었기 때문에 자진해서 도왔지만, 건업성은 이제 고립무원이었고, 성안의 식량도 모자라게 되었으니 이를 어찌하랴.

손량은 원로 신하인 장소와 고옹, 그리고 육손을 비롯한 장수들을 모아놓고 자문을 구했다. 제갈량의 형으로서 오나라를 섬기고 있는 제갈근은 손량의 동생 손광孫匡의 모함을 받고 군대 안에 감금되어 있었기 때문에 이 회의에 참석하지 못했다.

오왕부에 모인 70여 명의 문무백관 앞에서 손량은 눈물을 흘리며 이렇게 말했다.

"나는 선왕(손권)의 막중한 당부를 받았지만, 도저히 그 임무를 감당할 능력이 없어 군대를 잃고 영토를 잃었으며, 적군은 이미 성 밑에 바짝 다가와 있소. 싸워 승리를 얻지도 못하고, 구원받을 가망도 전혀 없소. 할아버지(손견) 이후 3대에 걸친 위업도 나의 대에서 끝날 위기에 놓여 있소. 이 위기에서 벗어날 좋은 방책은 없겠소?"

장소가 먼저 대답했다.

"주공께 아뢰옵니다. 한왕실은 중흥하여 중원을 제압하고 위나라는 이미 멸망했으니, 남은 것은 우리 오나라뿐이옵니다. 그런데 싸움에 지고 장수들은 모두 죽고, 강회 남북은 이미 무너졌습니다. 또한 구甌와 민閩 땅도 모두 조운에게 빼앗기고, 우리 오나라 영토는 이제 이 건업성 하나만 남았을 뿐입니다. 그리고 이 건업도 한군이 수륙으로 포위 공격하며 위세를 떨치고 있습니다. 이제 더 이상 승산은 없습니다. 늙은이의 어리석은 소견으로는 성문을 열고 투항하시는 것이 최상책인 줄 아옵니다. 그렇게 하면 한중왕(유비)은 반드시 혼인의 의리에 따라 주공을 지금의 지위에 그대로 놓아둘 것입니다. 설령 그것이 불확실하다 해도 백성을 도탄의 고통에서 구할 수는 있습니다. 나라를 살릴 수도 있을 것입니다. 이 성에 의지하여 혈전을 벌이면 백성들과 함께 모조리 전멸해버릴 것입니다."

장소의 말이 끝나기도 전에 주태가 거친 목소리로 반대하고 나섰다.

"장자포張子布의 발언은 그야말로 망국의 대부大夫가 하는 말입니다. 저는 돌아가신 환왕(桓王: 손책)과 선왕(先王: 손권)을 모시고 크고 작은 전쟁을 수십 차례 겪어왔지만, 패배한 뒤 적에게 투항하여 제 몸 하나만 온전히 보존하려 한 자는 한 사람도 없었습니다. 우리나라와 유비는 이미 단교하여 원수 사이이고, 지난 몇 년 동안 회淮·서徐·강江·한漢 사이에는 시체가 들에 가득 차고, 흐르는 피는 강물을 이루었습니다. 이제는 우리가 유비를 멸망시키거나, 유비가 우리를 멸망시키는 것 외에는 수습할 길이 없습니다. 아군은 비록 싸움에 졌지만 아직도 수만 병력이 남아 있으니, 그 병력을 총동원하여 성을 방패 삼아 싸워야 합니다. 이기면 나라가 온전할 수 있고, 지면 나라와 존망을 함께 할 수 있습니다. 쓸데없이 살아남을 생각만 하고 있으면 구천에 계신 선왕의 혼백에 대해 변명할 여지가 없습니다."

주태의 수염과 머리털은 모두 곤두서고, 눈초리는 날카롭게 찢어졌다. 비장한 감개를 털어놓았기 때문에 주태는 말을 하면서 이따금 목이 메었다. 그 자리에 있던 장수들은 모두 주태의 발언에 감동하여 결전을 벌이기로 결심한 것 같았다.

손량은 결심이 서지 않아 육손에게 의견을 물었다. 육손의 생각은 이러했다.

"장자포의 말은 받아들일 수 없지만, 주태의 말에도 좀더 생각해야 할 점이 있습니다. 선왕 시절에는 청주·연주·서주·양주의 병력을 가졌고, 서성·여몽·감녕·한당처럼 지모와 무용을 겸비한 뛰어난 장수들이 있어서, 살아남은 위나라 신하들을 도와 제갈량과 산동에서 대치하고 있었습니다. 수십 차례 대전을 치른 뒤 일이 뜻대로 되지 않아 퇴각하게 되었지만, 이는 하늘의 뜻이니 인간의 힘으로는 어찌할 수도 없는 일입니다. 게다가 지금은 패전한 뒤라 사기도 바닥에 떨어져 있으니, 여기서 다시 싸워봤자 이길 가망은 전혀 없습니다. 승세를 탄 한군은 물과 뭍으로 진격하는데, 맹장은 구름 같고 참모는 비와 같으니, 돌아가신 환왕(손책)께서 살아 오신다 해도 이 건업성 하나만으로는 어쩔 수 없을 것입니다. 하물며 주공의 현재 힘은 돌아가신 환왕께 훨씬 미치지 못합니다. '하늘의 뜻에 따르는 자는 흥하고, 하늘의 뜻을 거스르는 자는 망한다順天者存 逆天者亡'는 『맹자』의 말도 있습니다. 하늘이 한나라를 부흥시킨 것입니다. 하늘의 뜻에 거역해서는 아니 됩니다. 제 어리석은 소견으로는, 건업을 버리고 병선에 전사들을 태워 바닷길을 통해 남월南越로 가서 험준한 지형을 이용하여 지키고, 이민족을 회유하여 산과 바다의 부富를 얻는 것이 좋을 듯싶습니다. 아군은 배를 다루는 일에 익숙해져 있고, 이것으로 선왕의 제사를 보전하면 된다고 생각합니다."

그런데 문무백관들 중에는 여기에 찬성하는 사람도 있고, 반대하는 사람도 있고, 장소처럼 투항해야 한다고 주장하는 사람도 있어서 의견이 하나로 모이지 않았다. 그러나 손량은 말했다.

"육백언의 생각이 옳소. 나는 결심했소."

그러고는 당장 종묘로 가서 작별을 고한 뒤, 조상들의 위패를 모시고 배에 올랐다. 육손은 배를 준비해놓고 문무백관들을 향하여 말했다.

"따라갈 사람은 빨리 배에 올라타시오."

그러자 따라가는 사람과 따라가지 않는 사람이 거의 반반이었다.

이때 마침 감금되어 있던 제갈근은 이 소식을 듣고, 아들 제갈각諸葛恪에게 이렇게 명령했다.

"나는 손씨 3대의 두터운 은덕을 입은 몸이니 나라와 생사를 같이하겠다. 모함을 받은 것은 괴로웠지만, 이제는 아무도 원망하지 않는다. 너는 집으로 돌아가거라. 그리고 우리 가문의 혈통을 보존하도록 해라. 한군이 와도 너를 죽이지는 않을 것이다."

제갈각은 아버지 제갈근의 옷자락에 매달려 말리려고 했지만, 제갈근은 옷자락을 찢고 손량의 배에 올라탔다. 손량은 눈물을 흘리며 말하기를,

"경은 이렇게까지 충성을 다해주는가. 나는 중상모략을 믿고 경에게 미안한 짓을 했구려."

고옹과 보즐을 비롯한 신하 30여 명도 잇따라 배에 올라탔지만, 장

소는 오지 않는다. 손량이 개탄하여 말하기를,

"장자포는 선왕의 인정을 받아 그토록 중용되었는데, 어찌하여 이런 태도를 보이는가!"

육손은 주태와 능통에게 수군을 이끌고 후방을 지키라고 명령한 뒤, 몸소 손량을 모시고 야음을 틈타 출발했다.

이튿날 낮에 손량이 멀리 가기를 기다리고 있던 주태와 능통이 수군을 움직이자, 조운과 향총이 그 뒤를 추격했다. 그러나 적은 바다까지 나갔기 때문에, 조운은 하구에서 배를 멈추고 원수 서서의 훈령을 기다리기로 했다.

건업성에 주인이 없어지자, 장소는 남은 문무백관과 함께 성문을 열고 투항했다.

장비·마초·강유가 질서정연하게 입성했다. 서서는 입성하기에 앞서 명령하기를,

"백성을 괴롭히지 말라. 손씨의 분묘는 파헤치지 말라. 관청 같은 건물을 불태우지 말라."

각 부대는 곳곳에 나뉘어 주둔했지만 모두 야영했고, 군대와 민간의 교역도 공평하게 이루어졌다. 이리하여 역사책에 흔히 나오는 '추호秋毫도 범하지 않는다'는 표현이 문자 그대로 완벽하게 실현되어, 가을에 털갈이를 한 짐승의 털끝만큼도 약탈이 이루어지지 않았다.

장수들이 건업성을 안정시킨 뒤, 장비가 서서를 성으로 맞아들였다. 오왕부에 들어간 서서는 거기에 있는 기물과 장부 따위를 모두 낙양으로 운반하게 하고, 장병들에게 포상으로 나누어줄 물건만 남겨 놓기로 했다.

이때 장소가 인사하러 나타나 한중왕의 성덕과 원수 서서의 위광을 치켜올렸다. 그러나 서서는 콧방귀도 뀌지 않고,

"너는 손씨 3대를 모신 원로 신하이면서 막판에 충절을 지키지 않았다. 그런 짓을 하고도 죽은 뒤에 구천에 가서 선왕을 만날 면목이 있겠는가."

이렇게 핀잔을 하자, 장소는 몹시 부끄러워하며 집으로 돌아가 목을 매어 자살했다.

서서는 낙양으로 전령을 보내어 승리를 알리고, 조운을 불러들여 마초와 함께 육군을 이끌고 오나라 영토 각지를 평정하게 했다. 그리고 해안에 군대를 주둔시켜 오군의 반란을 막고, 황충에게는 수군을 이끌고 해구海口 및 장강 유역의 요충지를 지키게 했다.

서서는 이어서 장익과 관색을 제갈근의 집으로 보내어, 공명의 유언에 따라 제갈근을 보호하려고 했다. 두 장수는 경무장한 군대를 이끌고 제갈근의 집을 찾아가 문지기에게 주인을 모셔오라고 일렀다.

이윽고 제갈근의 맏아들 제갈각이 나타나 두 장수를 맞아들여 차를 권했다. 제갈근이 집에 없는 것 같기에 장익과 관색은 그 이유를 물었다. 그제야 비로소 제갈근이 손량을 따라 바다로 떠난 것을 알고 두 장수는 자신들이 온 뜻을 알리며 제갈각에게 요청했다.

"원수께서 계신 곳까지 함께 가주십시오."

제갈각은 서서가 아버지와도 아는 사이였기 때문에 서서를 알현했다.

서서는 눈앞에 꿇어 엎드린 제갈각을 몸소 부축해 일으켰다. 그리고 제갈각이 당당한 영웅의 풍모를 지니고 있는 것을 보고 기뻐하며 다시 제갈근의 소재를 물었다. 제갈각이 사실대로 대답하자 서서는 이렇게

말했다.

"제갈자유(諸葛子輸: 제갈근)는 충의를 지키는 인물이다. 장소처럼 뻔뻔스럽게 투항해올 리가 없다. 너는 잠시 내 휘하에 머물러 군무를 보면서 아버님과 재회할 날을 기다려라."

제갈각은 눈물을 흘리며 꿇어 엎드려 말했다.

"주군은 떠나시고, 따라가신 아버님의 생사도 알 수 없습니다. 이런 상태에서 원수 각하를 모셔도, 걱정 때문에 가슴이 찢어질 것 같으니 아무 도움도 되지 못할 것입니다. 부디 집으로 돌아가 조상의 제사를 모시게 해주십시오."

서서는 한나라에서 벼슬하기를 에둘러 거부한 제갈각의 충의와 성의에 감복하여 저도 모르게 장탄식을 했다.

"오나라에는 범의 새끼가 있다고 들었는데, 그 말이 정말이었구나. 공명에게는 이만한 아들이 없으니 안타깝다."

서서는 제갈각에게 돈과 곡식을 주고, 다시 장익과 관색에게 명령하여 집까지 바래다주게 했다. 그리고 유비에게 이런 경과를 자세히 보고했다.

서서는 손씨가 강동 땅을 수십 년 동안 다스리면서 인정仁政을 베풀어온 것을 중시하여, 자사(刺史: 지방장관)도 쓸 만한 사람은 그대로 기용하고, 손씨의 친척들에 대해서도 차별하지 않았다. 그리고 유비의 허락을 얻어 강동 백성들의 조세를 1년 동안 면제해주었다. 또한 공명의 유언에 따라 조운에게 서주와 양주를 맡기고, 오나라 궁궐 가운데 지나치게 사치스러운 것은 파괴해버렸다. 관청 건물은 관비로 수리했다.

회남·회북·서주의 지방관들에게는 전사한 병사들의 유해를 매장하게 하고, 서서는 건업에서 인정을 베풀어 나라의 부흥을 지휘했다.

병력은 사방에 골고루 퍼져, 도적 떼도 완전히 숨을 죽였다. 오나라 백성도 목석이 아니기 때문에 태평세월을 구가했다.

한두 달 사이에 조운과 마초는 각지를 평정하고 돌아왔다. 마초의 부대는 대부분 서량 출신 병사인데, 강동 지방은 습도가 너무 높기 때문에 기후가 몸에 맞지 않았다. 그래서 서서는 마초에게 회북 지방에서 휴식을 취하라고 명령하고, 조운의 부대를 건업에 머물게 했다. 마초는 강유와 문앙을 건업에 남겨놓아 조운을 돕게 한 뒤, 마대와 함께 출발했다. 마운록이 거느리고 있던 서량 병사들도 함께 데려갔다.

허창의 관우는 축하 사절을 보냈고, 서서와 조운도 답례 사절을 파견했다.

낙양에 있는 유비의 병세는 날이 갈수록 점점 더 심해졌다. 그러나 오나라를 평정했다는 소식을 듣고는 정신을 가누어 여러 가지 명령을 내렸다. 관우에게는 관평을 비롯한 장수들을 이끌고 낙양으로 가게 하고, 서서를 허창으로 옮기고, 장비에게는 일단 낙양으로 돌아왔다가 나중에 기회를 보아 유주로 부임하게 하고, 조운에게는 건업을 지키게 했다.

서서와 장비는 강동의 임무를 조운에게 맡긴 뒤, 대군을 이끌고 북상하여 허창에 도착했다. 관우와 서서는 여기서 임무를 교대하고, 관우는 장비·관색·관평·주창 등과 함께 기병과 보병 1만을 이끌고 낙양으로 향했다.

강동이 평정되었기 때문에, 방통과 마속은 각지의 장수들에게 문서를 보내어 한중왕을 황제에 추대하려 하고 있었다. 장수들은 모두 찬성했지만, 유비가 위독할 뿐 아니라, 북쪽에는 조창이 있고 남쪽에는 손량이 있어서 언제 어떤 군사행동을 취해야 할지 모르는 상황이기 때문에, 베개를 높이 베고 잘 수가 없었다. 방통은 민중의 동요를 억누르기 위해, 관우를 낙양으로 불러들여 정무를 맡기라고 유비에게 강력히 권했던 것이다.

유비의 병세는 나날이 악화하여 이제는 회복할 가망이 없었지만, 후계자인 왕손 유심은 아직 어리기 때문에 보좌할 신하가 반드시 필요했다. 관우는 굳은 충성심으로 지금까지 유비와 고난을 함께해왔다. 공명이 죽은 뒤, 모든 장수가 절대 복종할 사람은 관우밖에 없다. 이리하여 유비는 방통의 권유에 따라 관우를 낙양으로 불러들였다.

허창도 중원을 제압할 수 있는 요지이기 때문에, 명성이 높은 인물이 아니고는 다스릴 수 없다. 서서라면 여러 장수들을 이끌고 오랫동안 활약하면서 오나라를 평정했기 때문에 국내의 인망도 두텁다. 허창을 맡길 사람은 서서밖에 없다. 그래서 서서를 허창으로 옮기고 건업은 조운에게 맡기기로 했던 것이다.

유비는 병석에서 도원의 결의를 맺은 젊은 날의 일을 생각하고 있었다. 유비와 관우와 장비, 성이 다른 세 사람이 의형제를 맺고 세상에 나왔다. 장비는 오랫동안 전쟁터를 뛰어다니며 고생해주었다. 유비는 장비를 한번 만나고 싶었다. 공명의 유언에 따라 장비의 대군은 일단 허창에 머물면서 장차 유주로 진주할 때에 대비하게 하고, 장비만 낙양으로 불러들이기로 했다.

이윽고 관우와 장비가 낙양에 도착했다. 유비의 명을 받은 마속과 왕손 유심이 성밖까지 마중을 나갔다. 유비의 뜻을 알아차린 관우는 당장 장비를 말에서 내리게 하여, 함께 꿇어 엎드리며 '신臣'을 칭했다.

유심은 당황하는 태도였지만, 그래도 의젓하게 인사하기를,

"대왕 전하께서 영접을 명하셔서 나왔소."

관우는 유심의 당당한 모습을 보고 기뻐하며 낙양성으로 들어갔다. 방통이 성문에서 두 사람을 맞이했다. 그들이 함께 한중왕부로 가자, 지금은 세상을 떠난 유선의 동생 유리가 마중 나와 일행을 편전으로 안내했다. 모두 옷을 갈아입고 잠시 쉬고 있으려니까, 궁내관이 와서 일행을 유비에게 안내했다.

유비는 병을 무릅쓰고 일어나 시종들의 부축을 받으며 모습을 나타냈다. 몸은 여위고 안색도 몹시 나빴다. 관우와 장비가 나아가 꿇어 엎드렸다. 유비도 고개를 조금 숙여 보이고, 유리에게 명령하여 두 사람을 부축해 일으켰다. 방통과 마속이 유비의 좌우에 앉았다.

유비는 깊은 한숨을 내쉬며 말했다.

"아우들, 참으로 고생이 많았네. 살아서 아우들을 만날 수 있으리라고는 생각지 못했다네."

관우가 대답했다.

"주공, 부디 옥체를 소중히 하시어, 여러 가지를 너무 지나치게 생각지 마시옵소서."

"나도 양생養生을 모르는 것은 아닐세. 이것은 하늘의 뜻이야. 나는 조조·손권과 천하를 다투어, 조상들의 홍복과 여러 장수들의 노고 덕분에 한나라의 사직을 회복하고 천하를 통일할 수 있었네. 그 조조와 손권도 이제는 모두 죽었어. 내 목숨도 이제 얼마 남지 않았네. 아우들, 방사원, 그리고 여러분, 부디 왕손을 잘 보필해주시오."

유비는 이렇게 말하고는 유심에게 명하여 그곳에 모인 사람들에게 절을 시킨 뒤, 이렇게 말했다.

"이 아이는 어려서 아버지(유선)를 잃었으니 부디 잘 부탁하오."

관우 등은 꿇어 엎드려 맹세했다.

"있는 힘을 다하여 주공의 은혜에 보답하겠나이다."

유비는 잠시 숨을 가다듬고 있다가 이렇게 분부했다.

"오늘 아침부터 민정民政은 모두 방사원에게, 군사軍事는 모두 관운장에게 위임하겠소. 모두 협력하여 천하를 평안히 하시오."

유비는 이어서 장비를 향해 이렇게 말했다.

"아우, 조창이 북쪽 땅에 들어가 동요가 일어나고 있다는 말을 들었네. 조창은 조조가 사랑하던 아들이고, 굳센 영웅일세. 선비족을 복종시키고, 이전이 보좌를 맡고 있으며, 오랑캐의 힘을 빌려 내란을 꾀하고 있네. 위문장(위연)만으로는 좀 불안해. 원래는 마맹기(마초)를 보내고 싶지만, 맹기는 오나라를 평정할 때 고생을 많이 했으니 잠시 휴식을 주어야겠지. 그리고 강江·회淮도 요지여서 소홀히 할 수는 없네. 공명은 나와 자네가 둘 다 탁군 출신이라 북방 지리에 밝다는 점을 중시해서 그런 구상을 유언으로 남겼을 거야. 자네는 내일 당장 마유상(마속)과 함께 허창으로 돌아가서 병력 3만을 이끌고 유주로 가게."

"주공의 병환이 쾌차하기를 기다린 뒤에 떠나도 결코 늦지 않습니다."

"내 병은 언제 나을지 몰라. 빨리 가서 내 걱정거리를 하나 덜어주게."

장비는 두 번 절하고 명을 받았다.

유비는 또한 방통에게 이르기를,

"방사원, 모든 장수들의 공적을 평가하시오."

이튿날 방통은 유비의 뜻을 받들어 장비에게 기·유·병·연 4주 총사령관 겸 기주목을 제수하고, 마속에게는 유주 자사 겸 기주목 참모장을 제수했다. 장비와 마속은 은혜에 감사하고 출발하여 허창에서 서서에게 병력 3만을 받았다. 그리고 마초의 부하 가운데 장포, 서서의 부하 가운데 장익과 마충을 선발하여 유주로 달려갔다.

장비가 유주에 도착하자 위연·왕평·장억이 모두 찾아왔다. 장비는 한중왕의 뜻을 전하고, 술자리를 베풀어 여러 장수들을 위로했다. 장수들은 다시 각자의 임지로 떠났다.

이 무렵 낙양의 방통은 관우에게 이런 말을 하고 있었다.

"전하께서는 장수들의 공적을 평가하라고 분부하셨는데, 장수들의 지위는 이미 높으니 영지에 봉하는 것 외에는 공적에 보답할 수가 없습니다. 그러나 봉토를 내리려면 왕위가 아니라 제위에 있는 사람의 승인이 필요합니다. 제 소견으로는 여러 장수들에게 이 뜻을 전하고, 한중왕의 병이 나아 제위에 오르실 때까지 기다린 뒤에 다시 논공행상을 하는 것이 좋을 듯싶습니다."

관우도 여기에 동의하고 당장 각지로 전령을 보냈지만, 유비의 병세는 날로 악화되어 두 사람은 깊은 시름에 잠겼다.

한편, 바다로 달아난 오나라의 군신은 남월을 향해 돛을 올리고 있었다. 처음 하루 이틀은 바람도 부드럽고 파도도 잔잔했다. 그래서 바닷가에 첩자를 상륙시켜 현지 주민에게 상황을 물어봤더니, 회계군의 각지도 이미 한군에게 빼앗기고, 구와 민 땅도 소식이 불통이라는 것이다. 배 위의 오나라 군신은 그저 탄식할 뿐이었다.

10여 일을 항해하여 해협에 이르렀을 때, 하늘에 한 점 먹구름이 생기더니 느닷없이 하늘을 온통 뒤덮고, 광풍이 휘몰아치고, 태양도 빛을 잃고, 바닷물이 넘실거려 벽처럼 높은 파도가 덮쳐왔다. 하얀 물보라가 흩날리고 산사태처럼 배를 밀어올려 뒤흔든다. 오나라 배들은 급격한 기상 변화로 해안에 이르지도 못한 채 서로 충돌하여 수백 척이 뒤집혔다.

큰 배를 탄 손량은 향을 피워 제사를 드리며 천지신명께 빌었다.

"손씨가 죽거든 즉시 바람을 멈추어주소서. 하늘이 손씨를 멸망시키고자 하실진대, 무슨 말을 하오리까."

그러자 갑자기 구름이 열리고 해가 얼굴을 내밀더니 바람도 잔잔해졌다. 신하들은 모두 만세를 불렀다.

그런데 괴이쩍게도 다음 순간에는 다시 폭풍우가 일어나고 높은 파도가 솟구쳤다. 사방을 둘러보아도 오나라 선단은 거의 보이지 않았다.

손량은 통곡하면서 말했다.

"하늘이 나를 버리시는구나. 더 이상 백성을 끌어들일 수 없다."

그러고는 몸을 날려 거친 바닷속으로 뛰어들었다.

육손·주태·능통·제갈근·고옹 등도 일제히 통곡하며,

"우리가 위험을 알면서 바다로 따라온 것은 선왕의 제사를 지키기 위함이었는데, 이제 어린 주군께서 이렇게 되셨으니 더 이상 살아 있을 이유가 없다."

이렇게 말하고는 잇따라 바다에 몸을 던져, 손량의 가족과 장병 4,5만 명이 모두 물고기 밥이 되었다.

얼마 후 비바람이 걷히고 하늘은 맑게 개었다. 바다 위에 남아 있는 배는 20척도 되지 않았다. 배를 탄 사람들은 거의 의식을 잃고, 바닷물이 흐르는 대로 전당강錢塘江 부근에 표착했다. 그리고 그제서야 모두 숨을 되돌렸다.

연안을 지키고 있던 한군 병사가 요화에게 알렸다. 요화는 오나라 배를 묶어놓고 배에 탄 사람들에게 물었다.

"어찌 된 일이냐?"

사연을 들은 요화는 깊이 슬퍼하며, 해안까지 밀려온 시체들을 끌어 올렸다.

하루도 지나기 전에 전당강 부근에는 수많은 시체가 밀려왔다. 그중에는 손량을 비롯한 오나라 군신의 시체도 섞여 있어서 오나라 병사들을 눈물짓게 했다.

요화는 손량 등의 시체를 목욕시키고 좋은 관에 안치한 다음, 건업의 조운에게 알렸다.

조운은 제갈각에게 명하여 영구를 모셔오게 하고, 손량을 왕의 격식에 따라 손권의 무덤 옆에 매장했다. 순사한 신하들도 제각기 격식에 따라 장사지내고 백성들이 자유롭게 성묘할 수 있도록 허락했다.

조류潮流는 영구를 운반하는 역할을 맡았고, 오나라 배의 뱃머리에 새겨진 백로의 조각은 오나라 땅을 넘어 서방정토로 날아갔다. 그러면 이 다음은 어찌 될 것인가. 다음 회를 기대하시라.

조운, 투구를 새로 쓰고 민구를 평정하다
장완, 병사들을 독려하여 교광을 얻다

요화의 급보를 받은 조운은 제갈각에게 손량을 비롯한 오나라 군신의
영구를 모셔오게 하여, 손권의 무덤이 있는 종산에 매장했다. 그리고
백성의 성묘를 허락했다. 손씨의 옛 신하로서 장례 기간에 곡례哭禮를
드린 사람의 수는 수만 명에 이르렀다. 조운이 장병들을 파견하여, 이
틈을 타서 나쁜 짓을 꾸미는 자가 나오지 않도록 감시한 것은 말할 나
위도 없다. 그 때문에 사나흘 동안은 수군과 육군의 경계 태세가 엄중
하여, 마치 적의 대군과 맞서고 있는 것 같았다.

조운은 성묘 기일이 끝나자 경계 태세를 풀고 낙양에 보고했다. 손
씨는 강남 땅에서 선정을 베풀었기 때문에, 왕들의 분묘에 각각 10채
씩 묘지기를 두어 백성들의 마음을 진정시켰다. 낙양의 방통과 관우는
조운에게 답장을 보내어, 앞으로도 자신들과 의논하면서 일을 처리하
라고 지시했다.

그러나 이 시점에서도 회계나 민중閩中 일대에서는 손씨의 유신遺臣
들이 각지의 산적을 끌어모아 '손씨를 위해 원수를 갚는다'는 그럴싸
한 깃발을 내걸고는, 틈을 노려 약탈을 일삼고 있었다.

엄수·황무·요화 등 세 장수는 이런 상황을 건업에 보고했다. 조운
은 군대를 내보내어 그런 자들을 소탕하려고 강유·문앙과 의논했다.

그러자 강유가 이런 제안을 내놓았다.

"민 땅과 구 땅은 우리가 평정한 지 얼마 되지 않기 때문에, 아직 숨어 있는 자들이 있어 쥐새끼나 들개처럼 돌아다니며 '손씨를 위해 원수를 갚는다'는 그럴듯한 명분을 내세우고 있습니다. 하지만 그런 무리들은 실제로는 그리 대단한 무력을 갖고 있는 것도 아니므로, 우리가 착실히 대비하고 있으면 진압하기는 어렵지 않습니다. 그런 오합지졸은 지구전을 펼 수 없으니, 우리가 방비를 강화하고 있으면 아무것도 얻지 못하고 결국 궤멸할 것입니다. 굳이 군대를 보내어 소탕한다면 일개 현리縣吏의 힘으로도 충분합니다. 만약 대군을 일으키면 오히려 소문이 널리 퍼지고, 그 결과 각지에서 호응하는 자들이 나올 것입니다. 모처럼 일으킨 대군도 동분서주하느라 쓸데없이 노력만 낭비할 뿐입니다. 무거운 활은 쥐새끼를 쏘기 위한 것이 아닙니다. 그리고 오군의 전성시대에도 우리는 소규모 병력을 이끌고, 강산의 험준한 요새를 차지하고 있는 적을 가을바람이 낙엽을 쓸어내듯 소탕했습니다. 적국이 멸망한 이제 와서 대군을 내보낼 필요가 있을까요. 천하에 유언비어가 나돌 경우, 위험한 나라라면 멸망할 위험도 있겠지만, 융성하는 나라에서는 유언비어 따위는 아침 이슬처럼 덧없는 것입니다. 제 어리석은 소견으로는, 엄수·황무·요화 등 세 장수를 파견하여 요충을 지키게 하고, 건업에서 대군 열병식을 거행하여 언제라도 정벌하러 나갈 수 있다는 것을 보여주기만 해도 한 달 뒤에는 모두 가라앉을 것입니다."

조운은 강유의 제안이 이해관계를 깊이 통찰하고 있고 게다가 자신의 의표를 찌르는 훌륭한 것이었기 때문에, 앞으로 나와서 강유의 등을 어루만지며 치하했다.

"백약의 계책은 신의 경지에 이르러 있소."

그러고는 당장 명령서를 써서 엄수·황무·요화에게 보내어 강유의
계책을 실행하게 했다.

이어서 조운은 완전무장하고 말을 탄 모습으로 강유와 문앙을 거느
리고 건업에 있는 각 군의 열병식을 성대하게 거행했으며, 현무호玄武
湖에 주둔해 있는 수군에서도 당당한 위용을 보였다.

엄수·황무·요화는 조운의 명령을 받고 방비를 강화했다. 이렇게 되
면 산적들은 옴짝달싹도 할 수 없다. 인근 부락을 습격하여 약간의 재
물을 빼앗았지만, 건업의 대군이 올 것 같다는 소문이 나돌자 새나 짐
승처럼 흩어져 한 달도 지나기 전에 깨끗이 사라져버렸다.

세 장수가 조운에게 보고하자 조운은 크게 기뻐하며 다시 강유를 파
견하여 세 장수와 함께 사방의 산들을 수색하게 했다. 수색작전에는
지형을 잘 알고 있는 현지의 민병도 포함시켰기 때문에, 산적들은 헤
아릴 수 없을 만큼 참살당했다.

그로부터 한 달 뒤, 마침내 거의 모든 산적을 평정했다. 강유가 건업
으로 개선하자 조운은 문앙을 거느리고 성밖까지 마중을 나갔다. 강유
는 활집을 말 앞에 걸고 예법에 따라 조운을 배알했다. 그러자 병사와
민간인들은 그것을 우러러보며 쥐 죽은 듯 조용해졌다. 이어서 축제가
시작되고 전령이 낙양으로 달려갔지만, 이 이야기는 여기까지.

한편, 이 무렵 영릉 경계에 진주해 있던 장완은 정예병력 5만을 소
집하고, 군량도 대량으로 비축하고 있었다. 한중왕이 교주와 광주를
평정하라는 명령을 내리자, 장완은 그날로 당장 장규蔣珪·주익周翼·황
영黃英·장성張盛·오욱吳郁·진남陳南 등 여섯 장수를 모아놓고 작전을

의논했다.

장완이 가운데 앉고, 여섯 장수는 좌우로 나뉘어 자리를 잡았다. 장완이 목청을 높여 말했다.

"최근 오나라가 평정되어, 천하삼분의 형세는 마침내 통일되었소. 조자룡 장군은 강동을 평정하고, 민 땅과 절浙 땅을 평정하러 가시게 되었소. 장익덕 장군은 유주로 가셨소. 그러나 아직 영남·교주·광주 땅은 평정되지 않았소. 나 장완은 비록 재주 없는 사람이지만, 한중왕의 명을 받아 영릉군을 이끌고 있소. 그리고 이번에 남정의 임무를 맡게 되었소. 나와 함께 공을 세워보지 않겠소?"

장수들은 입을 모아 호응했다.

그러자 장완이 말을 이었다.

"영남 땅은 옛날에는 장려瘴癘 땅, 즉 전염병이 만연하는 지역이라 일컬어졌고, 오군이 20여 년 동안 계속 지켜온 땅이오. 오나라는 습도가 높은 강남에 사는 유약한 병사를 파견했지만, 그래도 이 땅을 정벌할 수 있었소. 우리는 현재 영릉을 제압하고, 멀리 구甌와 월越의 응원까지 받고 있소. 백전백승의 위세를 떨쳐, 한왕실 중흥의 기치 아래 반드시 정벌을 성공시키지 않으면 아니 되오. 그러나 길은 멀고 험하니 어떻게 하면 완전한 승리를 얻을 수 있겠소. 여러분은 오랫동안 전쟁을 겪었고 지리도 잘 알고 있을 거요. 묘책이 있으면 가르쳐주시오."

그러자 주익이 이런 제안을 내놓았다.

"장군께서 왕명을 받들어 교주와 광주를 정벌하시기에 앞서 널리 의견을 구하셨기 때문에, 제 어리석은 소견을 말씀드리겠습니다. 『맹자』에 '비록 호미가 있다 해도 때를 기다리는 것만 못하다'는 말이 있습니다. 자기, 즉 좋은 도구를 갖고 있어도 시기를 잘 포착하지 않으면 안 된다는 뜻입니다. 지금 오나라와 위나라는 멸망하고, 오직 계림桂林의 아홉 군郡만 오나라의 영토로 남아 있습니다. 길이 멀면 정보가 늦고, 그곳을 지키는 적장은 자신의 이익에만 골몰하느라 정신이 없는 즉, 대군이 느닷없이 들이닥치면 스스로 와해의 길을 걸을 것입니다. 구체적인 계략으로는 장군께서 여장·동구·민월을 지키는 장수들에게 격문을 보내어, 경계에 병력을 집결시켜 의병疑兵으로 삼아주십시오. 또한 계양의 동궐 태수에게는 수만 병력을 이끌고 기전령騎田嶺을 넘어 번우의 동쪽 길로 나가게 하고, 장군께서는 영릉에서 단숨에 계림으로 가시어 창오蒼梧에서 남쪽 길을 따라 진격해주십시오. 양군이 합류하면 위세는 열 배가 되고, 영남을 평정하면 교지交趾도 금방 평정할 수 있을 것입니다."

"그거 참 묘책이오."

장완은 이렇게 말하고는 군령을 나타내는 영전 한 개를 주익에게 주면서, 병력 1만을 이끌고 침현郴縣에서 평석平石으로 나가 곡강曲江과 소관韶關을 지나 번우로 진격하게 했다. 황영에게는 계양 태수 동궐에게 가서 병력 1만을 얻어 제2대가 되라고 명령했다. 그리고 이 동쪽 방면의 군사에 대해서는 모든 것을 황영에게 위임했다.

장완은 장규에게 병력 2만을 주어 선봉으로 삼고, 진남을 부장으로 삼아 전현全縣에서 곧장 계양으로 진격하게 한 뒤, 자신은 오욱과 장성을 데리고 도현道縣에서 관양灌陽으로 나간 다음 계강桂江을 따라 창오로 진격했다.

이 세 방면의 병력을 전부 합하면 6만여 명이었다. 이런 대군이 도도히 진격했고, 여장·동구·민월을 지키는 장수들도 변경에 병력을 보내 장완의 진격을 도왔다.

한편, 이 시점에서 번우 태수 우번은 이미 세상을 떠났지만, 임종할 때 우범을 비롯한 일곱 아들을 불러놓고 이렇게 말했다.

"내가 죽으면 오왕(이때는 아직 손권이었다)은 너희들에게 내 직책을 물려받게 할 것이다. 한왕실은 반드시 중흥한다. 강동의 기운은 이미 다했다. 너희들은 절대로 하늘의 뜻에 거역해서는 안 된다. 환왕(손책)의 아들 손영孫英이 나를 조문하러 올 테니, 너희들은 그를 붙잡아두어라. 한군이 오면, 너희들은 배를 준비하여 손영을 데리고 파라도婆羅島까지 뱃길로 도망쳐, 거기서 땅을 갈고 백성을 늘려, 선왕(이 시점에서는 손견)의 혈통을 보존해라. 한군은 번우를 얻으면 그다음에는 교지를 노리겠지만, 교지를 얻으면 거기서 멈출 것이다. 너희들은 군대를 정비하고 이민족을 회유하여, 강동의 유서 깊은 문화를 해외에서 보존해라. 그렇게 하면 한나라에도 아무 방해가 되지 않고 오나라의 명맥을 유지할 수 있다. 부디 시대의 흐름을 잘 살펴, 삼가고 또 삼가서 조심스럽게 살아가도록 해라."

일곱 아들들은 눈물을 참으며 꿇어 엎드렸지만, 이미 우번은 숨이 끊어져 있었다. 일곱 아들들은 통곡하며 유해를 관에 넣고 건업에 알렸다.

당시 생존해 있던 손권은 우번이 죽었다는 소식을 듣고 깊이 슬퍼하며 조문 사절을 파견했는데, 아니나 다를까 그 조문 사절은 손권의 조카인 손영이었다.

손영은 주유의 아들 주순周循, 태사자의 아들 태사향太史享과 함께 번우에 도착하여, 각지의 방비 상황을 순찰하고, 우번의 넷째아들 우범을 번우 태수에 임명했다. 우범은 맏아들이 아니지만, 아버지의 유언과 왕명에 따라 태수 자리를 물려받게 되었다.

손영을 비롯한 세 명의 조문 사절은 교지·구진九眞·일남日南·합포
合浦·상군象郡·창오·계림·담이儋耳·주애珠崖 등 각지를 순찰하러 떠
났다.

우범은 그동안 몰래 다섯째 동생 충忠과 여섯째 동생 용鏞, 일곱째
동생 병鉼을 파라도로 보냈다. 이들은 파라도에서 이민족을 평정하고,
궁궐을 짓고, 장사꾼을 불러들여 시장을 열게 하고, 토지를 열심히 개
간했다. 바다 위의 여러 섬들에서도 유민을 모아 두터운 은덕을 베풀
고, 상벌을 분명히 하여 평정을 이룬 다음, 우범에게 알렸다.

우범이 그 보고를 듣고 기뻐할 때 마침 손영 일행이 돌아왔다. 그 시
점에서 건업이 패망했다는 소식은 이미 번우에 전해져 있었다.

돌아와서 그 소식을 들은 손영은 통곡하며, 우범에게 군대를 내보내
어 원수를 갚으라고 명령했다. 주순과 태사향도 혈기왕성한 젊은이였
기 때문에 결전을 주장했다. 우범은 아버지 우번의 유언장을 세 사람
에게 보여주었다. 손영은 예언이 적중한 것을 알고 아무 소리도 내지
못했다.

주순이 마침내 입을 열어 말했다.

"일이 여기에 이르면, 설령 번우 주변의 아홉 군을 총동원하여 싸
운다 해도 한군을 당할 수는 없을 것입니다. 전前 태수의 유언에 따라,
바다에서 나라의 명맥을 보존하는 것이 상책일 것입니다."

태사향과 우범도 "역시 그게 좋겠습니다" 하고 대답했다.

그런데 손영이 좀처럼 결심을 하지 못한다. 그들이 계속 의논하고
있을 때 급보가 들어왔다.

"한군 장수 주익이 병력 3만을 이끌고 곡강으로 진격하고, 장규가
병력 3만을 이끌고 계림으로 진격하고, 장완이 병력 3만을 이끌고 창

오와 감민으로 쳐들어왔습니다."

손영은 하늘을 우러러 탄식하며 말했다.

"강동의 위업은 하루아침에 사라지고, 남동 방향에는 이미 벽이 형성되고 있구나. 결국 영토를 완전히 잃어버렸는가."

손영의 뺨에는 눈물이 흘러내린다. 주순이 말했다.

"전 태수의 예언은 모두 적중했습니다. 이제 더 이상 의논하고 있을 때가 아닙니다. 태수, 빨리 배를 준비해주시오."

"준비는 이미 갖추어져 있습니다. 우리는 오나라 신하입니다. 오늘부터 손공을 주군으로 받들겠습니다."

우범의 이 말에 따라 주순과 태사향도 동시에 손영 앞에 꿇어 엎드렸다. 손영은 눈물을 닦고 세 사람을 부축해 일으키며 말했다.

"나라는 멸망했소. 이제 와서 주군이고 신하가 어디 있겠소. 하늘의 뜻에 따라 여러분과 함께 파라도로 가겠소."

세 사람은 눈물을 흘리며 다시 절을 올렸다. 손영이 말을 잇는다.

"우리가 멀리 바다로 떠나기로 결정한 이상, 백성을 괴롭혀서는 아니 되오. 각 고을에 전령을 보내어 한군에 투항하라고 명령하여, 백성을 사랑한 선왕의 이념을 보여주어야 하지 않겠소?"

우범이 대답하기를,

"삼가 명령에 따르겠습니다."

그러고는 각 고을에 보내는 문서를 써서, 한군에 대항하지 말고 투항하여 병화兵禍를 피하라고 명령했다. 또한 아버지 우범의 유언을 관청의 대청에 붙여놓은 다음, 창고에 보관되어 있던 재물·무기·피륙·공예품·서화 따위를 배에 싣고, 백성들에게 "따라올 사람은 오라"고 포고했다. 그 결과, 군인과 관리 및 백성 수만 명이 손영을 따라가게 되었다.

손영의 배가 파라도에 도착하자 우용 등이 마중을 나왔다. 그들은 주순의 건의에 따라 손영을 '파라왕婆羅王'이라 부르기로 하고 한군의 이목을 피했다.

손영은 주순을 좌승상, 우범을 우승상, 태사향을 태위에 임명하고, 우씨 형제는 모두 요직에 앉혔다. 오나라 옛 신하의 자제들은 손영이 해외에서 나라를 세운 것을 알자 잇따라 파라도로 찾아왔다.

우범과 주순은 각 섬을 차례로 개척하여 차츰 큰 나라를 형성해갔지만, 그래도 한군의 위세는 도저히 당해낼 수 없어서 수비를 강화하여 겨우 오나라의 명맥을 유지했다. 그러나 이것은 후일담에 속하는 이야기니까, 여기서 그만 줄이기로 하자.

한편, 한군 장수 주익은 곡강에 온 이후 파죽지세로 진격하여, 그 기세만으로 칼날에 피 한 방울 묻히지 않고 잇따라 고을들을 투항시켰다. 주익은 한 달도 지나기 전에 번우에 도착했는데, 보아하니 관청 대청에 우번의 유언이 게시되어 있다. 주익은 그 예언의 정확함에 경탄하면서, 먼저 주변 지역을 안정시키고 황영을 번우에 남겨 수비하게 한 뒤, 병력 5천을 이끌고 창오로 향했다.

창오 태수는 장완과 필사적으로 싸우고 있었지만, 번우가 함락되고 주익이 온 것을 알자 성문을 열고 투항했다. 장완은 창오를 얻은 것은 좋았지만 주익이 왜 왔는지 의아하게 생각했다. 주익이 자초지종을 이야기하자 장완도 겨우 납득하고 기뻐하며, 자신은 창오를 지키고 주익에게는 병력 1만을 주어 오욱과 장성을 이끌고 일남·구진·담이·주애·합포 등을 평정하라고 명령했다.

이 무렵에는 장규도 계림을 얻고 진남에게 계림 수비를 맡긴 뒤, 병력 1만을 이끌고 옹남邕南으로 나와 교지로 진격하고 있었다. 이 소식이 창오에 전해지자 장완은 계림으로 이동하고, 진남을 장규의 후군으로 삼아 옹남으로 보냈다.

예로부터 '금상첨화錦上添花'라는 말은 있지만 '설중치탄雪中置炭'이라는 속담은 없다. 천하를 지배하는 것은 천제(天帝: 도교에서는 옥황상제)다. 천제는 융성하려는 나라에는 특별히 은덕을 베풀어주지만, 멸망하려는 나라에 대해서는 냉담하기 짝이 없다.

예를 들어 해와 달이 하나가 되고, 목성·화성·토성·금성·수성 등 다섯 별이 염주처럼 이어지고, 곤양昆陽에 큰비가 내리고, 호타滹沱에 얼음이 어는 따위의 있을 수 없는 사태를 천제가 일으키셔도 융성하는 나라에는 아무 영향도 없다. 이 얼마나 극진한 대접인가.

반대로 멸망하려는 나라에는 산사태가 일어나고, 가뭄이 들고, 홍수가 나고, 전란이 일어나고, 애산崖山의 파랑이나 전당錢塘의 밀물처럼 흔히 일어나는 일조차도 심각한 영향을 미치곤 한다.

이때 한군은 위나라와 오나라를 멸망시키고 남방 정벌에 나섰다. 예로부터 '전염병의 땅'이니 또는 '오랑캐의 땅'이니 하고 불리던 지역에 장완의 대군이 오면, 그 지역의 평안은 깨지고 비바람은 위급을 알리지만, 인위적으로는 그것을 어찌할 도리가 없다.

한군이 가는 곳마다 성을 지키는 장수들은 스스로 갑옷과 투구를 벗어 던지고 투항했다. 한두 사람이 저항을 시도했지만, 며칠을 버티는 것이 고작이고 모두 패배했다. 한군 쪽은 이름없는 장교까지도 지모와 용맹을 발휘한다.

이리하여 영남의 아홉 군은 석 달도 지나기 전에 모두 평정되었다.

장완은 낙양에 전령을 보내어 보고하고, 각지에 사람을 두어 주민을 안심시키는 한편, 평민으로 떨어져 민간에서 살고 있던 유장 부자를 찾아내어 보호하고 한중왕의 조치를 기다렸다.

개나 돼지도 뜻을 얻으면 모두 공후公侯가 되고, 용의 기운이 모이는 곳에는 자연히 경상卿相이 되는 사람이 많다. 그러면 이 다음은 어찌 될 것인가. 다음 회를 기대하시라.

제 56 회

누상촌의 나무가 마르고, 왕중왕 유비가 서거하다
유성새에 가을 하늘이 높고, 적이 내습하다

장완이 영남의 아홉 군을 평정하고 계림에 주둔하면서 낙양의 유비에게 전령을 보냈을 때에는 이미 유비의 생명은 꺼져가고 있었다. 호흡은 가냘픈 하루살이 같았다. 한때는 군마를 타지 않아 허벅지에 군살이 붙었다고 한탄했던 유비도 뼈만 앙상해졌다.

방통과 관우는 서로 의논하여, 장완을 도독 겸 교주·광주 군사에 임명하고, 남방을 평정하라고 명령했다. 남방 정벌에 따라간 장수들의 공적 평가는 장완에게 맡겼다.

장완에게 가는 전령이 떠난 직후, 장비의 전령이 낙양에 도착하여 편지를 전했다.

그 내용은 대충 다음과 같았다.

"저는 명령을 받들어 유주로 부임하는 도중에 고향을 지나왔습니다. 그런데 누상촌樓桑村의 커다란 뽕나무가 하룻밤 사이에 말라 동네 노인들이 의아하게 여겼습니다. 문헌을 조사해보니 『춘추좌씨전』 선공宣公 3년 항목에 정鄭나라 목공穆公의 난蘭이 말라 죽었다는 대목이 있었습니다. 이 누상촌의 나무는 대왕과 조화를 이루고 있습니다. 그 나무가 말랐으니 이롭지 않은 일이 있을까 염려됩니다. 저는 물론 낙양으로 달려가고 싶지만, 조창의 침범 때문에 하루빨리 임지로 가서 모든 일을 처리하지 않으면 안 됩니다."

이 편지를 다 읽은 관우는 안색이 달라지면서 방통에게 편지를 건네주었다. 방통은 주위 사람들을 물리치고 작은 소리로 관우에게 말했다.

"운장, 귀공도 아시다시피 주공의 병세는 날로 악화하여 어떤 명의도 더 이상 손을 쓰지 못하고 지켜볼 뿐입니다. 이제는 최악의 경우에 대비해두지 않으면 안 되겠습니다."

관우는 깊이 탄식하며 말했다.

"아우의 편지에는 누상촌의 큰 나무가 이유 없이 말랐다고 쓰여 있지만, 나는 거기에 대해 짐작이 가는 바가 있소. 전에 나는 황건적을 토벌하기 위한 의용군에 지원하려고 하동河東에서 탁군으로 갔다가, 거기서 주공을 만났다오. 아우와도 거기서 만나, 세 사람이 의형제를 맺었지요. 의형제를 맺은 곳은 장익덕의 집에 있는 복숭아밭이었는데, 때마침 꽃이 한창 피어 있었소. 이윽고 우리는 함께 황건적을 토벌했지만, 그때 그 동네 노인이 이런 말을 했소. '유사군劉使君이 일어서신 이후, 이 뽕나무는 더욱 푸르고 무성해졌다'고. 그리고 점쟁이도 이렇게 말했소. '이 뽕나무는 울창하여 마치 왕이 타는 수레의 일산日傘 같다. 옛날 광무 황제가 출세하자 남양의 백수향白水鄕에 향기가 감돈 것과 비슷하다'고. 나중에 조조는 주공에게 연전연패하자 화흠의 부추김에 넘어가, 이 뽕나무를 잘라내어 주공의 운세를 끊으려고 한 적이 있었지만, 그 심부름꾼은 허창을 떠나기도 전에 노란 안개에 휩싸여 변사했다오. 그후 점점 더 이 뽕나무는 무성했는데, 가지 하나가 바람에 잘렸다는 소식을 받은 직후 강릉 역에서 세자가 돌아가시는 흉사가 일어났소. 그런데 이제 그 나무가 이유 없이 말랐다니, 절대로 길조일 리가 없소. 공명 원수가 죽기 전에 남양에 있는 초막의 대들보가 부러졌다는 이야기도 들었소. 하늘은 종종 그런 소식을 사람에게 던지는 법이오. 주공의 병은 골수에 들어 아마 치료할 수 없을 거요. 나도 불측한 사태에 대비해두어야 한다고 생각하오. 왕손(유심)의 명분은 이미 정해져 있으니 귀공과 함께 보필하면 될 것이오. 조자룡은 강동에, 마맹기는 회북에, 익덕은 유주에, 법효직(법정)은 익주에, 서원직은 허창에, 장공염(장완)은 계림에 있으니, 우선 동란이 일어날 염려는 없소."

방통은 이렇게 말했다.

"정말 옳으신 말씀입니다. 하지만 제 어리석은 소견으로는, 젊은 장군(관흥)에게 대군을 주어 교외에 주둔시켜 동란이 일어나지 않도록 해두어야 할 것 같습니다. 태복太僕 미축과 태상경太常卿 허정에게 명하여, 남산에서 좋은 재목을 골라 옻칠한 관을 만들어 준비해둡시다. 사도司徒 진복에게 왕손을 가르치는 한편 날마다 병상에서 탕약을 권하게 하고, 수릉(壽陵 : 임금의 무덤)을 준비해두면 만반의 태세가 갖추어질 것입니다."

관우는 당장 관흥과 마대에게 각각 병력 1만을 이끌고 낙양 주변을 경비하라고 명령한 뒤, 문앙도 낙양으로 불러들여 사예교위의 임무를 맡아 치안을 유지하게 했다.

미축과 허정에게는 관을 준비시키고, 역사관歷史官인 간옹을 용문산에 보내 지상地相을 조사하여 왕릉에 적당한 땅을 고르게 했다. 그리고 제갈첨에게는 왕릉 경비를 맡겨, 거기서 근위병을 지휘하게 했다. 진복은 왕손 유심과 함께 병상을 지켰다.

그때부터 한 달 뒤, 유비는 이제 일어날 수도 없게 되었다. 그래서 내시에게 업혀 침전 대청까지 나가, 거기서 대사마 표기장군 한수정후 관우, 대사공 방통, 대사도 진복, 숙위군(宿衛軍: 근위대) 대장 제갈첨을 불러 유언을 전하기로 했다.

유비는 남쪽을 향해 앉고, 왕손 유심은 동쪽을 향해 서고, 둘째아들 유리는 서쪽을 향해 서고, 관우 등은 바닥에 꿇어 엎드렸다. 유비는 머리를 움직여 관우 등을 일어나게 한 뒤, 깊은 한숨을 내쉬며 입을 열었다.

"내 병은 이제 낫지 않소. 왕손은 아직 어리니, 부디 잘 보필해주오."

그러고는 유심에게 명하여 신하들에게 배례를 올리게 했다.

그러자 관우 등은 꿇어 엎드린 채 말했다.

"신들은 견마지로를 다하여 죽는 한이 있더라도 왕손을 보필하겠나이다."

유비는 고개를 끄덕이고, 잠시 숨을 가다듬고 나서 말을 이었다.

"내가 전에 신야에서 조조에게 패하고 정처없이 떠돌아다니는 몸이 되었을 때, 유경승(유표)은 나를 형주에 머물게 해주었소. 그 덕분에 오늘날 대업을 이룰 수 있었소. 경승의 아들인 유종도 성장한 모양이니, 그를 서주목으로 삼으시오."

진복은 종이에 유비의 명령을 적고 있다.

"……장완의 보고에는, 유계옥(유장)이 어디에 있다고 했소?"

방통이 대답했다.

"지금 영남 땅에서 민가에 보호하고 있다 하옵니다."

"……나는 전에 천하통일을 위한 편의 때문에 같은 성을 가진 형제뻘인 그에게 창을 겨누었는데, 아직도 그 일이 내 마음을 떠나지 않소. 생각할 때마다 미안한 짓을 했다고 후회가 되오. 유계옥이 영릉을 잃은 죄는 용서하고 화양후華陽侯로 봉하시오. 익주의 제사를 낙양에서 계속하게 하시오."

유비의 목소리는 자꾸만 끊어졌다. 그는 간신히 유심 쪽을 돌아보며 말했다.

"문무 신하들은 모두 나라를 위해 충성을 다하고 있다. 대대로 전해 내려오는 한왕조의 법도에 따라 왕토를 다스리고, 항상 신하들과 함께 열심히 일하라."

유심은 두 번 절하고 명령을 받았다.

"……운장, 우리 세 사람은 함께 천하통일의 대업을 이루겠다고 맹세한 사이인데, 익덕은 지금 멀리 유주에 있네. 자네가 대신 전해주게. '아랫사람을 너그럽게 돌보아주고, 난폭한 짓은 하지 말라'고."

유비는 이어서 제갈첨을 바라보며 말했다.

"너의 아버지 공명 원수는 나라를 위해 죽었다. 나는 너의 장인이기도 하다. 어린 왕손을 도와 그 높은 명성을 온전케 하라."

이 말을 마치자 눈물이 유비의 뺨을 타고 흘러내리기 시작했다. 제갈첨은 울면서 머리를 조아렸고, 관우를 비롯한 중신들은 물러갔다.

이윽고 한밤중에 침전을 지키던 관리가 유비의 죽음을 전하며 중신들을 궁전으로 불렀다. 장례 준비는 이미 갖추어져 있었기 때문에, 태상경 허정과 태복 미축이 즉시 장례를 책임지고 주관했다.

관우 등은 관 앞에서 유심을 한중왕 자리에 앉히고, 한중왕비 오씨(오의의 누이)를 태황태비, 유선의 아내인 장씨(장비의 딸)를 왕태비로 올려 문무백관의 알현식을 거행했다.

유심이 왕위에 올라 백관 앞에 모습을 나타내자 진복이 포고문을 낭독했다.

"황조고(皇祖考: 유비)께서는 스스로 성업盛業을 시작하시고, 다시 한 왕실의 중흥을 이룩하셨노라. 그 공적은 세조 광무황제에 비견할 수 있도다. 그런데도 겸손의 미덕을 관철하시어 끝내 제위에 오르지 아니하시고 신하의 도리를 온전히 지키셨노라. 이와 같은 돈독한 행위는 고금을 통하여 보기 드물도다. 여러 문무백관들은 법전을 존중하여 하늘에 계신 혼백을 위로하라."

방통과 관우는 문무백관의 대표로서 왕의 뜻을 받들어 말했다.

"선왕(유비)께서는 신공성무神功聖武를 갖고 계시면서도 겸양의 미덕을 관철하셨습니다. 그러나 그 한왕실 중흥의 공은 광무황제에 비견한다고 판단되므로, 마땅히 '소열황제昭烈皇帝'라는 존호를 추증하고 묘호廟號를 고종高宗으로 하여, 전례에 따라 대장大葬 의식을 거행해야 할 줄로 아옵니다."

그러자 당장 진복이 조칙을 써서 천하에 포고했다. 전쟁은 일단 끝났지만 아직 백성의 피로가 남아 있기 때문에, 백성의 복상 기간은 27일로 정했다. 장병들은 각자 주둔해 있는 곳에서 상을 입고, 낙양으로 귀환하지 않아도 좋다고 하여 직분을 중요시했다.

사전 준비가 철저히 되어 있었기 때문에 장례는 막힘 없이 진행되었다. 유심은 좋은 날을 잡아 문무 관료들을 거느리고 유비의 관을 용문산 혜릉惠陵에 안장했다. 각 주의 목牧·후侯·백伯의 작위에 있는 사람이 모두 모였다.

그후 방통과 관우는 그들과 의논하여 빨리 유심을 제위에 앉히기로 했다. 그 전례는 진복·허정·간옹이 준비하고, 사예교위 대행인 문앙이 식장을 정비하며, 제갈첨이 의장儀仗을 지휘했다.

이 무렵 북쪽 땅에서는 교란이 잇따르고 있었다. 이 교란은 임성왕 조창이 일으키는 것인데, 그는 하북의 형태에서 마초에게 패하여 유성으로 도망친 뒤, 모용궤와 하발기라는 선비족 장수의 권유에 따라 음산 일대에서 군마를 모으고 군량을 비축했다. 그 결과, 선비족과 흉노족이 많이 응모해왔을 뿐 아니라 위나라의 옛 신하들도 몰래 북쪽 땅으로 옮겨 몸을 의탁했기 때문에, 불과 한두 해 사이에 병력 10여만, 군마 6만 필을 보유한 대세력으로 발전했다.

조창은 흉노의 풍습에 따라 짐승의 가죽으로 집을 짓고, 물과 풀을 찾아 떠돌아다니는 유목생활을 했다. 그러나 그것만으로는 10만 대군을 통솔할 수 없기 때문에 법조문을 정하여 군대를 움직였다.

이윽고 형 조비가 요동에서 죽고 목이 낙양으로 운반된 것을 알았지만, 조비와 함께 조비의 가족도 모두 죽어버렸기 때문에 조창은 북쪽 땅에서 상을 입고 조비에게 '효문황제孝文皇帝'라는 시호를 추증했다.

그후 조창은 여러 장수들의 요청에 따라 스스로 '대위천황大魏天皇'을 칭하고, 이전을 대승상, 학소를 좌승상, 곽회를 우승상으로 삼았다. 또한 모용궤를 좌대장, 하발기를 우대장으로 삼고, 만리장성 밖에서 유목생활을 하면서 정예병력을 이끌고 군사훈련을 거듭하며 침범할 기회를 엿보았다.

그 무렵 변경의 노용새盧龍塞를 지키고 있던 사람은 전주였다. 선비족은 전주를 존경하고 두려워했기 때문에 결코 침범하려 하지 않았다. 조창도 선비족과 손을 잡은 이상 노용새를 공격하지는 않았다.

그러나 유성새柳城塞는 위연이 혼자 지키고 있었다. 위연은 유주에 온 이후 조창을 엄중히 경계하고 있었다. 중무장한 병력을 주둔시키고, 봉화대를 만들고, 민병을 훈련하여 말타기와 활쏘기를 익히게 했다. 그러나 병력이 부족한 것을 걱정하고 있었다. 그런데 마침 장비의 부대가 도착했기 때문에 위연은 기쁨을 금치 못했다.

유성새에 들어가 자리에 앉은 장비는 위연을 위로하고 조창의 동태를 물었다. 위연은 위에서 말한 조창의 근황을 자세히 보고했다. 장비는 경탄했다.

마속은 여기에 대해 이렇게 말했다.

"그렇게 걱정하실 필요는 없습니다. 조창이 선비족을 끌어모아 침범을 꾀하는 뜻은 크지만, 그 힘에는 한계가 있습니다. 요동의 공손연은 조비의 목을 바쳐 이미 조창과 원수 사이가 되었기 때문에 그들이 손을 잡을 염려는 없습니다. 공손연은 반드시 우리와 협력하여 조창과 싸울 것입니다. 공손연의 군대는 병사와 군마가 모두 강력하므로, 그 중에서 정예병력을 선발하여 우리의 동쪽을 막게 합시다. 내일 위문장께서는 중무장한 병력을 이끌고 유성새를 굳게 지키시고, 장백공(장익)과 젊은 장군(장포)은 각각 기병 5천을 이끌고 기동대가 되어 변경을 돌아다니고, 도독께서는 그들에 대한 지원 태세를 취해주십시오. 우리 성은 견고하고 보루가 높으니, 적이 언제 와도 염려없습니다. 그들이 유목민을 이끌고 유성새 밖에서 싸우려 한다면 좀처럼 승부가 나지 않겠지만, 그들이 성새를 넘어 침범하려고 한다면 반드시 사로잡을 수 있을 것입니다. 또한 적군에는 위나라의 늙은 신하가 많으므로 첩자를 많이 이용할 것입니다. 그러니 우리는 정예병력을 골짜기에 숨겨놓고, 일부러 노약자를 내보내어 적을 유인합시다. 첩자를 역이용하는 것입니다. 적을 깊이 끌어들인 다음에는, 요동 병사를 전령으로 보내 유주와 병주의 군대를 동원하여 귀로를 차단합시다. 이렇게 하면 조창은 설사 죽지는 않는다 해도 중상을 입을 것입니다."

장비는 크게 기뻐하며 말했다.

"유상의 고견은 아무도 따라가지 못할 것이오."

그러고는 위연·고상·마충에게 병력 3만을 주어 유성새를 지키게 했다. 또한 장익과 장포를 기동대로 삼고, 왕평을 요동으로 보내는 한편, 병사와 군마를 훈련하며 정벌에 대비했다.

그 직후 장비는 유비가 죽었다는 소식을 받고 대성통곡했다. 그러고는 날마다 문무백관을 거느리고 제단 앞에서 곡배哭拜를 바쳤다. 마속이 보다 못해 이렇게 충고했다.

"도독, 슬픔은 이제 그만 거두어주십시오. 조창은 밤낮으로 보복을 노리고 있습니다. 대왕께서 돌아가셨다는 소식을 들으면, 좋은 기회가 왔다고 생각하여 진격해올 것입니다. 도독께는 영토를 지키는 중대한 책임이 주어져 있습니다. 선제의 막중한 당부를 잊지 마십시오."

장비는 눈물을 거두며 말했다.

"유상의 말이 옳은 것은 알고 있지만, 마음이 산란해서 어쩔 수가 없군. 자네가 나 대신 지휘해주게."

"적의 움직임을 예상해보니, 가까운 장래에 공격해올 게 분명합니다. 도독께서는 기병 1만을 이끌고 유성새 주위를 순찰해주십시오. 유주에 대해서는 제가 모든 책임을 지겠습니다. 왕자균(왕평)이 요동에서 기병을 이끌고 적의 후방을 공격하면 완벽할 것입니다."

장비는 유주의 군사를 마속에게 맡기고 유성으로 갔다. 마속은 각지에 경계 명령을 내리고, 왕평에게도 작전을 지시했다.

마속이 예상한 대로, 유비가 죽었다는 소문을 들은 조창은 유주의 장병들이 모두 상을 입고 있다는 것을 알고 유비의 죽음을 확인한 뒤,

기쁨을 감추지 못하며 문무 관료들을 모아놓고 진격할 방책을 논의했다. 그리고 모용궤와 하발기를 선봉으로 삼아, 병력 7만을 이끌고 유성새로 향했다. 곽회는 뒤에 남아서 진지를 지키게 되었다.

천고마비의 계절이라, 가을 하늘은 높고 말은 살찌고 병사들은 모두 원기왕성하다. 조창의 군대는 순식간에 유성새로 밀어닥쳤다. 앞쪽을 보니 한군이 세 개의 커다란 진지를 쌓고 사방을 보루로 둘러싸놓았다. 방비 태세가 엄중하고 주위에 파놓은 도랑도 깊다. 칼과 창이 빽빽이 늘어서 있고, 망루 위에 커다란 붉은 깃발이 걸려 있는데, 깃발에는 '위魏'라는 검은 글씨가 큼지막하게 수놓여 있다.

이를 본 선봉대의 두 장수는 말을 멈추고 조창에게 급히 알렸다. 보고를 받은 조창이 말하기를,

"한군 장수 위연이 틀림없소. 그놈은 옛날 민지에서 아군 대장 허저를 죽인 뒤, 유주에 있으면서 요동으로 사신을 보내어 우리 효문황제(조비)를 죽이게 한 놈이오. 나를 위해 당장 그놈을 붙잡아오시오."

모용궤와 하발기는 당장 한군 진지를 공격하러 갔다.

미리 전투 태세를 갖추고 있던 위연은 맞아 싸우러 나갈 준비를 서두르는 한편, 장익과 장포에게 알렸다. 그리고 장비에게도 이 소식을 전하라고 명령했다.

위연은 우선 망루에 올라가 적진의 상황을 살폈다. 선비족의 두 장수는 갑옷과 투구도 훌륭하고 병사와 군마도 원기왕성하다. 후방에서 흙먼지가 일어나고 있는 것을 보면, 대군이 뒤에 버티고 있는 모양이다. 섣불리 나가 싸울 수는 없다. 그러나 위연은 이 땅에 오래 주둔해 있었기 때문에, 방비 태세는 완벽했다. 함정도 수없이 파놓았다. 적은 먼 길을 왔을망정 도착한 지 얼마 안 되었기 때문에 아직은 의기가 충

천하다. 잠시 그 예봉을 피할 필요가 있다.

먼저 공격한 쪽은 당연히 선비족의 두 장수다. 함정에 빠져 수십 명의 기병이 목숨을 잃었지만, 보병을 시켜 흙을 날라다가 구덩이를 메우고 전진을 계속했다. 그러고는 한군 진영에 바싹 다가와 큰북을 치며 돌격했다. 그런데 한군 진지는 아무 움직임도 보이지 않는다.

모용궤와 하발기는 전투 경험이 풍부하기 때문에, 유인책이라는 것을 간파하고 퇴각하기 시작했다. 그때 느닷없이 한군 진지에서 북소리가 울리더니, 세 개의 진지에서 한꺼번에 병사들이 뛰쳐나왔다. 그리고 강한 화살을 쏘면서 선비족 군대의 후방을 공격했다. 선비족의 두 장수는 메뚜기 떼처럼 날아오는 화살을 무릅쓰면서까지 싸울 마음은 없기 때문에, 병력을 철수시키는 일에만 열중했다.

위연·고상·마충은 기세를 타고 추격했다. 선비족의 두 장수는 여전히 도망칠 뿐이다. 그러나 고작 몇 리를 퇴각한 것에 불과했다. 얼마 후 조창의 대군이 나타나, 이번에는 위연과 고상이 퇴각하기 시작했다.

조창은 군대를 지휘하여 추격했다. 그때 징과 북이 일제히 울리더니 두 떼의 한군이 양쪽에서 습격했다. 선비족의 두 장수는 장포와 장익을 맞아 싸우고, 말머리를 돌린 위연은 이전이 가로막았다.

혼전이 벌어져 형세가 분명치 않을 때 장비의 대군이 도착했다. 조창이 장비를 가로막았다. 조창은 장비 때문에 유주와 기주를 공격하지 못했고, 장비는 음산을 종횡으로 누비면서도 평정하지 못했기 때문에, 두 사람의 분노가 충돌했다. 그런 상태로 해가 질 때까지 싸우다가, 해가 진 뒤에야 겨우 양쪽이 군사를 거두었다. 그로부터 사흘 동안 격전이 계속되었지만, 승부가 나지 않았다.

조창의 부대는 먼 길을 와서 지쳐 있었고 보급로도 너무 멀었기 때문에 속전속결이 유리하다. 그러나 장비가 요충을 굳게 지키고 있어서 움직일 수가 없다. 그래서 팔짱만 끼고 앉아 있을 때, 왕평이 이끄는 요동의 기병이 후방에서 조창의 본진을 기습했다. 진지를 지키고 있던 곽회는 전사했다. 왕평은 조창과 이전을 비롯한 장수들의 가족을 다른 곳으로 옮기고, 비축해둔 우마와 군량을 모조리 빼앗아버렸다.

이 소식을 들은 조창은 화가 머리끝까지 치밀었지만, 병사들이 동요할 것을 우려하여 비밀로 했다. 그러나 이렇게 되면 결국 밤중에 퇴각할 수밖에 없었다.

넓은 사막에는 풀이 자라지 않고, 소와 양의 그림자도 보이지 않는다. 만리장성의 버드나무는 푸르게 무성하고, 거기에 호랑이나 표범 같은 한군 장수들이 숨어 있다. 그러면 이 다음은 어찌 될 것인가. 다음 회를 기대하시라.

제 57 회

왕손 유심, 제위에 올라 중흥을 계속하다
승상 방통, 관제를 정비하고 옛 제도로 돌아가다

왕평은 마속의 명령을 받고 유관을 나와 요동으로 갔다. 요동의 공손연은 왕평이 유주와 병주를 평정한 한나라 장수인 것을 알고 극진히 대우했다. 왕평은 기주·유주·병주·연주 대도독 장비의 영전令箭과 대사마 관우의 호부虎符를 공손연에게 내보였다. 영전과 호부는 둘 다 군령을 나타내는 증표가 되는 물건들이었다.

공손연은 조비와 조휴를 죽인 이후 조창과 적대하게 되었기 때문에, 왕평이 온 뜻을 알자마자 당장 출병을 승낙했다. 공손연은 왕평을 위해 잔치를 베풀고, 기병 8천과 뛰어난 장수 두 명을 왕평에게 넘겨주었다.

상황이 급박하기 때문에, 왕평은 요동에 오래 머물지 않고 곧장 조창이 지배하는 영역을 향해 출발했다. 길을 안내할 수 있는 사람이 둘이나 있어서, 쓸데없이 길을 돌아가지 않고 곧장 진군하여 꼬박 닷새 만에 조창의 본진에서 30여 리 떨어진 지점에 이르러 군대를 멈추었다. 거기서 군마와 병사들에게 휴식과 식사를 준 뒤 조창의 본진을 기습했다.

본진을 지키고 있던 곽회는 한군이 조창을 뛰어넘어 이곳까지 올 수 있을 리가 없다고 생각하여 완전히 방심하고 있었다. 그러다가 기습을 당했기 때문에 갑옷을 입을 틈도 말에 안장을 얹을 틈도 없었다. 그래서 곽회는 안장도 얹지 않은 말에 올라타고 심복 부하들만 거느린 채 싸우러 나갔다.

왕평은 10합도 싸우기 전에 곽회를 죽였다. 곽회가 이끌던 병사들은 한군에 포위되어 궤멸했다.

한군 병사들이 조창과 이전의 가족을 붙잡아 왕평 앞으로 끌고 왔다. 왕평은 개탄하면서,

"조창은 천명을 거역한 놈이지만, 처자식한테는 죄가 없다. 포로로 삼을 필요가 없다."

이렇게 말하며 그들을 석방했다. 그러고는 곡식과 군수물자, 소와 말과 양을 모두 빼앗은 뒤 군대를 철수시켰다.

조창은 이 소식을 듣고 음산으로 돌아가 왕평을 추격하려고 했지만, 왕평은 이미 요동에 개선한 뒤였다. 조창이 격분하고 있을 때 부하들이 왕평의 편지를 바쳤다.

조창은 화를 내면서 그 편지를 읽었다.

"형태에서 헤어진 지 3년 동안, 임성왕(조창)은 만리장성 밖에 기거하면서 잃어버린 나라를 슬퍼하셨습니다. 왕의 뛰어난 무예는 국내에서는 모두 알고 있는 바입니다. 그러나 시대의 추세는 이미 바뀌어 다시 돌이키기 어렵습니다 한중왕의 상을 틈타 진격하여 무엇을 얻고자 하십니까. 왕평은 기병을 이끌고 왕의 영토를 누볐습니다. 왕평이 있는 힘을 다하면 왕의 종사를 뒤엎고, 왕의 처첩을 욕보일 수도 있었습니다. 왕이 왕평에게 화를 낸다 해도, 왕평을 어찌할 수 있겠습니까. 국가는 이미 중흥하여 왕도를 더욱 널리 펴고 있습니다. 왕은 이미 패했고 가족은 포로가 되었습니다. 그러나 전쟁터의 일이 힘없는 아녀자한테까지 미쳐서는 안 됩니다. 왕평은 왕이 엎어지고 자빠지는 것이 슬

프고 불쌍해서 견딜 수가 없습니다. 돌아와서 궁전에 들어가면 기쁘게 재회하십시오. 선비족은 오랑캐입니다. 어찌 중국을 어지럽힐 수 있겠습니까. 한나라의 힘으로 말하면, 선비족을 복속시키기는 어렵지 않습니다. 왕의 재주와 무예로 말하면, 그 또한 능히 선비족의 왕이 될 수 있습니다. 음산에 사령부를 설치하여 웅도를 키우고 사직을 유지하면서 만리장성 안팎에 나란히 서면, 이 또한 좋지 않겠습니까. 어째서 군대를 일으켜 해마다 침범하고, 처자식을 포로로 만들어 짐승 같은 처우를 받게 하십니까. 개나 양 떼에 갑옷을 입혀놓은 것이나 다름없는 약졸들을 데리고 무엇을 어찌하겠다는 것입니까. 아무리 호인(胡人: 오랑캐)이라 해도 견디기 어려운 일은 있는 법입니다. 탁군의 장비 도독은 천하의 영웅으로서 기주·유주·병주·연주의 군대를 통솔하여 변경을 안정시켰습니다. 마유상(마속)의 재략과 위문장(위연)의 무용은 왕도 잘 알고 계실 것입니다. 유주와 연燕의 병사와 군마는 강력하기 그지없고, 요동이 이를 돕고 있습니다. 전한 시대에 이목李牧이 대代 땅을 지키고, 진秦나라 장수 몽염蒙恬이 변경을 지킨 것과 같습니다. 왕의 병사와 군마는 전한의 모돈선우冒頓禪于보다 약하고, 왕의 유목민은 흉노족에 미치지 못합니다. 왕을 따르는 신하는 오랫동안 만리장성 밖에 살아서, 가을바람이 소슬할 때에는 고향을 생각합니다. 조정에서 멀리 떠나, 작록爵祿도 없습니다. 왕이 종횡무진으로 달리고 싶어도, 누구와 함께 가시겠습니까. 선비족은 이익을 중시하고 의리를 가벼이 여겨, 만금을 현상금으로 내걸면 왕의 목도 바칠 것입니다. 왕평은 왕의 무용을 불쌍히 여기고, 왕이 정처없이 유랑하는 것을 슬퍼합니다. 변경을 침범하지 않는다면 화를 면할 수 있을 것입니다. 하늘과 해가 위에 있습니다. 이 점을 부디 명심하십시오."

조창은 되풀이하여 편지를 읽고 있는 동안 차츰 분노가 가라앉았다. 그리고 장막 안으로 돌아가 왕평의 말을 냉정하게 생각해보았다. 확실히 시대의 추세로 보면 왕평의 말에 일리가 있다. 그러나 나라의 원수도 갚지 않을 수는 없다. 그렇게 생각하자 좀처럼 결단이 서지 않아서, 장막 안을 이리저리 돌아다니며 생각을 거듭하고, 책상을 주먹으로 내리치며 신음소리를 냈다.

그 목소리를 듣고 이전과 학소가 나타나 물었다.

"무슨 일이십니까?"

조창은 두 사람에게 왕평의 편지를 보여주었다. 두 사람도 편지를 다 읽고는 커다란 한숨을 내쉬었다. 조창은 이렇게 말했다.

"왕평의 재주는 문무를 겸비하고, 지식도 풍부하오. 왕평이 유주에 있다면 강적 중의 강적이 될 것이오. 나는 선왕(조조)의 아들로 귀여움을 받았고, 한군과 중원 땅을 다투었지만, 나라는 이미 패망하여 멀리 이곳 북쪽 땅으로 도망쳐 왔소. 장병들이 마음을 하나로 합쳐야 겨우 일어설 수 있는 상태요. 이제 한군의 기세는 왕성하고 수비하는 무장들도 유능하오. 만리장성을 넘어 침입하기도 어려울 것이오. 어떻게 하면 보복전에서 승리를 거두어 나라를 회복할 수 있겠소?"

이전이 이렇게 대답했다.

"전하께 아뢰옵니다. 왕평의 말에는 일리가 있습니다. 병력도 기세도 모두 한군 쪽이 강력합니다. 왕평이 경기병을 이끌고 우리 후방을 공격하고 장비가 앞쪽으로 들이닥치면, 우리가 패배할 것은 분명한 사실입니다. 그런데도 왕평은 전하를 습격하지 않고, 선비족이 사실은 전하를 가볍게 여기고 있다는 점을 지적하고, 전하의 가족을 보호했습니다. 이는 전하께 반성을 촉구하려는 것이고, 그의 군대 운영은 예절을 갖추고 있으며 지성도 넘쳐흐릅니다. 이런 인물을 적으로 돌리면 나라를 부흥하기가 어려울 것입니다. 지금은 그의 말에 따라 음산 북쪽으로 이동하여, 우리 병력으로 흉노의 옛 고을을 차례로 병탄하여 세력을 확충하고, 10년 뒤의 보복을 기약하는 것이 좋을 듯싶습니다. 우리가 침입하지 않으면, 한나라도 일부러 넓은 사막을 건너면서까지 우리를 정벌하지는 않을 것입니다. 그리고 언젠가 한왕조에 빈틈이 생기면 진격하여 보복을 꾀해야 합니다. 옛날 춘추시대의 월왕越王 구천勾踐은 오왕吳王 부차夫差에게 복수하기 위해 10년 동안 인구를 늘리고, 다시 10년 동안 훈련을 거듭하여 마침내 복수에 성공했습니다. 또한 고대의 하왕조는 단절된 지 40년 만에 소강少康이 중흥했습니다. '큰일을 도모하려면, 가까운 공을 꾀하지 말고 먼 공을 기약하라'는 말도 있습니다. 가까운 수치를 설욕하려고 초조하게 굴면 안 됩니다. 전하의 명찰을 바라옵니다."

이전의 말을 듣더니 학소가 일어나서 말했다.

"대승상의 말은 정말 금석 같은 말입니다."

원래 조창은 결단이 빠른 성격이었다. 게다가 장비와 위연의 강력한 군대가 앞에 있고 한군의 수비도 견고한 지금의 정세를 보면, 당장 승리하는 것은 도저히 불가능한 일이라는 것을 잘 알고 있었다.

애당초 이렇게 생각하고 있을 때, 왕평의 간곡한 편지와 이전의 깊은 통찰이 거기에 보태진 셈이었다. 조창은 책상을 앞으로 밀치며 벌떡 일어났다.

"하늘이 한왕실을 돕고 있는 한 싸울 수는 없소. 음산 북쪽으로 가서 천천히 발전할 방도를 생각합시다."

그러고는 선비족의 두 장수를 불러 북쪽으로 가겠다는 방침을 전했다. 느닷없이 호출을 받은 두 사람은 전선에서 이기지 못한 것을 문책받을 줄 알았기 때문에, 조창의 말을 듣고는 두말없이 찬성하고, 그날로 당장 출발하게 되었다.

독자 여러분도 아시다시피 흉노의 부락은 소규모다. 10만 대군이 들이닥치면 투항할 수밖에 없다. 게다가 모용궤와 하발기는 지리를 잘 알고 있다. 1년도 지나기 전에 조창은 크고 작은 70채 고을을 병탄하여 기반을 확립하고 '대위대왕大魏大王'을 칭했다. 이리하여 북방 변경 땅은 평온해졌는데, 이는 다 왕평이 쓴 편지의 힘이었다. 옛 사람은 '한 장의 글이 10만 대군을 이긴다'고 말했다는데, 정말 명언이라 하지 않을 수 없다.

한편, 요동으로 돌아간 왕평은 전리품을 둘로 나누어, 절반을 요동 장병들에게 포상으로 나누어준 뒤, 유주로 철수하여 마속을 만났다.

조창이 퇴각한 것을 안 장비도 유주로 귀환했다. 왕평은 그동안의 경과를 두 사람에게 보고했다.

마속이 말하기를,

"왕자균의 행동은 참으로 시의적절했소. 조창은 자균의 편지를 읽고 북쪽으로 도망친 거요."

보름도 지나기 전에 첩자가 돌아와, 조창이 모든 군대를 이끌고 음산 북쪽으로 이동했다고 보고했다.

장비는 기뻐하며 낙양에 보고하는 동시에, 왕평을 유주에 남겨 도독 직속부대의 군사를 맡아보게 했다.

낙양에서는 관우와 방통이 북방 변경을 평정했다는 소식을 듣고, 문무백관을 모아 회의를 열었다. 드디어 길일을 택해 낙양의 건치전에서 유심을 제위에 앉히게 된 것이다.

태상경 허정과 사도 진복이 전례를 주관했다. 유심은 우선 고조묘(高祖廟: 유방의 묘)와 세조묘(世祖廟: 광무제 유수의 묘) 및 고종묘(高宗廟: 유비의 묘)에 참배한 다음, 건치전에서 백관의 하례를 받았다.

연호를 염흥炎興으로 고치고, 천하에 대사령을 내렸으며, 백성의 조세를 1년간 면제했다. 유심의 즉위와 더불어 문무백관은 한 계급씩 승진했고, 유심의 아버지 유선에 대해서는 '효민황제孝愍皇帝'라는 시호를 추증하고 묘호를 애종哀宗으로 정했다. 태황태비 오씨(유비의 비)에게는 태황태후라는 존호를 바쳤다. 왕태비 장씨(유선의 아내이며 장비의 딸)를 황태후로 올리고, 유선의 동생 유리를 양왕梁王, 유봉을 강하왕江夏王에 봉했다.

관우와 방통은 황제가 아직 어리기 때문에 가까이 모시는 신하로는 학식이 풍부한 원로 신하가 필요하다고 판단하여, 사농司農이었던 정현鄭玄에게 정식 칙사를 보내어 태사太師로 초빙했다. 또한 명사 병원을 태부太傅, 수경 선생 사마휘를 태보太保, 공명이 죽은 뒤 산중에 숨어버린 황승언을 소사少師, 방통의 숙부인 방덕공을 소부少傅, 공명의 친구였던 최주평을 소보少保에 각각 임명했다. 이런 원로 신하들도 때가 때인만큼 세상에 나오지 않을 수 없었다.

문무백관들은 관우의 공적이 막대하기 때문에 대장군에 추대했다. 그러나 관우는 사양하기를,

"나는 선제의 신하이므로 새 황제 밑에서 대장군을 맡는 것은 적당하지 않소."

그러나 유심은 관우를 대사마 겸 표기장군에 유임시키고, 칼을 찬 채 궁궐에 들어오는 것을 허락했으며, 황제를 알현할 때 이름을 대지

않아도 좋다는 특별 대우를 해주었다.

그리고 방통을 승상, 진복을 대사도, 마량을 대사농, 비위를 대사구, 이적을 대사공, 극정을 어사대부, 두경을 정위廷尉, 손건을 대홍려大鴻臚, 간옹을 태복太卜, 진진을 태복太僕에 각각 임명했다.

또한 문앙을 월기교위越騎校尉, 제갈첨을 사예교위 겸 숙위군 대장, 제갈탄을 경조윤京兆尹, 관흥을 성문교위城門校尉, 관색을 보병교위步兵校尉, 관평을 수형도위水衡都尉, 미축을 대장추大長秋, 유염을 대종정大宗正, 주창을 사성교위射聲校尉, 공명의 조카인 제갈각을 시중侍中, 제갈정을 상서尙書, 곽준을 복사僕射, 오의를 태위太尉에 각각 임명했다.

그리고 건안建安 시대에 존재했던 학관學官을 다시 설치하여 옛 제도를 부활시켰다.

유심은 첫 조칙을 승상 방통과 대사마 관우에게 주었다.

"짐은 어린 나이에 대위에 올라 공들의 보좌에 의지하고 있소. 옛날 주나라 무왕은 은나라를 이기고도 제도를 보존했고, 주왕에게 학살당한 비간比干의 무덤에 봉호를 바쳤소. 짐은 예교禮敎로써 백성을 따르게 할 작정이오. 전직 소부少府인 공융은 국가의 주춧돌 같은 신하로서 조정에서 중책을 맡았지만, 역적 조조에게 살해당했소. 전직 구강 태수 변양邊讓, 의랑議郞의 성헌盛憲, 처사 예형禰衡은 모두 뛰어난 재주를 가진 나라의 보배였소. 그러나 모두 비명에 죽어 뛰어난 재주를 쓰지 못하고 한창 나이에 요절했으니, 참으로 애달픈 일이오. 또한 무재茂才의 관녕은 혼탁한 세상을 버리고 바닷가로 도망쳐 맑은 세상을 기다렸지만, 때가 오지 않자 격분한 나머지 동해에 몸을 던졌소. 그 맑고 높은 절개는 고금에 보기 드문 것이오. 이에 그들이 남긴 자손을 기록하고 관직을 수여하여, 흥국이 왕성한 것을 분명히 밝히고, 숨어 있는 충렬한 사람들을 높이 올리시오."

방통과 관우는 이튿날 당장 황제에게 상주했다.

"전작 소부 공융은 선제와 교유가 두터웠으나 불행히도 허창에서 목숨을 잃었습니다. 공융의 두 아들도 그때 함께 목숨을 잃었지만, 한 비첩이 반년 뒤에 아들을 낳았습니다. 조조의 참모 순욱은 공융이 억울하게 죽은 것을 알고 몰래 그 아들을 양육하여, 그 아이가 지금 열일곱 살이 되었습니다. 선제께서 허창에 들어가셨을 때 공융의 아들을 숙위관으로 임명하여 태학에서 공부하게 하셨습니다. 변양과 성헌과 예형의 일족은 몰락했기 때문에, 관직을 추증하여 집안의 제사가 끊기지 않도록 배려해야 한다고 생각합니다. 물에 뛰어들어 자살한 관녕은 가족의 행방도 모르지만, 다행히 태부 병원이 관녕과 함께 공부했기 때문에, 관녕의 초상을 그려 학궁學宮에서 제사를 지내는 것이 좋을 듯하옵니다."

유심은 다시 조칙을 내렸다.

"공융에게 태사를 추증하고 시호를 강개剛介라 하시오. 변양과 성헌과 예형에게는 대중대부大中大夫를 추증하고, 관녕은 공자묘에서 제사를 지내도록 하시오. 선제께서는 유계옥(유장)에게서 영토를 빼앗은 것을 후회하셨지만, 그에게 보상하기 전에 붕어하셨소. 다행히 교주 및 광주 도독 장완이 계옥의 신병을 보호했으니, 그에게 새로 봉토를 주어야 할 것이오. 전직 영릉 태수 유장을 화양후로 봉하고 화양을 영유하게 하시오. 또한 선제께서는 형주에 계실 때 오나라와 혼인하셨소. 오나라와 국교가 단절되어 손부인과 해로하지 못하시니 선제께서는 항상 이를 애통해하셨소. 황조비皇祖妃 손씨를 효열황후孝烈皇后로 추증하고 그 혼백을 불러 원릉園陵에 매장하시오."

이런 일련의 조칙을 듣고, 중국 전역은 새 황제의 거룩하고 밝은 덕을 흠모했다.

방통은 관우에게 이렇게 말했다.

"여러 장수들은 지금까지 전쟁터에서 고생해왔는데, 이제 천하가 통일되고 보니 이번에는 은상을 주려 해도 공적이 너무 커서 호걸들의 마음을 만족시키기가 어렵지 않을까 걱정입니다."

"장수들의 공적에 대해서는 그동안 모아놓은 보고서를 충분히 검토하여 동지 제사 때 상을 주면 될 것이오. 그러나 마맹기의 아버지 마등에 대해서는, 그가 선제와 일을 함께 하셨고 나라를 위해 돌아가셨으니, 황제 폐하께서 제위에 오른 것을 낙양의 남쪽 교외에서 하늘에 알리는 제사를 올리기 전에 되도록 빨리 봉호를 추증해두지 않으면 안 될 것이오."

방통은 진심으로 동의하고, 마등과 함께 국난 때 목숨을 잃은 동승·복완·목순·마휴·마철·정은·양추에 대해서도 봉호를 추증하자고 상주했다. 그러자 당장 황제의 조칙이 내렸다.

"돌아가신 후장군 마등은 명문 집안에서 태어나 서방을 지켜 나라를 융성하게 했소. 선제께서 허창에 계실 때 함께 조조를 토벌하라는 조칙을 받았지만, 역적의 간계에 빠져 일찍 돌아가셨소. 이제 천하는 회복되고 옛날 제도가 부흥했으니, 마등을 추증하여 무위왕武威王으로 봉하고, 마휴를 정난장군靖難將軍, 마철을 정역장군靖逆將軍, 정은을 포로장군捕虜將軍, 양추를 토구장군討寇將軍으로 봉하시오. 또한 옛날 건안황제(헌제)의 난을 구한 공이 있는 복완과 동승을 생각하면 가슴이 아프오. 동승에게 허창후許昌侯를 추증하고, 복완을 양성후襄城侯로 추증하며, 자손에게도 위계를 내리시오. 내신인 목순은 목숨을 걸고 옥새를 가져온 뒤 의연하게 죽었소. 그 초상을 잘 그려 궁내에 걸고 사표로 삼게 하시오. 목순에게는 소부감少府監을 추증하고 가계를 보전케 하시오."

관우와 방통은 이 조서를 마대에게 주어 회북에 있는 마초에게 전했다. 마초는 감격하여 눈물을 흘렸고, 서량 병사들도 펄쩍 뛰며 좋아했다. 마초는 마대를 답례 사절로 낙양에 보내어 은혜에 감사하고, 허창으로 가서 돌아가신 아버지 마등과 형제인 마휴·마철의 무덤에 제사를 드렸다. 마대는 낙양에서 다시 허창으로 돌아가, 쇠고기와 양고기·돼지고기를 두루 갖춘 '태뢰의 예'로 마등의 무덤에 제사를 지내고 조칙을 낭독했다. 허창에 주둔하고 있던 서서는 그 영제靈祭에 참석하여, 방통에게 보내는 편지를 마대에게 맡겼다.

그 편지 내용은 다음과 같았다.

"선제께서는 양성과 번성 땅에서 패하셨을 때 다행히 유경승(유표)의 형주를 양도받았습니다. 그래서 비로소 용비龍飛의 뜻을 펼 수가 있었습니다. 유경승의 아들 유기는 전에 파릉에 주둔하면서 형주의 영토를 지켰습니다. 각별한 공적은 없으나, 선제가 계시지 않은 형주를 지킨 공은 있습니다. 황실의 친족은 많지 않습니다. 유봉에게 작위를 준다면 유기에게도 작위를 주어야 마땅합니다."

마대한테서 서서의 편지를 받은 방통은 관우에게 그것을 보여주었다. 관우는 이렇게 말했다.

"서원직의 말은 지당하오. 선제께서 옛날 신야에 주둔하실 때 경승에게서 형주 땅을 양도받지 않았다면 우리의 오늘은 없었을 것이오.

'물을 마실 때에는 그 물의 원천을 생각하라'는 말도 있소. 그 은혜에 보답하지 않으면 아니 되오. 그리고 경승은 한왕실의 종친이니, 원래 구봉寇封이 양자로 들어와 유봉劉封이 된 것에 비하면 오히려 황실과 훨씬 가깝소."

그러고는 방통과 함께 황제를 만나 상주했다.

이튿날 당장 조칙이 내렸다.

"옛날 백이伯夷와 숙제叔齊가 서로 나라를 양보한 것은 천고의 미담이오. 진백秦伯은 오나라로 갔고, 계력季歷은 마침내 주周나라의 사직을 열었소. 선제께서 형주와 양양에서 고생하실 때 유표가 영토를 양보한 덕분에 10년 만에 마침내 제업을 이룩했소. 유표를 추증하여 초왕楚王에 봉하고, 맏아들 유기로 하여금 왕위를 잇게 하시오. 둘째아들 유종은 양양후襄陽侯로 봉하고, 이름을 종적宗籍에 나란히 적으시오."

이윽고 조서는 형주에 전해졌고, 유기와 유종은 낙양에 와서 은혜에 감사했다. 관우는 형주가 요충이라는 점을 중시하여 두 사람을 곧 돌려보냈다.

관우와 방통은 문무백관에게 명령하여 낙양의 남쪽 교외에 제단을 쌓고, 황제의 즉위를 하늘에 알리는 의식을 준비했다.

의식이 거행되는 날, 마대와 문앙은 철갑기병을 이끌고 행차를 호위했으며, 관우와 방통은 문무백관을 거느리고 황제를 수행했다. 황제는 제사를 마치고 궁전으로 돌아온 뒤 공신들에게 정식으로 포상을 내렸다.

남쪽 교외에서 전례가 끝나자, 마침내 하늘이 은상을 내린다. 북방 평정의 공이 크다는 것은 봉토를 보면 알 수 있다. 그러면 이 다음은 어찌 될 것인가. 다음 회를 기대하시라.

제 58 회

공신을 봉하고 여섯 왕이 최고상을 받다
군구를 정하고 네 도독이 변경을 진압하다

한왕실 중흥의 황제 유심은 낙양의 남쪽 교외에서 하늘에 제사를 지내고, 궁궐로 돌아와 많은 신하들의 하례를 받았다. 그리고 관우와 방통에게 조칙을 내렸다.

"짐은 공덕이 많은 신하에게는 많은 상을 주라는 말을 들었소. 이는 예로부터 전해 내려오는 현명한 가르침이오. 거슬러 올라가면, 한왕실이 쇠퇴하자 간신 동탁과 조조가 높은 지위에 올랐으며, 신기神器를 옮긴 것이 오늘에 이르기까지 10년이었소. 소열황제께서는 천명에 따라 한왕조를 부흥하고, 고조(유방)와 세조(광무제 유수)의 뒤를 이어 동도東都 낙양을 부흥하셨소. 이는 곧 용맹한 장수와 지혜로운 신하들의 힘이었으니, 이들은 전쟁터에서 힘을 펼쳤고 절새絕塞에서 위세를 드높였소. 소열황제께서는 만년에 이르러 이를 하늘과 사람에게 돌려보내는 것도 이미 지쳤으나, 하늘은 이를 가엾게 여기지 않으시고, 소열황제께서는 홀연히 신하를 저버렸소. 짐은 대명을 받아 아침부터 밤늦게까지 전전긍긍했소. 선제의 뜻과 신하들의 기대에 어긋나는 일이 없도록 하려고 애쓸 뿐이오. 승상 방통과 대사마 관우가 짐을 도와 논공행상을 하여, 이에 신하들에게 명시하니, 제신諸臣은 삼가 명을 받고 나라를 위해 진력해주기 바라오. 이하, 여러 관료들의 서열을 정하겠소.

좌장군 도독 겸 옹·양·병·기·유·청·서·연 8주 총군사 옹주목 제갈량은 선제를 훌륭히 보필하고 아직 장년인 때 전쟁터에서 죽었으니, 선제의 조칙으로 낭야왕을 추증하고, 사예교위 제갈첨으로 하여금 왕위를 잇게 하노라. 일족인 제갈탄을 강도목江都牧으로 삼고, 제갈균을 함양후咸陽侯로 삼고, 제갈각을 여강후廬江侯로 삼아, 일족의 공을 영원토록 기념하노라. 또한 충무왕忠武王의 묘호를 내리니 대대로 바뀌는 일이 없게 하라. 표기장군 대사마 한수정후 관우는 선제를 따라 고난을 함께하고 수족처럼 교유했으며, 익주에 들어왔고 강한江漢을 건넜으며 국가 안위의 중추였노라. 이제 공을 무안왕武安王에 봉하고, 공의 아들 평을 소릉후邵陵侯로 삼으며, 색을 남전후藍田侯로 삼고, 흥을 해량후解梁侯로 삼노라. 우장군 도독 겸 유·기·병·연 4주 총군사 기주목 장비는 일찍이 선제와 고향을 같이했고 자주 공을 세워 나라의 기틀을 세웠노라. 이제 공을 봉하여 무정왕武定王이라 하고, 공의 아들 포를 탁후涿侯로 삼아, 유·병 2주를 관할하는 제1군구를 영유하게 하노라. 복파장군 도독 겸 옹·양·익 3주 및 하서 5군 총군사 양주목 마초는 대대로 충정忠貞하여 그 근로가 현저했노라. 공명 원수도 공에게 재삼 유촉遺囑을 내리셨노라. 이제 공을 봉하여 무위왕武威王이라 하고, 아우 마대를 주천후酒泉侯로 삼아 옹·양 2주를 관할하는 제2군구를 영유하게 하노라. 아울러 우보(羽葆: 궁중 악대)의 고취鼓吹를 허락하여 그 위세를 떨치게 하노라. 전장군 도독 겸 형·양 2주 총군사 양주목 조운은 선제를 따라 허다한 공을 세우고 도도한 강한에 주춧돌을 쌓았으며 맨 먼저 허창에 들어갔노라. 오나라를 평정한 것도 선제께서는 늘 생각하셨노라. 이제 공을 봉하여 무성왕武成王이라 하고, 형·양 2주를 관할하는 제3군구를 영유하게 하노라. 조운의 처 마운록은 따로 돈황공주敦煌公主 양위장군揚威將軍에 봉하여 출입할 때 공주의 의장儀仗에 따른 고취를 허락하노라. 후장군 도독 겸 청·연 2주 총군사 청주목 황충은 선제를 따라 형주에서 촉에 들어갔고 나라를 위해 진력했노라. 이제 공을 봉하여 무평왕武平王이라 하고, 공의 아들 서敍를 임치후臨淄侯로 삼아 청·연 2주를 관할하는 제4군구를 영유하게 하노라. 군사중랑장 예주목 서서는 허창을 평정하고 오나라를 평정했노라. 이제 공을 임영후臨潁侯로 봉하노라. 승상 방통은 언사후偃師侯로 봉하노라. 정양 태수 전주는 유차후楡次侯로 봉하노라. 탕구장군 도독 겸 병·주 군사 및 자사 위연은 맨 먼저 장안에 들어갔고 다시 유탁을 평정했노라. 이제 공을 정양후定襄侯로 봉하노라. 교광 군사 광주목 장완은 영릉의 난을 진압하고 오나라 9군을 빼앗았노라. 이제 공을 계림후桂林侯로 봉하노라. 공의 아우 장규는 창오후蒼梧侯로 봉하고, 공의 아우 장기는 파릉후巴陵侯로 봉하노라. 진남은 욱림후郁林侯로 봉하노라. 오욱은 비후郫侯로 봉하노라. 정로장군 강북 군사 강유는 자주 묘책을 내어 승리로 이끌었고 민구를 평정했노라. 이제 공을 기성후冀城侯로 봉하노라. 그의 모친을 봉하여 안현군安縣君이라 하고 황금·백금과 술 열 섬을 하사하노라. 구군장군寇軍將軍 연주 군사 왕평은 병주·유주에서 수훈을 세웠고 변경을 지켜 평안케 했노라. 이제 공을 양평후襄平侯에 봉하고, 호료교위護遼校尉 연주 자사를 겸하게 하노라. 파로장군 회남북 군사 이엄은 전공이 많았노라. 이제 공을 회양후淮陽侯에 봉하노라. 양무장군 익주목 법정은 동천과 서천을 지켜 그 공로가 막중하니 면죽후綿竹侯에 봉하노라. 대장군부 기실참군記室參軍 유주 태수 마속은 거록후鉅鹿侯에 봉하노라. 요화는 영산후英山侯에 봉하노라. 용액장군龍額將軍 낭중 태수 엄안은 재동후梓潼侯에 봉하노라. 그의 아들 엄수는 육안후六安侯에 봉하노

라. 월기교위 분위장군 문앙은 강릉후江陵侯에 봉하노라. 요동 태수 공
손연은 양국후襄國侯에 봉하노라. 대사농 마량은 임향후臨鄕侯에 봉하
노라. 태위 오의는 신향후新鄕侯에 봉하노라. 정서장군 기주 군사 장익
은 어양후漁陽侯에 봉하노라. 무읍장군 등래 군사 장억은 즉묵후卽墨侯
에 봉하노라. 효기장군 하구 군사 향총은 이릉후彝陵侯에 봉하노라. 금
성 태수 한수는 고란후皐蘭侯에 봉하노라. 천수 태수 마준은 안정후安
定侯에 봉하노라. 주익은 곡강후曲江侯에 봉하노라. 황영은 양삭후陽朔
侯에 봉하노라. 주창은 여남후汝南侯에 봉하노라. 장성은 의성후宜城侯
에 봉하노라. 황무는 여음후汝陰侯에 봉하노라. 최기는 식후息侯에 봉
하노라. 방풍은 신후申侯에 봉하노라. 방여는 섭후葉侯에 봉하노라. 마
충은 이석후離石侯에 봉하노라. 양홍楊洪은 화음후華陰侯에 봉하노라.
유염은 소릉후召陵侯에 봉하노라. 이회는 광한후廣漢侯에 봉하노라. 요
립은 여성후黎城侯에 봉하노라. 고상은 태곡후太谷侯에 봉하노라. 양의
는 한음후漢陰侯에 봉하노라. 황권은 백수후白水侯에 봉하노라."

이상, 열후列侯 54명, 관내후는 40명, 종실宗室로 후侯가 된 사람이
26명, 은택恩澤으로 후侯가 된 사람이 7명이었다. 여섯 왕의 식읍은 각
각 3만 호, 위연·강유·왕평·문앙·서서의 무공에 대해서는 각각 2만
호의 식읍이 주어졌다. 장완·마대·장익·이엄은 각각 1만 호를 받았
고, 열후의 식읍은 각각 5천 호였으며, 종실후와 은택후는 3천 호인 사
람도 있고 2천 호인 사람도 있었다.

이 조칙의 내용에 대해 신하와 백성이 모두 흔쾌하게 여겼고, 변경
땅에 있는 사람들은 은혜에 감사하는 사절을 보냈다. 방통과 관우는
공명의 유언에 따라 천하를 4개 군구로 나누고, 왕평을 산동 땅에 주둔

시키기로 방침을 정했다. 왕평은 요동 병력을 이끌고 보기 좋게 조창을 막아 퇴각시켰다. 그 역량으로 보아 왕평을 연주로 옮기는 것은 타당했다.

조창은 음산 북쪽으로 옮아갔지만 병력은 아직도 상당히 강하다. 그래서 장비가 4개 주를 총독할 필요가 있었다. 바다로 도망친 오나라 손영에 대해서는 형주에서 양주까지 모든 해안에 주의를 기울여야 하기 때문에, 장완에게는 조운과 긴밀한 연락을 취하라는 명령을 내렸다.

마초는 서량에 강력한 기반을 갖고 있기 때문에, 마대를 회북으로 보내어 마초를 무위로 파견하고, 그 대신 이엄을 회북으로 옮겨 지키게 한다. 강유는 회남에서 조운을 돕는다. 황서를 역성으로 옮겨 장억·부첨과 함께 황충을 돕게 한다. 유봉은 하구에 머물게 하고, 경사(京師: 낙양) 부근의 경비는 관우가 문앙과 관흥을 거느리고 수시로 맡기로 했다.

방통과 관우는 이런 계획을 유심에게 상주하고, 지금까지 정벌에 종사했던 병사들 가운데 고향에 돌아가고 싶어하는 사람은 귀향을 허락하고 종신 연금을 주기로 했다. 부상자에게는 지방관에게 명령하여 매달 돈과 곡식을 지급하게 하고, 전사자의 가족에게는 명부에 따라 혜택을 주며 그 자손을 기용했다.

또한 각지의 독부督府는 자신의 판단에 따라 관리를 채용할 수 있지만, 봉급이 2천 석 이상인 사람을 임명할 때는 조정의 허가를 받도록 했다. 다만 군사에 대해서는 편의에 따라 처리할 수 있는 권한을 주었다.

황제의 출신지인 탁군은 앞으로 10년 동안 조세를 면제하고, 관리를 각지에 파견하여 소실된 전적典籍을 구해 종래의 성문법을 부활시켰다.

　관우와 방통은 이처럼 정치에 마음을 쏟아 새로운 황제를 보필했다.

　태사가 된 정현은 옛날 방식에 따라 궁전과 학교를 부흥하자고 제창했고, 진복·유파·미축이 그 복원 작업을 맡았다.

　서서의 모친은 고령이었지만, 그 성덕을 기려 장안군군長安郡君에 봉하고 지팡이와 면포 따위를 하사했다.

　새 황제 유심은 승상과 어사대부에게 위나라와 오나라의 후예를 등용하여 절의節義의 기풍을 천하에 널리 장려하라고 명했다. 또한 오나라의 손견과 손책의 무덤에도 관리를 두어 제사를 지내게 함으로써 그 영렬함을 기렸다.

　융성하는 왕조의 문화는 해와 달처럼 밝고, 사방의 변경을 진무하는 병사는 바람이나 천둥의 기세도 억누를 수 있다. 그러면 이 다음은 어찌될 것인가. 다음 회를 기대하시라.

제 59 회

마초, 비단옷을 입고 서량으로 돌아가다
조식, 슬픔의 노래를 부르다

황제의 명령을 받은 마대는 말을 채찍질하여 회북으로 달려가, 회음의 사령부로 가서 마초를 만났다. 마초는 부하들에게 향을 피우게 하고 황제의 조칙을 읽었다.

조칙 내용은 앞에서 말한 바와 같이, 이엄을 회북으로 보낼 테니 이엄에게 임무를 인계하고, 마초와 마대는 일단 낙양에 돌아왔다가 무위로 가서 제3군구를 지키라는 것이었다.

마초는 그 자리에서 두 번 절하고, 다시 마대에게 조정의 상황을 물었다. 마대는 낙양의 남쪽 교외에서 하늘에 즉위를 알리는 제사를 올린 일, 논공행상이 이루어져 누이의 남편 조운이 무성왕에 봉해진 일, 누이 운록도 공적을 높이 평가받아 돈황공주 겸 양무장군에 봉해졌고, 마대 자신도 주천후에 봉해진 일 등을 낱낱이 이야기했다.

마초는 감격하여 몇 번이나 북쪽을 향해 절을 했다.

이윽고 이엄도 도착하여 마초를 축하했다. 마초와 마대도 답례하고, 이엄이 회양후에 봉해진 것을 축하했다. 자리가 정해지자 마초는 이렇게 말했다.

"아시다시피 우리 형제는 서량군을 이끌고 무위로 귀환하게 되었소. 이곳 회북을 지키는 임무는 모두 이 장군께 맡기겠소. 이 땅은 평정한 지 이미 오래되었기 때문에 많은 병력이 필요하지는 않지만, 아직 숨어 있는 역적들이 있는 것 같소. 우리는 서량군 3만을 이끌고 떠나고, 옹주군 2만은 여기에 놓아두어 이 장군의 임무를 돕도록 하겠소. 이 장군께서는 회북에서 군대를 정비한 뒤 다시 조정에 조치를 구하시오. 이렇게 하면 공적으로나 사적으로나 편리할 것 같소."

"장군께서는 정말 사려가 깊으십니다. 이 이엄은 나라에 대한 충성심의 본보기를 본 것 같습니다."

당장 소와 양을 잡아 장병들을 위로하는 성대한 잔치가 열렸다. 지방 백성들은 훌륭한 대장 마초가 왕위를 받은 것을 축하하러 몰려들었다. 그리고 마초는 오랫동안 이 땅에 주둔하여 현지 주민과의 사이에 친밀감이 생겨 있었기 때문에, 마초가 떠난다는 소식을 듣자마자 주민들은 모두 작별을 아쉬워하며 저마다 선물을 들고 몰려왔다.

마초는 마대에게 이렇게 말했다.

"누이의 남편은 형주·양주를 지키고 우리는 서쪽의 무위로 돌아가니, 이제는 누이와도 좀처럼 만날 수가 없게 되었네. 이번에 이 장군에게 모든 것을 맡기고, 나와 자네는 경기병을 이끌고 건업으로 달려가서 누이 내외를 한번 만나본 뒤에 무위로 가지 않겠나?"

마대는 대찬성했다. 그래서 두 사람은 경기병 백여 명을 이끌고 가벼운 활과 짧은 화살을 갖추고 긴 창을 어깨에 멘 차림으로 건업을 향해 달렸다.

열흘 만에 마초 형제는 장강을 건너 건업에 도착했다. 조운이 마중을 나왔다. 조운과 마초는 서로 축하 인사를 하고, 누이 운록도 오빠들과의 재회를 기뻐했다. 마초는 웃음을 띠면서 말했다.

"내 누이가 공주님이 되리라고는 생각지도 못했는걸."

조운은 손뼉을 치면서 웃어댔다. 그때 강유도 모습을 나타냈다. 그러자 마초가 말했다.

"자룡이 강회를 지키고, 이정방(이엄)이 회북에 주둔하고, 강백약은 강남에 주둔하면서, 좌우와 연계하여 왼쪽을 돕고 오른쪽을 보좌하는 형태로군. 이 배치는 정말 볼 만한데. 변경의 부장들도 삼가 명령을 받들 걸세."

조운이 대답했다.

"관운장은 용병술이 뛰어나고, 방사원 승상도 당세의 인걸입니다. 게다가 공명 원수의 구상이 겹쳤으니 이런 결과가 나온 것은 당연하겠지요."

조운 내외는 당장 잔치를 열었다. 그러나 이 잔치는 상객으로서 마초 일행을 대접하는 것이 본래 목적일 터인데, 보통 가정의 잔치와 별다름이 없었다. 조운은 강유도 불러들여 같은 자리에 나란히 앉아 마음껏 마셨다. 그러나 이들은 이제 멀리 헤어지지 않으면 안 된다. 진심으로 즐거울 수는 없었다.

그중에서도 마대와 강유는 마대가 천수군으로 도망친 이후 줄곧 전선에서 함께 고생한 사이였다. 이제 헤어지면 두 번 다시 만나지 못할지도 모른다. 이렇게 생각하자 두 사람은 담소를 나누면서도 남몰래 술잔 속에 사나이의 눈물을 떨구곤 했다.

마초는 건업에 열흘 동안 머물렀다. 조운은 줄곧 마초와 함께 지내면서 건업 주변의 명승지를 안내했다. 두 사람이 가는 곳마다 백성들이 영웅의 모습을 보려고 몰려들었다. 강유는 만일의 경우에 대비하여 병사들에게 사복을 입혀서 사람들 틈에 섞여 두 사람을 경호하게 했다.

조운은 마초가 조정에서 지정한 날까지 무위에 도착하지 못하면 큰일이라고 걱정했고, 마초는 마초대로 그런 생각을 하고 있었다.

이윽고 마초와 마대가 떠나는 날이 왔다. 조운은 송별연을 베풀고 많은 선물을 주었다. 그리고 아내 마운록과 강유에게 강간江干까지 두 사람을 배웅하라고 명령했다.

마초와 마대는 전광석화처럼 빨리 회음으로 돌아왔다. 그리고 회음에서 이틀간 휴식을 취한 뒤에 곧 출발했다. 이엄은 성 10리 밖까지 배웅을 나왔다. 마초는 출발할 때 이엄에게 이런 말을 남겼다.

"세심한 주의를 기울여 지키고, 조자룡을 도와 나라를 위해 진력해 주시오."

이윽고 마초 일행이 허창에 이르자 서서의 심부름꾼이 이미 마중 나와 있었다. 마초 일행은 성안의 사령부에 들어가 서서를 만났다. 서서는 계단을 내려와 두 사람을 맞이했고, 여기서도 성대한 잔치가 열렸다.

잔치가 끝난 뒤, 마초는 서서와 헤어져 마대와 함께 아버지 마등의 묘에 제물을 바치고, 무위로 돌아간다는 것을 알렸다.

마초는 눈물을 억누르지 못하고 소매로 얼굴을 덮고 울기 시작했다. 마대도 울고 있었다. 마대는 마초의 심정을 충분히 이해할 수 있었다. 마초는 할 수만 있다면 마등의 관과 함께 무위로 돌아가고 싶었다. 그러나 마대는 마초의 심정을 헤아리면서도 이렇게 말릴 수밖에 없었다.

"형님, 죽은 사람은 흙 속에서 평안을 얻는 법입니다. 매장한 뒤 벌써 오랜 세월이 흘렀으니, 편안한 잠을 방해해서는 안 됩니다. 우리 동생 마휴와 마철도 함께 가까이에 잠들어 있습니다. 마룡을 허창에 남겨두어, 1천 병력을 이끌고 대대로 허창에서 제사를 끊이지 말라고 일러두어야 합니다."

마초는 눈물을 닦으면서 말했다.

"아우 말이 옳아."

마초는 마룡과 병력 1천을 허창에 남겨두었다. 그리고 무덤을 지키면서, 서서 원수의 명령을 어기지 말라고 당부했다.

마초에게서 이 이야기를 들은 서서는 지방관에게 명령하여 마등의 무덤을 덮는 방옥房屋을 짓고, 마룡이 거기에서 살 수 있게 했다. 그리고 마룡에게 허창 북부 교외 진장鎭將의 임무를 주어, 아침저녁으로 묘를 보살필 수 있게 했다. 마초와 마대는 서서의 배려에 감사했다. 서서는 이렇게 말했다.

"맹기는 국가의 주춧돌 같은 신하요. 지금은 서방을 진무하는 일을 맨 먼저 생각해주시오. 선친의 묘는 이곳에서 움직이지 마시오. 조정에서도 해마다 관리를 보내어 제사를 지낼 것이오."

마초와 마대는 서서와 작별하고 낙양으로 향했다. 모두 승리의 개가를 부르며 진군하여 꼬박 하루 만에 낙양에 도착했다. 마초는 군대를 낙양 서쪽에 주둔시키고, 마대와 함께 기병 3천을 이끌고 낙양성으로 향했다. 관우와 방통은 문앙과 관흥을 성에서 30리 떨어진 지점까지 마중을 내보냈다. 두 사람은 원래 마초에게 배속되어 싸웠기 때문에 재회의 기쁨도 남달랐다.

낙양 성문에는 대사농에 봉해진 마량과 사예교위에 임명된 제갈첨이 마중나와 있었다. 마초와 마대도 말에서 내려 답례했다. 제갈첨은 서량군을 무도관武道館에 수용하고 관비로 숙식을 제공하겠다는 뜻을 전한 뒤, 무위왕 마초에게는 우선 자택에 돌아가 목욕을 한 다음에 조정에 들어가라는 명령을 전했다.

마초와 마대는 자택에 돌아가 오랜만에 아내를 만났다. 마초의 처자식은 한중왕 유비를 따라 성도에서 형주로 옮겼다가, 나중에 낙양으로 왔다. 부부가 오랫동안 헤어져 살았으니 재회의 기쁨은 이루 말할 수가 없었다. 마초의 맏아들 영昞은 열 살, 둘째아들 익益은 일곱 살이 되어 있었다.

마초는 잠시 휴식을 취한 뒤, 마대와 함께 대사마부로 가서 관우를 만났다. 관우도 마초와 헤어진 지 오래되었기 때문에, 문 밖까지 마중을 나와 손을 부여잡고 안으로 안내했다. 관우와 마초는 잠시 안부 인사를 나눈 뒤, 말머리를 나란히 하고 조정朝廷으로 가서 방통과 함께 궁전으로 들어갔다.

황제 유심은 마초에게 자리를 권하고 여러 가지 일을 물었지만, 그 질문이 모두 다 요점을 찔렀기 때문에 마초는 외경심을 품었다.

"신臣 마초는 일찍이 선제의 지우知遇를 얻어 중원을 달렸고 회북에 머물러 있었습니다. 선제께서 붕어하셨을 때는 경사(낙양)에 와서 곡례를 바치는 것이 당연했지만, 마음대로 전쟁터를 떠날 수 없는 몸이어서 장례에도 참석하지 못했습니다. 이제 서쪽으로 돌아가라는 명령을 받았습니다. 원하옵건대 '태뢰의 예'로 혜릉에 참배하고 선제의 혼령에 예를 다하게 해주십시오."

유심이 대답하기를,

"선제께서 살아 계실 때 항상 경을 생각하시었소. 능에 참배하여 충효의 뜻을 보이시오."

그러고는 양왕 유리와 사예교위 제갈첨, 태상경 허정으로 하여금 마초와 함께 영제靈祭를 올리도록 배려했다.

마초는 일단 자택으로 돌아갔다.

이튿날 유리·허정·제갈첨은 준비를 갖추고 마초·마대와 함께 혜릉으로 갔다. 능을 지키는 관리가 공손히 일행을 안내했다. 연도에는 사람·말·사자·코끼리 형상을 새긴 석물石物들이 양쪽에 늘어서 있고, 소나무와 잣나무가 무성하며, 매우 조용하다. 바람이 불면 신위神威가 더욱 강하게 느껴졌다. 일행은 건물 안으로 들어가 침릉寢陵 앞으로 나왔다. 사방이 하얀 돌난간으로 둘러싸이고, 경내에는 깔개가 깔려 있고, 제단이 있었다.

마초는 엎드려 절하고 생전의 유비를 생각하며 통곡했다. 그러자 그 목소리에 끌렸는지 숲 속의 새들도 슬피 울어 그 울음소리가 골짜기에 메아리쳤다.

제갈첨은 눈물을 흘리면서 마초를 부축해 일으키고, 전례에 따라 제사를 올렸다. 제례가 끝나자 일행은 숲 속을 거닐었다. 마초·마대·제갈첨은 용문산 혈투에 대해 이야기를 나누었다. 그러나 세월이 흐르면 전쟁 따위는 어느새 까맣게 잊혀져버릴 것이다. 둘러보면 산천의 풍경에는 아무 변화도 없는 것 같다. 시간은 쏜살처럼 흐르고, 인간에게는 무정한 법이다.

이윽고 해가 서산에 기울자 일행은 석양을 받으며 낙양성 안으로 돌아왔다.

유심은 날마다 잔치를 베풀어 마초를 대접했고, 신하들은 차례로 마초 앞에 나아가 술잔을 올렸다. 그리고 10여 일 뒤, 준비도 완전히 끝나 마초 일행이 떠날 날이 왔다.

마초와 마대는 궁전으로 들어가 유심에게 작별인사를 올렸다. 유심은 마초의 두 아들 영과 익에게 관내후의 작위를 주었다. 마초는 성은에 감사한 뒤, 가족과 함께 군대를 이끌고 드디어 서량으로 출발했다. 만조백관이 그를 전송했다.

관우가 맨 마지막으로 술잔을 건네며 말했다.

"맹기, 무위에 돌아가거든 군민軍民을 잘 진무하고, 강족과 저족을 진정시키시오. 서쪽의 일은 모두 맹기에게 맡기겠소. 밤낮으로 주의를 기울여 직분을 어기지 마시오."

마초는 잔을 받아들어 단숨에 마시고는 이렇게 대답했다.

"삼가 명령을 받들겠습니다. 앞으로 무위武威라는 이름에 어긋나지 않도록 위엄과 덕으로써 일에 임할 테니, 서쪽 일은 조금도 염려하지 마십시오."

마초는 이 말을 마치자마자 말에 올라탔다. 문무백관은 낙양성에서 10리 밖까지 전송하고 돌아갔다. 관우는 관흥과 문앙에게 명령하여 동관潼關 밖까지 마초를 전송하게 했다.

마초는 장안에서도 제갈균의 환영을 받았고, 그후로는 신속하게 진군하여 금성에 이르러 한수의 마중을 받았다. 한수는 이렇게 말했다.

"조카, 『노자』에도 나와 있듯이, 뜻이 있는 자는 마침내 일을 이루는 법일세. 조카가 이렇게 고향으로 금의환향하다니, 정말 축하하네. 돌아가신 아버님도 구천에서 회심의 미소를 짓고 계실 걸세."

"제 성공은 모두 숙부님께서 도와주신 덕분입니다."

마초는 정은과 양추 장군에게 내려진 황제의 은덕을 한수에게 전하고, 두 장군의 가족에게 후한 상을 주었다. 그리고 며칠 동안 금성에 머물다가 무위로 돌아갔다. 무위의 백성들은 남녀노소 가릴 것 없이 성밖 30리 지점까지 마중 나와 있었다.

마초는 말 위에서 하얀 상복을 입고 아버지의 원수 조조 토벌군을 일으켰던 옛날 일을 생각하고 있었다. 그런데 이제 이렇게 비단옷을 입고 고향으로 돌아왔다. 모두 나를 도와준 사람들 덕분이라고 마초는 생각했다.

마초는 그후에도 계속 서량에 머물면서 강족과 저족을 포함한 서쪽 땅을 진정시켰는데, 이 이야기는 여기까지.

한편 음산 북쪽으로 옮긴 조창은 오로지 세력 확장에 힘쓰고 있었다. 어느 날 그는 음산에 사냥하러 갔다가 왕소군王昭君의 무덤 앞에서 쉬고 있을 때 문득 옛일을 생각하고 슬픈 기분에 잠겼다. 그래서 아무 생각 없이 묘비 뒤쪽을 보니 시 한 수가 적혀 있었다. 이것은 무슨 계시인지도 모른다고 생각하여 그 시를 읽기 시작했다.

한 고조(유방)는 공신을 싫어하여
한신과 팽월 같은 명장들을 모조리 죽여버렸다.
그 결과 어찌 되었던가.
궁녀를 흉노의 우두머리 모돈선우한테 바친 다음에야
백등白登의 포위를 푸는 한심한 꼴이 되지 않았던가.
무제武帝 때에는 북방으로 진격하여
산하마다 향기로운 아지랑이가 그득했지만,
호시절은 그때까지뿐
국력은 나날이 피폐하였다.
누구도 영원히 살 수는 없는 것.
명장 위청衛靑과 곽거병霍去病도 마찬가지였으니

원제元帝 때의 왕소군이 가련하구나.

흉노에게 제물로 바쳐졌을 때

그녀는 과연 어떤 마음이었을까.

이리 같은 오랑캐와 함께 사는 게 즐거울 리 없으니

익사한 염제炎帝의 딸이 커다란 새로 환생하여

돌을 물어다가 바다를 메꾸어 복수했듯이

왕소군도 그처럼 깊은 원한을 품었으리라.

흉노의 선우는 그녀가 나타난 것을 보고 기뻐했고

한나라 원제는 후회했지만 이미 때는 늦었다.

왕소군 무덤의 풀은 어찌하여 일 년 내내 푸르를까.

무성한 버드나무여 마치 누구를 기다리는 듯하구나.

아아, 나는 나라의 재앙을 피해 달아나

오랑캐와 함께 동굴 속에서 오랫동안

험한 세상을 살아왔다.

피리와 현금絃琴 소리 따위는커녕

이곳에서는 천하를 논할 겨를도 없다.

나와 같은 심정을 가진 사람과 함께

이 거친 땅에서 구슬 같은 빛을 내고 싶구나.

옛일을 생각하면 슬픔만 더할 뿐

대체 어디에서 인간의 진실을 물으면 좋을까.

조창은 몇 번이나 되풀이 읽은 다음 부하들에게 말했다.

"이것은 분명 동아왕(東阿王: 조식)이 지은 시다. 이 필적은 새로우니, 아직 멀리 가지는 않았을 것이다."

그러고는 사방을 샅샅이 뒤지게 했다.

며칠 뒤에 한 이민족이 조창을 찾아와서 말했다.

"대왕께 아뢰옵니다. 음산 북쪽 기슭에 한나라 사람이 하나 있는데, 지난 몇 년 동안 동굴 속에서 살고 있습니다. 말은 한마디도 하지 않지만, 아무것도 할 일이 없는지 말이나 양의 방목을 자주 도와줍니다."

조창은 심복 부하들을 거느리고 음산 북쪽 기슭으로 달려갔다. 말 위에서 바라보니, 멀리 언덕 위에 사람 하나가 있었다. 가죽모자를 쓰고 가죽옷을 입고 표연히 서 있는 그 모습은 바로 넷째 형 조식이었다.

이런 고난 속에서, 이런 이역만리에서 형제가 재회하다니, 이게 무슨 운명이란 말인가. 두 사람은 끌어안고 통곡했다.

이윽고 조창은 조식이 모습을 감춘 이후에 일어난 사건들을 자세히 이야기해주었다. 조식은 울면서 말했다.

"출가한 이후, 그렇게 될 줄은 알고 있었다. 그러나 겨우 재회한 아우의 입에서 나온 말이 나라의 패망이라니, 나는 아무것도 할 말이 없구나."

조창은 또한 최근에 자기가 만리장성 북쪽 땅에 나라를 세운 일에 대해 이야기했다. 조식은 깊은 한숨을 내쉬며 말했다.

"보복하겠다는 네 뜻은 좋다. 그러나 나는 줄곧 유랑을 거듭하여, 이제 인간 세상에는 돌아가고 싶지 않다. 우리는 각자 나름대로의 마음을 가지고 살아가는 것이 좋을 듯싶구나."

조창은 간곡하게 권하여 형 조식을 자기 본진으로 안내했다. 이전을 비롯한 여러 장수들은 모두 조식을 배알하고 눈물을 흘렸다. 옛날의 군신은 눈물에 젖어 며칠을 보냈다. 그러나 조식은 군대 안에 있는 것을 유쾌하게 여기지 않고 음산 북쪽 기슭으로 돌아가고 싶어했다.

그래서 조창은 음산 북쪽 기슭에 집을 한 채 지어 거기에 조식을 살게
했다.

　아아, 뛰어난 재능을 가진 조식은 이렇게 만리장성 북쪽 땅에서 일
생을 마쳤다. 금지옥엽이라고 불리는 황제의 혈통을 이어받은 사람이
죽어서 오랑캐 땅에 묻히다니. 그러나 형제가 살아서 다시 만날 수 있
었으니 그나마 불행 중 다행이라고 해야 하리라.

　이로써 나의 『반삼국지』는 끝났다.

　천마天馬에 견줄 수 있는 마초는 서쪽 땅으로 금의환향했고, 조씨 형
제는 만리장성 너머의 북쪽 땅을 떠돌며 할미새처럼 우짖는구나.

<끝>

반삼국지 하

초판 1쇄 발행 2003년 8월 1일
개정판 1쇄 발행 2015년 10월 1일
지은이 저우다황 | **옮긴이** 김석희
펴낸이 박진숙 | **펴낸곳** 작가정신
편집 김서연 김나리
마케팅 김미숙 박성신 | **디지털컨텐츠** 김영란 | **관리** 윤서현

주소 10881 경기도 파주시 문발로 207
전화 031-955-6230 | **팩스** 031-944-2858 | **이메일** editor@jakka.co.kr
홈페이지 www.jakka.co.kr | **출판등록** 1987년 11월 14일 제1-537호

ISBN 978-89-7288-046-2 04820
      978-89-7288-048-6 04820(세트)

이 도서의 국립중앙도서관 출판시도서목록(CIP)은 서지정보유통지원시스템 홈페이지(http://seoji.nl.go.kr)와
국가자료공동목록시스템(http://www.nl.go.kr/kolisnet)에서 이용하실 수 있습니다.
(CIP제어번호: CIP2015024829)